최인훈
崔仁勳

최인훈
崔仁勳

글누림 작가총서

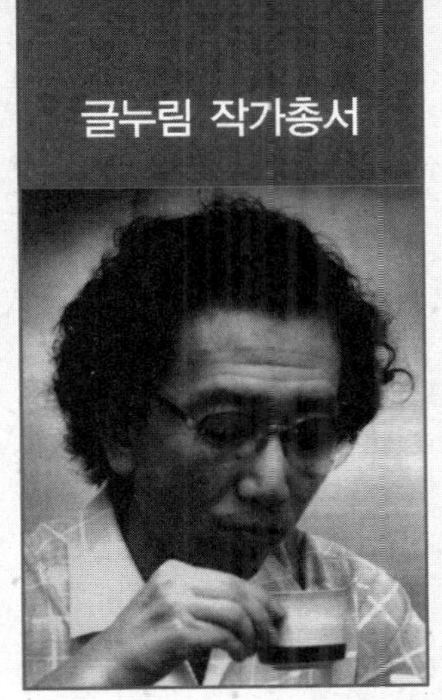

최인훈

문학을 '심문(審問)'하는 작가

정재림 엮음

글누림

미완성의 문학, 미래형의 문학

'한국문학이 무엇인가', '문학이란 무엇인가'에 대한 답안을 모색하는 연구자라면, 그는 원하든 원하지 않든 최인훈이라는 큰 산과 마주하게 된다. 1960년대 당대 비평으로부터 2010년대 현재의 문학연구의 장(場)에서 최인훈 문학이 줄곧 관심의 대상이었던 이유가 여기에 있을 것이다. 특히, 전쟁과 분단 이후의 한국현대문학을 재구성하려는 의욕을 가진 연구자라면, 『광장』을 비롯한 최인훈의 1960년대 작품들을 필수적으로 검토할 수밖에 없다. 최인훈 문학을 저외하고 한국적 근대(성)를 논의하는 것은 불가능해 보인다. 최인훈 문학을 대상으로 한 학위논문이 100여 편을 훨씬 상회하는 학계의 현실은 이에 대한 명백한 증거일 것이다.

더 흥미로운 점은 최인훈 문학에 대한 접근방법이 천편일률적이지 않고 매우 다양하고 다채롭다는 데 있다. 연구자들은 '주체성', '근대성', '실험성', '환상성', '탈식민주의' 등의 다종다양한 방법론을 차용하여 최인훈 문학의 전모를 파악하며 그의 문학을 사롭게 규정하려는 시도를 계속하고 있다. 최인훈 텍스트의 매력은 이 같은 다양한 해부와 해석을 견뎌낼 정도의 깊이를 가지고 있을 뿐만 아니라, 어떤 방법론으로도 명쾌히 해명되지 않는 텍스트의 잉여를 남긴다는 데 있을 것이다.

초기의 최인훈 연구는 출세작 『광장』에 치우쳐 있었던 것이 사실이다. 하지만 2000년 이후 한국문학 연구자들은 『회색인』, 『가면고』, 『구운몽』, 『크리스마스 캐럴』 연작, 그리고 상대적으로 간과되었던 단편소설로 연구 대상을 확대하였다. 연구 대상의 확장은 최인훈 문학의 새로운 면모를 발견하는 데 도움을 주었을 뿐만 아니라, 거시적이고 메타적인 관점에서 최인훈 문학과 1960년대 문학을 조망하는 데도 유익한 시사점을 제공하는 데 기여하였다.

전후 작가 중 가장 활발한 연구가 이루어진 작가, 연구 성과물이 가장 많은 작가가 최인훈이다. 수백 편의 논문 중 작가총서에 실을 십여 편을 선정하는 작업이, 그래서 매우 곤혹스러울 수밖에 없었다. 부득이 논문을 골라야 했으므로 몇 개의 기준을 세웠다. 첫째, 최인훈 문학 연구의 최근 경향을 최대한 반영한다. 가급적 2000년대 이후의 논문을 실어 최근의 연구 경향이 드러나도록 하였다. 둘째, 최인훈 문학에 대한 다양한 입장과 관점들이 반영되도록 한다. 특히, '작품론'에 실은 논문들에서 본격적으로 다루는 대상 작품이 겹치지 않도록 하였다. 셋째, 최인훈 문학을 본격적으로 연구하는 전문 연구자뿐만 아니라, 한국문학에 관심을 가진 일반 독자도 관심을 갖고 읽을 수 있도록 배려한다. 그래서 작가 최인훈의 생애와 작품 세계 전반을 설명한 '최인훈의 삶과 문학'은 가급적 평이하게 서술하였다.

이 작가총서에 실린 열다섯 편의 글이 작가 최인훈과 그의 문학에 다가가기를 소망하는 독자들에게 작으나마 도움이 되기를 기원한다. 재수록을 흔쾌히 허락해 주신 필진 여러분, 그리고 더딘 작업을 기다려주신 글누림 편집부 여러분께 감사의 인사를 드린다.

2013년 3월
엮은이 정재림

차례

머리말 · 5

제 1 부 | 최인훈의 삶과 문학

치열한 자기 更新의 문학 / 정재림 _ 11

제 2 부 | 주제론 : 최인훈 문학과 프랙탈 이론

최인훈 소설의 기억하기와 탈식민성 / 구재진 _ 39
　─『서유기』를 중심으로

최인훈 소설에 나타난 가족 로망스의 의미 / 김미영 _ 71

한국적 근대와 성찰의 난경(難境) / 김영찬 _ 99
　─최인훈의 『크리스마스 캐럴』 연구

근대 지식인의 고전 읽기 / 김한식 _ 127
　─최인훈의 패러디 소설에 대하여

기억의 문학적 재생 / 연남경 _ 151

최인훈 소설에 나타난 여성 인식 / 정영훈 _ 177

최인훈 소설의 반복 구조 연구 / 최애순 _ 203
　─『구운몽』,『가면고』,『회색인』의 연계성을 중심으로

제 3 부 | **작품론 : '회색의 의자'에서 '화두'까지**

감시와 위장 / 강헌국 _ 235
－최인훈의 『크리스마스 캐럴』론

최인훈 문학에 나타난 난민의식 연구 / 김남석 _ 257
－최인훈 작품 세계 연구(2)

기억의 확장과 서사적 진실 / 김인호 _ 281
－최인훈 소설 『서유기』와 『화두』를 중심으로

최인훈의 『태풍』에 나타난 파시즘의 논리 / 송효정 _ 303
－근대 초극론과 동아시아적 가족주의를 중심으로

타자의 시선을 통한 현실의 이해 / 양윤모 _ 335
－최인훈의 「총독의 소리」 연구

최인훈의 소설에 나타난 '얼굴'의 도상학(圖像學) / 양윤의 _ 365
－『가면고』를 중심으로

분단현실과 주체의 자기정립 / 유임하 _ 385
－최인훈의 『회색인』

제 4 부 | **부 록**

생애 연보 _ 421

작품 연보 _ 424

연구 목록 _ 426

제 1 부

최인훈의 삶과 문학

치열한 자기 更新의 문학

1. 최인훈, '전후 최고의 작가'

최인훈은 『자유문학』에 「GREY구락부 전말기」(1959.10), 「라울전」(1959.12)을 발표하며 문단에 등장하였다. 6·25전쟁과 분단에 대한 새로운 접근법을 보여주었다는 평가를 받은 『광장』(1960)을 필두로 『가면고』(1960), 『구운몽』(1962), 『회색인』(1963), 『서유기』(1966), 『태풍』(1973) 등의 문제적인 장편소설, 「옛날 옛적 훠어이 훠이」 등의 희곡, 그리고 『화두』에 이르기까지 최인훈의 문학적 이력은 매우 화려하고도 이채롭다.

최인훈은 1936년 4월 13일, 두만강변의 국경도시 함북 회령에서 아버지 최국성, 어머니 김경숙 사이의 장남으로 태어났다.[1] 이 시절은 최

---

* 정재림 / 고려대학교 한국어문교육연구소 연구교수, 문학평론가

인훈과 그 가족들에게 가장 단란하고 평화로운 시절이었다. 「두만강」, 『화두』 등의 소설에 H라는 이니셜로 등장하는 곳이 바로 회령이다. 그는 7세인 1943년 회령북국민학교에 입학하였는데, 작가에게는 이 시절 이미 독서 취미가 형성되어 있었다고 한다. 지독한 독서벽은 「GREY구락부 전말기」나 『회색인』, 『광장』의 주인공에게 투영되어 나타난다.

최인훈은 회령북국민학교에서 5학년 1학기까지를 다니다가 11살이 되던 1947년 원산으로 이사를 가서 원산중학교 2학년에 입학한다. 그의 소설에 빈번하게 등장하는 W시는 원산을 지칭하는 것으로 이해해도 좋다. 14세인 1950년 6·25전쟁이 발발하고 최인훈은 그해 12월 LST편으로 월남한다. 부산 피난민 수용소에서 지내던 최인훈은 목포고등학교에 입학하여 공부를 계속하고 1952년 서울대 법대에 진학한다. 1952년 여름 「두만강」이라는 소설을 쓰는데 작가는 이 집필 과정에서 '한 세계를 만들어내는 기쁨'을 느꼈다고 고백한 바 있다. 「두만강」은 1970년에야 발표되었지만, 시기적으로 가장 먼저 씌어진 소설이다. 그래서 「두만강」을 최인훈의 처녀작으로 꼽는 연구자들도 있다.

서울대 법대에 진학 중이던 최인훈은 마지막 한 학기를 남겨두고 학교를 자퇴하고 1957년 통역 장교로 입대하여 1963년까지 7년간 장교로 복무한다. 군복무 중이던 1959년 『자유문학』 10월호에 「GREY구락부 전말기」를, 12월호에 「라울전」을 발표하며 소설가로 데뷔한다. 추천자는 소설가 안수길 선생이었다. 1960년대는 최인훈이 소설을 왕성하게

---

1) 작가 생애는 『화두』에 부록으로 실려 있는 「문학적 연대기」를 참고하였다(김종회, 「사유와 문학, 그 광대한 통합」, 『화두1』, 문이재, 2002).

발표하던 시기였다. 1960년에는 단편소설 「9월의 달리아」, 「우상의 집」 「가면고」 그리고 장편 『광장』을 발표하였다. 「수」(1961), 「구운몽」, 「열하일기」, 「7월의 아이들」(1962), 「크리스가스 캐럴 1」, 「금오신화」, 『회색인』(1963), 「크리스마스 캐럴 2」(1964), 「놀부뎐」, 「웃음소리」, 「크리스마스 캐럴 3」, 「크리스마스 캐럴 4」, 「국도의 끝」, 「크리스마스 캐럴5」, 「정오」(1966), 「총독의 소리 1」, 「총독의 소리 2」(1967), 「총독의 소리 3」, 「주석의 소리」(1968), 「옹고집뎐」, 「소설가 구보 씨의 일일 1」(1969), 「소설가 구보 씨의 일일 2」(1970)와 같은 작품들이 모두 이 시기에 발표된다.

하지만 최인훈의 소설 창작은 「태풍」(1973) 연재를 끝으로 뜸해지고 그의 창작은 희곡으로 옮겨간다. 1970년대에 그는 「옛날 옛적 훠어이 훠이」(1976), 「봄이 오면 산에 들에」(1977), 「둥둥 낙랑둥」, 「달아 달아 밝은 달아」(1978) 등의 희곡을 발표한다. 이후 창작활동을 하지 않다가 1994년 창작의 긴 공백기를 깨뜨리며 대작(大作) 『화두』를 발표한다. 최인훈은 소설과 희곡을 창작하였을 뿐만 아니라, 문화와 예술 전반에 관한 깊이 있는 다수의 비평을 발표하기도 하였다. 이 같은 치열하고 성실한 최인훈의 문학적 궤적은 '전후 최고의 작가'[2]라는 찬사가 결코 과장이 아님을 입증해준다고 하겠다.

---

2) 김현·김윤식, 『한국문학사』, 민음사, 1989, 250면.

2. 최인훈 연구의 경향과 과제

　최인훈은 등단 초기로부터 문단 안팎의 주목을 받았던 작가다. 최인훈 문학이 1960년대에 누렸던 유명세도 놀랍지만, 더 놀라운 것은 그의 문학에 대한 관심이 지금 현재도 여전히 진형형이라는 점에 있다. 최인훈 문학과 관련하여 쏟아져 나오는 다양한 학위논문들은 이러한 관심에 대한 하나의 예증일 듯하다.[3]

　최인훈의 이름을 문단 안팎에 알린 소설은 1960년도에 발표된 『광장』이며, 그런 이유로 초기 최인훈 연구는 『광장』에 치우쳐 있었던 게 사실이다.[4] 하지만 최인훈 문학의 다채로움을 고려할 때, 『광장』 중심의 연구가 바람직하다고 보기는 어렵다. 이런 맥락에서 2000년대 이후에 연구자들의 관심이 『광장』에서 『회색인』, 『태풍』, 『구운몽』 등의 장

---

3) 최인훈 문학에 관한 학위논문은 100여 편을 훨씬 상회하며, 최근 3년간 발표된 학술논문만 해도 40여 편이 넘는다. 1960년대에 활동한 다른 소설가에 대한 연구와 비교할 때 이 같은 수치는 더욱 놀라운 것이라고 하지 않을 수 없다.

4) 『광장』에 대한 대표적인 연구로 다음을 들 수 있다.

　김현, 「상황과 극기」, 『광장』 해설, 민음사, 1973.

　천이두, 「밀실과 광장」, 『문학과지성』, 1976.12.

　송상일, 「소설의 현상 : 최인훈 『광장』 연구」, 『현대문학』, 1981.7.

　서은선, 「최인훈 소설 『광장』의 타자 인식 연구(1)」, 『현대문학이론연구』 11, 1999.

　서은선, 「최인훈 소설 『광장』이 추구한 여성성의 분석」, 『새얼어문논집』 14, 2001.

　정호웅, 「『광장』론 : 자기 처벌에 이르는 길」, 『시학과 언어학』 1, 2001.

　박영준, 「최인훈의 『광장』에서 "광장"의 의미 층위에 대한 연구」, 『어문논집』 46, 2002.

　문흥술, 「최인훈 『광장』에 나타난 욕망의 특질과 그 의의」, 『상허학보』 12, 2004.

　정영훈, 「『광장』과 사르트르 철학의 관련성」, 『한국문예비평연구』, 2006.

　이수형, 「『광장』에 나타난 해방공간의 나라 만들기와 가족 로망스」, 『현대소설연구』 38, 2008.

편소설로, 그리고 상대적으로 덜 주목받아온 중단편 소설로 이동한 것
은 바람직한 현상이라고 볼 수 있다. 왜냐하면 연구 대상의 확장이 새
로운 접근법을 가능하게 할 뿐만 아니라, 최인훈 문학의 전모를 파악
하게 하는 데도 도움을 줄 것이라고 기대되기 때문이다.

　연구자들은 최인훈이 "관념적인 작가, 이데올로기를 비판하는 작가,
인간 존재의 본질을 탐구하는 작가, 혹은 다양한 형식을 실험하는 작
가"라는 점에는 쉽게 동의하지만, 저마다 다른 관점과 입장에서 최인
훈 문학에 접근하는 특징을 보인다.[5] 최인훈 문학 연구에 자주 등장하
는 주제어로 '주체성',[6] '근대성',[7] '예술론',[8] '관념성',[9] '실험성',[10] '환
상성',[11] '정체성',[12] '전후소설',[13] '(탈)식민주의',[14] '사랑',[15] '여성',[16]

5) 김인호, 「'최인훈 연구'의 현황과 향후 과제」, 『해체와 저항의 서사 : 최인훈과 그
　　의 문학』, 문학과지성사, 2004, 27면.
6) 김인호, 「최인훈 소설에 나타난 주체성 연구」, 동국대 박사논문, 1999.
　　정영훈, 「최인훈 소설의 주체성과 글쓰기의 상관성 연구」, 서울대 박사논문,
　　2005.
　　양윤의, 「최인훈 소설의 주체 연구」, 고려대 박사논문, 2009.
7) 김민수, 「1960년대 소설의 미적 근대성 연구」, 중앙대 박사논문, 1999.
　　김영찬, 「1960년대 모더니즘 소설 연구」, 성균관대 박사논문, 2001.
　　김영찬, 「최인훈 소설의 근대와 자기인식」, 『세계문학비교연구』 27, 2009.
8) 황경, 「최인훈 소설에 나타난 예술론 연구」, 고려대 박사논문, 2003.
　　김기우, 「최인훈 소설 연구 : 최인훈의 예술론과 창작이론을 중심으로」, 한림대
　　박사논문, 2006.
9) 김윤식, 「관념의 형식과 소설의 형식」, 『최인훈 단편집』 해설, 삼중당, 1976.
　　황순재, 「한국 관념소설의 재현방식 연구」, 부산대 대학원 박사논문, 1996.
10) 김인호, 「최인훈 문학의 내면성과 실험성」, 『시학과 언어학』 1, 2001.
11) 김미영, 「최인훈 소설의 환상성 연구」, 한양대 대학원 박사논문, 2003.
　　배경열, 「최인훈 소설의 환상성 연구」, 『국제어문』 44, 2008.
12) 양윤모, 「최인훈 소설의 '정체성 찾기'에 대한 연구」, 고려대 대학원 박사논문,
　　1999.

'패러디',[17] '정신분석',[18] '기독교'[19] 등을 꼽을 수 있는데, 이 다양한 주제어들은 최인훈 문학에 접근하는 길이 얼마나 여럿인지를 짐작하게 한다. 하지만 최인훈 문학에 접근하는 방법이 이렇게 다채로움에도 불구하고, 김인호는 "최인훈의 소설을 완전히 장악하고 있는 해석이 드물고 아직도 각각의 작품들의 관련성을 밝혀낸 연구물", 나아가 "최

배경열, 「최인훈의 『구운몽』에 나타난 자아의 정체성 혼란과 주체복원 욕망」, 『배달말』 44, 2009.

13) 이남호, 「냉전상황에 대한 지적 대응」, 『문학의 위족2』, 민음사, 1990.

14) 김정화, 「최인훈 소설의 탈식민주의적 연구」, 서울대 대학원 석사논문, 2002.
하정일, 「탈식민 서사와 식민적 무의식 : 『화두』론」, 『작가연구』 14, 2002 겨울.
구재진, 「최인훈 소설에 나타난 '기억하기'와 탈식민성」, 『한국현대문화연구』 15, 2004.
조순형, 「최인훈 소설 『태풍』의 탈식민주의적 고찰」, 『어문연구』 64, 2010.

15) 김병익, 「사랑 혹은 현대의 구원」, 『크리스마스 캐럴 / 가면고』 해설, 문학과지성사, 1993.
최현희, 「최인훈 소설에 나타난 '사랑'의 의미 연구」, 서울대 대학원 석사논문, 2003.
최애순, 「최인훈 소설에 나타난 연애와 기억에 관한 연구」, 고려대 대학원 박사논문, 2005.

16) 정영훈, 「최인훈 소설에 나타난 여성인식」, 『한국근대문학연구』, 2006.
김지혜, 「최인훈 소설의 여성인물을 통해 본 사랑의 변증법 연구」, 『현대소설연구』 45, 2011.

17) 김춘식, 「최인훈 『구운몽』의 패러디와 아이러니」, 『동국어문학』 6, 1994.
김한식, 「한 근대 지식인의 고전 읽기-최인훈 패러디 소설에 관하여」, 『작가연구』 14, 2002 겨울.
차봉준, 「최인훈 '춘향전'의 패러디 담론과 역사 인식」, 『한국문학논총』 56, 2010.
김성렬, 「최인훈의 패러디 소설 연구」, 푸른사상, 2011.

18) 허영주, 「최인훈 소설의 정신분석학적 연구」, 계명대 대학원 박사논문, 1996.
윤대석, 「최인훈 소설의 정신분석학적 읽기」, 『한국학연구』 16, 2007.
이강록, 「최인훈 소설의 정신분석학적 연구」, 계명대 대학원 박사논문, 2012.

19) 정재림, 「최인훈 소설에 나타난 기독교 비판의 의미」, 『문학과 종교』 15, 2010.

인훈 문학이 다른 작가와 어떤 관계를 맺고 있는지를 고찰"[20]한 연구들이 부족하다고 지적한 바 있는데, 이는 추후 연구에서 보완되어야 할 부분일 것이다.

그러나 최인훈 문학이 항상 찬사만 받았던 것도, 또 모든 연구자들이 최인훈 문학을 옹호했던 것도 아니다. 최인훈 문학은 여러 비평가들의 혹평을 받기도 하였으며, 그 구실을 제공한 것은 최인훈 소설의 '실험성' 혹은 '난해성'이었다. 가령, 그의 소설은 '관념의 유희'이자 '지적 스노비즘의 세계(염무웅)', '전쟁통에 남하한 집 없는 아이의 오만한 나르시시즘과 계몽적 관념론(이보영)'이라는 비판을 받기도 하였다. 앞뒤조차 종잡을 수 없는 『구운몽』, 『서유기』, 서사조차 확인되지 않는 『총독의 소리』는 이러한 비판이 전혀 근거 없는 것은 아님을 보여주는 사례일 것이다.

하지만 최인훈 문학의 난해성, 관념성, 비사실성이 단순한 약점이나 한계가 아니라는 주장 또한 있다. 양윤모는 최인훈이 "같은 문제를 다루더라도 표현의 다양성을 인식하여 다양한 형식으로 작품을 창작"한 것일 뿐이라고 지적한다. 즉 최인훈 소설의 주제가 시종일관 "남북 분단과 이데올로기의 대립, 남북한 정치 체제의 문제점, 미국과 소련의 실상과 일본의 재무장에 대한 경계, 일제 잔재 청산의 미흡, 전통 문화의 붕괴와 서구 문화의 맹목적 수용과 왜곡" 등 현실적인 문제에서 벗어나지 않고 있음에 주목해야 한다는 것이다.[21] 김인호 또한 '실험적

---

20) 김인호, 「'최인훈 연구'의 현황과 향후 과제」, 『해체와 저항의 서사 : 최인훈과 그의 문학』, 문학과지성사, 2004, 23면.
21) 양윤모, 「최인훈 소설의 '정체성 찾기'에 대한 연구」, 2면.

형식'으로 말미암아 "그 실험성이 부각되면서 사회적 발언의 강도가 약한 것"[22]처럼 오해될 뿐이지 최인훈의 주제의식은 현실적이라고 역설하였다.[23]

이 글의 목적은 '최인훈의 생애와 문학'을 소개하는 것이지만, 아쉽게도 필자에게는 방대한 최인훈 문학을 분석적으로 조망할 능력이 부족하다. 적지 않은 중단편소설과 1960년대를 대표하는 그의 장편소설, 그리고 상당한 분량의 희곡 작품과 예술론, 비평론을 메타적 틀에서 다루는 일이 필자의 능력을 벗어나 있는 탓이다. 이 글에서는 이제까지 덜 다루어져 온 초기 단편소설들을 중심으로 최인훈 문학의 특성을 살펴보고자 한다. 최인훈 초기 단편소설은 기존 연구에서 크게 주목받지 못했지만, 최인훈 문학의 "중요한 핵심"[24] 혹은 "문학적 DNA"[25]를 저장한 텍스트라는 점에서 중요한 의의를 갖는다. 이 글에서는 최인훈 초기 단편소설들에서 반복·변주되어 등장하는 중요한 모티프를 검토하고자 하는데, 이 같은 작업이 최인훈 문학의 개략적 지도를 그리는 데 도움이 되기를 바란다.

---

22) 김인호, 「'최인훈 연구'의 현황과 과제」, 31면.
23) 김인호는 최인훈 소설이 '리얼리즘의 정신'에 뿌리 내려져 있으면서도, "이상의 모더니즘의 전통을 계승하면서 형식의 새로움"(김인호, 「'최인훈 연구'의 현황과 과제」, 33면)을 성취하였다고 평가한다. 플롯을 포기한 것처럼 보이는 소설 형식이나, 전통적 형식을 뒤집는 패러디, '환각'과 '환청'에 의한 낯설게 하기 등이 이러한 기법적 시도라는 설명이다.
24) 김영찬, 「최인훈 초기 중단편 소설의 현대성」, 『상허학보』 7, 2001, 386면.
25) 김성렬, 「최인훈 문학 초기 중단편의 원형적 성격과 그 확산의 양상」, 『한민족문화연구』 38, 2011, 255면.

3. 최인훈 소설과 프랙탈 이론

　최인훈은 「그레이(GREY)구락부 전말기」와 「라울전」 두 편의 소설을 발표하면서 문단에 등장한다. 외견상 두 소설은 상당히 달라 보인다. 허세와 치기에 찬 청년들의 우스꽝스런 비밀결사를 그린 「그레이구락부 전말기」가 그래도 현실성을 띤다면, 신약성서의 바울과 허구적 인물인 라울을 나란히 등장시켜 유대교의 문제를 다루고 있는 「라울전」은 현실성과는 거리가 먼 일종의 알리고리로 보인다. 하지만 두 소설은 전혀 달라 보이는 외양과 달리 많은 공통점을 띠고 있을 뿐만 아니라, 이후 씌어질 최인훈 소설의 단초를 품고 있다는 점에서 중요하다.

　이 소설뿐 아니라 최인훈의 많은 소설에는 비슷한 모티프가 변형되어 반복적으로 등장하는 경우가 많다. 그래서 독자들은 최인훈의 소설들을 읽어가다가 기이한 '기시감'에 사로잡히는 경험을 한다. 비유하자면, 최인훈 문학은 부분이 전체를 닮았고 그러한 자기 유사성이 반복되는 '프랙탈 구조'와 닮아 있다.[26] 이 글에서는 최인훈 소설 어디에선가 마주쳐본 듯한 아홉 개의 모티프를 살펴보며 그 의미가 무엇인지를 알아보고자 한다.

---

26) 반복 모티프에 주목한 논의로 다음을 참고.
　　이주라, 「최인훈 소설의 반복기법 연구」, 고려대 대학원 석사논문, 2003.
　　최애순, 「최인훈 소설의 반복 구조 연구」, 『현대소설연구』 26, 2006.
　　정영훈, 「최인훈 소설에서의 반복의 의미」, 『현대소설연구』 35, 2007.
　　최현희, 「반복의 자동성을 넘어서 : 최인훈의 『구운몽』과 정신분석학적 문학비평의 모색」, 『한국문학이론과 비평』 34, 2007.
　　강헌국, 「감시와 위장 : 최인훈의 『크리스마스 캐럴』론」, 『우리어문연구』 32, 2008.

1) 원체험의 반복과 기억하기

최인훈 소설에서 가장 중요하게, 그리고 빈번하게 반복되는 모티프로 '자아비판', '방공호 체험', 'LST 체험'을 들 수 있다. '반복강박'이라고 불러도 틀리지 않을 만큼 『회색인』, 『구운몽』, 『서유기』, 『소설가 구보 씨의 일일』, 『화두』 등의 주요 소설에서 이 모티프들은 반복·변주되어 등장한다. 이 사건들이 최인훈의 실제 삶을 연상시키는 탓에 연구자들은 '원체험'이라는 용어를 사용하기도 하였으며, 초기 연구자들의 관심은 원체험이라 불리는 사건들이 작가의 실제 경험과 어느 정도 일치하는가[27] 혹은 원체험이 작가(작가의 작품)에게 어떤 영향을 끼쳤는가에 치우쳤던 경우가 많았다.[28]

이러한 기존 연구의 맥락에서 볼 때, '사후성'에 근거한 김영찬의 연구는 상당히 주목할 만하다. 왜냐하면 "원체험의 서사가 현재 시점에서의 근대성의 경험에 대응하는 글쓰기의 존재방식에 대한 성찰의 '사후적 효과'로 구성된 것"[29]이라는 그의 시각이 원체험의 실재성에 매

---

27) 최인훈의 대담은 소설 속 사건이 실제 작가의 경험과 크게 다르지 않다는 것을 확인하게 해준다(김현·최인훈 대담, 「변동하는 시대의 예술가의 탐구」, 『신동아』, 1981.9).
28) 반복되는 원체험의 문제를 '기억하기' 혹은 '정체성 회복'과 연결하여 해명한 논문으로 다음을 참고.
구재진, 「최인훈 소설에 나타난 '기억하기'와 탈식민성」, 『한국현대문화연구』 15, 2004.
김인호, 「기억의 확장과 서사적 진실 : 최인훈 소설 『서유기』와 『화두』를 중심으로」, 『국어국문학』 140, 2005.
연남경, 「기억의 문학적 재생」, 『한중인문학연구』 28, 2009.
29) 김영찬, 「최인훈 소설의 기원과 존재방식 : 원체험의 재현을 중심으로」, 『한국근대문학연구』 3, 2002, 287면.

몰되어 있던 기존 연구에 획기적인 전환점을 가져왔기 때문이다. 기존 논의들은 최인훈의 원체험을 "(최인훈의) 세계관이나 현실인식을 낳은 근원적 경험", 혹은 "(작가의) 세계관과 현실인식을 설명하는 자료"로 활용하였지만, 원체험이 반복되는 이유나 그 의미를 해명하는 데까지 나아가지 못하는 한계를 보였었다. 그런데 김영찬은 원체험의 실재성이 아닌, 1960년대라는 현재시에서 그것이 '저현되는 방식'과 그 의미에 주목함으로써 원체험이 최인훈의 '글쓰기의 기원', '구성된 기원'임을 강조하게 된다.[30]

2) '책'을 사랑하는 남자들

한국 문단에 처음으로 최인훈의 이름 석 자를 알린 「그레이구락부 전말기」에도 이후 최인훈 문학에 등장하게 될 핵심적 사안이 축소된 형태로 등장하고 있음을 확인할 수 있다. 「그레이구락부 전말기」의 사변적이고 관념적인 남자 주인공부터가 그러하다. 지나치게 생각이 많으며 상당한 나르시스트이기도 한 이런 남자 주인공들은 '현'이나 '준'이라는 이름을 달고 이후 최인훈 소설에 자주 출몰하게 된다. 독서가 힘이고 독서가 자랑인 지적이고 현학적인 이 남자들은, 하지만 연애에는 숙맥이라 그들은 사랑에서 실패를 맛보곤 한다. 또한 최인훈 연구에서 자주 등장하는 '창(窓) 타입 인간형'이 등장하는 것도 이 소설이고, 이밖에도 현실과 공상의 관계, 식민지 근대성에 대한 사유의 편린도 확인할 수 있다.

30) 김영찬, 「최인훈 소설의 기원과 존재방식 : 원체험의 재현을 중심으로」, 311면.

　　최인훈의 남자 주인공은 책 읽기를 즐기는 사람들이다. '즐겨 읽는다'라는 표현이 부적절할 수도 있는데, 왜냐하면 그들의 독서는 강박에 가까운 지경이기 때문이다. 「그레이구락부 전말기」의 '현'은 자신이 독서에 빠져 있던 시절을 "책에 음(淫)한 무렵"이라고 회상한다. "잠잘 때 말고는 활자를 눈알에 비치고 있지 않으면 금방 무슨 몸서리칠 재앙이 다가오기나 할 것처럼, 이야기에 있는, 무슨 그러기로 된 몸놀림을 멈추자마자 마귀에게 잡아먹힌다는 그런 식으로, 책을 한때라도 놓으면 금방 자기의 있음은 온데간데없어질 것 같은, 가위눌림 비스름한 것에 등을 밀려서 책에서 책으로 허덕이듯" 읽을 지경이고 보면 '현'의 독서벽이 얼마나 심각한 정도인지를 짐작할 수 있다. 『회색인』의 '현' 역시 책 읽기에 강박적으로 매달리는 대표적인 남자 주인공이다.

　　독서는 실제 작가 최인훈의 어릴 적부터의 취미라고 하며, 그렇다면 책 읽기에 빠진 주인공의 모델은 작가 최인훈에게서 찾아야 할 것이다. 하지만 작가에게 심각할 정도의 독서 취미가 있었다는 사실보다 중요한 것은, 왜 최인훈이 책 읽기에 집착하는지, 그의 소설에 등장하는 독서벽의 의미가 무엇인지일 것이다. 김영찬은 '책으로의 정신적 망명' 모티프가 '방공호 체험', 'LST체험'과 더불어 최인훈의 원체험에 해당한다고 지적하며, "언어적 질서와 현실적 질서 사이의 이율배반"이 책의 세계에 빠지게 하는 계기가 된 것이라는 추측을 내놓는다.31) 책을 통해 익힌 언어적 질서는 자아비판으로 대표되는 현실의 논리에 의해 거부되지만, 그럴수록 인물은 책의 세계에 빠져들게 된다는 설명

------

31) 김영찬, 『근대의 불안과 모더니즘』, 소명출판, 2006, 72면.

이다. 즉 '책으로의 망명'은 "욕망의 좌절에 대한 보상 행위"인 것이다. 특히 『회색인』의 '독고준'에게 이야기의 세계가 매력적으로 다가오는 데, 어린 독고준에게 책의 세계는 현실보다 더 현실 같은 '자족적 세계'로 작용한다고 하겠다. 김영찬은 최인훈의 인물들이 책을 통해 "자아를 소외시키는 현실의 질서를 회피하고 나아가 그 현실을 허구화시키면서 소외되고 분열된 주체를 다시 통합"하고자 하며, 그런 점에서 책은 '주체화의 점'으로 작용한다고 설명한다.[32]

3) 회색과 '창(窓)' 타입 인간형

「그레이구락부 전말기」나 장편 『회색인』(원제 『회색의 의자』)은 그 제목에서부터 '회색'을 내세우고 있을 만큼 최인훈 소설에서의 회색은 중요한 의미를 갖는다. '그레이구락부'의 당원들은 스스로를 "잿빛을 사랑하는 자"라고 칭하는데, 그들이 지향하는 회색의 의미는 구락부의 발당 선언에 잘 표현되어 있다.

> 움직임의 길이 막혔을 때, 움직이지 않음이 나옵니다. 예스라고 하기 싫을 때 노라 하지 않고 그저 입을 다무는 것도 또한 훌륭한 움직임입니다. '손쉬운 도피'란 말을 속물들은 멋대로 지껄입니다. 손쉬운 풀이가 아닙니까? 우리는 이 손쉬움에 대듭니다. 창조는 끝났습니다. (…중략…) 우리는 잿빛을 사랑하는 자로 나섭니다. 어찌하여 속물들은 '치기'를 그리도 두려워합니까? 우리는 분명한 다음으로 외칩니다. 우리는 움직임을 마다한다고. 잿빛의 저녁놀 속에서만 슬기의 새 '미네르바'의

---

32) 김영찬, 『근대의 불안과 모더니즘』, 74~75면.

부엉이는 눈을 뜹니다. 이는 우리의 상징입니다. 우리의 강령은 심령적인 것입니다. '동지 서로 사이에 내적인 유대 감정을 이어가고 순수의 나라에 산다는 느낌을 이어간다.' 이것이 바로 그것입니다.[33]

이 선언문의 내용은 치기와 허세로 가득 차 보이지만, 중요한 점은 이 선언이 '현'에게 '구원'으로 느껴졌다는 것이다. 발당 선언문에 나타났듯이, '회색'은 '예스'나 '노'라는 양자택일을 거부하는 태도를 상징한다. 그런데 이도 저도 아닌 회색의 선택이 '손쉬운 도피'라는 비난을 받을 줄 알면서도 그레이구락부 당원들이 회색을 옹호하는 이유, 그리고 그것이 갖는 의미는 무엇일까? 회색이 갖는 정당한 의미는 '창 타입 인간형'의 출현과 더불어 이해된다. '현'은 창 타입 인간형을 이렇게 정의한다. "움직임의 손발을 갖지 못하고, 내다보는 창문만을 가진 인간형이 있다. 손 하나 발 하나 까닥하긴 싫고, 다만 눈에 보이는 온갖 빛깔, 형태를 굶주린 듯 지켜봄으로써 보람을 느끼는 사람, 이런 사람은 '창' 타입의 사람이다."[34]

창 타입의 인간형을 지지한다는 것은 실천이나 참여보다는 현실과의 거리두기에 더 가치를 둔다는 뜻이다. '그레이구락부' 회원들이 옹호하는 회색과 창 타입형 인간에서 주목할 바는 바로 이 거리두기의 균형감각일 것이다. 최인훈이 『광장』에서 당시 문단을 휩쓸었던 반공주의나 실존주의의 함정에 빠지지 않고 전쟁과 분단을 객관적으로 조망하고 형상화할 수 있었던 것은 이 회색의 감각, 창 타입 인간형의

---

33) 최인훈, 「그레이구락부 전말기」, 『우상의 집』, 1993, 17면.
34) 최인훈, 「그레이구락부 전말기」, 23면.

응시로부터 비롯된다고 할 수 있다. 그런 점에서 '창 타입 인간형' 혹은 '회색'은 이도 저도 아닌 어정쩡함의 위치가 아닌, 철저한 사유를 위한 현실과의 거리두기라고 이해될 필요가 있다.

4) 한국적 근대와 탈식민주의

「그레이구락부 전말기」 초반에 '현'이 신문을 읽다가 '마르세이유 주재 영사'가 되는 공상에 빠지는 대목이 나온다. 자신에 대한 자부심과 우월감으로 가득 찬 남자 주인공을 최인훈 소설에서 심심치 않게 발견하게 되는데 '현'이 그런 대표적 사례다. 그런데 그의 유치한 공상에서 흥미로운 것은, 주인공이 한국문화에 대한 우월감과 열등감을 동시에 드러내고 있다는 점이다. 스탕달, 발자크, 모파상, 졸라, 카뮈에 이르는 서양문학의 계보를 읊으며 서양에 대한 선망을 드러내다가 갑자기 "흥, 서양 문학이 무에 대단한 게 있어. 가락이 높고 은은한 우리네 마음을 나타내는 주인공을 그려내는 날이면, 모든 명작 소설이 무색"될 것이라고 장담한다. 하지만 '우리의 것'이 최고라는 이 자만심 뒤에는 우리 것에 대한 자괴감, 그리고 서구에 대한 동경이 그림자처럼 길게 드리워져 있음을 간과할 수 없다.

서구 문화에 대한 선망과 우리 것에 대한 열등의식은 『회색인』, 『서유기』, 『구운몽』, 『크리스마스 캐럴』 연작에서 반복적으로 다루어지는 주제다. 「크리스마스 캐럴 4」의 주인공이 대표적인데, 서양에 대한 열등감을 가진 그는 콤플렉스를 극복하기 위해 유럽으로 유학을 떠난다. 서구 문화를 철저히 내면화함으로써 열등감을 극복하겠다는 전략인 것이다. 하지만 서양 학자나 '수호 성녀'에게 학문과 종교가 체화된 것을 확인하며, 그는 '식민지 지식인'으로서의 한계를 체감할 수밖에 없다. 『회색인』의 독고준이 보이는 현실 인식도 이와 유사하다.[35] 독고준이 의식하는 '한국적 근대성의 딜레마'란 완전한 서양이 되지 못하기에 서양을 따를 수도 없고, 이미 폐허가 된 동양적 전통으로 돌아갈 수도 없는 처지를 의미하기 때문이다.

최인훈은 한국의 근대가 '이식된 근대', '식민지적 근대'라는 냉철한 자각 위에 서 있으며, 그의 관심은 자연스럽게 식민지 근대의 딜레마를 어떻게 극복할 수 있는가라는 문제로 이어진다.[36] 이러한 문제에 대한 가장 간단한 해결책은 '전통'을 대안으로 내세우는 논리지만, 최인훈은 한국적 전통으로 서구를 극복하겠다는 전통론과는 거리를 둔다. 왜냐하면 '특수주의(한국적 전통)'로 '보편주의(서양)'를 극복하려는 시도가 전도된 방식으로 서구 보편주의를 반복하고 있다는 사실을 알고 있기 때문인데,[37] 가령, 『회색인』의 독고준은 이러한 함정과 관련하여 "그 전통은 자칫 우리들의 헤어날 수 없는 함정이기 십상"이라고 경계한다. 하지만 최인훈이 전통적인 것으로 서구를 극복할 수 있다는 논리와 거리를 두고 있음에도 불구하고, 후기로 갈수록 불교와 같은 '동양적인 것'에서 일종의 대안을 찾고자 하는 경향을 보인다.

---

35) 『회색인』에 나타난 근대 인식에 대해서는 정재림, 「최인훈 소설에 나타난 기독교 비판의 의미」, 『문학과 종교』 15, 2010 참고.
36) '탈식민주의'가 최인훈 문학 연구의 중요한 축을 이루는 이유가 여기에 있을 것이다.
37) 특수주의로 보편주의를 극복하고자 하는 시도의 한계에 대해서는 강상중, 이경덕 외 역, 『오리엔탈리즘을 넘어서』, 이산, 1997, 174~200면.

5) 연애담과 여성 형상화 방식

최인훈 소설에서 남녀의 연애담이 중요한 이야기로 등장하는 경우는 드물지 않다. 가령, 묵중한 이데올로기를 걷어내고 보면『광장』은 한 편의 발랄한 연애소설이다.「그레이구락부 전말기」,『회색인』에도 밀고 당기는 연애 감정이 실감나게 드러나 있으며,『가면고』의 주제는 '사랑을 통한 구원'[38]이라고 해도 과언이 아니다. 그런데 문제는 사랑을 통한 구원이 손쉽게 이루어지지는 않을뿐더러 이 사랑이 다분히 남성중심적이라는 한계를 노출한다는 점이다. 그래서 많은 비평가들은 최인훈 소설의 남성 주인공들이 '남성 우월주의자', '반페미니스트'의 면모를 보이고 있으며, 여성 인물은 '모성적 존재'로 그려진다고 지적하였다. 하지만 최인훈 소설에 등장하는 여성이 '모성적 존재'라는 주장은 옳지 않을뿐더러 인물의 성격과 작가의식을 일대일 대응하여 최인훈을 반페미니스트로 규정하는 것은 무리일 듯하다.[39]

한 연구자의 지적처럼, 최인훈 소설에 등장하는 여성은 '순종적이며 자기주장이 뚜렷하지 않은 인물'과 '변덕스럽고 종잡을 수 없는 인물'로 나뉠 수 있다.[40] 순종적인 전자의 여성이 '남성적 판타지의 산물'이

---

38) 김병익, 이태동 편,「사랑, 혹은 현대의 구원」,『최인훈』, 서강대학교출판부, 1999 참고. 또한 김현은 여성과의 사랑이 책 읽기와 같은 의미를 갖는다고 지적하였다(김현,「책읽기의 괴로움」,『책읽기의 괴로움』, 민음사, 1984 참고).
39) 최인훈은 작가의 여성 형상화 방식이 페미니스트를 불편하게 만드는 지점을 포함하고 있지 않느냐는 대담자의 질문에 대해 '정열적이고 압도적인 여성 주인공'이 등장하는 자신의 희곡을 참작할 필요가 있다고 답한 바 있다(김인호,『해체와 저항의 서사』, 286면). 작가의 고백대로 소설 속 여성 인물과 희곡 속 여성 인물은 명백한 대조를 보이는데, 이러한 차이가 발생한 이유를 장르적인 차원에서 고찰하는 것도 흥미로운 작업이 될 것이다.

라면, '창녀', '화냥년'이라고 표현되는 후자의 여성은 남성 주체의 공
포를 반영한 것이다. 전자든 후자든 이 여성상이 '남성 주체의 이데올
로기'의 산물인 것이 사실이지만, 그보다 중요한 것은 여성 표상이 "남
성 주체의 욕망을 작동시키는 길"을 짐작하게 한다는 점이다.[41] 즉 여
성이 유발하는 불안과 공포를 극복하기 위해 여성의 육체를 소유하려
는 남성 주체의 기획이 시도됨을, 그리고 그 기획이 성취되는 것이 불
가능함을 보여준다는 것이다.[42]

---

40) 정영훈, 「최인훈 소설에 나타난 여성 인식」, 『한국근대문학연구』, 2006 참고.『광
　　장』의 은혜, 『회색인』의 김순임이 전자의 여성이라면, 「그레이구락부 전말기」의
　　키티, 「라울전」의 시바, 「가면고」의 미라, 『광장』의 윤애는 후자에 속한다(정영
　　훈, 「최인훈 소설에 나타난 여성 인식」, 155~156면).
41) 정영훈, 「최인훈 소설에 나타난 여성 인식」, 158면.
　　한편 최현희는 『구운몽』에 강박적으로 등장하는 '왼쪽 뺨의 점(숙이)'이 "절대
　　로 도달할 수 없는 무엇", "주체의 욕망을 추동시키는 근본"인 라캉의 '대상a'와
　　같은 유사한 역할을 한다고 지적한 바 있다(최현희, 「반복의 자동성을 넘어서 :
　　최인훈의 『구운몽』과 정신분석학적 문학비평의 모색」, 『한국문학이론과 비평』
　　34, 2007 참고).
42) '그레이구락부'의 유일한 여성 회원인 키티는 최인훈 소설에 등장하는 두려운
　　여성을 대표한다고 할 만하다. 키티가 중요한 것은 그녀가 생물학적 여성이라
　　는 점이 아니라, '진리'와 등가적 의미를 갖는다는 사실이다. K는 "여자란, 존재
　　의 막다른 골목의 담벼락에 붙은 문이란 말이야. 우리는 그 너머로 갈 수 없어.
　　언제까지나 열리지 않는 문, 아주 녹슨 문, 사람이 손으로 만지고 눈으로 볼 수
　　있는 가장 마지막 물건이란 말일세."라고 말하고, 현은 "그러나 문 그 자체가
　　목적인 건 아니잖아. 문은 어디까지나 그 건너편에 있는 그 무엇으로 가는 길목
　　일 뿐이야."라고 답하는데, 이 두 남성의 대화에서의 여성은 일종의 불가해한
　　'진리'로 취급된다. 여성을 '진리'로 은유하는 서양 철학의 의미와 한계에 대해
　　서는 다음의 논문을 참고.
　　신경원, 「니체와 데리다, 이리가라이의 여성」, 『비평과이론』 15, 2000.
　　신경원, 「니체의 진리, 삶, 심연과 여성 은유」, 『영미문학페미니즘』 10, 2002.
　　김애령, 「여성, 타자의 은유 : 레비나스의 경우」, 『한국여성철학』 9, 2008.

6) 오인의 구조

최인훈 소설에서 가장 빈번하게 발견되는 '정신분석학적 징후' 가운데 하나가 '호명과 오인의 구조'라고 할 수 있다.[43] 『서유기』와 『구운몽』의 경우 서사 전체를 추동하는 힘이 '오인의 구조'에서 비롯된다고 할 수 있으며, 「그레이구락부 전말기」, 『광장』에서도 공권력의 오인 앞에 주체가 무기력을 느끼는 인상적인 장면이 등장한다. '그레이구락부'의 종말은 난데없이 등장한 형사가 현의 무리를 '국가 전복'을 도모한 비밀 조직으로 오해하면서 시작된다. 현은 형사에게 '국가 전복'을 도모하는 것처럼 보이지만 자신들의 모임이 실상은 '잡담과 소일'일 뿐이라고 해명한다. 그리고 현은 변명을 늘어놓는 자신에게서 "참을 수 없는 굴욕감"을 느끼고, 이후 구락부는 자연스럽게 해체의 길을 걷게 된다. 『광장』의 이명준은 경찰서의 취조실에서 형사에 의해 '빨갱이'로 불리면서 자신의 정체성에 대해 심각한 고민을 하게 된다. 『서유기』나 『구운몽』의 오인은 더 희극적이고 그로테스크한데, 인물들은 자신들을 다른 사람으로 오해하는 무리에게 쫓기거나 "당신을 잘 아는 사람으로부터"라는 어처구니없는 편지를 받으며 헤매게 된다.

구재진은 최인훈 소설들의 '호명과 오인의 구조'가 "언어로 이루어진 이름"이 '상징계의 위임'일 뿐이며 주체란 이러한 오인의 구조에 기반한 것임을 보여준다고 지적하였다. 최인훈이 "호명과 오인의 구조

---

43) '오인의 구조'에 주목한 논문으로 다음을 참고.
　　구재진, 「최인훈 소설에 나타난 노스탤지어와 역사 감각」, 『한국문학이론과 비평』 34, 2007.
　　정영훈, 「최인훈 소설에서의 반복의 의미」, 『현대소설연구』 35, 2007.

를 반복적으로 드러냄으로써 질서정연한 것처럼 보이는 상징계의 부조리함, 상징계의 허위성"을 보여주는 것이며, 여기에는 "상징계에 대한 부정과 비판"이 함축되어 있다는 설명이다.[44] 정영훈 또한 '타인의 오인'을 중심으로 최인훈 소설의 반복이 구조화되어 있으며,[45] 타자의 오인이 주체에게 불쾌감을 불러일으키기만 하는 것은 아니라고 지적한다. "반복되는 타자의 오인"이 '향락의 대상'이라는 설명이다.[46] 즉 '환상의 스크린'으로 기능하는 타자의 오인이 제거되었을 때, 주체는 자신이 실제로 '무(無)'에 가깝다는 사실을 알게 되며, 따라서 이를 감추기 위해 오인이 반복될 수밖에 없다는 것이다.

7) 자유 혹은 자율적 개인

1960년대 작가들에게 '자유' 혹은 '자율성'은 공통의 화두였다고 할 수 있는데, 최인훈의 소설 역시 자유에 대한 고민을 드러내고 있다. 가령, 최인훈의 등단작인 「그레이구락부 전말기」와 「라울전」의 주제는

---

44) 구재진, 「최인훈 소설에 나타난 노스텔지어와 역사 감각」, 23면.
45) 정영훈은 최인훈 소설에서 자주 등장하는 '유년기 자아의 인민재판'도 '타자의 오인'과 관련되어 있으며, 나아가 패러디 소설까지도 오인의 구조에 포함된다고 주장한다. 그는 "최인훈 소설에서의 반복은 오인이 중단될 때까지, 다시 말해 결백함이 증명될 때까지 계속 되풀이"되는 것이며 따라서 "자신의 결백을 승인해 주기를 바라는 계속되는 요청"이라고 말한다(정영훈, 「최인훈 소설에서의 반복의 의미」, 236면).
46) 정영훈, 「최인훈 소설에서의 반복의 의미」, 243면.
정영훈은 최인훈의 소설을 '정체성 탐색'으로 주제화하는 입장과는 거리를 두는데, 왜냐하면 타자의 오인을 걷어내고 마주하게 되는 진짜 '정체성'이라는 것이 최인훈 소설에서 불가능할 뿐만 아니라, 타자의 오인으로부터 벗어나고자 하는 인물의 시도 또한 하나의 포즈라고 보기 때문이다.

'자유'라고 말해도 과언이 아니다. 「그레이구락부 전말기」의 '자유'가 정치적인 자유에 가깝다면, 「라울전」은 더 광범위하고 보편적인 차원의 자유를 다룬다. 김진기는 자유주의가 1960년대 시대정신이었으며, 최인훈의 데뷔작인 「그레이구락부 전말기」가 "권력에 침해된 개인의 권리, 곧 정치적 자유"에 관심을 두고 있다는 점에 주목한 바 있다.[47] 그는 구락부 젊은이들의 비밀결사는 권력에 저항하는 "일종의 해방구" 역할을 하며, 그런 이유로 현은 이 모임 속에서 '구원'을 느끼게 된다고 설명한다.[48] 하지만 전체주의적 권력은 '취향의 자유'마저 용납하지 않으며, 그 근저에서 작동하는 것이 바로 반공주의라는 것인데, 정치적 자유에 대한 최인훈의 고민은 『광장』, 『회색인』에서 더욱 심화된 주제로 나타난다고 설명한다.

한편, 우리나라 풍토에서는 상당히 낯선 우대교라는 배경과 라울이라는 허구적 인물을 끌어들인 「라울전」은 젊은 작가의 실험정신의 산물처럼 보인다. 하지만 2000년대 이후 「라울전」은 "이성의 힘이 운명의 벽 앞에서 무너지는 것을 경험하는 한 지식인의 회의와 좌절",[49] "인간의 주관적 정신과 신의 자유 의지의 대결"[50]을 보여주는 소설이라는 새로운 평가를 받았다. 라울과 바울의 대결을 통해 이 소설이 던지는 진지하고 흥미로운 질문은 '인간은 자유로운가'라는 문장으로 요약된다.[51] 라울은 친구 바울에게서 항상 열등감을 느끼는데, 왜냐하면

---

47) 김진기, 「'정치적 자유'의 한 양상 : 최인훈의 1960년대 소설을 중심으로」, 『상허학보』 17, 2006, 279면.
48) 김진기, 「'정치적 자유'의 한 양상 : 최인훈의 1960년대 소설을 중심으로」, 281면.
49) 김영찬, 『근대의 불안과 모더니즘』, 284면.
50) 황경, 「최인훈 소설에 나타난 예술론 연구」, 고려대 대학원 박사논문, 2003, 40면.

우연적인 계기에 의해 자신이 바울과의 게임에서 항상 패배해왔기 때문이다. 라울은 메시야(진리)와의 만남이라는 마지막 게임에서마저 바울에게 지고 마는데, 승패의 원인이 인간이 아닌 신에게 놓여 있다는 점이 이 소설의 핵심일 것이다. 즉 신의 선택이라는 운명 앞에 인간의 자유는 한없이 초라하다는 것이다.

「라울전」의 '신'은 '역사'로 치환되어도 무방하다. 역사와 인간의 함수 관계를 어떻게 보느냐에 따라, 인간의 자율성은 증대되기도 하고 감소하기도 한다. 역사가 필연적인 힘에 지배된다고 본다면 인간의 자유가 들어설 여지는 줄어들게 되고, 반면 인간의 자유를 옹호하게 되면 역사의 필연적 힘은 부정되게 된다. 기독교 신학의 아이러니가 '신의 전능성'과 '인간의 자유'라는 양립불가능해 보이는 두 명제 사이에서 파생되듯,[52] 역사와 자율적 개인 사이의 모순 또한 유사한 양태를 띠고 있다고 하겠다.[53] 최인훈을 비롯한 1960년대 작가들이 이러한 모

---

51) 이수형 또한 「라울전」이 인간의 자유와 필연에 관한 문제를 다룬다고 보았는데, 그는 「라울전」을 비롯한 최인훈 초기 소설에서 '결정론적 세계 의식'을 확인할 수 있다고 보았다(이수형, 「최인훈 초기 소설에서의 결정론적 세계와 자유」, 『한국근대문학연구』 7, 2006, 321면).

52) 가령, 예수를 배신한 유다의 죄를 묻는다고 하자. 스승을 팔고 자살을 한 유다의 행위에 유죄를 선고할 때, 그 전제는 유다에게 행위를 선택할 자유가 있었다는 것이다. 하지만 신의 전지전능성은 '신이 유다의 배신까지도 알고 있었던 것 아닌가', '유다의 배신은 전지전능한 신의 계획에 이미 포함되어 있는 것 아닌가' 등과 같은 질문을 발생하도록 한다. '인간의 자유'와 '신의 전능성'의 양립 가능성에 대해서는 박영식, 「하나님의 섭리와 인간의 자유」, 『한국기독교신학논총』 65, 2009 참고.

53) 최인훈 소설에 '기독교적 구원의 서사'가 자주 등장하는 이유에 대한 황경의 설명은 주목할 만하다. "최인훈은 모든 예술의 원형을 기독교적 구원의 서사에서 찾는다. 그러나 한편으로 그는 기독교가 제시하는 구원의 약속이 '인간을 신의

순에 대해 천착했던 것은 어떤 점에서 자연스러운 반응이라고 볼 수 있을 듯하다. 식민지에서의 해방과 새로운 국가의 수립이 어느 시대보다도 실질적인 의미의 자유(자율적 개인)에 대한 기대를 가능하게 했지만, 동시에 예기치 않았던 전쟁과 분단, 군사정권으로 인해 자유에 대한 깊은 회의를 가져온 시기가 1960년대 전후일 것이기 때문이다.

8) 스타일리스트의 면모

최인훈 소설은 '현학적'이고 '관념적'이라는 인상을 준다. 하지만 1960년대 최인훈이 발표한 몇 편의 단편소설은 스타일리스로서의 면모를 인정하지 않을 수 없게 한다. 가령, 「국도의 끝」, 「웃음소리」, 「구월의 다알리아」와 같은 소설에는 현학적인 장광설도, 허황된 이야기도 없다. 사건다운 사건이 없어서 시시할 지경이다. 아주 강렬한 이미지로 생의 짧은 순간, 한 단면을 포착해 보여준다.

가령, 「구월의 다알리아」의 사건은 간단하다. 한 인민군 장교가 민간인 남녀를 사살하고, 얼마 후 죽게 된다는 것이다. 이 소설에서 사건을 가지고 무엇인가를 말하기는 어렵다. 서술자가 거의 아무말도 하지 않기 때문이다. 하지만 독서 후에 머릿속에 남는 몇 개의 '이미지'는 매우 강렬하다. 주가 되는 것은 '다알리아'의 이미지다. '붉은색＋흰색'

종'으로 규정함으로써, 인간의 '자유 의지'와 '주체성'을 부정하고 있는 것은 아닌지 회의한다. (…중략…) 그러나 한편으로 최인훈에게 문제가 되는 것은 기독교적 전통의 뿌리가 희박할뿐더러 서구와는 정신사적 기반을 달리하는 한국 사회에서, 자신의 이러한 논리와 사유가 과연 타당할 것인가에 대한 의문이다."(황경, 「최인훈 소설에 나타난 예술론 연구」, 40~42면).

의 강렬한 이 시각적 이미지는 이 소설에 낭자한 핏빛 이미지와 죽음의 이미지를 환기한다. 그리고 '전도' 혹은 '전복'의 이미지 또한 반복해서 등장한다. 곤두박질하듯 엉금거리는 여인, 계단에서 거꾸로 떨어지는 사나이, 도랑에 엎어지는 그, 진흙에 처박힌 시체 등등. 이것들은 죽음, 특히 부조리한 죽음을 떠올리게 하고, 그럼으로써 독자가 전쟁의 부조리함, 전쟁의 비극을 연상하게 한다. 그런데 서술자가 개입하여 구구절절하게 설명하는 방식이 아니라, 강렬한 시각적 이미지로 이 주제를 전달한다는 것이 특이하다.

「국도의 끝」, 「구월의 다알리아」, 「정오」의 매력은 단편소설의 미학이라고 불러도 좋을 것이다. 그런데 최인훈이 보여주는 단편의 미학은, 예컨대, 한국단편 소설의 백미로 꼽히는 「메밀꽃 필 무렵」이나 「소나기」의 그것과는 사뭇 다르다. 인물, 사건, 배경을 제대로 갖추고 있는 이런 소설과 달리, 최인훈이 보여주는 단편소설은 우선 불친절하다. 인물이나 사건이 구체적으로 제시되어 있지 않으며, 독서 후에 남는 것은 강렬한 어떤 이미지의 잔상인 경우가 대부분이다. '작렬하는 태양 아래 달아오른 국도의 이미지(「국도의 끝」)', '다알리아의 붉은 이미지(「구월의 다알리아」)', '의미화되지 않은 미꾸라지와 악기 소리(「정오」)'의 이미지를 토대로 이야기를 재구성하는 몫은, 그래서 독자에게 고스란히 넘겨진다.

9) 패러디, 패러디

"패러디를 중요한 창작의 전략"[54]으로 선택한 작가라는 평가가 있

---

54) 김성렬, 「최인훈의 『소설가 구보 씨의 일일』에 나타난 작가의 일상, 의식, 욕망」,

을 만큼 패러디는 최인훈 문학의 주요한 창작원리다. 『서유기』, 『구운 몽』과 같은 동양의 고전, 「한스와 그레텔」, 『크리스마스 캐럴』과 같은 서양의 고전, 혹은 『소설가 구보 씨의 일일』과 같은 근대소설의 패러 디까지 다양하며, 제목이 주는 힌트가 아니라면 패러디인지 눈치 채지 못할 것으로부터 「놀부뎐」이나 「춘향뎐」 같은 표나는 패러디까지 최 인훈의 패러디물은 다양하고 이채롭다.

하지만 패러디가 하나의 '반복'이라는 점을 상기하면 최인훈 문학에 서 패러디가 서사 원리로 등장하는 것은 낯설지 않다. 문제는 동서양 의 고전을 '다시 쓰기'하는 최인훈에 의도가 무엇이냐는 점일 듯하다. 김한식은 최인훈의 패러디 소설이 "지난 시대의 문학이 추구한 가치나 통념에 대한 재해석"과 관련되며, 특히 고전 패러디에서 "지난 가치의 무효성을 주장하고 그것을 지워나가는 데 주력"하고 있음을 지적한 바 있다.55) 그러므로 최인훈의 '다시 쓰기'가 갖는 의미와 의도를 파악하 기 위해서는 다시 쓰기의 과정에서 작가가 어떤 가감(加減)을 하였는지 에 면밀한 주의를 기울일 필요가 있을 것이다.

가장 단순하고 소박한 패러디물이라고 할 수 있는 「놀부뎐」, 「춘향 뎐」에서 발견할 수 있는 것은 '이면(裏面)의 진실에 대한 재발견'이다. 작가는 '흥부를 위한 이야기'인 원전의 일부를 덜어냄으로써 놀부의 재발견을 시도한다. 발언의 전권은 놀부에게 주어지고, 따라서 「놀부 뎐」은 놀부에 '의한', 놀부를 '위한' 이야기로 재탄생한다. 흥부는 횡재

『우리어문연구』 38, 2010, 552면.
55) 김한식, 「한 근대 지식인의 고전 읽기 : 최인훈의 패러디 소설에 대하여」, 『작가연 구』 14, 2002 겨울 참고.

를 바라는 무능력한 인간으로 전락하고, 놀부는 부지런한 능력자로 부각되는 것이다. 「춘향면」 역시 새로운 춘향, 새로운 몽룡을 발견하게 한다. 그런데 이처럼 '이면의 진실을 보자' 혹은 '원본의 이면을 보자'라는 이 주장의 근거가 되는 것이 바로 '근대'라는 점이 중요하다. '놀부=악인, 흥부=선인' '착한 자는 복을 받는다'는 도식은 전근대에서나 통용될 법한 이데올로기이며, 최인훈의 패러디는 이러한 전근대적 가치에 대한 부정이 되는 것이다. 그러므로 이러한 재인식의 근거는 '근대(지금-여기)'의 현실이며, 여기에 최인훈의 고전 패러디 욕망이 있다고 해야 할 것이다.

이 글은 최인훈 소설에서 자주 반복되는 아홉 개의 모티프를 중심으로 최인훈 문학의 지형도를 개략적으로 그려보았다. 최인훈 문학은 1960년대로부터 현재까지 문단의 부단한 주목과 관심을 받아왔다. 1960년대의 관심이 당대 비평의 그것이었다면, 이후의 접근은 문학사적, 학문적 차원이라는 차이가 있을 뿐이다. 하지만 최인훈 문학 연구는 완성된 것이 아니라, 여전히 '현재형', '미래형'임에 분명하다. 한국문학을 논한다는 것, 한국문학의 실상을 재구성한다는 것이 최인훈 문학이라는 큰 산을 경유하지 않고는 불가능하기 때문일 것이다. 최인훈 문학을 장악할 새로운 방법론을 여전히 기대하는 이유 또한 여기에 있을 듯하다.

제 2 부

주제론 :
최인훈 문학과 프랙탈 이론

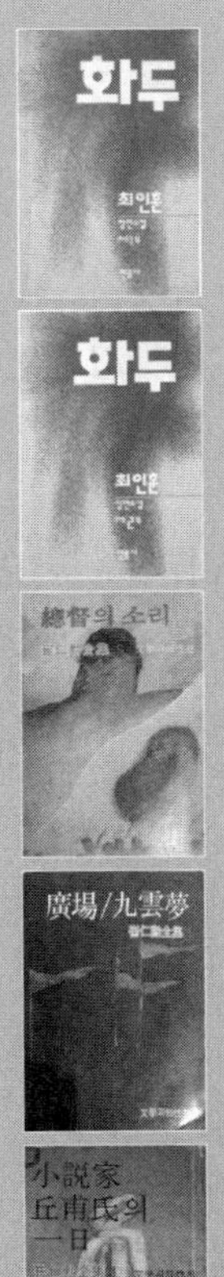

최인훈 소설의 기억하기와 탈식민성

―『서유기』를 중심으로

1. 서론

1990년대 중반, 영미문학 분야에서 수입된 탈식민주의론은 이제 한국문학을 연구하는 주요한 연구방법론이 되었다. 실제로 탈식민주의적 관점의 한국 문학 연구는 식민지시대 문학 연구에서 시작되어[1] 식민

---

* 구재진 / 세명대학교 한국어문학과 교수

[1] 식민지 시대 문학에 대한 탈식민주의의 관점에서 이루어진 연구로 나병철의 『근대서사와 탈식민주의』(문예출판사, 2001)를 들 수 있으며 이외에도 최근에 나온 연구로는 김병구의 「염상섭 소설의 탈식민성―『만세전』과 『삼대』를 중심으로」(『현대소설연구』 18호, 한국현대소설학회, 2003), 서재길의 「『만세전』의 탈식민주의적 읽기를 위한 시론」(『한국 근대문학과 일본』, 사에구사 도시카스 외, 소명출판, 2003), 임병권의 「탈식민주의와 모더니즘―이상을 통해 본 1930년대 모더니즘문학에 나타난 주체의식」(『민족문학사연구』 23권, 민족문학사학회, 2003) 등 다수가 있다.

지 이후 시대의 문학으로까지 확장되어 왔다. 그러나 탈식민주의가 무엇인가를 논의하는 것은 그리 간단하지 않은 일이다. 이는 탈식민주의 자체가 혼종성(hybridity)의 이론이라고 할 만큼 다양한 이론적 기반을 가진 많은 논의들이 탈식민주의를 둘러싸고 각축을 벌이고 있기 때문이다. 그럼에도 불구하고 탈식민주의의 핵심은 포스트 콜로니얼리즘(post-colonialism)이라는 이름 자체에서 발견할 수 있다. 그것은 '포스트'가 지니고 있는 두 가지 의미에서 나타난다. 우선 시간 개념으로서의 '포스트'는 '이후'의 의미를 지니고 있다. 그런 점에서 볼 때 탈식민주의는 식민 이후의 식민주의를 문제 삼는 시각이라고 할 수 있다. 이러한 관점은 식민주의가 직접적으로 작동하는 시기 뿐 아니라 그 이후에도 작동한다는 것을 전제로 한다. 식민주의는 식민제국에 의해서 이루어지는 식민지적 체험의 문제가 아니라 사회적, 심리적으로 구조화되어 각인됨으로써 식민 이후에도 작동하는 기제이기 때문이다. 이미 언제나 모든 곳에 있기 때문에 어떠한 '외부'도 갖고 있지 않은 권력처럼 식민주의 역시 언제나 모든 곳에 스며들어 있기 때문이다.

또한 '포스트'는 '탈'의 의미를 지니는데, 이런 관점에서 볼 때 포스트 콜로니얼리즘은 식민주의에서 벗어나 식민주의를 극복하기 위한 모색으로서의 의미를 지닌다. 한편 탈식민주의는 식민주의에 대한 저항적 의미와 함께 탈근대의 문제의식을 내포하고 있기도 하다. 식민주의의 극복이란 하나의 제국주의적 기획이 된 근대성[2])에 대한 극복을

---

2) 이는 하버마스의 견해로서 근대성의 등장이 유럽 중심주의의 등장 및 유럽에 의한 세계 정복과 긴밀히 관련되어 있음을 시사한다(박주식, 「제국의 지도 그리기」, 『탈식민주의 이론과 쟁점』(고부응 편, 문학과지성사, 2003, 262면 참조).

전제로 하지 않고서는 불가능한 것이기 때문이다. 낸디의 말대로 식민주의가 몸만이 아니라 마음도 식민화하는 것기며 식민주의가 지리적으로 시간적인 실체에서부터 심리적 범주에 이르기까지 근대 서구의 개념을 보편화시키는 데 기여해 왔다면,[3] 식민주의에 대한 저항과 극복은 보편화된 근대 이데올로기에 대한 저항과 극복일 수밖에 없는 것이다.

근대성과 식민성에 대한 이러한 탈식민주의론의 논의들은 분명 한국 문학 연구에 유효한 방법론을 제공할 수 있을 것이다. 그러나 이와 관련해서 우리가 경계해야 할 점 역시 존재한다. 우선 탈식민주의적 연구가 식민주의가 가지고 있었던 패러다임을 반복할 위험성을 가지고 있다는 것이다. 탈식민주의적인 연구가 제국과 식민지, 서구와 제3세계, 나아가 주체와 타자 등의 이항대립적인 사고 속에서 이루어질 때 탈식민주의는 전도된 식민주의로 귀결될 위험성을 지니고 있다. 더불어 탈식민주의적인 연구가 또 다른 방식으로 서구에 대한 이론적 식민성으로 빠지게 될 위험성을 안고 있다는 점 역시 고려되어야 한다. 탈식민주의적인 관점의 연구가 보다 의미 있는 연구가 되기 위해서는 탈식민주의적인 '이론'이 아니라 우리의 역사적 '상황'에 중심을 두는 태도가 필요한 것이다. 이를 위해서 우리 역사가 가지고 있는 특수성, 즉 서구가 아닌 일본 제국에 의해서 이루어진 식민지 지배와 그 이후에 벌어진 전쟁과 분단이라는 역사적 상황의 바탕 위에서 탈식민주의적 시각을 정립할 필요가 있다.

---

3) Gandhi, L., 이영욱 역, 『포스트식민주의란 무엇인가』, 현실문화연구, 2000, 30면.

이러한 관점에서 볼 때 주목되는 작가 중의 하나가 최인훈이다. '근대성'과 '식민성' 자체가 최인훈 소설의 화두라고 할 수 있을 만큼 최인훈 소설들은 한국의 근대가 가지고 있는 주변성과 특수성에 대한 치열한 고민을 보여주고 있다. 식민지 시대의 작가를 제외할 때 최인훈이 탈식민주의와 관련해서 가장 활발하게 연구되고 있는 작가 중의 하나인 것은 이러한 이유 때문일 것이다.[4] 최인훈의 소설 가운데서도『서유기』는 근대에 대한 문제를 식민지 체험에서 기인한 식민지성이라는 문제와 결합시키고 이를 통해서 한국 근대의 본질을 탐구하고 있다는 점에서 문제적이다.

『서유기』에서 식민지성이라는 문제에 대한 탐구는 '탈식민적 기억하기(postcolonial remembering)'를 통해서 이루어지고 있다. 식민지에서 해방된 직후 독립국가들은 흔히 식민지적 기억을 망각하려는 의지를 가지고 있고 이러한 의지는 탈식민지적 기억상실(amnesia)이라는 징후로서 나타난다.[5] 이는 역사를 스스로 창안하려는 충동이자 새롭게 출발하기 위해서 고통스러운 식민 기억을 지워버리려는 욕구의 결과이다. 탈식민주의는 식민 장면으로 되돌아가 식민 지배자와 식민지인 사이에 존재

---

4) 최근에 이루어진, 최인훈에 대한 탈식민주의적 관점의 연구로 다음과 같은 연구가 있다.

김주언, 「우리 소설에서의 비극의 변용과 생성─최인훈의『회색인』,『서유기』를 중심으로」,『비교문학』28권, 한국비교문학회, 2002.

김정화, 「최인훈 소설의 탈식민주의적 연구」, 서울대 석사학위 논문, 2002.

조보라미, 「최인훈 소설의 탈식민주의적 고찰」,『관악어문연구』25권, 서울대 국어국문학과, 2000.

하정일, 「탈식민 서사와 식민적 무의식」,『작가연구』, 깊은샘, 2002년 하반기.

5) L., Gandhi, 앞의 책, p.16.

하는 상호 적대와 욕망 등을 그려내는 것인 바, 여기에는 항상 기억하기의 문제가 내재되어 있다.[6] '회상을 통한 회복'이라는 이러한 탈식민주의의 기획은 『서유기』에서 나타나는 '기억하기'와 맥락을 같이 한다. 즉 외형적으로 W시를 향한 관념적인 환상 여행으로 나타나는 『서유기』는 여행의 과정에서 만나게 되는 여러 인물들을 통하여 탈식민적 기억하기를 시도함으로써 한국의 식민지 체험이 남긴 의미가 무엇인가를 밝히고 있다.

이 글은 『서유기』에 나타난, 이러한 '탈식민적 기억하기'를 중심으로 이 작품을 탈식민주의적 관점에서 고찰하고자 한다. 그런데 이러한 기억하기의 문제는 W시를 향하여 가고 있는 독고준의 개인적인 기억하기의 문제와 긴밀히 연관되어 있다. 즉 『서유기』에서 '탈식민주의적 기억하기'는 W시를 향해서 가고 있는 독고준 개인의 관념적 여행의 여로 속에서 이루어지고 있다. 한국사와 관련된 역사적 기억하기는 독고준 개인의 실존적 기억하기의 형식 속에서 이루어지고 있는 것이다. 이 두 가지 기억하기는 모두 '정체성의 근원'에 대한 질문을 내재하고 있다는 점에서 동일하다. 즉 W시에 대한 기억이 독고준의 개인적 정체성의 근원과 관련되어 있다면 역사적인 기억은 한국 민족의 정체성의 근원과 관련되어 있는 것이다. 『서유기』에는 이러한 두 가지 방향의 기억하기가 조각이불처럼 연결되어 있다. 이 두 가지 기억하기는 서로 겹쳐지고 누벼져서 펼쳐지는데, 그를 통해서 근대성과 식민성에 대한 인식이 직조되어 나타난다. 때문에 『서유기』에서 한 방향의 기억

---

6) 앞의 책, 23~24면 참조.

하기만을 분리시켜서 논의한다는 것은 가능하지 않다. 따라서 이 글은 먼저 소설의 외형에 해당하는 독고준의 개인적인 기억하기의 문제를 고찰하고 다음으로 한국사와 관련된 기억하기의 문제를 고찰하고자 한다. 그리고 이러한 고찰을 바탕으로 하여 『서유기』에 나타난 탈식민적 의식의 편린들을 제시함으로써 『서유기』가 지닌 탈식민주의적 의미를 밝히고자 한다.

2. 실존적 기억하기와 정체성의 탐구

『서유기』는 『회색인』의 마지막 부분과 연결되어 시작되는데, 이유정의 방을 나와서 계단을 올라가 독고준의 방에 이르는 시간 동안에 이루어진 관념적인 환상 여행의 기록으로 이루어져 있다. 때문에 소설 전체는 독고준의 환상(illusion)으로 이루어져 있으며 소설에서 현실적인 시공간은 소설의 앞과 뒤의 일부분뿐이다. 그런 의미에서 이 소설은 현실의 액자 속에 끼워진 환상이라고 할 수 있을 것이다. 그러나 소설에서 현실이라고 말할 수 있는 부분 역시 엄밀한 의미에서는 이 소설의 액자로 볼 수 없다. 소설의 서두에서 이른바 '고고학입문 시리즈' 가운데 한 편으로 소개되고 있는 이 소설은 '최근에 발굴된 고대인의 두개골 화석의 대뇌 피질부에 대한 의미론적 해독'으로 소개되고 있기 때문이다. 서두에서 밝힌 소설의 이러한 의미는 소설 전체를 고찰하는 데 매우 유의미한 전제가 된다. 고고학이 파편화된 흔적과 유적을 바탕으로 하여 존재의 기원을 탐구하고 역사를 재구성하는 학문이라고 할 때, 『서유기』에서의 관념적 환상 여행 역시 역사 속에 흩어져 있는 기억들을 재구성함으로써 일종의 정체성을 재구성하기 위한 것으로 볼 수 있는 것이다.

그런 관점에서 볼 때 『서유기』의 여행의 목적 자체가 '기억하기'라고 할 수 있는 바, 기억하기는 두 가지 방향을 향해 나아간다. 그 하나가 W시 반공호에서의 사건, 즉 그 여름의 기억을 찾아가는, 실존적이고 개인적인 차원의 기억하기라면 다른 하나는 한국의 역사에 존재했던 인물들과 그들이 대표하고 있는 이데올로기를 만나게 되는, 사회적이고 역사적인 차원의 기억하기이다. 개인적인 차원의 기억하기가 이 관념적인 여행의 목적으로 제시되고 있는 반면, 역사적인 기억하기는 이 여행의 여정에서 나타나는, 인물들과의 만남을 통해서 이루어진다.

그런데 독고준은 여행이 시작되고서도 여행의 목적을 알지 못한다. 독고준이 여행의 목적을 알게 되는 것은 우연히 보게 된 빛바랜 신문의 광고란을 통해서이다. 그 신문에는 '그 여름날에 우리가 더불어 받았던 계시를 이야기하면서 우리 자신을 찾기 위하여' 그 사람을 찾는다는 문구와 독고준의 사진이 실려 있다. '그 여름날'의 '계시'는 독고준에게 있어서 절대적인 운명이자 사랑이다. 신문을 발견하고 난 이후에 서술된 다음 인용문은 '그 여름날'의 '계시'가 지닌 의미가 무엇인가를 드러내고 있다. 또한 독고준이 W시에 도착하여 하늘 가득히 떨어져오는 종잇조각에서 신문에서와 동일한 문구를 발견하는 장면에서 인용문의 내용이 한 번 더 제시되고 있다. 이러한 반복을 통하여 인용문의 중요성이 명확히 드러나고 있다.

운명을 만나지 않은 인간은 인간이 아니다. 그는 물건일 뿐이다. 그의 윤리는 물건들의 저 인색한 법칙만을 따른다. 운명을 만나본 사람은 그렇지 않다. 그는 절망 속에서 희망을 본다. 없는 속에서 푸짐함을 본다. 그의 생애는 이제 저 바닷가 모래펄 속에 파묻혀도 그의 눈에는 대뜸 알아볼 수 있다. 그의 생애가 비록 모래 한 알처럼 미미한 것이라 하더라도. 나의 운명을 만난 날, 폭음의 여름, 저 강철의 새들이 잔인한 계절의 장막을 열고 도시의 하늘에 날아온 그날을. 오, 나는 얼마나 사랑하는가, 나의 생애의 자북(磁北)을 알리던 그 바늘의 와들거림을 나는 생각한다.[7]

이 부분은 그 여름의 기억이 독고준에게 얼마나 큰 의미를 차지하는가를 보여준다. '운명', 생애의 '자북'으로 지칭되는 그 여름의 기억은 '절망 속에서 희망을', '없는 속에서 푸짐함'을 보게 해준다. 그 '운명'이 독고준의 현재의 삶을 비추고 미래의 방향을 열어준다. 이것은 그 여름의 기억 속에는 그 여름의 경험 '이상의 것'이 존재하고 있음을 말해준다. 현재를 비추고 그 여름을 다시 욕망하게 하는 '운명', 거기서 우리는 일종의 판타지[8]를 발견하게 된다. 근본적으로 판타지는 우리 욕망의 좌표를 구성해주고 우리가 무엇인가를 욕망할 수 있도록 틀을 구성해준다. 그러나 판타지는 욕망과 관련해서 역설적이고 직접적

---

7) 최인훈, 『서유기』, 문학과지성사, 1996. 16~17면. 앞으로 인용문은 페이지만 표기하기로 한다.

8) 판타지에 대해서는 다양한 견해가 존재하지만 이 글은 판타지가 욕망을 구성하고 그 판타지 너머에 있는 타자의 욕망의 심연을 숨기는 스크린의 역할을 한다는 지젝의 견해를 따른다(S. Zizek, 이수련 역, 『이데올로기라는 숭고한 대상』, 인간사랑, 2002, 206면). 이러한 관점을 취할 때 『서유기』에서 나타나는 W시는 독고준에게 있어서 판타지로 기능한다고 할 수 있다.

인 두 가지 역할을 수행한다. 욕망의 물질적 대상을 찾는 것을 가능하게 만드는 구성작용과 그 물질적 대상에 너무 근접하지 못하도록 막는 스크린의 역할이 그것이다.[9]

독고준이 말하는 '운명'이 실재하는 대상을 얻을 수 없는 것은 판타지가 지니고 있는 이러한 성격과 관련된다. 독고준은 W시에 도착하여 그 여름의 계시를 함께 했던 '우리'를 만나기 위하여 여행을 했지만 여행의 목적을 이루지 못한다. 그가 '인제야 그 여름에 도착했구나 하고 그는 생각하였'을 때 소리가 문 저편에서 들려오고 있었고, 그가 그 문을 열었을 때 거기에는 그 여름이 있었던 것이 아니라 자기 방이 있었다. 그 문은 그 여름을 향한 문이 아니라 독고준의 방문이었던 것이다. 욕망의 대상은 도달했다고 생각하는 순간 사라져버린다. 욕망은 영원히 그 대상을 얻을 수 없다. 이것이 판타지에 의해서 구성되는 욕망이 지속될 수 있는 조건이다. 그런 의미에서 그 여름의 기억은 독고준이 가는 곳 어디에나 존재할 수 있지만 동시에 어디에도 없다.

그렇다면 독고준이 W시에 도착해서 만나는 것은 무엇인가? W시에서 그를 기다리고 있는 것은 폭격 하의 반공호에서 있었던, 그 여름 여인에 대한 기억이 아니라 독고준의 중학교 시절, 교실에서 이루어졌던 자아비판의 기억이다. 이순신을 재판장으로, 검차원을 검사로, 역장을 변호사로 하여 이루어졌다가 휴정된 재판은 W시에 도착해서 다시 이루어지는데, 그제야 독고준은 재판이 이루어지고 있는 장소가 '옛날

---

9) 예를 들어 판타지는 우리로 하여금 어머니의 대체물을 찾도록 만들지만, 동시에 모성적인 존재와 너무 근접하지 않도록 브호해주는, 다시 말해 그것과 거리를 취할 수 있도록 해주는 스크린으로서 기능한다(앞의 책, 209면).

의 그 교실'임을 알아차린다. 여행의 과정에서 전혀 기억되지 않았던 기억, 그러나 독고준의 심연에 자리 잡고 있는 가장 외상적인 기억으로서의 자아비판에 대한 기억이 독고준의 긴 환상 여행의 종착점에서 독고준을 기다리고 있었던 것이다.

> 속개된 법정. 자리는 전대로, 보통 있는 법정과 다른 것은 법관들이 아래에 가 앉아 있고 독고준이 교탁(敎卓)-아, 하고 독고준은 흑판을 바라보면서 놀랐다. 거기에 흑판이 걸려 있고 그러고 보면 이 방안은 옛날의 그렇군, 여태 그것을 모르고 있었다니, 이런 일이 -이 방은 옛날의 그 교실이다. 자세히 본즉 검차원은 소년단 지도원 선생이었다. 분명하다. 그리고 다른 사람들은 모두 그의 친구들인 소년단 간부들이었다. 그들은 어른인데 소년들이기도 한 것은 얼굴들이 네온 광고처럼 어른이 됐다 소년이 됐다 껌벅껌벅 엇바뀌는 것이었다. 아아 내 교실이구나. 그는 탈옥했던 죄수가 다시 자기 감방에 붙잡혀 왔을 때의 헝클어진 느낌을 가졌다.(275면)

독고준은 '이 방이 옛날의 그 교실'임을 알아차리고 나서 '탈옥했던 죄수가 다시 자기 감방에 붙잡혀 왔을 때의 헝클어진 느낌'을 가진다. 그것은 '이 방'이 바로 외상적 기억의 장소(site of trauma)이기 때문이다. 이 점은 매우 의미심장한데 그 여름의 기억이라는 '운명' 속에 가려져 있는, 이 여행의 진정한 의미는 독고준에게 있어서 정신적 외상(truma)[10]

---

10) 본래 외상(trauma)이란 외과적인 상처에 대한 용어이지만 그것의 심리학적인 의미는 예기치 않은 갑작스런 충격으로 인한 마음(mind)의 상처를 의미한다(R. Rey, Trauma; a Genealogy, The University of Chicago Press, 2000, p.4) 이러한 외상이 신경증으로 나타나는 경우를 '외상적 신경증'이라고 하는데 보통 심각한 기계적 충격, 철도 사고, 그리고 생명이 위협받을 수 있는 기타 사고를 겪은 후

으로 자리 잡은 자아비판의 경험을 기억하여 그를 다시 경험하는 데에 있다고 할 수 있기 때문이다. 그런 의미에서 W시를 찾아가는 『서유기』의 관념적 여행을 추동한 원리는 W시에서 겪었던 정신적 외상에 대한 기억을 반복하고자 하는 반복 강박(repitition compulsion)[11]의 원리라고 할 수 있다. 원래 반복, 즉 동일한 어떤 것을 다시 경험하는 것은 그 자체로 쾌락의 한 요소이다. 그러나 어떤 외상적 경험을 꿈이나 행위를 통하여 반복하는 것은 강박적인 성격을 갖는 것으로 쾌락의 원칙과는 거리를 가진다. 때문에 외상적 경험에 대한 반복은 일종의 강박적 성격을 가진다고 할 수 있으며 독고준이 재판의 형식을 통해서 자아비판의 기억을 반복하는 것은 반복 강박에 의한 것으로 볼 수 있다.[12]

『서유기』에서 독고준이 경험하는 자아비판의 반복 체험은 독고준의 정체성과 관련하여 중요한 의미를 지닌다. 이러한 반복 체험을 통해서 독고준은 비로소 자기 자신이 누구인가를 깨닫게 되는 바, 현재의 자신과 과거의 자신 간의 동일성을 회복하게 되기 때문이다. 독고준은 자신의 정체성의 기원을 W시에서 이루어지는 자아비판 체험의 반복을 통해서 자신의 정체성의 기원을 감지하게 된다. 독고준이 자신을 부르는 이름에 응답하고 스스로가 누구인지를 깨닫게 되는 것은 오직 W시에서 뿐이다. 그는 옛날의 그 교실에서 이루어진 자아비판과 유사

에 발생한다. 보통 그의 외상적 기억에 고착되어서 끊임없이 외상적 경험의 기억으로의 플래쉬 백을 겪게 된다(S. Freud, 『쾌락원칙을 넘어서』, 박찬부 역, 열린책들, 1997, 16~27면 참조).

11) 조보라미의 연구에서도 이를 반복강박의 원리로 설명한 바 있다(조보라미, 앞의 글, 1999, 49면).

12) S. Freud, 앞의 책, 44~50면.

한 재판의 과정 속에서 비로소 자기 자신이 누구인가를 깨닫는다. 그런 점에서 볼 때, 『서유기』에서 자아비판이라는 외상적 기억의 반복은 단지 외상적 경험에 대한 소급 지배라는 의미보다는 독고준이 정체성을 찾는 계기라는 의미를 지니는 것으로 보는 것이 타당할 것이다. 자아비판이라는 외상적 경험의 반복이 가지는 의미는 자아비판의 기억이야말로 독고준의 정체성의 기원이며 그 기억을 통해서 독고준이 주체로서 구성되고 있다는 점에 있다.

실제로 W시에 도착하기 전까지 독고준은 과거에 대한 기억을 전혀 가지고 있지 않다. 또한 자기 자신이 누구인가조차 확실히 알지 못한다. 독고준이 알고 있는 것은 오직 W시의 여름을 향해서 가야 한다는 것뿐이다. 때문에 독고준의 정체성은 텅 비어있는 것으로 나타나고 타자의 명명에 의해서 정체성을 강요받는다. 처음에는 '환자' 혹은 '정치범'으로서, 이후 지하 감방에서는 300여 년간 일본 헌병으로부터 고문을 받고 있는 논개를 구하러 온 '그 사람'으로서, 또한 석왕 사역에서는 역장이 기다리고 있던 '그 사람'으로서, 또는 기차에서는 사학자를 감찰하러 온 '감찰관'으로서, W시에 도착해서는 북한에 침투한 남한 간첩으로서, '정신사병' 환자로서 명명되는 것이다. 독고준에게 정체성을 강요하는 이러한 명명은 일종의 호명(interpellatiton)이라고 할 수 있다. 이 명명은 단순한 명명이 아니라 일종의 사회적 위임에 해당하는데, 이 사회적 위임이 특정한 이데올로기를 기반으로 이루어지고 있기 때문이다. 예를 들어 논개의 '그 사람'으로 명명되는 경우에는 일종의 '애국적 민족주의', 그리고 '북한에 침투한 남한 간첩'으로 명명될 때에는 북한 당국의 이데올로기가 작용하고 있다. 그러나 그때마다 독고준은 오직 W시의 여름만을 생각하며 끝내 응답을 거부한다.

호명이란, 본래 어떤 이데올로기가 주체의 행위와 실천을 이끌어내는 기제로서 호명을 통하여 이데올로기는 구체적인 개인들을 주체로서 '구성'하게 되고, 개인은 이데올로기의 호명에 응답함으로써 주체로서 구성되게 된다. 이때 호명에의 응답이란 자신을 호명한 이데올로기에 대한 종속화(subjection)를 의미한다.[13) 때문에 독고준이 응답을 거부하는 것은 독고준을 호명하는 이데올로기들에 대한 종속화를 거부하는 것이라고 할 수 있다. 이는 개인적으로는 자기 자신의 정체성을 끊임없이 유보하는 행위로서 스스로가 동일화할 이데올로기를 갖지 못하고 있음을 나타내는 것이며, 역사적으로는 독고준을 호명하는 이데올로기들에 대한 회의와 비판을 나타내는 것이다. 즉 독고준을 호명하는 이데올로기들이 더 이상 현실에서 의미를 가질 수 없음을 함축하면서 그에 대한 비판과 저항의 태도를 드러내고 있는 것이라고 할 수 있다.

3. 역사적 기억하기와 민족성의 문제

『서유기』에서 독고준의 외상적 체험의 반복과 정체성에 관련된 문제는 식민지 체험이라는 역사적 외상의 탐석이라는 문제와 함께 나타나고 있다. 식민지에서 해방된 직후 독립 국가들은 새롭게 출발하기 위해 역사를 스스로 창안하려는 충동을 가짐과 동시에 고통스러운 식

---

13) L. Althusser, 『이데올로기와 이데올로기적 국가장치』, 김동수 역, 솔, 1991, 115~121면 참조.

민 식민지적 기억을 망각하려는 의지를 가진다.[14] 탈식민주의는 식민 장면으로 되돌아가 식민지배자와 식민지인 사이에 존재하는 상호 적대와 욕망 등을 적시하는 것이기 때문에 여기에는 항상 기억하기의 문제가 내재되어 있다. 바바에 의하면 그러한 기억하기는 "결코 자기반성이나 회고와 같은 정태적 행위가 아니라 현재의 외상을 이해하기 위해 조각난 과거를 짜 맞추어 보는 것, 고통스러운 다시 떠올림"이다. 기억하기의 치유법적 작용에 대한 바바의 설명은 기억이 의식적 존재의 감추어져 있는 구성적 기반이라는 공리에 근거해있다.[15] '회상을 통한 회복'이라는 이러한 기획은 『서유기』에서도 식민지 체험의 근원을 탐구해나가는 여정을 통해서 확인된다. 즉 식민지 체험과 관련된 기억을 탐색해가는 『서유기』의 과정 자체가 이러한 탈식민적 '기억하기'의 문제와 관련을 지니고 있는 것이다.

그러나 『서유기』에서 나타나는, 식민지와 관련된 기억하기의 양상이 '탈식민적인 기획'으로서의 '기억하기'와 그대로 일치하는 것은 아니다. 탈식민적인 기획으로서의 '기억하기'는 식민 장면으로 돌아가 식민화의 압도적이고 지속적인 폭력을 드러내고 적대적인 과거를 보다 친숙하게 만들어 궁극적인 화해를 시도하기 위한 것이다.[16] 그러나 『서유기』에서의 '기억하기'는 식민 장면으로 돌아가서 궁극적인 화해를 시도하는 것이 아니다. 식민 지배자였던 일본과의 관계에서 문제적인 기억들을 통해서 민족의 문제를 탐구하기 위한 것이다.[17] 때문에 『서

---

14) L. Gandhi, 앞의 책, 16면.
15) 위의 책, 23면.
16) 위의 책, 24면.

유기』에서 기억하기는 직접적인 식민지 체험들에 관한 것이 아니라 우리 민족의 역사에서 나타나는 식민지성에 대한 탐구이다.

이 점은 근대 인식이라는 문제와 관련해서 중요한 의미를 지닌다. 실제로 『광장』에서 『회색인』, 그리고 『서유기』를 거치면서 근대에 대한 인식은 일정한 변화를 보이고 있다. 『광장』에서 이명준은 분명, 서구의 '타자' 내지는 '주변부'로서의 자기 인식 속에서 우리의 근대에서는 서구에 존재해온 '근원'이 결여되어 있음에 절망한다. 즉 우리의 근대는 서구에 대해서 미달형으로서 인식되고 있는 것이다. 더 나아가 『회색인』에서는 서구를 떠받치고 있는 문화적, 정신적 근원 대신할 수 있는 한국의의 문화적, 정신적 근원을 모색하는 방향을 보여준다. 『광장』에서 나타났던, 근원의 부재에 대한 절망이 서구와는 다른 우리만의 근원 찾기라는 적극성으로 변화되고 있는 것이다. 물론 여기에는 근원을 찾고 그 근원을 복원함으로써 서구의 타자, 혹은 주변부로서가 아니라 세계의 중심으로서 스스로를 구성하고자 하는 욕망, 즉 주인되기의 욕망이 자리 잡고 있다. 다시 말해서 『회색인』에서는 서구에 대한 대타의식이 소설 전체를 사로잡고 있으며 한국의 근대에 대한 탐구는 서구와 맞서기 위하여 이루어지고 있는 것이다.

『서유기』는 형식적으로 『회색인』의 연작의 형태를 취하고 있음에도 불구하고 『회색인』과는 다소 다른 관점에 서 있다. 한국사에 대한 인

---

17) 김정화 역시 『서유기』를 탈식민적 기억하기의 군제와 결부시켜서 논의하고 있다(김정화, 앞의 글, 38~39면). 그러나 김정화는 탈식민적 기억하기와 『서유기』의 거리를 간과한 채 『서유기』의 기억하기가 식민화의 폭력의 드러냄과 적대적인 과거와의 궁극적인 화해라는 탈식민적 기억하기의 기능을 하고 있다고 평가하고 있다.

식에서 무엇보다도 일본과의 관계가 대단히 중요한 의미로 부각되고 있는 것이다. 우선 여행의 과정에서 만나게 되는 역사적 인물들이 모두 일본과의 관계에서 의미가 구성되는 인물들이다. 『서유기』에서 독고준이 만나게 되는 역사적인 인물은 논개, 이순신, 그리고 이광수, 조봉암 등인데, 조봉암의 경우에는 '죽은 사람'으로 제시되고 있기 때문에 독고준과의 만남이 이루어졌다고 보기 힘들다. 결국 왜장과 함께 물에 뛰어든 논개, 임진왜란의 영웅인 이순신, 그리고 식민지 시대의 문사인 이광수 등 세 인물들이 주요한 인물들인데, 이 역사적 인물들은 모두 일본과의 관계 속에서 중요한 의미를 구성한다.

우선 논개의 경우를 보자. 임진왜란이 지닌 후에도 '사슬에 묶여서 300년을 밤낮으로' 일본 헌병에게 고문당하고 있었는데, 독고준을 자신을 구하러 온 '그 사람'으로 알고 자신과 결혼하여 자신을 해방시켜 줄 것을 간곡히 애원한다. 그러나 독고준은 자신은 '쓰레기요 벌레'이며 '하잘 것 없는 존재'라면서 논개의 청을 거절한다. 오직 '그 여름'을 향해서 가야한다고 생각하는 독고준은 '모든 것은 그 다음'이며 논개마저도 예외일 수 없다고 한다. 여기서 독고준이 논개와의 결혼을 거부하였을 때 일본 헌병의 다음과 같은 말은 논개가 나타내고 있는 바가 무엇인가를 말해준다.

> "이 자식아, 너 같은 비국민이 있기 때문에 조선이 망한 거야, 알겠냐? 민족의 성자가 구원을 청하는데 무슨 군소리야. 개인을 버리고 민족에 봉사하라는데 무슨 딴소리야. 소아를 버리고 대아를 찾으라 이 말이야. 모르겠나."(46면)

인용문에서 300년 동안 일본 헌병에게 고문당하고 있는 논개는 '민족의 성자'로서 지칭되고 있다. 헌병의 말에서 '개인을 버리고 민족에 봉사'하는 것, 그리고 '소아를 버리고 대아를 찾'는 것은 '군소리'가 필요 없는 당연한 것으로서 나타난다. 이것은 거의 맹목적인 애국주의의 태도이다. 그러나 독고준은 이러한 명분을 따르지 않는다. 논개의 애원을 뿌리치고 문을 나와 복도로 나오면서 논개는 '要人'이요 자신은 '城'이라고 지칭한다. 독고준은 자신의 성을 지키기 위하여 남에게 아픔을 주는 자신의 태도에 대해서 안타까움을 드러내고 있는데, 이러한 독고준의 모습에서 애국주의라는 명분에 대한 매혹과 저항을 발견할 수 있다.

그러나 독고준과 논개의 대화에서 더욱 중요한 부분은 다음과 같은 대목이다. 여기에는 '조선인의 성격', 즉 민족성에 대한 이야기가 일본과의 관계에서 일본의 지배를 합리화하는 근거로 사용되었다는 점, 그리고 일제 청산이 이루어지지 않고 있다는 점 등이 지적되고 있기 때문이다.

> 여기서 겪는 제 괴로움을 동정해주세요. 그들은 나를 잠자게 놔두지도 않아요. 밤마다 총독이며 총독부의 아전 나부랭이며 조선인 통변·첩자들의 더러운 방송을 틀어놓고는 듣게 합니다. 어쩌면 내 동포 중에 그런 사람들이 있습니까? 밸이 썩어 문드러지고 가슴에 곰팡이 낀 작가들이 조선인은 성격이 나쁘니까 성격을 고쳐야 한다고 짖어대더군요. 늑대를 책하지 않고 양을 타박하는 끔찍한 소리를 하는군요. 그런 소리를 버젓이 하게 놔두는 바깥세상은 지금 어떻게 돌아가고 있는 건가요, 네? 놈들은 아직 물러갈 기미가 없는가요? 이순신은 아직 해상에서 항

전을 계속하고 있는가요?(44면)

　'조선인은 성격이 나쁘니까 성격을 고쳐야 한다'는 논리는 고정불변의 민족성을 상정하고 그 민족성을 식민지 지배의 원인으로 돌리는 일본 제국의 논리이다. 논개는 이에 대해서 '늑대를 책하고 않고 양을 타박하는 끔찍한 소리'라고 말하면서 '그런 소리를 버젓이 하게 놔두는 바깥세상'을 비판한다. 논개는 '놈들은 아직 물러갈 기미가 없는가요?'라고 질문하게 되는데, 여기서 '놈들'은 해방 이후에도 잔존해 있는 일제의 잔재를 말하는 것이리라. 결국 논개는 일본과 관련해서 이루어지는 '민족성' 논의의 허위성과 일제 잔재의 문제를 지적하고 있는 것이다.

　이순신의 경우에는 유교적 세계관, 동양 3국의 '체제'의 안정과 '선왕지도'에 입각한 세계관을 대표한다고 할 수 있다. 석왕사에서 출발한 기차에서 독고준은 갇혀 있는 사학자를 만나게 되는데, 사학자는 자신의 논리에 대한 증거를 보여준다면서 이순신을 소환하여 임진왜란에 대한 증언을 부탁한다. 이순신은 사학자의 질문에 답하면서 동양 3국의 국경의 안정과 종족의 안정을 들어 일본에 대한 공세를 취한다는 생각 자체가 이치에 어긋나는 어리석은 것임을 주장하고 한편으로는 '선왕지도'가 하나임을 강조하면서 혁명이 불가하다는 것을 주장한다. 이순신의 이러한 논리는, 일본과의 관계에서 조선이 취한 태도가 조선 국력의 쇠약함이나 조선 민족의 민족성 자체의 나약함에서 기인하는 것이 아니라 유교적인 세계관의 결과임을 나타낸다. 이 점은 이순신을 소환했던 사학자의 해석에서 더 명확하게 드러내는 바, '이순신은 한국인이었기 때문에 한국인의 민족성에 따라서 그렇게 행동한 것이 아니라 당대의 최고 수준의 인텔뤼겐차로서 그렇게 행동한 것'이며, 이는 결국 이순신이 대표하고 있는 당시의 세계관, 즉 유교적 세계관의 결과라는 것이다.

식민지 체험이라는 문제와 관련해서 볼 때 가장 직접적인 관계를 지니고 있는 인물은 이광수이다. 이광수가 주장했던 민족주의와 이광수의 소설에 대한 일본 제국의 입장의 해석과 찬양이 일본 헌병의 입을 통해서 제시됨으로써 이광수의 입장이 보다 문제적으로 제시된다. 이광수가 일본 헌병의 말을 믿지 말라면서 독고준에게 행한 항변 가운데 중요한 부분은 다음과 같다.

1) 2차 대전 후에는 미국과 소련의 대립으로 서양 제국주의에 대한 비난이 자리를 찾지 못했으나 모든 근본은 근세 이후의 서양 제국주의 도덕적 악덕에서 비롯된 것이오. 그들 자신이 오늘날 세계의 어둠을 만들어낸 범죄자라는 것을 뉘우쳐야 될 거요. 그들의 역사적 원죄는 식민지를 정복했다는 바로 그 사실이오. 이 큰 피비린내 나는 범죄에 대한 깨달음과 회개 없이는 그들은 스스로도 구원을 받지 못할뿐더러 다른 나라에 계속해서 피해를 입힐 것임에 틀림없소. 또 해방된 아시아 국민도 자기들이 당한 일은 부당한 일이었다, 그들이 가한 일은 나쁜 일이었다는 걸 분명히 안 다음에 협조하면 할 일이지, 그래도 그들 덕분에 개화했지, 라든가, 우리 탓도 있었지, 하는 엉뚱한 생각을 하는 한 영혼의 독립을 영원히 찾지 못하고 말 것이오.(168~169면)

2) 아무튼 아시아의 대부분이 서양 사람들에게 강점돼 있던 무렵에 그들 서양 사람들에게 싸움을 걸고 나선 일본의 모습이 그만 깜빡 나를 속인 거요. 나는 잊어버렸던 거요. 바로 그 일본이야말로 우리 조선에 대해서는 서양이었다는 사실을 말이오. 그렇게 쉬운 일을 잊을 수 있느

> 냐 하겠지만 사실이니 어떻게 하겠소. 그때 내 눈에는 노예소유자인 서
> 양을 대적한 일본만 보였지 그 일본이 우리의 원수라는 사실은 보이지
> 않았소. (…중략…) 즉 조선과 일본은 본국과 식민지 사이가 아니고 합
> 방하였으니 이론상으로는 대일본제국은 공동의 나라지 어느 한쪽의 나
> 라가 아니다 하는 생각이 분명히 있었소.(169면)

첫 번째 인용문에서는 근대의 근대와 제국주의가 지닌 '도덕적 악
덕'을 규탄하는 내용인데, 여기서 주목되는 것은 '해방된 아시아 국민'
들이 가져야 될 태도에 대해서 말한 부분이다. 우선 '그들 덕분에 개화
했지'라는 논리에 대해서 매우 부정적인 태도를 보인다. 이미 이광수
의 이야기 속에서 '그들은 언필칭 아시아를 개화시켰다'고 하지만 아
시아의 개화는 그들 침략의 결과지 목적은 아니라고 말한다. 그리고
제국의 식민지 지배 덕분에 근대화가 이루어졌다는 논리에 대해서 '가
증스러운 이론'이라고 못 박고 있다. 한편 '우리 탓도 있었지'라는 논
리에 대해서 매우 부정적인 태도를 보인다. '아시아 전체'를 '노예'로
만든 그들 앞에서 '우리 탓'을 하는 것은 '엉뚱한 생각'에 불과하다고
단언하고 있다. 이를 통해서 근대와 제국주의와 관계, 그리고 식민지
지배의 부당성 등이 강조되고 있다.

두 번째 인용문에서는 식민지 체험과 관련해서 한국이 가진 특수성
이 제시되는 부분이다. 아시아와 서양의 관계가 한국에서는 한국과 일
본의 관계로서 나타났으나 이광수 자신은 그 사실을 보지 못하였다는
것이다. 이광수의 논리 속에는 '대동아 공영권'이라는 논리 속에서, '한
일 합방'이라는 허울 속에서 근대성이 식민성과 착종되어 버리고 말았
었다는 판단이 자리 잡고 있다. 이는 이광수가 결국 일본 제국의 논리

에 동조하게 되었던 이유를 설명하는 가운데 나타난 것이지만, 서양, 일본, 그리고 한국의 삼자 관계를 어떻게 설정할 것인가에 대한 문제의식이 담겨 있는 부분이라고 할 수 있다.

결국 독고준이 만나는 세 명의 역사적 인물들과의 대화를 통해서 이루어지는 역사적인 기억하기는 일본의 식민지 지배와 관련된 '민족성'에 대한 논의로 모아진다고 할 수 있다. 그런 점에서 독고준의 개인적인 기억하기가 독고준 자신의 정체성을 찾기 위한 과정이었다면 역사적 기억하기는 민족적 정체성을 찾기 위한 과정이라고 할 수 있다. 그러한 민족성이 타자, 즉 제국주의 본국인 일본과의 관계에 의하여 규정된 것이라는 점에 주목할 필요가 있다. 즉 민족성은 근원적으로, 그리고 본래적으로 존재하는 것이 아니라 식민지와 제국의 관계 속에서 불변성으로 규정된 것이라는 점에서 '민족성'에 관한 논의는 탈식민주의적인 문제의식을 내포하는 것이다.

3. '문화형'의 사고를 통한 탈식민주의로의 접근

'민족성'에 대한 문제의식은 독고준이 '감찰관'으로서 명명되면서 만난 어느 사학자의 '문화형'의 탐구라는 테마를 통하여 구체화된다. 고정 불변하는 성격의 생물학적인 '민족성' 개념의 문제점을 넘어서기 위한 시도로서 나타난 것이 '문화형'의 사고이다. 물론 '문화형'을 주장하는 사학자가 여행에서 만난 인물들 가운데 하나에 불과하기 때문에 '문화형'의 사고가 『서유기』 전반을 지배하고 있다고 보는 것은 지나친 일일 것이다. 그러나 이러한 '문화형'의 탐구는 최인훈의 이전의 소설에서는 나타나지 않았던 새로운 사고의 방향을 드러내는 것이다. 또한 탈식민주의적인 관점에서도 '문화형'이 중요한 의미를 가지는데, 그것은 '문화형'이라는 새로운 사고가 식민 담론 형성 과정에서 나타나는 중요한 특징인 '고착성(fixity)'에 대한 비판과 저항을 담고 있기 때문이다.

사학자는 그간 한국의 '민족성'의 문제가 '일본 통치하에서 식민주의자들이 자기 합리화와 한국인에게 열등의식을 심어주기 위하여 논의되고 조종'되었다고 말한다. 그리고 한국의 지식인마저 이러한 '정략적 선전에 말려들어'감으로써 한국인을 괴롭혀왔다고 하면서 '문화형'으로 '민족성'을 대신할 것을 주장한다.

> 한마디로, 본인은 민족성이라는 실체(實體)의 존재를 부정하고 싶다는 것입니다. 이렇게 말할 때 저는 중요한 단서를 붙이고 싶습니다. 그것은 본인은 민족성의 논의를 생물학적 차원으로부터 문화사적 차원으로 옮기고 싶다는 것이 곧 그것입니다. (…중략…) 차라리 문화형(文化型)이라는 말로 바꾸는 것이 훨씬 이치에 맞습니다. 본인은 오랜 연구를 통하여 민족성이라는 개념이 아무것도 풀이하지 못하는 불모의 개념이며 요화이며 신기루에 불과하다는 것을 발견하였습니다. 그러한 방황 끝에 문화형이라는 개념에 도달했을 때 본인은 비로소 현실의 지평선을 발견하였습니다. 모든 것은 생각하는 형식 여하에 달려 있습니다. 본인이 말하는 문화형이란 이 '생각하는 방식'을 뜻하는 것입니다.(112면)

인용문에서 나타나듯이 '문화형'이라는 개념은 논의의 중심을 '생물학적 차원'에서 '문화사적 차원'으로 옮겨 놓은 것이다. 사학자는 '민족성이라는 실체의 존재를 부정하고 싶다'고 말하고 있는데, 여기서 그가 말하는 '민족성의 실체'란 바바가 말한 '고착성'에 기반을 둔, 타자에 의하여 규정된 '민족성'이라고 할 수 있다. 식민주의 담론에서 문화적 / 역사적 / 급진적 차이의 기호로서 고착성이란 역설적인 재현의 양식이다. 또한 고착성은 정형화를 주요한 담론적 전략으로 하는데, 이것은 항상 제자리에 있는 불변성과 발안한 반복 양자 사이에서 동요하는, 인식과 정체성 구성의 형식이다.[18] 논개의 말에서 나오듯이 '조선인은 성격이 나쁘니까 성격을 고쳐야 한다'는 인식 방식이나 이광수의 말에서 나오듯이 '우리 탓도 있었지'라는 인식 방식이 모두 이러한 '고착성'에 기반한 '민족성'에 대한 사고에서 기인한다고 할 수 있다. 사학자는 이러한 사고가 지닌 문제점을 지적한다.

서구와 동양의 문제, 동양에서도 일본과 한국의 문제는 고정 불변하는 생물학적 특성에 기반을 둔 민족성의 우열에 의해서가 아니라 '생각하는 방식'인 문화형의 차이로 설명할 수 있다는 것이다. 그 설명은 유교적 세계질서를 정통적이고 정의에 합당한 것으로 생각하는 동양과 기독교적 세계질서를 정통적이고 정의에 합당한 것으로 생각하는 서양과의 비교를 통해서 이루어진다. 또한 여기서 사학자는 한국 역사의 예를 들면서 한 나라의 역사에서도 하나의 문화형이 지속되는 것은 아니라는 것을 한국 역사의 예를 들어 설명하고 있다. 한국 역사에서

---

18) H., Bhabha, 나병철 역, 『문화의 위치 : 탈식민주의 문화이론』, 소명출판, 2003, 145~146면 참조. 이 고착성에 대한 예로서 바바가 들고 있는 것은 '아시아인의 본질적인 이중성'이나 '아프리카인의 야수 같은 성적 분방함' 등인데, 이러한 것이 실제로는 담론 속에서 입증될 수 없이 불변성과 불안한 반복 사이에서 동요하고 있다는 것이다.

도 신채호가 '오천년래의 제일대사건'이라고 명명한 묘청·김부식의 경우에서 나타나는 국학적 사고 방식은 이순신이 보여주었던 유교적 사고방식과는 상이한 것인데, 이는 민족성이 변한 것이 아니라 '시대사조', 즉 '생각하는 방식'의 변한 결과라는 것이다. 사학자는 '생각하는 방식'이 변화하는 원인에 대해서까지는 말하지 못하고 있다. '생각하는 방식'의 변화는 어떻게 돼서 일어나는가를 밝혀보려는 것이 본인의 비원(悲願)'이라고 말하고 있을 뿐이다.

'문화형'에 대한 설명에서 서구의 문화형과 한국 내지 동양의 문화형의 문제는 역사적인 '차이'에 의한 것으로 나타나고 우열의 판단은 개입되지 않는다는 점을 발견할 수 있다. 이는 제국주의 본국과 식민지 사이에 발생하는 지배와 종속의 관계, 주인과 노예의 관계를 넘어서서 제국주의 본국과 식민지의 관계를 '차이'의 관계로서 바라보려는 태도를 함축한다. 파농에 의하면 서구를 주인으로, 동양을 노예로 여기는 사고 속에서 나타나는, 주인을 향한 노예의 최면화된 시선은 식민지를 파생적인 존재로 하락시킨다. 그러나 서구에 대한 탈신비화를 통해서 노예의 알레고리적 형상은 그 자신의 역사가 주인의 특권이 빚어낸 끔찍한 결과라는 것을 직시할 수 있게 된다. 그리하여 노예는 그 자신을 주인으로 또는 주인의 이미지 속에서 보기보다는, 그 자신을 주인 곁에 있는 존재로 보도록 요구받는다.19)

고정 불변하는 '민족성'의 개념을 거부한다는 것, 그리고 '생각하는 방식'이며 변화 가능성을 지닌 '문화형'을 중심으로 사고한다는 것은

---

19) L. Gandhi, 앞의 책, 36면.

더 이상 제국주의 본국을, 우리에게 있어서는 일본 제국을 '곁에 있는 존재'로서 바라본다는 의미와 동일하다. 이제 제국주의 본국과 식민지를 바라볼 때, 주인에 의해서 최면화된 시선, 그래서 주인을 신비화시키는 응시에 의해서가 아니라 '차이'를 볼 수 있는 시선으로 제국주의 본국과 식민지를 바라볼 수 있게 되는 것이다. 이러한 차이의 세계에서 더 이상 보편으로서의 서구 혹은 제국으로서의 일본의 우월성과 식민지의 열등함은 존재하지 않는다. 세계를 우열에 의하여 바라보지 않고 '차이'에 의하여 바라본다는 것이 바로 탈식민주의의 주요한 시각이라는 점에서 볼 때 『서유기』에서 계시된 '문화형'의 사고는 탈식민주의적 관점의 주목에 값하는 것이라고 할 수 있다.

한편 『서유기』에서는 방송, 확성기 또는 전화라는 장치를 이용하여 다섯 가지의 목소리를 들려준다. 이 목소리들을 통해서 들려오는 이데올로기적인 담론에 대해서 독고준은 아무것도 판단하거나 평가하지 않는다. 독고준은 그 목소리에 대해서 어떠한 반응도 보이지 않고 그저 듣기만 한 채로 W시로의, 혹은 W시에서의 여행을 계속할 뿐이다. 독고준이 이러한 이데올로기적인 목소리에 대한 판단이나 평가를 하지 않는 것은 자신에 대한 명명과 위임을 거부한 것처럼 그러한 이데올로기의 현실적 가치에 대한 회의를 내포하는 것이라고 볼 수 있다. 다섯 가지의 목소리는 식민지 회복을 꿈꾸며 살아가는 총독의 목소리, 총독의 목소리와는 대척점에 놓여 있는 상해임시정부의 목소리, 혁명과 인민을 앞세우는 북한 노동당의 목소리, 과학과 이성을 신봉하는 이성병원의 목소리, 그리고 마지막으로 대한불교관음종의 목소리 등이다. 이 가운데 특히 총독의 목소리는 식민 지배국과 식민지와의 욕망과 증오의 관계를 보여주고 있다는 점에서 특히 총독의 목소리가 주목된다. 역사적으로 볼 때 식민 지배국와 식민지와의 관계는 경제적 착취만으로 이루어지는 것은 아니다. 경제적 착취는 정치적, 사회적 조건이 허락하는 곳에서는 어디에서든 발생한다. 그러나 식민지에서는 경제적 착취의 성격이 변하여 '식민적 착취'가 되고 이 가운데 식민주의자는 경제적 이익 자체보다는 식민지 피지배자와의 관계에서 얻는 심리적 만족을 더 추구하게 된다.[20] 다음과 같은 총독의 말은 식민 지배국과 식민지와의 이와 같은 심리적 관계를 날카롭게 보여준다.

> 외견상의 번영에도 불구하고 본토는 병들어 있으며 제국의 정신적 상황은 누란의 위기에 처해 있습니다. 왜? 제국은 종교를 상실하였기 때문입니다 제국의 종교는 무언가? 식민지인 것입니다 식민지는 무언가? 반도인 것입니다. 반도야말로 제국의 종교였으며, 사랑이었으며, 삶이었으며, 영광이었으며, 비밀이었던 것입니다. 그렇습니다. 반도는 제국의 영혼의 비밀이었습니다. 오늘 본토가 노정하고 있는 허탈, 도덕적 무기력, 허무주의는 영혼의 비밀을 잃은 집단의 절망인 것입니다. 본인은 노예 없는 자유인을 인정하지 않습니다. 무릇 국가는 비밀을 가져야 합니다. 그의 가슴 깊이 사무친 비밀을 가져야 합니다. 반도의 영유(領有)는 조국의 비밀이었습니다. 영혼의 꿈이었습니다.(34면)

인용문은 식민지를 '종교'이자 '사랑'이며 '삶'이자 '영광'이었다고 표현함으로써 식민 지배국과 식민지의 관계의 본질이 경제적 착취를 넘어선 심리적인 정신적인 부분에 놓여 있음을 보여준다. 이는 식민주

---

20) 양석원, 「탈식민주의의 정신분석학」, 『탈식민주의─이론과 쟁점』, 문학과지성사, 2003, 62~63면.

의의 문제가 식민 지배국과 식민지의 단순한 괴립이나 적대에 있지 않음을 시사하는 바, 여기에는 지배와 증오, 그리고 거부와 공모라는 보다 복합적인 심리적 문제가 관련되어 있는 것이다. 이를 멤미는 '증오와 욕망의 상황'이라고 지칭하는데, 제국주의 본국과 식민지인 사이에 있는 전선이 식민 지배자와 식민지인 각각의 내부에서도 재연될 수 있다는 것이다.

이러한 양상은 식민 지배국 내부에 존재하는 타자성을 식민지에 전가시킴으로써 극대화된다. 파농에 의하면 서구인의 집단 무의식에서 흑인은 '악과 죄'의 상징으로 나타나는 것은 서구인이 자기 내부의 낯설고 혐오스런 것을 외적으로 흑인에게 투영한 결과이다.[21] 이와 마찬가지로 일본 역시 일본 내부에도 존재하고 있을, 낯설고 혐오스러운 것, 그리고 수상한 것을 '조선'에 투사함으로써 스스로를 식민지의 지배자로서 식민지와 분리시키고 있다. 일본 헌병의 입을 통해서 나온 다음 부분은 이 점을 시사하고 있다. '조선놈'이니까 수상할 수밖에 없다는, 인용문의 논리는 모든 부정적인 측면들을 '조선놈'에게 투사할 수 있다는, 아니 투사해야 한다는 지배자로서의 일본의 심리를 드러내고 있는 것이다.

"이 자식아, 조선놈을 잡았는데 수상하면 어떻구 아니면 어떻다는 거야? 신문에 뭐가 어떻게 됐다구? 그런 건 아무래도 좋다는 이런 말이야. 조선놈이면 그만이야, 알겠나? 조선놈이면 나쁜 놈이야. 조선놈이기 때문에 수상한 거야, 증거가 있어서 수상한 게 아니란 말야. 조선놈이기

---

21) 양석원, 앞의 글, 81면.

때문에 증거가 있을 터이구, 그 증거는 수상한 게 틀림없단 말이야. 알
겠나. 조선놈이니까 ……에익 이 밥통 같으니라구."(31면)

　이와 같이 『서유기』에서는 식민 지배자와 식민지의 심리적 관계의
측면을 부각시킴으로써 식민지의 경험이 단지 경제적인 착취에 머무
는 것이 아니고 심리적이고 정신적인 분열로서 나타난다는 것, 그 때
문에 식민지 시대가 지나간 이후에도 식민지 경험이 가져다준 심리적
이고 정신적인 문제는 사라지지 않고 계속 존재하고 있다는 것을 보여
준다. 이런 측면에서 볼 때 식민지 체험은 과거의 것만이 아닌, 현재
의, 그리고 미래의 것이기도 한, 역사적인 외상이라는 점을 분명히 하
고 있는 것이다.

　그렇다면 이러한 역사적 외상을 치유하고 회복하는 방법은 무엇인
가? 여기에 대해서 『서유기』는 여러 가지 이데올로기를 내세우는 다양
한 목소리를 들려준다. 그러나 그 어느 것도 치유의 방법으로서 제시
되고 있는 것은 아니다. 북한 노동당의 목소리, 상해임시정부의 목소
리, 그리고 이성 병원의 목소리와 대한 불교관음종의 목소리 등은 모
두 치유의 방법으로 제시되고 있는 것이 아니라 존재하는 다양한 이데
올로기적인 목소리들로 제시되고 있을 뿐이다. 그리고 이러한 목소리
들이 말하고 있는 내용을 기억조차 하지 않는 독고준의 태도는 이러한
목소리들이 공허한 울림에 불과할 뿐임을 시사한다.

　이렇게 『서유기』는 '문화형'이라는 개념의 제시나 식민 관계를 둘러
싼 심리적이고 내적 측면의 제시를 통해서 탈식민주의적 관점에 접근
하고 있지만 그러한 관점의 구체화를 통해서 식민성을 넘어서는 새로

운 인식의 방향을 제시하는 데까지 나아가지는 못하고 있다. 그런 의미에서 『서유기』에서 발견할 수 있는 탈식민주의적인 시각은 아직 근대성과 식민성의 혼란 속에서 새로운 발을 내딛기 위한 모색의 차원에서 제시되고 있다고 하겠다.

5. 결론

지금까지 『서유기』를 탈식민주의적인 관점에서 '기억하기'라는 문제를 중심으로 고찰해보았다. 실제로 주체의 기억은 내밀하고 개인적인 것일 수도 있고, 역사적이고 사회적인 것일 수도 있다. 『서유기』는 기억이 지니는 이러한 성격을 바탕으로 하여 개인의 내밀한 기억과 한 사회가 지니는 역사적인 기억의 결합을 보여주고 있다. 때문에 기억하기의 방향은 두 방향으로 진행된다. 독고준의 관념적인 환상 여행의 목적으로 제시되고 있는 개인적이고 실존적인 기억하기는 독고준이 정체성의 근원 찾기로 이어지고, 여행의 과정에서 제시되는 역사적인 기억하기는 식민지 체험과 관련해서 우리 민족의 민족성의 문제에 대한 제시로 이어진다. 그리고 그러한 제시는 '문화형'의 사고로 연결되면서 식민 담론에서 나타나는 '고착성'과 생물학적 민족성 논의에서 나타나는 '우열성'의 문제를 넘어 '차이'에 의한 사고의 가능성을 보여준다.

탈식민주의적 관점에서 볼 때 『서유기』가 가지는 문제성은 두 가지로 요약될 수 있다. 우선 한국의 근대에 대한 인식에서 나타나는 '식민지성' 혹은 '주변성'과 관련된 문제를 들 수 있다. 최인훈의 소설 『광장』이나 『회색인』에서도 그러한 인식이 잘 드러나고 있는데, 이러한 '식민지성'이나 '주변성'이 서구적 근대를 보편으로 하는 인식이라는 데에 주목할 필요가 있다. 서구를 주체로, 우리를 타자로 상정하는 이러한 인식 속에서 한국의 역사적 상황이 가지고 있는 특수성은 고려되지 못하고 있었던 것이다. 『서유기』는 문제의 중심을 바꾸고 있다. 즉 보편으로서의 서구와 그에 도달할 수 없는 주변부로서의 한국이라는 구도에서 벗어나 일본 제국과 식민지 한국이라는 구도로 변화시키고 있다. 이러한 변화를 통해서 식민지 체험과 관련된 기억을 소환하고 고찰하여 식민지성을 극복할 수 있는 방향을 모색하고 있는 것이다.

이와 더불어 『서유기』가 한국을 서구와의 관계 속에서, 주인과 노예의 관계 속에서 인식하던 그간의 관점에서 벗어나 '차이'의 관점을 수립하기 위한 한 과정을 보여준다는 점 또한 중요한 의미를 지닌다. 식민 담론에서 형성된, '고착성'을 본질로 하는 '민족성'의 역사를 거부하고 '문화형'의 차이라는 새로운 관점에서 역사를 바라보고자 하는 시도가 나타나고 있는 것이다. 물론 '문화형'의 사고가 이전의 사고를 대체하고 있다고 할 만큼 소설에서 큰 비중을 차지하고 있는 것은 아니다. 그러나 이를 통해서 제국과 식민지의 관계를 '우열'의 관점에서가 아니라 '차이'의 관점에서 인식할 수 있는 가능성을 보여주고 있다는 점은 분명하다.

그러나 그럼에도 불구하고 『서유기』에서 탈식민주의적인 기획을 읽는다거나 『서유기』가 탈식민주의적인 시각으로 구성되었다거나 하는 평가를 내리는 것은 지나친 비약일 것이다. 『서유기』에서는 탈식민주의적인 전망이 제시되고 있지 못할 뿐 아니라 『서유기』에서 발견할 수 있는 탈식민지성도 소설 전체에서 통일적으로 제시되고 있는 것이 아니라 하나의 경향성으로 존재하는 것이기 때문이다. 그런 점에서 『서유기』의 의미는 서구 중심적인 근대 인식에 대한 문제제기이자 탈식민주의적 방향의 모색에서 찾아져야 한다고 본다. 비록 그러한 문제제기와 모색이 파편난 조각처럼 흩어져서 하나로 통일되지 못하고 있다고 하더라도…….

매일 새로운 근대가 펼쳐진다. 오늘의 근대가 어제의 근대가 아니지만, 그렇게 근대는 계속되고 있다. 한국의 식민지 시대는 종식되었다. 그러나 우리의 역사에, 그리고 우리의 의식에 남아있는 식민지적 기억은 때로는 불현듯, 때로는 지속적으로 현재의 역사의 표면에서 상기되고 있다. 그런 의미에서 우리에게 탈식민주의의 문제는 끊임없이 탐구되어야 할 주제이리라. 『서유기』를 통해서 우리의 역사에, 그리고 우리의 의식에 새겨져 있는 '식민지성'에서 벗어나고자 하는, 탈식민주의적인 의식의 편린들을 보게 된다. 그러나 그것은 아직 모색의 태도로서만 제시되고 있을 뿐이다. 그렇다면 그것이 향해야 할 방향은 어디인가? 『서유기』는 거기에서 더 나아가지 않는다. 이제 우리가 나아가야 할 차례이다.

출전 : 「최인훈 소설에 나타난 '기억하기' 와 탈식민성-『서유기』를 중심으로」,
『한국현대문학연구』 제15집, 2004.

최인훈 소설에 나타난 가족 로망스의 의미

1. 머리말

이 글은 한국 현대소설에 나타난 가족 로망스의 양상과 의미를 최인훈 소설에서 분석한 것이다. 최인훈 소설에 나타난 지속적인 주제를 '정체성찾기', '길찾기'[1]라고 할 때 그 체현과정이 가족 로망스의 원형 내지는 이형태를 근간으로 하고 있다는 데에 관심을 둔 것이다. 따라서 그의 소설에 나타난 가족 로망스의 양상을 살펴보는 것은 그의 소설의 변화양상을 고찰하는 한 방법이 될 것이다.

---

* 김미영 / 한양대학교 국어교육과 부교수

1) '정체성 찾기'에 대한 연구는 양윤모의 논문을 참고할 수 있다. 그는 해방 이후 한국 현실의 혼란상을 극복하고 정체성을 찾고자 하는 노력이 최인훈 소설의 주된 동기라고 지적하였다(「최인훈 소설의 정체성 찾기에 대한 연구」, 고려대 박사 학위 논문, 1999). 또한, 최인훈의 산문에서도 작가가 지속적인 관심을 보인 것은 '길찾기'라는 것을 확인할 수 있다(「길에 관한 명상」, 『꿈의 거울』, 우신사, 1990).

마르트 로베르는 프로이트의 가족 로망스를 차용하여 소설의 기원을 탐색한 바 있다. 그는 정신분석을 문학이론으로 수용할 때 소설 장르를 유형화할 수 있다는 가능성을 제시하였다. 즉, 소설의 유형을 사생아 방식과 업둥이 방식으로 분류하여 작가의 창작의식을 규명한 것이다. 사생아 방식은 "세계와 저돌적으로 싸우면서 그 세계를 뒷받침해주는 사실주의를 따르는 것이고, 업둥이 방식은 "경험이나 싸우기 위한 수단이 결여되어 있어서 도피하거나 거부함으로써 세계와의 대면을 회피하는 방식"2)이다. 특히, 후자인 업둥이 방식은 '고아의식'을 드러내는 것으로서 한국의 전후소설에서 강세를 띠고 있는 부분3)이다. 이러한 유형은 다양한 소설 세계를 단순화시키는 한계를 지니고 있으나 인간의 근원적인 사회상을 통해 인간존재를 규명한다는 점에서 그 의의를 발견할 수 있다.

프로이트의 가족 로망스는 소년들 개개인이 사회 질서 속에서 자신에게 주어지는 어떤 위치에 대한 환상을 품는 방식이다. 이때 개인의 심리는 가족의 이미지들과 가족 내부의 갈등을 통해 사회 질서와 연결된다.4) 개인의 심리가 가족, 사회와의 관계에서 형성된다는 상식적인

---

2) 마르트 로베르, 김치수·이윤옥 옮김, 『기원의 소설, 소설의 기원』, 문학과지성사, 1999, 54~59면 참조.
3) 김형중은 손창섭과 장용학 소설을 정신분석학으로 해석하면서 전후소설은 업둥이 형식이 강세를 띤다고 종합하였다(『소설과 정신분석』, 푸른사상, 2003).
4) 린 헌트, 조한욱 옮김, 『프랑스 혁명의 가족 로망스』, 새물결, 1999, 52면. 프로이트에 의하면 가족 로망스는 중심이론이라 할 수는 없지만 현대소설의 창작원리를 설명할 수 있는 하나의 근거는 충분히 될 수 있다. 이 말은 "이제 자신이 낮게 평가하게 된 부모로부터 자유로워지고, 대체적으로 더 높은 사회적 지위를 지닌 사람들로 부모를 대체하고자 하는" 신경증 환자들의 환상을 가리키는 것이었

인식을 최인훈 소설에서 찾아보는 것은 재미있는 발견이다. 왜냐하면 그의 소설의 외연은 일견하면 가족 로망스를 드러내지 않는 것처럼 보이기 때문이다. 그러나 그 이면으로 들어가면 의외로 가족 로망스의 변형이 풍부하다. 개인과 가족의 관계 형성이 대사회적으로는 어떤 양상으로 드러나는지 관심을 갖게 한다.

『광장』의 주인공 이명준의 가족은 월남과 월북 이후의 양상이 다르다. 남한에 있을 때는 어머니의 죽음 이후, 월북한 아버지의 친구와 살면서 아버지 친구가 대리父 역할을 하였다. 월북한 이후에는 잠시 아버지와 함께 생활하였으나 영웅의 면모가 사라진 아버지에게 실망하며 가족을 떠난다. 『회색인』의 주인공 독고준은 월남한 아버지와의 가족 구성을 보이며, 「하늘의 다리」에서는 가출한 딸을 둔 월남인 한동순 선생 가족이 있다. 『태풍』에서는 국제결혼과 입양 등을 통한 가족 구성 등이 나타나고, 절필 20년 만에 상재한 『화두』에서는 아버지에 대한 그리움과 가족애가 나타난다. 최인훈의 작품을 일별해 볼 때, 그의 소설의 가족 로망스도 전후소설의 일반적인 경향처럼 '업둥이 방식'이 강하게 드러난다. 친부에 대한 환상을 지니고 있는, 낭만주의적 경향을 드러내는 가족 로망스가 되는 것이다. 그의 대표작들을 살펴보면 가족에 대한 의식의 변화와 작품의 변화가 맞물려 있음 알 수 있다.

가족 로망스가 문학이론으로 정착하면서 현대문학의 분석에 많은 도움을 주고 있는 것은 사실이다. 그런 점에서, 이재복의 글은 가족 로

다. 부모로부터 무시당한다고 느낀 남자 아이는 자기 부모들이 실제로는 부모가 아니며 진짜 부모는 중요한 영주, 귀족, 혹은 왕이나 왕비라고 상상함으로써 부모에게 복수한다는 것이다.

망스의 개념이 한국 현대문학의 해석에 중요한 방법론이 될 수 있다는 사실을 보여준 예가 된다. 그는 가족 로망스를 통해 근대 세계에서의 에고나 주체의 형성과정과 문화와 문명의 존재 양식[5]을 살펴보았다. 그는 근현대사에 나타난 아버지의 이미지는 친부이면서 계부이고, 선망과 공포, 권위와 무능함을 동시에 내포한 이중적이고 복합적인 존재라고 규정하였다. 또한 아버지의 이중성과 복합성 속에 한국 현대시의 가족 로망스의 특성이 내재해 있으며, 그것은 곧 한국 현대시의 주체성과 현대성을 드러내는 일[6]이라고 논의하였다.

이처럼 한국 현대시를 가족 로망스로 분석할 수 있듯이, 현대소설의 분석도 가족 로망스에 의해 더욱 정밀해질 것으로 본다. 이는 한국의 현대화 과정이 아버지의 몰락, 부재, 귀환 등의 심한 굴곡을 겪은 역사적 상황을 노정하기 때문이다. 여기에는 '가족 로망스'의 원형이 다양하게 변주될 가능성을 내포한다. 근현대사의 굴곡을 내면화한 최인훈에게 가족 로망스는 글쓰기의 기반이 되고 있다.

이 글은 최인훈의 소설들에 나타난 가족 로망스의 이형태를 통해 작가의식이나 작중인물의 의식이 사회질서와 유기적 관계를 맺고 있는 다양한 양상을 확인하고자 한다. 근현대사의 굴곡을 내면화한 최인훈에게 가족 로망스는 글쓰기의 기반이 되고 있다. 또 하나 주목할 점은 최인훈 소설에 나타나는 가족은 점층적으로 확장한다는 점이다. 즉, 가족은 사회, 국가, 아시아의 연대로 확장된 상징적 구성원으로 읽힌다.

---

5) 이재복, 「한국 현대시의 가족 로망스 연구」, 『한국문예비평연구』 제21집, 한국현대문예비평학회, 2006. 12, 6면.
6) 이재복, 위의 글, 6면.

2. 가족 이데올로기의 내면화와 균열의 징후

『두만강』은 최인훈의 비공식적인 처녀작이라 할 수 있다.[7] 이 작품은 1943년의 H(회령－필자)읍을 배경으로 한 것인데 회령이란 공간은 시사하는 바가 크다. 일본군이 2차 세계대전을 치르는 과정에서 국경선 근처에 소재한 H읍의 지정학적 위치 때문이다. 경계선에 있는 공간은 삶의 변화가 큰 폭으로 다가오기 마련이다. 최인훈은 당시의 상황을 '아지랑이 속'[8]이라고 표현하였다. '아지랑이'는 실체를 제대로 볼 수 없게 한다. 현실을 객관화시킬 수 있는 시력을 저하시키는 것이다. 『광장』의 이명준을 '달걀 철학자'로 지칭하듯, 이 작품의 주인공 현경선을 '그 아지랑이 속의 아지랑이 같은 젊은 처녀'라고 부른 것도 같은 맥락이라고 하겠다. 이러한 표현은 주인공의 '미숙함'을 드러내어 아직 자아의식이 견고하지 않은 인물이라는 의미를 드러낸다. 이는 작품 전개의 초점이 주인공의 자아성숙 과정에 있다는 것을 의미하는 것이기도 하다.

『두만강』은 최인훈 작품의 일반적 성격과 비교할 때 두 가지 이례적

---

7) 최인훈은 1959년 「Grey구락부 전말기」(『자유문학』 10월호)를 발표하면서 등단하고, 이어서 「라울전」(『자유문학』 12월호)이 안수길 선생의 추천으로 발표되어 공식적인 소설가의 자격을 얻게 되었다. 『두만강』은 최인훈의 가족이 모두 강원도에 거주하던 1952년, 그 혼자만 학교 때문에 부산에서 지내며 집필한 작품이다. 공식적인 등단작품이 아닌 습작기의 성격이 드러나는 작품이지만 최인훈 문학세계를 살펴보는 데에는 필요한 초기작이다(「최인훈」, 『작가연구』 2002년 하반기, 깊은샘, 2002 참조함).
8) 최인훈, 『하늘의 다리 / 두만강』, 문학과지성사, 1976, 125면. 이하 인용은 면수만 게재함.

인 모습을 지닌다. 하나는 온전한 가족 구성을 이룬 것에서 찾을 수 있다. 최인훈의 대표작9)들이 가족 로망스의 이형태들로서 왜곡된 가족의 모습을 보여주고 있다면 이 작품은 온전한 가족 구성안에서 주인공의 주체 형성과정과 삶의 양식들을 재현하고 있다.

가족에 대한 전통적 개념정의는 공동거주, 경제적 협동, 배타적인 성관계, 공통의 문화를 강조하고, 가족구성원 간 협력관계가 다른 어느 사회집단에서 볼 수 없는 매우 긴밀한 것임에 주목한다.10) 이와 같은 '가족'의 정의를 토대로 이 작품을 접근하면 봉건적 가족 양상이 드러남을 알 수 있다. 현경선의 가족과 한동철의 가족은 가족 이데올로기의 내면화가 짙게 배어 있다.

경선이나 성철, 동철은 식민치하이지만 중산층의 가정에서 자란 인물들이다. 아버지의 경제적인 보호가 견고하기 때문에 식민치하에서 겪는 젊은이의 고뇌는 보이지 않는다. 식민지 현실을 뼈저리게 느끼는 젊은이들이 아니기에 세계의 상실감도 느끼지 못하며 이는 당대의 고뇌를 온몸으로 체험하는 인물로서는 미흡함을 지니고 있다.

한편, 현경선의 부모와 성철 부모를 통해 가족 이데올로기의 봉건성을 살펴볼 수 있다. 아들을 낳지 못한 경선의 어머니는 남편이 바람을 피워도 이를 묵인한다. 또한, 딸에게 공부보다는 결혼을 선택하도록 종용한다. 성철(동철) 부모 또한 봉건적인 가족이데올로기에 포박되어 있

---

9) 최인훈의 대표작은 『광장』, 『회색인』, 『서유기』, 『소설가 구보 씨의 일일』, 『태풍』이다. 최인훈은 이 작품을 자신의 대표작이라고 지적하면서 그 연쇄성을 강조하고 있다. 이 글에서는 여기에 처녀작인 『두만강』과 서사로서 최근작인 『화두』까지 고려하면서 그의 소설쓰기 기원을 찾고자 한다.
10) 조정문, 장상희, 『가족사회학』, 아카넷, 2001, 19면.

다. 여성의 성적 욕망에 대한 시각을 볼 때, 한의사인 성철의 아버지는
아내의 성적 욕망을 부도덕한 모습으로 받아들이며, 이를 억압하는 태
도가 역력하다. 아내 송씨는 실제로는 성에 대한 욕망을 지니고 있는
여성이다. 그러나 봉건적인 남편을 의식하여 자신의 욕망을 수치스러
워하며 자신의 성적 욕망을 억압하는 고통스러운 생활을 감내한다. 이
처럼 부모세대에서는 아들 낳기와 성욕 억제를 통해 봉건적 이데올로
기를 내면화하고 있다.

이와 같은 가족 이데올로기의 봉건성은 새로운 가족을 형성하게 될
인물들에게서도 나타난다. 현경선과 성철의 관계, 보통학교 선생인 도
모야마와 순옥(요시노)의 관계에서 남성 주인공의 보수적인 성향 때문
에 가족 이데올로기의 모습이 내면화될 것을 예상할 수 있다. 경선과
성철이 소풍을 나갔을 때, 경선이가 성철에게 안기는 상황이 벌어지자
성철은 얼굴을 붉히며 그녀의 팔을 놓는다. 이러한 성철의 태도는 연
애를 리드하는 남성의 면모라 하기 어렵다. 그에게는 다소곳한 여성을
원하는 마음이 잠재해 있다. 보통학교 선생 도모야마가 경선보다 순옥
을 선택하는 데에도 이런 면이 나타난다. 경선이 아름답긴 하지만 현
모양처답게 아이를 키우고, 가정을 돌보는 데는 부적합하다고 생각한
점에서 그렇다. 그가 "이런저런 일이 어울려 경선은 아름답고 똑똑하
지만 자기한테는 맞지 않고 얌전한 요시노 선생이 좋다고 판가름한
것"(『두만강』, 252면) 등에서 보수적인 남성의 결혼관을 보여준다.

이 작품은 가족 이데올로기의 내면화 못지않게 이를 균열시키는 징
후도 보인다. 현경선이 그 힘을 지닌 인물이다. 이 지점에서 이 작품이
지닌 또 하나의 이례적인 모습을 짚고 넘어가야 한다. 여성인물 현경

선을 주인공으로 전경화시킨 점은 최인훈 작품에서 보기 드문 현상이다. 그의 작품은 대체로 지식인 남성의 시각에서 서사가 전개되기 때문이다. 그래서 여성의 시각은 남성인물에 의해 여과되거나 아예 차단되는 것이 일반적인 그의 소설 경향이다. 현경선은 비록 여성 인물이긴 하지만 최인훈 소설의 남성인물에게서 지속적으로 나타난 지적 욕망과 자아발견을 동일하게 발견할 수 있다. 이렇게 여성인물을 전면화함으로써 결혼에 대한 생각, 성적 욕망, 자유연애 등이 자연스럽게 표출되고 있다. 그녀는 최인훈이 즐겨 다루어 온 남성 지식인의 초기 모습이라 할 수 있으며, 이 작품에서는 가족 이데올로기의 내면화를 거부하고 있는 각성된 인물로 볼 수도 있다. 그녀가 결혼보다는 지적 세계를 추구하는 점, 자의식이 강한 점에서 가족 이데올로기를 균열시킬 수 있는 징후를 읽을 수 있다. 경선이 추구하는 일이 무엇인지 정확하게 드러나지 않지만 그녀는 '무엇인지 자기가 온 정열을 쏟아 할 수 있는 일'(156면)을 원한다. 그 정열을 쏟는 일이 가정이라고 생각하지는 않는다. 그것은 어머니 말대로 '착한 남편을 만나 아들딸 낳아 머리가 파뿌리 되도록 편히 살겠다'는 생각은 아니기 때문이다. 경선은 늘 대도시 '서울'을 그리워하고, '학식 높은 여자'에 대한 선망을 지니고 있다. 그녀의 자아 각성 과정은 이명준 계열의 전신으로서 최인훈 인물의 맹아라고 할 수 있다.

봉건적인 두 가정의 모습에서 식민지 영토를 경험하는 양상은 상이하게 드러난다. 여기에서 '아버지'에 대한 최인훈의 기본적 태도를 확인할 수 있다. 최인훈 소설에서는 아버지에 대한 은밀한 정이 깔려 있는데 이 작품의 경선의 아버지 현도영에게서 그 원인을 찾아볼 수 있다. 목재상을 운영하는 현도영은 부하직원의 벌목 문제로 경찰서에 찾아간다. 부하를 데려오기 위해 피식민지인의 비굴한 자세를 취하면서, 내적으로 울분을 삭힌다. 그가 정숙한 아내 외에 기생들과 사랑을 나누는 면에서는 봉건적인 인물이자 남성중심의 생활을 하는 인물로 드러나지만 식민지 현실을 인식하고 있는 데서는 지식인의 면모를 띤다. 아버지의 이러한 점이 자의식 강하고, 나름대로 비판의식을 지닌 경선으로부터 비판의 화살을 비껴가는 이유가 된다. 현도영의 모습은 최인훈에게 아버지다움의 표본이 된 것이다. 최인훈 소설에 나타난 자전적 요소에 의하면 그의 아버지는 목재상을 운영한 상인이면서도 독학으로 많은 책을 읽어낸 지식인이다. 이런 부분은 『화두』에 소상히 나타나 있다. 따라서 최인훈에게 아버지는 무능력한 인물이기보다는 신산한 생활을 견디어 낸 외경의 인물이 되는 것이다. 『두만강』에서 한의사의 막내아들 동철이가 친아버지보다 현도영을 더 따르고 있는 점에서도 현도영의 아버지상이 긍정적임을 알 수 있다. 이에 비해 한의사는 철저히 일본화된 인물로 그려지고 있다. 생활 방식, 언어 등을 모두 일본식으로 하고 있으며 며느리마저 일본인으로 보고 싶어 하는 인물이다. 일본 거주민과 친밀하게 지내는 부르주아적인 가정의 모습은 식민치하에서의 억압된 삶을 살아가는 서민들이나 하층민들과는 일정한 거리가 있다.

　『두만강』은 문학적 완결성은 높지 않으나 최인훈 문학 세계의 변모 양상을 살펴보는 데 있어서 출발점의 의미를 지닌다고 하겠다. 세계에 대한 탐구 정신이 그의 초기작에서부터 크게 자리 잡고 있음을 알 수 있고, 현경선은 이명준이나 독고준의 전신에 해당하는 인물임을 알 수 있다. 이들에게 아버지는 거부의 대상이 아니라 오히려 연민과 그리움의 대상이 된다. 이 점이 최인훈 문학을 전후소설의 대표적 작가인 손창섭이나 장용학과는 대조를 이루는 독특한 부분으로 만든다.

3. 세계상실의 체험과 왜곡된 가족의 표상

1) 아버지 부재와 체계화의 욕망

아버지의 부재는 아버지를 갈망하게 한다. 최인훈 소설에서 아버지의 부재는 '아버지 찾기'의 실제 행동보다는 아버지를 대신할 수 있는 상징적인 것들을 추구하는 양상으로 나타난다. 또한 오이디푸스 콤플렉스에서 나타나는 아버지와의 극단적 갈등도 그의 소설에서는 미약한 편이다.

고아 의식이 뚜렷한 『광장』부터 살펴보자. 이명준은 엄밀히 말하면 고아라 하기 어렵다. 어머니는 돌아가셨지만 아버지는 월북을 했을 뿐 생존해 있기 때문이다. 그러나 분단 때문에 아버지를 만날 수는 없다. 아버지의 친구 변 선생이 그를 자식처럼 돌보고 있으나 그에게는 고아 의식이 강하다. 2층[11])에 자신의 독립된 공간을 소유하고 있는 이명준은 분단과 6·25전쟁이 발발하는 시기의 혼란한 상황에서도 경제적 궁

---

11) 이명준의 방은 2층이다. 『회색인』, 『서유기』에 등장하는 '독고준'이나 「구운몽」의 '독고민', 「하늘의 다리」의 김준구 등 월남인들은 모두 독거인으로서 아파트에 거주한다. 땅과 일정한 거리를 두고 있는 셈인데, 이는 현실에 정착하지 못한 '뿌리 뽑힌 자'의 상징적 모습이라 할 수 있다.

핍은 겪지 않는다. 그는 외면적으로는 변 선생의 경제적 보호와 내적으로는 혁명가의 아들이라는 무의식이 작동하여 미묘한 생활을 영위하고 있는 인물이다. 이러한 개인적 상황이 그를 책 속으로 망명하게 하고, 나아가 철학도로 이끌며 세계의 체계화에 대한 욕망을 지니게 하였다.

업둥이 방식의 로망스에서 주인공은 현실에 대한 '도피', '거부'의 행위로 세계와의 대립을 회피하는 게 일반적인 현상이다. 전쟁은 전후 한국 소설가들의 작품에서 업둥이 유형의 소설이 우세하게 된 직접적인 외상으로 작용[12]하며 이명준도 예외는 아니다. 이명준이 책 속으로 망명한 것도 따지고 보면 현실에 대한 도피 행위로 읽힐 수 있기 때문이다.

아버지가 없는 세계는 문제성이 많은 것으로 나타났던 적이 빈번[13]했다. 아버지가 없는 어린아이들은 자신들의 사회적 지위를 찾기 위해 방황하든가, 아버지를 대신할 수 있는 인물이나 대상을 찾아내기에 집착한다. 이명준도 아버지가 부재한 동안 아버지를 대신하는 대리부와 소통하거나, 아버지의 상징이라 할 수 있는 '책'과의 소통으로 아버지 부재현상의 공백을 메우고 있다. 그러나 상징적 아버지에 대한 균열이 서서히 나타나기 시작하면서 그의 생활은 흔들리기 시작한다.

> ① 책장을 대하면 흐뭇하고 든든한 것 같았다. 알몸뚱이를 감싸는 갑옷이나 혹은 살갗 같기도 하다. 한 권씩 늘어갈 적마다 몸속에 깨끗한

12) 김형중, 『소설과 정신분석』, 푸른사상, 2003, 75면.
13) 린 허트, 조한욱 옮김, 『프랑스 혁명의 가족 로망스』, 새물결, 1999, 66면.

세포가 한 방씩 늘어가는 듯한, 자기와 책 사이에 걸친 살아 있는 어울림을 몸으로 느낀 무렵이 있다. (…중략…) 언제부턴가 그런 복받은 사이가 조금씩 무너지기 시작한다. 후린 여자에게서 매정스레 떨어져가는 오입쟁이의 작태를 떠올리면서 그는 쓸쓸하다.14)

② 남한 시절에 그에게는 철학이 모든 것이었다. 부모도 없고, 돈도 없고, 명예도 없는 청년에게 철학이란 모든 것을 보상하고도 남을 긍지를 약속하는 단 하나의 것이었으리라. 또는 현실 속에서 이상을 실현할 염두조차 내지 못할 사회에서 철학이란 양심의 마지막 피난처였으리라. (97면)

이명준이 자랑스럽게 여기는 책, 자긍심을 주는 철학은 아버지의 이름을 대신하는 것들이다. 근대적인 사상을 고스란히 담고 있는 철학과 책은 바로 아버지의 정신세계를 표상하는 대리자인 것이다. 혁명가인 아버지가 세상에 가졌던 열정이나 세계를 체계화하고 세계의 원리를 탐구하고자 하는 철학도의 심리는 서로 상통하고 있다. 세계에 대한 인식을 체계화한 것이 책과 철학이고 보면 아버지 세계를 추수하는 자세가 최인훈의 작중인물에게는 남달랐다고 볼 수 있다. 그러나 책을 통해서도 자신의 욕망이 충족되지 않는 현실에서 자아는 고뇌와 갈등에 빠진다. 그가 책을 멀리하기 시작한 원인은 현실에 대한 환멸감, 비판의 대상이 된 아버지의 세계를 극복하고자 하는 무의식 등이 혼합된 정서라 하겠다.

겉으로는 안존한 생활을 하는 이명준이지만 안정적인 가족이 해체

---

14) 최인훈, 『광장』, 문학과지성사, 1992, 39면. 이후의 인용은 면수만 게재함.

된 상태에서 그는 늘 아버지를 대신할 수 있는 대상을 욕망하며 부유하는 존재로 그려져 있다. 그에게 책이나 철학이 정신적 충일감을 주지 못했듯, 대리부인 변 선생이나 정 선생도 정신적 지주의 모습을 끝까지 유지하지는 못한다. 이 작품에서 물질적으로 이명준을 보호하는 아버지의 대리자 변 선생도 경찰서에 회부된 이명준을 보호하지 못했고, 존경하던 '정 선생'도 남한을 비판하는 과정에서 이명준에게 실망감을 안겨준다. 이때 이명준은 오히려 사상적 우월감을 맛본다. 이 순간은 바로 대리부로서의 아버지의 권위, 지towards, 위엄 등이 붕괴되는 때이다. 이것은 그를 슬프게 하기 보다는 친부에 대한 동일시의 욕망을 증폭시키는 행복한 순간이 되기도 한다. 아이들은 자기들이 낮게 평가한 부모에게서 벗어나기 위해 사회적 지위가 높은 사람들이 진짜 자기 부모라는 상상15)을 한다. 업둥이 의식이 잠재하고 있는 이명준에게 임시적인 계부들이 '낮은' 평가를 받을수록 친부는 상대적으로 우월한 위치에 오르게 되는 것이다. 따라서 이런 과정은 오히려 친부에 대한 동경을 고양시키고, 타당성을 주기도 한다. 물론, 이북에서 만난 아버지에게 더 큰 실망을 안게 되지만. 이명준은 친부 대신 계부를 통해 '아비 부정'의 욕망을 해소하는 것으로 볼 수 있다. 또한 이명준이 아버지의 세계를 벗어나는 것은 자신의 가족을 소망하는 것과 겹쳐진다.16)

---

15) 프로이트, 김정일 옮김, 「가족 로맨스」, 『성욕에 관한 세 편의 에세이』, 열린책들, 1998, 59면.
16) 이명준의 월북 동기에는 강윤애의 사랑에 대한 회의가 크게 자리 잡고 있다. 윤애에 대한 사랑은 엄밀히 말하면 가족어 대한 그리움, 가족의 울타리를 맛보고 싶은 욕망의 다른 이름이라 할 수 있다 이명준기 인천에 있는 윤애의 집에 기

이명준에게 은혜와 딸로 각인된 '갈매기'의 인식은 새로운 가족의 구성을 보여주는 상징물이라 할 수 있다. '작은 갈매기'의 이미지는 윤애의 이미지에서 벗어난 것이며, 나중에는 '우리 애'로 바뀌게 된다. 이와 같은 갈매기 이미지의 변화는 이명준의 무의식에 깔린 가족의 욕망, 특히 은혜와 이루고 싶은 가족의 욕망을 보여준 것이다. 이것은 단독자인 이명준에게 '가족'이라는 대상의 인식이 각인된 것을 의미한다. 명준과 은혜 그리고 그들의 딸은 불완전한 개인의 사랑을 초월한 가족애의 모습을 반영한 것이다.

'살부'는 동양적인 관점의 가족제도에서는 패륜에 해당한다. 그러나 문학에서는 상징적인 것이다. 바슐라르식으로 하면 '프로메테우스' 콤플렉스에 해당한다고 볼 수도 있다.[17] 이명준이 남한과 북한의 이데올로기를 비판하는 행위는 아버지들[18]이 이룩해 놓은 세계를 비판하고, 그를 극복하고자 하는 무의식의 반영이라 할 수 있다. '아비 찾기'와

거하는 동안 그는 윤애의 부모들과 대면한 적이 없다. 즉, 가족다운 친밀감을 향유할 수 없었던 것이다. 표면적으로 자아가 강하고, 도덕성이 강한 윤애의 사랑 방식이 이명준의 월북 결심을 굳히게 한 것처럼 보이지만 그 이면에는 새로운 가족을 구성할 수 있는 가능성들이 애초부터 마련되지 않았기 때문으로도 해석이 가능하다.

17) 프로메테우스 콤플렉스는 지식에 대한 강한 욕구 때문에 아버지 세대가 이루어 놓은 체계들이 그가 갈망하는 지식에 위배될 때는 그것을 부정하고 그것을 극복하려 하는 콤플렉스이다(바슐라르, 민희식 역, 『불의 정신분석 / 초의 불꽃 외』, 삼성출판사, 1993, 46면).

18) 아버지는 일반적으로 여러 가지의 표상성을 갖고 있는 것이 사실이지만, 전통을 상징하거나, 도덕적인 계율, 금지와 제지의 권위를 상징하며 또 붕괴의 표상인 것이다. 그렇기 때문에 문학작품에 있어서의 아버지의 가치와 이미지는 흔히 양면성을 지니고 나타난다(이재선, 『현대 한국소설사』, 민음사, 1991, 430면).

'아비 극복하기'는 상충적인 의미체계이다. 뿌리를 찾거나 가계를 승계한다는 것이 곧 아비 찾기이며, 신구의 세대적인 갈등, 즉 일체의 기존적인 질서와 권위에 도전한다는 것이 곧 아비 죽이기이다. 이때 죽이기란 제거, 부정 또는 극복으로서의 상징적인 의미임은 물론이다.[19] 그런데 최인훈의 작품에서 '아비 부정'이라는 가족 로망스는 이명준을 통해 다른 방식으로 나타난다.

근대적 주체의 정체성을 구성하는 중요한 특질 중의 하나이자 고유한 성격인 '정치적 고아 의식'은 가족 로망스를 통해 아비를 부정하고 스스로를 고아, 또는 서자로 규정하는 근대 가족 로망스의 산물인 것이다.[20] 그러나 최인훈에게 근대성은 전통 부정보다는 전통의 긍정적인 모습을 계승하고자 하는 태도가 강하다. 그의 소설은 그가 속한 사회를 지적으로 분해하고 비판하여 그것을 속속들이 이해하려는 의지의 소산이며, 그것을 건강한 사회로 변모시키려는 고통스러운 노력의 결정이다. 그렇기 때문에 그의 소설에는 현실에 대한 야유나 풍자보다는 통열한 비판이나 유머가 지배적이다. 그는 원칙적으로 그가 속한 사회와 국가를 수락하고 그것을 개조하려는 입장에 서 있지, 그것을 부인하는 반사회적 입장에 서 있는 것은 아니다.[21] 따라서 그에게 아버지는 부정의 대상이 아니라 동일시의 대상으로 드러난다.

『광장』에서 어머니는 '죽음'으로 처리되어 있다. 장용학 소설이 '어머니'의 존재를 끊임없이 부각시키면서 아버지들이 이룬 문명세계를

---

19) 이재선, 『현대 한국소설사』, 민음사, 1991, 431면.
20) 권명아, 『가족 이야기는 어떻게 만들어지는가』, 책세상, 2004, 23면.
21) 김윤식·김현, 『한국문학사』, 민음사, 253면.

거부하는 것과는 대조적이다. 이명준의 가족 구성은 엄마−아빠−나의 삼각형의 모양을 이룬 가족 구성이 아니라 '아버지'의 존재성을 부각시키는 경우가 더 크다. 최인훈 소설에서 지식인 남성 주인공들은 대체로 아버지와의 동일성을 끊임없이 추구한다. 그렇기에 『화두』에서처럼 아버지의 모습이 애틋하게 그려질 수 있는 것이다.

'아비 찾기'와 '아비 극복하기'의 과정은 『회색인』, 『서유기』에서도 그대로 나타난다. 이 작품들도 엄밀하게 따지면 모두 업둥이형 로망스의 범주에 든다. 독고준이 매형 현호성의 집에 더부살이를 하고 있기 때문이다. 『광장』에서 대리부가 아버지의 친구였다면 이 작품들에서는 독고준의 누이를 배신한 매형이 형식상 대리부가 된다. 그러나 그는 매형이 노동당원이었다는 약점을 이용하여 그의 집 2층에 기거한다. 그를 물질적으로 도와주는 현호성은 나름대로 아버지 역할을 하는 인물이지만 도덕적으로 비열한 인물로 묘사되고 있다. 이는 친부가 고귀한 이미지를 유지하기 위해서는 계부의 이미지가 비천(비열)한 모습을 지닐수록 더 효과적이라는 것을 보여주는 것이다. 그래야만 업둥이 자신의 위치, 친부에 대한 동경, 선망 등이 정당해진다.

『회색인』에는 독고준이 자신의 혈족을 찾기 위해 P읍을 방문한 이야기가 나온다. 독고준은 그 짧은 여행을 '서유기'라고 명명한다. 그리고 이 짧은 이야기를 더욱 확장한 것이 장편 『서유기』이다. 얼굴도 모르는 독고준 자신의 혈육을 찾아가는 행위는 결국 자신의 '뿌리'를 찾아가는 과정이다. 『회색인』에서 독고준은 월남한 아버지가 돌아가신 이후 그의 유언을 따라 헤어진 혈육을 찾고자 한다. 그의 혈족을 찾기 위해 낯선 장소인 P를 찾아가지만 분단 상황의 '피난민'이라는 현실은 혈육을 찾는 일이 지난한 것임을 일깨워 주고 있다. 독고준이 P읍에서 만난 향교를 지키는 노인에게 우호적인 감정을 지니는 것은 아버지 세계에 대한 향수를 보여주는 것이라 하겠다. 이러한 정서는 『소설가 구보 씨의 일일』에서도 드러나고 있다. 구보 씨가 보학에 관심을 두는 것은 분류 체계에 대한 관심일 수도 있지만 혈통에 대한 관심을 보여준 것으로도 읽힌다. 『서유기』에서 독고준은 역장의 양자가 되는 것을 끝까지 거절한다. 이는 친부의 혈통을 지키겠다는 뜻이다. 그렇다고 『회색인』과 『서유기』에서 친부의 이미지가 고결하게 묘사되고 있는 것도 아니다. 친부를 거부하지 않는 점이 중요하다. 그의 후손으로 살아갈 의지가 확고하게 나타나 있기 때문이다.

『화두』에 이르면 '이민'이라는 새로운 형태로 가족의 이산이 드러난다. 최인훈의 작중인물을 지속적으로 괴롭혔던 '피난민 의식'이 결국은 더 큰 세계로 이주한 것으로 그려진 것이다. 이주에 의한 가족 구성은 이미 『태풍』에서 싹트고 있었다. 『화두』에 오면 친부의 이미지는 더욱 긍정적이고 외경의 대상으로 드러난다. 최인훈에게 아버지는 어머니를 초월하는 인물이다. 그의 작품에서 어머니는 존재하지 않는다. 이미 아버지 속에 포함된 인물이기 때문이다. 오히려 어머니는 '누이'로 변형되어 나타난다.

2) '누이적인 것'의 변형

최인훈 소설에서 가족 로망스는 엄마-나-아빠의 삼각형 구조로 드러나지는 않는다. 어머니의 이미지가 '누이'로 변형되어 있기 때문이다. 그 기원은 『두만강』이라고 할 수 있다. 동철이가 현경선에게 느끼는 누이의 이미지는 어머니의 모습이 담긴 것이다. 그러면서도 순수한 성적 호기심까지 동반하고 있다.

> 그러나 아직도 경선의 가슴에서 떨어지자고는 않았다. 동철은 어머니 기억이 희미했다. 자기가 어머니 가슴에 안겨 젖을 빨았다는 기억이 티끌만큼도 생각나지 않았다. (…중략…) 동철은 경선의 젖가슴이 신기했다. 동철은 하르르한 가벼운 옷의 여민 옷깃을 열고 불룩 밀고 나온 흰 젖가슴을 바라보았다. 자기 가슴에 새삼스럽게 손을 올려보았으나 민숭하다. 동철은 옷깃을 더 벌리고 만지려 든다. 경선은 낯을 확 붉히면서 동철의 손을 붙들었다.(178면)

인용문은 경선이가 동철에게 옛날이야기를 들려주다가 공포스러운 대목에서 그를 놀라게 하여 안아주는 장면이다. 이때 동철은 출산에 대한 질문을 하여 처녀인 경선을 당황하게 만든다. 경선과 동철의 관계는 모자관계의 변형이면서도 성적 호기심을 발산시키고 있다. 동철이가 경선의 가슴을 보고 그리워하는 것은 결국 어머니에 대한 사랑이다. 그러나 동철에게 어머니에 대한 유년의 추억은 남아 있지 않다. 송씨 부인이 성적 욕망을 억압하는 동안 모성성까지 억압하였기 때문이다. 동철과 경선의 대화에서 나타난 경선의 '수줍음'은 그녀의 처녀다움을 부각시키고 있다.

경선과 동철 사이에 나타나는 모자 관계의 변형인 '누이'에 대한 애정은 이후 최인훈 작품에서 반복적으로 등장한다. 『회색인』과 『서유기』에서는 '그 여름' 방공호에서 체험한 성적 모티브가 독고준에게 지울

수 없는 여성의 원형을 이루고 있다. 「우상의 집」에서도 이 성적 체험
의 에피소드라고 할 수 있는 누이에 대한 사건이 등장한다.

> 그는 꽃밭과 그 닫힌 창과 문을 번갈아보면서 망설이고 있었다. 불쑥
> 그의 손은 담장 너머로 건너갔다. 바로 그러자였다. 찢어지는 듯한 쇳소
> 리가 머리 위를 달려갔다. 뒤를 이어 조 또. 공습. 닫혔던 문이 열렸다.
> 준의 누님 또래의 여자가 나타났다. 그녀는 달려나오면서 준의 팔을 잡
> 았다. 준은 여자가 끄는 대로 달렸다. (…중략…) 사람의 훈김과 정오 가
> 까운 한여름의 열기로 굴속은 숨이 막혔다. 폭음이 점점 멀어져간다.
> 　그때 부드러운 팔이 그의 몸을 강하게 안았다. 그의 뺨에 와 닿는 뜨
> 거운 뺨을 느꼈다. 준은 놀라움과 흥분으로 숨이 막혔다. 살 냄새.[22]

위의 인용문은 중학생 독고준이 스집일 날 겪었던 체험이다. 그는
식구들이 말리는 것도 듣지 않고 학교에 갔다가 아무도 나오지 않은
텅 빈 학교에서 열패감과 소외감을 느낀 채 되돌아온다. 폐허가 된 길
거리에서 아름다운 꽃밭이 있는 집을 보고 걸음을 멈춘다. 이때 폭격
이 시작되고 그 집에서 나온 누나는 독고준의 손을 잡고 함께 방공호
로 대피한다. 그 숨 막히는 공간에서 체험한 '살 냄새'에 대한 추억은
그의 여성관을 지배하는 강렬한 체험이 된다.

이 사건에서 중요한 세 가지는 '꽃밭'과 '동굴', '누이'이다. 준의 걸
음을 멈추게 한 '꽃밭'은 그에게 '따뜻한 가족'을 떠올리게 하는 상징
물이다. 꽃밭의 이미지는 화목하고 안락한 가정을 의미하기 때문이다.
전쟁으로 폐허가 된 길거리에서 우연히 목도한 꽃밭은 가던 길까지 멈

---

22) 최인훈, 『회색인(최인훈 전집 2)』, 문학과지성사 1998, 49~50면.

추게 하였다. 이때 꽃밭을 감상하는 독고준의 심리에는 '화목한 가정'에 대한 향수가 짙게 깔려 있다. 당시, 독고준의 집은 비밀스런 행사가 밤마다 이루어지는 불안한 공간이었다. 아버지와 매형이 월남했기 때문이다. 그의 식구들은 밤마다 비밀리에 대남방송을 들으면서 떠난 가족을 걱정하고, 안타까워해야 하는 이산의 가족이었다. 그런 심리 상황에서 만난 꽃밭은 상실감과 소외감을 겪기 이전 단계, 즉 유토피아의 공간으로 다가온 것이다. 낙원에서 제외된 인물에게 꽃밭은 보호, 안전의 공간, 유토피아의 공간, 행복한 가정, 평화로운 국가나 사회를 상징하는 곳이 된다. 그곳에서 독고준은 지금 제외되어 있는 것이다. 그 다음 독고준에게 낯선 체험을 안겨준 곳은 '동굴'이다. 이곳은 소년으로서 가족이라는 공간에서 체험한 것과는 달리 '성'을 깨닫기 시작하는 원초적 공간이 된다.

최인훈 작품에서 '누이'는 어머니의 변형된 인물로 볼 수 있다. 어머니가 출산, 양육으로 자식을 보호하고 키우듯 '누이'는 전쟁터에서 독고준의 생명을 보호해준 여성이다. 제2의 탄생을 체험하게 한 주인공인 것이다. 전쟁터에서 그를 도와준 인물을 '누이'로 설정한 것은 가족 로망스에서 어머니가 변형된 것이라는 점을 강렬하게 한다. 최인훈과 같은 시기에 활동한 김승옥의 작품에도 '누이'의 등장은 중요하다. 그러나 김승옥 소설에 나타난 '누이'는 전쟁으로 인한 위악적인 현실을 재현하고, 성장기의 성체험이 전쟁과 긴밀한 관계를 맺고 있음을 보여준 것으로서 최인훈과는 일정한 거리를 지닌다. 최인훈의 '누이'의 이미지에서 발산되는 것은 순결, 순수이다. 누이는 어머니보다 순결하다. 어머니에 대한 사랑은 늘 아버지와의 대결이 가로 놓여 있지만 누이와의 사랑은 오롯이 단독자인 자신에게르만 향할 수 있는 것이다. 누이의 설정은 아버지와 대결의식을 약하게 하고, 오히려 아버지에 대한 동경을 더 강하게 하는 특성을 지니고 있다.

4. 세계상실의 극복과 가족의 확장

최인훈 소설에서 물은 중요한 의미를 지닌다. 『두만강』의 강, 『광장』의 바다, 「하늘의 다리」의 바다, 『태풍』의 바다 등을 보면 그의 작품에서 '바다(강)'는 주제와 긴밀한 관계를 맺고 있음을 알 수 있다. 바다는 주인공의 세계인식 태도와 인생을 전환시키는 공간이 된다. 즉 주인공을 새롭게 태어나게 하는 자연공간이다. 주인공은 통과제의로서 '바다'를 거치는 동안 세계상실에서 겪었던 상처를 치유 받는다. 물론, 완전한 치유는 아닐지라도 그 가능성을 암시하는 경우가 대부분이다. 그러면서 지금까지 유지했던 가족 로망스와는 다른 모습을 보여준다. 즉 혈연을 초월한 확장된 가족 구성원을 보여줌으로써 최인훈의 열린 의식을 드러낸다. 대표적인 것으로 『태풍』을 들 수 있다.

먼저, 물의 이미지부터 살펴보자. 『두만강』에서 '두만강'은 대륙과 대한민국의 경계지역이다. 조선인과 일본인 거주가 가장 자연스럽게 모여 있는 곳이기도 하다. 역사의 현장을 가르면서 흘러가는 두만강의 의미는 '역사' 그 자체가 된다. 또한 최인훈에게 '두만강'은 유토피아로서의 고향을 떠오르게 하는 장소이기도 하다. 『화두』를 보면, 문학소년 시절의 최인훈에게 조명희의 「낙등강」이 매우 의미가 큰 소설이었음을 밝히고 있다. 조명희에게 '낙동강'의 의미가 단순한 강이 아니듯, 최인훈에게도 '두만강'은 장소애를 유발하는 공간이라 할 수 있다.

바다(강)의 이미지는 『광장』을 비롯한 여러 작품에서 재생의 의미를 지닌다. 주인공들의 재탄생을 제공하는 공간이기 때문이다.

> 내가 금방 바다에서 나온 것 같은 생각 말일세. 나왔다는 건 탄생했다는 말일세. 생명은 바다의 미생물에서 생겼다지? 하나 내가 이상스럽다는 건 그런 게 아니지. 지금 금방 내가 이 바닷속에서 갑자기 생겨나왔다는 얘길세. 생명은 바다의 미생물에서 생겼다지? (…중략…) 바다와 나는 틀림없이 한탯줄로 이어진 사이야. 그런데 그 탯줄이 보이지 않는군. 바다와 미생물에서 지금의 나에게 이어지는 모든 사건의 연속이라는 탯줄. 그래서 나는 이렇게 여기 서 있다는 게 매우 당돌하게 느껴지네. 바다와 나. 이렇게 마주서면 우리는 한 핏줄이라는 걸 분명히 알겠는데 우리 사이에는 건널 수 없는 바다가 있군 그래.23)

재탄생의 이미지가 강한 작품을 열거하면 『광장』, 「하늘의 다리」, 『태풍』을 들 수 있다. 『광장』은 앞서도 언급했지만 이명준과 은혜의 가족 구성이 환상적으로 이루어지는 장소로 바다가 등장한다. 위 인용문은 「하늘의 다리」 마지막 부분이다. 월남민 김준구는 화가로서는 실패한 삽화가이다. 학창시절, 그의 미술소질을 인정해주고 화가로서 행복한 인생의 표본이었던 인물은 미술교사인 한동순이었다. 그가 월남한 이후 가출한 딸 성희를 김준구에게 부탁하고 외롭게 임종했을 때 그는 장례를 치른 후 부산 여행을 한다. 김준구에게 부산은 즉, 바다란 공간

---

23) 최인훈, 『하늘의 다리 / 두만강』, 문학과지성사, 1976, 116~117면.

은 만감을 교차시키는 장소이다. LST를 타고 고향을 떠나 처음 정착한 땅이 부산이다. 그곳에서 시작한 피난민 생활은 뿌리내리지 못한 소외인의 생활을 초래했지만 이북을 벗어난 첫 장소로서는 의미를 지닌다고 하겠다. 그는 다시 한 번 그 바다어 도착하여 재생의 의지를 가지는 것이다.

『태풍』또한 가족 로망스의 '업둥이형'이 결정체를 이룬 작품으로서 바다가 중요한 공간으로 등장한다. 주인공 오토메나크는 친일 가정에서 자란 일본군 중위이다. 대학에서는 일본 고전문학을 전공한 문학도로서 철저하게 일본화되어 있는 인물이다. 이러한 친일 장교가 새로운 인생의 국면에 진입한 것은 근무지인 아이세노딘에서 아버지 친구인 마야카의 방문 이후부터다. 오토메나크는 일본을 진정한 국가로 여기면서 자신이 피식민지인 애로크 출신이라는 것 때문에 열등의식에 시달렸다. 이러한 그에게 진정한 민족은 조선이라는 것을 알려준 사람은 마야카이다. 마야카는 친구 아들인 오토메나크에게 패전이 짙은 일본을 위해 충성하기 보다는 목숨을 보전하라는 친부의 당부를 전달한다. 이 말은 오토메나크의 삶의 토대가 붕괴되는 충격이 된다. 아버지나 마야카는 조선에서 친일을 하던 지식계층이었는데 그들이 역설적으로 진정한 민족을 일깨웠기 때문이다.

오토메나크에게 비천한 아버지를 더신하는 인물은 아이세노딘의 독립운동가인 카르노스이다. 카르노스는 친일행위를 한 인물들과 대조를 이루는 진정한 '아버지' 상을 보여준다. 그러나 실제 이 작품에서 카르노스의 영웅적 면모를 부각시키는 행위나 업적은 설명적 진술로 일관하고 있기 때문에 입체감을 주지는 못하고 있다.

오토메나크의 비밀 직무는 민간 주택에 감금되어 있는 카르노스를 감시하는 일이다. 이 일을 하는 동안 그는 비밀 장소에 보관되어 있는 아이세노딘 침탈 과정의 기록을 읽게 된다. 이 기록들은 다시 한 번 아버지의 행위를 비판하게 한다. 식민지에서 지식인들이 행동했던 바람직한 모습이 무엇인가를 아버지와 아이세노딘 독립투사들의 대조를 통하여 깨달은 것이다. 또한 자신이 앞으로 취해야 할 입장이 무엇인가도 고민한다. 이때 그에게 카르노스는 이상적인 아버지의 모습을 지닌 존재로서 자신의 삶의 지표가 된다.

오토메나크는 영국인 인질과 카르노스를 이송하는 과정에서 태풍을 만난다.

> 섬이기 때문에 경계가 쉬운 반면에 많은 입이 먹을 식량이 걱정이었는데, 섬에는 야생의 먹이가 어느 정도 있을 테고, 생선도 잡아먹을 수 있을 것이었다. 먹을 물도 있다. 굶어 죽지는 않을 것 같다는 일이 제일 반가웠다.(『태풍』, 311면)
>
> 구름이 없는 갠 하늘 밑에 둥글게 퍼진 바다가 쌍안경 속에 가득 차 있었다. 점점 가까이 초점을 옮길수록 일렁이는 바다의 거죽이 자세하게 보였다. 어디를 봐도 같은 물건이 바다였다. (…중략…) 바다란 것은 이상한 것이어서 그렇게 멋없이 한 모양이면서도 들여다보기에 지루하지 않았다.24)

『태풍』에서 오토메나크는 난파당한 배 '바리마호'를 노아의 방주로 생각한다. 그는 무인도에서 지내는 동안 새로 태어나는 과정을 겪는다.

---

24) 최인훈, 『태풍』, 문학과지성사, 1982, 327면.

카르노스의 정부 아만다와 사랑하는 사이였지만 무인도에서 만난 영국인 여성 메어리나와 결혼하여 카르노스의 일급 비서진이 된다. 오토메나크는 카르노스의 후계자로 지내는 동안 조국 애로크의 통일을 이면에서 도와준 적극적인 인물이 된다. 이 때문에 애로크로부터 명예총영사 자리를 제안 받지만 거절한다. 그의 행위에는 친일 가족의 일원으로서 조국에 배신했던 행위를 회복하고자 하는 욕망이 있었던 것이다. 그리고 영국인 메어리나와 결혼하여 카르노스와 아만다의 딸 '아만다'를 입양하여 키운다. 국제결혼과 입양을 서슴지 않고 실행한 그의 현재적 삶은 가족 이데올로기를 초월하여 세계를 끌어안는 모습이다. 아시아적 연대를 비롯하여 인종, 민족, 국가를 초월한 사랑을 기반으로 한 새로운 가족형성의 모델을 제시하고 있다.

어떤 의미에서 가족은 국가 권력의 희생양이다. 하지만 우리는 가족의 소중함, 가족의 사랑 때문에 가족이 국가 권력의 희생양이라는 생각을 못한다. 가족은 신성하지만 가족주의는 불온하다. 가족은 사람들의 원초적인 공동체인 까닭에 신성할 수 있지만 가족주의는 국가가 가족에 대해 저지르는 무책임한 폭력의 결과[25]이기 때문이다. 오토메나크가 보여준 새로운 가족 형성은 국가의 폭력으로부터 해체된 가정을 재건한 의미를 띤다. 그것은 민족을 초월한 것이기에 더욱 주목받아야 한다. 그는 영국인 메어리나와 결혼한 이후, 아만다와 카르노스의 딸을 입양함으로써 새로운 가족의 구성 모습을 보여준다. 이것은 아시아적 연대를 의미하는 것임과 동시에 영국인과 결혼함으로써 식민통치국에

---

25) 이득재, 『가족주의는 야만이다』, 조합공동체 소나무, 2001, 20면.

대한 원망을 개인에게 되갚지 않는 아량을 보여주는 것이 된다. 나아가 식민지 지배와 피지배 사이의 벽을 허무는 것이기도 하다. 결과적으로 오토메나크에서 바냐킴으로 변신한 삶의 의미는 혈육에 의한 가족, 민족의 구성원이 절대적인 것만은 아니라는 것을 보여준다. 가족의 배타성을 극복한 연대의식이 더 큰 가족을 이루는 모습을 보여준 것이라 하겠다.

이 소설에서 가족 로망스는 표면화되지 않았으나 더 큰 가족이 나타난다. 오토메나크가 친부와 마카야에게 느끼는 감정은 혈연에 대한 연민과 함께 이를 벗어나고자 하는 욕망이 잠재해 있다. 그는 섬에서 다시 살아났을 때 조국을 선택하지 않고 아이세노딘에서 카르노스의 정치세계를 돕는 자로 남는다. 이는 『광장』에서 이명준이 세3세계를 선택한 것과 같은 맥락이면서도 작품 창작의 시차만큼 현실을 바라보는 최인훈의 시각이 달라져 있음을 볼 수 있다. 열등한 아버지, 그 아버지의 나라를 택하는 대신 새로운 이상향을 선택한 것이다. 이는 익명의 장소에서 새로운 인생을 시작할 수 있는 기회를 선택한 것이기도 하지만 협소한 가정관, 국가관을 벗어난 것이기도 하다.

5. 맺음말

최인훈은 전통을 부정한 모더니스트이기 보다는 소설형식상의 실험을 추구한 모더니스트이다. 그의 소설의 주된 관심은 현실에 토대를 두고 있다. 따라서 그가 환상성을 도입할 때도 체제를 전복하려는 욕망보다는 체제를 개선하는 데 그 의의를 두는 것이다. 그는 철저한 리얼리스트와 모더니스트의 모습을 동시에 보여주는 보기 드문 작가라 할 수 있다. 이러한 작가적 성향은 그의 소설세계에 나타난 가족 로망스에서 발견할 수 있다.

최인훈 소설의 가족 로망스는 업둥이 방식이 강세를 띤다. 친부가 부재하는 사이 주인공들은 아버지의 친구나, 매형에게 기식하는 생활을 하면서 친부에 대한 동경을 지니고 있다. 아버지의 부재 현상은 작중인물들에게 아버지를 대신할 수 있는 인물이나 사상을 따르게 하는 모습을 보여준다. 체계화에 대한 열망 즉, 책과 철학에 경도된 모습은 아버지에 대한 향수의 다른 모습이라고 할 수 있다. 최인훈에게 아버지는 이상적인 세계를 추진하는 인물이면서 세계의 질서를 추구하는 인물이다. 따라서 아버지는 극복해야 할 대상이기 보다는 향수의 대상, 외경의 대상이다. 그러나 현실에서 아버지의 모습은 완벽하지 않기 때문에 늘 대리부가 존재하면서 그 대리부(계부)에 대한 뛰어넘기가 등장한다. 이는 생부에게로 향하는 욕망을 추동시킨다.

가족 로망스로 최인훈의 소설을 접근하자면 『두만강』부터 살펴보아야 한다. 이 작품에는 가족 이데올로기의 내면화와 균열의 징후를 함께 드러내고 있다. 『두만강』은 현경선의 시각을 통해 성적 욕망에 대한 생각이 남/녀, 신/구세대 사이에서 상당히 다르다는 것, 자유연애를 '불륜'처럼 여기는 당시의 가치관을 전면적으로 보여주고 있다. 또 하나의 이야기 라인은 현경선이 자의식을 키워가는 과정이다. 이 작품 이후 최인훈은 왜곡된, 또는 변형된 가족 서사를 전개하면서 성적 욕망을 표면화하기보다는 트라우마로 변형시켜 삶의 원형을 만들고 있다.

『광장』, 『회색인』, 『서유기』 등에서는 세계상실의 체험이 가족 로망스를 변형시키고 있다. 친부에 대한 부재현상은 체계화 욕망을 강화시키고 있으며, '누이적인 것'의 변형도 보인다. 특히, 『광장』은 아버지의 부재현상을 책과 철학으로 메우려는 무의식적 욕망이 강하게 나타난다. 또한, 친부를 대신하는 대리부들에게 실망하면서 '아버지 찾기'에 대한 욕망을 증폭시키기도 한다. 세계의 원리를 탐구하고자 하는 철학도의 길도 혁명가인 아버지의 길과 상통하는 것이라 할 수 있다.

『회색인』과 『서유기』을 통하여 아버지 찾기의 과정이 전통을 숭상하는 모습으로 나타나기도 하고, 양자를 거부하는 모습으로 나타나기도 한다. 최인훈의 가족 로망스는 어머니의 역할이 빈약한 것도 하나의 특징이 된다. 대신, 누이의 이미지가 강렬하다. 누이의 순수함을 부각시킴으로써 아버지와 대결해야 하는 오이디콤플렉스를 거치지 않아도 되는 효과를 갖는 것이다.

『태풍』과 『화두』에 이르면 세계상실감을 극복하기 위한 자아의식이 가족 로망스의 확장으로 나타난다. 혈연을 초월하여 인종, 민족, 국가의 경계를 뛰어넘는 가족의 연대는 협소한 가족관을 벗어난 것이다. 이처럼 최인훈의 소설세계가 변모한 것은 "소설은 인간을 명백하게 역사적 사회적인 방법으로 의미하는 첫 예술"이라는 제라파의 말을 다시 상기시킨다.

출전 : 「최인훈 소설에 나타난 가족 로망스의 의미」, 『語文學』 제97집, 2007.

한국적 근대와 성찰의 난경(難境)

—최인훈의 『크리스마스 캐럴』 연구

1. 지적 풍속의 탐사

최인훈의 『크리스마스 캐럴』은 1963년부터 1966년에 걸쳐 씌어진 연작소설이다.[1] 제목에서도 어느 정도 짐작할 수 있듯이, 최인훈이 이 소설에서 문제 삼는 것은 '크리스마스'라는 이식된 풍속이다. 최인훈은 이 소설에서 크리스마스를 맞아 남들처럼 외박을 하며 즐기려고 하는 '옥이'의 시도를 저지하기 위해 '나(철)'와 아버지가 꾸미는 엉뚱한 계략과 그 와중에 펼쳐지는 희극적 대화, 겨드랑이의 이상한 통증 때문

---

* 김영찬 / 계명대학교 한국어문학과 조교수

1) 연작의 발표 연도와 지면은 각각 다음과 같다. 「크리스마스 캐럴 1」, 『자유문학』, 1963년 6월호 ; 「속 크리스마스 캐럴」, 『현대문학』, 1964년 12월호 ; 「크리스마스 캐럴 3」, 『세대』, 1966년 1월호 ; 「크리스마스 캐럴 4」, 『현대문학』, 1966년 3월호 ; 「크리스마스 캐럴 5」, 『한국문학』, 1966년 여름호.

에 밤마다 거리를 배회하는 '나'의 기이한 밤거리 산책 등의 이야기를 펼쳐놓는다. 그리고 작품의 중심은 역시 크리스마스 때문에 벌어지는 희극적 상황과 그것을 매개로 하여 다방면으로 펼쳐지는 대화와 관념적 담론이다. 그런데 '크리스마스'가 그렇게 작품의 중심 발상으로 자리 잡고 있긴 하지만, 실상 이 소설에서 중요한 것은 '크리스마스' 자체라고 할 수는 없다. 오히려 이 소설이 제기하는 핵심 문제는 그보다는 크리스마스 풍속을 문제적인 것으로 만드는 한국적 근대의 상황이다. 이 작품을 두고 작가가 "기독교를 측심추로 사용한 우리 시대의 지적 풍속의 탐사"[2]라 한 것은 그런 뜻에서다.

그러나 『크리스마스 캐럴』 연작은, "만만치 않은 수준의 성취를 이룩한 존재임에도 불구하고 그 성취에 상응할 만큼의 관심을 끌지 못"[3]했다는 지적까지 있을 만큼 다른 작품에 비해 최인훈 문학 연구에서 유독 소외되어왔던 것이 사실이다. 최근 이 작품의 가치에 주목하는 본격적인 연구의 성과도 나오고 있지만,[4] 아직 양적으로나 질적으로나 작품의 의의를 총체적으로 가늠할 수 있을 만큼 충분히 축적되지는 않

---

2) 최인훈, 「원시인이 되기 위한 문명한 의식」, 『문예중앙』, 1979년 겨울호, 227면.
3) 이동하, 「통행금지 시대의 문학－최인훈의 『크리스마스 캐럴』 연작」, 『소설과 사상』, 1995년 12월호, 243면.
4) 『크리스마스 캐럴』 연작을 본격적으로 분석하는 최근의 연구 성과는 아래와 같다.
   양윤모, 「서구문화의 수용과 혼란에 대한 연구－최인훈의 『크리스마스 캐럴』 연구」, 『우리어문연구』 제14집, 1999.
   서은주, 「'한국적 근대'의 풍속－최인훈의 『크리스마스 캐럴』 연작 연구」, 『상허학보』 제19집, 2007.
   김성렬, 「최인훈의 『크리스마스 캐럴』 연구」, 『국제어문』 제42집, 2008.
   강헌국, 「감시와 위장－최인훈의 『크리스마스 캐럴』론」, 『우리어문학회』 제32집, 2008.

은 듯하다. 연구의 이런 지체 현상을 마찬가지로 지적하고 있는 기존 연구들에서는, 그 원인을 이 작품이 갖는 난해성에서 찾는 경향이 있다.[5] 그것은 물론 타당한 지적이다. 그러나 예컨대 『서유기』 같이 특히 비사실주의적인 수법이 극대화된 소설에서 그런 것처럼, 최인훈 소설의 난해성은 비단 이 소설뿐만 아니라 다른 소설도 마찬가지로 공유하는 특성이다. 따라서 오히려 더 중요한 원인은 그 난해함을 유발하는 소설문법의 성격이 기존 소설의 그것과 다분히 이질적인 데 있다고 보는 것이 좀더 타당하겠다. 특히 말장난(pun)으로 가득찬 종잡을 수 없는 대화가 소설의 상당부분을 차지하고 있고, 작가가 이를 통해 도대체 무엇을 말하려고 하는지조차 정확히 알 수 없을 정도로 의미는 끊임없이 미끄러지면서 독자를 혼란스럽게 만든다. 최인훈 소설에서 대화나 토론이 통상 조리 정연한 관념의 전달 수단으로 활용된다는 점을 고려할 때, 『크리마스 캐럴』 연작이 보여주는 이런 특성은 사뭇 이질적이다. 또한 이 연작은 연속되는 하나의 이야기이면서도 내적으로 문체와 방법론상의 비일관성, 단절과 분열을 그 자체의 특성으로 갖고 있다. 연작 5에서처럼 사실주의적 재현에서 환상성이 급작스럽게 돌출되는 데서도 나타나는 재현방식의 균열[6]도 그렇다. 이 모든 것이 최인훈의 다른 작품들이 갖는 난해함의 성격과는 또 구별되는 이 작품 나름의 독특한 난해함을 만들어내는 요인이다

중요한 것은 특유의 난해함을 유발하는 『크리스마스 캐럴』 연작의 그런 무질서하고 분열된 형식적 특징을, 작가가 이 작품에서 말하고자

---

5) 대표적으로는 김성렬, 앞의 글, 370~371면 참조.
6) 이에 대해서는 서은주, 앞의 글, 445면 참조.

하는 바와 관련시켜 통합적으로 해석하는 것이다. '어떻게 말하는가'는 '무엇을 말하는가'의 문제와 밀접하게 관련되어 있기 때문이다. 이때 '무엇을 말하는가'의 문제는 다른 측면에서도 중요한데, 이 연작에 대한 이해가 다분히 서구문화의 이식 혹은 한국문화의 식민-탈식민 문제에 집중되었던 저간의 사정을 돌아보면 특히 그렇다. 물론 그것은 『크리스마스 캐럴』 연작의 핵심에 자리잡고 있는 문제의식의 하나다. 그러나 이 연작에 투여되어 있는 작가의 문제의식은 거기에서 그치는 것이 아니다. 그것은 『크리스마스 캐럴』에서 "우리 머리 속에 있는 <초자아>의 원산지를 추적해보았다"는 작가의 발언에서도 분명히 드러난다. 이 발언이 함축하고 있는 것은, 이 작품이 무엇보다도 한국적 근대인으로서, 그리고 작가-지식인으로서 '나'의 존재조건에 대한 성찰이라는 사실이다.[7] 그렇다면 그 성찰이란 대체 무엇인가? 그것은 또 어떤 결론으로 귀결되는가? 이 연구는 이런 물음에서 시작한다.

2. 전통의 공허와 무의미

당연한 이야기지만, 최인훈의 『크리스마스 캐럴』 연작을 이끌어가는 소재적 계기는 크리스마스 풍속이다. 그리고 그 점은 제목에서도 드러난다. 그러나 다시 한 번 강조해야 하는 것은 이 연작의 탐구 대상이

---

7) 『크리스마스 캐럴』은 그런 측면에서 이 시기 최인훈의 다른 작품과 함께 상호텍스트성의 그물망 속에 긴밀하게 엮여 있는 작품이다. 따라서 겉보기에 혼란스럽고 모호해 보이는 이 소설의 의미는 그런 상호텍스트성에 대한 고려 속에서만 보다 분명해진다. 이어지는 이 글의 분석은 그런 관점에서 진행된다.

이식된 크리스마스 풍속, 나아가 거기에 집약되어 드러나는 한국의 기형적인 문화상황에만 제한되는 것은 아니라는 점이다. 실제로 이 연작소설에서 크리스마스는 연작 1과 연작 2에서만 직접적으로 문제시되고 있을 뿐, 그 뒤에 이어지는 연작들에서는 이야기의 핵에서 물러나 주변화 되어 있다. 예컨대 연작 3의 이야기를 이끌어가는 화소(話素)는 크리스마스가 아닌 '나'가 받게 되는 '행운의 편지'이고, 연작 4의 경우는 유학시절의 경험이며, 연작 5의 경우는 '나'의 겨드랑이에 돋아난 가래톳의 고통이다. 그런 의미에서 『크리스마스 캐럴』에서 크리스마스 풍속은 그 자체가 탐구대상이라기보다는, 많은 부분에서 먼저 이야기의 계기를 이끌어내고 외적으로 각각 분리된 이야기를 연결시켜주는 연작의 고리로 작용할 뿐이다. 그리고 그것은 한국적 근대의 상황과 관련된 작가 고유의 문제의식을 촉발하고 그와 무관하지 않은 여러 갈래의 파생적인 문제 지점에 대한 사유를 유도하는 출발점이라고 할 수 있다. 그런 측면에서 최인훈의 『크리스마스 캐럴』 연작에서 크리스마스 풍속은 (부분적이긴 하지만) 이를테면 맥거핀(MacGuffin)과 방불한 것이다.[8]

그렇다면 이 연작에서 서로 분리된 듯한 이질적인 각각의 이야기들을 일관하면서 그것들을 통섭하는 중요한 핵심 토픽은 무엇인가? 앞서

---

8) 맥거핀이란 그 자체로는 아무런 의미가 없지만 서사상에서는 이야기를 촉발하고 이끌어가는 실질적인 기능을 하는 서사적 장치다. 『크리스마스 캐럴』에서 '크리스마스 풍속'은 그 자체로 의미가 없는 것은 아니고 또 거기에 주제의 어떤 차원이 걸려 있다는 측면에서 조금 다르긴 하지만, 그 서사적 기능의 측면에서만 볼 때는 부분적으로 맥거핀을 닮아 있다. 맥거핀에 대해서는 프랑수와 트뤼포, 곽한주·이재훈 옮김, 『히치콕과의 대화』, 한나래, 1994, 167~170면 참조.

잠시 암시했듯이, 그것은 바로 한국적 근대의 상황을 살아가는 지식인의 정체성과 존재조건이다. 그 토픽은 연작 1과 2에서 '나(철)'와 아버지의 희극적인 대화에 얹혀 유희적이고도 우회적인 방식으로 가볍게 제기된 후, 연작 4에서는 철의 유학시절에 경험한 서구문화의 실상과 그것의 왜곡된 이식에 대한 성찰을 통해 반추되고, 그리고 마지막으로 연작 5에서는 밤산책 과정에서 벌어지는 사건과 내면 탐구를 통해 다른 각도에서 확대되고 심화된다. 겉으로 일관되지 않고 이질적인 단절과 분열의 형태를 보이는 이 각각의 단편들의 심층에서 관철되는 내적인 일관성과 논리성을 찾는다면 그것은 바로 이 점에 있다.

먼저 연작 1과 2를 보면, 여기에서 핵심 이야기는 겉보기에 크리스마스에 외박을 하려는 옥이를 집에 붙잡아두기 위해 '나'와 아버지가 벌이는 희극적인 상황이다. 그리고 그 과정에서 묘사되는 대화의 양상은 시종 핵심을 비껴나가는 말장난을 통해 끊임없이 미끄러지는 것이어서, 그 안에 담긴 주제를 파악하기란 요령부득이다. 아니, 오히려 작가는 어떤 측면에서 그 요령부득을 의도한 것이라고도 할 수 있을 것이다. 애초 옥이의 시도를 저지하자는 취지에서 출발한 '나'와 아버지의 대화가 결국은 그 취지조차 그들 스스로 망각하면서 대화 자체의 유희에 탐닉해버리는 것도 그런 작가의 의도를 따르고 있는 것이다. 그럼에도 불구하고 그 대화에는 뜬금없고 종잡을 수 없는 어지러운 말장난의 와중에도 앞서 지적한 핵심 토픽의 단서가 전혀 엉뚱한 형태로 보이지 않게 숨겨져 있다. 그 점을 살피기 위해 먼저 『크리스마스 캐럴』 연작에서 '나'와 아버지의 대화를 보자면, 그것은 예컨대 이런 식이다.

"계집애들한테는 얘기했자 끝장이 없구나. 철아, 우리 남자들끼리 얘기해보자. 글쎄 크리스마스에 온통 이렇게 난리를 하니 어떻게 된 일이냐."

"글쎄요."

"크리스마스면 예수가 난 날이라지. 예수교인이면 밤새 기도두 드리고 좀 즐겁게 오락도 섞어서 이 밤을 보내면 도련만 온 장안이 아니, 온 나라가 큰일이나 난 것처럼 야단이니 도대체 이게 어떻게 된 거니?"

"아버님 손 데시겠어요."

아버님은 황급히 담배를 비벼 끄면서 나한테 고맙다는 치사를 하였다. 나는 아버님이 군자라는 생각을 사삼스럽게 했다.

"창피한 일이 아니냐?"

"글쎄요."

"창피한 일이다. 정신이 성한 사람이 보면 얼마나 우스꽝스럽겠느냐. 넌 남의 제사에 가서 곡을 해 본 적이 있느냐?"

"뭐, 없어요."

"그것 봐라. 원래 옛날에는 종족마다 수호신이 있지 않았니? 그래서 한 해에 한두 번씩 제사를 크게 차려서 신을 위로했지. 옛날에 한 종족이 다른 종족에 굴복했다는 증거는 정복자의 신을 섬기는 것이었지."

나는 아버님의 말씀을 잠깐 중단시키고 말했다.

"아버님, 말씀이 좀 불온해지십니다."

"불온하다니? 얘가 너는 나를 사상적으로 몰 생각이냐?"[9]

이것은 예수를 종족신에 비유하면서 크리스마스 풍속을 "남의 제사에 가서 곡"을 하는 것쯤으로 못마땅하게 여기는 아버지와 '나'의 대

---

9) 최인훈, 「크리스마스 캐럴 / 가면고」, 『최인훈 전집』 6권, 문학과지성사, 1976, 15~16면. 아래에서 『크리스마스 캐럴』을 인용할 경우는 인용문 뒤에 이 책의 면수만을 적는다.

화다. 대화의 표면만을 본다면, 이것을 정복—피정복이라는 문화적 식민화의 논리에 대한 작가의 비판[10]이라거나 문화적 정체성 상실의 위험성에 대한 지적[11]이라고 해석할 수 있는 여지는 충분하다. 그러나 그보다 여기서 정작 중요한 것은, 이 대화의 기이한 전개방식이다. 그 기이함은 보다시피 크리스마스를 두고 그런 논리를 펼치는 아버지의 말에 대한 '나'의 반응에서 기인하는 것이다. '나'는 일견 타당한 아버지의 말에 대해 "글쎄요.", "아버님 손 데시겠어요.", "아버님, 말씀이 좀 불온해지십니다."라는 말로써 대응하는데, 여기에서 드러나는 '나'의 태도는 판단 유보, 회피, 딴전 피우기다. 『크리스마스 캐럴』에서 '나'는 시종 그런 태도로 일관하는데, 실제로 소설의 많은 대화에서 '나'의 전형적인 반응은 수시로 발화되는 저 "글쎄요."라는 말에 집약되어 있다.[12]

'나'의 그런 반응은 아버지와 '나' 사이에 벌어지는 대화의 진행과 그 성격에 어떤 결과를 만들어내는데, 그것은 바로 공허함과 무의미성이다. 이들의 대화는 시종일관 의미 있게 진행되지 않고 한곳에서 계속 겉돌거나 엉뚱한 방향으로 미끄러지고 있으며, 대화의 그런 성격은 공허한 말장난에 의해 한층 강화된다. 그리고 그 말장난의 대부분이 다음 대목과 같이 재래의 사자성어나 속담 등을 패러디하는 방식으로 이루어진다는 점도 주목해야 할 사항이다.

---

10) 서은주, 앞의 글, 448면 참조.
11) 양윤모, 앞의 글, 129~130면 참조.
12) 예컨대 이런 식이다. "옥이의 기쁨을 아버님은 빼앗을 작정이세요?" / "얘 그건 무슨 말이냐?" / "글쎄요." / "네가 금방 말해놓고 글쎄라니." / "제가 그런 말을 했던가요?"(19~20면).

"내 생각으로서는 아마 이렇다. 부자지간은 서로 도(道)를 더불어 이야기할 수 있는 상대로서, 말하자면 도우(道友)라 할까, 그런 점으로 본 것 같단 말이야. 옛사람들은, 사람과 사람 사이의 여러 관계 가운데서 철학적인 담화를 나눌 수 있는 사이를 으뜸으로 친 모양이야. 말하자면 부자지간을 길동무로 보았단 말이지."

"옳습니다. 서양 사람들은 아마 섹스의 관계를 으뜸으로 본 것이죠. 부자지간은 그런 까닭에 서로 경쟁할 처지에 있는 수컷과 수컷으로 본 것입니다. 박력 있는 견햅죠?"

"박력이라니?"

"야만인의 건강한 눈이란 말씀입니다."

"그래서 넌 찬성이란 말이냐?"

"글쎄올습니다."

"뜨듯미지근하구나."

(…중략…)

"알겠다. 만은 그렇더라도 결론이랄까 판가름 같은 걸 내려볼 수 없겠니?"

"정 소원이시라면 그야 쉬운 일입니다."

"어떻게?"

"양편이 모두 옳다는 것입죠."

"황희정승의 흉내를 내는구나."

"네 너도 옳고 나도 옳다, 그러므로 다 옳다."

"음 황희정승도 옳기는 옳아."

"아버님도 옳습니다."

"너도 옳다."

우리는 박장대소하면서 앙천대소하였다.

아버님은 말씀하시는 것이었다.

"이게 곧 부자유친이 아니겠니?"

"옳습니다."

　우리는 또 다시 박장대소에 앙천대소하려고 하였으나, 그것은 조금
전에 실시한 바 있으므로, 그만두기로 하였다.(77~78면)

　전통적인 부자관계를 상징하는 부자유친(父子有親)이라는 말이 갖는
함의가 공허한 말장난의 연속을 통해 풍자적으로 해체되는 이 장면에
서,『크리스마스 캐럴』연작을 일관하는 부자간의 공허한 말장난과 딴
전 피우기의 태도가 의도하는 것이 무엇인지가 간접적으로 드러난다.
그것은 바로 "도(道)를 더불어 이야기할 수 있는" 관계로서 '부자유친'
이라는 말을 무색하게 하는, 무의미한 말과 형식적 제스처만이 남은
공허한 형식적 관계가 되어버린 부자관계에 대한 희화화다. 그런 방식
의 희화화는 소설의 곳곳에서 나타나는데, 소설의 많은 부분에서 전통
적인 유교적 부자관계에서 발화되는 담화관습이 아무런 내용 없이 공
허한 방식으로 출몰하고 있는 것도 그런 맥락에 있는 것이다. 예컨대
다음 같은 대목이 그 전형적인 사례다.

　　"아버님 소자는."
　　잠깐 끊었다가
　　"소자가 불민한 탓이옵니다."
　　"무엇이 불민하단 말이냐?"
　　"소자는 항시 지척에 모시고 있으면서도 한 가지도 마음 흡족하실 일
　을 못 해 드리옵고 행동거조가 슬기롭지 못하여……"(33면)

　『크리스마스 캐럴』연작에서, 유교적 부자관계의 담화관습을 패러디
하는 이러한 담화의 양상은 아버지와 '나' 사이에서 이어지는 종잡을

수 없는 대화의 연속 가운데 수시로 갖가지 다른 방식으로 반복되면서 유교적 전통의 담화관습을 희화화한다. 그것은 그 자체로 내용이 지워진, 그 본래의 맥락과 토대에서 이탈하여 아무런 의미 없이 형식만 남은 형식적 발화다. 그것이 희화적으로 비치는 것도 그 담화관습의 의미를 뒷받침하는(했던) 유교적 이념의 알맹이가 빠진 채 그 의고투의 껍데기만 상황의 맥락과는 동떨어진 채로 엉뚱하게 출현하면서 '나'의 언행을 희극적으로 과장하는 데 기여하는, 형식적 포즈의 기계적 반복13)으로만 나타나기 때문이다. 그리고 그것은 시종 딴전을 피우고 초점을 흐리면서 나름 진지한 대화의 주제마저 공허한 무의미의 한가운데로 미끄러져가게 만드는 '나'의 대화방식과 한데 어우러져 부자간의 대화 자체를 희화화해버리는 효과를 낳는다. 즉 유교적 부자관계의 형식적 의례의 틀 속에서 능청스런 말장난의 연속으로 진행되는 이 부자간의 대화는 그 자체가 이 형식적 의례와 담화관습의 공허함을 희극적으로 폭로하는 것이다.

『크리스마스 캐럴』 연작에서 부자간 대화의 이런 희화화 방식을 통해 드러나는 것은, 형식적 관습으로만 남아 있는 (유교적) 전통의 공허함이다. 특히 부자관계는 유교적 원리에 기초한 가족구조의 중심에 있는 것이고 그런 의미에서 말 그대로 모든 전통과 전통적 관계의 상징으로서 해석할 수 있다는 점에서, 그런 작가의 의도는 분명하다. 그것은 곧 기댈 수 있는 전통의 상실이라는 현재적 상황에 대한 진단이다.

---

13) 참고로 베르그송은 넓은 의미에서 이 기저적 반복을 '웃음'의 근원으로 보았다. 앙리 베르그송, 정연복 옮김, 『웃음—희극성의 의미에 관한 시론』, 세계사, 1992, 17~18면 참조.

그에 따르면 전통은 이미 의미 없는 껍데기로만 남아 있고, 그렇기 때문에 아무런 성찰 없이 거기에 기대는 것은 공허하고 우스꽝스러운 것이다. 이것이 당대의 문화상황에 대한 최인훈의 진단인바, 중요한 것은 그것이 단지 문화상황에 대한 진단에만 그치는 것이 아니라 '나'의 정체성과 행위좌표를 정위(定位)할 수 있는 어떤 가능성의 조건에 대한 탐구와 결부되어 있다는 점이다. 그 탐구는 연작 1과 2, 그리고 부분적으로 연작 5에서 가볍고 우회적인 방식으로 한국의 기이한 문화상황에 대한 진단을 통해 진행되지만, 최인훈의 시선은 거기에서 머물지 않는다. (특히 연작 4에서) 서구문화의 이념과 풍속에 대한 진지한 성찰이 거기에 덧붙여지는 것인데, 그것 또한 당연하게도 한국의 근대인으로 '나'의 존재조건에 대한 탐구의 연속선상에 있는 것이다. 그렇다면 '나'가(혹은 작가가) 보는 서구문화란 무엇이며 그것은 '나'의 문제와 어떻게 관련되어 있는가?

3. 부재하는 연속성, 토대 없는 정체성

『크리스마스 캐럴』 연작 4~5의 이야기는 희극적 톤이 지배하는 연작 1~3에 비해 상대적으로 진지한 톤으로 펼쳐지는데, 한국의 문화적 상황과 대비되는 서구문화의 성격에 대한 진단은 철의 영국 유학시절을 3인칭으로 그리고 있는 연작 4에서 집중적으로 이루어진다. '그(철)'는 그곳에서 서구인들의 생활습속과 감정 가운데 튼튼히 뿌리박고 있는 학문과 문화를 뿌리 없는 한국의 그것과 대조시켜보면서 절망감을 느낀다. 그 절망감은 흔히 잘못 짐작하기 쉬운 것처럼 단순히 서구문화의 우월성을 확인하는 데서 오는 것은 아니다. 그 절망감은 한국의 근대문화가 서구의 그것처럼 생활습속이나 풍속과 일치되지 못하고 부재하는 토대 위에 어색하게 덧씌워져 있음을 다시금 확인하는 데서 기인하는 것이다. 그리고 그것은 단순히 문화비판의 차원에 그치는 것이 아니라 근대의 지식인으로서 '그(혹은 작가)'가 서 있는 자리에 대한 고통스러운 자각에 뒷받침되어 있는 것이다.

사실『크리스마스 캐럴』연작 4에서 '수호성녀' 이야기를 중심으로 펼쳐지는 서구문화에 대한 나름의 진단은, 이 소설에서 문제시되는 한국의 근대적 문화상황의 문제점을 거꾸로 비추어주는 거울의 역할을 하는 것이다.『크리스마스 캐럴』의 구조 자체가 한국의 문화상황과 서구의 문화를 대조해보고 그 가운데에서 콤플렉스와 중압감을 겪는 지식인의 현재를 비추어보는 식으로 되어 있는 만큼, 전체 연작에서 연작 4가 차지하는 의미와 기능 역시 그 맥락에 놓인다. 이 소설에서 '그(철)'가 유학시절에 직접 보고 경험하게 되는 서구인들의 문화란 가령 이런 것이다.

스무 해. 이십 년 동안 같은 일을 하고 있다는 것은 현기증이 나게 하는 사실이었다. 그것이 무슨 일이든. 같은 일, 같은 모습, 같은 일과, 같은 표정, 같은 집념. 그 거대한 손때 묻은 시간의 쌓임이 그에게는 부러운 것이었다. 번역하기 위해서도 먼저 그것들이 있어야 했다. 그는 늙은 선장의 수집품 중에서 중세 해적이 쓰던 것이라는 해골이 그려진 해도를 보았을 때도 그런 것을 느꼈다. 해골의 표 그것을 유럽인은 피부로 이해한다. 이 사회에는 모두가 피부로 이해되는 것뿐이다. 그런 상징

속에서 산다. 그런 상징들은 그들의 신경이며 세포며 눈알이며 손톱새
에 낀 때다. 반대로 우리에게는 그것들은 학문이며 논리이며 교양이며
요컨대 관념이다. 이 틈새. 그것을 메꾸는 것.(117면)

'그'의 판단에 따르면, 서구인들의 문화란 "거대한 손때 묻은 시간의
쌓임" 위에 구축된 것이다. 그렇기 때문에 그것은 그들의 피부 속에
각인되어 있다. '그'가 그곳의 대학교수들에게 "학문은 무슨 막연한 것
이 아니고, 그 손가락으로 주무르고 이기고 꿰매는, 아교풀이고 암말의
허벅지 안가죽이고 쇠못이고 구두창"(106면)이라는 사실을 확인하는 것
도 같은 맥락이다. 서구인들의 문화에 대한 이런 생각은 최인훈의 다
른 소설에서도 표현과 맥락을 달리하여 곳곳에서 반복되는데,『회색인
』에서 서구인들에게 기독교가 "몸에 '스며 있다'는 표현이 단순한 비
유에 그치지 않은 즉물(卽物)적 진실"14)이라고 말하는 것이 그 하나의
사례다. 그럼으로써 서구인들은 "자기의 매너의 보편성, 특수 속의 보
편성이라는 대지에 굳게 발을"(169~170면) 디디고 있는 것으로 보이는
반면, 우리의 경우 발을 디딜 그 '대지'가 존재하지 않는다는 것이 작
가의 결론이다. 그래서 우리의 것을 가지지 못하고 남의 것을 뒤집어
쓴 채 어쩔 줄 몰라 하는 모습, 그것이 최인훈이 표현하는 한국의 문
화상황이다.

이때 '그'가 서구인들에게서 보는 것은 바로 그들의 이념과 생활감
정, 습속, 종교, 학문 등 모든 것을 규율하는 바탕으로서 '전통'의 체화
다. 그들은 이를테면 "거대한 손때 묻은 시간의 쌓임" 속에서 살아간

---

14) 최인훈, 『회색인』, 전집2, 문학과지성사, 1977, 170면.

다는 것이다. 그 "시간의 쌓임"을 최인훈은 다른 곳에서 "방대한 전통의 압력. 샅샅이 그물을 친 전통의 체계"15)로 표현하는데, 그는 서구문화에서 그저 일반적인 의미에서 그것이 갖는 보편성을 확인하기보다 그런 방식으로 보편성을 가능하게 하는 특수성으로서 '전통'의 중요성을 강조하는 것이다. 그리고 서구문화를 바라보는 그런 시선의 각도가 한국의 현재상황과 그 안에 놓은 지식인으로서 '나'의 문제에 대한 비판적 인식에 의해 정위된 것이라는 사실을 다시 한 번 강조할 필요가 있다. 최인훈이 그렇게 서구문화에서 특별히 '전통'을 강조하는 것은, 한국사회의 지식인이 겪는 정신적 고통의 근원을 다름 아닌 그 '전통'의 부재에서 찾고 있다는 것과 관련이 있다. 기때 최인훈은 그 전통을 "에고의 좌표를 정위(正位)하려고 할 때" 반드시 요구되는 어떤 것으로서, 시간축에서 형성되는 연속성의 체계로 이해한다. "현대 한국인이 방황하고 자신이 없는 것은 어떤 '연속'의 체계 속에 자기를 자리매김하지 못하고 있으며 또 사실상 불가능하기 때문"16)이라는 발언도 그런 이해에서 나온 것이다.

이에 비추어볼 때, 앞에서 옥이의 외박을 박기 위해 벌어졌던 아버지와 아들('나')의 대화의 내용과 그 양상이 갖는 의미가 좀더 분명하게 드러난다. 작가는 그 대화와 양상을 통해, 한갓 내용 없는 제스처로 전락해버린 공허한 전통으로 사태에 대처하려 할 때 발생할 수 있는 우스꽝스러움을 부각하고 있는 것이다. 뿐만 아니라 그것은 무력하기도 한 것인데, 그 점은 소설에서 외래의 풍속을 좇아가는 옥이의 외박을

---

15) 최인훈, 『회색인』, 『전집』 2, 문학과지성사, 1977. 227면.
16) 최인훈, 위의 책, 99면.

그들이 결국 저지하지 못하는 것으로 나타나고 있다. 그리고 그 저지의 방법이라는 것도 도박을 하면서 일부러 옥이가 돈을 따게 만드는 따위의 꼼수이거나 "나는 쉰다섯이다. 나는 너보다 더 인생을 살았다. 그러니까 내 말이 옳다. 응 알았지?"(17면)라는 식의 억지일 뿐이다. 그러나 무엇보다 최인훈이 거기에서 우회적으로 강조하는 것은, 부자관계를 중심으로 하는 전통적 체계로서의 '가족'이 이제는 더 이상 '나'의 정체성의 구축과 행위를 규율하는 것으로서 기능하지 못한다는 사실이다. 다른 말로 하면, 그것은 이전 시대에 가치를 확정하고 '나'의 좌표를 정위하는 "어떤 '연속'의 체계"로서 기능했던 '가족'이 이제는 그런 방식으로 존재하지 않는다는 사실의 확인이다. 『크리스마스 캐럴』에서 "우리들의 근대선언은. 효도는 없다, 그러므로 우리는 자유다, 이렇게 되는군요."라는 '나'의 발언은 이런 맥락에 있는 것이다.17)

『크리스마스 캐럴』 연작에서 최인훈이 이야기하는 것은 지식인으로서 '나'의 주체화를 가능하게 하는 바로 그 "연속의 체계"의 부재이고, 그로 인한 정신적 고통이다. 우리의 전통은 이미 해체되어 껍데기로만 남아 있고, 그렇다고 서구의 문화에 오롯이 기대는 것은 "경험적인 것을 선험적인 것처럼 위장"(170면)하는 데 넘어가 이를테면 "남의 다리만 긁고 있는 희극 배우"18) 같은 꼴을 연출하는 것이다. 그런 까닭에 그 어느 것에도 기댈 수 없는, 그리하여 어디에도 주체성의 좌표를 정위할 수 없는 것이 한국 지식인의 상황이라는 것이 이 소설에서 최인

---

17) 이는 "가족이 없다, 그러므로 자유다. 이것이 우리들의 근대선언이다"라는 『회색인』에서의 진술을 다른 표현으로 변주하고 있는 것이다. 최인훈, 앞의 책, 110면.
18) 최인훈, 위의 책, 228면.

훈이 말하는 것이다. 그에 따르면, 그러므로 '나'는 아무것도 아니다.

　　저 늙은 외국인 여자가 가지고 있던 두 가지가 나에게는 다 없다. 바
　이블도, 한 장의 가죽도. 그리고 저애들의 팻 부운도. 나에게는 약속도
　없다. 당장에는. 이것은 확실하다. 그러니까 나는 누구도 아니다. 비릿하
　고 시크므레한 이 속의 메스꺼움---이 나다."(123면)

　　"나는 누구도 아니다"라는 이 자각이 의미하는 바가 무엇인지는 이
로써 분명해졌을 것이다. 이 자각은 『크리스마스 캐럴』 연작의 '나'의
언행에서 겉으로 드러내든 그렇지 않든 여러 형태로 암시되는데, '나'
가 아버지와의 대화에서 "글쎄요"라는 어사를 연발하는 것도 실은 그
와 전혀 무관하지 않은 것이다. 그리그 다음 대목도 마찬가지다.

　　"아아 그게 아니라니깐요!"
　　나는 부르짖었다. 경관은 대경실색해서 나를 쳐다보았다.
　　"네? 그게 아니라뇨?"
　　"난 아니란 말씀이예요."
　　"네? 뭐가 아닙니까?"
　　"난 아무것도 아니란 말씀예요!"
　　"그럼, 그럼."
　　경관의 얼굴은 무섭게 빠른 의혹이 빛이 스치고 지나갔다.
　　"그럼 당신은 누굽니까?"
　　내 목구멍에 굵은 통나무가 콱 막혔다.(102권)

　　이것은 겨드랑이에 솟은 가래톳 때문에 고통 받던 '나'가 야밤에 산
책을 하면서 만난 경찰관과의 대화다. '나'를 암행 나온 고위관리쯤으

로 오해하는 경관에게 '나'는 자기의 진짜 정체성을 발설한다. "난 아무것도 아니"라는 것이다. 흥미롭게도 부득이 알튀세르의 호명 이론을 떠올리게 하는 이 장면에서,[19] '나'가 아무것도 아니라는 '나'의 고백은 앞서 지적한 것처럼 (알튀세르가 말한 의미에서) 주체 구성을 가능하게 하는 '큰 타자(Other)'가 지금의 '나'에게는 존재하지 않는다는 것을 다른 방식으로 이야기하고 있는 것이다. 중요한 것은 '나'가 여기에서 '나'는 아무것도 아니고 오히려 "비릿하고 시크므레한 이 속의 메스꺼움--이 나다"라고 말하고 있다는 사실이다. '나'의 정체성에 대한 이런 인식은 그 자체로 중요하다. 왜냐하면 바로 그러한 자기인식이야말로 『크리스마스 캐럴』 연작이 이르게 되는 의미 있는 결론과 직결되어 있는 것인 까닭이다. 이를 살피기 위해서는, 그 이전에 먼저 '나'의 금지된 산책이 갖는 의미를 좀더 자세히 살펴볼 필요가 있다.

4. 고통 속의 쾌락, 심미적 실천의 의지

『크리스마스 캐럴』 연작 5에서 이야기의 중심은 '나'의 겨드랑이에 돋은 '파마늘'의 통증 때문에 밤에 잠을 못 자고 집 밖을 나와 서울의 도심을 배회하는 이야기다. 엄연히 법적으로 통행이 금지된 시간에 '나'가 밤거리를 돌아다니게 만드는 것은, 방안에 들어가기만 하면 그

---

19) 주체 구성 메커니즘을 설명하면서 알튀세르가 예로 들고 있는 것이 바로 경찰관의 호명에 대한 개인의 반응이다. 루이 알튀세르, 김동수 옮김, 「이데올로기와 이데올로기 국가장치」, 『아미엥에서의 주장』, 솔, 1991.

파마늘의 통증이 기다렸다는 듯이 '나'를 엄습하기 때문이다. '나'에 따르면 "내 겨드랑이에 생긴 이번의 전모"는 "어김없이 밤 열두시부터 새벽 네시 사이에 솟구친다는 것. 방에 있으면 쑤시고 밖에 나가면 씻은 듯하다는 것"(155면)이다. '나'가 깨닫게 되는 파마늘의 이런 특징은 소설에서 중요하다. 단순히 '나'의 금지된 산책을 촉발하는 서사적 계기가 된다는 점에서만 그런 것이 아니라, 그럼으로써 그것이 그 자체로 한국의 정치적·사회문화적 현재 상황에 대한 문제제기를 집약적으로 함축하는 상징이 된다는 점에서 그렇다.

이때 "밤 열두시부터 새벽 네시 사이"가 그 자체로 통행금지 시간과 일치한다는 것을 다시 한 번 상기할 필요가 있다. 그 시간에 자기 방에 있을 때만 발생하는 겨드랑이의 통증은 곧 그 통행금지에 대한 정신적 고통과 심리적 불편함을 상징하는 것이다. 최인훈이 『크리스마스 캐럴』에서 크리스마스 풍속을 소재로 이야기를 펼쳐가는 진정한 의도는 바로 여기에 숨어 있다. 즉 그가 크리스마스를 문제삼는 것은, 단순히 외래의 풍습에 무자각적으로 난리를 피우는 문화적 식민성을 비판하려는 의도에서만은 아니다. 오히려 이 소설에서 크리스마스에 걸려 있는 작가의 착안점은, 크리스마스 이브에는 통금이 해제되어 통행이 허용된다는 바로 그 사실에 있다. 그 점이 중요한 것은, 크리스마스는 그럼으로써 통행금지라는 제도 자체를, 그것의 불합리함을 역으로 환기시켜주는 효과적인 상징이기 때문이다.

그렇다면 여기서 문제시되는 통행금지란 과연 무엇을 의미하는가? 소설에서 그것은 한국의 정치적 억압성의 상징으로 나타난다,[20] 라고 이야기한다면 핵심의 절반만 이야기하는 것이다. 물론 그것은 두말할 나위 없는 진실이지만, 『크리스마스 캐럴』 연작에서 통행금지를 문제 삼는 작가의 의도는 거기에만 그치는 것이 아니다. 이미 앞에서 이 소설을 온전히 이해하기 위해서는 최인훈의 다른 소설들과의 상호텍스트성을 고려해야 한다고 했거니와, 그것은 여기서도 마찬가지다. 여기서 문제시되는 통행금지의 의미를 분명히 하기 위해서는 이후에 쓰여진 『소설가 구보 씨의 일일』에서 통행금지제도를 언급하는 다음 대목에 특별히 주목할 필요가 있다.

> 한밤중의 시간을 거리에 나오지 못하게 되어 있는 이 제도야말로 해방 후 우리 생활의 가장 큰 문제라고 생각한다. 이것이 우리 사회의 문명의 근본 터부이다. 12시부터 4시까지, 네 시간 동안이지만 실은 그렇지 않다. 밤에 거리에 나간 사람이면 10시쯤부터 벌써 바빠진다. 10시 이후의 두 시간은 온전한 두 시간이라 할 수 없는 것이다. 4시 이후의 두 시간도 또한 자연스러운 시간이 아니다. 통행금지가 <방금> 끝난 시간이기 때문이다. 따라서 그 두 시간도 온전치 못하다. 이렇게 해서 실지 금지되는 네 시간은 앞뒤로 두 시간씩, 먹물처럼 번져서 결국 여덟 시간이 된다. 이십 사시간의 1/3이 이렇게 <禁忌>의 시간이다. (…중략…) 통행금지가 가까워지면 모든 사람이 조급해진다. 어디론가 떠나려는 사람들. 빨리 집으로 돌아가려는 사람들이 서로 교통의 순서를 다툰다. 택시는 금방 난폭해진다. 모든 서비스가 거칠어진다. 피난민들이 마지막 열차에 매달리는 풍경이다.[21]

통행금지는 이런 식으로 '하루'라는 시간의 자연스러운 연속성을 파

---

20) 『크리스마스 캐럴』에 대한 기왕의 대부분 연구에서 지적하는 것이 바로 그 점이다.
21) 최인훈, 『소설가 구보 씨의 일일』, 전집4, 문학과지성사, 1976, 172~173면.

괴한다. 그럼으로써 그것은 그 연속성 위에 구축되는 안정적인 생활감
각을 어지럽히고 삶 자체의 연속성을 교란시킨다. 『크리스마스 캐럴』
에서 통행금지를 보는 시각도 실은 이와 크게 다르지 않다고 보는 것
이 옳을 것이다. 그리고 여기서 크리스마스란 한국인의 삶에 특징적인
그 하루라는 시간적 연속의 단절을 거꾸로 환기해 보여주는 계기다.
통행금지에 대한 이런 시각은, 그것이 개인에게서 스스로 자율적으로
쓸 수 있는 시간을 강제로 몰수함으로써 개인의 정체성을 지탱하는 삶
의 연속성의 바탕을 파괴한다는 생각과 관련되어 있는 것이다. 그리고
이 지점에서, 앞서 최인훈이 개인의 정체성이 닻을 내릴 수 있는 토대
로서 어떤 연속성의 체계를 강조하고 있었음을 떠올린다면, 최인훈이
통행금지를 문제 삼는 것이 그와 무관하지 않음은 어렵지 않게 알 수
있을 것이다.

중요한 것은 작중의 '나'가 금지된 밤산책을 시작함으로써 금기를
위반하면서 그 문제 상황의 한가운데로 걸어 들어간다는 사실이다. 처
음에 그것은 통행금지라는 "이 도덕률을 지키는 한 내 겨드랑은 요절
이 나고 나는 죽을지도 모른다"(155면)는 절박감에 강제로 떠밀린 것이
었지만, 차차 '나'는 그 밤산책에서 쾌감을 느끼면서 그것을 즐기게 된
다. '나'는 밤거리를 산책하는 와중에 한국의 문화적 식민성을 야유하
는 외국인 남자를 만나 대화를 나누기도 하고, 환상 속에서 4·19혁명
에 가담했던 학생들의 무리가 벌이는 기고한 매스게임을 구경하며,
5·16의 새벽에 쿠데타에 가담한 "심야의 집단 산책자들"(180면)을 만
나기도 한다. 이것은 야밤의 도심을 배회하는 '나'의 금지된 산책이 그
자체로 한국의 현실을 하나하나 더듬어보는 성찰의 형식이 되고 있다

는 것을 의미한다. 다시 말해 '나'의 금지된 밤산책이 상징하는 것은 바로 한국의 현실을 자각하는 데서 오는 정신적 아픔이 무의식 속에서 강제한, 그렇지만 종국에는 스스로 즐겁게 떠맡게 되는 고통스런 성찰의 의지를 상징하는 것이다.

그런데 여기서 그와 함께 주목해야 할 것은, 이 금지된 밤산책에 내재한 성찰의 의지에 동반되고 있는 '나'의 자기인식이다. 이 지점에서 우리는 앞서 밤산책이 시작되기 이전에 이미 그 자기인식이 "나는 누구도 아니다. 비릿하고 시크므레한 이 속의 메스꺼움--이 나다"(123면)라는 발언으로 발설된 바 있음을 기억할 필요가 있다. 그리고 나서 '나'는 입안에 토해낸 그 메스꺼움의 "토사물--나의 핵(核)을 천천히 씹어보자"(같은 곳)라는 진술을 이어가는데, '나'의 자기인식은 그렇게 "비릿하고 시크므레한" 메스꺼움과 그 토사물과의 동일시 속에서 완성되는 것이다. 그 메스꺼움과 구토가 정체성의 닻을 내릴 곳이 자기에게는 존재하지 않는다는 절망적인 인식에서 비롯된 증상이라 할 수 있다면, 이 동일시가 내포하는 것은 바로 그런 자신의 현실을 회피하지 않고 그 자체로 받아들이겠다는, 그리고 그 증상을 기꺼이 앓아보겠다는 윤리적 의지다. 그리고 그 윤리적 의지는 "토사물--나의 핵(核)을 천천히 씹어보자"라는 진술에서 적절한 표현을 얻는다.

'나'의 겨드랑이에 돋아난 날개가 야기하는 고통은, '나'가 받아들이는 바로 그런 증상의 고통과 다른 것이 아니다. 그 속에서, "나는 짐승처럼 신음한다."(185면) 여기서 나타나는 '나(혹은 작가)'의 자기인식을 다른 말로 고쳐보면 그것은 이런 것이다. 다름 아닌 그 증상이야말로, 그리고 그 증상이 야기하는 고통이야말로 바로 '나'다. 소설에서 '나'가

날개가 야기하는 고통이 "끝까지 내 문제다. 최만의 문제다"(185면)라고 말하는 것 또한 그런 자기인식에 뒷받침되어 있는 것이다. 『크리스마스 캐럴』 연작에서 "날개는 내 마음이다"(같은 곳)라는 '나'의 진술에 숨겨진 진정한 의미도 바로 이것이다. 그런 '나'의 자기인식을 통해, 최인훈은 고통스런 현재 상황을 그 자체로 자신의 존재조건으로 받아들이고, 다른 곳이 아닌 바로 그 안에서 무언가를 찾아나가겠다는 성찰과 탐구의 의지를 보여주는 셈이다.

그런데 여기서 주목해야 하는 것은, 앞서도 잠시 언급했듯이 '나'의 밤산책이 애초 견딜 수 없는 가래톳의 고통 때문에 강제로 내몰린 결과였으나 차차 밤의 산책 자체를 즐기는 쪽으로 "나의 산책의 성격은 변질되기 시작하였다"(163면)는 사실이다. 그럼으로써 '나'가 차차 그 안에서 고통 속의 쾌락을 발견한다는 사실 또한 주목해야 할 점이다. 그것은 "이 무서운 고통을 거느린 것일망정 내가 얻은 하렘의 쾌락"(185면)이라는 표현에서도 드러난다. 이는 다시 한번 특별히 중요한데, 왜냐하면 그것이야말로 최인훈이 『크리스마스 캐럴』 연작에서 이야기하는 최종적인 주제적 결론과 관련되기 때문이다. 그렇다면 그 주제적 결론이란 무엇인가. 다음 구절을 보자.

나는 밤의 서울에 홀려버렸다. 온 성이 잠든(마녀의 요술로) 가운데를 공주를 찾아 헤매는 왕자가 바로 나라고 하면 과히 틀리는 말이 아니겠다. 그렇다고 내가 꼭 공주를 찾으려고 다니는 것은 아니다. 허름한 가로등, 광장, 판잣집, 골목에 버려진 연탄재, 트럭들이 오징어처럼 다림질해놓은 쥐의 시체--이런 모든 것들이 나의 공주다. 나는 하렘을 순시하는 sultan이다. 나는 그녀들을 골고루 사랑한다. 나도 전에는 용모를 가려서 여자를 사랑했지만 지금은 여자면 누구나 사랑한다. 서울역 광장의 공중변소를 나는 사랑한다. 그렇다고 해서 내가 <더러움>에 치우치는 것은 아니다. 창경원의 차단한 고풍의 담을 못지않게 나는 사랑한다. 나는 그녀들 모두를 오르가즘에 올려놓기를 바란다. 그리고 내게는 그런 힘이 있다. 그녀들은 내가 만지기만 하면 벌써 색색 숨을 몰아쉬기 시작하는 것이다. (…중략…) 나의 하렘--나는 서울을 점령하였다. 나는 그녀들의 하나하나에 대한 자상한 성력(性歷)을 따로 방대한 기록으로 만들어 두고 있다.(181면)

이렇게 '나'는 "서울을 다시 보게 되었다."(173면) 일단 여기서 겉으로 쉽게 확인할 수 있는 것은 도심 풍경의 인격화이고, 그것의 성애화(sexualization)다. 그리고 "그녀들을…사랑한다"나 "점령하였다" 같은 표현이 그것을 뒷받침한다. 이런 방식의 성애화가 우리에게 보여주는 것은, 최인훈이 여기에서 도시의 밤산책을 통해 만나고 보게 되는 사물들을 '나'와의 감각적인 관계성 속에서 바라보고 거기에 애정을 투여하고 있다는 사실이다. 이것은 '나'의 밤산책이 『크리스마스 캐럴』 연작의 전반부에서 보여주었던 추상적인 고준담론의 세계에서 벗어나 '바깥' 혹은 '나'를 둘러싸고 있는 구체적인 물질적 현실의 세계로 나아가는 의식적 계기로서 그려지고 있음을 의미한다. 다시 말하면 여기에는 경험적인 것을 경험적으로 만나려는 작가의 의지가 투사되어 있는 것이다. 애초 방 밖을 벗어나 서울의 거리를 배회한다는 설정부터가 이미 이 점을 암시하고 있는 것이다. 그리고 이 지점에서 우리는, 앞서 이 이전에 "경험적인 것을 선험적인 것처럼 위장"(170면)하는 문화적 식민성에 대한(외국인 남자의 입을 빌린) 신랄한 비판이 있었음을 떠올릴 필요가 있다. 그에 비추어볼 때, 우리는 이를 그 문화적 식민성을 넘어서는 글쓰기의 방법론에 대한 성찰이라 볼 수 있는 근거는 충분하다(소설 속 '나'가 저 산책을 "심미적 잠행(審美的 潛行)"(173면)이라 명명하고 있는 것은 그런 측면에서 의미심장하다). 그리고 그 성찰에 함축되어 있는 것은, 선험적인 것을 경험적인 것으로 받아들이기를 거부하고 한국적 경험과 풍속의 특수성 속에서 글쓰기의 근거를 찾아나가려는 작가의 의지다.

소설에서 '나'는 그 밤거리 산책에서 쾌락을 발견한다. 그것은 물론 고통 속의 쾌락이다. 왜냐하면 그 산책은 여전히 "날개의 구속"을 받고 있는 까닭에 "완전한 자유의 유희-즉 멋이 아니고 타율적이며, 고통에 묶여"(182면) 있는 것이기 때문이다. 마찬가지로 최인훈에게 글쓰기는 고통스런 즐거움이다. 최인훈의 글쓰기는 그러한 강제된 타율성 그 자체가 글쓰기의 구성조건이 되는, 그리고 거기서 오는 고통을 의식하면서 다름 아닌 그 고통 속에서 자신의 자율적 근거를 확보하려는 심미적 실천인 까닭이다. 최인훈의 『크리스마스 캐럴』이 이르게 되는 결론은 바로 이것이다. 『크리스마스 캐럴』 연작을 한국적 근대의 구속과 억압에 묶여 있는 지식인의 의식상황, 그리고 나아가 글쓰기의 존재조건과 방법을 성찰하는 알레고리라 할 수 있는 것은 이 때문이다.

5. 글쓰기에 대한 반성적 성찰

최인훈의 『크리스마스 캐럴』은 앞서도 지적했듯이 난해한 작품이다. 그 난해함은 무엇보다 소설의 대부분을 차지하는 '나'와 아버지의 종잡을 수 없는 말장난으로 가득한 대화 내용이 소설의 많은 부분을 차지하고 있는 데서 기인한다. 최인훈의 소설에서, 그 이면에 있는 것은 주제의식을 명징하게 전달하기보다 무질서한 형식 속에 흐트러트려놓는, 질서화를 거부하는 작가 특유의 형식충동이라고 할 수 있다. 그리고 그 특이한 형식충동은 이 소설에서 주제 자체를 지워가는 이해할 수 없는 대화양상에서만 나타나는 것이 아니라, 현실과 환상, 진담과 농담 등이 어지럽게 뒤섞여 있는 데서도 나타난다. 특히 금지된 산책의 와중에 '나'가 맞닥뜨리는 사건과 장면들이 대표적인데, 거기에는 현실과 환상이 뒤섞인 채 한국의 사회문화적 현실과 4·19와 5·16 같은 정치적 사건을 연상시키는 각종 이미지와 언어들이 비논리적으로 어지럽게 콜라주되어 있어 그것을 그 자체로 이해하기는 그리 쉽지 않다. 눈알이 빠지거나 머리가 잘리고 두개골이 부서진 학생들의 무리가 벌이는 기이한 매스게임 장면이 그런 사례 중 하나다. 그러나 우리가 이 소설에서 읽어야 하는 것은 바로 그 이해할 수 없는 어지러움 자체야말로 최인훈 그 스스로가 경험한, 그리고 이 소설에서 전달하려고 하는 한국사회의 진정한 실체라는 점이다. 자신의 소설이 "현실의 어이없음에 맞먹는 표현형식"22)이라고 한 최인훈의 생각은 이 소설에서는 바로 그런 방식으로 관철되고 있는 셈이다.

그런 측면에서 보면, 『크리스마스 캐럴』의 '이해할 수 없음'은 그 이해할 수 없는 한국사회의 실체에 대한 작가 자신의 의식적 반응의 표현이라고 할 수 있다. 그것은 한국의 근대를 성찰하면서 그 성찰의 난

---

22) 최인훈, 『화두』 1권, 민음사, 1994, 340면.

경(難境)을 동시에 무대화하는 방식이다. 그것은 이 소설이 한국적 근대에 대한 성찰이면서도 다른 한편으로 그 성찰의 조건에 대한 성찰이기도 하다는 것을 의미한다. 그리고 그 자의식적 성찰의 이면에는 구속과 억압이라는 타율성 자체를 글쓰기의 조건으로서 받아들일 수밖에 없는, 그럼에도 불구하고 계속되어야 할 심미적 실천의 의지가 작동하고 있음을 우리는 앞에서 확인했다. 따라서 최인훈의『크리스마스 캐럴』연작을, 이식된 크리스마스 풍속을 매개로 하여 문화적 식민성과 억압과 통제가 만연한 근대 한국의 기이한 문화적 상황을 서구 근대의 그것과 견주어 진단하는 작품으로 해석하는 것은 이 작품의 의미를 지나치게 단순화하는 것이다.

오히려 최인훈의『크리스마스 캐럴』에 대한 해석의 중심점은, 그런 근대 한국의 상황을 고통스럽게 자각하는 지식인으로서의 자기의식과 글쓰기의 존재조건에 대한 성찰이라는 차원으로 이동되어야 한다. 그런 측면에서 보면 이 소설의 문제의식은『회색인』과『서유기』에서 개진되었던 그것과 정확히 같은 것이다. 일찍이 최인훈은 스스로『회색인』의 성격을 의식의 "발생학적 추적"으로,『서유기』의 그것을 "자기 안에 있는 남"의 의식구조에 대한 탐구로 규정한 바 있다.23) 그것은 한국의 근대를 살아가는 개인의 존재조건에 대한 탐구로서『회색인』과『서유기』의 성격을 적시하는 것이다.『크리스마스 캐럴』의 성격이 또한 그와 다르지 않다. "『크리스마스 캐럴』에서는 우리 머릿속에 있는 <초자아>의 원산지를 추적해보았다"고 한 작가 자신의 사후발언도

---

23) 최인훈, 「원시인이 되기 위한 문명한 의식」,『문예중앙』, 1979년 겨울호, 225면.

이 소설의 문제의식과 방향이 『회색인』, 『서유기』와 같은 맥락에 있음을 확인시켜주는 것이다. 『크리스마스 캐럴』의 자리를 최인훈의 일련의 작품들 가운데 정확히 위치시키고 그에 대한 온전한 이해에 이르기 위해서는 상호텍스트성에 대한 고려가 필요하다고 한 것도 바로 이 점을 염두에 둔 것이었다.

물론 『크리스마스 캐럴』 연작이 그 문제성이나 성취에서 『회색인』이나 『서유기』만큼의 비중과 무게를 갖는다고 하기는 힘들다. 하지만 이 소설은 『광장』에서 시작되어 『회색인』과 『서유기』를 거쳐 『총독의 소리』와 『소설가 구보 씨의 일일』로 이어지는 최인훈 작품세계의 사슬에서 여러모로 중요한 고리가 되는 작품일뿐더러, 다른 작품들과는 미묘하게 구별되는 고유한 문법적 특이성과 독특한 매력을 보여주는 작품이기도 하다. 무엇보다 중요한 것은, 최인훈이 이 소설에서 펼쳐놓는 경험적인 심미적 실천의 의지가 작가 자신의 추상적인 작품경향에 대한 반성적 성찰을 담고 있다는 사실이다. 물론 그것이 이후의 글쓰기 속에서 적절하게 구체화되었는가 하는 것은 또 다른 문제일 테지만, 작가가 이 소설에서 펼쳐놓는 그런 자기반성적 성찰은 그 자체로 중요한 의미를 지닌다 할 것이다.

출전 : 「한국적 근대와 성찰의 난경(難境)−최인훈의 『크리스마스 캐럴』 연구」, 『泮矯語文硏究』 제29집, 2010.

근대 지식인의 고전 읽기
—최인훈의 패러디 소설에 대하여

1. 최인훈 소설과 패러디

'근대 지식인의 주체성 찾기'는 30년이 넘는 최인훈의 작가 생활을 지배한 가장 중요한 '화두'였다. 초기 대표작 『광장』에서 시작해 21세기에 새롭게 고쳐 쓴 장편 『화두』에 이르기까지 최인훈 문학의 중심과제는 왜곡된 현대사 속에서 개인이 어떻게 스스로의 정체성을 찾아갈 것인가에 있었다. 이런 최인훈의 관심은 식민지—해방—분단—군사정권—현실사회주의의 붕괴로 이어지는 험난한 현대사를 살아온 작가의 개인적 체험과 관계됨은 물론 각각의 시기를 아픔으로 느낀 작가의 남다른 감수성의 결과라 할 수 있다. 전후 문학사에서 최인훈의 문학을

* 김한식 / 상명대학교 한국어문학과 교수

중요하게 다루는 이유도 현대사를 끌어안으려 했던 작가의 이런 노력과 관계된다.

주체성 또는 정체성 찾기라는 주제를 표 나게 내세우는 최인훈의 소설은 구체적이기보다는 관념적이라는 인상을 주기도 한다. 그의 소설이 추구하는 주제가 일상적인 삶에서 탐구되기보다 그 삶을 규정하고 있는 더욱 근본적인 문제들, 즉 현재의 역사적이고 정치적인 상황에서 탐구되기 때문이다. 우리가 최인훈의 소설에서 일상적 감정을 가진 구체적인 개인보다는 작가의 역사관, 정치관, 예술관을 직접 만나고 있다는 인상을 받게 되는 것도 같은 이유로 설명된다.[1]

이는 작품 속 인물과 독자 사이의 거리를 의미하기도 한다. 잘 알려져 있듯이 최인훈의 데뷔작 「GREY구락부 전말기」의 주인공은 창밖을 열심히 내다보면서도 외부 세계보다는 자신을 탐구하는 인물이었다. 세계에 참여하지 못하고 창가에서 바깥을 관찰하는 일이 최선인 GREY구락부 사람들은 실제로 작은 자극에도 흔들릴 수밖에 없는 운명을 가지고 있었다. 보이지만 만져지지 않는 창이 최인훈 초기 소설의 주인공들이 갖는 기본적인 특성이었다고 할 수 있다.[2] 이후의 작품을 보아

---

1) '주체성' 또는 '정체성'을 중심으로 한 연구는 최인훈의 소설 전반을 대상으로 한 경우나 초기 장편소설(『광장』, 『구운몽』, 『회색인』, 『서유기』, 『소설가 구보 씨의 일일』)을 대상으로 한 경우에 두드러진다. 최인훈 소설 전반을 이해하기 위해서는 김인호(「최인훈 소설에 나타난 주체성 연구」, 동국대, 1999), 이인숙(「최인훈 소설의 담론 특성 연구」, 고려대, 1988), 양윤모(「최인훈 소설의 '정체성 찾기'에 대한 연구」, 고려대, 1999), 김기주(「최인훈 소설 연구」, 동국대, 1999), 서은주(「최인훈 소설연구」, 연세대, 2000), 김영찬(「1960년대 한국 모더니즘 소설 연구」, 성균관대, 2001)의 박사학위 논문을 참고할 수 있다.
2) 이에 대해서는 오생근의 「믿음의 세계와 창의 문학」(『우상의 집(최인훈 전집 8)』

도 최인훈 소설의 주인공들은 대부분 참여하는 인물이 아니라 관찰하고 고민하는 인물이었다. 『광장』의 주인공 이명준은 남과 북을 동시에 체험하지만 어느 쪽도 긍정하지 못하는 인물이다. 이런 이명준의 방황을 통해 우리가 확인할 수 있는 것은 남과 북의 현실이라기보다 현재의 자기 위치를 끊임없이 확인하려는 작가의 욕망이었다. 『광장』의 주인공이 고민하는 것은 시공간을 초월한 개인의 삶은 아니었지만 동시대의 정치적, 도덕적 과제에 대한 구체적인 관심도 아니었다. 현실적 공간의 의미가 최소한으로 축소된 『서유기』, 가상의 역사로 쓰인 『태풍』 등의 소설도 유사한 특성을 보인다.

최인훈의 패러디 소설 역시 그의 문학이 가진 일반적 특징을 그대로 가지고 있다. 우리 근대 문학, 특히 소설의 경우 패러디는 그리 보편화된 양식은 아니다. 『춘향전』 등 자주 패러디되는 소설이 없지는 않지만, 최인훈과 같이 여러 편의 패러디 소설을 남긴 작가는 드물다. 특히 최인훈이 고전에 대한 직접적인 관심을 표 나게 드러내는 작가가 아니었다는 점에서 이는 더욱 주목을 요하는 문제이다. 초기 장편에서 확인되듯이 그의 관심은 우리의 근대(또는 현대사)에 있었고 그곳에서 살아가는 보편적 개인의 문제에 있었다. 최인훈의 패러디에 접근하기 위해서는 역시 근대나 현대에 대한 그의 생각을 문제 삼아야 할 것이다.

최인훈의 다양한 패러디 작품은 두 가지 기준에 의해 분류할 수 있다. 첫째 원작에 의지하는 정도에 따라 (1) 서사 전반을 따온 경우 (2) 구조나 모티브를 따온 경우로 나눌 수 있다.3) 『구운몽』이나 『서유기』 등

해설, 문학과지성사, 1993) 참조.

이 (2)에 해당될 것이다. 그러나 본격적인 관심이 되는 것은 (1)의 경우로 「춘향뎐」, 「놀부뎐」, 「옹고집전」 등이 여기에 해당한다. 다시 패러디화의 외형적인 방법에 따라 ① 고소설이나 설화를 소설로 패러디한 경우, ② 현대소설을 소설로 패러디한 경우, ③ 고소설이나 설화를 희곡으로 패러디한 경우로 나눌 수 있다. 이 순서는 창작의 순서와도 일치하고 원작에 대한 의존이 적어지는 경향과도 어느 정도 일치한다. 후반으로 갈수록 원작에서 새로워지거나 최소한 더 멀어진다고 볼 수 있다.[4]

이 글은 최인훈이 패러디가 기본적으로 지난 시절의 가치나 윤리를 지워가는 작업이라는 가정에서 출발한다. 과거의 텍스트를 빌어 새로운 작품을 창작한다는 것은 어떤 의미로든 '재해석'이 될 수밖에 없는데, 재해석을 통해 다시 창조되는 부분보다는 지워지는 부분이 무엇인가에 우선적인 관심을 갖겠다는 말이다. 이는 다시 말해 근대 아닌 것에 대한 작가의 관심을 읽겠다는 뜻이기도 하다. 최인훈의 패러디는 텍스트의 서사를 변형시키는 수준을 자주 넘어선다. 화자의 논설을 통해 텍스트를 만들어낸 시대의 의미까지 확인하고 수정하려는 의지를 보이기도 한다. 어느 패러디 소설에도 포함되기 마련인(해석이 아닌) 수

---

3) 박혜경은 「고전문학의 현대적 수용양상」(『작가세계』, 1993 여름)에서 이 부분을 '고전문학의 현대적 재해석'과 '고전소설의 구조적 차용'으로 구분하였다. 이 구분에 따르면 이 글의 논의는 '현대적 재해석' 부분에 초점이 맞추어지는 셈이다.
4) 이 글에서 본격적인 분석의 대상으로 삼는 작품은 (1)과 ①, ②에 해당하는 작품들이다. (1)과 ①, ②에 속하는 작품들은 비교적 본격적 패러디 소설의 조건을 갖추고 있을 뿐 아니라, 이 작품들을 통할 때 이전 작품을 새롭게 써낸 작가의 의도가 분명히 드러난다고 생각하기 때문이다.

정의 의지 쪽에 관심을 가질 때 최인훈의 패러디가 갖는 의미를 해석해 낼 수 있다고 생각한다.

2. 고전의 패러디와 '역사적 상상력'

　최인훈은 여러 편의 고전(소설)을 패러디한 바 있다. 「금오신화」, 「열하일기」, 「놀부뎐」, 「춘향뎐」, 「옹고집전」을 패러디한 동일 제목의 소설이 있으며 낙랑 설화를 변형한 「둥둥 락랑(樂浪)둥」, 온달설화를 새로 해석한 「어디서 무엇이 되어 다시 만나랴」, 『심청전』을 바꾸어 쓴 「달아 달아 밝은 달아」 등의 희곡도 창작하였다. 고전을 패러디한 소설이 주로 60년대 후반에 창작된 것에 비해 고전을 패러디한 희곡은 소설 창작을 접은 70년대 초반에 집중적으로 쓰였다.[5] 이 장에서는 「놀

---

5) 이들 작품 외에도 최인훈의 희곡은 대부분 원전을 가지고 있는 작품들이다. 최인훈의 희곡 창작이 소설 쓰기에 대한 일종의 회의에서 시작된 것이라면 고전은 최인훈에게 상상력을 공급해준 창고의 역할을 했다. 소설 창작을 중단하고 희곡에 전념하게 된 이유에 대해서는 최인훈과 김현의 대담 「변동하는 시대의 예술가의 탐구」를 통해 확인할 수 있다. "소설 속에서의 방황으로부터 어떤 구체적인 감각적인 공감으로 돌아가서 그 공간을 어떻게 만들어볼 수 없을까 하는 욕망에서 희곡 쪽으로 달려갔다."는 김현의 정리에 최인훈은 동의하고 있으며, "소설로서는 무엇인가 할 수 있는 것을 다한 정도였는데 그래도 역시 마음에 차지 않았다."고 고백하기도 했다(「변동하는 시대의 예술가의 탐구」, 이태동 편, 『최인훈』, 서강대학교출판부, 1999, 36~37면). 최인훈은 소설과 희곡의 차이를 분명히 인식하고 있는 듯 하지만 공통점에 대해서도 언급한다. "소설은 사람이 살아가는 이야기이다. 사람이 살아가는 이야기라고 하면 연극이나 서사시나 역사 같은 것도 모두 소설이라고 할 수 있다."고 하여 서사 일반을 소설로 부르기도 한다. "인쇄된 형태로 대하는 『춘향전』은 소설 이외의 아무 것도 아니다."라거나 "각본으로 읽는 『오이디푸스왕』은 역시 소설 이외의 아무 것도 아니다."라는 말 역시 같은

부뎐」과 「춘향전」을 다룰 것인데, 최인훈의 많은 고전 패러디 중 고전의 서사를 가장 많이 의식하고 쓴 작품이 위의 두 편이다.

『춘향전』은 여러 작가들에 의해 패러디되었으며 여러 편의 영화, 드라마로도 제작된 가장 사랑받는 고전 작품이다. 주목할 점은 많은 고전소설이 가족관계를 중심으로 엮어지는 데 비해『춘향전』은 남녀 간의 사랑을 이야기의 중심축으로 하고 있다는 사실이다. 신분을 뛰어넘은 순수한 사랑을 다루면서도 절개와 신의라는 중세의 윤리를 충실히 드러내는 작품이기도 하다. 독자의 기대지평이라는 면에서도『춘향전』은 주목할 만한 작품인데, 기생의 딸 춘향과 양반 이몽룡의 사랑과 흉포한 관장 변학도의 징죄는 독자나 청자들의 기대를 충분히 만족시켜 준다.

최인훈이『춘향전』을 패러디하면서 우선 문제 삼고 있는 것은 이런 독자나 청자들의 기대이다. 독자들의 기대는 권선징악으로 수렴되는데, 변학도의 징죄와 춘향과 이몽룡의 현세에서의 평안한 삶이 구체적인 예가 될 것이다. 작가는 이런 작품의 결론을 문제 삼는다. 「춘향뎐」은 고전『춘향전』에서 변학도가 일방적으로 악인으로 묘사되는 것에 대해 "여념집 부녀에게 수청을 강요한 것만 가지고도 폭정이 자명한 것이 아니냐고 하기 쉬우나 그것은 우리의 생각이다"[6]라고 못 박고, 실제로는 변학도에 대해 알려진 정보가 거의 없음을 강조한다. 춘향과

맥락으로 이해할 수 있다(최인훈, 「소설을 찾아서」, 『문학과 이데올로기』, 문학과 지성사, 1994, 187면).

[6] 최인훈, 「춘향뎐」, 『우상의 집』, 문학과지성사, 1993, 274면. 이후 「춘향뎐」과 「놀부뎐」의 인용은 이 책으로 하며 본문에 면수만 밝히도록 한다.

관계되어 그의 죄를 생각해보아도 그것은 변학도 개인의 죄가 아니라 '구정권의 이데올로기' 문제라고 주장한다. 즉, 그 시대의 이데올로기 또는 윤리의 문제라는 것이다. 최인훈은 이몽룡과 춘향의 행복한 결말에 대해서도 부정적인데, 춘향이 그리던 이몽룡은 암행어사가 되어 돌아오기는커녕 거지가 된 역적의 자손에 불과하다. "역적의 자손에게 무슨 앞길이 있을 것인가. 모든 것이 캄캄하였다"(「춘향뎐」, 268면)거나 "그의 짐작대로 부친 이공은 배소에서 약사발을 받던 것이다"(「춘향뎐」, 270면)라는 사실에서 행복한 결말의 가능성은 사라지고 만다. 더구나 변학도를 벌하게 되는 암행어사 역시 춘향을 첩으로 받아들이려 하니 사정은 더욱 나빠진다. 권력도 재력도 없는 춘향과 이도령의 마지막 선택은 깊은 산 속으로의 야반도주이다. 그들은 세상 사람들과의 교류를 끊고 숨어사는 생을 선택하고 만다.

이처럼 최인훈이 잘 알려진 『춘향전』의 결말을 수정의 핵심으로 삼은 데는 당시의 시대 상황을 고려한 작가의 역사에 대한 상상력이 중요하게 작용한다. 「춘향뎐」의 화자는 작품 곳곳에서 '어둠'에 대해 반복하여 말한다. 소설의 첫 문장이 "춘향은 가장 어두운 중세의 밤을 보낸 여자다"(「춘향뎐」, 267면)로 시작하고 있음은 물론 이후의 모든 이야기를 이 중세의 어둠과 관계 짓고 있다. 소설의 화자는 직접적인 목소리로 "악역인 변학도에게 가능한 최대한의 공정함을 베푼 다음에 우리들의 사랑하는 주인공들의 문제를 살펴보면 그들의 비극의 보다 진실한 모습이 떠오르리라"(「춘향뎐」, 275면)는 생각을 피력하기도 한다. 변학도에 대한 공정한 평가란 그가 중세를 살아간 평범한 양반에 불과하고 그런 한에서는 변학도 하나의 징죄로 고전 『춘향전』이 행복하게 마무리될 수는 없다는 의미이다. 이는 작중인물에 대한 공정한, 혹은 냉정한 평가가 이루어져야 한다는 주장인데, 이 때 공정함과 냉정함은 당대의 현실적 삶에 대한 이해와 직결된다. 중세를 통일된 유교적 가치로 판단할 것이 아니라 사실의 관점을 관철시킴으로 해서 좀더 진실한 이야기를 얻을 수 있다는 생각이 「춘향뎐」을 낳은 것이라 할 수 있겠다.[7] 다시 말해 『춘향전』이 가진 문제는 현실에서는 풀어내기 어려운 문제를 쉽게 해결함으로 해서 문제의 출발을 잊는다는 데 있다. 인간 춘향이 가진 태생적 한계나 정치적 패배자의 운명과 같은 해결하기 어려운 문제를 한 번의 통쾌한 결말로 처리하는 것이 『춘향전』의 진정한 문제라는 것이다.

다음의 글은 이러한 최인훈의 생각을 이해하는 데 도움을 준다.

> 공동체의 현실을 부정하면서 그로부터의 박해를 면한 것이 곧 종교라 할 수 있다. 그것을 현실의 차원에서의 부정을 단념하고 현실을 스스로 초월함으로써 부정한 것이다. 그것은 현실과 인식의 차액을 현실의 차원에서 줄일 수 없다는 세계관의 표현이며 현존하는 현실을 운명으로 인식하고 현실을 움직이지 않는다는 세계관이며 그건 의미에서 종

---

7) 한혜선은 「최인훈의 「춘향뎐」을 읽는다」(『한국패러디 소설 연구』, 국학자료원, 1996)에서 "최인훈의 텍스트에서는 선과 악의 경계가 무너지면서 이분법적 사고 체계는 해체된다. 악의 근원이 모호해진다. 권선징악에의 의구심, 인간이성과 절대적 신념에 대한 회의가 깔려 있다. 이분법적 판단을 거부하고 인간의 여러 양상과 상황을 보여줌으로써 절대적이 아닌 상대적, 일원적 세계가 아닌 다원적 세계를 제시하고 있다"(122면)고 말한다. 이 작품이 어둠으로 일관하고 있고 선과 악의 경계를 허무는데 최인훈 소설의 의미가 있다는 말에 동의한다. 그러나 절대적인 아닌 상대적, 일원적 세계가 아닌 다원적 세계를 제시한다는 말은 조금 과장된 해석으로 보인다.

교는 현실의 체제를 긍정하였다.

그러므로 근세 이전의 사회에서도 부정의 계기는 존재하였으나 그것
은 소외되었거나 허구로 치환되므로써 삶의 변증법적 계기로서 탈락되
었으므로 중세 이전의 사회를 인식과 현실의 차액이 비합리적으로 처리
된 사회라고 규정하는 것이 타당할 것이다.[8]

위 예문을 통해 우리는 최인훈이 「춘향뎐」에서 자주 언급한 '어둠'
의 의미를 짐작해 볼 수 있다. 종교로 상징되는 통합된 윤리의 체계가
근대 이전이라고 보면, 근대 이전의 사회는 '인식과 현실의 차액이 비
합리적으로 처리된 사회'이며 인식과 현실의 차액을 줄이려는 노력이
없었던 시기로 규정될 수 있다. 또 근대 이전의 사회는 부정해야 할
현실이 없었던 시대가 아니라 "현존하는 현실을 운명으로 인식하고 현
실을 움직이지 않는다는 세계관"이 지배한 사회가 된다. 부정한 현실
을 드러내기보다는 현실을 스스로 초월함으로써 부정을 대신하는 것
이 중세의 윤리(문학)였던 셈이다.

최인훈의 이 말을 그대로 따른다면 중세 고전에 관심을 가지며 그
비합리적 단념(포기)을 꼬집어내는 것이 고전 패러디의 정신이라고 할
수 있다. 물론 이 역시 매우 근대적인 관점이기는 하다. 위 예문에 이
어지는 글에서 작가는 중세와 구분되는 현대 문학에 대해서는 "근대
란, 이 같은 세계에 대한 부정의 정신이다. 그것은 현실과 인식의 차액
을 초월에 의해서가 아니라 '진보'에 의해서 줄이자는 태도이며 현실
과 인식의 괴리를 현실의 부정에 의해서 줄이자는 태도이며, 현실에서

---

8) 최인훈, 「문학과 현실」, 『문학과 이데올로기』, 29면.

탈락되었던 '부정'이라는 계기를 실수로서 계산하려는 태도"[9]라고 말한다. 근대정신을 이렇게 구상하는 데는 별 무리가 없어 보이지만 그것의 현실적인 실현에 대해서는 쉽게 말하기 어려운 면이 있다. 현실과 인식의 차액은 여전히 크고 진보에 의해 줄어들 수 있다는 생각도 쉽게 실현되기는 어렵다. 최인훈의 고전 패러디가 갖는 성격도 이와 같은데 그의 패러디 소설은 근대 이전의 가치관을 근대적 가치관으로 부정하는 작업에 다름 아니다. 다시 말해 현재의 가치를 만들어내는 일 이전에 부정을 부정 자체로 전면에 내세우는 것을 패러디의 목적으로 삼았다고 할 수 있다.[10]

「놀부뎐」은 「춘향뎐」과 달리 주 인물 놀부를 화자로 한다. 화자 놀부는 자신에 대한 기왕의 평가를 '광대 글쟁이'의 잘못된 이야기로 일축하고 새로운 이야기를 만들어간다. 일반적으로 패러디에 수반되는 효과로 풍자와 아이러니를 꼽는데, 「놀부뎐」은 사설조의 문체와 흥부만을 높이 평가하는 세상에 대한 공격으로 인해 풍자의 효과를 거두고 있는 소설이다. 『흥부전』과 비교할 때, 「놀부뎐」에서는 권선징악의 결말이 역전되는 것은 물론 흥부와 놀부라는 인물에 대한 평가가 역전되

---

9) 앞의 책, 같은 글, 30면.
10) 박혜경은 앞의 글에서 최인훈의 패러디가 "고전문학이 지닌 전통의 요소들을 단순히 부활시키는 차원이 아니라, 그것에 대해 부단히 의문을 제기하고 그것과 대화를 나누고, 더 나아가서는 그 전통의 요소들을 과감히 변형시키거나 전복시킴으로써, 그것을 더욱더 날카롭고도 풍부한 현대적 의미로 재구성해 내는 것."(347면)이라고 주장한다. 패러디의 일반적 정의를 떠나 최인훈의 고전소설 패러디에 한정할 경우 현대적 의미로 풍부하게 재구성한다는 부분에는 쉽게 동의하기 어렵다. 상대적으로 소설보다는 희곡 분야에서 그 성취가 이루어진다고 할 수 있다.

어 있다.

놀부가 보기에 흥부에 대한 '광대글쟁이'의 평가는 어질고 착한 것으로 '잘못' 이야기되어 왔다. 그러나 '생활인' 놀부가 보는 흥부의 실체는 조금 다르다. 흥부에 대한 평가는 무능한 동생을 보는 '형'의 시각에 의지한다. 놀부가 보기에 흥부는 물려준 논밭 가산을 일확천금을 꿈꾸다 다 날리고, 요량 없이 자식만 많이 낳아 일은 하지 않고 게으름만 피우고, 신체를 아낌이 효의 근본인데 일하기보다는 대장 맞을 생각만 하는 한심한 동생이다. 반면에 놀부는 자신이 얼마나 고생하여 살림을 일구게 되었는지에 대해서 장황하게 이야기한다. 동생과 관련된 남들의 말은 듣기도 싫고, 한심한 동생의 생활에 속만 상하고 화만 난다고 말하기도 한다. 특히 놀부의 악행으로 알려진 모든 일들이 이유 있는 항의로 그려지고 악독하다고 알려진 놀부의 처는 "뒷문으로 양식 나르고 치마폭에 의복 나르"며 흥부 가족을 돕는 사람이 된다.

풍자의 대상은 흥부의 생활 태도에 그치는 것이 아니라 '양반적 사고'로 확대되기도 한다.

> 양반이 신선이아니요 세끼먹는인종이요 그뿐이랴 수염이석자라도 먹
> 어야양반이요 사서오경에 천지이치도 덕경을 통한선비님이 벼슬하면
> 가렴주구에탐관오리정측임은 세상이치가 겉은공명이요 속은잇속이라
> 남죽이고제살자는것이관대 제욕심옥황상제께맡겻소하니 그아니우스운
> 가 호방의호방되고 이방의이방되어 있는재물속이고 세납금줄여잡고 하
> 나주고열얻자니 소매밑뇌물이요 신관사또청연에도 칭병코발뺌한듸 이
> 러구서야근근부지재물이거늘 삼강오륜을 생으로알고 신선놀음에 도끼
> 자루썩는줄모르니 이백성구하기는 요순이 다못한듸 금강산이식후경이

> 라 원래 풍류는 이식이족한후에 식후의트림이르 배부른양반이 소찬박
> 주에 국화명월을 타령질함도 다 배부른흥정이라 황새걸음흉내내어 가
> 랭이찢어지는꼴 가긍하구ㄴ[11]

　양반에 대한 공격은 두 방향에서 이루어진다. 첫째는 가진 것 없으면서 부지런하기보다 양반연하는 흥부의 태도에 대한 비판이고 다른 하나는 권력을 가진 양반들의 횡포에 대한 비판이다. 위 예문에서 더욱 강조되는 것은 양반연하는 흥부의 태도인데, 이는 흥부 한 사람에 한정된 문제가 아니라 흥부의 태도를 좋게 보는 당시의 시속에 대한 비판이기도 하다. 놀부와 흥부의 성격 대조 속에 흥부가 높이 평가받을 수 있는 시대의 가치 기준에 대한 전면적인 비판이 되는 것이다. 따라서 「놀부뎐」은 양반에 대한 공격이라기보다 양반으로 상징되는 중세 질서에 대한 공격으로 확대 해석될 수 있다.

　해피엔딩의 마무리를 역전시킨다는 점에서 「놀부뎐」은 「춘향뎐」과 같다. 흥부는 제비 다리를 고쳐준 덕에 박씨를 얻어 부자가 되고 그를 흉내내던 '나쁜' 놀부가 벌을 받고 재산을 탕진한다는 것이 원래『흥부전』의 대략이다. 그러나 「놀부뎐」에서는 이러한 비현실적인 마무리를 볼 수 없다. 오히려 화자인 놀부가 재산을 날리고 흥부와 함께 '옥방원혼'이 되는 '비극적인' 결말을 맺는다. 「놀부뎐」에 새롭게 추가된 이야기에서 흥미로운 부분은 흥부가 재산을 얻어 부자가 되는 이유인데, 제비 다리를 고쳐준다는 황당한 설정이 아니라 관리가 숨겨둔 보물을 우연히 발견한다는 설정이다. 하지만 흥부는 보물을 찾아 그 부

---

11) 최인훈, 「놀부뎐」, 『우상의 집』, 문학과지성사, 1993, 248면.

138　최인훈

를 유지하는 것이 아니라 우연히 찾아든 재물 때문에 오히려 화를 입게 된다. 잠시 자리에서 물러나는 관리의 '빼돌린' 재산을 건드렸으니 힘없는 백성이 온전할 리 없는 것이다. 보물의 주인인 전주감사는 흥부의 재산을 회수할 뿐 아니라, 온갖 트집으로 놀부의 재산까지 빼앗으려 든다. '어둠'의 시대에 기생 춘향이 역적의 아들 이몽룡과 행복하게 맺어지기 어려웠듯이 '억지옥사'에 걸려든 놀부 형제가 행복하게 살아남기도 어려웠던 것이다.

> 세상사람 들어보소, '홍부뎐' 자초지종이이러한데 야속할손 세상인심이요 괘씸할손 광대글쟁이솜씨더라. 있는말없는말에 꼬리를달아 원통한 귀신을 매섭게 몰아치고 웃으며짓밟더큰 세상일에 속에는속이있고 곡절뒤에곡절인데 겉보고속보지않으니제가저를속이며 소경이제닭치고 동리굿에춤을춘득 강남제비박씨받아 흥부이치부했다니 이아니기막힌가.[12]

놀부가 화자이면서 동시에 작가가 화자인양 개입하는 이 소설은 자초지종을 숨긴 세상인심과 광대글쟁이를 비판한다. 그 비판의 내용에는 현실을 현실 그대로 전하지 않는다는 점과 무엇이 부정되어야 하는지에 대한 생각이 없다는 점이 포함된다. 비판의 대상에는 비판적이지 못하고 진실을 가려버리는 고전의 이야기 구조도 포함된다. 박씨를 받아 부자가 되었다는 상식으로는 믿을 수 없는 사실에 함께 동의하던 과거 문학에 대한 공격이다.

지금까지 「춘향뎐」과 「놀부뎐」을 통해서 토았듯이 최인훈의 패러디

---

12) 「놀부뎐」, 256면.

소설은 역사(근대이전의 시대)에 대한 태도에서 역사소설과 재미있는 대
조를 이룬다. 역사소설과 고전의 패러디는 지난 시절의 역사를 현재의
시점에서 새롭게 해석한다는 점에서 공통점을 가지고 있다. 다른 점은
역사소설이 과거를 재구하는데 많은 비중을 두는데 비해 고전의 패러
디는 과거를 정리한 텍스트에서 현재적 의미를 추출해낸다는 점이
다.13) 역사소설이 과거의 사건을 현재의 관점에서 해석하는 것이라면
고전의 패러디 역시 과거 문학에 현재의 관점을 개입시키는 일이라 할
수 있다. 이때 패러디는 역사소설보다 더 많은 현재적 변용의 가능성
을 가지고 있다. 역사소설의 텍스트는 역사 자체일 수 있지만 패러디
의 텍스트는 고전이라는 문학 형식이다. 패러디가 재해석하는 것은 역
사가 아니라 역사를 해석한 이차 텍스트인 셈이다. 텍스트 안에 언급
된 당시의 모습 역시 해석 가능한 영역이 된다. '어둠'의 시대를 소설
화하는 것이 아니라 '어둠'을 제대로 다루지 못한 당시의 텍스트를 다
시 씀으로 해서 '어둠'을 추출하고 있는 것이다.

그런데 문학이나 역사는 당시의 가치나 윤리와 긴밀하게 연관되게
마련이다. 역사소설이 배경이 되는 시대의 가치 체계를 재해석한다면
패러디가 해석하는 가치체계는 역사를 의미화 한 텍스트라고 할 수 있
다. 패러디의 텍스트는 구체적인 역사현실의 가치가 아니라 체계화된

---

13) 최인훈은 역사소설 쓰기의 어려움을 소설 속에서 간접적으로 드러낸 적이 있다.
　　최인훈에게 역사소설은 현실과 작가의 혼란이 없이 정돈된 상태에서 나오는 소
　　설이었다. 그는 「느릅나무가 있는 풍경」에서 구보(丘甫)의 입을 통해 "그(작품
　　속에 나오는 다른 소설가 이홍철 : 저자)는 전에도 역사소설을 쓴 적이 있었는데
　　구보는 대단히 부럽게 생각했다. 그 어질머리를 용케 풀어서 앞뒤를 맞춘다고
　　생각하였던 것이다."(『소설가 구보 씨의 일일』, 23면)라고 말한다.

가치라고 할 수 있다. 역사 소설이 비록 현재의 관점을 유지한다 해도 해석으로 치우치게 되는 데 비해 패러디는 현재의 관점을 관철시키고 과거를 평가하는 듯한 느낌을 주게 된다. 따라서 역사를 다루는 두 가지 방법으로 역사소설과 고전의 패러디를 든다면 이는 역사의 구축과 역사 지우기로 정의 내릴 수 있다. 역사 지우기의 구체적인 내용은 과거의 가치 체계나 윤리이다. 즉, 현실성 없는 윤리에 대한 부정이고 그것을 근대적 의미에 비추어 지우는 작업이다. 「춘향뎐」과 「놀부뎐」은 이런 특성이 잘 드러나는 소설이라고 할 수 있다.

3. 두 사람의 구보와 '행복'의 의미

최인훈의 『소설가 구보 씨의 일일』은 박태원의 소설 「소설가 구보 씨의 일일(小說家 仇甫氏의 一日)」을 패러디한 연작 소설이다. 최인훈의 『구보 씨(丘甫氏)』 이후에도 '구보'는 1990년대 주인석에 의해 다시 소설화되는데, 이런 패러디를 통해 구보는 우리 문학에서 현재를 살아가는 깨어있는 소설가의 표상처럼 자리 잡게 되었다.

박태원의 소설 「구보 씨(仇甫氏)」는 1934년 『조선중앙일보』에 연재된 중편 분량의 소설로 1930년대 경성에서 살아가는 소설가의 하루를 통해 시대의 풍경을 그려낸 작품이다. 이 소설에서 작가는 구보(仇甫)의 눈으로 경성의 풍경을 관찰하고 풍경으로 인해 산만해져 가는 구보의 생각까지 스케치하려 한다. 여기에는 박태원의 그 유명한 '고현학(考現學)'이 방법론으로 채택되는데, 구보는 분명한 목적도 없이 보낸 하루의 인상을 단편 그대로 대학노트에 기록하는 작업을 수행한다.

이에 비해 주인석의 『구보 씨』에게서 우리는 시대에 대한 작가의 민감한 감각을 느낄 수 있다. 현재의 주변을 돌아보고 거기서 얻은 작가의 감상을 드러낸다는 점에서는 앞의 '구보'들과 통하는 면이 있지만 그에게는 역사에 대한 의식적인 자각이 유별나다. 무엇보다도 주인석의 『구보 씨』는 세계와 삶에 대한 태도가 중요한 문제로 부각되는 것이다. 구보에게는 소설가란 자기의, 자기 세대의, 자기 시대의, 역사의, 세계의 도덕과 운명에 대해 생각해야만 하는 존재라는 신념이 깔려 있다. 이전의 구보처럼 소설가로서 소설 내지 소설가의 존재 의미에 대해 탐색할 뿐만 아니라 자신이 살고 있는 시대에 대한 책임감을 통감하고 있는 까닭이다.[14]

최인훈의 『구보 씨(丘甫氏)』는 소설가를 주인공으로 한다는 점, 서울을 공간적 배경으로 한다는 점, 하루 동안을 시간적 배경으로 한다는 점 등에서 박태원의 「구보 씨(仇甫氏)」와 닮았다.[15] 그러나 소설가 '구보'의 처지라든지 세상을 향하는 태도에 있어서 두 작품은 많은 차이를 보이기도 한다. 우선 박태원의 구보(仇甫)가 별다른 목적 없이 집을 나서는 데서 출발하는 데 비해 최인훈의 구보(丘甫)는 아침에 일어나자

---

14) 김외곤, 「소설가에 의한 소설, 소설가의 존재방식에 대한 탐색」, 『문학정신』, 1992. 9, 159면.

15) 김우창은 「남북조시대의 예술가의 초상」(『소설가 구보 씨의 일일』 해설, 문학과 지성사, 1991)에서 "하루가 아니라, 여러 날, 또 끝까지 보고 나면 1년 내지 3년 이상에 걸친 세월 동안의 구보 씨의 생활에 관한 것이다."(연대로 보아 이 소설은 1969년 동짓달에서 1972년 5월까지의 일들처럼 서술되어 있다)라고 지적하지만 이는 연작 전체를 대상으로 했을 때이고, 실제로 각 단편은 하루 동안의 일을 기술하고 있다고 할 수 있다.

마자 그날 해야 할 일들이 기다리고 있는 나름대로 바쁜 '소설 노동자'
이다.

　다음은 연작 소설집의 첫 작품 「느릅나무가 있는 풍경」의 시작 부분
이다.

> 　1969년이 다 가는, 동짓달 그믐께를 며칠 앞둔 어느 날 아침, 소설가
> 구보 씨는 잠에서 깼다. 잠에서 깨는 참에 그의 머릿속에 무엇인가 두
> 루마리 같은 것이 두르르 펼쳐졌다가 곧 사라졌다. 구보 씨는 그것을
> 곧 알아보았다. 그것은, 오늘 하루 그가 치러야 할 일과였다. 다른 누구
> 도 알아보랄 것 없고 구보 씨만 알면 그만이었던 만큼 그 두루마리는
> 눈 깜박할 사이에 사라졌다.[16]

　박태원의 구보(仇甫)가 경성을 돌면서 하는 일은 전철을 타고 시내를
구경하거나, 다방에서 소설을 구상하거나 친구를 만나는 일 정도이다.
정해진 길이 없지만 가지 못할 곳도 없어서 순간순간 발길이 닿는 대
로 떠돈다. 그러나 최인훈의 구보(丘甫)는 하루 동안 두세 가지의 일을
치른다. 위 예문처럼 아침에 일어나자마자 머릿속에 떠오르는 무엇은
하루 동안의 계획이다. 그것도 의식적으로 짜여 진 타임테이블이 아니
라 저절로 펼쳐지는 '두루말이'이다. 박태원의 구보(仇甫)가 하고 싶은
대로 가고 싶은 대로 움직이는 데 비해 최인훈의 구보(丘甫)는 해야 할
일에 따라 움직인다. 「홍콩 부기우기」에서 구보(丘甫)는 문악사(文樂社)라
는 출판사에 들러 원고료를 받고 편집장인 김믄식과 예술에 대한 이야

---

16) 박태원, 「느릅나무가 있는 風景」, 『소설가 구보 씨의 일일』, 문학과지성사, 1991,
　　11면.

기를 나눈다. 이어 그는 이미 만나기로 약속했던 극작가 배걸 씨와 광화문 다방에서 만나 연극과 국내외 정세에 대해 대화를 나눈다. 「마음이여 사무쳐다오」에서 구보(丘甫)는 월남한 고향 친구 김순남을 만난다. 김순남의 가게를 나와 선배시인의 아들 결혼식에 참여한 후 한태백 시인을 따라 명동에서 쇼핑을 한다. 이어 자신의 책을 출판할 평화 출판사에 들러 편집자와 광고 문제 등을 상의하고 다시 김순남의 청계천 가게로 돌아온다. 구보에게는 고현학이 없는 셈이다.

가족 관계 역시 중요한데 구보(仇甫)가 어머니와 함께 사는 20대 총각인데 비해 구보(丘甫)는 "한 월남 피난민으로, 서른다섯 살이며, 홀아비고, 십년의 경력을 가진 소설가라는 그의 현실적 신분"17)을 자각하고 있는 인물이다. 최인훈의 구보는 자신과 하숙집, 그리고 그를 둘러싼 정치적 문화적 환경에 반응한다. 그러나 박태원의 구보는 눈에 보이는 것에 모두 관심을 가지고 있는 듯 하지만 결국 그의 사고는 집으로 돌아가야 한다는 의무감과, 그곳에 계시는 어머니에 지배당한다.

이렇게 차이를 보이는 두 구보는 하루 동안 서울을 돌아다니면서 동일한 것을 찾는다. 그것은 '행복'이다. 「소설가 구보 씨의 일일」은 하루 동안의 행복 찾기를 기록한 소설이라고 해도 무리가 없는 작품이다. 소설에서 구보(仇甫)가 경성을 돌며 발견하는 행복은 크게 세 가지이다. 첫째는 가족으로, 구보는 화신상회 앞에서 한 가족을 만난 것을 계기로 가정에서 행복을 찾아본다. 둘째는 벗과 돈으로, 구보는 벗을 만나 돈과 행복에 대해 생각해본다. 셋째는 동경과 여인으로, 동경이라

---

17) 박태원, 앞의 글, 19면.

는 도시와 사랑했던 여인에 대해 생각한다.[18] 이 셋은 분리된 것이 아니고 앞의 것이 뒤의 것이 더해지는 성격을 갖는다. 이런 과정을 통해서도 구보는 행복을 찾지 못하고 집으로 돌아온다. 그러면서 구보는 앞으로는 자신의 행복 찾기보다 어머니의 행복을 위해 살아야 하겠다는 결심을 갖게 된다. 이처럼 구보 씨의 행복 찾기는 지극히 개인적인 성격을 갖는다. 그는 하루 종일 경성을 돌며 닮은 사람을 보고, 만나고 그들에 대해 여러 생각을 한다. 그러나 구보의 생각은 도시 곳곳에서 살아가는 사람들의 삶에 관한 것이 아니다. 그들의 삶이 가지고 들어온 행복의 의미를 통해 자신의 '고독'과 '행복'의 의미를 찾아 나서는 소설가의 은밀한 내면에 가깝다.[19]

이에 비해 최인훈의 구보(丘甫)가 찾는 행복은 좀 더 넓은 범위에 걸쳐 있다. 다음은 작품 속의 구보가 앙케트에 대답한 내용이다.

> 당신의 작품은 어떤 목적에 봉사하는가? —너가 생각하기에 '인간의 행복을 가장 촉진한다고 생각하는 생활 원리를 작품을 통해 보급한다'는 목적에 봉사합니다. 개인적인 포교(布敎)입니다. 말하자면, 내가 생각하는 인간의 행복 원리는 ① 자연을 알라 ② 사회를 알라 ③ 혼자만 잘 살자고 말아라 하는 것입니다.[20]

이러한 행복 찾기의 방법은 사실 그의 다른 소설에서 보여주었던 고민에 바로 이어지는 것이다. 구보가 서울을 돌아다니며 얻으려는 것은

---

18) 이선미, 「'소설가'의 고독과 억압된 욕망」, 『박태원 소설 연구』, 깊은샘, 1995.
19) 이선미, 위의 글, 345면.
20) 최인훈, 「겨울낚시」, 『소설가 구보 씨의 일일』, 252~253면.

정치적이고 문화적인 현실의 체험에 가깝다. 구보는 일상에 매우 충실하여 목적 없이 돌아다니는 일이 없다. 언제나 해결해야 할 어떤 일을 한다. 그러면서도 사회적인 문제에는 민감히 반응한다. 이런 구보의 태도는 넓은 의미에서는 행복 찾기와 관계되는데 그것은 개인의 행복이 아니다. 개인과 역사와 사회의 역사가 바로 서는 일이 행복과 등치된다. 분단 시대[21]를 살아가는 월남한 소설가로서 그의 관심은 동서의 화해와 적십자 회담, 그리고 실미도 사건 등에 이르는 정치 외교적 사건들에 치우쳐 있다. 또 한편에서는 예술을 마음대로 향유할 수 있는 문화적 환경에도 관심을 보인다. 김우창의 지적대로 그의 정치적 우울에도 불구하고 구보 씨의 근본 관심은 예술이나 문화에 있고, 그에게서 예술의 가치는 그 자체의 즐거움과 행복에 있다고 할 수 있다.[22] 그가 부정하고자 하는 정치 문화적 현실은 사실 이러한 즐거움과 행복을 저해하는 것에 해당한다고 볼 수 있다.

박태원의 구보는 자신의 집에서 나와 어머니가 있는 행복한 집으로 돌아온다. 구보의 서울 주유는 어떤 의미에서는 완결이 보장된 여행이었다. 그의 하루는 집으로 돌아가는 것이 목적이라고 할 수 있다. 그러나 최인훈의 구보는 행복한 가정과 어머니를 전제하지 않는다. 오히려 구보는 밖에서 할 일이 있고, 그 일을 위해 밖으로 나온다. 그에게 집은 꼭 돌아가야 할 곳은 아니다. 집밖에서 살아가는 것, 현재의 추세를

---

21) 최인훈은 남북조 시대라는 말을 사용하는 데 이런 용어의 사용에서 현대사에 대한 최인훈의 생각을 읽을 수 있다. 남북조 시대라는 말은 원래 하나였던 조정이 둘로 갈라졌다는 의미로 쓰인다.
22) 김우창, 앞의 글, 336면.

그려내는 것, 다시 말해 현재를 체험하고 그것에 의미를 부여해 역사를 만드는 것이 구보의 생활이고 소설의 목적이 된다.

세계에 대한 구보의 이러한 관심은 다시 앞 장에서 말한 역사의 문제로 귀결된다. 지나간 역사뿐 아니라 현재를 역사로 느끼는 작가의 감각이라고 할 수 있다. 최인훈은 현대사에 대해 직접적 관심을 드러내 "한국 땅에 몸담고 있는 바에는 한국사는 내 개인사이기도 할 수밖에 없지. 역사의식이랄 것 없이 역사적 상상력이라면 되겠군. 그것을 피해가려던 사람들은 다 거짓말쟁이가 됐으니까. 이 함정에 빠지지 말아야"23) 한다고 주장한다. 물론 그의 소설이 역사에 대한 구체적 발언을 하거나 보이지 않는 음모를 드러내거나 하는 일은 없다. 그러나 최인훈의 구보(丘甫)는 최소한 그 일들의 의미를 파악하려고 노력하며 그 일들의 배후를 알려고 노력한다.24) 이는 분명 박태원의 구보(仇甫)와 구분되는 점이다.25) 여기서 그가 소설론에서 강조하고 있는 문학의 기능이 다시 한 번 강조될 수밖에 없다. "끊임없이 우상을 부수는 것. 그것만이 구원이다. 이끼 앉은 모든 것을 경계하라. 움직이지 않는 모든 것

---

23) 최인훈, 「창경원에서」, 『소설가 구보 씨의 일일』, 41면.
24) 김외곤, 앞의 글, 160면.
25) 장양수는 「깨어있는 知性의 우울한 都會 遍歷」(『한국패러디소설연구』, 이회문화사, 1997)에서 "최인훈 소설의 丘甫씨는 박태원 소설의 경우와는 달리 소설가의 사회적 책임에 대해 적극적인 언급을 하고 있어 주목을 끈다."(228면)고 지적한다. 매우 합당한 지적으로 두 작가의 소설이 가진 차이점을 강조하는 말이다. 그러나 이 차이를 너무 강조하면 최인훈의 참여의식에 지나친 강조점을 두게 된다. "이러한 측면에서 보면 최인훈의 이 소설은 한 편의 적극적인 참여문학 작품."(222면)이라는 결론은 이런 맥락에서 놓이게 되는데, 이 문제는 최인훈이 문학 활동을 하던 시대에 비추어 균형 잡힌 평가가 이루어져야 할 것이다.

을 의심하라"는 경구가 중세 문학을 패러디하면서 보여주었던 최인훈의 문학정신이었다면 대상이 현대로 바뀌었을 뿐 『丘甫氏』에도 마찬가지로 적용될 수 있다.

> 그러나 내가 원하는 것은 역사, 혹은 삶의 내용을 되도록 원형에 가깝게 그 생생한 느낌을 죽이지 않고 인식하는 그러한 인식의 형태이다. 그것이 소설이라고 나는 생각한다. 소설도 삶 그 자체는 아니다.
> 그것도 대용물이며 복사이며, 닮은꼴이다. 그러나 원형에 가장 가까운 것이다. 혹은 원형에 가장 가까워야 한다는 주안적 집념을 아직도 버리지 못하고 있는 인식의 형태라고 생각한다.[26]

소설이 현재적 삶의 내용을 담고 있어야 한다는 생각의 표현이다. 굳이 패러디에 국한될 문제는 아니지만 근대 이전의 문학(박태원의 「구보씨(仇甫氏)」의 경우도 중세적이라는 점에서는 유사하다. 부정의 정신을 떠올릴 때 이 작품의 내용도 분열의 추상적 화해인 셈이다)을 다시 만들고 있는 점은 주목할 만한 점이다. 『구보 씨(丘甫氏)』에서 중요한 것은 이 부정과 현실이다. 고전의 패러디가 텍스트와 근대 이전을 부정했다면 『구보 씨(丘甫氏)』가 부정하는 것 역시 구체적 현실이라기보다 역사로서 사고되는 현실이라고 할 수 있다.

---

26) 최인훈, 「소설을 찾아서」, 『문학과 이데올로기』, 189면.

4. 역사에 대한 자의식과 소설의 자리

우리는 최인훈의 패러디 소설에서 지난 시대의 문학이 추구한 가치나 통념에 대한 재해석이 이루어지고 있음을 확인할 수 있었다. 고전 패러디의 경우 새로운 가치를 세우기보다는 지난 가치의 무효성을 주장하고 그것을 지워나가는 데 주력한다는 점도 지적하였다. 그 부정에는 특정한 문학의 역할에 대한 부정까지 포함되는 것으로 보인다. 현실을 부정하기는커녕 온당하게 그려내지 못했던 문학에 대한 비판이 그의 고전 소설 패러디라고 할 수 있다.

『소설가 구보 씨의 일일』은 개인의 일상에 침투되어 있는 현대의 역사를 다루는 소설이다. 고전 소설의 패러디처럼 직접적으로 원전을 비판하고 있지는 않지만 주제나 형식을 원전에 기대면서도 관심의 폭을 넓혀 원전과의 거리를 확보하고 있다. 행복 찾기라는 점에서 두 편의 「구보 씨」는 같은데 최인훈의 『구보 씨(丘甫氏)』는 현재의 상황을 비판적으로 보려 노력하고 있으며, 역사의 기술처럼 현재의 정치적 문화적 상황을 기록하기도 한다. 비록 정리되지는 않지만 혼란을 혼란대로 그려내는 것이 그의 『구보 씨』였다.

그러나 패러디, 특히 가치를 지우는 패러디에서 중요한 것은 새로운 가치를 세우는 일이다. 이런 점에서 최인훈은 근대에 맞는 가치를 새롭게 제시하고 있지는 않다. 지우는 것 자체를 소설의 몫으로 생각하고 현실의 혼란을 그대로 기록하는 데 만족하고 있다. 이런 문제들이 최인훈에게 어떤 의미를 띠는지 상상하기 위해 다시 『구보 씨(丘甫氏)』를 인용해 보자. 60년대 문학의 새로운 감수성을 주장하는 강연에서

한 학생이 다음과 같이 묻는다. "'감수성'이란 것이 문학의 경우, 순수한 감각의 뜻에만 머물 수는 없고 '윤리'에까지 나가야 된다고 생각되는데 과연 어떤 혁명이 있었단 말인가, 하는 것."[27]이 질문이다. '새로운 감수성' 자체가 의미 있는 것으로 인정되지만 그것이 갖는 의미는 매우 제한적이고 표면적일 수밖에 없다는 주장인데 이를 최인훈의 패러디에 적용하면 동일한 질문이 만들어진다. 감수성만으로는 새로움을 발견하기 어렵듯이 부정만으로 새로움을 만들 수 없지 않는가 라는. 물론 이는 작가가 익히 알고 있는 한계라고 할 수 있다. 이런 비판을 작가는 일방적이고 일면적이라고 주장할 수 있다. 우리가 살아가는 시대는 소설을 통해 통합되고 안정된 세계의 그림을 그릴 수 있는 시기가 아니기 때문이다. 이에 대한 대답도 최인훈 소설에 찾을 수 있는 바, "발자크는 아직 그런 병에 걸리지 않는 시대에 산 사람이었다. 그는 대인물을 장기 말처럼 움직여서 원근법이 있는 사회를 그렸다. 이런 모든 것이 구보 씨는 부러웠다. 그럼 너는 왜 못하느냐 그렇게 묻는 놈은 바보가 아니면 나쁜 놈이다."[28]라는 주장이다. 그가 『소설가 구보 씨의 일일』을 발표한 이후 희곡 창작으로 관심을 돌린 이유, 그리고 오랜 절필의 이유가 이런 생각과 관련되지 않을까 짐작해본다.

출전 : 「한 근대 지식인의 고전 읽기—최인훈의 패러디 소설에 관하여」,
『작가연구』 14, 깊은샘, 2002 겨울호.

---

27) 최인훈, 「느릅나무가 서 있는 풍경」, 『소설가 구보 씨의 일일』, 15면.
28) 최인훈, 「가노라면 가겠지」, 『소설가 구보 씨의 일일』, 199면.

기억의 문학적 재생*

1. 들어가는 말

『화두』에서 최인훈은 '기억'을 불러내어 전면화하고 있다. 작중화자 '나'는 기억의 총체이며, '나'의 기억으로 구성되어 있는 『화두』는 작가 자체가 된다.[1] 즉 『화두』 전부가 기억 속의 기억으로 가득 차 있으며, 그것이 바로 최인훈(인간) 그 자체라고 평가되기도 한다.[2] 기억을 따라 서술되는 자유로운 형식을 가진 『화두』는 그 자체로 '기억의 현상학'[3]이라 불릴 만큼 내용 전체가 '나'의 기억으로 이루어져 있으며, 기

---

* 이 글은 연남경의 「기억의 문학적 재생」(『한중인문학연구』 28집, 2009.12)을 수정한 것임
** 연남경 / 이화여자대학교 국어국문학과 조교수
1) "나라는 것이 뭐냐라고 물어본다면 즉 이 소설 그거죠."(진형준 대담, 「기억을 찾아가는 소설의 길」, 『상상』, 1994 여름, 23면)
2) 김윤식, 「유죄 판결과 결벽 증명의 내력」, 『작가와의 대화』, 문학동네, 1996, 16면.

억 자체에 대해 탐구하고 기억과 글쓰기와의 관계에 천착하는 소설이다.

그리고 『화두』 창작 이후 작가의 소설을 기억 담론을 통해 읽어내려는 일련의 시도가 있어왔다. 이러한 연구 경향은 초기 소설을 기억 담론으로 읽으려는 경우와 『화두』에 나타나는 기억 원리를 밝혀보려는 두 범주로 나뉜다. 설혜경[4]은 들뢰즈의 기억 이론을 통해 『회색인』에서 『서유기』로 가는 과정은 왜곡된 기존의 기억을 탈영토화시키는 과정이며, 이를 바탕으로 기억된 사실을 재영토화한 『화두』가 나올 수 있었다고 보고 있다. 구재진[5]은 『서유기』, 『총독의 소리』 연작, 그리고 『태풍』을 중심으로 최인훈 소설에서 나타나는 '기억'의 현재성이라는 문제와 식민지적 근대성에 대한 문제의식의 관련양상을 고찰하고 있다. 김기우[6]는 우연에 의한 기억 발생 원리와 DNA의 나선형 구조라는 『화두』에 나타난 기억의 구조를 밝히려 했고, 김인호[7]는 최인훈 소설의 억압적 주체가 해방적 주체로 변모되는 과정을 기억 원리를 동원해 설명하려 하는 등 다양한 연구가 진행되어 왔다. 이와 같이 『화두』 이후 최인훈 소설 독해에 있어 기억의 문제가 중요한 지점을 차지하게 되었다는 사실을 발견할 수 있다.

이 시점에서 이 글은 기억 논의의 원점으로 돌아가 작가가 발견한

---

3) 진형준, 앞의 글, 207면.

4) 설혜경, 「최인훈 소설에서의 기억의 문제―『회색인』과 『서유기』를 중심으로」, 『한국언어문화』 32호, 2007.

5) 구재진, 「최인훈 소설에 나타난 공동체적 기억과 민족 담론」, 『어문학논총』 26호, 2007.

6) 김기우, 「최인훈 『화두』의 구조와 예술론의 관계에 대한 연구」, 동국대 석사학위 논문, 1998.

7) 김인호, 「최인훈 소설에 나타난 주체성 연구」, 동국대 박사학위 논문, 1999.

'기억' 자체에 주목하고자 한다. 최인훈 문학세계를 차지하고 있는 기억의 실체가 무엇인지, 그것이 작가의 세계관 변화에 어떻게 작동하고 있는지를 밝힐 필요가 있다. 『화두』 이후의 유일한 후속작인 「바다의 편지」8)가 기억 논의의 또 다른 국면을 보여준다는 점에서 『화두』의 기억 논리를 재고찰하고 이후 소설과의 관계를 살피는 작업이 요구되기 때문이다. 동시에 『화두』에 앞서 희곡 「한스와 그레텔」을 기억 논의의 출발점으로 볼 수 있을 것이다. 그를 위해 이 글에서는 '기억'이라는 화두로 연결되는 「한스와 그레텔」, 『화두』, 그리고 「바다의 편지」를 통해 작가가 기억을 발견하게 된 동인을 찾고, 그 기억 논리가 어떻게 펼쳐지고 있는지, 기억 원리에 의한 글쓰기는 어떤 것인지, 한 세기가 바뀐 후 기억은 그 다음 작품에서 어떤 전환점을 보여 주는지를 살펴보고자 한다.

2. 기억의 발견, 「한스와 그레텔」

기억에 대한, 기억을 위한 글인 『화두』가 집필되기 이전에 최인훈은 이미 기억을 발견한 바 있다. 바로 「한스와 그레텔」이 기억의 문제를 주제의식으로 삼고 논의를 시작한 첫 작품이 될 것이다. 그러나 1970년대 말에 쓰인 이 희곡에서 다루어진 기억이란 『화두』를 위한 서막, 프롤로그에 불과하다. 기억 논의가 농익어 『화두』에서 집대성되기까지는 시간의 축적과 소련 멸망이라는 세기적 사건이 전제되어야 했던 것이다.

---

8) 『황해문화』(2003 겨울호)에 발표.

1) 갇힌 인간과 기억의 보존

희곡의 주인공인 한스는 1943년에 정치범으로 감옥에 갇힌 채 30년 동안 렌즈 만드는 작업만 해온 인물이다. 여기에서 개인과 기억에 관한 두 가지 논점을 발견할 수 있다. 하나는 '감옥에 갇혔다'라는 특수한 상황에 처한 개인의 문제와 관련한 것이고, 다른 하나는 '30년의 긴 시간이 흘렀다'라는 시간의 개입과 관련한 것이다. 이 두 가지의 상황이 연결되어 다음과 같은 기억의 발견에 이르게 된다.

그는 감옥에 갇힌 사람, 수인(囚人)이다. 감옥에서의 단조로운 생활로 인해 그는 범인들처럼 새로운 것이 누적된 새로운 기억을 낳지 못한다. 갇힌 상태에서 할 수 있는 유일한 것은 생각하기, 다시 말해 과거의 기억을 되돌아보기뿐이다. 그는 감옥 안에서 오랜 시간을 보낸 끝에 다음과 같은 깨달음에 도달한다.

> 매일, 매일, 너무 많은 시간이 주어졌기 때문에 나는 달리 할 일이 없었다. 오직 한 가지밖에는─ 여기서 살게 되기까지의 <u>내 생애를 돌이켜 보는 일밖에는</u>, 생각한다는 것은 확실한 일을 불확실하게 만드는 일이라는 것을 알게 됐지. (…) 아마, 그때 생각했던 일을 잊어버린 탓도 있겠지. 그럴수록, 내 생애를 하나도 빠짐없이 모든 가닥이 서로 얽히게 생각 속에서 마무리를 지어야 했다. <u>사람이란 참으로 아무것도 아니다. 잊어버리면 아무것도 아니다.</u>[9] (밑줄─필자)

반평생을 갇힌 채 살아온 한스라는 인물을 통해 작가는 기억의 문제

---

9) 최인훈, 「한스와 그레텔」, 『옛날 옛적에 훠어이 훠이(최인훈 전집 10)』, 문학과지성사, 1994, 362~363면.

와 망각의 공포를 발견한다. 그리고 그로부터 '인간이란 기억으로 구성되어 있다'는 사실을 발견해낸다. 한편 갇힌 사람이라는 특수한 상황 때문에 한스의 '기억은 현재 상태에서 늘 새롭게 재생산된다'[10]는 일반적인 기억 이론의 논외에 놓인다. 대신 "지난 전쟁의 지도자들은 지금 아무도 남아 있지 않"은 상태에서 그는 간수 X가 "스스로 자신을 인멸하고 있는 기록"임을 지적하고, 그와는 반대로 "나 한스 보르헤르트가 바로 그 기록의 일부라고 느끼고 있"[11]다. 매일 새로워지면서 망각 효과를 낳는 일상적 기억과 30년 전에 고착된 기억이 대비되면서 한스는 역사적 기억의 소멸을 우려하고 자신의 기억에 주목하게 된다. 한스는 감옥에서 30년간의 자신을 돌이켜보는 기억 행위를 통해 역사의 진실을 보존하게 되었고, 한 개인은 기억으로 이루어져 있다는 깨달음을 통해 결국 역사적 사실의 기억이라는 책무를 수행한 자신의 존재가치를 입증해낸다.

이렇게 한스가 자신의 반평생과 맞바꾼 기억은 희곡 내에서 회상의 형식으로 다음과 같은 기록으로 남는다. 제2차 세계대전 당시 나치당의 비서였던 한스는 '연합국이 휴전에 동의하면 억류하고 있던 전 유럽의 유태인을 석방하고, 거부하면 그들을 모두 처형하겠다'는 히틀러의 지령을 전달하는 임무를 맡았다. 그리고 그에게는 아내 그레텔과 관련된 기억도 남아 있는데, 공산당이었던 아버지를 저버리고 나치당인 한스를 선택하는 그레텔에 대한 기억은 사랑이라는 가장 비정치적인 행위가 이데올로기의 대립이라는 가장 정치적인 행위로 연결되는

---

10) 알라이다 아스만, 변학수 외 역, 『기억의 공간』, 경북대학교출판부, 2003, 19~20면.
11) 최인훈, 앞의 글, 353면.

역사의 진실을 보여준다. 이와 같이 한스 개인의 기억은 역사적 기억 문제와 연결되면서 한 개인의 기억은 역사적 상황과 불가분의 관계에 놓인다는 사실이 드러난다.

2) 파시즘과 경험기억

작가는 의도적으로 독일을 배경으로, 그것도 제2차 세계대전 당시로 거슬러 올라가는 사건을 통해 역사적 기억에 대한 문제를 이야기하려 한다. 세상은 한스에게 석방을 미끼로 하여 역사적 진실을 은폐할 것을 요구했고, 한스는 진실 전달의 책무를 갖고 30년간 저항해 온 상태다. 이제 노인이 된 한스는 자신의 경험기억을 문학이라는 매체를 통해 문화기억으로 전환한 채 그레텔을 만나러 가기로 결심한다. 그리고 이 결심과 동시에 30년간 몰랐던 자신의 잘못을 깨닫는다. 자신은 단순한 전달자가 아니었다는 점, 히틀러의 말을 전달하는 임무에는 자신의 책무도 따를 수밖에 없음을 간과했다는 점에서 진실로 자신의 유죄를 목도하게 된다.

한스와 마찬가지로 파시즘을 동원해 전유럽의 유태인 대학살을 자행했던 독일인들은 개인이 그 사건에 직접 가담하지 않았더라도, 혹은 그 당시에 태어나지 않았던 후손들일지라도 그 당시의 사건과 역사적 기억에서 영원히 자유로울 수 없다. 독일민족이 전쟁 이후 기억 연구에 매달린 것은 한편으로 지속적인 반성의 자세이자 다른 한편으로 지속적인 변명의 수단으로써였을 것이다. 그리고 20세기를 마감하는 시점에 이 역사적 기억의 문제는 '홀로코스트'와 맞물려 다시 화두로 떠올랐다. 아스만은 세대교체와 더불어 금세기 최대 위기였던 쇼아(홀로코스트)에서 생존한 증인들이 점차 사멸하는 것을 경험기억의 실제적 위기로 지적했고,[12] 하르트무트 뵈메는 최근 기억 논의가 활발해진 이유 중 하나로 홀로코스트의 증인세대가 소멸해가고 있는 과도기 시점에서 이 역사적 사건에 대한 진정한 기억을 어떻게 보존할 수 있을지[13]의 문제를 꼽고 있다. 그러나 이러한 논의는 세기말을 맞이하여 대두되었고, 그보다 이른 시기였던 1970년대 말에 이미 기억 문제에 주목했다는 점에서 「한스와 그레텔」은 과연 문제작이라 할 수 있다.

그런데 유태인도 아니고, 유럽인과도 전혀 상관없어 보이는 지구 반대편의 한국인 작가가 이 문제를 들고 나온 이유는 무엇일까. 그것은 이 사건이 단순히 독일과 유럽사에서 끝나지 않았기 때문이다. 제국주의와 전쟁은 전 세계적으로 영향을 미쳤고, 한국의 지난 세기 역사가 그 직격탄을 맞은 것에 해당했기 때문이다. 독일인의 기억 문제와 마찬가지로 일본의 침략과 지배를 경험한 우리나라 역시 일제강점기를 경험한 세대가 거의 소멸해가는 시점에 과거의 역사를 어떻게 문화적 기억으로 후세대에 전수할 것인가의 문제에 직면해 있는 것이다.[14] 식민지와 한국전쟁을 경험한 작가 최인훈은 일찍이 이런 문제의식을 형성할 수 있었다. 그래서 「한스와 그레텔」에서의 독일의 홀로코스트 경험기억의 문제는 『화두』에서 본격적으로 한민족 근대사 기억의 문제로 넘어온다. 가령, 「한스와 그레텔」에서 독일 공산당원이었던 한스의

---

12) 알라이다 아스만, 앞의 글, 15면.
13) 정항균, 『므네모시네의 부활』, 뿌리와 이파리, 2005, 25면.
14) 위의 글, 16면.

아버지가 러시아 망명 후, 스파이로 몰려 처형되었다는 소식을 듣게 되었다는 것은 실제 인물인 조명희에 대한 역사적 사실의 문학적 형상화에 해당한다고 볼 수 있다. 즉 한스의 아버지는 바로 독일인으로 형상화된 조명희에 해당하며, 『화두』에서 조명희 사건의 실체를 밝혀 직접 기술하게 되면서 『화두』는 비로소 제국주의와 일본의 식민통치와 연결되어 본격적인 한민족의 기억에 대한 글로 자리매김하게 된다.

3. 위기의식과 기억의 전면화, 『화두』

1) 개체의 소멸과 한 시대의 종말

앞서 『화두』에서 기억이 전면화 되어있다고 언급한 바 있다. 「한스와 그레텔」에서는 희곡의 틀에서 조심스럽게 간접적으로 형상화되었던 기억 논의를 『화두』에서 자신 있게 전면화할 수 있었던 데는 개인의 죽음 문제와 시대의 변동이 직접적 계기로 작동하였다. 우선 『화두』는 다양한 인물의 죽음을 다루고 있다. 특히 어머니의 죽음, 레닌의 죽음을 통해 '나'는 개체의 소멸이 갖는 의미에 대해 생각하게 된다.

어머니라는 존재의 죽음은 누구에게나 크나큰 상실감으로 다가올 것이다. 『화두』의 작중인물에게도 그러했다. 어머니의 장례를 마치고 돌아온 '나'는 이전과 다른 사람이 된 것 같은 자신을 발견한다. 그리고 그 충격은 평소 무뚝뚝한 성격의 아버지에게도 영향을 미친다. "가까운 사람이 우리 곁을 떠났을 때 기억의 대혼란이 일어난다. 사실은 미정리인 채로 쌓아두었던 일을 맡겨놓고 있던 사람이 갑자기 사라진

탓으로 별 수 없이 우리 자신이 직접 그것(기억)들을 관리하지 않으면 안 되게 된 사정과 같다."[15] 아버지와 아들은 그들을 엮어주던 한 생명체, 한 가족의 죽음의 충격을 최소화하려 조심스럽게 대화하면서 생전의 어머니를 기억하기 시작한다.

이렇게 가까운 개체의 소멸은 그 존재에 대한 기억을 불러 오는 행위를 통해 치유의 과정에 접어든다. 한 사람의 죽음 이후 남겨진 사람은 기억 때문에 슬프지만, 그이의 기억을 나누어 가진 사람과 이야기하면서 그 슬픔을 이기게 된다. 아들은 아버지와의 대화를 통해, 혹은 혼자 생각하면서 소설 곳곳에 어머니에 대한 기억을 나열해 놓는다. W시에 폭격이 일상화되었던 시절, 가족을 먹여 살리려고 쌀짐을 지고 와 내려놓던 어머니, 낙천적인 어머니의 성격과 무던한 시집살이 이야기, 어머니가 고향 여선생님과 국밥집을 냈던 일 등 도처에 어머니에 대한 기억이 서술되어 정리와 치유의 기능을 맡고 있다. 이러한 어머니의 죽음이 가져온 충격은 '나' 자신의 죽음으로 전이되기도 한다. 꿈에서 '나'는 내 이름이 새겨진 묘비명을 읽는다.[16] '나'는 언젠가 닥칠 자신의 죽음에 공포를 느끼게 된 것이다.

한편 레닌이 사망하기까지의 2, 3년을 다룬 『모스끄바 뉴스』 기사를 통해 '나'는 "레닌의 높이에까지 올라간"[17] 한 개체의 죽음에 대해 생

---

15) 최인훈, 『화두』 1권, 문이재, 2002, 318면.
16) "(? ―1973) / SLEEP IN PEACE / THOU SHABBY SOUL / WANDERER FROM THE UNKNOWN LAND 비석 머리에 쌓인 눈이 흘러내리면서 이름을 가리고 얼어붙어 있다. 얼음더께를 뜯어낸다. 이름을 읽는다. 내 이름이다."(위의 글, 1권 300면)
17) 위의 글, 2권 540면.

각한다. 러시아 혁명의 신화이자『제국주의론』의 저자였던 레닌이 뇌일혈로 쓰러진 후 '어머니', '간다' 등 몇 개의 단어를 겨우 구사하는 수준이 되었다는, 즉 레닌이라는 개체가 출발했던 지점까지 퇴행했다는 기사문을 통해 '나'는 "사람은 누구나 그 지점에서 출발했다가 레닌도 되고 누구도 되고 했다가 언제든지 출발점으로 돌아갈 수 있을 뿐 아니라, 더 이전까지도 간다 − 죽는다"[18]는 사소한 진리를 발견한다. 그로 인해 개체의 진화는 언제든지 회수 가능하게 불안정한 소유라는 것, 만일 레닌에게 저서가 없었다면 어떻게 되었을까 생각해 본다.

이와 같이 가장 가까운 개체인 어머니의 죽음과 역사상 위대한 인물로 평가받던 레닌의 죽음, 이 두 경우를 통해 발견한 인간의 유한성은 '나'에게 위기의식으로 작동한다. 개체의 소멸을 목격함으로써 '나'는 사람이 불완전한 존재임을 인식한다. 그리고 그 불완전함은 살아생전의 기억을 적어두는 행위를 통해 보완될 수 있다는 것, 즉 완전히 소멸하지 않을 수 있다는 것을 발견한다. 생각이 여기까지 미친 '나'의 호흡이 가빠진다.

> 나 자신의 주인일 수 있을 때 써둬야지. 아니 주인이 되기 위해 써야 한다. 기억의 밀림 속에 옳은 맥락을 찾아내어 그 맥락이 기억들 사이에 옳은 연대를 만들어내게 함으로써만 나는 나 자신의 주인이 될 수 있겠다. 그 맥락, 그것이 <나>다. 주인이 된 나다. 다시는 지워지지 않게. 쓸 수 있을 때.[19]

---

18) 앞의 글, 2권 540면.
19) 위의 글, 2권 545~546면.

나는 바로 원고지를 꺼내놓고 첫 문장을 쓴다. "─낙동강 칠백 리, 길이길이 흐르는 물은 이곳에 이르러 곁가지 강물을 한몸에 뭉쳐서 바다로 향하여 나간다……."20) 기억의 위기를 즈제로 삼고 그에 대한 새로운 형식을 창안하는 것이 예술이며,21) 불멸하기 위한 유일한 길은 무엇인가 가치 있는 것을 쓰는 것22)이라고 한다. 소설『화두』는 '나'라는 미미한 개체의 불완전함을 보완하기 위해, 즉 글로서 개체의 기억을 보존하기 위해 집필되었다.

그리고『화두』에는 또 한 사람의 죽음이 중요하게 다루어지고 있다. 바로 조명희다. 작중인물 '나'에게 그의 존재는 소설 맥락 찾기의 주요 동력으로 작용할 만큼 중요한 위치를 점한다. '나'는 조명희『낙동강』의 독서감상문을 통해 작가가 되리라는 소명의식을 부여받았고, 그는 식민지 체제에서 자신이 쓴 글의 이상을 현실에서 실현하고자 소련으로 망명했던 글과 행동이 일치했던 작가였다. 이러한 그의 존재감은 '나'의 사회적 자아를 배척하는 '자아비판' 체험을 차마 부정하지 못하게 한다. 그런데 소련의 멸망과 더불어 밝혀진 그의 최후는 비참했고, 믿었던 사상으로부터 철저히 배신당한 것으로 드러난다.23) 그것은 동시에 소련이 대표하던 사회주의 체제의 허위로 판명된다. 그럼으로써 '나'

---

20) 앞의 글, 1권 15, 2권 546면.
21) 알라이다 아스만, 앞의 글, 26면.
22) 위의 글, 57면.
23) 1930년대 소련에서 조명희는 일본을 위한 간첩이라는 누명을 쓰고 총살당했다. 『레닌 기치』는 일생을 바쳐 일제를 반대해 싸웠고 사회주의 건설을 위해 정열을 바친 조명희가 일본 스파이 노릇을 했다는 날조는 스탈린과 그의 측근들의 개인숭배 정책이 빚어낸 비극이라 쓰고 있다(최인훈, 위의 글, 2권 248~249면).

는 자신의 소신을 회복하고 자아비판회 체험으로부터 자유로워진다.

이러한 조명희의 죽음은 비단 어떤 개체의 죽음이 아니다. 그의 몸이 상징하는 사회주의 체제의 몰락을 의미하며 그 체제가 보여준 허위성을 폭로한다. 즉 그것은 냉전의 종식을 의미하며 21세기를 맞은 세계의 패러다임이 바뀌었다는 것을 함의한다. 구소련의 멸망은 20세기의 제국주의 질서가 종결되었음을 상징하며, 한 시대의 종말은 개인과 민족과 인류에게 '기억하기'를 통한 정체성 재수립을 요구한다.[24] 이에 작가는 구소련의 멸망에 대해 "한 제국의 멸망을 목격한다는 일을 겪었으므로 앞뒤 인상을 적어두기로"[25] 한다. 러시아 혁명을 통한 소련의 결성부터 후대 위정자들이 국가를 파멸시키기까지의 과정이 서술자 자신의 기억에 잡힌 바, 사실과 감상이 뒤섞인 자유로운 형태로 기술되고 있다.[26] 그리고 자신의 기억 행위를 해방 직후 집필된 이태준의 『해방전후』에 비교한다. 이태준의 작업 또한 역사적 큰 전환 사건에 대한 기록이라는 점과 소련 멸망이 『해방전후』의 후일담의 의미, 즉 역사의 연속성 문제에 직면하기 때문이다.

이와 같이 개체의 소멸뿐 아니라 세계적 질서의 변동으로 인한 집단

---

24) 기억과 정체성과의 관련성 문제는 80년대 이후 매우 현실성 있는 주제로 다루어져 왔다. 이 두 가지는 세계 도처에서 정치적, 문화적 경계가 무너지고 다시 재정립되는 것과 밀접한 연관이 있다. 가령 유럽에서 동서의 경계선이 붕괴되면서 냉전의 기억들로 점철된 한 시대가 막을 내리게 된 것을 들 수 있다. 이에 민족적인 정체성들이 다시 되살아났고, 정체성 문제는 나는 누구인가라는 질문이고 더 정확히 말하자면 우리는 누구인가를 묻는 것이다(알라이다 아스만, 앞의 글, 77면).
25) 최인훈, 앞의 글, 2권 279면.
26) 그 내용은 위의 글, 2권 279~354면에 해당한다.

적 정체성을 찾고자 한 것도 기억을 전면화할 수 있었던 원동력으로 작동하였다. 지속적인 세대교체와 생존한 증인들이 사멸해 간다는 위기의식은 한 시대를 마감하는 때에 시대의 증인들이 갖고 있는 경험기억이 미래에 상실되지 않게 하기 위해 문화기억으로 번역되어야 할 것을 요청한다.[27] 「한스와 그레텔」에서 예견됐던 문화기억의 중요성이 입증된 것이다. 그리하여 한 시대의 종말을 맞이한 시대의 증인으로서의 '나'는 기억의 소멸이라는 위기의식에 대응한 경험자의 글쓰기를 시작한다. 이제 최인훈은 「한스와 그레텔」의 제3자적 입장에서 벗어나 『화두』에서 기억을 글쓰기의 새로운 원리로 작동시키는 기억의 주체를 발견한다.

2) 개체의 기억과 기억의 전승

『화두』는 기억에 대한 다양한 단상들이 부유하는 공간이다. 개인적 체험, 역사적 편린, 문학 작품의 일부분 등의 다양한 부유물들이 만나 상호 텍스트적 대화를 나누고, 새로운 의미를 만들어내기도 한다. 그 중에서도 기억 자체에 대한 메타 층위의 설명 부분에 주목해 보기로 한다. 작가는, 엄밀히 말해 소설을 쓰며 소설에 대해 설명하는 메타 층위의 서술자는 기억에 대해 다음과 같이 설명하며 글쓰기와의 관련성에 주목하고 있다.

　　나와 나의 기억이 별개의 것이 아니다. 내가 기억이다. 그 기억에 대

---

27) 알라이다 아스만, 앞의 글, 15~16면.

한 총분류 번호가 이른바 <나>인 것이다. 그러니 나와 기억은 떼어놓을 수 없다기보다는 기억의 부활―즉 회상이 철저해지면 해질수록 자기라는 것은 그 기억 말고는 없음이 차츰 알아지고 그 뿐이랴, 이런 회상을 통해서 비로소 그 기억이라는 이름으로 얼추 처리되어 있던 부분을 더 잘 알게 된다.[28]

이는 앞서 「한스와 그레텔」에서 발견한 기억 행위와 개인의 존재가치와의 관계를 명확히 하는 진술에 해당한다. 작가는 "여러 겹의 내가 지금 나를 따라 여기까지 와서 내 어깨 너머로 함께 저 창을 보고 있다"[29]는 동일한 장소에서 시간차를 둔 기억들을 통해 다시금 '개인은 기억으로 구성된다'는 명제를 입증한다. 작가의 사유는 '기억'에 대한 다음과 같은 논의로 진행된다.

인생의 어느 시기에 수없이 오가는 길과 그 길 끝에 있는 장소 ― 학교, 예배당, 막사, 직장. 그런 곳에다 사람들은 자기를 조금씩 남기면서 살아간다. 그렇게 말해야 좋을지, 아니면 그런 것과 어우러져 그 순간마다의 이른바 <나>가 그때마다 이루어진 연속으로서의 나. 집과 학교 사이에 개미들의 행렬처럼 이어진 나, 나, 나, 나, 나, 나…… 학교에, 예배당에, 막사에 도착하면, 그 마지막 <나>만 남고 다른 나들은 모두 그 마지막 <나> 속으로 마치 개미굴 속으로 들어가는 개미들처럼 차례로 들어와 겹친다. 그래서 마치 작은 구멍만 남는 것처럼, 구멍에 보초처럼 서 있는 마지막 나가 <나>로 통한다, 이렇게 말하는 것이 옳을지. 이 개미 구멍 속의 <나>들이 우리가 <기억>이라 부르는 물건이다.[30]

---

28) 최인훈, 앞의 글, 1권 318면.
29) 위의 글, 1권 295면.
30) 위의 글, 204면.

한 개인의 자아는 결코 하나가 아니라 다수의 자아들로 구성되었다는 점을 통해 앞의 인용 부분과 마찬가지로 '기억의 총화가 개인'이라는 명제를 설명하고 있는데, 이 개미굴 비유는 소설의 끝부분에서 똑같은 형상의 인형이 포개어져 있는 마즈료쉬까 인형의 비유로 다시 나타난다. 다음으로 기억의 현재성, 즉 기억은 회상하는 시점에서 그때그때 새롭게 구성된다는 점을 보여주는데, 이는 최근 기억 이론에서 말하는 기존 저장기억 이론에 대한 회의에 해당한다. 즉 기억은 기억하는 시점에서 항상 새롭게 재생산된다고 보며 기억이 과거의 사건을 현재 시점에서 그대로 재현할 수 있다는 생각은 착각이라 주장한다.[31] 이러한 기억의 현재성이라는 명제는 다음의 원기억 보존불능이라는 인식과 연결된다.

작가는 『화두』의 한 장을 기억에 대한 단상으로 별도로 설정하고 있다.[32] 어슴푸레한 첫 기억을 떠올려보면서 어머니에게서 들은 사후 설명이 그 기억을 형성하는 데 참가하고 있다는 사실을 각성한다.

> 기억은 원기억과 그것의 회상이라는 과정에서 생기는 2차기억의 복합물인 모양이다. 원기억을 A라 하고 2차 기억을 a라 하면 <기억=A·a1, 2, 3…… n> 이렇게 된다.[33]

기억의 불확실성을 겪은 경험에 따르면 기억이란 순수하게 최초의 경험과 동일할 수 없다. 기억은 2차, 3차의 회상 과정을 통해 점차 살

---

31) 정항균, 앞의 글, 26면.
32) 2권의 2장이 이에 해당한다.
33) 최인훈, 앞의 글, 2권 92면.

을 덧붙여가고 변형되어 가는 과정 중의 그 무엇이 된다. 그리고 기억의 현재성 개념과 맞물려 해석해 보면 기억이란 늘 기억하는 현재 시점에서 재생산된다.[34]

한편 유년 시절의 기억을 떠올리는 과정에서 작가는 "문자 해득 이전의 기억이 뜻밖에 캄캄한 사실"[35]을 발견하며 기억과 언어와의 관계에 대해 생각한다.

> 기억의 유지와 문자 해득 사이에 무슨 관련이 있을 것 같다. (…) 문명사회의 어린이는 원시 사람들과 같은 상태에서 출발하면서 그들이 세대를 이어 치른 계통발생(언어발생의) 단계를 건너뛰어 바로 그 계통발생의 결과인 기성 언어의 영역으로 인도된다. 그렇게 해서 그는 취학 1년 만이면 원시 조상들과 갈라진다.[36]

여기에서 작가는 언어가 기억 능력을 강화한다는 개념[37]과 계통 기억이 언어를 통해 개체에게 지식의 형태로 전수된다는 두 가지 사실을 언급한다. 개체가 문자 해득을 통해 기억능력이 증가하는 것과 유사하게 문자의 형태로 축적된 인류의 지식은 문자로 이루어진 독서 행위를 통해 한꺼번에 주입 가능하다. 그러므로 후손들은 독서 행위를 통해 그동안 축적된 인류의 지식을 내려 받는다. 이렇게 독서를 통한 인류

---

34) 많은 이들이 기억의 현재성에 대해 논했다. 이탈로 스베보는 "과거는 늘 새롭다. 그것은 마치 삶이 지속되듯 꾸준히 변한다."고 진술하여 과거가 그때마다의 토양 위에서 기억 행위에 의해 자유롭게 재구성된다는 점을 지적하고 있다(알라이다 아스만, 앞의 글, 20면).
35) 최인훈, 앞의 글, 2권 95면.
36) 위의 글, 95면.
37) 문자는 구비 기억문화의 지평을 확대할 수 있다(알라이다 아스만, 위의 글, 173면).

166 최인훈

의 기억, 즉 문명의 내림에서도 기억의 원리를 찾아볼 수 있다. 그리하여 도서관은 문화적 기억에 대한 은유에 해당한다.[38] 최인훈이 생각하는 도서관은 큰 책이다.

> 도서관에서 나는 무엇인가가 되기 위해서 태어나 가고 있었다. (…) 이 집은 아기집(胎)이다. 이 속에서 사람은 사람이 된다. (…) 책—도서관—우주선—지구기지—아기집(胎). 이들은 모드 같은 것들이다. 아기집(胎)에도 <어머니>라는 서고가 연결되어 있어서 거기서 아기는 DNA라는 책을 빌려다가 열 달 동안의 독서 계획에 따라 읽으면서 자기를 조립해 나간다. 그런데 책읽기에 재미를 붙인 <인류>는 이 독서만으로는 부족해서 어머니의 아기집을 떠나서도 겉모습만은 어엿한 어른이 되고서도 <의붓 아기집>인 책을 만들어서 읽게 되었고 낱 책권만으로는 모자라기 때문에 도서관이라는 큰 책을 만들게 되었고 그래서 도서관은 아기집이다. 그 아기집을 타고 가면서 <우주>라는 책을 읽어가는 중이다.[39]

개체 발생에 비유된 도서관은 '의붓 아기집'으로서 인류의 정신이 살찌는 공간이며, '우주'라는 책은 바로 인류 전체의 기억이며 언어를 통해 전수된다. 유년 시절 W시의 도서관에서 주로 시간을 보냈던 화자는 어른이 된 현재 자신의 지식이 인류의 아기집, 책으로부터 내림받았다는 것을 알아낸다. 독서행위를 통한 지식의 내림은 소설가로서 이전에 창작된 문학작품의 연결에 대한 사고로 나아간다. 언어와의 관련성에 시간성이 더해지면 기억은 역사의 둔제로 치환되며, 작가에게

---

38) 앞의 글, 200면.
39) 최인훈, 앞의 글, 1권 52면.

역사의식이란 문학사 의식과 등가로 인식된다.[40]

작중화자 '나'는 같은 독서 경험을 근거로 하여 1920~1930년대 작가들(박태원, 이태준, 이상 등)과 자신의 기억을 일치시키고 역사를 이어가고자 한다.[41] '나'는 인류 기억의 저장고로서의 책을 선배 문인들과 동일한 과정을 통해 접했다는 특수한 경험을 갖고 있으며, 옛날 책을 읽으면서 자신이 선대와 동일한 기억을 수혜받음을 느낀다. 그리고 그는 "그들이 못 다한 방황, 그들이 못 다한 고뇌, 그들의 육체적 존재가 말살되었기 때문에 그들이 계속 지켜보지 못한 인생과 세월과 역사를 그들의 정신의 맥박을 생생히 지니면서"[42] 식민지 지식인의 지적인 호기심의 계승자로서 자신을 파악한다. 이렇게 계통 기억의 유사한 전수 방식을 통해[43] 최인훈은 우리 역사를 위기적인 것으로 파악하고 패러디 방식이나 『화두』에 선대 문인들의 작품을 기록하는 방식으로 그 기억을 남기고자 했던 것이다.

기억 행위 금지에 대한 부정은 작가에게 글쓰기를 통해 자신의 경험

---

40) "나에게 있어 역사의식이라는 것은 문학사의식이라고 하는 것의 매개를 통해서 한 번 더 특수화시켜 이해했을 때 비로소 역사의식이라는 말이 실존의 치수에 꼭 맞는 내 것이 되었지요. 그렇게 해서 박태원이니 이태준이니 조명희니 하는 사람이 비로소 알아지는 느낌입니다. 그런 걸로 역사라는 것이 실지로 연속되는 것이죠."(진형준, 앞의 글, 209면)

41) "해독력이 있는 일본말 번역의 서양 저자들의 인문과학 책에 정신의 형성을 의존했다는 것으로 보면, 20년대나 30년대의 지식인 선배들과 같은 지적 세대로 나를 분류하고 싶다. (…) 그리고 지식인으로서는 20년대와 30년대의 그들의 지적 방황과 인간적 고뇌를 계승하고 있는 것처럼 느낀다."(최인훈, 위의 글, 2권 207~208면)

42) 위의 글, 208면.

43) 최인훈은 이러한 일련의 과정을 '역사의식'이라는 번역용어 대신에 '빙의(憑依)'라고 표현하고자 한다(위의 글, 209면).

과 역사를 기억하도록 한다. 종교적 믿음을 상실한 현대에 세계와 자아의 불화가 극복되는 것은 문학 안에서 가능해지기 때문이다.[44] 그는 예전에 신이 금했던 "뒤돌아보지 말라"[45]는 말을 어기고, 신의 예언이나 약속이 사라진 이 시대에 인간이 의지할 것은 '뒤돌아봄'이라는 이성의 방식임을 깨닫는다.[46] 그래서 작가는 떠나온 H, 떠나온 W에서부터 방금 다녀온 구소련의 곳곳을 잊지 않겠다고 다짐한다. 소련 여행의 막바지에 기념품 가게에 들른 작가는 마뜨료쉬까 인형을 산다.

> 인형 속의 인형 속의 인형 속의…… 나의 속에 나의 속에 나의 속에…… 우주 속의 은하계 속의 태양계 속의 지구 속의 한국 속의 서울 속의 우리 집 속의 나의 속의 나의 속의 나의 손의…… 고골리 속의 도스또예브스키 속의 체홉 속의…… 똘스또이 속의 뚜르게네프 속의 뿌쉬킨 속의…… 러시아 속의 모스끄바 속의 인터내셔널 호텔 속의 〈그젤〉 가게 속의 마뜨료쉬까 인형 속의 인형 속의 인형 속의……[47]

구시대가 마감되고 새로운 세기를 맞이한 작가의 사유는 개체 기억

---

44) 최인훈은 근대를 과학의 시대로 보고, 종교가 권위를 잃은 세계에서, 지난날에 종교가, 더 멀리는 신화가 하던 소임을 맡아보려고 노력하고 있는 분야가 바로 문학이라고 말한다(최인훈, 「작가와 현실」, 『문학과 이데올로기(최인훈 전집 12)』, 문학과지성사, 1994, 112면).
45) 최인훈, 『화두』, 2권 530면.
46) 『화두』의 주체는 기억을 탐구함으로써 신의 명령을 거역하고, '나'는 되돌아봄으로써 삶의 분산성을 종합해 내고 '내가 기억'이 됨으로써 진정한 주체를 되찾고자 한다(김인호, 앞의 글, 204~205면).
47) 발저는 한 개인의 자아는 결코 하나가 아니라 다수의 자아들로 구성되어 있음을 강조한 바 있다. 마치 아무리 꺼내도 계속 나오는 러시아 인형처럼……(정항균, 앞의 글, 393~394면 ; 최인훈, 위의 글, 2권 538면)

과 계통 기억의 관련성, 인류의 기억을 축적한 한 개인이 갖는 기억 능력, 역사를 구성하고자 하는 개인, 역사 위에 과거와 미래의 기억을 잇는 것으로 나아간다. 『화두』는 기억을 원리로 하는 글이자, '나'의 경험과 '나'의 기억의 되풀이가 글로 쓰이는 과정을 담고 있는 자아성찰의 글쓰기가 된다. 이제 기억하기는 자아 정체성의 탐색에서 나아가 집단적 정체성의 재수립의 의미를 가지며 집단을 넘어 인류 보편의 사고로 나아간다.

4. 기억의 재구성, 「바다의 편지」

1) 시간의 흐름과 개인의 해체

「바다의 편지」는 해저에 누워 있는 백골의 기억으로 엮인 글이다. 육신이 해체되어 가는 중의 백골이 할 수 있는 일은 자신의 기억을 더듬어 가는 것뿐이다. 어느 날 의식이 돌아온 백골은 조류에 흔들려 원래 몸의 세 배쯤 커져 있는 뼈들의 연합으로 자신의 존재를 표현하고 있다. 그래서 자신을 '나'에서 뼈들의 연합 '우리'로 여긴다. 백골의 해체 과정은 육신뿐 아니라 기억의 영역에서도 발생한다. 백골은 자신의 기억이 깜박깜박 사라져 가고, 예전에 가졌던 기억이 "이 시간 현재 이미 조금씩 달라지고 있다"[48]고 느낀다. 그리고 누구의 의식인지 모를 말소리들이 자신의 의식에 섞이기 시작함을 느낀다. 이제 백골의

---

48) 최인훈, 「바다의 편지」, 14면.

기억은 단일성에서 다성성으로 나아간다. 그리고 오래지 않아 육신뿐 아니라 "나의 의식은, 즉 이 나는 해체될"[49]것을 짐작한다.

백골의 머리뼈와 가슴뼈와 다리뼈들이 각기 다른 기억을 불러오면서 여러 기억들이 섞이기 시작한다. 강물이 바다로 흘러들어 모이듯이 "도시의 사람들"[50]의 넋두리들이 백골의 의식을 구성하게 된다. 작가의 기억 원리에 의하면 그 기억은 소년 속에 창녀 속에 도둑놈 속에 무당들 속에 의사 속에 병자 속에 전도사 속어 간호부……들의 기억들이다.[51] 즉 모든 이들의 기억의 총합이다. 『화두』에서 제시되었던 개체 기억과 계통 기억은 백골 안에서 융화를 일으킨다. '백골'이라는 익명성은 이 시대를 살아간 한민족 개개인을 모두 포함할 수 있게 한다. 그는 소년일 수도, 창녀일 수도, 의사일 수도 있다. 백골의 기억은 각각 60년 씩의 기억들이 오랜 시간 동안 누적된 민족 전체의 기억, 그들의 이야기, 즉 한민족의 역사가 된다. 식민지와 전쟁을 겪고, 피난생활을 하고, 전통을 하루아침에 잃어버리고 서구 문화의 새로운 식민지가 되어 하루하루를 힘겹게 살아나가는 "도시의 사람들"의 아우성이 모여 역사를 이룬다. 백골의 육신은 해체되어 60년의 기억은 흐릿해지지만 시간의 개입으로 인해 점차 물고기가 되고 물풀이 되고 바다가 되어 가는 백골의 의식은 개체들의 종합을 이루어 역사가 되고, 계속되는 기억의 누적은 『화두』에서 1930년대와 50년대와 90년대를 이어

---

49) 앞의 글, 18면.
50) 위의 글, 25면.
51) 이 문장은 「바다의 편지」 본문 19~25면에 등장하는 인물의 일부를 『화두』의 마뜨료쉬까 인형 서술에 비유한 것이다.

식민지 지식인의 계승자가 되듯 바다에서 하나를 이룬다.

2) 민족 기억의 재생

　백골의 의식을 구성하는 도시 사람들의 기억에 해당하는 내용은 작가의 이전 소설 두 편 일부분의 인용에 해당한다. 작가는 자신의 이전 소설 『구운몽』[52)]의 삽입 시 「해전」과 「하늘의 다리」[53)]의 제13장 부분을 교차 서술하고 있다.[54)] 일부 논의는 「해전」과 「하늘의 다리」 13장을 빈 텍스트로 보고, "반논리적이고 비논리적인 명사 집합체를 (자신의) 연구의 지면에서 콜라주할 필요성을 느끼지 않는다."[55)]고 하면서 최인훈의 소설을 "그저 언어 집착에 빠져 있음을 보여줄 뿐"[56)]이라며 폄하하기도 한다. 그러나 이는 「바다의 편지」에 새롭게 인용된 순서를 따라 읽어 보면 잘못된 해석이었음을 알게 된다. 새로 재배치된 「해전」과 「하늘의 다리」 13장은 이제 「바다의 편지」에서 새로운 의미를 갖게 되며 유의미하게 읽히기 때문이다. 이전 텍스트의 일부분이 새 텍스트에 인용되고 재배치되면서 새로운 의미를 획득한다.[57)]

---

52) 최인훈, 「구운몽」, 『광장 / 구운몽(최인훈 전집 1)』, 문학과지성사, 1994.

53) 최인훈, 「하늘의 다리」, 『하늘의 다리 / 두만강(최인훈 전집 7)』, 문학과지성사, 1994.

54) 작가는 기울여 쓰기와 '/' 장치의 사용으로 「해전」과 「하늘의 다리」 13장을 구분하고 있다.

55) 이연숙, 「콜라주의 소설, 「바다의 편지」」, 『최인훈, 흰 겉옷 검은 속살』, 한국학술정보, 2008, 285면.

56) 위의 글, 291면.

57) 인용을 한다는 것은 그 사람이 되는 것이면서 동시에 그 사람을 변형시키는 것이다. 기존의 기억을 지우고 '반-기억'을 작동시키는 것이다(이진경, 『노마디즘』 2, 휴머니스트, 2002, 53면).

이것은 누구의 의식일까. *잠수함이 가라앉으면서 붕어들은 태어난 것이다. 바닷풀 사이사이를 지나 그 무쇠배들조차 숨막혀 죽은 수압 해구(海溝)를 헤엄쳐 어항 속으로 찾아온 것이다/* 한밤중 잠에서 깬다. 할 일 없이 누리에서 서성거리던 고요함이 일시에 귀로 몰려든다. 작은 구멍으로 쏠리는 홍수처럼 크나큰 홍수의 밑바닥에 누워서 아우성치는 홍수소리를 듣는다. 너무 큰 아우성은 소리도 없다. 바다 밑에 누운 익사자 같은 기분이다/ *바다는 그리워서 흔들리는 새파란 가슴 너를 용서하지.* (…)58)

「바다의 편지」는 작가가 자신이 이전에 창작해서 이미 존재하는 텍스트들을 현재의 텍스트에 끌어들여 그것들을 새롭게 결합시켜 창조한 새로운 작품에 해당한다. 이때 새로운 텍스트는 기존 텍스트들과 상호 텍스트적 관계를 맺는데 이전 텍스트들이 반복해서 다시 인용될 때 현재는 과거를 포괄하는 것이 된다.59) 이런 재인용은 과거를 단순히 현재의 시점에 불러내어 반복한다는 단순한 의미만을 갖는 게 아니라 새로운 배치 안에서 탈영토화된다. 즉 기존 텍스트와 다른 짜임으로 재배치된 기억은 이전 텍스트를 똑같이 기억하는 게 아니라 기존 기억을 지우며 다른 것이 되고 새로운 내용을 구성한다.60) 즉 과거의 기억에서 다른 것이 '되고', 새로운 삶을 구성하는 '반-기억' 내지 '대

---

58) 최인훈, 「바다의 편지」, 19면.
59) 정항균, 앞의 글, 363면.
60) 들뢰즈 / 가타리는 과거 기억을 지우며 다른 것이 '되고' 새로운 삶을 구성한다는 '반-기억' 내지 '대항-기억' 개념을 내세운다. 그리고 '기억(souvenir)' 대신에 '되기(devenir)'라는 말을 사용할 것과 주어진 기억의 재영토화된 지대에서 벗어나 새로운 배치로 탈영토화할 것을 제안한다(이진경, 앞의 글, 47~51면).

항―기억'으로서의 의미를 갖는다.61) 이와 같이 작가는 형식상의 시도를 통해 내용의 새로움을 추구한다. 이렇게 새 텍스트에 기억되어 새로 전달되는 메시지는 전쟁과 분단 상황을 겪은 한민족 근대사의 비극성을 폭로하는 언술로 드러난다. 게다가 이 내용이 서양에서 쓰인 역사책이 아니라 한국인 소설가가 쓴 소설에 기록되었다는 점에서 대항―기억으로서의 입지가 다시 한 번 확고해진다.

반세기의 시간이 흐른 지금 기억이 흐릿해져 가는 백골은 점차 남은 뼈들과 의식마저 바다에 녹아들고 있다. 즉 바다가 되어가고 있다. 바다는 육지의 유기물이 흘러드는 곳이며, 인류의 기억이 녹아들어 역사를 이루는 공간으로 나타나고 있다. 오랜 시간의 개입은 바다를 기억의 공간으로 만든다. 여기에서 기억이란 한민족 역사의 총합이다. 바다는 역사의 기억을 노래하기 시작하고, 바다는 영겁의 시간 동안 과거의 기억을 재생시키는 "녹음재생장치"62)를 통해서 이제 소설적 상상의 공간이 된다. 놀라운 "기억 재생장치"인 문학은 영겁의 시간이 흐른 뒤의 기억은 "절망시킬 힘을 이미 가지지 못할 것"63)이라 말한다. 이와 같이 「바다의 편지」에서 최인훈은 시간의 힘과 기억의 문학적 재생을 말한다. 그리고 허구적 세계인 문학에 포함된 역사적 기억은 역사

---

61) 앞의 글, 47~51면.
62) "나는 없어지겠지 어쨌든 한번은. 그리고 머나먼 미래의 어느 날 나는 나이면서 이 우주가 그때까지 마련하고 있을 놀라운 기억 재생장치―몇 천억 광년(光年)의 과거의 기억을 재생시키는 녹음재생장치―를 갖추기도 한 또다른 나를 발견하겠지. 그때 이 바다의 지금의 이 무섭고 슬픈 기억도 물론 재생되어 그때 내가 들을 수 있고 어머니도 들으실 수 있겠지."(밑줄 필자, 최인훈, 위의 글, 25~26면)
63) 위의 글, 26면.

쓰기의 허구성을 폭로하며 다시 한 번 대항-기억의 의미를 상기시킨
다. 이와 같이 작가는 문학 담론 안에서 개인의 기억에 집단의 기억을
혼합해 새로운 한민족의 기억을 담아내고 있다.[64]

5. 맺는말

지금까지 「한스와 그레텔」에서 발견된 기억이 『화두』에서 집대성되
고 「바다의 편지」에서 문학과 기억, 즉 허구 장르와 역사의 문제까지
나아가고 있음을 살펴보았다. 「한스와 그레텔」에서는 오랜 세월 갇힌
인간형을 통해 인간 존재가 기억으로 형성됨을 지적하며 동시에 제2차
세계대전 당시 홀로코스트에 대한 독일인의 기억을 통해 역사적 경험
기억의 문제를 제기한다. 이 문제는 이후 소련 멸망과 세기의 변동으
로 인해 경험기억의 보존 위기 상황이 현실화되면서 집필된 『화두』에
서 일제강점기와 전쟁을 겪은 한민족의 문제로 넘어온다. 『화두』는 본
격적으로 기억을 주제이자 형식으로 삼은 기억에 관한 소설로서, 기억
을 따라가는 자유로운 형식과 기억 자체에 대한 메타 담론을 통해 한
한국인 소설가의 자아 정체성뿐 아니라 한민족의 집단 정체성을 재수
립하고 있다. 그 이후 유일한 후속작인 「바다의 편지」는 기억 논의에
있어 『화두』의 에필로그에 해당한다고 볼 수 있다. 한 인간의 육체가

---

64) 집단적 기억이 한 민족이나 국가의 역사적 토대를 이룬다면 개인의 기억은 개
   인의 정체성의 토대가 된다. 인간은 자신이 살아온 과거의 행적을 기억하고 그
   러한 연속선상에서 현재의 자아를 형성함으로써 자신의 정체성을 유지한다(정
   항균, 앞의 글, 355면).

해체되어 가는 바다는 60년 씩의 기억이 모이는 기억 저장고가 되어 한민족 역사의 공간이 된다. 동시에 작가의 과거 작품 두 편의 일부를 인용하여 새롭게 짜깁기하는 형식을 통해 기억의 현재성과 내용의 새로움을 창출한다. 또한 역사가 허구 담론인 문학 안에서 새롭게 바뀌는 것을 보여줌으로써 대항-기억으로서의 문학적 재생의 힘을 발견해낸다. 이와 같이 기억의 문제에 천착해온 최인훈의 문학은 거기에서 발견한 새로운 재생의 힘을 통해 문학과 역사의 더 파격적이고 적극적인 결합을 꾀할 것이다. 그럼으로써 과거 불화했던 개인과 역사의 화해를 문학 안에서 조심스럽게 꿈꾸기 시작한다.

출전 : 「기억의 문학적 재생」, 『한중인문학연구』 제28집, 2009.

최인훈 소설에 나타난 여성 인식

1. 서론

최인훈 소설에는 여성 인물들이 자주 등장한다. 등단작인 「그레이구락부 전말기」로부터 시작하여 도미 직전 발표한 『태풍』에 이르기까지 최인훈의 소설 속에는 거의 빠짐없이 여성 인물들이 등장하고 있다. 이들이 작품 속에서 차지하는 비중이나 의미 역시 결코 가볍지 않다. 그럼에도 이들이 형상화되는 방식이나 이러한 방식 속에 내재해 있는 문제성 등을 논의한 예는 그리 많지 않다. 최인훈 소설의 주된 주제 가운데 하나인 사랑의 문제를 논하거나 주체성에 관해 다루는 자리에서 남성 주체가 드러내는 여성 인식의 면모들을 부분적으로 지적하거나 몇몇 작품을 대상으로 하여 여성성의 문제를 고찰한 논의들[1]이 있

* 정영훈 / 경상대학교 국어국문학과 교수, 문학평론가

을 따름이다.

　기존의 논의에서 최인훈 소설에 나타난 여성 인물, 보다 정확하게는 남성 주인공들에 의해 긍정되는 여성 인물의 면모는 대체적으로 비슷하게 이해되어 왔다. 모성적 존재, "에고의 벽을 세우지 않는 인물, 야무지게 스스로를 단속하는 의지도 없는 인물"[2]이라는 것이 기존 논의의 요약이라 할 수 있는데, 기실 이러한 평가는 최인훈 소설의 남성 주인공들에 대한 평가와 정확하게 대응된다. 최인훈 소설의 남성 주인공들은 대체로 남성 우월주의자요 반페미니스트,[3] 강한 주체[4]라는 식의 평가를 받아 왔다. 최인훈 소설에서 여성 인물은 대개 남성 주인공에 의해 바라보여지는 존재로 설정되어 있기 때문에 남성 주인공을 이와 같이 파악하는 한 여성 인물이 앞에서와 같은 평가를 받는 것은 당연한 결과일 것이다. 남성 주인공과 여성 인물 사이의 이 같은 선명한 대비는 아마도 다음 진술로 요약될 수 있을 듯하다.

　　『서유기』에 나오는 방공호의 여인을 예외로 친다면, 대체로 선생님의
　　작품 속의 주인공들은 사랑하는 방식이 서툴고, 페미니스트들이 보면
　　기분 나쁠 정도로 남자 주인공은 자기주장이 강한 여인들을 싫어하고
　　또 그녀들과의 사랑에 실패하고 있습니다. 그러나 좀 더 감정적이고 본

---

1) 서은선, 「최인훈 소설 『광장』이 추구한 여성성의 분석」, 『새얼어문논집』, 2001. 12.
　　허만숙, 「『광장』에 나타난 여성성 고찰」, 성신여대 석사학위 논문, 2000.
　　송수경, 「페미니즘 관점에서 본 최인훈의 광장 연구」, 세종대 석사학위 논문, 2004.
2) 이동하, 「서문과 본문의 거리—최인훈의 '광장'에 대한 재고찰」, 『한국문학』, 1986.
　　1, 337면.
3) 김욱동, 『광장을 읽는 일곱 가지 방법』, 문학과지성사, 1996, 256면.
4) 정호웅, 「『광장』론—자기처벌에 이르는 길」, 『시학과언어학』, 2001, 96면.

능적인 여자들은 매력적으로 그려질 뿐만 아니라 사랑을 획득하게 됩니
다.5)

그러나 최인훈 소설의 남성 주체에 대한 평가가 재고되고 있는 상황
을 고려할 때6) 이들이 바라보는 여성 인물의 면모에 대한 해석 역시
재고될 필요가 있음은 두말할 나위가 없다. 실제로 최인훈 소설에 형
상화된 여성 인물은 기존의 평가와 무관하거나 이러한 평가만으로 규
정지을 수 없는 측면을 많이 내포하고 있다. 이 글은 바로 이러한 부
분을 중심으로 최인훈 소설에 형상화된 여성의 모습을 드러내고자 한
다. 앞서 언급한 대로 최인훈 소설의 여성상은 남성 주체의 시각에 의
해 매개된 것이므로, 이에 관한 논의는 자연스럽게 남성 주체에 관한
해석까지를 내포하게 될 것이다.

2. 최인훈 소설의 여성 유형

최인훈 소설에는 상반되는 두 종류의 여성 인물이 등장한다. 첫 번
째 유형은 『광장』의 은혜나 『회색인』의 김순임 같은 인물이다. 이들은
순종적이고 자기주장이 뚜렷하지 않으며 지적으로는 백치에 가까울

---

5) 김인호, 「작가의 세계 인식과 텍스트의 자기 증명」, 『해체와 저항의 서사』, 문학
과지성사, 2004, 286면.
6) 김인호, 「최인훈 소설에 나타난 주체성 연구」, 동국대 박사학위 논문, 1999.
김영찬, 「1960년대 모더니즘 소설 연구」, 성균관대 박사학위 논문, 2002.
정영훈, 「최인훈 소설에 나타난 주체성과 글쓰기의 상관성 연구」, 서울대 박사학
위 논문, 2005.

정도의 단순함을 보여준다. 이들은 남성적 판타지의 산물이라 해도 과언이 아닌데, 이들과의 사랑, 또는 이들에 대한 애착은 그 속에 여성에 대한 남성의 지배 욕망을 내장하고 있다. 이들에 대한 보호자이기를 자처하는 남성 주체의 사랑, 이들의 '보호하는 사랑'은 남성 지배의 한 형태[7]로 간주될 수 있다. 최인훈 소설에서 『광장』이 차지하는 비중이 워낙 크고, 더욱이 『광장』의 마지막 장면이 워낙 인상적인 데다 수차례에 걸친 개작의 핵심적인 내용이 은혜와의 사랑을 재확인하는 것으로 초점이 맞추어진 탓에, 흔히 이들 여성의 모습은 최인훈 소설에 나타난 여성성의 핵심적인 내용인 것으로 이해되어 왔다. 그러나 최인훈 소설에는 이들과는 사뭇 다른 성격을 지니는 여성 인물들이 존재한다. 이들은 오히려 은혜나 김순임 같은 인물들보다 그 수가 훨씬 더 많다. 최인훈 소설에 등장하는 두 번째 유형의 여성 인물들은 남성 주체가 보기에 종잡을 수 없고, 파악하기 힘들고, 변덕스러우며, 자주 남성 주체들을 배신한다.

구체적인 예를 들어 보자. 「그레이구락부 전말기」의 키티는 호콩으로 그레이구락부의 회원들을 유혹하는데, 키티의 호콩에 넘어가지 않는 회원은 단 하나도 없다. 이런 키티를 사랑하게 되는 주인공인 현은 K가 반라의 키티를 그리고 있는 장면을 보고 큰 충격을 받는다. 「라울전」의 라울은 여종 시바를 몹시 아끼지만, 시바는 젊은 로마인과 사랑에 빠져 라울을 좌절하게 만든다. 그런가 하면 「가면고」의 민은 애인인 미라의 미지근한 태도에 절망을 넘어 노여움을 느끼며, 『광장』의

---

7) 이종영, 『성적 지배와 그 양식』, 새물결, 2001, 29면.

명준 역시 윤애의 변덕스러운 모습에 좌절한다. "그녀의 이그러진 입술과 그의 팔에 박혀오는 손톱의 아픔을 회상하며, 한 인간을 소유했다는 확신 속에 도취한 하룻밤을 지낸 다음, 그 마찬가지 자리에서 그녀가 보여 주는 뚜렷한 저항은 그로 하여금 미칠 듯한 절망 속으로 거꾸로 쳐넣었다."8) 또 『태풍』의 오토메나크는 아이세노딘 여인인 아만다와 열정적인 사랑에 빠지고 결혼까지 약속하지만, 나중에 아만다가 카르노스의 첩자이자 정부라는 사실을 알게 된다. 후에 아만다는 카르노스와 결혼하여 독립국가가 된 아이세노딘의 퍼스트레이디가 되고, 카르노스가 죽은 후에는 화교 선박업자와 재혼한다.

이 두 번째 유형의 여성 인물들에게 남성 주체가 느끼는 감정은 '공포'이다. 이들은 "창녀", "화냥년"이기도 하고, 한 마리 "짐승"이기도 하다. 이들은 "이럴 것 같기도 하고 저럴 것도 같은", "안개 같은 흐리멍덩함"9)을 지니고 있다. 어떤 경우이든 이들은 남성 주체를 농락하고 있다는 점에서 남성 주체의 자리를 위협한다. 이들과의 만남은 남성 주체를 불모의 상태로 만드는데, 「囚」에서 이러한 심리적 역학관계의 일단을 엿볼 수 있다. 정신적으로 거세된 채 정신병원에 수감되어 있는 1인칭 주인공인 화자는 정신적으로단 거세된 것이 아니라 육체적으로도 거세되어 있다. 어떤 의미에서 그의 정신적 거세는 이 육체적 거세의 다른 표현이라 할 수도 있다. "아내는 그렇게 차다. 단단하다. 그녀는 결코 흥분하지 않는다." "그녀의 손은 차다. 빳빳하다. 그렇게 고

---

8) 『광장』, 정향사, 1961, 121~22면. 『광장』을 제외한 나머지 작품들은 문학과지성사판 최인훈 전집을 대상으로 한다.
9) 「열하일기」, 「우상의 집」, 146, 47면.

운 살이 얼음처럼 차다."[10] 이것이 바로 화자가 아내에게서 느끼는 감각이며, 바로 이러한 차고 단단한 아내의 모습이 화자를 정신적·성적 불모의 상태로 만드는 원인이 된다.

여성 인물에게서 느끼는 공포가 다른 어떤 작품보다 근원적인 방식으로 제시되는 것은 『회색인』이다. 이 작품의 주인공인 독고준이 어린 시절 겪은 방공호 체험은 최인훈 소설의 남성 주체들에게 각인되어 있는 여성에 대한 근원적인 공포의 발원 지점을 알려준다고 해도 과언이 아니다.

> 폭음이 점점 멀어져 간다. 그때 부드러운 팔이 그의 몸을 강하게 안았다. 그의 뺨에 와닿는 뜨거운 뺨을 느꼈다. 준은 놀라움과 흥분으로 숨이 막혔다. 살 냄새. 멀어졌던 폭음이 다시 들려 왔다. 준의 고막에 그 소리는 어렴풋했다. 뺨에 닿은 뜨거운 살. 그의 몸을 끌어안은 팔의 힘. 가슴과 어깨로 밀려드는 뭉클한 감촉이 그를 걷잡을 수 없이 헝클어지게 만들었다. 폭격은 계속되었다. 폭탄이 떨어져 오는 그 쏴 소리와 쿵, 하는 지동 소리는 한결 더한 것 같았다. 준은 금방 까무러칠 듯한 정신 속에서 점점 심해 가는 폭음과 그럴수록 그의 몸을 덮어누르는 따뜻한 살의 압력 속에서 허덕였다. 폭음. 더운 공기. 더운 뺨. 더운 살. 폭음. 갑자기 아주 가까이에서 땅이 울렸다. 어둠 속에서 사람들이 한꺼번에 웅성거렸다. 폭음. 또 한번 굴이 울렸다. 아우성 소리. 폭음. 살 냄새……[11]

인용된 부분은 흔히 작가 최인훈의 정신적 외상을 드러내는 장면으

---

10) 「囚」, 「우상의 집」, 109면.
11) 『회색인』, 50면.

로 지적되는 대목이다. 성(性)에 대한 눈 뜸이 죽음에 대한 공포와 더불어 주어지고 있다는 점이 특징적인데, 이 점에서 독고준의 경험은 향락(jouissance)에 근접해 있다. 극도의 쾌락과 더불어 죽음에 대한 공포를 야기하는 존재, 그가 곧 여성이다. 그에 관한 상은 오직 "살 냄새"라는 후각적 표현으로만 주어지며, 이 "살 냄새"는 다른 모든 냄새를 압도한다. 예컨대 화약 냄새라든지 폭격으로 인하 땅이 흔들리며 낼 법한 흙냄새 같은 것들은 다만 "폭음"이라는 청각적 이미지로 대체되어 독고준의 감각 속에 포착될 뿐이다. 후각은 원츠적인 경험인 동시에, 근대 세계에서의 특권화된 감각인 시각과 비교한다면 매우 원시적이고 낙후된 감각, 신뢰할 수 없는 감각이다. 시각이 이성의 일종이라면 후각은 비이성의 일종이라 할 수 있다.[12) 여성이 바로 이러한 후각에 의해서만 포착된다는 것은 곧 여성이 이성에 의해서는 포착되지 않음을 반증한다고 해도 좋을 것이다.

첫 번째 유형이든 두 번째 유형이든 이들 고두가 여성에 대한 남성 주체의 무지 또는 선입견의 산물이라는 점은 두말할 나위가 없다. 그러나 이 둘을 분명하게 구별할 필요가 있는 것은 이 둘이 최인훈 소설에 등장하는 남성 주체의 욕망을 작동시키는 길, 또는 욕망이 작동하는 방향을 열어 보여 주기 때문이다. 남성 주체의 욕망이 작동하는 방향은 두 번째 유형의 여성 인물로부터 첫 번째 유형의 여성 인물들로

---

12) 이와 관련하여서는 다음과 같은 언급을 참고할 수 있다. "냄새가 그 근본적인 내면성, 경계를 뛰어넘는 성향, 정서적 잠재성 때문에 근대라는 추상적이고 비인격적인 체제를 위협하는 것으로 여겨지면서 주변화되어 왔다는 것" Constance Classen 외, 『아로마―냄새의 문화사』, 김진옥 옮김, 현실문화연구, 2002, 14면.

나아간다. 두 번째 유형의 여성 인물을 첫 번째 유형의 여성 인물로 만드는 것, 이것이 곧 여성 인물과의 대면에서 남성 주체가 욕망하는 내용이자 형식인데, 이는 여성과의 관계에만 국한된 문제가 아니라 최인훈 소설에서 주요하게 등장하는 여러 기획들의 핵심이라 할 수 있다.

최인훈 소설에 나타나는 여성에 대한 남성의 지배에 대해서는 많은 논자들이 주목해 왔다. 그러나 기존의 논의는 이러한 기획 자체가 여성에 대한 남성 주체의 공포와 불안의 산물이라는 점, 그리고 이 공포와 불안이 해소되지 않은 채로 남아 있다는 점을 충분히 고려하지 않고 있다. 여성에 대한 공포와 불안은 여성에 대한 남성의 지배로 일반화할 수 있을 몇 가지 기획들을 산출하는 근본 원인이 되고 있을 뿐 아니라, 이 과정에서 자주 사용되는 몇몇 이미지들을 형성하고 있으며, 해소되지 않은 채로 끝까지 남아서 이러한 기획 자체를 불가능하게 만드는 핵심 요인으로 작용한다. 이러한 사실을 망각할 경우 최인훈 소설에 나타난 여성 인물의 모습이나 여성 인식에 대한 이해는 일면적일 수밖에 없다.

3. 페티시즘적 징후, 여성에 대한 지배와 패배

최인훈 소설에서 여성에 대한 지배는 실제적인 동시에 비유적인 의미에서의 페티시즘적 기획의 방식으로 시도된다. 익히 알려져 있는 것처럼 페티시는 상실된 여성의 음경을 대체하고자 선택한 신체 기관이나 물체로서, 페티시스트가 이러한 대상을 만들어 내는 것은 여성의

생식기가 환기시키는 거세 불안을 완화하기 위함이다.[13] 최인훈 소설
에 편만해 있는, 여성 인물에 대해 남성 주체가 갖는 공포와 불안을
생각할 때 페티시즘적 징후가 나타나는 것은 자연스러운 일일 수 있을
것이다.

최인훈 소설에서 실제적인 형태의 페티시즘이 드러나는 경우는 그
리 많지 않다. 몇 작품에서만 이러한 특징을 찾아볼 수 있다. 「가면고」
에서 군 시절의 동료인 M은 애인의 신체적 특징으로 가슴에 나 있는
까만 기미를 드는데, 제대 후 주인공이 우연히 만나서 사귀게 된 애인
역시 가슴에 까만 기미가 나 있다. 이 둘은 같은 인물로 밝혀진다. 「구
운몽」의 경우 주인공인 독고민은 옛 애인 숙의 모습을 "왼쪽 뺨에 있
는 까만 점"으로 특징화한다. 독고민은 환각 속에서 만나는 여러 인물
들에게서도 이 "왼쪽 뺨에 있는 까만 점"을 줄곧 발견하게 된다. 이들
이 페티시의 일종임은 두말할 나위가 없다. 「하늘의 다리」에 나오는
"허벅다리부터 아래만 몸에서 뚝 잘린" "쇼 윈도에 양말을 신겨 거꾸
로 세워놓은 마네킹의 다리"[14] 역시 마찬가지이다. 주인공인 준구는
이 다리에 대해 꽤나 상세하게 묘사를 해 나가는데, 육체에 대한 이런
상세화된 묘사는 최인훈 소설에서 발견할 수 있는 드문 예 가운데 하
나이다.

『회색인』의 방공호 체험에서 특징적으로 나타난 것이 후각이었다면
여기서 강조되는 것은 시각이다. 남성 주체는 여성을 신체의 일부분으

---

13) 이에 대해서는 Sigmund Freud, 『성욕에 관한 세 편의 에세이』, 김정일 옮김, 열
    린책들, 1996의 「절편음란증」 27~35면 참조.
14) 『하늘의 다리 / 두만강』, 57면.

로 특징지음으로써 여성을 시각화하며, 나아가서는 여성을 인식 가능한 대상으로 변형시킨다. 이는 관음증의 형태로 표면화되기도 한다.[15] 예컨대 『태풍』에서 비밀의 방에 있는 조그만 구멍을 통해 주인공 오토메나크가 아만다의 방을 훔쳐보는 다음 장면에서 관음증적 시선을 확인할 수 있다.

> 걸쇠에 작은 구멍이 뚫려 있는데, 방 전체가 환히 <u>바라보인다</u>. 그는 돌아서서 또 하나의 반딧불에 눈을 갖다댔다. <u>보인다</u>. 아만다의 방이 <u>보인다</u>. 벽 쪽에 붙인 침대에 그녀가 잠들어 있는 것이 <u>보인다</u>.[16]

안전한 장소에 숨어서 아만다 몰래 그의 몸이며 행동들을 지켜보는 오토메나크의 모습은 최인훈의 초기 소설에서부터 줄곧 부여되어 온 남성 주체의 모습과 다르지 않다. 최인훈 소설의 주인공들을 특징짓는 '창 타이프의 인간'이라는 유형이 바로 그것인데, 이들에게서 두드러지게 나타나는 것이 바로 시선의 주인으로서의 모습이다. 창 안쪽에 있으면서 창 너머의 세계를 바라보는 최인훈 초기 소설의 주인공들, 그리고 비밀의 방에서 아만다를 지켜보는 오토메나크는 다른 사람의 시선으로부터는 완벽하게 차단된 채 오직 자신의 눈으로만 다른 사람들을 바라본다. 이들은 타인에 대한 완벽한 지배의 이상을 구현하고 있

---

15) 페티시즘과 관음증은 동일한 근원을 지니고 있다. 로라 멀비에 따르면 남성이 갖고 있는 거세위협에 대한 공포는 여성에 대한 과도한 이상화를 통해 여성을 페티시의 대상이미지로 만들고 남성의 시각적 지배인 남성관음증을 가능하게 했다고 말한다. 배수정, 「페티시」, 여성문화이론연구소 정신분석세미나팀 편, 『페미니즘과 정신분석』, 여이연, 2003, 137면.
16) 『태풍』, 84면.

는 셈이다.

최인훈 소설에서 여성이 시선의 주인이 되는 경우는 매우 드물다. 최인훈 소설의 여성 인물들에게 부재하는 한 가지 사실을 지적한다면 그것은 곧 내면, 그리고 이러한 내면의 발로인 대상화하는 의식과 이것이 외화된 형식인 시선이다. 최인훈 소설의 여성 인물들에게는 내면이 제거되어 있으며, 오직 초점자인 남성 주체들에 의해서만 그 성격이 제시된다. 이와 관련한 문학적 기법 또는 내재적 원리는 여성 인물들에게 시선을 주지 않는 방식을 통해, 다시 말해 이들에게 초점자의 자리를 주지 않는 방식을 통해 나타난다.[17) 최인훈 소설에서 여성 인물이 초점자가 되어 세계에 대해, 또는 남성 인물을 포함한 주변 인물들에 대해 지각하거나 인식하는 예는 거의 드물다. 여성 인물을 주인공으로 등장시킨 「웃음소리」와 『회색인』에서 김순임을 초점자로 설정한 몇 장면 정도를 들 수 있을 뿐인데.[18) 사실 이들은 최인훈 소설 전

---

17) 이는 최인훈 소설에서 서술자와 작가의 거리가 매우 가깝다는 사실과도 관련이 있을 것이다. 서술자의 문제에 대해서는 이인숙, 「최인훈 소설의 담론 특성 연구－서술 층위를 중심으로」, 고려대 박사학위 논문, 1998 참조.
18) 예컨대 다음과 같은 대목을 들 수 있다. "남자가 속으로 자기를 발가벗겨서 뜯어보고 있는 줄은 물론 그녀는 알지 못했다. 반대로, 그녀는 독고준에게서 고민하는 젊은 남자의 모습을 보고 있었다. 영숙이네가 준을 칭찬하던 이말 저말이 머리에 떠오르기도 하는 것이었다. 그녀는 수심이 서린 듯한, 모양이 좋은 남자의 옆얼굴을 바라보면서, 만일 도움이 된다면 그의 마음을 구하기 위하여 자기가 할 수 있는 일을 해야만 된다고 생각하였다."(158면), "김순임은 준을 마지막 만나던 날 밤을 생각하고 있었다. 거리에서 만나서 같이 음악 들으러 간 다음이었다. 김순임은 그날 밤의 일을 생각하자, 머리가 어지러웠다. 그리고 가슴이 두근거렸다. 그분은…… 그분은…… 김순임은 독고준이라는 사람이 어떤 사람인지 아직도 종잡을 수 있는 인상을 만들어내지 못하고 있었다. 앞에서 사라지면 좀체로 얼굴을 눈앞에 그리기 어려운 그런 인상이다. 그에 비하면 김학은 훨씬

체에서도 매우 이례적이어서, 전체적으로 볼 때 최인훈 소설에서 여성을 초점자로 설정하거나 스스로 그의 내면을 드러내는 장면은 거의 없다고 보아도 좋을 것이다.

시선을 매개로 여성을 대상화하여 소유하고자 하는 남성 주체의 욕망에는 원천이 있다. 그것은 곧 타자의 시선에 포착됨으로써 대상화되는 남성 주체 자신의 경험이다. 이러한 경험이야말로 여성을 대상으로 한 남성 주체의 대상화, 이를 통해 실현되는 지배에 대한 욕망을 낳는 기원이다. 최인훈 소설의 주인공들은 타자의 시선에 대해 매우 민감한 반응을 보인다. 최인훈 소설에서 주인공들이 타자들의 규정 속에 갇히지 않으려 애쓰거나 타자들의 시선을 피해 자신만의 독자적인 공간 속에 머물려 하는 시도를 찾는 것은 그리 어렵지 않다. 예컨대 「가면고」에서 주인공 민과 그의 전신인 다문고 왕자의 자아완성을 가로막는 것은 타자의 시선이다. 타자의 시선은 이들을 특정한 존재로 대상화하며, 이러한 대상화 경험은 얼굴에 탈이 덧씌워지는 느낌으로 구체화된다. 「구운몽」의 경우 이러한 경험은 보다 비극적인 양상으로 전개된다. 주인공인 독고민은 옛 애인인 숙을 찾으러 나가다가 자신을 가리켜 '선생님', '사장님', '선생님', '각하', 에레나의 '애인', '반란군 수령', '대주교' 등의 이름으로 부르는 일군의 무리들을 만나고 이들로부터 쫓기게 된다. 자신들의 욕망을 직접적으로 강요하는 이들 앞에서 「가면고」에서와 같은 자아완성에의 비전은 불가능한 꿈으로 전락하고 만다.[19]

명확하게 인상을 주었다. 좋은 사람이다. 그의 푸슬한 머리카락이 이마에 걸린 얼굴과, 수줍은 몸가짐이 김순임을 안심시켰다."(197면)
19) 이에 대해서는 정영훈, 「최인훈 소설에 나타난 주체성과 글쓰기의 상관성 연구」,

  최인훈 소설에 짙게 드리워져 있는 타자의 시선이라는 문제는 사르
트르의 영향을 짐작하게 한다.[20] 사르트르 철학에서 타자의 시선에 의
한 대상화 경험이 자아라는 인격적 주체의 발생으로 이해될 수 있는
것과 유사하게,[21] 최인훈 소설 역시 대상화 경험은 주체화의 과정과
중첩된다. 예컨대 『광장』의 명준이 S서에 불려간 후 고문을 겪는 과정
에서 경험하는 것이 바로 이와 관련된다. 그 이전까지 거의 어떠한 규
정으로부터도 자유롭게 있었던 명준은 형사들로부터 고문당하고 '빨갱
이'로 호명됨으로써 자신의 존재성을 부여받게 되는데, 이것은 존재가
주체로서 거듭나는 것에 다름 아니다. 타자에 의해 대상화됨으로써 비
로소 주체는 '주체'로서 정립된다. 다만 타자의 시선에 포착되고 종속
된다는 의미에서 이는 마조히즘적인 성격을 지닌 주체 정립이라 할 것
이다.

  이와 같은 대상화 경험은 이에 대한 복사판으로 타인에 대한 대상
화, 지배의 기획을 꿈꾸게 만든다. 무엇보다도 여성이 그 대상이 된다.
S서에서 고문을 당한 후 윤애를 만나러 가는 명준의 모습에서 암시되
는 바와 같이 최인훈 소설에서 여성들은 종종 타자의 시선에 의해 대

앞의 글 참고.
20) 비록 최인훈 자신은 이에 대해 이야기한 바가 없지만, 그의 소설에 사르트르의
    용어 또는 명제가 종종 등장한다든지, 의식의 성격, 언어에 대한 인식, 사랑의
    전개 양상, 사디즘과 마조히즘의 문제 등 『광장』의 여러 모티프들이 사르트르의
    『존재와 무』 '대타관계' 항목과 상당히 유사하다는 점 등을 미루어볼 때 둘 사
    이의 영향 관계는 매우 직접적이었던 것이 아닌가 짐작된다. 이에 대해서는 정
    영훈, 「『광장』과 사르트르 철학의 관련성」, 『한국문예비평연구』 21, 2006 참고.
21) 이에 대해서는 서동욱, 「사르트르의 타자 이론」, 『차이와 타자』, 문학과지성사,
    2000 참고.

상화된 남성 주체에 의해 다시 대상화되는 자리로, 곧 남성 주체 자신이 경험한 내용을 역으로 투사하기 위한 자리로 내몰린다. 이러한 시도는 마조히즘적인 방식으로 경험하는 주체의 출현을 이와 대척적인 방식으로, 곧 사디즘적인 방식으로 되풀이하고자 하는 시도이다. 그것은 남성 주체가 자신의 주체성을 보다 자율적인 방식으로 현시하기 위한 방법론의 일종인 셈이다.

시선의 소유와 관련한 남성과 여성 사이의 비대칭성, 곧 남성만이 시선의 주인이 되는 양상은 문화에 내재해 있는 전형적인 속성의 반영이라 할 수도 있을 것이다. 다시 말해 최인훈 소설은 문화에 내재되어 있는 남성과 여성 사이의 차이를 전형적으로 구현하고 있다고 할 수 있다.[22] 그런데 최인훈 소설의 경우 시선을 소유한 남성 초점자가 여성 인물을 완벽하게 대상화하지 못할 뿐 아니라 이에 대한 자의식을 남성 초점자가 매우 노골적으로 드러내고 있다는 점에서 특징적이다. 최인훈 소설의 여성 인물은 남성 초점자에 의해 대상화되는 자리에 놓여 있기는 하지만, 결코 이들에게 완벽하게 소유되지 않는다. 라캉적 명제를 통해 이미 익숙해져 있는 원리 그대로, 이들은 대상화되지 않는 잉여를 남기는 방식으로 남성 초점자에게 응시를 되돌려준다. 아래와 같은 장면에서 이러한 관계들이 분명하게 드러난다.

나에게는 한 여인을, 목적이 아니라 수단으로 다룬 하룻밤에 대하여

---

22) 시선의 소유와 관련한 남성과 여성 사이의 비대칭성에 대해서는 Susanna D. Walters, 『이미지와 현실 사이의 여성들』, 김현미 외 옮김, 또하나의문화, 1999의 「시각적 억압 : 성별과 시선」, 72~91면 참조.

인간적인 죄악감 같은 것은 조금도 없다. 다만 나의 실험이 헛되었다는 실책감만이 덩그러니 남아서 뜬눈을 감지 못하고 엎치락뒤치락하는 것이었다…… 그 기척에, 잠들었던 여자가 부스스 눈을 뜨면서, 팔을 들어 내 목에 감아왔다. 그 몸짓이 지극히 태연스럽고 버젓한 체하는 것으로 보이면서, 나는 순간 어떤 불결한 상상이 떠올랐다. 나는 감아오는 여자의 팔을 세게 비틀어올렸다. 아…… 하는 절반은 아직도 졸음에 묻힌 비명을 끌다가, 이번에는 분명히 잠에서 깬 눈으로 나를 쳐다보는 것이다. 그 눈을 보고 놀랐다. 여태껏 나를 이렇게 바로 볼 수 있는 사람은 두 사람밖에 없었다. 아버지와 어머니와. 거리낌없이 눈길을 얽어오는 궁녀의 눈에서 나는 처음으로, 이 여인과 나 사이에 벌어졌던 일의 뜻을 똑똑히 알았던 것이다. 나는 다른 탈 하나가 떨어질 수 없이 튼튼히 내 살갗에 엉겨붙는 것을 느꼈다. 나는 그 탈을 힘껏 잡아떼려고 손에 힘을 주었다. 결과는, 여자의 입에서 더 깊은 고통의 신음이 그러나 소리를 죽이며 흘러나왔다.[23]

위에 인용된 부분은 브라마의 얼굴을 갖기 위한 방편으로 '여색을 길'을 택한 다문고 왕자가 어느 궁녀와 하룻밤을 보낸 후 느낀 상념을 기록한 것이다. 브라마의 얼굴이란 자아 완성을 의미하는 하나의 표상으로 이를 가로막는 대표적인 원인으로 작용하는 것은 타자의 시선이다. 궁녀의 육체를 소유하고 그의 잠든 모습(대상화된 육체)을 바라보는 동안 유지될 수 있었던 자아 완성의 느낌은 궁녀가 눈을 떠 그를 바라보는 순간 깡그리 사라지고 만다. 대상화되지 않고 살아남는 궁녀의 눈, 이 불길하고 불결한 잔존물이 그의 기획을 실패로 돌리고 마는 것이다. 『태풍』의 오토메나크가 자신을 향해 "망설이지 않고 똑바로 쳐

<hr>

[23] 『크리스마스 캐럴 / 가면고』, 196면.

다보"는 아만다의 눈길을 피하는 이유, "늘 인형의 눈처럼" 보이던 "짙은 갈색의 눈동자", "인형의 눈이 똑바로 사람을 쳐다보"[24)는 데서 오는 당황스러움을 경험할 수밖에 없는 것도 바로 이러한 사실과 관련된다.

여성의 응시는 여성에 대한 대상화, 여성에 대한 지배를 실패로 돌아가게 한다. 비록 여성이 시선의 주체가 되지는 못하지만 그는 남성 주체에게 응시를 되돌려줌으로써 그의 기획을 불가능하게 만드는 것이다. 그 결과 시선을 매개로 한, 여성에 대한 남성의 대상화 기획은 남성 주체의 일방적인 승리가 아니라 둘 사이의 피할 수 없는 대결로 귀결된다. 「가면고」의 민과 미라, 『광장』의 명준과 윤애가 보여주는 사랑의 방식이 이러한 대결을 가장 전형적으로 예시해준다. 여성을 시선 아래 포착하고 사물화하고자 하는 남성 주체의 기획은, 명준이 윤애를 가리켜 표현한 것처럼, 기껏해야 "이해가 통하지 않는 완강한 한 마리 짐승",[25) "자기가 누구인지 모르는" "자기 이름을 모르는 짐승"[26)이라는 규정을 낳는 데서 그칠 뿐이다. 이 "짐승"이라는 말을 오해해서는 안 된다. 이는 남성 주체에 비해 열등한 존재로서의 여성을 표현하는 말이 아니라 규정될 수 없는 존재로서의 여성을 표현하는 말이다. 이는 마치 '의식존재'라고 하는 사르트르의 인간 규정이 인간에 대한 존재 규정이 아니라 자유로서 존재하는 인간을 표현하는 하나의 지칭, 사실상은 아무런 규정성도 포함하지 않는 규정인 것과 같다. 이것은 물 자체(Das Ding)로서의 여성[27)에 대한 명명, 명명될 수 없는 것에 대

---

24) 『태풍』, 79면.
25) 『광장』, 121면.
26) 위의 책, 123면.

한 명명인 셈이다.

이 규정할 수 없는 여성의 이미지는 남성 주체에게 쉽게 소유되지 않는 여성의 육체와 결부되면서 최인훈 소설에서 자주 사용되는 또 다른 의미의 메타포로 변모된다. 최인훈 소설에는 한낱 관념으로서만 수용되는 서구의 지식에 대비되는 표현으로서의 '육체'에 대한 메타포가 자주 등장한다. 예컨대 다음 대목을 들 수 있다.

> (가) 이 튼튼한 심줄과 굵은 손가락 마디를 가진 노인들에게, 학문은 무슨 막연한 것이 아니고, 그 손가락으로 주무르고 이기고 꿰매는, 아교 풀이고 암말의 허벅지 안가죽이고 쇠못이고 구두창이었다. 학문은 그들에게는 논리적 조작이 아니라 손에 익은 수공업이었다. 그러한 손가락 마디가 또한 그의 마음을 무겁게 했다. 그것은, 학문은 코즈머폴리턴한 것이며 관념적인 것이라고 생각해온 동방의 이방인 학생에게 어떤 모욕을 느끼게 했기 때문이다.28)

> (나) 이 사회에는 모두가 피부로 이해되는 것뿐이다. 그런 상징 속에서 산다. 그런 상징들은 그들의 신경이거 세포며 눈알이며 손톱새에 낀 때다. 반대로 우리에게는 그것들은 학문이며 논리이며 교양이며 요컨대 관념이다. 이 틈새. 그것을 메우는 것. 귀국할 구렵 그는 자기가 앞으로 일할 방향을 그런대로 어슴푸레 짐작하고 있었다.29)

서구인들에게 서구의 학문이 의미하는 바가 "튼튼한 심줄과 굵은 손가락 마디"나 "손톱새에 낀 때"와 같은 지극히 감각적인 표현으로 대

---

27) Slavoy Žižek, 『향락의 전이』, 이만우 옮김, 인간사랑, 2001, 179면.
28) 『크리스마스 캐럴 / 가면고』, 88~89면.
29) 위의 책, 99면.

체되어 있다. 이는 한국 현실에서 서구의 학문이 단순히 '관념'의 형태로만 수용되고 있는 것과 뚜렷한 대조를 이룬다. 이 경우 '관념'이란 '역사적 경험을 통해 몸소 겪은 결과'와는 상반되는 의미를 내포하고 있다. 여기에는 역사적 경험을 통해 몸으로 직접 겪어낸 지식과 그렇지 않은 것 사이의 차이가 개재되어 있다. 이 육체라는 메타포의 뿌리는 의심할 여지없이 여성의 육체이다. 여성의 육체는 최인훈 소설의 남성 주체에게 종종 탐구의 대상이거나 그를 통해 관념 속의 세계가 육화(肉化, incarnation)되는 대상으로 인식된다.

> 명준에게는 여자를 다룬다는 일이 끔찍이 번잡스런 작업으로 여겨졌다. 대개 나이는 아래이기 마련이고, 두개골 속에 담은 내용이라야 뻔했다. 무슨 얘기를 한담. 사랑합니다. 영원히……? 사랑이니 영원에 대하여 꽃집 진열창에 놓인 이국종 화분들처럼 그저 막연한 소유욕밖에는 갖지 못한 그녀들과 스텝이 맞을 수 있을까. 더우기 여자들에 대하여 그가 엉거주춤하는 이유 가운데는 성(性)의 문제가 있었다. 성을 타부로 아는 건 아니었다. 지식의 면으로 보면 어항 속 들여다 보듯 빤한 그녀들의 내부는, 일단 성이라는 지점에 서서 관찰할라치면 금세 투명하던 유리가 부우여니 흐려져, 보석처럼 단단한 벽으로 돌변하여 관찰이라는 광선은 직선 투입을 방해 받아서 현란한 굴절(屈折) 끝에 그만 행방 불명이 되고 말았다.[30]

명준에게 지식을 통해 이해하는 "그녀들의 내부"와 "성이라는 지점에 서서 관찰"하는 그녀들은 같지 않다. 지식을 통해 이해하는 "그녀

---

30) 『광장』, 44면.

들의 내부"가 관념 속의 여성이라면 성을 통해 매개되는 "그녀들"은 현실 속의 여성이다. 이 둘에 대한 앎은 각각 투명함과 불투명함으로 현상하는데, 이 둘의 괴리는 지식과 현실의 괴리인 동시에 지식을 현실과는 동떨어진 한갓 관념으로 변모시킨다. 이러한 맥락에서 여성의 육체를 소유하는 것은 관념 속으로만 존재하던 지식을 현실화하는 것이나 진배없다. 예컨대 "그녀의 호의를 그동안 눈치 채지 못한 건 아니었지만, 그녀의 육체의 일부를 허락받은 지금에야 만족하고 믿을 수 있었다. 육체가 없었던들 무얼 가지고 인간은 인간을 믿을 수 있을까. 눈에 보이지 않는 신을 보아보자는 소월이 우상(偶像)을 만들었다면, 보고 만질 수 없는 <사랑>을 볼 수 있고 만질 수 있게 하고 싶은 고독이 인간의 육체를 만들어 낸 것인지도 모른다. 인간의 육체란 허무의 공간에 투영된 고독의 그림자일 거다."31)라는 표현에서 육화된 관념을 얻게 된 기쁨이 분명하게 드러난다. '진리를 담보해 주는 유일한 것'으로서의 '몸의 길'32)이라고 지적한 것의 핵심적인 의미가 바로 여기에 있을 것이다.

　그러나 여성의 육체에 대한 소유와 지배는 성취되지 못한다. 이러한 시도는 앞서 살펴본 바대로 여성의 변덕스러운 태도 때문에 또 다른 좌절을 안기는 것으로 귀착된다. 마찬가지로 서구적 지식을 현실 속에서 육화된 표현으로, 풍속으로 누리고 싶어 하는 욕망 역시 성취되지 못한다. 물론 여성의 육체에 대한 소유의 불가능성이 서구적 지식이

---

31) 『광장』, 90면.
32) 성지연, 「최인훈 문학에서의 '개인'에 관한 연구」, 연세대 박사학위 논문, 2003, 100면.

육화되는 것의 불가능성을 이끌어 낸 원인이 되었다는 것은 아니다. 최인훈이 이러한 불가능성까지를 염두에 두고 육체에 관한 메타포를 사용한 것으로 이해할 수는 있을 것이다. 어떻든 이러한 사실들이 최인훈 소설의 남성 주체가 경험하는 어떤 결여, 아무리 애를 써도 가닿을 수 없는 실재와의 거리 등을 열어 보여주고 있음에는 틀림이 없다. 다시 말해 남성 주체가 여성에게서 경험한 불안과 공포는 이를 극복하기 위한 여러 기획들에도 불구하고 해소되지 않은 채 원래의 자리로 돌아온다.

4. 사랑의 거부와 현실 논리

최인훈 소설에서 사랑은 자주 죽음과의 친연성을 강하게 드러낸다. 최인훈의 대표작인 『광장』의 경우만 해도 사랑은 죽음으로 귀결된다. 두 번의 사랑에 연이어 실패한 명준이 마침내 자신의 잘못을 돌이키고 타자로서의 윤애와 은혜를 받아들이는 감동적인 장면은, 그 어떤 화려한 수식이나 해석에도 불구하고, 결국은 죽음을 암시하고 있음에 틀림없다. 『회색인』의 방공호 장면이 그러한 것과 같이, 여기서도 사랑은 죽음을 유발하거나 죽음을 대가로 지불하고서만 실현될 수 있음이 분명하게 드러나 있는 것이다. 사랑이 죽음과 밀착되어 있음에 대한 명준의 인식은 다음과 같은 장면에서도 확인할 수 있다.

　여자의 생각이 문득 났다. 그는 자기가 아직도 애인을 가지지 못한 것을 생각했다. 그러나 그 순간에는 여인과의 사랑이란 몹시도 번잡한

것으로 느껴지고, 다만 어떤 여인이 자기에게 움직일 수 없는 애정의
확신을 준 다음, 그 자리에서 죽어 버리고, 자기는 아무 의무감도 없는
포화된 순수 감정만을 소유하고 싶었다.[33]

　명준이 꿈꾸는 사랑은 탈일상적이고 몰역사적인 성격을 지니고 있
으며, 한 사람의 죽음을 매개로 하여 얻어지는 "포화된 순수 감정" 속
에서만 명맥을 유지할 수 있다. 사랑이 온전히 성취되기 위해서는 누
군가가 죽어야 한다고 생각하는 데서, 죽음을 환기시키는 향락의 생리
를 명준이 직감적으로 이해하고 있음을 짐작할 수 있다. 사랑과 죽음
사이의 친연성에 대한 이러한 인식은 두말할 것 없이 여성에 대한 남
성 주체의 공포와 불안에 뿌리를 드리우고 있다. 최인훈 소설의 남성
주체들은 여성을 완벽하게 지배하지 못하며, 여성 지배를 위한 기획들
은 하나같이 실패로 돌아간다. 여성 지배를 위한 기획이 여성에 대한
공포나 불안으로부터 출발하였음을 염두에 둘 때, 이 기획이 실패로
돌아간다는 것은 여성에 대한 공포와 불안이 여전히 남성 주체를 옭매
고 있다는 의미이기도 하다. 그런 한에서 사랑은 공포와 불안을 야기
하는 여성의 이미지가 반영되어 있을 수밖에 없고, 죽음과의 친연성은
그 귀결점 가운데 하나일 것이다. 흥미로운 점은 사랑이 환기시키는
죽음이 자신이 아니라 자신이 사랑하는 상대방의 몫이 되기를 바라는
명준의 심리이다. 상대방이 죽어 버리기를 바라는 명준의 심리에는 사
랑은 반드시 죽음을 수반한다는 것, 그러하되 그 죽음이 자신의 것이
어서는 안 된다는 논리가 내재해 있다. 바꾸어 말하면 향락은 바랄 만

---

33) 『광장』, 28면.

한 것이되 죽음을 대가로 지불하면서까지 얻어야 할 정도로 소중한 것은 아니다. 이 점에서 사랑에 관한 한 명준은 지극히 현실적인 인물이다. 그의 삶을 추동하는 것은 죽음에의 충동이 아니라 생존에의 의지이며, 그가 선택하는 것은 향락이 아니라 현실 논리이기 때문이다.

『광장』의 경우 최종적으로 죽음을 선택함으로써 사랑의 성취를 택하는 쪽으로 작품이 귀결되지만 이는 최인훈 소설 전체를 놓고 볼 때 오히려 예외적이다. 최인훈 소설에서 사랑은, 대개의 경우 회피되거나 거부된다. 예컨대 사랑이 자아 완성을 위한 핵심적인 기제로 사용되는 「가면고」에서 사랑은 현실 속의 주인공 민이 꾸는 꿈(그의 전생) 속에서만 겨우 이루어진다. 현실 속에서 사랑은 시선을 매개로 한 존재론적 투쟁의 형태로만 펼쳐질 뿐이며, 민과 미라의 관계는 끝내 실패로 돌아가고 만다. 이는 『광장』에서도 비슷한 방식으로 반복된다. 「구운몽」의 경우 마지막 장면에서 제시되는 가볍고 유희적인 사랑은 그 직전까지 독고민이 추구해 온 낭만적이고 구원적인 성격의 사랑, 죽음과 강하게 밀착되어 있는 사랑을 부정하는 쪽에 가깝다. 『회색인』의 독고준은 김순임, 이유정과의 관계에서 어정쩡한 태도를 보이고, 이유정의 방에 들어가지만 곧 되돌아 나올 뿐이다. 무엇보다도 그토록 많은 작품에 여성 인물이 등장하고 있음에도 불구하고, 유독 작가 최인훈의 실제 삶과 매우 밀착된 방식으로 그려지는 작품들, 보다 구체적으로 작가 자신의 일상에 대한 기록인 『소설가 구보 씨의 일일』 연작이나 전 생애를 반추하며 쓴 『화두』 같은 작품들에는 여성 인물이 등장하지 않거나 등장한다 하더라도 거의 무의미하게 그려지고 있으며, 이들과의 관계인 사랑의 문제는 전혀 다루어지지 않는다.[34]

최인훈 소설에서 현실적 삶과 사랑이 동시에 주어지지 않는 것은 이들이 양자택일의 관계에 있기 때문이다. 그렇다면 현실과 밀착될수록 최인훈 소설에서 사랑을 찾아보기가 힘든 이유를 짐작하는 것도 어렵지 않다. 앞서 소설이 여성에 대한 남성 주체의 불안과 공포를 누그러뜨리거나 해소하기 위한 다양한 기획이 전개될 수 있는 장소라고 했거니와, 소설을 벗어난 바깥 현실은 여성에 대한 불안과 공포가 극대화되어 나타나는 장소이다. 시선을 매개로 하는 대상화의 기획이 가능한 공간인 소설 속에서만 남성 주체는 여성을 지배할 수 있다. 장르의 특성상 서술자 또는 초점자가 부재하는 희곡 속 여성들의 모습만 보아도 이러한 점이 분명하게 드러난다. 최인훈의 희곡 속 여성들은 남성 주인공들을 "에로스적인 정열"[35]로 압도한다. 그의 희곡에서 남성 주체를 불안과 공포로 내모는 여성의 이미지가 날것 그대로 드러날 수 있는 것은 이들을 대상화하여 바라보는 시선 자체가 존재하지 않기 때문이다. 작가 최인훈이 놓여 있는 현실 역시 이 점에서는 희곡적 상황과 전혀 다르지 않다.

사랑은 현실적 삶을 위태롭게 만들거나 황폐화시키며, 성공의 대가로 현실적 삶을 요구한다. 같은 맥락에서 현실적 삶에 대한 천착은 사

---

34) 김인호와의 대담에서 최인훈은 『화두』에서 전혀 사랑을 거론하지 않은 이유에 대해 직접적인 답을 피하면서 문학에서의 '사랑'은 상징일 뿐이며, 『화두』에서는 좀 더 보편적인 기억이라는 상징이 절박했던 모양이라고 답한 바 있다(김인호, 「작가의 세계 인식과 텍스트의 자기증명」, 앞의 글, 285~86면). 그러나 이 대답은 어딘가 궁색해 보인다. 여기에는 보다 본질적이고 내밀한 문제가 놓여 있는 듯하다.
35) 위의 글, 286면.

랑을 배제함으로써만 가능하며, 현실적 삶의 존립은 사랑의 부재와 더불어서만 가능하다. 그렇다면 최인훈 소설에서 사랑의 내포적인 의미가 반드시 긍정적이라고만은 할 수 없다. 이에 대한 새로운 논의가 필요한 이유이다.

5. 결론

최인훈 소설에는 여성 인물이 자주 등장하지만 이들의 이미지는 대체로 매우 비슷하다. 이들은 순종적이고 자기주장이 뚜렷하지 않고 지적으로 단순하거나, 아니면 종잡을 수 없고 파악하기 힘들고 변덕스럽고 자주 남성 주체들을 배신한다. 이와 같이 단순하게 이분화되는 여성 이미지는 여성에 대한 작가의 무지, 또는 작가가 여성을 남성 주체의 이데올로기적 성찰을 위한 도구적 장치로만 활용한 데 따른 결과일 수 있을 것이다. 따라서 최인훈 소설에 나타난 여성의 이미지를 이와 같이 확인하는 것은 그 자체로는 큰 의미가 없다. 보다 중요한 것은 이분화된 이 여성 이미지가 남성 주체의 욕망의 흐름을 알려주고 있다는 사실이다.

최인훈 소설에 나타나는 상반된 여성 이미지는 여성에 대해 남성 주체가 느끼는 불안과 공포, 그리고 이를 극복하고자 하는 남성 주체의 욕망에 각각 대응된다. 최인훈 소설에서 남성 주체의 욕망은 여성이 야기하는 불안과 공포를 억누르고 여성을 지배하고자 하는 방식으로 작동한다. 최인훈 소설에서 여러 근대적 기획들을 확인할 수 있거니와,

여성에 대한 지배는 이러한 기획의 일부라 할 수 있다. 때로는 텍스트의 이면에 감추어진 형태로, 또 때로는 다소 분명한 형태로, 여성에 대한 지배는 다른 근대적 기획들과 더불어 시도된다. 작가 최인훈에게 소설이라는 허구적 공간은 작가 최인훈이 이러한 기획을 실험하는 하나의 실험실이다. 이 기획은 시선을 매개로 한 대상화의 형태로, 다분히 페티시즘적인 방식으로 구체화된다. 그러나 다른 기획들이 그러하듯 여성에 대한 지배 역시 성공하지 못한다. 여성은 불안과 공포를 야기하는 존재 그대로 여전히 남게 되는 것이다.

이렇게 볼 때 최인훈 소설의 주요한 주제 가운데 하나인 사랑을 바라보는 방식에도 일정 부분 변화가 있을 수밖에 없다. 최인훈 소설에서 사랑은 죽음과 결부되어 있거나 환상 속에서 겨우 이루어질 뿐 현실에서는 거의 성취되지 못한다. 어떤 의미에서 이들은 죽음을 대가로 지불하면서까지 사랑을 얻을 생각이 없거나 사랑을 적극적으로 거부한다. 무엇보다도 작가 최인훈 자신의 일상 및 개인사와 직결되어 있는 두 작품에서 사랑의 문제가 전혀 언급되지 않는다는 사실은 이러한 추론을 뒷받침하는 중요한 근거가 된다. 허구를 벗어나 현실로 나아올 때, 곧 시선을 매개로 하여 여성을 지배할 수 있는 기획 자체가 시도되지 못할 때, 사랑은 죽음을 낳을 뿐이다. 여성의 이미지가 그러하듯 최인훈 소설에서 사랑은 죽음을 환기시키는 향락과 매우 유사한 이미지로 착색되어 있다. 향락과 현실 논리 가운데 남성 주체가 선택하는 것은 후자이다. 최인훈 소설의 남성 주체가 현실적이 될 수밖에 없는 이유이다.

출전 : 「최인훈 소설에 나타난 여성 인스」, 『한국근대문학연구』 제7집 1호, 2006.

최인훈 소설의 반복 구조 연구
―『구운몽』, 『가면고』, 『회색인』의 연계성을 중심으로

1. 서론

최인훈은 소설을 쓰는 과정에서 방법적 기법을 의도적으로 실험한 작가이다. 그가 시도한 방법적 기법은 구조적 특성에서 기인하는 경우가 많다. 『가면고』와 『구운몽』의 중첩 구조, 『희색인』에서 처음과 끝장면의 일치, 이유정의 방으로 들어가는 『회색인』의 끝과 이유정의 방에서 나오는 『서유기』의 시작, 『서유기』의 이유정의 방에서 자신의 방으로 올라가는 계단에서 벌어지는 방대한 사유와 탐색구조, 『구운몽』과 『서유기』의 고고학자의 설명 부분의 외화와, 고고학 필름의 내용에 해당되는 내화의 액자구조 등 그의 소설어 나타나는 독특한 구조적 특성

---

* 최애순 / 고려대학교 한국어문교육연구소 연구교수

들은 다시 동일한 요소의 반복 구조에 의해 하나로 통합된다. 언어와 구절의 반복, 낯선 상황의 반복적 회귀, 그리고 동일한 인물들의 지속적인 반복 등, 그의 소설에서 반복 효과는 하나의 내재적 구조를 형성할 정도로 작품 세계 전반에 걸쳐 지배적이다. 최인훈 소설의 반복 구조는 이처럼 텍스트 내에서 보이기도 하지만, 텍스트 간에서도 종종 나타난다. 텍스트 간의 반복 효과는 그의 텍스트들을 하나의 일관된 서사로 보게 하는 구조적 특성을 지닌다. 즉, 각기 다른 작품이라 하더라도 각각의 작품은 서로 얽힌 구조로 연계되어 동일한 인물의 사유 궤적을 따라가는 것을 볼 수 있다. 작가는 인간의 신비한 의식을 소설 쓰기의 부단한 과정을 통해 보여준다. 최인훈 소설의 방법적 시도는 작가 의식의 반영이며 동시에 인물들의 복잡한 사유 체계의 반영이다. 인물의 사유가 복잡한 것은 최인훈의 말을 빌리자면 시대가 괴기하기 때문이다.[1] 그의 소설에서 인물들의 현실에 대한 인식은 복잡한 사유 체계로 이어지고, 그것은 구조의 복잡성, 혹은 서사의 부재로 인한 환상적 효과 등을 낳는다.

이러한 현실 인식에 대한 복잡한 사유가 작품에 반영되어 복잡하고 난해한 구조를 낳은 것의 대표적인 예로 『구운몽』을 들 수 있다. 작품

---

1) 최인훈은 작품 『화두』에서 「밀실」의 다음 작품인 「아홉겹의 꿈」에서 영문 모르는 개인의 회극적인 모습이 사실주의의 규칙을 벗어버리고 혼돈과 당혹감만이 두드러지게 그려져 있다고 밝힌다. 그것은 환상도 아니고 비사실주의도 아닌, 현실의 가장 사실주의적이고 조리 있는 반영이었다고 한다. 그는 괴기한 현실, 괴기한 사물을 단아하게 그리는 방법을 거부하는데, 이러한 부조리하고 괴기한 현실을 사실주의적으로 그려낸다는 것은 진실로부터의 도피라고 생각하였기 때문이다. 따라서 그의 복잡하고 난해한, 환상적인 형식적 실험과 방법적 시도들은 현실에 대한 인식에서 비롯된 것이다(『화두』 제1부, 문이재, 2002, 346~347면 참조).

『구운몽』은 최인훈의 문학 세계에서 하나의 정점에 위치한다. 그것은 『구운몽』의 복잡한 구조에서 기인하는 것으로, 『구운몽』에서 독자가 접하는 낯선 상황의 반복된 재현, 경계가 모호한 겹의 구조, 영화 기법의 도입 등 다양한 구조적·형식적 실험들은 최인훈 소설 전반에 걸친 여러 모티프의 단면들이다. 이러한 『구운몽』의 여러 모티프들은 다른 작품과의 연계성 하에서 풀어나가야만 풀리지 않을 것 같은 난해한 인물의 의식 세계를 규명할 수 있다. 따라서 『구운몽』의 여러 다양한 모티프를 중심으로 다른 작품 간의 연결고리를 찾는 것은, 최인훈의 전반적인 작품 세계를 규명하는 데 도움이 된다. 이 논문에서는 『구운몽』의 복잡한 겹의 구조와 다른 작품들 간의 연계점을 형성하는 반복 구조를 중심으로 최인훈 소설을 해명하고자 한다. 더불어 그러한 반복 구조가 최인훈 소설에 나타나는 분신 모티프의 형성에 기여하고 있는 점을 밝히고자 한다. 텍스트 간의 반복 구조로 인한 동일 인물의 반복적 서사는 결국 부조리한 현실에 대한 작중인물의 반응이며 작가의식의 반영이다. 작가는 시대적 고민을 소설쓰기를 통해 풀어나가는데, 소설에 등장하는 인물은 곧 작가의 분신이라 볼 수 있다. 최인훈 소설의 복잡한 구조적 특성은 결국 인물과 현실과의 괴리, 작가의 문학행위와 현실인식과의 괴리에서 기인한다.

최인훈 소설의 인물과 상황, 혹은 자아와 세계의 복잡하고 집요한 갈등 구조에 대해서는 여러 논자들에 의해 이미 지적된 바 있다. 염무웅[2]은 『구운몽』의 독고민이 꾸는 파편화된 꿈을 상세하게 분석하면서

___

2) 염무웅, 「상황과 자아」, 『최인훈』, 서강대학교출판투, 1999, 70~83면.

그것이 자아가 처한 악마적 상황이라고 해석한다. 김치수[3]는 작품 『회색인』을 분석하면서 자아(밀실)와 현실(광장)의 어느 한쪽을 선택할 수 없는, 회색인의 자리에 처한 주인공의 입장을 언급한다. 정과리[4] 역시 자아와 세계의 대립적 인식에 대해 논하며, 이러한 대립적 인식의 기반은 유년기의 정신적 외상에 근거한다고 본다. 많은 논자들의 최인훈 소설의 자아와 세계와의 갈등 구조에 대한 주목은, 최인훈 소설에 지속적으로 나타나는 밀실과 광장 사이에서 방황하는 인물의 고민으로 이어진다. 광장의 측면을 현실(이데올로기)에 대한 인식으로, 밀실의 측면을 나르시시즘에 갇힌 자아로 보는 연구자들은 최인훈 소설을 이분법적 사고에 가둔다. 그의 소설은 밀실과 광장 사이의 구분이나 대립이 아니라, 그 사이에서 끊임없이 갈등하고 방황하는 사유의 과정을 보여준다. 따라서 자아의 분열이나 나르시시즘적 사유, 혹은 환상으로 직조된 세계라 할지라도 그것은 인물의 사유 논리에서는 현실과의 연장선상에 있다. 이 논문은 바로 최인훈 소설을 이분법적 구도에서 벗어나 하나의 통합된 서사로 읽어내려는 데 목적이 있다.

김미영[5]은 작품 『구운몽』이 편력 로망스 구조와 자아반영의 거울 텍스트 구조가 동시에 결합된 구조라 언급하며, 이 작품이 난해하다는 평가를 받아온 이유로 구조의 복합성을 든다. 『구운몽』과 더불어 『가면고』와 『서유기』도 중첩 구조와 편력 로망스 구조가 동시에 나타나

---

3) 김치수, 「자아와 현실의 변증법―『회색인』에 대하여」, 『회색인(최인훈 전집 2)』, 문학과지성사, 1991, 304~311면.
4) 정과리, 「자아와 세계의 대립적 인식」, 『문학과 지성』, 1980년 여름호, 457~476면.
5) 김미영, 『최인훈 소설 연구』, 깊은샘, 2005, 31~87면.

서 난해한 작품이라 말한다. 김미영의 최인훈 소설의 환상적 서사구조에 대한 규명은 편력 로맨스 구조와 거울 텍스트의 중첩, 그리고 패러디 텍스트의 미학 구조의 세 가지로 대표된다. 그러나 각각 다른 것처럼 보이는 세 가지의 구조는 최인훈 소설에서 서로 얽혀 있다. 그는 여러 구조가 동시에 나타나는 구조에 대해서 언급만 할 뿐, 그것들이 얽힌 관계를 명확하게 짚어내지 못한다. 그러한 각 작품의 복잡하게 얽힌 구조는 반복 구조를 통해 해명된다. 이 논문에서는 중첩 구조, 즉 겹의 구조를 통해 동일한 인물의 반복과 변형이 야기하는 반복 구조를 살펴보고, 그러한 반복 구조가 각 작품의 연계점을 형성하여 최인훈 소설 전체를 연속된 하나의 서사로 보게 하는 점에 주목하고자 한다. 그것은 동시에 각 작품에 등장하는 여러 다른 인물을 동일한 인물의 성장의 서사로 보게 한다. 따라서 이 글은 최인훈 소설에서 반복 구조가 가장 잘 드러난다고 판단되는『구운몽』의 구조에 대해서 살펴본 후,『구운몽』과『가면고』, 그리고『회색인』의 연계성을 고찰해보기로 한다.

2.『구운몽』의 구조적 특성과 서사의 전개

『구운몽』의 구조는 단순하지 않고 복잡하다. 그것은 경계가 모호한 겹의 구조와 낯선 상황의 반복 구조에서 기인한다. 겹의 구조이긴 하지만, 최인훈 소설의 겹의 경계는 모호하다. 그리고 내화 또한 인물이 겪는 현실인지 환상인지의 구분이 모호하긴 마찬가지이다. 그러한 내화의 모호한 경계는 계단이나 골목과 같은 공간에 의해 교묘하게 배치되기도 하지만, 겹을 이루는 경계는 주로 다른 장르(영화 텍스트)의 도입을 통해서 마련된다. 가령 '지금까지 여러분이 보신 것은 고고학 필름의 일부'라는 갑작스런 환기 효과는, 지금까지 독자가 읽은 것이 모두 현실이 아닌 환상임을 말해준다. 그렇지만 작품『구운몽』에서 가장 안쪽 내화인 독고민의 서사는 단순히 고고학 필름의 내용으로 돌려버리기에는 미진한, 기이한 현실감이 지속적으로 남는다. 독고민의 서사를 한층 더 혼란스럽고 망설이게 만드는 것은 낯선 상황의 반복적 재현에 따른 인물의 반복 강박이다. 이 장에서는 겹의 구조와 낯선 상황의 반복이 야기하는 인물의 반복 강박, 그리고 다른 작품 간의 연계점을 형성하는 반복 구조에 대해 풀어보기로 한다.

1) 경계가 모호한 겹의 구성과 서사의 연계

『구운몽』의 구조는 복잡하다. 그것은 인물이 겪는 상황이 현실인지 환상인지 모호한 데서 연유하기도 하지만, 그보다 내화와 외화 사이의 경계를 지우고 모호하게 만드는, 장면의 단절적 전환으로 인한 기이한 '겹'의 구조에서 기인한다. 겹의 구조이긴 하지만 안과 밖의 경계가 모호하여, 안의 서사와 밖의 서사가 연결된 이야기인지 아니면 전혀 다른 이야기인지 '망설이게' 한다. 뿐만 아니라 독자는 안과 밖의 경계선을 찾기 힘들다. 독자는 어느 순간 다른 장면이 펼쳐지고 있는 것을 경험한다. 경계가 모호하긴 하지만 각 내화들, 혹은 외화들의 서사는 서로 연계되어 있다.『구운몽』은 크게 ① 독고민의 서사, ② 김용길 박사의 서사, ③ 고고학자의 설명, 그리고 마지막에 ④ "빨간 넥타이"와 "왼쪽 뺨에 까만 점"의 특징으로 상징되는 영화를 보고 나온 연인의 서사로 볼 수 있다. ① 독고민의 서사와 ② 김용길 박사의 서사의 경계는 장면이 갑자기 바뀌는 것으로 대치된다. 장면의 단절적 전환은 마치 영화의 장면이 바뀌는 것과 흡사하며, 작가 최인훈은 "현관문은 굳게 닫혀 있다. 이튿날 아침."(263면)[6]이라고만 언급하며 독고민 서사의 막을 내리고 김용길 박사의 서사를 전개한다. 현관문은 영사막의 상징으로 볼 수 있으며, 이러한 영사막에 의한 인과율의 배치는 이미 독고민의 서사에서 삽입된 장치이다. ② 김용길 탁사의 서사와 ④ 영화를 보고 나온 연인의 서사 사이의 경계 역시 영화 장르의 도입을 통해 이루어진다. 아니 정확하게 말하면, 지금까지 본 것들을 "오늘 여러분이 보신 영화는, 고고학 입문 시리즈 가운데 한편으로, 최근에 파낸 어느 도시의 전모입니다."(276면)라고 밝히면서 ① 독고민의 서사까지 고고학 필름 속으로 집어넣어버린 것이다. ③의 고고학자의 설명에 지금까지 본 것들, ① 독고민의 서사와 ② 김용길 박사의 서사에 대한 부연 설명이 삽입된다. 그리고 마지막에 앞에서 영화를 본 것 같은 연인이 등장한다. ④의 서사는 그 순간 바로 영화를 보고 빠져나온 연인들일 수도 있지만, 미래의 어느 순간 필름으로 고스란히 남아 있는 과거의 영화를 보고 나온 몇 세대 뒤의 후손들일 수도 있다. 독고민이라는 개인 인물에 관한 서사가 '고고학 필름'의 부류에 넣어진다는 사실은, 인간

---

6) 최인훈, 『광장 / 구운몽(최인훈 전집 1)』, 문학과지성사, 1989. 이하 『구운몽』 인용 부분은 면수만 표시하기로 한다.

은 그 시대를 살아가는 당대인이자 역사 속의 한 개체임을 말해준다. 다시 말해 개인의 기억이나 경험은 곧 역사의 기록일 수 있음을 간접적으로 보여준다.

각각의 서사는 서로 다른 인물의 서사이면서도 서로 연계되어 있다. 독고민은 ②김용길 박사의 서사에서 시체로 발견되고, '빨간 넥타이'는 ①독고민의 서사에서는 해전이라는 시를 낭독한 시인으로 등장하고 ②김용길 박사의 서사에서는 조수로 등장한다. 더불어 '왼쪽 뺨에 까만 점'을 가진 여인은 독고민이 그토록 찾아 헤매던 '숙'의 대표적 특징이며, 그 여인은 ①독고민의 서사뿐만 아니라 ②김용길 박사의 서사에서도 간호원으로 등장한다. '빨간 넥타이'보다는 '왼쪽 뺨에 까만 점'을 가진 '숙'의 이미지가 전체 서사에서 더 강렬하게 작동되는 서사 추동의 원동력이다. 독고민과 김용길 박사의 관계도 묘한 유사성이 발견되는데, 특히 두 인물 모두 피난민이라는 것이 그 중 한 조건이다. 그러나 "어느새 굳게 닫힌 커다란 현관문이 영사막으로 바뀌고, 거기 감사역을 비롯한 사람들이 따라나와서 그들을 바래고 있다."(262면)라는 대목은 지금까지의 독고민의 서사가 영화 속에서 전개된 것임을 말해준다. 독고민으로 보이는 인물이 겪은 상황들은 영화의 한 장면으로 처리되는가 하면, 바로 다음날 김용길 박사의 서사에서 독고민은 다시 실제 인물이었던 것처럼 동사한 시체로 발견된다. 시체로 발견되는 독고민은 독자를 또다시 당황하게 한다. 그러나 이어서 김용길 박사의 서사까지가 모두 고고학 필름이었음을 밝힌다. 이렇듯 복잡한 서사의 전개와 겹의 구성은 많은 논자들이 『구운몽』을 환상계열의 작품으로 분류하도록 한다.[7]

그러나 모든 것이 고고학 필름이었음을 밝히는 ③의 서사는 내적 인과성을 부여하며 이해 가능한 영역으로 끌고 간다. 그렇지만 마지막에 다시 등장하는 "빨간 넥타이"와 "왼쪽 뺨에 까만 점"을 가진 영화를 보고 나온 연인은 독자를 또다시 혼돈스럽게 한다. 『구운몽』의 서사는 '환상이다 혹은 현실이다'라는 구분을 넘어서, 설사 설명할 수 없는 혼란스러운 상황들을 환상의 세계라 가정한다 하더라도, 묘하고 기이한 지점이 남는다. 그것은 겹의 구조에서 외화가 차지하는 비중보다 내화가 차지하는 비중이 상대적으로 큰 데서 기인한다. 독자는 독고민의 서사가 고고학 필름의 일부라는 분명한 환상임을 알고 나서도 그것이 마치 현실인 듯한 착각에 시달린다. 마지막에 독자의 의식에 강렬하게 남는 것 역시 내화의 독고민의 서사와 그가 시달리던 반복 강박이다. 실제로 텍스트 내의 겹의 구조를 통해서도 독고민이 다른 인물로 등장하는 것처럼 인식되고, 다른 작품과의 연계성을 살피는 과정에서도 독고민과 다른 인물과의 연관성을 의식하게 된다. 실제로 『가면고』의 민→『구운몽』의 독고민→『회색인』의 독고준으로 이어지는 인물의 유사성은 텍스트 간의 반복 구조를 형성하는 결정적 요인이다.

---

7) 그러나 환상계열이니 사실주의계열이니 하는 이분법적 구분법으로 최인훈 소설을 읽어내는 것은 작가의 의도와도 어긋나도 작품의 해석에도 손실을 가져온다. 작가는 자신의 작품들이 연계된 5부작으로 읽히기를 바라며(최인훈·진형준 대담, 「기억을 찾아서 가는 소설의 길」, 『상상』, 1994년 여름호 통권 4호, 206~234면) 실제로 그의 작품에서 환상은 곧 현실이고 현실은 곧 설명할 수 없는 기이한 환상이기 때문이다. 반복 구조를 중심으로 최인훈 소설을 조망했을 때, 그의 작품들을 하나의 통합된 서사로 읽게 하는 장점을 지닌다.

2) 장면의 단절적 전환과 반복 구조

작품 『구운몽』의 독특한 구조적 특성을 드러내는 요소로는 다음과 같은 것들을 들 수 있다. ① 첫 장면의 미라의 부활 ② 신체가 조각조각으로 파편화되는 꿈 ③ 낯선 이들에게 쫓기는 낯선 상황의 반복 ④ 늙은 댄서가 젊은 여인으로 부활하고, 총에 맞은 독고민이 방탄복의 인과율로 소생하는 기적적 장면 ⑤ 고고학 필름과 내생의 연인으로 들 수 있다. ④와 ⑤는 앞 절에서 기이한 겹의 구조를 통해 설명하였고, 이 절에서는 ①과 ②, 그리고 ③의 부분들에 주목해보기로 한다. ①은 장면의 단절적 전환을 통해 규명하고자 하며, ②와 ③은 인물이 시달리는 반복 강박 증상의 대표적인 예로 텍스트 내의 반복 구조를 통해 분석해보고자 한다.

　① 관(棺) 속에 누워 있다. 미이라. 관 속은 태(胎) 집보다 어둡다. 그리고 춥다. 그는 하릴없이 뻔히 눈을 뜨고 누군가를 기다리고 있다. 몸을 비틀어 돌아 눕는다. 벌써 얼마를 소리 없이 기다려도 아무도 찾아오지 않는다. 몇 해가 되는지 혹은 몇 시간인지 벌써 가리지 못한다. 혹은 몇 분밖에 안 된 것인지도 모른다. 똑똑. 누군가 관 뚜껑을 두드리고 있다. 누구요? 저예요. 누구? 제 목소릴 잊으셨나요? 부드럽고 따뜻한 목소리. 많이 귀에 익은 목소리 빨리 나오세요. 그 좁은 곳이 그렇게 좋으세요? 그리고 춥지요? 빨리 나오세요. 따뜻한 데루 가요. 저하구 같이. 그는 두 손바닥으로 관 뚜껑을 밀어올리고 몸을 일으켰다. 어둡다. 아무것도 보이지 않는다. 게 누구요? 대답이 없다. 그는 몸을 일으켜 관에서 걸어나왔다. 캄캄하다 두 팔을 한껏 앞으로 뻗치고 한 발씩 걸음을 떼놓는다. 한참 걸으니 동굴 어귀처럼 희미한 곳으로 나선다. 계단이 있다. 두리번거리면서 한 계단 밟아 올라간다. 캄캄한 겨울 밤 독고민은

아파트 계단을 올라간다. 지난밤 꿈을 골똘히 생각하면서. 그는 잠시 망설인다.(『구운몽』, 173면)

② 극장 문을 나선 민은 그저 건성 집이 있는 쪽으로 걸음을 옮겼다. 짧은 겨울 해는 이미 넘어갔다. 전차가 덜컹거리면서 지나간다. 여자가 저편에서 걸어온다. 지내놓고 보니 어디선가 본 듯싶은 여자였다. 그는 문득 생각했다. 극장에서 옆 자리에 앉은 여자 같아서. 그러나 확실치는 않았다. 그녀는 총총히 사라져가고 있다. 민은 우뚝 서서 그 뒷모습을 바라보았다. 그녀는 정말 옆 자리에 앉았던 여잘까. 그는 조바심이 난다. 알 수 있는 길은 한 가지밖에 없었다. 쫓아가서 한 번 더 보는 것. 돌연한 용기로 가슴을 울렁거리며 여자가 사라진 쪽으로 달려갔다. 그녀는 보이지 않았다. 골목이 나섰다. 그는 거침없이 그 골목으로 접어들었다. 그러나 막다른 골목이었다. 그는 되잡아 큰길로 나서서 내쳐 길을 따라 뛰어갔다. 앞이 환히 트이면서 광장이 나타났다.(182면)

③ 그런 소리를 지르면서 사람들은 뜻밖에 가깝게 다그쳐 쫓아온다. 그는 공포로 헉헉 느끼면서 휑한 거리를 자꾸 달린다. 어느 모퉁이를 돌아가면서 그는 뒤를 돌아보았다. 그들은 저만치서 이쪽을 손가락질하면서 달려온다. 그는 두 번째 모퉁이를 돌았다. 민은 약간 속력을 늦췄으나 여전히 뛴다.

아파트 계단을 올라가면서 독고민은 잠깐 망설인다. 꼭 한잔만 했으면 온몸이 후끈하게 녹을 것만 같았다.(192면)

①의 예문은 『구운몽』의 첫 장면이다. 관 손에 누워 있던 미라가 뚜벅뚜벅 걸어 나오는 형상은 최인훈 소설에서 가장 기괴한 장면 중의 하나다. 물론 위의 부분은 지난밤 꿈으로 돌리면서 일상으로 복귀하지만, 인물이나 독자에게 남는 기괴한 감정은 그러고 나서도 쉽게 지워지지 않는다. 이미 죽어서 정지한 인간의 육신을 썩지 않는 미라의 상

태로 보존한 것은, 미라의 부활에 대한 믿음에서 기인한다. 미라의 부활에 대한 욕망은 결국 관 속에서 뚜벅뚜벅 걸어 나오는 '기괴한' 형상을 만들어낸다. 원시인들의 불멸의 영혼에 대한 믿음은 근대 문명사회에서도 지속적으로 유지되는 인간의 근원적 욕망이다. 죽음에 대한 두려움에서 기인하는 영혼에 대한 믿음은 이처럼 미라가 부활하는 기적적 장면을 연출하는 것을 가능하게 한다. 이것은 욕망의 현실적 실현으로, 환상의 영역에서는 실재하는 세계이며 현실에서는 욕망하는 무의식의 세계이다. 계단을 올라가면서 바뀌는 장면의 단절적 전환은 환상과 현실 사이의 구분을 모호하게 해주며, 꿈에서 깨고 나서도 꿈 속 장면이 마치 현실인 듯한 착각을 불러일으킨다. 계단이나 방문을 통해 현실계로 복귀하는 장면은 동화의 이동 경로를 연상시킨다.[8] 『회색인』의 끝 장면에서 이유정의 방으로 들어간 독고준이 『서유기』의 시작 부분에서 이유정의 방에서 나와 자기 방으로 올라가기까지 짧고 협소한 공간에서의 길고 방대한 사유 체계 이면에는, 어느 순간 돌연 환상 세계에 진입하고 그리고 다시 불쑥 현실계로 복귀하는 장면의 단절적 전환이 반복된다. 미라가 관 밖에서 들리는 여자의 목소리에 의해 깨어나는 '환상'은, 아파트 계단을 올라가는 독고민에 의해 현실로 복귀한다. 관 안에 갇힌 미라에게 관 밖은 현실 세계의 상징이지만, 그

---

8) 그러나 동화에서 1차원의 세계와 2차원의 세계는 좀 더 명확하게 구분된다. 집―방랑―귀향의 구도는 탐색 로맨스 구조나 일반적인 모험의 서사와 같은 맥락이지만, 최인훈의 서사에서 현실―환상―현실의 구도는 복잡하게 얽혀 있다. 환상도 이미 현실의 일부이며, 현실도 기괴한 환상으로 가득 차 있다. 그래서 그의 소설의 인물들을 자꾸 과거로의 여행을 떠난다. 과거로의 여행, 기억과의 만남은 이전에 경험했던 사실의 영역이지만 현재 이 순간에 이미 현실이 아닌 환상이다.

러나 그가 관 밖으로 나오는 순간 그 현실은 곧 기괴한 환상이 되어 버리고 만다. 그래서 결국 독고민의 꿈속으로 다시 들어갈 수밖에 없다. 계단이라는 장치에 의한 현실로의 귀환은 종종 막다른 골목이나 모퉁이에 의한 낯선 현실로의 진입과 동일하게 작용한다. 예문 ②는 독고민이 낯선 이들에게 쫓기는 상황에 접하게 되는 과정인데, 독고민의 낯선 경험은 이처럼 예기치 않게 갑자기 등장한다. 일상의 생활에서 돌연 마주하는 낯선 상황의 이물감은 단지 골목을 사이에 두고 막다르게 고조된다. 막다른 골목은 현실계로의 복귀도 환상계로의 진입도 아닌, 중간의 어정쩡한 상태, 즉 자기 자신도 인식하지 못하는 기이한 상황이 펼쳐지는 곳이다. 예문 ③은 막다튼 골목에서 돌연 낯선 공간이 펼쳐지고 그곳에서 낯선 이들에게 쫓기는 상황이 전개됨에 따라, 그러한 상황으로부터 벗어나려는 인물의 공포가 독자에게 강하게 다가온다. 그러나 그러한 상황으로부터 벗어나려는 온갖 노력에도 불구하고 같은 상황이 되풀이되는 데에서 인물은 두려움을 느낀다. 그러나 반복되는 낯설고 기이한 상황 속에서 어느 순간 돌연 마주하게 되는 것은 하숙집의 현실이다. 하숙집은 이 경우어 낯선 상황에 대비되는 독고민의 일상적인 현실로 기능한다. 낯선 이들에게 쫓기는 기이한 상황에서 익숙하고 친숙한 하숙집으로의 복귀는 아파트 계단을 올라가면서 가능해진다. 그러나 작가는 그러한 갑작스런 장면의 전환에 대한 상세한 설명을 하지 않는다. 중간에 단지 한 줄의 휴지(休止)만 있을 뿐, 이번에는 예문 ①에서처럼 꿈이라는 인과성의 확보도 마련해주지 않는다. 이러한 장면의 단절적 전환은 독고민의 의식이 헝클어져 있음을 보여주기 위한 방법적 전략이며 무의미한 기표이다. 최인훈 소설에서 환상과 현실의 모호한 경계는 이처럼 계단이나 방문과 같은 의도적 장치 이외에 청각적 요소의 적절한 배치를 도입한다. 『광장』의 이명준은 빗소리를 들으며 관념의 세계에 몰두하고, 빗소리가 끝나면 복잡한 사유를 중단한다. ①의 예문에서도 미라는 자신을 부르는 여자의 목소리에 의해 깨어난다. 그 여자의 목소리는 누구인지 밝혀지지는 않지만, 그의 헝클어진 의식을 집요하게 잡아당기는 '숙'의 목소리라고 일단 해석해 볼 수 있다. 『구운몽』에서는 이 장면 이외에, '어디선가 뎅뎅 치는 기둥 시계 소리'에 낯선 이들에게 쫓기던 상황에서 하숙집의 현실로 복귀한다.(204면)

> 그는 그만두고 돌아서다가, 머리카락이 곤두서듯 오싹했다. <u>요 먼저,</u> <u>숙을 만나러 나왔다가 허탕을 치고 거리를 헤매던 날 밤도 꼭 이랬던</u> <u>것이다.</u> 그는 사방을 둘러보았다. 낯익은 거리였다. 그날 밤 그 언저리임이 분명했다. 좀더 가서 골목을 잡아들면 찻집이 나타날 것이다. 그리고 스토브를 끼고 둘러선 이상한 사람들. 고함. 그리고…… 그날의 기억. 지금 그가 걸어가는 길에 하나하나 펼쳐질, 지난 밤의 일이, 똑똑하게 머리에 떠오른다. 게다가 숙은 오늘도 나타나지 않은 것이다. 광고를 볼 짬이 보름이나 있었는데, 그날 밤과 모든 게 꼭 같다. 민은 숨이 가빠온다. 그는 사방을 살핀다. 그 거리다. 핀으로 머리를 긁던 여자. 꼭 같다. 그는 튕기듯 뛰기 시작한다. 전번에 들어선 골목을 지나치고 될수록 낯선 쪽으로 골라서 달린다. 그런데 어떻게 된 일일까? 마치 궤도에 올라앉은 기관차처럼, 벗어나서 달리려고 기를 쓰면 쓸수록, 민은 점점 낯익은 길로 자꾸 빠져든다. 분명히 전에 헤매던 그 거리를 그날 순서대로 달리고 있는 저를 본다.(『구운몽』, 198~199면)

위의 예문은 어느 날 우연히 들어선 낯선 골목을 통해 마주하게 되는 낯선 상황이 다른 날 되풀이되는 장면이다. 낯선 상황이 두 번 반복됨으로써 그것은 첫 번째와는 달리 낯익음을 제공하지만, 그 낯익음은 일상 법칙을 벗어난 것이어서 인물에게는 두려움으로 다가온다. 그것은 다른 시간대에 동일하게 일어나는 상황의 불가능성에서 기인한다. 그러나 이러한 불가능한 상황이 반복되면서 인물은 두려움을 느끼고, 독자 역시 기이한 느낌에 사로잡힌다. 인물이 느끼는 반복 강박은 『구운몽』 내에서, 다시 말해 한 텍스트 내에서 강하게 나타나지만, 독자는 오히려 텍스트 간에서 발생하는 반복 구조에 의해 기괴함을 느낀다. 『구운몽』의 독고민이 시달리는 반복 강박은 작품이 끝날 때까지 반복됨으로써 텍스트 내의 긴장을 유지한다. 이처럼 텍스트 내의 반복에 의한 인물의 반복 강박 증상 이외에 텍스트 간에서 나타나는 반복 구조는 인물에게는 아무런 두려움을 야기하지 않을 수도 있지만, 독자에게는 이전에 읽은 텍스트와 반복되는 구절과 어휘, 그리고 동일한 인물의 지속적인 반복과 변형은 기이한 느낌을 남긴다.

환상과 현실, 꿈과 현실의 모호한 경계는 인물의 복잡한 사유의 반영이다. 인물의 복잡한 사유는 과거의 기억이나 상처에 근거한다. 『구운몽』의 인물이 겪은 분명한 경험은 광장에서 누군가로부터 쫓기던 4·19혁명이다. 그러나 독고민에게 강렬하게 남아 있는 것은 4·19혁명의 의의에 관한 것이 아니라, 누군가로부터 쫓기던 절박한 상황과 그 순간에 마주한 잠옷 입은 여인의 관능적 육체이다. 이러한 파편적인 기억의 구성은 작가 최인훈의 현실 인식에서 비롯된다. 4·19는 혁명의 의지를 실천한 유일한 경험이었으나 뒤따라오는 5·16에 의해 억압당하고 만다. 그래서 4·19 경험은 이후에 집단적인 외상으로 남아 승리감보다 좌절감만 강렬하게 인식된다. 기억 속에서 그것은 경험의 구체성은 조각조각으로 파편화되고 추상적인 이미지만 남은 기괴한 현실일 뿐이다. 따라서 그 기괴한 현실은 인물의 현재 의식에서는 환상으로 재현될 수밖에 없다. 최인훈은 현실에 대한 인식을 단아한 방법으로 묘사하기보다 복잡한 구조를 택하여 은유적으로 드러낸다.『구운몽』의 복잡한 구조는 작가의 기괴한 현실에 대한 인식에서 비롯된 것이다. 사유의 엉클어짐은 구조의 복잡성을 만들고, 작품의 서사에서 결정적 역할을 하는 낯선 상황은 우연에 의해 전개된다. 그러나 그러한 우연적인 낯선 상황과의 조우는 '반복'됨으로써 필연성을 획득한다. 꿈의 파편화는 우연에 그치지만, 반복적으로 되풀이되는 꿈은 무의식의 상처, 혹은 억압된 기억의 되새김질이다. 독고민이 겪는 낯선 상황의 반복적 재현은 그것이 두 번째가 되는 순간 이미 '낯익은' 필연이 된다. 반복 구조를 살피는 것은, 인물의 망각되고 변형된 기억을 재구성하는 작업이며, 고고학자가 과거의 순간을 복원하는 작업이다. 여기저기 파편화된 기억의 조각은 현재 복원할 수 없는 사실이 아닌 환상이지만 '반복'되는 이미지들은 순간의 영원성을 획득하며 사실의 기록이 된다.『구운몽』에서 낯선 이들에게 쫓기는 상황은 이미 환상이 아닌 독고민의 현실이다. 그렇다면 독고민은 왜 낯선 이들에게 쫓기고 있는가를 해명하는 것이 관건이다. 그것은『구운몽』과 다른 텍스트와의 겹치는 반복 구조를 통해 드러난다.

3. 텍스트 간의 반복 구조의 형성과 의미

최인훈 소설을 접하는 독자는 종종 다른 텍스트에서 이미 본 구절이
나 어휘, 그리고 문장 등이 반복되는 경험을 한다. 최인훈 소설에서 이
러한 텍스트 간의 반복 구조를 형성하는 가장 두드러지는 요소는 바로
동일한 인물의 지속적 반복이다.9) 동일한 인물의 지속적인 반복은 그

---

9) 최인훈 소설의 텍스트 간의 인물의 유사성에 대해서는 여러 평자들에 의해 이미
지적된 바 있다. 권오룡은 작품 『서유기』를 분석하면서, 『서유기』가 『광장』과 『회
색인』의 발생적 계보를 자신의 족보로 갖는다고 언급하며, 더불어 『서유기』의 독
고준과 『광장』의 이명준이 이란성 쌍둥이처럼 서로 겹치며 대칭구조를 이루고
있다고 한다. 『서유기』가 '내공간'의 영역을 보여준 것이라면, 『광장』은 바로 '외
공간'의 영역을 보여주는 것이며, 『회색인』은 바로 그 사이에 위치한 작품이라는
것이다(권오룡, 「시간이여, 강낭콩 꽃빛으로 흘러라」, 『문학과 사회』 47, 1999. 가
을호, 1286~1307면). 권보드래 역시 『회색인』을 분석하는데 있어 『광장』과의 연
계성 하에서 고찰하려는 의욕적인 시도를 보인다. 『광장』→『회색인』→『서유기』
→『소설가 구보 씨의 일일』로 이어지는 작품의 연계성에 주목하면서 그는 『광장』
만이 마치 최인훈 문학에서 예외적이고 독보적인 존재인 것처럼 평가하는 것에
대해 반대한다. 권보드래는 이러한 다른 작품들과 『회색인』과의 연계성뿐만 아니
라 특히 『회색인』 내에서의 동일한 인물의 반복과 변형, 즉 분신 모티프에 주목
하여, 김학과 독고준의 두 계열로 나누어지는 계몽과 환멸의 구도를 『회색인』의
전체 구도로 삼는다(권보드래, 「최인훈의 『회색인』 연구」, 『민족문학사연구』,
1997. 10호, 223~249면). 권오룡과 권보드래의 지적처럼 최인훈의 작품들은 텍
스트 간의 반복구조를 통해 통합된 서사를 지향한다. 그런 통합된 서사의 지향은
동일한 인물의 반복을 낳는데, 그런 동일한 인물의 반복은 한 인물의 반복 혹은
변형으로 보여지는 분신 모티프로 이어진다. 특히 『회색인』의 인물들은 자아분열
로 인한 독고준의 분신이라는 인상을 대표적으로 보여준다. 그러나 작품 내의 등
장인물들이 한 인물의 분신으로 보여지는 경우 못지않게 텍스트 간에서 반복되
는 동일한 인물의 지속적인 반복에 의한 분신의 등장도 곳곳에서 보인다. 이러한
현상은 최인훈 소설을 하나의 통합된 서사로 읽게 하며, 난해하고 복잡하게 얽힌
듯한 혼란스러운 인물의 의식이 사실은 작가 최인훈의 일관된 사유의 논리라는
것을 보여주는 증거이다.

의 소설들을 하나의 인물이 엮어나가는 장편소설로 보게 한다. 즉, 유년기에 자아비판의 공포와 방공호에서의 성적 유혹을 겪은 인물은, 성인이 되고 나서 무의식에 자리한 콤플렉스 기제로 인해 연애에 계속 실패하고 정신적 혼돈으로 인한 환영이나 환청에 끊임없이 시달린다. 동일한 인물의 지속적 반복은 작품 『구운몽』의 겹의 구조를 통해 잘 드러난다. 최인훈 소설에 나타나는 동일한 인물의 반복은 『구운몽』의 텍스트 내에서만 구현되는 것이 아니라, 텍스트 간에서도 지속적으로 발견할 수 있다. 『구운몽』의 독고민의 '독고'와 『회색인』의 독고준의 '독고' 성의 겹침, 그리고 『구운몽』 독고민의 '민'과 『가면고』의 '민'의 이름의 겹침은 각각 세대의 교체와 동일 인물의 변형을 암시한다. 이처럼 동일한 인물이 지속적으로 반복되고 있다는 점을 감안하면, 난해하고 파편적으로 보이는 인물의 기억들이나 성격들은 작품 사이에 연결되는 고리들을 찾아 분석하는 데 도움이 된다. 즉, 한 작품에 나타나는 설명할 수 없는 '의식'은 다른 작품과의 연계점을 찾아 '의식'의 혼돈을 가져오는 무의식의 영역을 파헤칠 수도 있고, 혹은 망각된 기억의 일부를 재구성할 수도 있다. 그래서 어떤 한 작품에서 인물의 성격이 일관되지 않은 점(『광장』의 태식을 고문하고 윤애를 강하려 한 이명준, 『구운몽』에서 하숙집 할머니에게 그답지 않게 '병신'이라는 악담을 불쑥 내뱉는 독고민 등), 혹은 불쑥 튀어나오는 언어들은 모두 그런 점에서 고려해보면 이해의 영역을 넓힐 수 있다.

1) 중첩된 기억의 구성 - 『가면고』에서 『구운몽』으로

『가면고』의 민은 『구운몽』의 독고민과 겹쳐진다. 『가면고』의 민은 전차에서 만난 여자에게서 어디선가 본 듯한 이상한 기시감에 사로잡힌다. 그러한 기시감은 결국 '기미 있는 여자'의 사건과 겹쳐진다. '기미 있는 여자'는 주인공에게 전쟁의 기억을 떠올리게 한다. '기미 있는 여자'는 전쟁에서 죽은 동료인 애인을 연상시키는 매개이면서 상징적 기호이다. 반면에 『구운몽』의 독고민은 '숙'이라는 여자를 찾아 헤맨다. '숙'은 인물의 기억 속에서만 존재하며 현실에서는 부재하는 대상이다. 그러나 독고민에게 '숙'의 이미지가 과거의 기억 속에서 가장 강렬하게 남아 있는 것은 무슨 연유일까. 독고민의 '숙'과의 만남은 낯선 상황이 펼쳐지는 광장에서 이루어진다. 『가면고』에서 어디선가 본 듯한 얼굴은 『구운몽』에서 너무나 확실한 '숙'의 이미지로 변모된다. 그러나 『가면고』의 민과 『구운몽』의 독고민은 연인의 얼굴만을 기억하지만, 그 기억의 이면에는 전쟁과 4·19의 상처가 자리한다. 작가 최인훈은 항상 현실의 인식, 사회적 이데올로기의 문제를 정면으로 부딪치지 않고 인물들의 연애를 전면에 내세운다. 인물의 기억에 강렬하게 남아 있는 것 역시 전쟁이나 4·19 같은 정치·사회적 변화가 아니라 연인의 얼굴이다. 따라서 최인훈 소설의 연구는 인물들의 연애나 연애 대상을 중심으로 이루어져야 그것이 파생하는 사회적 이데올로기 혹은 사회적 현실과 만나게 된다. 『가면고』에서 인물의 연애는 낯선 여자에게서 받는 "어디선가 본 듯한" 기시감으로 시작된다. 어디선가 본 듯한 불확실하지만 분명한 '기시감'은 인물의 억압된 혹은 망각된 기억이다. 낯선 여인에게서 받는 '기시감'은 한 번으로 그치는 것이 아니라 반복적으로 되풀이된다. 인물의 되풀이되는 반복 강박을 살피는 것은, 인물의 기억을 복원하는 작업이다. 기억은 처음 보는 낯선 여인에게서 어디선가 본 듯한 기시감으로 시작하여 주변으로 파장한다. 어렴풋한 기억의 파장은 '기미 있는 여자'에서 전쟁의 동료였던 M소위에 대한 연상으로 이어진다. 'M소위는 전쟁터에서 너무나 허망하게 죽었고 민은 살아서 돌아왔다는' 기억은 민에게 정신적 외상이다. 그것은 기억의 구성에서 망각되거나 변형된 채로 남아 있는 부분이지만, '기미 있는 여자의 사건'은 민의 기억을 재생시킨다. 그러나 기억의 재생은 곧 인물의 무의식에 남아 있던 죄책감과 보상 심리를 끌어올리며 갈등 양상을 낳는다. 그래서 민은 그토록 자신에게 맞는 얼굴을 찾아 헤매게 된다.

『구운몽』에서 독고민의 기억 속에 가장 강렬하게 남아 있는 것은 '숙'의 '왼쪽 뺨에 까만 점'이다. 독고민의 기억 속에만 존재하는 '숙'은, 독고민이 현실에서 만나게 되는 여인의 상징적 표상이다. 그래서 독고민은 부재하지만 어디에서나 현존하는 '왼쪽 뺨에 까만 점'을 가진 '숙'을 만난다. 그러나 독고민이 낯선 사람들에게 쫓기는 절박한 상황에서 만나게 되는 '숙'은 그를 기억하지 못한다. 그렇다면 독고민의 '숙'은 대체 누구이며 또한 독고민은 '숙'을 어디에서 만난 것일까. 독자는 독고민의 낯선 이들에게 쫓기는 반복 강박을 추적하다, 그가 광장에서 우연히 2층 창문을 통해 잠옷 입은 여인을 보게 되는 상황을 상상하게 된다. 광장에서 독고민이 '숙'과 만나게 되는 장면은 이후의 다른 작품에서도 반복적으로 재현된다. 예를 들면 「귀성」의 '그' 역시 광장에서 2층 창문을 통해 우연히 잠옷 입은 여인의 관능적 육체를 보게 된다. 겹의 구조를 통해 등장하는 4·19 때 죽은 간호부장의 아들이, 동사체로 발견되는 독고민과 유사하다는 점을 감안하면, 우리는 가장 안쪽 내화에 해당하는 독고민의 쫓기는 상황을 4·19와 연관된 기억임을 유추할 수 있다. 최인훈의 인물은 4·19에 대한 기억을 의도적으로 망각하고 잠옷 입은 여인, '숙'의 이미지만을 기억한다. 이처럼 인물의 반복 강박을 따라가면 결국 만나게 되는 것은 망각된 기억이다. 어떤 것이 '반복된다는 것'은 인물에게 기억되는 것이 있다는 말이다. 그러나 반복되는 기억은 변형과 망각 작용을 통해 엉뚱한 이미지나 파편들로 재생된다. 그렇다고 하더라도 그 반복되는 파편 조각들속에 역사의 진실이 숨어 있다. 중첩된 기억의 구성은 인물의 억압된 의식 구조이며 정신적 외상의 치유 과정이다. 기억의 파편 조각들을 맞추는 복원 작업은 인물들의 반복 강박, 혹은 반복된 이미지의 구현 등을 살펴봄으로써 가능하게 된다. 지워지지 않는 '숙'의 이미지, 그리고 '기미 있는 여자'는 4·19나 전쟁의 상징적 기호이며 기억의 매개이다. 그래서 최인훈 인물들의 기억은 항상 중첩된 형태로 데자뷰 현상을 동반하며 나타난다.

『가면고』의 민이 심령학 단체에서 전생체험을 경험한 것처럼, 『구운몽』의 김용길 박사는 경험 너머의 개인, 개인이 아닌 개인, 경험한 적없지만 기억되는 보편의 문제에 관심을 가지면서 심령의 세계에 주목한다. 심령이란 인간의 기억에 근거하는 것으로, 인간의 의식이다. 따라서 전생체험을 통한 심령학이나 신경외과를 택한 김용길 박사의 심령학에 대한 과학적 접근이나 모두 인간의 의식을 이해하기 위한 노력의 과정이다. 최인훈의 텍스트가 각 작품이 서로 연계되어 있고, 동일한 인물이 지속적으로 반복된다는 점을 감안할 때, 개인들의 기억의조합이 바로 하나의 역사를 만들어내고 개인은 역사속의 개체임을 알 수 있다. 이렇게 최인훈 소설을 주체가 나아가는 커다란 여정으로 볼 때, 순간순간 불쑥 등장하는 인물의 알 수 없는 행동이나 감정을 이해할 수 있다. 『구운몽』의 독고민이 발레리나들이 모여 있는 아름다운 광경을 오히려 "섬뜩한 광경"이라고 의식한 것은, 바로 그 발레리나들이 이전의 그의 기억에서 이미 잊혀진 어떤 것을 떠올리거나 혹은 경험한 적 없지만 의식되어 있는 그의 심령 세계에서 '낯익은' 존재들이기 때문이다. 독자는 그들에게서 『가면고』의 정임과 『광장』의 은혜를 연상한다.

2) 자아 분열과 통합 과정 - 『구운몽』에서 『회색인』으로

『구운몽』은 겹의 구조를 통해 각각 다른 인물의 서사를 전개한다. 그러나 다른 인물임에도 각각의 인물들은 서로 유사점을 지니며 연계되어 있다. 예를 들면 독고민과 김용길 박사의 유사점이 그러하며 또한 시종일관 등장하는 '숙'이라는 원형 이미지로 나타나는 여성 인물들이 그러하다. 『가면고』의 민은 "얼굴에 무엇인가 덧씌워져 있는 듯한 이물감이라는 형태로 나의 구도 의식은 감각화되고 있었다"(227면)고 느낀다. 이러한 이물감은 최인훈 소설에서 자신의 내부에 도사리고 있었던 또 다른 자신, 즉 분신에게서 받는 인물의 느낌이다. 『가면고』의 민이 그토록 본이 되는 얼굴을 찾아 헤매는 것은 자신의 분신, 자기의 감추어진 속성을 밀어내려는 주체의 의지이다. "거의 몸뚱이가 없는 얼굴에 대한" 꿈의 내용은 현실에서 몸뚱이는 없고 얼굴만 있는 인형에게서 받는 기이한 느낌으로 남는다. 최면과 꿈속에서의 '나'와 현실의 '나'는 서로가 서로를 보완하는 구조를 취하고 있다. 자신의 얼굴임에도 때로 "쭈뼛한 귀기가 덮치"는 듯한 이물감에 사로잡히기도 하고, 자신의 얼굴이 아닌 타인의 얼굴을 이기적으로 탐하기도 한다. 그러한 얼굴의 본을 찾으려는 인물의 부단한 노력은 결국 자신이 누구인가에 대한 정체성 찾기의 문제로 이어진다. 자신의 정체성을 찾으려는 인물의 부단한 노력은 결국 자아의 분열을 낳는다. 분열된 자아는 과거로 거슬러 올라가 콤플렉스가 극복되어야만 통합이 가능하다. 민은 종종 "자기 예술의 눈에 보이는 성과를 향하여 허덕이는"(181면) 미라의 모습에서 자신의 모습을 본다. 인둘의 자아분열 양상은 자기 자신에게서 낯선 타인을 보는 듯한 이물감을 형성하는 '주체의 타자화'와, 낯선 타자에게서 우연히 익숙한 자신의 모습을 발견하는 '타자의 주체화' 양상을 초래하게 된다.[10] 이러한 분열 양상에 시달리던 민은 결국 심령학 단체를 찾아서 자신의 전생을 체험한다. 전생체험을 통해 자신의 영혼을 치료하는 민은 완전히 치유되지 못한 채로 『구운몽』에서도 자아의 분열을 겪는다.

『구운몽』의 김용길 박사는 인간이 경험하지 않은 일들을 기억할 수 있는 신비한 심령학의 영역에 관심을 가진다. 김용길 박사의 심령학에 대한 관심은 인간의 의식 구조의 신비에 대한 관심에서 비롯된다. 인간의 의식 구조는 너무 복잡하여 설명하기 쉽지 않다. 김용길 박사를 비롯한 현대의 고고학자들은 머리는 토끼, 몸통은 코끼리, 다리는 말인

---

10) 윤채근, 「소설적 주체 : 낯선 주체와 익숙한 타자」, 『차이와 체계』, 월인, 2000, 290~295면 참조.

기괴한 형상이 현대인의 표상임을 언급한다. 자신의 현재 모습에 만족하지 못하고 불만과 콤플렉스에 시달리는 현대인들은, 필연적으로 자아분열 과정을 겪는다. 분열된 자아는 분신 모티프를 만들어내는데, 최인훈 소설에서 분신 모티프는 '주체의 타자화'와 '타자의 주체화'라는 두 가지의 과정으로 주체를 형성하는 데 기여한다. 『가면고』의 민이 자신의 얼굴에 다른 얼굴이 덧씌워져 있는 듯한 낯선 이물감을 느끼는 것은 '주체의 타자화'와 관련된다. 최인훈 소설에서 '주체의 타자화'는 텍스트 내의 어떤 인물이 거울이나 유리창에 비친 자신의 모습, 혹은 불현듯 발견되는 자신의 이물스런 악마적 속성으로 나타난다. 반면에 '타자의 주체화'는 분명히 낯선 타자임에도 그 안에서 '낯익은' 자신의 모습을 발견하는 것이다. 독자가 최인훈 소설에 등장하는 서로 다른 인물들이 마치 동일한 인물인 듯한 착각과 확신 사이에서 망설이게 되는 현상은 바로 그런 연유에서이다.

『구운몽』의 낯선 이들에게 쫓기는 신경증적 증상은 『회색인』에서 자아의 분열로 이어진다. 『회색인』은 바로 어느 한쪽으로 정의내리지 못하는 자신의 입장, 밀실과 광장, 보편과 에고의 문제 사이에서 끊임없이 갈등하는 인물을 그린다. 『회색인』은 크게 ① 독고준의 서사, ② 김학의 서사, ③ 황 노인의 서사로 나누어진다. 세 인물은 혁명에 대해서 각각 다른 입장을 취한다. 김학은 어느 시대에나 혁명이 가능했던 때는 없었지만, 혁명은 바로 그 불가능을 의지로 이겨내는 것이라고 말하는 반면, 독고준은 '사랑과 시간'이라는 말로 지금은 때가 아니고 혁명이 가능한 때를 기다려야 한다고 온건하게 답한다. 김학과 독고 준이 세대에 맞서는 개인의 입장을 역설한다면 황 노인은 좀 더 거시적인 관점으로 시대를 본다. 그는 역사는 우연의 산물이라고 말하며, 혁명의 성공과 실패도 인과율을 따지기에 앞서 어떤 우연의 힘이 작용한 것이라 말한다. 그렇다고 하더라도 노력은 하여야 한다는 것, 그러나 그 노력 역시 인연에 의한 것이라는 그의 말은 특수한 것처럼 보이는 우리의 상황도 보편적 역사의 한 부분이라는 것을 말해준다. 독고 준은 김학의 의견에도 황 노인의 의견에도 동의하지 않고, 그저 어정쩡한 중간의 단계, 회색 지대에서 혁명을 위한 실천적 행동도, 역사에 대한 자기 나름의 의견도 개진하지 않은 채, 지금 이 시대는 모든 것이 불가능하게 단절되었다는 회의의 자세만을 취한다. 역사와 시대, 혁명에 대해서 각기 다른 입장을 취하는 세 인물은 최인훈 소설에서 전혀 다른 인물들이 아니라 독고준의 분열된 자아로 볼 수 있다. 독고준은 혼란스러운 시대에 맞서는 여러 가지 사유 논리를 각기 다른 인물로 대변되는 그의 분신을 통해 보여준다. 그러나 김학과 황 노인은 독고준의 분신이라기보다 작가의 구상에서 나온 '만들어진 인물', 즉 작가의 분신이다. 다시 말해 세 인물의 시각은 작가의 현실 인식을 말해준다. 작가는 4·19를 성공한 혁명으로 보지 않는다. 실제로 그의 인물들은 4·19혁명을 낯선 이들에게 쫓기는 심각한 정신적 외상, 좌절로 기억한다. 그래서 작가는 독고준에게 좀 더 무게중심을 실어주며 '사랑과 시간'을 가지고 기다려야 함을 간접적으로 말해준다. 그 기다림의 시간은 무조건적인 것이 아니라 현실에 대한 냉철한 판단과 그 상황에 대한 지적 사유를 깊게 할 수 있을만한 시간적 여유이다.

4. 성장의 서사와 주체 형성 과정

시대에 맞서는 인물의 사유의 논리와 갈등 구조는 인물의 연애 관계를 통해서 은유적으로 드러난다. 『가면고』에서 미라와 정임 사이의 갈등과 방황은 『구운몽』에서 젊은 댄서 미라와 늙은 댄서 사이의 갈등으로 이어지고, 이것은 또한 『회색인』에서 김순임과 이유정과의 구도로 연결된다. 이러한 『가면고』→『구운몽』→『회색인』으로 이어지는 주인공과 두 명의 여자를 둘러싼 연애의 삼각 구도는 혼란스럽고 부조리한 시대에 대한 인물의 갈등과 사유의 반영이다. 이렇게 되풀이되는 삼각 관계의 연애 구도에서 인물은 결국 그 중의 어느 인물도 택하지 못하고 연애에서 실패하게 되는데, 그것은 원형 이미지만 남은 기억의 작용 때문이다. 기억은 과거를 떠올리게 하는 연상 작용을 하면서 동시에 현실이 아닌 과거는 이미 환상으로 기능하며 현재의 연애를 방해한다. 『가면고』의 마가녀 왕녀, 『구운몽』의 '숙', 그리고 『회색인』의 방공호 속의 누이는 인물의 의식에서 원초적 경험으로 작동하는데, 이러한 원 경험에 대한 강렬한 이미지는 기억의 복원 작업을 방해하고 인물이 성장하지 못하고 환상에 머무르게 한다. 그러나 원형 이미지는 인물의 연애를 방해하기도 하지만 되풀이되는 연애의 실패로 콤플렉스에 시달리는 인물에게 그 원인을 찾아 나가게 하는 기억의 매개 작용을 하기도 한다. 중첩된 기억의 파장은 인물의 반복 강박 혹은 반복되는 구조적 특성에서 기인한다. 김영찬[11]은 최인훈의 소설들에서 '자아 완성'

---

11) 김영찬, 「불안한 주체와 근대」, 『1960년대 소설의 근대성과 주체』 상허학회 저,

에 대한 주인공의 집요한 욕망과 그에 대한 직접적인 서술이 형태를 달리하여 끈질기게 반복된다고 한다. 그것은 작가의 소설쓰기와 인물의 반복 강박과의 관련성을 말하는 것으로, 작가는 실제로『광장』이후에『광장』에 나타난 문제의식을 다른 작품에서 반복해서 제기한다.12) 그러므로 작품에 등장하는 인물의 반복 강박은 작가의『광장』콤플렉스와 겹쳐진다. 독자는 텍스트 간의 반복 구조를 살펴볼 경우, 각 작품이 서로 연계된 서사를 지니고 있으며 인물 또한 유사하다는 점을 발견할 수 있다.

텍스트 간의 반복 구조는 동일한 인물의 반복과 변형에서 두드러지게 나타난다. 이름의 겹침은 비단 주인공에게만 국한된 것이 아니다.『구운

깊은샘, 2004, 39~65면. 특히 49면.
12) 최인훈은『광장』의 불만족에 대해 언급하면서, 이명준의 자살과 은혜의 죽음 부분의 처리에 대해 기괴한 환상적 상상력에 근거한 것이라 밝힌다. 은혜는 임신 중에 죽는데 어느 때부터인지 작가의 머릿속에 땅속에 파묻힌 그녀에게서 계속 임신이 진행되었다 한다. 그러다가 만삭이 되어서 구덩 속에서 해산하는 이미지가 생겼는데, 작가는 그러한 이미지는 서양 작가들한테서는 보기 힘든, 마치 한국의 괴담에 나오는 얘기 같은 환상적 이미지라 말한다. 젊은 여인이 무덤 속에서, 물론 이미 시체가 된 여인인 죽은 자가 무덤 속에서 생명을 그대로 지녀가지고 해산을 한다는 기괴한 이미지의 창출은 최인훈의 문학적 사유에서 중요한 기능을 담당한다. 더불어 그는 이명준의 죽음에 대해서도 그의 정신이 정상이 아니었음을 암시하기 위해 착시현상을 집어넣었다고 한다. 그러한 것들은 죽음조차도 다시 변모시키는 마술 같은 것이라 하며, 이명준의 죽음이 자살이 아니라는 결론에 도달하도록 개작을 가한 흔적을 보인다. 그러나 그는 결국 이명준이 죽은 것에 대한 아쉬움을 떨쳐버리지 못한다. 이러한 최인훈의 의도는『광장』을 읽는 독자가 어느 정도 파악할 수 있다. 따라서『광장』을 두고 사실주의라는 관점으로 접근하는 것은 그다지 큰 의미를 브여받지 못한다. 그가『광장』을 비롯한 다른 소설들이 5부작으로 읽히기를 바란 것만 브아도 그의 사유는 동일하게 반복되고 있는 것을 알 수 있다(최인훈·진형준 대담,「기억을 찾아서 가는 소설의 길」,『상상』, 1994년 여름 통권 4호, 206~234면).

몽』의 미라는 젊고 생기가 넘치는 댄서이다. 반면에 『가면고』의 미라는 마치 연애와는 무관한 사랑하는 감정이 없는 무생물인 것처럼 뻣뻣하며 단지 자신의 그림에만 몰두한다. 『가면고』에서 민이 이러한 무감각한 미라 대신 발레리나 정임을 택한 것처럼, 『구운몽』의 독고민은 늙은 댄서보다 젊은 미라에게 끌린다. 『구운몽』의 늙은 댄서가 새살이 돋고 젊음을 다시 얻는 기적처럼, 『가면고』의 미라는 『구운몽』에서 생기를 얻는다. 이러한 동일한 인물의 지속적인 반복은 『가면고』와 『구운몽』의 사이에 『광장』을 넣어보면 좀 더 명확하게 드러난다. 『가면고』의 민과 미라와 정임 사이의 삼각 구도는 『광장』의 윤애와 은혜 사이의 삼각 구도로 이어지고, 그것은 다시 『구운몽』에서 미라와 늙은 댄서로 대치된다. 『가면고』의 민은 발레리나 정임을 택하고 『광장』의 이명준은 윤애를 배반하고 발레리나 은혜를 선택한다. 『구운몽』의 독고민은 어느 한쪽도 택하지 못하고 '숙'의 이미지만을 반복해서 재현하지만, 결국 늙은 댄서가 부활의 기적을 낳는 장면에서 그녀가 '숙'의 얼굴과 겹쳐짐으로써 '숙'을 택한 것이 된다. 그래서 정임→은혜→숙의 과정을 거치는 인물의 연애 구도는 보편과 에고가 일치하는 황홀한 순간을 맛보지 못하고 에고의 편으로 치우치게 된다. 그러나 에고 쪽으로 치우친 그들의 의식의 한구석을 잡아당기는 것은 역시 보편적 역사의 자리이다. 그래서 그들은 늘 의식의 중첩, 기억의 중첩으로 인해 혼란을 경험한다. 그러한 인물의 의식, 기억의 중첩은 복잡하고 기이한 겹의 구조와 환상과 현실 사이의 모호한 경계와 단절적 전환 등의 난해한 구조를 낳는다. 작가의 혼란하고 괴기한 시대에 대한 인식은 복잡한 구조와 인물의 복잡한 사유를 낳는다. 인물의 복잡한 사유 체계는 여러 다양한 인물들을 만들어내고 그것은 모두 한 인물의 분신으로 한 사람의 사유의 논리를 따라가며 읽어야 한다. 여러 다양한 인물이 한 인물로 통합되는 동일한 인물의 반복과 변형의 분신 모티프는 반복 구조를 통해 구체적으로 드러난다. 『가면고』→『광장』→『구운몽』→『회색인』→『서유기』에 이르기까지 최인훈의 인물은 밀실과 광장 사이에서 부단하게 갈등하며 지적 사유의 여정을 계속한다. 그것은 인물의 주체 형성 과정이며 성장 과정이다.

5. 결론

최인훈에게 자아의 분열, 분신은 소설쓰기의 문제와 연관된다. 소설가가 소설 속에서 만들어내는 인물은 작가의 분신이라는 그의 말은, 그의 소설들이 최인훈 자신의 사유의 행적을 따라가고 있음을 말해준다. 분열된 자기—<자기가 만든 인물>과 <만들고 있는 자기>는 하는 일마다 걸려서 이야기의 걸음을 방해하고 서로에게 양해를 구하느라고 이야기가 나가지 못하게 된다.[13] 그의 인물들은 콤플렉스 덩어리이다. 이 콤플렉스를 극복해야만 인물은 성장할 수 있다. 어느 시점에서 성장이 정지된 그의 인물들은 자꾸만 과거를 관추하고 기억 속으로 여행을 떠난다. 그 기억의 끝에는 유년기의 성적 체험과 자아비판의 경험이 자리한다. 기억의 거부, 변형, 망각은 인물의 의식을 혼란스럽게 하고 결국 소설의 구성을 복잡하고 난해하게 만든다. 『서유기』의 독고

---

13) 최인훈, 『화두』 제2부, 문이재, 2002, 19면.

준의 행로가 가장 단적으로 드러나는 예이다. 과거 기억 속으로의 여행을 떠나는 『서유기』의 서사는 부재하면서 동시에 실로 방대하다. 기억은 곧 인물의 의식이다. 최인훈 소설에서 현실, 환상, 추억(기억)은 같은 맥락에서 논의되며,[14] 그것들 모두는 서로 연계되고 얽혀서 인물의 의식 구조를 형성하는 데 작용한다. 다시 말해 인물의 의식 구조는 현실과 환상, 그리고 기억의 교차, 충돌, 보완 등의 상호작용을 통해 구현된다.

출전 : 「최인훈 소설의 반복 구조 연구—『구운몽』, 『가면고』, 『회색인』의 연계성을 중심으로」, 『현대소설연구』 제26집, 2005.

14) 천이두, 「추억과 현실과 환상」, 『하늘의 다리 / 두만강(최인훈 전집 7)』, 문학과지성사, 1994, 268~279면.

제 3 부

작품론 :
'회색의 의자'에서 '화두'까지

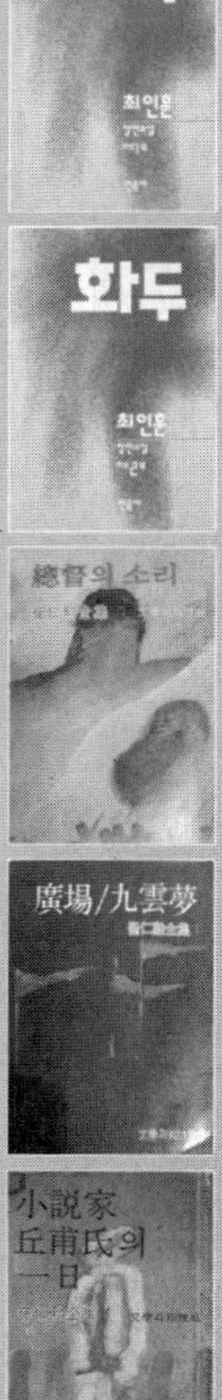

감시와 위장*
－최인훈의 『크리스마스 캐럴』론

1. 서론

최인훈의 소설 도처에서 강박증상이 감지된다.[1] 『회색인』에서 독고준은 한국전쟁 중에 W시에서 겪은 여름을 거듭 회상한다. 그 여름의 어느 날 독고준은 공습을 피해 대피한 방공호에서 문득 한 여인의 품에 안기게 된다. 방공호의 어둠과 열기 속에서 독고준은 살갗에 닿는 여인의 감촉으로 충격과 흥분에 휩싸인다. 『회색인』 전체를 통해 독고준은 그 기억을 강박적으로 되풀이한다. 『서유기』에서 독고준은 W시

---

* 본 연구는 고려대학교 특별연구비에 의하여 수행되었음.
** 강헌국 / 고려대학교 국어국문학과 교수

1) 최인훈 소설의 주요 특징 중 하나가 강박 증상이라는 점은 김영찬에 의해 이미 언급된 바 있다. 김영찬 「불안한 주체와 근대」, 『1950년대 소설의 근대성과 주체』, 상허학회 편, 깊은샘, 2004, 48~49면.

로 가기 위해 석왕사역에서 열차를 타지만 번번이 석왕사역으로 되돌아온다. 그 소설은 석왕사역과 W시 사이를 맴도는 독고준의 여행을 얼개로 삼는다. 『가면고』의 다문고는 영원의 얼굴을 소유하려는 집착 때문에 산 사람의 얼굴을 벗겨서 써보는 짓을 되풀이하고 「하늘의 다리」의 준구는 눈앞에 종종 나타나는 환각적 이미지에 사로잡혀 있다. 「웃음소리」에서는 환청을 통해 주인공의 강박적 심리가 표현된다. 확성기와 라디오, 전화기 등과 같은 매체가 강박적 효과를 불러일으키기는 수단이 되기도 한다. 「구운몽」의 후반부에서는 정부군 방송과 혁명군 방송이 공중의 확성기를 통해 번갈아 울려나온다. 그 방송들은 혁명이 실패로 끝나서 반란군의 수괴로 쫓기게 된 독고민의 처지를 서술한다. 「구운몽」과 유사한 상황은 『서유기』의 끝부분에도 나온다. 독고준은 마침내 W시에 도착하여 추억을 떠올리며 시가지를 배회한다. W시의 확성기들은 긴급 소식을 전하듯 독고준을 간첩이나 정신병자로 규정하는 방송을 계속한다. 「주석의 소리」와 「총독의 소리」도 방송 매체를 서술 수단으로 채택하여 강박적 효과를 구현한 사례들이다. 최인훈 소설에서 강박 증상은 서사를 구축하는 작용을 하기도 하고 서술의 수단이 되기도 한다. 그러한 강박 증상은 선행 연구에서 '반복'이라는 이름으로 고찰되었다. 최인훈 소설에서 반복과 관련한 주요 국면들이 검토되었으며[2] 최인훈 소설의 서사들이 반복에 의해 상관관계를 형성한다는 논의도 있었다.[3] 반복의 의미에 대한 심도 있는 탐색도 수행되어 최인훈 소설에서 반복은 타자의 오인에서 비롯되지만 타자의 오인

---

2) 이주라, 「최인훈 소설의 반복 기법 연구」, 고려대 석사학위 논문, 2003.
3) 최애순, 「최인훈 소설의 반복 구조 연구」, 『현대소설연구』 26, 2006.

은 주체에게 향락의 대상이 되기도 한다는 주장이 제기되었다.[4]

프로이트에 따르면 강박적 반복이나 집착은 신경증의 일종이다. 환자는 그 증상을 통해 무의식에 억압되어 있는 유년기의 어떤 체험을 재현한다. 물론 환자는 강박 증상이 유년기의 원체험에서 비롯한다는 사실을 자각하지 못한다. 프로이트가 '최초의 장면'이라고 명명한 원체험은 체험 당시에는 환자에게 그 의미가 이해되지 못한 채 트라우마성 사건으로 무의식에 억압되고 훗날 모종의 계기에 의해 압축과 전치를 거쳐 재현된다. 환자는 강박 증상을 통해 원체험의 의미를 이해하려는 시도를 자신도 모르게 되풀이한다. 따라서 강박 증상은 근원에 대한 탐색과 그 의미에 대한 질문의 형식이라고 할 수 있다. 최인훈 소설에 나타나는 강박 증상도 그와 유사한 성격을 지닌다. 그 강박 증상이 향하는 근원은 한국전쟁과 식민지시대, 그리고 더 멀게는 조선시대로 소급된다. 강박신경증이 현재의 어떤 계기에 의해 무의식에 억압된 원체험을 소환하는 것처럼 최인훈 소설에서 빈번하게 드러나는 강박 증상도 현실적 계기를 지닌다. 지금 여기에서 진행되는 삶의 부정성이 그러한 삶을 빚은 근원에 대해 강박적으로 탐색하고 질문하도록 만드는 것이다. 강박 증상이 최인훈 소설의 두드러진 특징이라는 사실은 『크리스마스 캐럴』의 비틀린 대화들을 통해서도 재차 확인된다.

이 글은 『크리스마스 캐럴』을 대상으로 최인훈 소설의 강박 증상과 관련한 논의를 전개하고자 한다. 분석 대상으로 『크리스마스 캐럴』을 선정한 까닭은 그 소설에 대한 연구가 작가의 다른 소설들에 비해 상

---

4) 정영훈, 「최인훈 소설에서의 반복의 의미」, 『현대소설연구』 35, 2007.

대적으로 드문 편이어서 논의를 진전시킬 필요가 있다고 판단한 때문이다.[5] 특히 『크리스마스 캐럴』에서 큰 비중을 차지하는 부자간의 대화는 아직 제대로 해명되었다고 보기 어렵다. 기존의 연구는 통행금지와 외래풍습에 대한 작가의 문제의식을 집중적으로 검토하면서도 부자간의 대화 부분은 거의 언급하지 않거나 부차적으로 다룬다. 문학 작품 안에는 간혹 연구자의 해석적 시도에 완강하게 저항하는 부분이 있기도 한데 『크리스마스 캐럴』에서 부자간의 대화가 바로 거기에 해당한다. 해석의 어려움으로 인해 그동안 그 부분이 제대로 조명되지 않은 것으로 짐작된다. 그러나 부자간의 대화가 지닌 작품 내적 가치와 의미는 『크리스마스 캐럴』의 온전한 이해를 위해 마땅히 해명되어야 한다. 더욱이 『크리스마스 캐럴』의 엉뚱하고 부자연스러운 대화가 최인훈의 언어 패러디를 대표하는 사례라는 점에서 그에 대한 적극적인 해석이 필요하다.

---

5) 그러한 연구 현황과 관련한 김성렬의 언급을 인용한다. "최인훈의 『크리스마스 캐럴』 연작은 매우 난해한 작품이다. (…중략…) 특히 캐럴 연작에 드러난 부자간의 대화는 난삽하기 짝이 없고 말장난에 그치고 있는 것 같아 해석의 의의가 있을까 싶은 회의조자 들게 할 정도이다. 이런 이유 때문인지 그의 『크리스마스 캐럴』 연작에 대한 접근은 매우 드물다." 김성렬, 「최인훈의 『크리스마스 캐럴』 연구」, 『국제어문』 42집, 2008, 370~371면. 이 논문 이전에 『크리스마스 캐럴』을 본격적으로 논의한 평론과 논문은 다음과 같다. 김현, 「풍속적 인간 : 『크리스마스 캐럴』을 중심으로」, 『현대한국문학의 이론 / 사회와 윤리(김현문학전집 2)』, 문학과지성사, 1991 ; 이동하, 「통행금지 시대의 문학—최인훈의 『크리스마스 캐럴』 연작」, 『소설과 사상』 1995년 12월호 ; 양윤모, 「서구 문화의 수용과 혼란에 대한 연구—최인훈의 『크리스마스 캐럴』 연구」, 『우리어문연구』 14집, 1999.

2. 차용된 담론들

「크리스마스 캐럴 1」은 작중 인물들 간의 기이한 대화 장면으로 시작한다. '나'는 아버지의 부름을 받고 사랑방으로 건너가지만 아버지는 곁에 앉은 딸 옥이에게 "얘, 내가 너희 오래비를 불렀던가?"라고 묻는다. 아버지가 좀 전에 자신이 했던 말을 부인하는데 그 말을 들었음이 분명한 옥이와 '나'는 이상하게 여기지 않는다. 옥이는 "아무튼 저렇게 오셨으니깐, 부르신 걸로 하시는 게 어떨까요?"라고 말하고 '나'는 "존재는 본질에……"라며 당장의 상황과 별 관련이 없는 논설을 펼치려 한다. 그 후로도 대화는 부자연스럽게 진행된다. 질문과 대답이 어긋나고 과장스런 말이 구사되어 가족 간의 대화에 대한 독자의 상식적인 기대를 배반한다.

『크리스마스 캐럴』 연작 중 4를 제외한 나머지 네 편은 많은 분량을 할애하여 부자간의 대화들을 다룬다. 그 대화들은 공교롭게도 연작 1에서처럼 아버지가 '나'를 호명하면서 시작된다. 아버지는 "철아, 이리 좀 오너라."(연작 2)와 "철아"(연작 3)와 "철이니?"(연작 5)로 '나'를 부른다. 아버지의 호명과 '나'의 반응은 연작마다 다른 양상을 띤다. 전술한 대로 연작 1에서 아버지는 '나'를 불러놓고도 그 사실을 스스로 부인한다. 아버지는 연작 2에서도 그의 부름을 받은 '나'가 방문 앞에서 "아버님 부르셨습니까?"라고 두 번을 물어도 묵묵부답이다. '나'가 돌아서려 하자 아버지는 비로소 "불렀다. 이리 들어오너라."라고 대답한다. 그에 반해 연작 3에서 '나'는 아버지의 부름을 두 번 들은 후에 대답하고 연작 5에서는 아버지가 "철이니?" 네 번 반복하도록 '나'는 대답

하지 않고 버틴다. 연작 5에서 '나'는 아버지의 네 번째 호명에 대답하
는 대신 웃음을 짓는다. 그처럼 부자간의 대화는 배번 기묘한 방식으
로 시작된다. 연작 1과 2에서 아버지는 '나'를 불러놓고도 부른 사실을
부인하거나 잊은 척하며 연작 3과 5에서 '나'는 아버지의 부름을 받고
대답을 늦추거나 아예 하지 않는다. 소설의 후반부로 갈수록 호명과
반응에 대한 아버지와 '나'의 관계가 역전되는 셈이다. 연작마다 아버
지가 '나'를 부르면서 대화가 시작되고 대화의 도입부마다 한 인물이
의외의 태도로 다른 인물을 다소간 곤혹스럽게 만들도록 한 것은 의도
성이 다분한 설정이다. 이 소설에서 부자간의 대화는 일상에서 벌어지
는 대화로 보기에는 매우 어색하고 부자연스럽다. 일상의 맥락에 비일
상적인 대화를 위치시킴으로써 일종의 '낯설게 하기'의 효과가 빚어진
것이다.6) 그로써 배경 맥락과 불일치하는 대화의 소통 방식 자체가 환
기된다. '나'에 대한 아버지의 호명은 그러한 대화의 개시를 알리는 전
조로서 기능한다. 연작 1을 읽고 난 독자는 그 이후의 연작들에서 아
버지가 '나'를 호명할 때마다 엉뚱하고 기이한 대화의 시작을 예감하
게 된다. 아울러 대화의 도입부는 부자가 대화를 전개하기에 앞서 벌
이는 탐색 과정과 같다. 아버지는 '나'를 부른 사실을 부인하거나 잊은
척하면서 대화에 대한 '나'의 의지를 저울질한다. '나' 역시 아버지의
호명에 늦게 대답하거나 아예 대답하지 않음으로써 아버지가 능동적
으로 대화에 참여하도록 유도한다. 아버지와 '나'는 그러한 탐색 과정

---

6) 이와 유사한 견해가 이동하에 의해 이미 피력된 바 있다. 그는 연작 1편의 대화
　장면을 인용하면서 "일상적인 장면 혹은 상황 위에 비일상성의 너울이 두껍게
　씌워지는 현상이 발생한다."고 하였다. 이동하, 앞의 글, 247면.

을 거쳐 대화에 진입함으로써 인간끼리 대화를 시작하는 것이 결코 수월치 않다는 사실을 상징적으로 보여준다. 대화에 진입한 이후에도 아버지와 '나'는 대화를 순조롭게 진행하지 못한다. 그 대화는 대개 부자연스럽고 어색하여 대화의 소통 기능에 대한 회의를 불러일으킨다. 아버지와 '나'는 대화로 소통하기보다는 오히려 소통 장애를 겪는다. 대화가 소통의 왜곡과 단절을 초래하는 경우가 적지 않다. 『크리스마스 캐럴』에서 대화는 피할 수 없는 소통 수단이긴 하되 매우 불편한 소통 수단이다. 따라서 대화 당사자들이 그처럼 불편한 수단을 통해 의사를 교환하고 상호 이해에 이르는 일이 결코 쉽지 않다.

아버지와 '나'가 소통 장애를 겪는 주된 이유는 그들 각자가 자신의 생각을 자신의 목소리로 말하지 않는 데 있다. 그들은 기성의 담론들을 다양하게 차용하여 서로 말을 주고받는다.

> ① "아버님 소자는,"
> 잠깐 끊었다가
> "소자가 불민한 탓이옵니다."
> "무엇이 불민하단 말이냐?"
> "소자는 항상 지척에 모시고 있으면서도 한 가지 마음 흡족하실 일을 못해드리옵고 행동거지가 슬기롭지 못하여……"[7]
>
> ② "아버님, 말씀이 좀 불온해지십니다."
> "불온하다니? 애가 너는 나를 사상적으로 몰 생각이냐?"

---

7) 최인훈, 『크리스마스 캐럴 / 가면고(최인훈 전집 6)』, 문학과지성사, 1976, 29면. 이하 이 책에서 인용할 경우 『전집 6』으로 표기하고 면수만 적기로 한다.

"사상적으로라뇨?"

"그럼 불온하단 건 무슨 소리야!"

아버님은 와들와들 떨었다.[8]

③ "내가 좀 과했나 보다. 문제를 이 편지에 좁히기로 하자. 이의 있
느냐?"

"없습니다."

"그럼 가결됐다."[9]

④ "첫째로 친일파들은 괴로워도 마땅한 사람들이었던 반면에 통일
이 되어서 괴로울 사람들 가운데는 도덕적으로 비난할 수 없는 사람들
이 섞여 있습니다. 둘째로 해방을 위해서는 준비가 있었습니다만 통일
을 위해서는 아무 준비도 없었습니다. (…중략…) 신금단이는 바로 그런
불쌍한 희생잡니다. 아흔아홉 마리의 양들에게 물려 희생의 낭떠러지에
처박힌 한 마리의 양입니다."[10]

⑤ 우리는 그 환상이 너무나 고맙고 아름다워서 한참 동안 회화를
끊고 그 환상에 대해 경의를 나타내기로 하였다.

"그만, 환상 바로. 됐지? 좀더 필요하겠니?"[11]

아버지와 '나'의 대화는 일상을 배경으로 이루어지는데 그 배경과는
이질적인 언어와 화법이 대화에 사용된다. 일상 대화에 차용된 비일상
적인 담론은 낯설고 부자연스러운 인상을 자아낸다. ①에 해당하는 경

---

8) 『전집 6』, 14면.
9) 『전집 6』, 73면.
10) 『전집 6』, 41~42면.
11) 『전집 6』, 126면.

우는 이 소설의 도처에서 목도된다. '나'는 대화 도중 갑자기 아버지에 대한 존대의 수준을 평소보다 높이고 아버지는 위엄을 갖춰 화답하는 격이다. 심지어 '나'는 무릎을 꿇고 방바닥에 머리를 조아리는가 하면 흐느끼는 시늉을 하기도 한다. 우스꽝스러운 그 장면들을 통해 사극의 담론 형식이 희화되고 전통 예법이 시효를 다한 세태가 암시된다. ②는 사상과 관련한 심문 장면을 재현한다. 한국의 크리스마스 풍속을 화제로 삼는 부자간의 대화에 이어지는 ②에서 아버지를 불온하다고 하는 '나'의 말은 그동안 진행된 문맥과 관련이 없음에도 위력이 대단하다. 크리스마스에 대한 주장을 논리적으로 펼치던 아버지는 금세 위축되고 공포에 떤다. 사상성을 심문하는 말이 현실에서 발휘하는 억압적 효과가 ②에서 선명하게 확인된다. 그 말은 전후사정을 불문하고 상대방을 단숨에 곤경에 빠뜨릴 수 있다. ③에서는 의회의 의사 진행 과정이 대화의 방식으로 채택된다. 입법 기관의 언어는 부자간의 대화에 쓰임으로써 본래의 권위를 상실하고 희화된다. ④는 정치적 연설에서 유래한 발언이다. '나'는 정치인이 아닌데도 일상의 대화에서 정치인처럼 연설한다. '나'의 발언을 통해 정치적 연설이 정치인의 전유물이 아니고 그런 만큼 특별하지도 않다는 사실이 환기되며 특정 화법의 특권적 점유가 형성하는 배타적 권위에 대한 의문이 제기된다. ⑤는 공식행사의 의례에 쓰이는 언어를 대화에 끌어들인 경우이다. 국기나 국가원수, 부대장 등에게 경의를 표하는 행위와 관련된 언어가 아버지와 '나'가 달을 바라보며 품는 환상에 사용됨으로써 그 언어는 본래의 엄숙함을 상실하고 다소 서정적인 분위기를 띠게 된다. 위에 인용된 사례 외에도 『크리스마스 캐럴』에는 여러 형식의 담론들이 나온다. 그 담론들은 정치 토론에서 말장난에 이르기까지 다양하게 분포한다. 그로써 이 소설은 동시대의 담론 형식들을 보여주는 전시장이 된다. "소설은 다양한 사회적 발언유형과 그 밑에서 꽃피는 서로 다른 여러 개인적 발언에 의존하여 그 모든 주제들, 즉 그 안에서 묘사되고 표현되는 사물세계와 관념세계의 전체를 교향(交響, Orchestration)시킨다."[12]고 한다. 다양한 담론 유형들의 교차를 통해 소설은 다성적 속성을 지니는 것이다. 『크리스마스 캐럴』은 기성의 담론들을 적극 차용함으로써 다성적 소성을 의도적으로 극대화 한다. 이 소설에서 대화의 당사자는 아버지와 '나' 두 사람이지만 그들의 대화에는 타자들의 목소리가 개입한다. 그들은 타자들의 목소리로 말하는 것이다. 그 목소리들로 인해 그들은 작중 인물로서 성격적 일관성을 획득하지 못한다. 전통적인 소설 문법에 따르면 작중 인물은 성격 면에서 일관성을 지녀야 하며 그러자면 작중 인물의 발화들이 일관성 있게 조직되어야 한다. 그러나 이 소설에서 아버지와 '나'는 그들의 입을 통해 흘러나오는 타자들의 서로 다른 목소리로 인해 일관된 성격을 부여받지 못한다. 그들은 현실적 존재로서도 구체성이 떨어진다. 소설이 끝날 때까지 그들의 신분이나 직업은 명시되지 않으며 그들이 생활을 위해 하는 활동도 소개되지 않는다. 낮에도 집에 있는 그들은 대화를 위해 설정된 존재들처럼 보인다. 따라서 그들의 현실적 정체성보다 그들의 대화가 주목되지 않을 수 없다. 그들의 대화는 동시대의 담론들을 재현하는 기능을 담당

---

12) 미하일 바흐찐, 『장편소설과 민중언어』, 전승희·서경희·박유미 역, 창작과비평사, 1988, 68~69면.

한다. 그 담론들은 그것들이 본래 위치했던 맥락에서 그들의 대화로 전치됨으로써 반성적으로 고찰되거나 희화되고 더 나아가 그 허구성이 폭로되기도 한다. 그들이 대화중에 겪는 소통장애는 그 담론들의 문제점을 선명하게 드러낸다. 그들은 제 목소리가 아닌 타자들의 목소리로 대화함으로써 소통장애를 겪는다. 그 소통장애는 대화에 차용된 담론들이 소통 수단으로 제 기능을 다하지 못함을 입증한다. 그들이 대화중에 동음이의어나 사자성어, 속담 등을 이용하여 벌이는 말장난은 동시대의 담론들에 대한 통렬한 비판을 너포한다. 정치적 연설 같은 공식 담론들과 말장난이 수준면에서 별반 다를 바 없다는 것이다.

3. 위장된 대화

아버지와 '나'의 대화는 기성의 담론들을 다양하게 차용함으로써 부자연스럽고 기묘한 외양을 띠게 된다. 그들은 대화에 차용된 담론들로 인해 소통장애를 겪기도 한다. 그렇다면 그들로 하여금 소통장애를 겪으면서까지 제 목소리가 아닌 타자들의 목소리로 발언을 하도록 하는 이유가 궁금하지 않을 수 없다. 그 이유를 파악하자면 다음의 장면들을 주목해야 한다.

① 아버님과 옥이는 약 일 분간 손뼉을 치면서 웃었다. 그것은 쓰인 바 박장대소(拍掌大笑)란 말을 이루기 위함이었다.
나는 그들에게 박수소리가 너무 크다는 뜻을 주의를 주었다. 그들은 곧 충고를 받아들여, 웃음과 손뼉 치기를 멈추었다.13)

② "진정하세요. 너무 흥분하였어요."

"오냐 내가 좀 지나쳤다."

우리는 말없이 한참을 앉아 있었다. 창문 밖에 선 오동나무가 몸을 흔드는 기척이 알릴만큼 조용했다.14)

③ "네 말을 들으면 북한 정부하구 우리 정부를 동격으로 보고 하는 것 같으니, 그 점을 분명히 해다구."

나는 황급히 손을 내저었다.

"아닙니다. 물론 제가 아버님을 의심하는 것은 아닙니다만, 말하자면 밀고를 하신다거나……."15)

④ 그때 잘그럭 하는 소리가 났다.

나는 아버님을 보았다. 아, 아버님 손에 들었던 찻잔이 땅에 떨어져 깨어지고 질퍽하게 차가 방바닥에 흘러 있지 않은가. 나는 얼이 흩어져 일어서려 하는데 아버님이 손을 들었다.

"떠들지 말아라."

아버님은 어두운 낯빛을 지으시며 무슨 기척을 살피시는 것이었다. 나는 등골이 오싹하고 소름이 쭉 끼쳤다.

"쉬이."

아버지는 나의 살갗에 소름이 끼치는 소리를 나무라듯 다시 손을 저었다.16)

위의 인용문에서 보듯 아버지와 '나'는 대화를 하는 중에 간간이 바

---

13) 『전집 6』, 10면.
14) 『전집 6』, 15면.
15) 『전집 6』, 41면.
16) 『전집 6』, 50~51면.

깥의 기척에 주의를 기울인다. 방안에 있는 그들은 대화 내용이 외부로 새나가는 것을 꺼려한다. ①에서 아버지와 옥이는 '나'의 주의를 듣고 박수와 웃음을 멈춘다. 소리의 크기에 대한 '나'의 주의는 외부에 대한 경계를 내포한다. 아버지와 옥이도 '나'의 주의를 따름으로써 방안의 소리가 밖에 들리는 것을 경계한다. 아버지와 옥이가 '박장대소'를 실천하기 위해 손뼉을 치며 웃는다고 서술한 부분도 그들의 경계심과 관련된다. 자연스러운 감정의 표현을 한자성어의 재현으로 전가시킨 데는 행동의 진의를 은폐하려는 의도가 숨어 있다. ②에서 아버지와 '나'는 대화를 중단하고 방 바깥의 동태를 살핀다. 나뭇가지가 바람에 흔들리는 소리를 들을 만큼 그들은 신경을 곤두세운다. ③에서는 '밀고'라는 단어가 주목된다. 부자 관계를 위기에 빠뜨릴 수 있는 단어가 '나'의 입에서 무심코 흘러나올 정도로 대화의 누설에 대한 '나'의 피해의식은 심각하다. ④에서 아버지는 밖에서 난 소리에 경악한다. 누군가 밖에서 방안의 대화를 엿듣고 있을지 모른다는 의심이 아버지에게 공포를 불러일으킨다. 그처럼 인용문들은 공통적으로 아버지와 '나'가 감시에 대한 피해의식에 사로잡혀 있음을 보여준다. 그 피해의식은 부자간의 자유로운 대화를 억압하여 그들로 하여금 타자들의 목소리로 대화하도록 한다. 따라서 그들이 다양하게 차용하는 기성의 담론들은 대화를 위장하는 기능을 한다. 아버지와 '나'는 기성의 담론들로 위장된 대화를 함으로써 자신들의 발화에 대한 책임을 회피하려 한다. 차용된 담론들에 발화의 책임을 전가시키는 것이다.

연작 5에서는 대화에 대한 위장이 기성의 담론들을 차용하는 수준을 넘어서 더 극단적으로 진행된다. 전집 판본에서 이십여 쪽을 차지하는 그 대화는 한 마디로 '그들만의 대화'여서 독자가 그 대화를 온전히 이해하는 것이 사실상 불가능하다. 대화의 당사자들끼리 공유하는 참조 문맥에 대한 독자의 접근이 철저하게 차단되는 경우가 적지 않기 때문이다. 가령 대화의 초입에서 아버지는 "네 의향은 어떠니?라고 묻고 '나'는 "제 의향이래야 별것 있습니까?"라고 반문하는데 그처럼 정보를 충분히 명시하지 않는 발화는 참조 문맥이 제공되지 않으면 독자에게 이해되지 않는다. 참조 문맥을 공유한 아버지와 '나'는 굳이 언급하지 않아도 그 의향이 무엇에 관한 것인지 알 수 있지만 그러한 문맥에서 소외된 독자는 그 '무엇'을 전혀 알 길이 없다. 주어와 목적어를 지시대명사로 표기하거나 아예 삭제하는 방식으로 정보를 불충분하게 구현한 문장들도 연작 5의 대화에서 흔히 볼 수 있다. 그 문장들의 서술어는 주로 '의심하다', '맡다', '알다', '되다'의 활용형이며 서술에 걸리는 부사어로는 '그렇게', '이리', '저리'가 빈번하게 사용된다. 연작 5에 명시된 시간적 배경이 '59년 여름, 어느 날 밤'부터 5·16 이후까지라는 점을 감안한다면 발화자의 우려나 책임, 인식, 판단 등을 내포하는 그 문장들이 모종의 현실과 관련된다는 추측도 해볼 만하다.[17] 게다가 연작 5에는 4·19 때 죽은 학생들이 의식을 벌이는 장면

---

17) 이 기회에 서사의 면에서 독립적인 연작 4를 제외한 연작 네 편의 시간적 배경에 대해 부연해두고자 한다. 우선 연속된 세 해의 크리스마스를 다루는 연작 1과 2와 3의 시간적 배경은 연작 2에 언급된 신금단 사건을 기준으로 확정이 가능하다. 신금단 사건이 있던 해가 1964년이므로 시간적으로 그 전후에 위치하는 연작 1과 3은 각각 1963년과 1965년에 해당된다. 연작 5는 작중에 명시된 대로 '59년 여름, 어느 날 밤'부터 시작된다. 따라서 네 편의 연작을 시간 순으로 재배열하면 5-1-2-3이 된다. 그렇다면 연작 5에서 '나'가 앓는 겨드랑이의 '파마늘' 통증이 연작 1, 2, 3에서도 계속 되는 셈인데 문제는 '나'의 통증에 대

과 1961년 5월 16일 새벽에 군인들이 한강다리를 건너는 장면이 나온
다. 그러나 그 정도의 단서들만으로는 부자간의 대화가 은폐하는 의미
에 대한 구체적인 해석은 불가능하다. 구성의 면에서도 그 단서들과
부자간의 대화를 매개하는 작품 내적 요소는 부재한다. 참조 문맥이
없이 제시된 대화는 판독불능의 암호문과 다를 바 없어서 막연한 추측
이상으로 해석이 진전되는 것을 허락하지 않는다.

　아버지와 '나'는 기성의 담론들을 차용할 뿐 아니라 정보가 누락된
발화로 대화를 위장한다. 감시에 대한 피해의식이 그들로 하여금 위장
된 대화를 하도록 한다. 그러나 기성 담론들의 차용과 정보가 누락된
발화들로 인해 그들의 대화는 소통 장애를 빚는다. 발화자가 자신의
뜻대로 진술하기를 주저하거나 자신의 말에 대해 책임을 지지 않으려
하면 대화가 정상적으로 이루어지지 못한다. 대화는 비틀리고 겉돌며
대화 당사자들 간의 진정한 교감은 기대하기 어려워진다. 아버지와
'나'에게 피해의식을 갖도록 하는 감시의 실체는 이 소설에서 명확하
게 언급되지 않는다. 인기척과 바람 소리, 없어진 칫솔 등을 통해 암시
될 뿐이다. 아버지와 '나'는 그런 현상들에 대해 예민하게 반응한다.
연작 3에서 식구들의 칫솔이 사라진 사건에 대한 '나'의 당혹감은 "드
디어 올 것이 왔구나."라는 정치적 함의를 지닌 말로 표현되기도 한다.
주변에서 벌어지는 미미하고도 사소한 변화를 감시의 조짐으로 여기

한 언급이 연작 1, 2, 3에서는 전혀 나오지 않는다는 것이다. 작품의 현 상태를
존중하는 입장에서 그 문제를 판단한다면 네 편의 연작은 서사의 면에서 느슨
하게 연결되어 있는 셈이다. 각 연작을 시추에이션 드라마의 한 회분처럼 볼 수
있다.

는 피해의식을 이해하려면 이 소설과 작가가 처한 현실적 상황을 적극적으로 고려해야 한다. 주지하는 바와 같이 이 소설을 이루는 다섯 편의 연작들은 모두 5·16 이후인 1963년부터 1966년까지 문예지들을 통해 차례로 발표되었다. 그 연작들을 발표하던 시기에 최인훈이 작가로서 체감한 표현의 자유가 5·16 이전과 같을 수 없다. 「광장」을 발표하면서 "빛나는 4월이 가져온 새 공화국에 사는 작가의 보람을 느낍니다."[18]라고 술회하던 최인훈에게 5·16 이후는 '보람'이 좌절과 환멸로 바뀌는 시기이다. 군정을 거쳐 반공을 제1국시로 내세운 공화국이 출범하면서 표현의 자유가 억압되는 상황이 초래되고 작가의 창작 의지는 위축된다. 「광장」을 가능케 한 입장과 방법을 더 이상 지탱할 수 없게 된 상황에서 최인훈은 현실의 소설화를 위한 다양한 실험을 전개한다. 『크리스마스 캐럴』은 그러한 실험이 거둔 성과들 중 하나이다. 이 소설에서 최인훈은 말에 대한 억압을 지목하면서 사적 영역까지 침투한 정치권력의 실상을 비판한다. 정치권력에 의해 자행된 대민 사찰이 개인의 말에 감시와 처벌의 공포가 따라 붙도록 함으로써 말을 통해 입장을 표명하거나 주장을 설파하는 일이 자유롭게 이루어지지 못하도록 한다는 것이다. 말이 고통을 부를 수 있다는 피해의식은 말에 대한 자기 검열을 낳는다. 그 자기검열이 아버지와 '나'가 의식하는 감시의 실체이다. 따라서 감시의 기관은 그들의 외부가 아닌 그들의 정신 속에 설치되어 있다고 해야 한다. 왜곡된 현실은 그들로 하여금 감시를 보편적인 삶의 조건으로 여기도록 한 것이다. 그래서 아버지와

---

18) 최인훈, 「서문」, 『광장 / 구운몽(최인훈 전집 1)』, 문학과지성사, 1976, 17면.

'나'는 위장된 대화를 하면서도 다른 누군가가 엿들을까 두려워하고
'나'는 아버지가 '나'의 생각을 물을 때마다 "글쎄요"를 연발한다. 감시
에 대한 공포로 그들의 대화는 강박적 성격을 지닌다.

4. 크리스마스와 한국의 근대

　동시대의 담론들을 강박적으로 재현하면서 전개되는 아버지와 '나'
의 대화에서 크리스마스가 주요 화제로 등장한다. 연작 1편에서 옥이
는 통행금지가 해제되는 크리스마스이브에 외박을 하려 한다. "야간
통행금지가 실시되었던 해방 이후 한국의 현실에서 크리스마스이브는
통행금지가 해제되는 몇 날 중 하루였기 때문에 그 해제는 사회의 억
압과 통제로부터의 해방이라는 의미를 지녔다."[19] 그런데 통행금지가
해제된 크리스마스이브의 혼란과 무질서는 자유의 소중한 가치를 환
기하기보다는 억압과 통제를 합리화하는 구실을 한다. 통행금지의 해
제가 도리어 통행금지의 필요성을 입증함으로써 그 제도를 공고히 하
는 효과를 거둔다. 혼란과 무질서가 초래될 바에야 차라리 억압과 통
제를 감수하는 편이 낫다는 인식이 통행금지의 해제를 통해 조장되는
것이다. 연작 4에서 크리스마스이브는 "하느님을 구실로 암숫이 재미
보기"[20]를 하는 밤으로 표현되기도 한다. 연작 1에서 아버지는 그 밤
에 외박하려는 옥이를 만류함으로써 통행금지를 긍정하는 입장에 서

19) 양윤모, 앞의 글, 129면.
20) 『전집 6』, 103면.

게 된다. 옥이는 크리스마스이기 때문에 외박해야 한다고 주장하고 아버지는 딸의 성적 방종을 우려하여 통행금지의 해제에 대해 부정적이다. 크리스마스에 대한 옥이의 주장이나 아버지의 우려는 크리스마스의 본뜻과는 사실 아무 관련이 없다. 크리스마스를 외박이나 성적 방종과 등치시키는 논리적 근거는 존재하지 않는다. 그처럼 비논리적인 관계는 크리스마스와 통행금지의 해제를 임의로 연결시킨 정치권력의 조치에서 기인한다. 정치권력은 크리스마스이브에 통행금지를 해제함으로써 한편으로는 혼란과 무질서를 초래하고 다른 한편으로는 통행금지의 상시적인 운용이 필요하다는 인식을 조장한다. 서구에서 유래한 크리스마스가 한국의 억압적인 현실과 맞물려 기형적인 풍속으로 변질된 것이다. 연작 1의 끝 장면은 한국의 크리스마스 풍속을 매우 상징적으로 보여준다. 옥이는 아버지와 성가대 사이에서 노래를 부르며 트위스트를 춘다. 성가대가 서구의 기독교를 대표한다면 아버지는 한국의 전통적 사고방식을 대신한다. 한국의 크리스마스 풍속은 그 양자 사이에서 추는 트위스트와 같다는 것이 그 기묘한 장면이 의미하는 바이다. 옥이가 성가대를 배경으로 트위스트를 추는 동안 아버지는 천천히 무릎을 꿇는다. 아버지의 그 동작은 기형적인 풍속에 대한 인정과 체념을 함축한다.

아버지와 '나'의 대화는 크리스마스에 이어 신금단 사건과 행운의 편지를 화제로 삼는다. 강박신경증의 메커니즘대로라면 그 화제들은 감시의 공포와 함께 강박 증상을 구성하는 현실적 계기들이다. 아버지와 '나'로 하여금 대화를 위장하도록 하는 강박 증상의 원인은 그 현실적 계기들보다 더 근본적인 데에 있다. 연작 4에서 그 원인에 대한 탐색이 이루어진다. 연작 4는 유럽으로 유학을 다녀온 한 인물의 경험과 생각을 전한다. R이라는 유럽의 도시로 유학을 간 그는 "학문은 코즈머폴리턴 한 것이며 관념적인 것이라고 생각해온 동방의 이방인 학생"21)이다. 유학을 가기 전까지 그는 학문적 수준이 보편성의 위계에 의해 차등화 된다고 생각한다. 따라서 그의 유럽 유학은 보편성의 위계에서 유럽이 동양보다 우위에 있음을 인정하는 행위이다. 유럽을 추수해야 할 모형으로 여기는 사고방식은 서구 제국주의의 오리엔탈리즘을 복사한 것이다. "근대 서구의 문화를 특권적인 규범으로 삼는 입장은 '보편주의' 또는 '인간주의'를 내걸면서 인종이나 민족의 서열, 열등한(하위의) 문화의 예속, 나아가 스스로를 대표(표상)할 수 없어서 누군가가 대표해 주지 않으면 안 되는 사람들의 복종을 동반해 왔다."22) 유럽은 그에게 학문적 헤게모니의 중심이며 그의 유학은 그 중심을 향한 선망과 동경을 실천한 것이다. 그러나 그는 신기료장수를 닮은 현지 대학 교수들의 모습을 보며 당황한다. 교수들은 거칠고 굵은 손마디를 가진 신기료장수처럼 학문을 다룬다. 그들에게 "학문은 무슨 막연한 것이 아니고, 그 손가락으로 주무르고 이기는 꿰매는, 아교풀이고 암말의 허벅지 안가죽이고 쇠못이고 구두창이었다."23) 프로테스탄티즘 같은 서구의 정신적 기풍도 "구가(舊家)의 가헌(家憲)처럼 질기고 고집스러운 결국 교수들의 손가락 마디나 구두창과 같은 물건이었다."24) 서구의 근

---

21) 『전집 6』, 89면.
22) 강상중, 『오리엔탈리즘을 넘어서』, 이경덕·임성모 역, 도서출판 이산, 1997, 174면.
23) 『전집 6』, 88면.
24) 『전집 6』, 89면.

대가 오랜 전통과 구체적인 경험에 뿌리를 두고 성립되었는데 반해 한국의 근대화 과정에는 서구와 같은 절차가 생략된다. 고유한 전통을 망각한 채 서구의 근대를 무분별하게 추종한 한국의 근대화는 서구적 특수성을 세계적 보편성으로 간주하는 오류를 범한 것이다. 그와 같은 아파트에 사는 수호성녀 이야기도 그러한 오류와 관련된다. 항상 성경책을 품고 다녀서 수호성녀라고 불리는 할머니가 그와 한 아파트에 산다. 마을 사람들은 그녀가 독실한 신앙심 때문에 이십 년 넘도록 성경책을 품에서 놓지 않는다고 여긴다. 그는 할머니의 신앙과 교수들의 학문이 다르지 않다고 생각한다. 교수들이 신기료장수처럼 학문을 다루듯 할머니는 수전노처럼 신앙을 긁어모은다. 할머니에게 신앙이란 초월적인 관념이 아니라 그녀가 손에 항상 품고 있는 낡은 성경책처럼 구체적인 것이다. 그러나 할머니의 성경책이 신앙과 전혀 무관하다는 사실이 뒤에 밝혀진다. 할머니는 임종의 자리에서 젊은 시절 사별한 연인을 잊지 않으려고 연인의 가죽으로 장정한 성경책을 지니고 있었노라고 고백한다. 그가 유학시절 현지에서 사귄 친구 H가 그 사실을 한국에 돌아와 있는 그에게 편지로 전한다. H는 편지에서 할머니의 고백이 서구문화의 특수성에 대한 그의 지론을 재고하게 할 거라고 한다. 그러나 H의 기대와 달리 그 편지는 그의 지론을 바꾸지 못한다. 할머니에게 사랑은 보편적인 관념이 아니라 손에 움켜쥐어야 할 한 장의 가죽이었다는 사실은 그의 평소 지론을 더 분명하게 확인할 뿐이다. 크리스마스이브의 소란 속에서 그는 구체적인 경험에 뿌리를 둔 서구문화를 보편적인 것으로 오해한 한국의 현실을 본다. 한국은 서구의 특수성을 추종해야 할 보편성으로 착각함으로써 왜곡된 방향으로 근대화를 진행한 것이다. 이 소설의 강박 증상은 바로 그러한 근대화를 가져온 근원적 오류를 거듭 소환한다.

5. 결론

『크리스마스 캐럴』에서 부자간의 대화는 감시에 대한 피해 의식으로 인해 강박적으로 전개된다. 아버지와 '나'는 감시를 피하기 위해 기성의 담론들을 차용하여 대화를 위장한다. 발언에 대한 책임을 대화에 차용된 담론들에 전가시키려는 것이다. 아버지와 '나'로 하여금 강박적으로 대화를 위장하도록 하는 피해의식은 미시적으로 작용하는 정치권력과 관련된다. 가정 내에서 벌어지는 대화마저 감시의 공포에 시달리는 상황은 사적 영역까지 침투한 정치권력의 미시적 작용을 실감하게 한다. 주지하는 바와 같이 말의 흐름은 한 사회의 건강성을 가늠케 하는 척도이며 사회가 병들수록 말의 흐름은 원활치 못하게 된다. 이 소설에서 부자간의 위장된 대화는 정치권력에 의해 자행된 말의 억압을 우회적으로 드러낸다. 최인훈은 동시대의 각종 담론들을 패러디하는 방법으로 당대 현실의 모순을 폭로하고자 한 것이다. 최인훈은 그러한 현실을 초래한 근원으로 파행적으로 진행된 한국의 근대화를 지목한다. 서구적 특수성을 세계적 보편성으로 오해하여 추종한 한국의 근대화는 크리스마스 풍속으로 상징되는 매우 기이하고 왜곡된 현실이 빚어냈다는 것이다.

『크리스마스 캐럴』은 5·16 이후의 현실에 대한 최인훈의 좌절과 환멸을 담고 있다. 그러나 이 소설에서 최인훈이 희망의 끈을 아예 놓아버린 것은 아니다. 최인훈은 다소 막연하긴 하지만 미래에 대한 긍정적인 전망을 연작 5의 '나'를 통해 개진한다. 연작 5에서 '나'가 겪는 신체상의 통증도 부자간의 위장된 대화처럼 감시에 대한 피해의식이 빚은 강박증상의 다른 면모이다. '나'는 밤마다 겨드랑이를 쑤셔대는 통증을 잊고자 통행금지가 발령 중인 서울 시내를 돌아다닌다. 금제를 넘어선 자유로운 행보를 통해 '나'는 한시적으로 겨드랑이의 통증에서 벗어난다. 따라서 작중에서 '파마늘'로 명명된 그 통증이 통행금지로 상징되는 억압적 현실과 관련이 있음을 알 수 있다. '나'는 통행금지 시간에 비로소 살아나는 서울의 관능을 감지하고 4·19때 죽은 학생들이 시청 앞 광장에서 벌이는 의식을 목격하기도 한다. 겉으로는 차갑게 보이던 서울은 그 내부에 뜨거운 기운을 품고 있다. '나'는 그 기운에서 강박 증상을 치유할 수 있는 희망을 본다. 밤거리의 산책이 겨드랑이의 통증을 날개로 변모시키는 기적을 가져온 것이다. 비록 5·16으로 고통의 시간이 연장되고 있지만 겨드랑이의 날개가 있는 한 '나'는 그 희망을 계속 지탱할 수 있다.

출전 : 「감시와 위장-최인훈의 『크리스마스 캐럴』론」, 『우리어문연구』 제32집, 2008.

최인훈 문학에 나타난 난민의식 연구

─최인훈 작품 세계 연구(2)

1. 최인훈 문학을 바라보는 두 번째 시각

이 글은 「최인훈 문학에 나타난 희생제의 연구」의 후속 논문으로,[1] 최인훈 문학(소설과 희곡)을 종합적으로 살펴보고자 하는 연구의 일환으로 기획되었다. 앞의 논문이 『광장』과 최인훈의 희곡에 나타난 희생제의적 특성을 중점적으로 살펴본 연구였다면, 이 글은 『회색인』과 그의 희곡에 나타난 피난민의식을 중점적으로 고찰하는 연구가 될 것이다. 이 글과 관련된 연구사 검토는 전작 논문을 통해 행한 바 있으며,[2] 최

---

* 김남석 / 부경대학교 국어국문학과 부교수

1) 김남석, 「최인훈 문학에 나타난 희생제의 연구」, 『한국학연구』 15집, 고려대학교 한국학 연구소, 2001. 11, 177~217면.

2) 본 연구와 관련 있는 기존 연구를 살펴보면 다음과 같다(권오만, 「최인훈 희곡의 특질」, 『국제어문』 1집, 국제대학교, 1979 ; 송전, 「원초 심성의 탐구」, 『외국문학』

근 연구 결과까지 참조해도 '난민의식'과 관련된 연구 성과는 발견되지 않는다. 따라서 세부적인 연구사 검토는 전작 논문으로 대체하고자 한다.

두 연구는 실상 한 가지 측면의 두 가지 접근일 수 있다. 비극적 개인이 소속되어 있는 문제적 집단의 경우를 상정해보자. 개인의 비극성이 발생하는 원인을 '집단'에 초점을 두고 살펴보면, 개인을 억압하고 희생양으로 지목하는 집단의 메커니즘이 확연하게 드러난다. 이 메커니즘은 고대의 '희생제의'로부터 유래하여, 현대 문명의 초석이 되고 있는 '희생양 메커니즘'에 해당한다.

반면 집단의 논리를 벗어나 탄압받는 개인의 입장에 주목하면, 그들이 고향을 잃거나 본거지를 떠나야 하거나 심지어는 목숨까지 잃게 되는 '추방자'의 처지임을 확인할 수 있다. 이들은 집단이 가하는 자체적 논리와 합의에 의해 집단으로부터 추방당한 자들이다. 추방당한 자들은, 생활 기반과 정신적 정체성을 상실하고 떠밀려 정착하듯 이질적인 사회(혹은 공간)의 편입자 신세로 전락한다. 한 마디로 '피난민'인 셈이다. 이러한 난민의식은 최인훈의 문학적 화두가 된다.

최인훈의 소설과 희곡에는 고향을 상실하고 낯선 공간으로 이주해 온 인물이 다수 발견된다. 그들은 제각각의 이유로 인해 근거지를 상실하고 다른 공간으로 떠나야 하는 운명을 강요받는다. 따지고 보면 『광

15호, 열음사, 1988년 여름 ; 이상우, 「전통으로서의 비극과 경험으로서의 비극」, 『안암어문논집』 32집, 민족어문학회, 1993 ; 서연호, 「최인훈 희곡론」, 『민족문화연구』 28호, 고려대 민족문화연구소, 1995 ; 김성희, 「한국적 비극의 특성과 보편성 연구」, 『연극의 사회학, 희곡의 해석학』, 문예마당, 1995 ; 김유미, 『한국 현대 희곡의 제의구조 연구』, 고려대 박사학위논문, 1999).

장』의 이명준 역시 이러한 추방자의 면모를 일부 드러내고 있었다. 『회색인』의 독고준은 '추방자로서의 이명준'의 모습을 강화한 인물이다. 이명준이 남한, 북한, 제3국 어디에도 정착하지 못한 인물이었다면, 독고준은 남한이라는 현실의 울타리 안에 거처를 정함으로써 난민의 입장과 처지를 한층 공고하게 부각시킨 인물이기 때문이다.

문제는 불편한 거처와 그 거처를 둘러싼 사회 환경에, 새로운 편입자가 제대로 적응하지 못한다는 사실이다. 최인훈은 익숙한 공간을 떠나 낯선 공간으로 이주해가는 자의 모습이나, 그들이 새로운 거처에서 겪게 되는 인식적 방황과 혼란을 집요하게 그리고 있다. 지금으로는 가장 마지막 발표된 소설인 『화두』의 내부적 동력 내에도 이러한 집요한 탐색이 나타나고 있다.

최인훈이 발표한 희곡 또한 이러한 흐름을 연계하고 있다. 시기상으로 『회색인』과 『화두』 사이에 위치하는 희곡작품들은, 등장인물들이 피난길에 오르거나 지상을 떠나는 유형의 사건을 다수 포괄하고 있다. 이들의 이주는 강제적이며, 자발적으로 보이는 이유 내에도 사회와 현실이 가하는 폭력적 메커니즘이 잠재하고 있다. 따라서 이들은 추방된 자 혹은 피난민이다. 그리고 이러한 피난민의 운명 속에 최인훈이 생각하는 한국 사회의 문제가 내재하게 된다.

낯익은 공간에서의 추방, 낯선 사회로의 이주, 두 공간 사이에서 발생하는 괴리, 그리고 부적응 상황은 최인훈 소설과 희곡을 관류하는 하나의 공통된 흐름을 형성하고 있다. 이것이 이 글이 상세하게 밝히고자 하는 작가의식의 한 측면이기도 하다.

이 글에서 다룰 작품은 최인훈의 소설인 『회색인』과 그의 희곡 가운데에 여섯 작품이다. 여섯 작품은 「옛날 옛적에 훠어이 훠이」, 「둥둥樂浪둥」, 「봄이 오면 산에 들에」, 「어디서 무엇이 되어 만나랴」, 「달아 달아 밝은 달아」 그리고 「한스와 그레텔」이다. 일반적으로 「한스와 그레텔」이 다른 희곡들과 별도로 다루어지고 있는 작금의 연구 현실에 비추어 볼 때, 여섯 작품의 연계성을 살피는 작업은 기존의 연구를 보완하는 의의를 지닐 것이다.

이 글의 체계는 소설과 희곡에 나타난 피난민의 형상과 특징을 별도로 검토·분석하고 마지막에 비교·정리하는 방식을 따르고자 한다. 이 중에서 『회색인』과 「옛날 옛적에 훠어이 훠이」, 그리고 「옛날 옛적에 훠어이 훠이」를 중요한 자료로 삼은 『화두』는 작가의 '난민의식'을 고찰하는 중요한 근거로 활용될 것이다.

그 이유는 두 가지이다. 하나는 세 작품의 문학적 완성도가 탁월하여 최인훈의 소설과 희곡의 대표작으로 손꼽힐 만하기 때문이며, 다른 하나는 「옛날 옛적에 훠어이 훠이」가 장편 『화두』와 그의 희곡 작품들을 연결하는 작가의식의 연계지점이기 때문이다. 장편 『화두』는 최인훈의 진술을 참고할 수 있다는 이점도 지니고 있기 때문에, 이 글의 논리를 보강하는 중요한 근거로 활용되었다.

2. 『회색인』에 나타난 난민의식

『회색인』의 독고준은 월남한 인물이다. 그의 고향은 북한 지방인 W시의 근교였다. 그의 집안은 이 일대에서 지주로 행세해 왔으며, 그의 아버지는 동경 유학을 한 부르주아 지식인이었다. 이로 인해 북한 지방에 진주한 공산주의 정권으로부터 정치적 탄압을 받아야 했다. 6·25전쟁이 발발하고 두 진영 간의 밀고 당기는 세력 다툼이 벌어지자, 은근히 남쪽 정권에 찬동했던 이들 일가는 월남을 결행해야 했다.

그러나 남쪽으로 향하는 배(LST)의 사정이 여의치 않아 독고준만 단신 월남하고 만다. 독고준은 이미 월남해 있던 아버지와 만나 남한에서 새로운 터전을 일구려 애쓴다. 하지만 그들은 '천박한 자본주의'와 '싸구려 민주주의'가 판치는 남한에서 온전하게 생존할 기회를 잡지 못한다. 급기야는 아버지가 죽자, 혼자 남은 독고준은 어렵게 고학을 하며 학교를 다닌다.

이 작품은 남한에서 혼자 살아가게 된 독고준의 고학 생활과 정신적 방황을 상세하게 그리고 있다. 그리고 이러한 정신적 방황과 삶의 고뇌를 일으키는 원인을 나름대로 분석하고 있다. 과도한 관념성을 투영하는 독고준의 상념 속에서 그 원인은 편린을 드러낸 바 있다.

> 그는 고향의 어머니, 형님, 누님과 꼬마들을 생각해 보았다. 지금도 그들은 그 집에서 살고 있을까? 그는 그들과 다시 만나는 날을 그려볼 수 없었다. 십 년 이십 년 안에 그들을 만나는 일은 일어나지 않을 것이다. 그날 W시에서 배를 탈 때, 우리는 곧 돌아오려니만 생각했었다. 전세가 불리해서 물러가는 군대를 따라갔다가, 곧 다시 오는 것으로 어느 사람이나 믿고 있었다. 피난의 초기에도 그는 그렇게 알았었다. 김학은 이번 여름에 자기 고향에 가자고 했었다. 귀성(歸省). 얼마나 고전적이고 향수 짙은 말일까. 빵을 위해서 땀 흘리다가 가장 기쁜 날에는 어딘가로 돌아간다는 것. 그것은 가장 이치에 맞는 삶이다. (…중략…) 귀성. 고향으로 돌아간다. 삶의 기본적 게시탈트 이향(離鄕). 나그네살이. 그

리고 오랜 풍상 끝에 귀향(歸鄉). 객지에서 나그네 죽음을 하는 사람도
마지막 깜박거리는 임종의 순간에 그의 눈알에는 어머니가 비칠 것이
다. 그리고 그 어머니는 고향집 감나무 밑이 아니고 어디에 서 있겠는
가. 그러한 고향을 김학은 가지고 있다.[3]

독고준은 귀향을 고대하고 있다. 그러나 그 귀향이 불가능하다는 사
실을 알고 있다. 그는 실향민이며 동시에 피난민이다. 정신적 뿌리를
잃고 삶의 안식처를 잃은 자인 것이다. 이로 인해 독고준은 상실감에
시달린다. 독고준의 인식적 방황은 집과 가족과 어머니와 고향을 잃은
상실감에서 유래한다. 또한 이러한 상실감을 달래주기에 너무 거칠고
황폐한 서울이라는 낯선 타향에서 유래한다. 그래서 고향은 자아의 주
체성을 성립시켜 줄 수 있는 이상향으로 간주된다. 결국 독고준의 고
향 상실은 이상향의 상실과 다르지 않게 된다.

독고준은 자신은 고향이 없지만, 친구인 김학은 고향이 있다고 단언
한다. 김학은 이 소설에서 독고준의 친구이며, 1960년대 한국의 현실을
감당해야 하는 또 하나의 지식인 유형이다.『회색인』의 처음과 끝에는
독고준과 김학이 벌이는 토론이 삽입되어 있다. 이 토론에서 독고준이
문학에 침잠하고 현실을 관념적으로 재단하려는 인물로 그려진다면,
김학은 현실을 직시하고 실천적으로 현실에 참여하려는 인물로 그려
진다. 이러한 대립적 인물형은 독고준의 내면에서 일어나는 갈등을 외
부로 투사되면서 생성된 것으로, 이러한 관점을 적용하면 김학은 독고
준의 내면 한쪽 측면을 떼어내어 생성해낸 인물이라고 할 수 있다. 따

---

3) 최인훈,『회색인』, 문학과지성사, 1991, 218~219면.

라서 김학은 독고준과 상반된 성향을 띠게 된다. 가장 상반된 점은 고 아이고 떠돌이인 독고준의 처지에 반하여, 김학은 대가족의 일원이고 고향을 상실하지 않은 자라는 점이다. 정리하면 독고준은 피난민이고, 김학은 원주민인 셈이다.

> 서울에서는 아무리 깊은 숨을 쉬어도 공기는 이렇게 시원하지 않았
> 다. 서울에서 그는 늘 초조했다. 당장 무엇을 해야 할 일도 없을 텐데.
> 늘 마음은 환경과 겉돌면서 안간힘을 썼다. 그것은 촌놈이 고향을 떠나
> 서 뿌리를 박지 못한 불안이었을 것이다. 그러나 그렇게 따진다면 지금
> 의 서울은 촌놈의 서울이지, 서울 사람의 서울은 아니다. 서울뿐만 아니
> 라 어느 도시건 도시란 원래 그런 것이다. 새로운 힘과 허영을 가슴에
> 품은 지방 사람이 도시에 와서는 그들의 정력과 끈기로 그것을 살찌게
> 하고 변하게 만드는 것이다.[4]

그럼에도 김학은 서울이라는 도시에서 역시 피난민의 신세를 면하지 못한다. 마음과 환경의 조화는 쉬운 일이 아니다. 어느 도시건 마찬가지라는 진술에서 확인되듯이, 당시 남한의 거의 모든 도시들은 이러한 혼란과 변화의 기로에 서있다. 고향을 잃은 자들과 고향을 떠난 자들이 뒤섞이고, 남한에서 이주하는 자들과 북한에서 이주해 온 자들이 생존 경쟁을 벌이고 있다. 김학도 이러한 생존 경쟁의 장에서는 또 다른 부적응자이고 피난민인 셈이다.

『회색인』은 독고준과 김학을 중심으로, 남한 사회에 새롭게 정착하려고 애쓰는 사람들의 실상을 대거 보여주고자 했다. 독고준이 당증을

---

4) 최인훈, 앞의 책, 89~90면.

무기로 경제적 후원자로 삼게 되는 과거의 매부 현호성이나, 미국에서 그림 공부를 하고 돌아와 상업 미술을 계획하는 이유정과 같은 인물도 피난민의 신세이기는 마찬가지이다. 그들 역시 새 터전을 잡기 위해서 정든 일터와 고향을 버리고 낯선 도시로 흘러든 인물이기 때문이다.

이처럼 『회색인』은 변화하는 사회 현실과 그 안에서 이주하는 인물들을 집중적으로 조명하고자 했다. 이러한 조명을 통해 고향을 잃은 자들의 고뇌와 부적응이 포착될 수 있었고, 이들의 고뇌와 부적응을 야기했던 우리 역사의 폐단이 드러날 수 있었다. 물론 현호성 같은 인물을 통해서는, 기회주의적 현실 적응력과 몰역사적 삶의 태도를 은근히 비판하기도 한다. 결론적으로, 최인훈은 『회색인』의 인물 구도를 피난민의 신세를 겪고 있는 인물 군상에 맞추고자 했다. 이러한 구도를 면밀히 살펴보면, 최인훈이 한국 사회의 문제점으로 피난민의 삶과 정신적 방황을 주목하고 있음을 알게 된다.

3. 최인훈 희곡에 나타난 난민의식

1) 피난의 유형

(1) 물리적 격리

희곡 「봄이 오면 산에 들에」는 피난민의 모습이 뚜렷하게 부각된 작품이다. 달래는 깊은 산 속에서 아버지와 함께 살아가고 있다. 그것은 달래 일가가 남들에게 숨겨야 할 비밀 때문이다. 그 비밀은 달래의 어머니가 문둥이이며, 그들 일가와 그녀가 은밀하게 교류한다는 사실이다. 마을 사람들이 이 사실을 알 경우, 달래 일가는 처벌을 면치 못할 것이다. 이러한 위험으로부터 벗어나기 위해서 그들은 마을과 유리된 곳에 거처를 마련하고 있다. 이러한 달래 일가의 처지와 비밀은 이들이 암묵적으로 피난민이라는 사실을 증언한다.

그러던 이들이 본격적인 피난민으로 전락하게 된 계기는 사또의 횡포 때문이다. 마을 사또는 달래의 미모에 음심을 품고, 자신의 권력을 사용하여 달래를 첩으로 취하려 한다. 이를 꺼려한 달래 아버지는 달래와 그녀를 좋아하는 바우를 함께 피신시키려 하지만, 두 연인만의 피난이 여의치 않자 달래 일가가 모두 솔가하여 문둥이가 된 엄마와 함께 깊은 산 속으로 숨어들고 만다. 이들의 피신은 마을 사람들의 폭력과 사또의 권력으로부터 자유로워지고자 하는 주체적 결단이다. 그러나 그 원인을 사또를 비롯한 외부 세계에서 제공했다는 점에서, 그들 일가는 추방된 자들이 되고, 도피하는 자들이 된다.

그런데 이 희곡을 잘 살펴보면, 마을 사람들 전체가 잠재적으로 피난민 신세임을 알 수 있다. 성 쌓기 부역은 뒤숭한 정세를 뜻한다. 이 마을은 전쟁의 위협에 시달리고 있으며 그로 인해 언제든지 피난민으로 전락할 수 있는 불안한 처지에 놓여 있다. 이처럼 「봄이 오면 산에 들에」는 실제 피난민, 암묵적 피난민, 잠정적 피난민이라는 불안한 처지의 인물들을 포진시켜, 세계와 대치하고 있는 추방자들의 모습을 그려나가고 있다.

「달아 달아 밝은 달아」에서도 피난민의 윤곽은 뚜렷하다. 특히 임진왜란이라는 구체적 전쟁이 구체적으로 작품 속에 삽입되면서, 난을 피해 떠나는 인물 군상이 대거 등장하게 된다. 그리고 조선이라는 현실과 격리되었던 심청이 이들 무리 속에 섞여 든다. 심청은 청나라의 기루에 팔렸다가 구사일생으로 자유를 얻어 조선으로 귀국하던 중, 해적에게 다시 납치되어 감금되는 기구한 신세를 겪은 바 있었다. 그러다가 전쟁으로 인해 해적 무리들이 혼란해진 틈을 타고 그들 무리를 탈출해 고국으로 돌아오던 길이다. 그 길은 이미 조선의 피난민으로 북새통을 이루고 있다.

이처럼 최인훈 희곡 속의 많은 인물들이 피난민의 행렬을 이루고 있다. 특히 달래 일가, 달래의 마을 사람들(잠재적 피난민), 심청이와 조선 민중은 '도주 군중'을 형성한다. 엘리아스 카네티는 도주 군중의 개념과 성격을 다음과 같이 밝힌 바 있다.

> 도주 군중은 위협을 느끼는 데서 생겨난다. 달아나는 자는 모두 여기에 속한다. 모든 자가 함께 도망한다. 모든 사람이 동일한 위험에 직면한다. 위험은 어떤 특정한 장소에 집중되며 무차별적으로 적용된다. (…중략…) 사람들은 공동으로 도주한다. 그것이 가장 좋은 도주 방법이기 때문이다. 그들은 모두 같은 흥분을 느끼고 있으며, 어떤 한 사람의 에너지는 다른 사람의 에너지를 상승시켜 위험이 분산된다고 느낀다. (…중략…) 군중 도주(Massenflucht)에 있어서 가장 특이한 점은 그 방향(Richtung)이 가지는 힘이다. 군중은 위험으로부터 벗어날 수 있는 방향으로 온통 쏠리는 것이다. 중요한 것은 안전이 확보되는 목표와 그 목표까지의 거리뿐이므로 사람들 사이의 간격은 문제시되지 않는다. 전에는 조금도 서로 가깝지 않았던, 낯설고 어느 모로나 상이한 개체들이 갑자기 일체화된다. 도주하는 가운데 그들 상호 간의 차별이 없어지는 것은 아니지만, 그들 사이의 간격은 해소된다.[5]

---

5) 엘리아스 카네티, 강두식 역, 『군중과 권력』, 학원사, 1995, 54면 참조.

달래 일가는 서로 떨어져 지냈다. 바우는 가족의 일원이 되지 못한 상태였고, 달래 엄마는 문둥이로 숨어 살아야 했다. 달래와 달래 아버지도 마을 사람들의 눈치를 보느라고, 외딴 곳에 살아야 했다. 그러던 달래일가가 도주 군중이 되면서 하나의 집합체(가족)가 되었고, 그들의 도주는 산속과 평화라는 목표와 방향감을 가지게 되었다. 그들 사이의 어색했던 간격이 사라지고 공동체가 형성된 경우라 할 수 있다.

심청이의 경우도 동일하다. 심청이는 이러한 피난민의 대오 속에서 떠나온 자신의 고향으로 돌아가기 위해 안간힘을 쓴다. 그녀가 청나라 기루와 해적 소굴에서 당했던 박해와 고통을 잊고 새로운 희망(김서방)과 조우하기 위해서는 고향으로의 귀환이 필요했다. 다시 말해서 심청의 고난은 그녀의 도주와 함께 시작한 것이다.

그러나 고향에 돌아와서도 심청은 피난민의 행색과 처지를 벗어나지 못한다. 그녀는 파괴될 대로 파괴되고 자신을 기억조차 못하는 고향에서 새로운 희망을 발견하지 못한다 그녀에게 재활의 기회는 없어진 셈이다. 그녀는 다시 정신적 피난을 떠나야 할 신세가 된다. 작품의 말미에서 보이는 심청의 이상 증세는, 현실에서 도피하여 정신적인 피난을 강구해야 하는 인물의 그것에서 유래했다고 볼 수 있다.

「한스와 그레텔」도 전쟁으로 인해 세상과 격절된 인물을 다루고 있다. 한스는 중요한 외교 사안을 가지고 파견된 밀사인데, 연합군 측의 이해관계로 인해 은밀하게 투옥되고 그 존재마저 숨겨진 채 세상과 격리된 존재이다. 한스는 권력 집단의 야욕에 희생된 일종의 정치적 희생양이다. 그래서 한스 역시 육체적으로 혹은 정신적으로 세상과 단절된 추방자의 유형에 포함될 수 있겠다. 또한 한스가 추방자라는 점에서 보면, 이 작품은 다른 작품들과 연계성을 지니고 있다고 말할 수 있겠다.

(2) 생명의 위협

「둥둥낙랑둥」에서 호동과 낙랑(계모)에게 자행된 처벌은 박해행위에 해당한다. 그들의 수급을 '하늘 사자'가 가져가는 설정은, 희생양에 대한 추방을 의미한다. 추방이라는 형벌 개념을 상정할 경우, 수급의 하늘행은 지상(이승)에서의 철저한 축출이라는 근거 있는 해석을 얻게 된다. 이러한 형벌 개념은 「옛날 옛적에 훠어이 훠이」에도 동일하게 적용된다. 아기장수를 태운 말이 하늘로 사라지는 장면에서 지상의 백성들이 내젓는 손짓은, 이승의 질서에 혼란을 초래한 이방인에 대한 박대와 외면의 손길을 의미한다. 백성들은 아기장수가 비록 죽은 존재일지라도, 지상에서의 공존을 용납하지 않는 것이다.[6]

이러한 처벌과 추방을 개인의 입장으로 환원하면, 인물들의 '피난'이 된다. 아기장수 일가는 지상에서 다른 사람들과 어울려 살 수 없는 처지이다. 그들이 지상에 남게 되면, 이웃은 피해를 입게 되고, 그들의 존재감으로 인해 국가 권력(자)은 불편해진다. 그들 일가는 그들의 이웃과 권력자의 박해를 피해 지상을 떠나야 한다. 따라서 지상을 떠나는 아기장수 일가는 백성들의 의사에 따라 이승을 떠나 초월적 공간으로 피신하는 이주민이 된다. 결국 하늘나라로의 피난은 추방이라는 박해에 의해 야기된, 추방자의 이주이며 죽음이자 도주이다.

---

6) 김남석, 「최인훈 문학에 나타난 희생제의 연구」, 『한국학연구』 15집, 고려대학교 한국학연구소, 2001. 11, 196~197면 참조.

「어디서 무엇이 되어 만나랴」는 물리적인 추방과 생명의 박탈(처형)이 동시에 제기되는 작품이다. 이 작품의 도입부에서 오랫동안 수련한 영물(뱀)은 온달이 신성한 나무를 자르는 바람에 승천 기회를 잃고 지상의 유민으로 남겨진다. 비록 온달의 꿈에서 일어난 일이지만, 영물과 동일한 모습의 공주가 온달의 집을 지니게 되면서, 지상의 유민(유배)은 온달의 현실과 운명이 된다.

공주는 평양성의 권력 쟁탈전에서 패배하자 부왕에 의해 산중 암자로 유배 조치된다. 공주의 입장에서는 패배이자 추방이지만, 공주의 신변을 보호하려는 입장에서 보면 공주는 일종의 피신이자 은거를 보장받은 셈이다. 하지만 공주는 이에 만족하지 않고 온달과 결혼하면서 재기를 노려, 끝내는 장군 온달을 기반으로 평양성 재기(왕실 재입성)에 성공한다.

하지만 온달을 기반으로 평양성에 재입성하고 난 이후에도, 공주의 추방은 다시 일어난다. 정적의 음모에 의해 온달이 제거되자, 공주 또한 권력을 상실하고 다시 산 속으로 유배된다. 두 번째 유배의 끝은 단순한 공간적 격리에 그치지 않는다. 정적들이 보낸 암살자들에 의해 공주는 살해되고 만다. 반복되는 물리적 추방의 끝은 처형이었던 것이다.

「둥둥낙랑둥」, 「옛날 옛적에 훠어이 훠이」, 「어디서 무엇이 되어 만나랴」는 생명을 위협받고 이승에서 추방되는 인물의 유형이 형상화되고 있다. 이것은 피난자들에게 물리적 추방을 넘어, 보다 가혹한 형벌이 가해질 수 있음을 시사한다. 그들은 이승에서 저승으로 피난 가는 이주민이었다.

흥미로운 것은 「둥둥낙랑둥」의 호동과 낙랑, 「옛날 옛적에 훠어이 휘이」의 아기장수 일가, 「어디서 무엇이 되어 만나랴」의 온달과 평강 공주의 미래는 암담하다는 사실이다. 그들은 「봄이 오면 산에 들에」의 달래일가나 「달아 달아 밝은 달아」의 심청처럼 지상에서의 정착이 근본적으로 허용되지 않으며, 「한스와 그레텔」의 주인공처럼 해방의 기대마저 말살당한 상태이다. 실제로 최인훈의 작품 세계를 일관하면, 달래 일가가 깊은 산 속에서 만끽하는 행복감은 예외적인 감정으로, 보통의 작품들(특히 희곡 작품)에서는 근본적으로 허용되지 않는 삶의 정황이라 할 것이다.

2) 피난의 이유

(1) 전쟁

최인훈 희곡의 인물들이 피난민으로 혹은 추방자의 신세로 전락하는 원인 중 하나는 전쟁이다. 전쟁은 최인훈의 희곡작품 속에 중요한 서사적 계기로 상정된다. 전쟁의 실체감을 가장 뚜렷하게 드러낸 작품은 「달아 달아 밝은 달아」와 「한스와 그레텔」이다. 두 작품 속 주인공의 운명은 전쟁의 추이와 밀접하게 관련되어 있다.

「달아 달아 밝은 달아」에서 심청은 전쟁으로 인해 해적의 소굴에서 탈출하여 고향에 돌아갈 수 있게 되지만, 또한 그 전쟁으로 인해 그녀는 피난민으로 전락하고 그녀의 고향은 파괴되며 그녀가 정체성을 찾을 수 있는 기회를 상실하게 된다.

「한스와 그레텔」에서 전쟁은 주인공을 수감자로 만드는 결정적인 계기로 작용한다. 전쟁으로 인해 어지러워진 사회와, 그 안에서 이권을 차지하려는 권력 집단(구도)은 주인공을 정상적인 사회로부터, 그리고 평범한 일상인으로부터 분리시켜 지하 감옥에 수감시킨다.

「어디서 무엇이 되어 만나랴」와 「둥둥낙랑둥」과 「옛날 옛적에 훠어이 훠이」에도 전쟁의 흔적이 발견되고 있다. 「어디서 무엇이 되어 만나랴」는 온달의 죽음과 전쟁을 연관시키고 있그, 「둥둥낙랑둥」은 호동의 죽음과 전쟁을 연관시키고 있으며, 「옛날 옛적에 훠어이 훠이」는 아기의 죽음이 토벌군의 주둔으로 야기되었다는 서사적 연관성에 기반하고 있다. 「봄이 오면 산에 들에」조차 성 쌓기 부역을 언급해서 전쟁의 발발 가능성을 배제하지 않고 있다. 이처럼 전쟁은 불안 요소로 작품 곳곳에 배치되어 있다.

전쟁은 정상적인 사람을 정신이상자로 간주하게 만들거나 범법자로 취급하게 만든다. 전쟁으로 인해 혼란해진 사회는 많은 평범한 사람들을 피난민으로 만들고 고향을 떠나 낯선 곳에 정착하게 만든다. 심청이의 정신이상 징후나, X의 감금은 대표적인 예이다.

전쟁과 피난의 관계는 최인훈의 실제적 체험과 밀접한 관련이 있다. 최인훈 일가는 어릴 적 남한으로 이주한 경험을 가지고 있다. 이러한 실제 체험은 유년 작가에게 깊은 상흔(트라우마)을 남겼고 이로 인해 그의 작품 속에서 전쟁의 이미지는 끊임없이 반복되는 모티프이자 이미지로 남아 있다. 그의 희곡작품 속 인물들은 이러한 외부적 자극에 대해 민감하게 의식하고 있는 경우이다.

(2) 정치 세력 혹은 국가 권력

피난의 또 다른 이유는 정치적 문제이다. 정치적 문제는 두 가지 측면으로 나눌 수 있다. 하나는 정치 세력 간의 다툼으로 발생한 문제이고, 다른 하나는 국가 권력이 자행하는 횡포로 야기된 문제이다. 그리고 이러한 문제들은 최인훈의 희곡작품 속에 두루 나타나고 있다.

「어디서 무엇이 되어 만나랴」와 「둥둥낙랑둥」에는 심각한 정쟁이 나타나고 있다. 「어디서 무엇이 되어 만나랴」의 평강공주는 권력의 쟁취를 위해 절치부심한다. 그 결과 그녀는 상당한 권력을 되찾을 수 있었다. 그러나 그렇게 되찾은 권력은 온달의 죽음과 함께 순식간에 사라진다. 온달의 암살에는 결국 공주의 권력을 견제하기 위한 반대파의 계략이 숨어 있다.

「둥둥낙랑둥」에서 왕자 호동을 괴롭히는 요인 중에 하나가 왕제(호동의 삼촌)이다. 왕제는 호동과 정치적 대척점에 서서 배타적 권력 구조를 형성하고 있다가, 왕자 호동에게 이상 징후가 나타나자 이를 활용해서 정치적 권능을 확대하려는 계략을 꾸민다. 왕제는 호동이 실각하고 처형되는 데에 상당한 역할을 담당한다.

「봄이 오면 산에 들에」나 「옛날 옛적에 훠어이 훠이」에서 부각되는 것은 국가권력 기관의 횡포이다. 「봄이 오면 산에 들에」에서는 양가집 규수를 첩으로 삼으려는 사또의 권력 남용이 자행되고, 「옛날 옛적에 훠어이 훠이」에서는 대규모의 토벌군을 출동시켜 혁명의 싹을 제거하려는 권력층의 의도가 드러난다. 이러한 폭정과 횡포는 민중들을 피난민으로 만든다.

「한스와 그레텔」이나 「달아 달아 밝은 달아」에서도 정치권력의 폐해가 고발된다. X를 수감하는 당국의 비합리적인 처사나 이순신 장군을 수감하는 정책적 결정은, 기층 민중을 위해서가 아니라 당리당략과 소수 특권층을 위해서 국가권력이 봉사했다는 혐의를 강하게 풍긴다.

최인훈의 희곡에는 정치적 세력 혹은 국가 기관에 대한 부정적 인식이 강도 높게 내재되어 있다. 이것은 최인훈의 작품이 국가와 이데올로기에 대해 회의적인 태도를 표명한다는 사실과 밀접하게 관련되어 있다. 최인훈의 작품은 분단이나 전쟁 혹은 전후 사회의 혼란을, 잘못된 국가 시책과 대책 없는 이데올로기 대립에서 찾는 경우가 많다. 또한 그의 작품에서 주요 인물들은 마르크스주의에 입각한 공산주의만큼 자본주의에 기댄 민주주의가 허황되고 내실없는 것임을 즐겨 설파하고 한다. 이러한 최인훈의 작가의식이 국가권력기관으로부터 혹은 정치적 지배자로부터 압제당하고 피해를 입는 백성들의 모습을 희곡 속에 형상화 한 것이다. 물론 그 백성들 중에서 문제적 인물들이 이러한 압제에 의해 유민으로, 정치적 피난긴으로 전락하여 그 터전을 잃거나 목숨을 잃게 된다.

3) 피난민의 유형과 작가의 저항 의지

피난민의 유형은 두 가지로 나눌 수 있다. 하나는 물리적 공간을 침범당하고 본거지를 잃고 헤매는 인물 유형이고, 다른 하나는 초월적 영역을 침범당하고 주체성을 잃고 혼란에 빠진 인물 유형이다. 『회색인』은 독고준이라는 월남민을 설정하여 고향과 가족과 유년 시절의 추억을 잃어버리고 남한 사회에 위태롭게 정착하게 된 피난민의 실상을 보여준다.

이 실상 속에, 생존 여건의 악화로 대변되는 경제적 빈곤도 상당한 비중을 차지한다. 독고준의 아버지는 북한 사회에서 지식인 계층에 속했으나, 월남 이후에는 경제적 빈곤을 이겨내지 못하고 남한에서 죽게 된다. 혼자 남은 독고준은 과거 자신의 매부가 될 뻔했던 인물의 약점을 이용해, 경제적 어려움을 해결하고자 한다.

그러나 이러한 편법은 독고준에게 정신적 부담을 가중시켰다. 그는 남한 사회로 이주해오면서 자신의 뿌리를 상실해야 했고, 계략을 통해 현실적 이익을 도모함으로써 정신적 자율성을 훼손해야 했다. 피난이라는 물리적 이주뿐만 아니라 실존적 어려움마저 감내해야 하는 처지로 전락하고 만다.

최인훈 희곡에서 상정되었던 추방과 피난의 원인은 대략 두 가지였다. 하나는 '전쟁'이었고 다른 하나는 '정쟁'이었다. 정치적 이유는 정치 세력의 박해이거나 정권 다툼이다. 추방과 피난의 이러한 원인은 『화두』에 나타나는 피난민의식과 유사하다. 『화두』의 화자와 그 가족은 전쟁이라는 돌발 상황으로 인해 남한으로 피신해야 했다. 공산치하에서 더 이상 안온한 삶을 설계할 수 없다는 판단 하에 이루어진 선택인 것이다.

그래서 그들은 LST라는 피난선을 타고 남하하여 정착했다. 그러나 전쟁은 휴전과 함께 종결되지 않고, 그 이후에 이데올로기의 대립을 유발했다. 공산주의 체제를 근간으로 하는 북한 사회주의 체제와, 미국식 자본주의 체제를 근간으로 하는 남한 민주주의 체제를 성립시켰고, 체제 간의 갈등과 긴장을 지속시켰다.

이념 대립의 피해는 『화두』에서 여러 차례 강조되는 자아비판 장면에서 확인된다. 자아비판 장면을 통해 작가가 얼마나 큰 상처를 입었고, 얼마나 깊은 고뇌를 짊어져야 했었는지를 알 수 있다.

> 평범한 생활을 보내고 있던 데 지나지 않은 한 가족이, 어느 날, 그 생활에서 자각하지도 못했던 의미를 부여당하고 땀 흘려 확보했다고만 생각해 온 생활의 일체를 뒤에 두고 쫓겨나야 했다는 사실—그것은 무엇인가를 잘못하지 않고서는 그리 될 수 없는 것이다, 라는 충격을 남긴다. 사회란 그런 것이다. 사회가 개인에게 가하는 처벌은 반사적으로 처벌당한 자에게 자기 죄책감을 일으킨다. 사회는 처벌할 만해서 처벌한다고 구성원은 느낀다. 그 처벌이 부당한 경우에도, 어떤 사회로부터 배척당한다는 것은 부끄럽고 두려운 일이다. (…중략…) W시의 중학교에서 겪은 그 밤의 비판회 사건은 우리 가족이 겪은 사건의 축소판이었다. 그 사건에 대해서도 나는 지도원 선생을 전적으로 부당하다고는 생각하고 싶지 않다. 그의 처리가 미숙하고, 북한 사회에서의 토론문화의 수준이 그러했기 때문에 바늘만한 일을 쇠몽둥이로 다스리는 식의 절제 없는 규탄의 사회학이 어린 정신에게 공포를 경험하게 한 것은 사실이지만, 요컨대 그는 모든 사람에게 무한 봉사를 요구한 것이었다.[7]

화자는 어린 시절, 출신 성분과 관련되어 동료 학생들과 지도원 교사로부터 혹독한 자아비판을 강요당한 바 있었다. 이 기억은 평생의 수치이자 고통으로 화자에게 남게 되며, 화자의 육체적 정신적 성장 과정에서 중요한 화두로 작용한다. 화자의 가족도 비슷한 경험을 하게 된다. 화자가 말하는 어릴 적 '비판회 사건'은, 그의 가족이 겪는 사회

---

7) 최인훈, 『화두』 2, 민음사, 1994, 264~265면.

적 처벌과 수모의 축소판, 혹은 상징적 사건에 해당한다.

이것은 북한 사회가 화자와 그의 가족들에게 정착의 기회를 박탈했기 때문이다. 북한 사회는 그들에게 이방인의 굴레를 씌우고 피난민의 고통을 강요했다. 화자의 가족이 남한으로 이주한 것은 이러한 핍박을 피하기 위한 어쩔 수 없는 자구책이었다. 문제는 이러한 피난이 민족의 관점을 버리고 이념의 관점에서 발생했기 때문에, 남한 사회에서도 여전히 같은 위험이 잔존한다는 점이다. 따라서 화자와 가족은 권력 다툼의 틈바구니에서 생존하기 위해, 또 다른 피난을 준비해야 했다.

그래서 『회색인』의 피난민 가족은 이민을 선택함으로써 한반도에서의 불안한 정주에 종지부를 찍었다. 하지만 화자는 그럴 수 없었다. 화자는 문학을 하는 사람이었기 때문에, 한반도와 민족의 불안을 핑계로 '나 홀로' 피난민이 될 수 없었다. 화자가 미국에서 구경했다는 자신의 작품 「옛날 옛적에 훠어이 훠이」에서, 그는 자신이 한국으로 돌아올 수밖에 없는 당위성을 찾았다. 아기장수의 일가처럼 지상에서의 삶과 고별하고 단란한 일가를 이루어 하늘에 정착하는 것이, 궁극적으로는 지상에 남은 이웃과 동포에게 그릇된 인식을 유포시킬 것이라는 결론에 도달했기 때문이다.

『화두』의 화자는 행복한 하늘나라로의 이주 대신, 복잡하고 위험한 남한 사회에 지식인이자 소설가로 귀향한다. 이것은 피난민이 아닌, 정주자의 삶을 선택했고 선택하겠다는 뜻이다. 『화두』의 작가는 이를 작가의 책무라고 말하고 있다. 전쟁과 이념의 소용돌이에서 벗어나기보다는 그 파장과 위험이 잔존하는 세상에서, 사회와 현실에 정면으로 대항하겠다는 작가 의식이라고 할 수 있다. 결국 최인훈은 『화두』에 이르러, 피난민의 처지에서 스스로 자신을 구해내는 문학적 화자를 만들어낸 것이다.

이것은 희곡에서 나타난 피난민 유형과 다소 차별화된다. 최인훈의 희곡에는 전쟁과 이념적 대립이 바탕으로 깔려 있다. 가령 「옛날 옛적에 훠어이 훠이」에서는 현 체제의 위험 요소가 발생했다고 믿는 집권층이 동요하면서 군대가 소집되고 전쟁의 기운이 고조되고 있다. 「둥둥낙랑둥」에서는 전쟁 이후의 문제가 복합적으로 다루어지고 있다. 영토 확장 이후에 권력 쟁탈전이 가속화되면서 피난민을 양산하는 정치적 상황이 가중되고 있다. 「어디서 무엇이 되어 만나랴」도 고구려 정복 전쟁과 공주의 권력 욕구가 맞물리면서 일련의 정쟁과 암투가 재개된다. 「한스와 그레텔」 역시 2차 세계대전과 냉전 권력 구도에 의해 희생되는 한 수감자를 다루고 있다.

이처럼 최인훈 희곡에서 전쟁과 이념 대립은 중요한 사안이다. 그러나 이러한 현실의 상황에 적극적으로 대항하는 인물을 찾기는 어려웠다. 주인공들의 행적을 살펴보면, 희생자의 입장에 처하게 되거나, 피난민의 처지에서 벗어나지 못한다. 집단의 관점에서 보면 주인공들은 집단과 현실에 대항하다 패퇴한 희생자에 해당하고, 개인의 입장에서 보면 그들은 지상의 어려운 여건에서 도망쳐야 했던 억울한 피난민에 불과했다. 최인훈은 집단과 개인의 대치 혹은 역학 관계를 희곡과 소설(「회색인」)을 통해 줄기차게 고민했었고, 그 결과 『화두』를 통해 희생자이되 집단에서 일탈하지 않고, 피난민이되 불안한 사회를 외면하지 않고 회귀(귀국)하는 '지상의 정주자'를 탄생시키기에 이른 것이다.

4. 최인훈 문학에 나타난 난민의식

『화두』를 보면, 최인훈 문학의 지향점으로 피난민의식이 중요한 위치를 차지하고 있음을 알게 해주는 대목이 있다.

우리가 살아온 세월이 그렇지 않았는가. 나는 H읍에서 W시에 나온 것이거나, W시에서 남한으로 온 것이거나, 그리고 한국에서 이곳으로 옮긴 것을 결국 잘했다고 생각한다. 내(화자의 아버지 : 인용자) 처지로서는 최선의 선택이었다고 생각한다고 말씀하셨다. 남보다 잘했다는 것이 아니라 우리 같은 처지—북에서 남으로 왔다는 사정에서 보면 그렇다는 말씀이었다. 만일 다시 전쟁이 난다면, 그리고 6·25때처럼 밀고 밀리는 장면이 벌어질 때 남쪽으로 온 사람들을 북쪽 군대가 가만두겠느냐. 우리 처지가 특별한 것이니 우리가 알아서 자기를 지켜야 할 것이 아니냐.
참으로 엄청난 화두였다. 이 세상에 산 사람들 중에 이런 화두에 부딪힌 사람이 반드시 적다고는 할 수 없으리라. 아버님 말씀대로라면 여기 온 사람들의 많은 부분이 비슷한 동기에서 이민했으리라는 것이었다. 우리나라 사람 말고도 이 땅(아메리카 : 인용자)에 온 많은 사람들이 조금씩만 수정한다면 아마 비슷한 공식에 따라 이곳에 왔을 것이었다. 이 나라의 건국 자체가 그런 사람들의 집단적 이주에 의해서 이루어지지 않았는가.8)

이 작품의 제목은 이미 알려진 대로 '화두'이다. 화두는 실제로 최인훈 문학의 관심사와 동의어이기도 하다. 다른 말로 하면, 문학을 생성

---

8) 최인훈, 『화두』 1, 민음사, 1994, 368~369면.

시키고 추동시키는 작가 의식이자 문학적 특질이다. 이러한 화두 중에 하나로 피난의 문제를 거론하고 있다. 작품 속 화자의 아버지는 아들에게 미국 이주를 권유한다. 그 이유는 그들 가족이 근본적으로 북한과 남한 어디에도 뿌리를 내리지 못하는 집단이라는 믿음 때문이다. 정치 판도가 변화하면 그들은 언제든지 피난민이 될 수 있으며, 그렇게 되면 피난 행위에 대한 보복을 치를 수 있음을 경고한다. 이러한 생각은 『광장』의 이명준의 선택과도 유사하다.

뿐만 아니라 최인훈의 화두는 피난민이 전 세계에 걸쳐 발생하고 있으며, 미국이 그러한 피난민들로 이루어진 대표적인 국가라는 생각에까지 닿아 있다. 난민의 문제는 비단 한반도만의 문제가 아니라, 온 세계와 모든 역사에 걸쳐 발생한다는 결론이다. 결국 인간은 전쟁과 권력과 폭압에 압제당해 온 피난민이었던 셈이다.

우리 모두가 피난민이라는 의식은 최인훈의 소설 『회색인』과 희곡 작품 속에 그 단초가 이미 골고루 용해되어 있었고 최인훈의 문학 작업과 함께 지속적으로 발전해 왔던 것이다. 『회색인』이 독고준이라는 월남민을 앞세워 남한 사회의 문제점과 피난민의 정신적 고뇌를 관념적으로 설파한 작품이라면, 그의 희곡은 전쟁이나 정치적 세력의 탄압 혹은 정권 다툼에서 벌어지는 소외계층의 이주와 몰락을 주목하는 경우이다. 전자가 직설적으로 1960년대 현실과 한국 사회의 문제점에 대해 토로했다면, 후자는 암시적으로 1970년대 현실과 한국 사회의 병폐에 대해 지적했다.

하지만 이러한 차이는 한국 사회를 새롭게 변혁시키고 그 현실 속에서 적응하려는 인물들이 피난민의 고통을 감수해야 했음을 지적하는 논조라는 점에서 변별력을 상실한다. 다시 말해서 최인훈은 문학 속에서 피난민의 고통과 아픔을 짊어진 인물들을 통해, 한국 사회의 현실과 원형을 검토한 셈이다. 이것은 그가 지닌 작가의식이 피난민의식에 의해 상당 부분 좌우되었음을 증거한다고 하겠다.

출전 : 「최인훈 문학에 나타난 난민의식 연구 – 최인훈 작품 세계 연구(2)」,
『한국문학이론과 비평』 제34집, 2007.

기억의 확장과 서사적 진실

─최인훈 소설 『서유기』와 『화두』를 중심으로

1. 들어가며

아스만에 의하면 "예술이란 문화가 더 이상 기억하지 못하는 것을 기억하게 하는 것"[1]이다. 그의 말을 뒤집어보면 놓쳐버린 기억들을 저장하고 활성화시켜 그 자체로 새로운 문화를 만들어내는 것이 예술이다. 그것은 하나의 문화적 기억을 지향하면서도 때때로 기존의 것들을 전복시킨다. 문화와 이데올로기의 영향을 받으면서도 새로운 정체성을 구성하는 문학의 특성도 그것과 일치한다. 관습을 토대로 하지만 그것을 새로움으로 치장하는 문학의 형식은 '기억'을 중시하는 그 특성 때

---

* 김인호 / 동국대학교 국어교육과 겸임교수

1) Aleida Assmann, 『기억의 공간』, 변학수 · 벅설자 · 채연숙 역, 경북대학교출판부, 2003, 485면.

문에 비롯된 것이다. 특히 소설은 기억의 형식을 취하고 기억하는 사람이나 시간, 장소에 따라 하나의 사건을 다르게 재현한다.

어떤 사건은 화자가 매개하면서도 다른 이야기로 굴절된다. 아무리 진실성을 추구해도 서사적 주체는 일관성을 갖기 위해 이야기를 덧붙이거나 삭제하고, 그것을 효과적으로 전달하기 위해 플롯을 사용한다. 무수히 많은 이야기들도 재료의 다양함보다는 사실상 기억을 배열하는 원리에서 발생한다. 그리고 시대가 변할수록 이야기를 담을 수 있는 새로운 장치가 필요해지고 그러다보니 실험적 소설은 만들어진다. 거의 모든 소설이 그렇지만 최인훈의 『서유기』와 『화두』는 그런 원리로 만들어졌을 뿐만 아니라 기억의 문제와 직접적으로 연관되어 있다. 특히 두 작품에는 동일한 체험이 나오는데 회상하는 시점의 차이에 따라 다른 의미를 지니게 된다. 한 개인의 의식을 형성했던 동일한 공간도 어떻게 기억되느냐에 따라 때로는 원망과 축복의 상반된 양태로 갈라진다. W시에서 있었던 '지도원 선생'의 체험은 두 소설에서 거의 글자 하나 다르지 않게 반복되지만 28년이라는 소설을 쓰는 시점의 격차는 그대로 거기에 나타난다. 동서 이데올로기 대립의 시대에서 구소련의 몰락이 상징하는 탈이데올로기 시대로의 이행이 그런 격차를 만들어 낸 것이다.

기억의 원리들을 다룬 연구물들이 다양하게 쏟아지고 있다.[2] 그것들

---

2) 『문화 / 과학』 40호(2004년 겨울호)에 「기억과 망각의 정치학」이라는 특집으로 8편의 논문이 실렸고, 『당대비평』(2002년 특별호)에 「기억과 망각」(책세상, 2003)에서 많은 논문들을 발표하고 있다. 그리고 국어국문학계에서도 중앙아시아에 강제로 이주된 구소련권 고려인 문학에 대한 『억압과 망각, 그리고 디아스포라』와 같은 저술을 내놓고, 그 외에도 문화적 기억에 관한 논문들이 발표되었다.

은 아스만의 논의를 반전시키면서 사회와 문화, 그리고 역사 등 학제 간의 경계를 넘나들면서 새로운 인문학적 관심사로 자리 잡아 가고 있다. 특히 문학과 관련된 연구물들로는 다음과 같은 것들이 있다. 김영택은 「문학에서의 기억 혹은 기억으로서의 문학」에서 고통스러운 과거의 기억이 어떻게 서정성을 획득하고[3) 또 그 고통의 재현이 어떻게 치료 효과를 주는지 살핀다. 김현진은 「기억의 허구성과 서사적 진실」에서 기억과 망각의 심리적 메커니즘의 여러 양상을 밝힌 뒤 그 허구적 이야기가 억압과 은폐를 뚫고 어떻게 서사적 진실로 나아가는지 보여준다.[4) 박은주는 「기억과 망각의 '역설적 결합'으로서의 글쓰기」에서 카프카의 텍스트를 대상삼아 문학 텍스트가 어떻게 망각에의 욕망을 이겨내며 그것을 텍스트의 맥락 속에 담아내는지 보여준다. 그러면서 "권력에 대한 두려움과 상처에 대한 불쾌하고 고통스러운 기억을 반복"[5)적으로 드러냄으로써 그 상태에서 벗어나게 하는 문학의 특성을 보여준다. 채연숙은 「문화적 기억과 문학적 기억」에서 일제에 부역했다고 알려진 미당 서정주와 나치에 공사한 시인인 요세프 바인헤버를 비교한 뒤 그들의 시를 내재적으로 분석하면서 그 속에 담긴 파시즘적 성향을 찾아낸다. 그리고는 전근대적 상황을 회상하는 시일수록 "자유에의 호소"라는 근대성 문화적 기억을 간과하게 된다고 주장하며 서정주를 비판한다.[6) 구재진은 「최인훈 소설에 나타난 '기억하기'와

---

3) 김영택, 「문학에서의 기억 혹은 기억으로서의 문학」, 『비평문학』 11호, 1997, 69면.
4) 김현진, 「기억의 허구성과 서사적 진실」, 『기억과 망각』, 책세상, 2003, 203~253면.
5) 박은주, 「기억과 망각의 '역설적 결함'으로서의 글쓰기」, 위의 책, 309~357면.
6) 채연숙, 「문화적 기억과 문학적 기억—서정주와 요서프 바인헤버의 경우」, 『독일어문학』 22집, 271면.

탈식민성」에서 『서유기』를 중심으로 하여 '기억하기'와 정체성, 그리고 탈식민성의 문제를 살피는데, 그는 최인훈의 소설이 "식민 장면으로 돌아가 식민 지배자와 식민지인 사이에 존재하는 상호 존재와 욕망 등"[7]을 잘 그려내고 있다고 말한다. 이런 선행연구들은 기억을 연구함으로써 어떤 성과를 거둘 수 있고, 그것이 다른 학제간에 어떻게 접맥할 수 있는지 많은 것들을 시사한다. 이런 전제 위에서 상호텍스트적 대화가 이루어진다면 기억의 문제를 인식과 실천의 차원은 물론 존재론적 차원에서도 파악할 수 있게 된다.

우리는 『서유기』와 『화두』를 통해서 화자가 잊혀졌던 기억들을 어떻게 되찾아 가는지, 그리고 그것을 어떻게 의미 있는 기억으로 만드는지 알게 된다. 『서유기』는 5·16 군사쿠데타 이후에 씌어진 작품으로 자신의 내면의 기억을 더듬어 그것을 해결할 원리들을 되묻고, 『화두』는 베를린 장벽이 붕괴되고 구소련이 몰락한 이념 와해의 시대에 작가가 자신의 글쓰기의 내력을 차분히 돌아보면서 새로운 시대를 맞이하는 소설이다. 여기서 두 편의 소설은 같은 청소년기의 기억을 다루고 있는데, 이 글에서는 그 기억들이 어떤 역할을 하는지 살펴보고자 한다.

---

7) 구재진, 「최인훈 소설에 나타난 '기억하기'와 탈식민성」, 『한국현대문학연구』 제 15집, 2004. 6, 390면.

2. 서사적 자아와 기억의 변형

　서사적 주체는 현재의 관점에서 이야기를 하다 보니 현재의 이데올로기적 상황에 눈치를 보면서 기억들을 검열한다. 물론 이야기를 하다 보면 사라진 기억이 갑자기 떠오르기도 하고, 그동안 풀리지 않던 수수께끼가 확 풀리는 경우도 있지만 대체로 기억들을 재배열하거나 억지로 망각 속에 집어넣기도 한다. 기억 속에는 억압이 존재한다. 상처를 감추고 기억하는 사람은 스스로 자신을 검열하면서 자기 자신이 알든 모르든 그 상처를 소설의 문맥 속에 감춰놓는다. 말하고 싶은 것을 말하지 못하는 주저함 속에 그것은 담기는 것이다.

　최인훈의 소설에서 직접적으로 한국전쟁을 다루는 경우는 『광장』밖에 없고, 그것도 전쟁 자체를 그리기보다는 전쟁으로 파괴되는 인간성, 절박한 사랑, 그리고 이데올로기적 대립 등을 그리고 있다. 어쩌면 작가는 전쟁의 참상보다는 그 이후의 상황에 관심이 많았고 파괴된 것을 그리기보다는 새로운 질서를 찾고 싶었는지 모른다. 물론 작가는 전쟁에 대한 체험을 그려나가는데 묘하게도 「우상의 집」과 『서유기』에 나타나는 폭격 현장에는 그 참상과는 달리 섬뜩한 아름다움이 그려져 있다. 전자에 사랑하는 여인을 구하지 못한 회한이 담겨 있고, 후자에 이름 모를 여인을 통해 구원된 자기 목숨에 대한 사랑이 담겨 있는데, 만약 동일한 체험이 그렇게 변형된 것이라면, 작가는 전쟁의 참상을 고발하면서도 이야기가 만들어지는 원리를 통해 서사적·미적 확장을 꾀한 것이라고 말할 수 있다. 또한 거기에 자아를 이루어내는 원체험적 순간을 절묘하게 그려냈다고 말할 수도 있다.

「우상의 집」에서 사랑하는 여인의 죽임이 꾸며낸 이야기였다는 반전은 최인훈 소설의 메타픽션적 원리를 보여준다. 사실이 갑자기 허구가 되어버리는 그 장치는 『구운몽』, 『열하일기』, 『서유기』 등에서 허구가 곧 사실이라는 원리로 뒤집히지만, 허구가 더 많은 진실을 담을 수 있다는 작중인물의 지적처럼 극화된 기억은 사실을 더욱 효과적으로 전달하는 역할을 하기도 한다. 어쩌면 소설 속에서 기억의 사실성을 따지는 것은 무의미한 일일지 모른다. 아스만은 어떤 기억이라도 이야기가 되는 순간 허구가 될 가능성이 많다고 말한다. "기억은 그에게 응집성 있는 역사적 모습으로 합성될 수 있는 실제 자료의 파편들이 아니라 역사적 순간이 지닌 어떤 격정적 힘이 작용하여 생기는 경험의 압축물이다."[8] 아스만의 이런 논리를 받아들일 때 그 당시 어떤 연유로 그것을 기억하는가가 중요하지 기억 자체가 중요한 것은 아니게 된다.

「우상의 집」에서 '우람한 인간적 부피와 매력'을 가진 친구에 대한 정보는 상당 부분 작가 최인훈과 일치한다. 그것은 작가 자신의 정보가 허구로 받아들여져도 좋다는 의미를 지니고 있고, 나아가 사실적 정보를 허구로 변형시킬 것이라는 작가의 의지를 읽게 한다. 그 친구는 고향이 북한의 항구 도시 W시이고 전쟁이 나던 해 고등학교 일학년 학생이었다[9]고 고백하지만, 사실상 그는 그곳에 한 번도 가본 적이 없는 사람이다. 다만 그는 전쟁에 대한 참상을 표현하기 위해 그것을 이용했을 뿐이다. 그런데 그가 세계에 대한 진실을 효과적으로 드러냈다고 자신할지라도 사람들은 그를 정신병자로 취급한다. 폭격 중에 죽

---

8) Aleida Assmann, 앞의 책, 361면.
9) 최인훈, 「우상의 집(최인훈 전집 8)」, 문학과지성사, 1994, 81면.

어가는 여인을 구하지 않고 달아난 장면에 대한 사실성과 상관없이 그가 놓인 상황 때문에 그것을 '거짓말'로 취급하는 것이다. 그럼에도 불구하고 "마루가 그치는 곳에 그 여자는 커다란 기둥에 가슴을 눌린 채 반듯이 누워"[10] 있었는데, 그 사랑하는 여자를 외면하고서 도망친 사람의 부끄러움은 전쟁의 참상을 거의 날것 그대로 보여준다. 게다가 거기에는 시대적 진실을 포착하려는 노력이 들어 있어 전쟁에 대한 참상은 더욱 뚜렷해진다. 하지만 사람들은 다만 그 친구가 정신병원에 있다는 사실 때문에 그가 아무리 자신이 정신병원에 있다는 사실을 떳떳이 밝혀도 그것을 사실로 받아들이지 않는다. 화자 또한 그의 놀림에 그를 이해하지 못하고서 뛰쳐나간다. 그런데 그것은 오히려 너무도 분명한 진실을 보아버렸기 때문에, 자기 자신의 문제를 알아버렸기 때문에 달아나는 것일 수 있다. 사실상 『광장』에서의 은혜의 죽음, 『회색인』과 『서유기』에서 주인공이 겪는 폭격과 '방공호 여인'의 체험, 그리고 「구월의 다알리아」에서 나타나는 폭격 등도 그것과 크게 다를 것이 없다. 허구를 통해 시대적 진실을 표현하는 방법은 다양하다. 전쟁의 원인조차 잘 모르는 아이의 눈에 비친 세계의 당혹스러움. 거기에 숨겨진 진실들을 찾다보면 윤곽이 뚜렷하지 않은 기억에 살이 붙는다.

　고향에 있을 때, 날이면 날마다 미국 비행기가 와서 폭격을 한 그 여름의 어느 날에 있던 일이라 한다. 그대 그는 중학교 3학년이었는데 학교에서 소집이 있다는 전갈을 받고 그는 고지식하게 마을에서 아침 일찍이 떠나서 학교에 나간다. 학교에는 아무도 없다. 그는 빈 거리를 헤

---

10) 최인훈, 앞의 글, 85면.

매고 다닌다. (…중략…) 빈 집의 문이 열리고 한 젊은 여자가 달려 나온다. 달리면서 그의 팔을 잡고 함께 뛴다. 가까운 곳에 있는 방공호로 들어갔을 때 폭음은 머리 위에서 들렸다. 캄캄한 속에서 사람들 틈에 기어 그들은 아직도 손을 잡고 있다. 중학교 3학년생인 어린 소년을 어떤 모르는 누나가 그렇게 보살펴주었다고 해서 이상할 것은 조금도 없다. 가까운 데서 폭탄이 터지는 소리가 들린다. 폭음. 어둠. 한 여름의 더위와 콩나물시루 속처럼 빽빽한 굴 속. 바로 머리 위에서 굉장한 소리가 나면서 굴이 흔들린다. 그들은 부둥켜안았다.11)

폭격 속에서 독고준은 구원의 여인을 만난다. "강철의 날개가 공기를 찢는 소리가 들리고 쿵, 하고 땅이 울린다. 그러자 바로 머리 위에서 굉장한 소리가 나면서 그에게로 무너져 오는 살 냄새와 그리고 머리칼."12) 모두들 전쟁에서 폭격을 기억하지만 그는 '무너져 오는 살 냄새와 머리칼'을 기억한다. 그는 정신을 잃지만 그것이 폭격에 놀라서인지, 한 여인의 가슴에 안긴 강렬한 느낌 때문인지 알지 못한다. 한 여인의 사랑은 이데올로기적 대립이나 폭격 속에서도 연약한 인간을 살아남게 하고 그 사람의 마음속을 영원히 지배한다. 하지만 『서유기』의 독고준이 구원의 여인에게서 느낀 성적 욕망에 대한 죄의식은 여인의 죽음을 방치한 「우상의 집」의 죄의식에 못지않다. "그것은 저만이 아는 일입니다. 대단한 일이어서 말 못한다는 게 아닙니다. 그걸 입 밖에 내면 전 죽을 겁니다. 부끄럼 때문에. 제 영혼의 치부지요."13) 두

---

11) 최인훈, 『서유기(최인훈 전집 3)』, 182면.
12) 최인훈, 위의 책, 200면.
13) 최인훈, 위의 책, 46면.

288 최인훈

소설 다 죄의식을 다루는데 전자는 자기를 드러내는 행위로서 그 죄의식을 고백하고, 후자는 자기를 지키기 위해 더 깊이 감추는 모습을 보여준다. 자기 내부에 억압된 무의식을 더 깊이 들여다보면 그 여름날의 '방공호 여인'을 찾아내게 된다. 그렇다면 그녀를 가슴 깊이 감추는 이유는 무엇이고, 여기서 어떤 사후적 진실성을 찾을 수 있는가?

3. 인식의 출발지 W시와 자아비판회

최인훈은 전쟁 이전에 북한에서 태어났고 거기서 청소년기를 보냈다. 더욱이 그는 그 사회의 권력이 억압하는 계급의 가정에서 태어났기 때문에 그의 북한에서의 생활은 남다를 수밖에 없었다. 특히 그가 북한에서 받은 사회주의 교육은 그의 정신적 토대를 이루어내는 중요한 역할을 한다. 그것은 이후로 살아가는 자본주의 현실과 균형을 이루면서 그의 삶에 지대한 영향을 미치고 세상을 다르게 보도록 만든다. 그리고 그것은 그의 정치적·윤리적·미적 인식에도 큰 작용을 한다. 최인훈이 『화두』에서 말하듯, "내가 나이를 먹으면 먹을수록, 나에게 사후에 얻은 지식이 늘어나면 날수록, 북한 생활의 기억은 더 구조화되고, 더 극(劇)화된 모습으로 나타난다."[14] 그것은 '나'를 이루는 가장 기본적인 것들이 거기서 형성되었기 때문이다.

『화두』와 『서유기』에 나오는 W시에서의 '자아비판회'광경은 분단 상황에서 어린아이에게 이념이 어떻게 작용하는지 보여준다. 그것은

---

14) 최인훈, 『화두』2, 민음사, 1994, 73면.

한 개인의 문제에서 분단 상황의 대표적인 상징으로 자리를 잡는다. 거기서 수많은 사람들이 겪었을 참혹한 인민재판이 떠오르고, 그것은 이데올로기 위주의 정치적 현실이 얼마나 끔찍스러운가를 잘 보여준다. 어느 날 갑자기 선생님에게 불려 들어가 심문을 당하고 거의 반동분자로 몰리는 어느 모범생. 중학생의 사유 능력으로는 상을 받을만하다고 생각했던 일이 갑작스럽게 한밤중의 교실에 끌려가 심문을 당할 때의 놀람이 어떠했겠는가. "전기가 나가서 촛불을 밝혀놓은 방과 후의 교실. 그를 지켜보는 소년단 간부 동무들의, 누군가를 닮으려고 애쓰는 미움을 가득담은 눈동자들 앞에서 독고준은 무서움에 꺽꺽 더듬었다."15) 이런 절망. 지도원 선생은 어린 중학생에게 자아를 더 내놓으라고 요구한다. 이미 말할 것을 다 말했는데 맨몸을 벗으라고 한다.『화두』의 화자는 말한다.

> 생애를 두고 나는 이 재판의 계류자요, 피고로 자신을 느꼈다. 나의 무의식 속으로 관할이 옮겨진 재판이었으므로 그것은 언제나, 어디서나 열릴 수 있었고, 나이를 먹고 신분이 달라져도 여전히 나의 <자아>는 나의 <자아>였기 때문에 시효도 없는 재판이었다. 이 재판이 나를 떠나지 않는 더 중요한 까닭은 이후의 나의 생애 전체를 통하여 내가 성인으로 살아가는 현실도 이 재판의 모습으로 진행되었고, 나의 직업상 경력도 이 재판을 빼다 꽂은 듯한 유사성을 가지고 진행되었다.16)

이 사건은 『서유기』의 주인공과 『화두』의 화자의 전 인생을 지배한

---

15) 『서유기』, 앞의 책, 196면.
16) 『화두』 2, 위의 책, 77면.

다. 아니 전 인생을 지배하는 구조이다. 열심히 산다고 사는데, 넌 잘 살고 있니, 불쑥 물어오는 질문. 그때 정신이 번쩍 들고 자기 삶을 재검토하게 된다. 독고준은 그 질문에 응답하기 위해 W시를 찾아 떠나고 『화두』의 화자는 조명희의 흔적을 찾아 러시아로 떠난다. 이 사건은 원체험에서 한 단계 더 나아가 '자아 검열'을 위한 장치가 되기도 한다.

　지도원 선생은 독고준의 소부르주아적 근성을 공격한다. 독고준이 직접 운동장의 돌멩이를 치울 생각을 하지 않고 그것을 문제 삼는 벽보를 붙였다는 것이다. 이로써 독고준은 모범생으로서의 지위는 치명타를 입고 그는 갑작스러운 이데올로기적 호출에 모든 것을 잃게 된다. 이런 모습은 「그레이구락부 전말기」나 『광장』에서 경찰서에 끌려가는 상황으로 변형된다. 지도원 선생은 독고준이 "임진왜란 당시에도 이순신 장군, 논개와 같은 슬기로운 인민의 아들딸들을 선두로 용맹스런 항쟁 끝에 우리는 승리했습니다. (…중략…) 우리는 제2, 제3의 이순신·논개가 되어 미제국주의 침략자들과 그 앞잡이들을 우리 땅에서 몰아내야 하겠습니다."17)라고 말한 것조차 비판한다. 그 이야기에는 "유물변증법적 역사관을 배우려는 노력"이 빠져 있고 "인민들의 아래로부터 밀고 나온 항쟁"을 제대로 이해하려는 노력이 없다는 것이다. 이렇게 될 때 어린아이에게 현실은 견딜 수 없는 것이 되고, 그것을 극복하기보다는 '살아남기'가 더 중요한 과제가 된다. "나의 삶, 그것은 나만의 것이다. 그것을 살고 싶다는 소망 앞에 있는 모든 것을 나는 버린다."18)

---

17) 『서유기』, 196면.
18) 위의 책, 64면.

사실상 이때부터 독고준은 체제에 소외된 사람이 된다. 그리고 '밤의 비판회'에서 제기된 '자아'의 문제는 평생 동안 '화두'가 된다. 지금 너의 자아는 완전하고, 그리고 지금 너의 태도에 아무런 문제가 없느냐? 그는 지도원 선생이 무서워(꼭 그 선생이 아니더라도 누구나 자기를 감시하는 지도원 선생처럼 느껴진다)부모님이나 역장의 만류를 부모님이나 역장의 만류를 무릅쓰고 폭격 중에 학교에 나간다. 폭격보다 더 무서운 것은 잘못했다가는 반동분자로 낙인찍힐 수도 있다는 사실이다.

그런데 기억 저편에 있는 망각 속에는 다른 내밀한 비밀이 숨어 있고 그것이 주체를 지켜주는 힘이 되기도 한다. 『서유기』에서 역장과 같은 검열자는 독고준이 W시에 가는 것을 끝까지 방해한다. 독고준이 W시로 가는 이유는 지금 정체성의 위기를 겪고 있기 때문이다. 지금 그는 스스로 '자아'를 검열해야 했던 것이다. 이유정의 침실을 기웃거리고 나온 독고준은, 그녀에 대한 욕망과 자기 자신에 대한 부끄러움 때문에 정체성의 위기를 느끼고 있다. 그토록 지성적으로 혁명과 이상을 논했던 자신이 노동당증을 이용하여 누나를 버린 현호성의 집에 기거하고, 그의 처제인 이유정을 탐했던 것이다. 그 개인적 욕망에 대한 부끄러움. 이때 필요한 것이 혹독한 자아비판이고, 또 그러기 위해 가야 하는 곳이 자아가 형성된 W시이다. 그리하여 거기서 가장 만나기 싫은 지도원 선생이라도 만나야 자기 자신이 "티끌같은, 파리 같은, 하루살이 같은 하잘것없는, 아주 하잘것없는 존재"[19)라는 생각을 지울 수 있었던 것이다.

---

19) 앞의 책, 45면.

'이성병원'은 그가 잠깐 본능적 욕구에 빠진 것이지 범죄자는 아니라는 말로 그를 두둔하지만 결국 그를 구한 것은 '방공호의 여인'이다. 그녀는 이성이나 논리로는 설명되지 않는 초월적 힘을 지니고 있었던 것이다. 하지만 그는 어느 모퉁이를 돌아 저쪽으로 사라지는 '맨발'을 보았을 뿐 그녀의 실체를 보지 못한다. 이럴 경우 독고준의 W시의 여행은 '방공호의 여인'의 흔적이나 그림자만 보고 나온 꼴이 된다,

"그는 온몸이 모닥불이 된 것처럼 부끄러웠다. 나는 왜 그 방에서, 문간에 얼어붙은 것처럼 섰다가 그대로 물러나왔는가?"[20] 이로써 이유정의 방을 기웃거린 사실과 방공호의 어둠 속에서 그녀를 '여인'으로 느꼈던 사실은 일치하고, 그런 부끄러움 속에서 그는 자신의 정체성을 회복하기 위해 기억 속의 먼 여행을 떠난다. 소설의 마지막에 "인제야 그 여름에 도착했다"는 발언은 비로소 자기 자신의 핵심적인 문제에 접근했고, 마침내 정체성을 회복할 가능성이 많아졌다는 표현이기도 하다. 그래서 그는 현실의 '자기 방'의 문을 열고 들어올 수 있게 되는 것이다.

4. '기억하기'로 회복한 실천으로서의 글쓰기

소설이 작가 자신의 체험을 바탕으로 할 때 아무리 그것을 허구로 만들더라도 '작가-나'는 어디엔가 숨어 있다. 『서유기』에 담긴 관념적인 내용들이 대체로 작가의 의식이라면, 『화두』의 기억들은 '거의' 작

---

20) 앞의 책, 298면.

가 최인훈의 삶의 궤적을 더듬는다. 그것은 조명희의 「낙동강」을 펼치
자 되찾아낸 것들이다. 「낙동강」을 발견했기에 그동안 잊혀졌던 기억
들이 파노라마처럼 떠오른 것이다. 그렇지 않았다면 그것들은 여전히
존재하지 않았을지 모른다.

조명희의 「낙동강」은 『화두』를 여는 문이다. 그것을 읽으면서 그때
의 햇살과 감동을 떠올리고, 그로 인해 긴 기억의 여행을 떠나고, 문학
사에서도 '조○희' 방식으로 표현되거나 지워져 있었던 수많은 사회주
의 계열의 작가들을 떠올리게 된다. 『서유기』에서 W시에서의 기억의
핵심은 지도원 선생의 '밤의 비판회'였다면, 『화두』에서는 그 이후로
닫혀진 기억들을 「낙동강」을 통해 찾아낸 것이다. 예컨대 W고교 작문
교사는 「낙동강」을 읽은 뒤 내가 쓴 글을 보며 처음으로 작가가 될 가
능성을 인정해 주었던 사람이다. 그의 칭찬이 한 사람의 작가를 만들
었지만, 어쩌면 그를 찾아낸 것이 『서유기』와 달라진 『화두』를 이루어
내게 된다.

> 교사 (손을 들어 그만을 하면서)
> 　　　다들 잘 썼습니다.
> 　　　다들 훌륭한 평론가들입니다.
> 　　　그런데
> 　　　지금 읽은 ……동무의 작문은
> 　　　조금 다릅니다.
> 　　　역시 잘 썼는데
> 　　　그 잘 쓴 방식이 다릅니다.
> 　　　이것은 작문이 아니라
> 　　　소설입니다.[21]

그럴 정도로 작문 선생은 화자를 칭찬했고, 그 사건은 그 책의 저자인 조명희와 주인공 박성운을 '나'와 일치시키게 한다. 그리하여 그들은 나의 모범적 모델이 된다. "낙동강 칠백 리, 길이길이 흐르는 물은 이곳에 이르러 곁가지 강물을 한몸에 뭉쳐서 바다로 향하여 나간다."22) 그 첫 구절은 그것과 관련된 온갖 기억들을 떠오르게 만든다. 그동안 나는 이데올로기의 억압 속에서 「낙동강」의 저자와 주인공을 기억 속에서 지운 채 살아왔었다. 그런데 「낙동강」을 읽게 되자 갑자기 내 속에 숨어 있던 조명희가 얼굴을 내밀며 어떤 발언을 하고, 나는 그의 발언을 좇아, 그를 찾아 떠나게 된 것이다. 분명한 것은 조명희는 '나'의 '이상적인 자아'였고, 나는 언제나 그의 사회적 실천을 본받고 싶어 했다는 점이다. 그런데 그의 이상과 지도원 교사의 이상은 크게 다르지 않았다. 하지만 나는 그들을 전혀 다르게 받아들인다.

> 이 축복된 소명 의식과 위협적인 재판의 전과 사이의 모순이 나의 생애를 두고 나의 생애를 두고 나의 무의식과 나의 이성의 공간, 나의 의식의 모두를 지배하려고 싸운다. 한 장면은 피고로서의 나를 확보하려 한다. 다른 장면은 가치 있는 재능으로서의 나를 축복해준다. 게다가 이 두 장면에서 단죄하고 축복하는 이유가, 죄의 증거와 축복의 원인이 같은 사물이다. 같은 것을 놓고 한편에서는 탄핵하고 다른 쪽은 축복한다.23)

화자는 항상 이들 심판관들을 앞에 놓고서 살아간다. 어떤 행동을

---

21) 『화두』 2, 앞의 책, 82면.
22) 『화두』 1, 9면.
23) 『화두』 2, 84면.

할 때 그들을 생각하며 판단하고, 적어도 글을 쓸 때에는 그들의 정(正) 반(反)의 과정을 거쳐 완성시킨다. 작문 선생은 글 속에 표현된 나의 자아를 칭찬해 주었지만, "그 <자아>는 나의 자아이자, 박성운의 자아이기도 했다."24) 그래서 '나'는 조명희로부터 인정받기나 한 것처럼 기뻐했고, 이런 전이를 토해 나는 박성운도 되고 조명희도 되곤 했다. 그런 이상적 자아와 '나'를 일치시킬 때에는 아무런 문제도 없었다. 그런데 책속에서 만난 '이상적 자아'와 가장 유사한 인물이 '밤의 비판회'를 주도한 지도원 선생이라면, 나는 어찌해야 하는가? 그 지도원 선생을 모델로 삼고서 평생을 살아왔다는 말이 되고 마는 것이다.

『화두』의 화자는 「낙동강」이라는 '감각적 기호'를 만나 기억의 심층에 들어가 '조명희 속의 박성운 속의 작문 선생 속의 지도원 선생 속의 레닌 속의 사회주의 속의……'와 같은 기억들을 찾아낸다. 그것은 입체적인 상호텍스트성으로서 마뜨료쉬까의 구조라고 할 수 있는 것이다. 그 속에서 '나'를 찾아내고, 내가 어떻게 해서 이렇게 되었는지, 왜 나는 그동안 소설을 쓰지 못했는지 밝혀낼 수 있게 된다. 그리하여 "내가 곧 이상이며, 박태원이며, 이태준이며 그리고 조명희이기까지 하다는 느낌의 법열(法悅)을 얻게 된다.25)

> 인형 속의 인형 속의 인형 속의…… 나의 속의 나의 속의 나의 속의 …… 우주속의은하계 속의 태양계 속의 지구 속의 한국 속의 서울 속의 우리 집 속의 나의 속의 나의 속의 나의 속의 …… 고골리 속의 도스또

---

24) 앞의 책, 85면.
25) 위의 책, 207면.

예브스끼 속의 체홉 속의 …… 똘쓰또 이 속의 뚜르게네프 속의 뿌쒸긴 속의 …… 러시아 속의 모스끄바 속의 인터내셔널 호텔 속의 호텔 속의 <그젤> 가게 속의 마뜨료쉬카 인형 속의 인형 속의 인형 속의…… 인형을 보고 있는 나 속의 인형을 보고 있는 나 속의 인형을 보고 있는 ……26)

회상의 깊이. 이제 어떤 나가 그 어떤 나를 보는지 모르게 된다. 마뜨료쉬까 인형의 비유는 실로 기억이 '살쪄가는' 과정을 보여주면서 그것들이 서로 대화해야 '나'가 이루어질 수 있다는 것을 보여준다. 큰 주체가 작은 주체를, 큰 기억이 작은 기억을 속에 담는 방식. 물론 그 속에 든 것들을 찾아내기가 쉽지 않다. 그 속에 무수한 '새끼'를 치는 기억. 겉으로 드러난 것으로는 결코 전체를 판단할 수 없다. 마뜨료쉬까 인형들은 그것들 나름대로 각각의 존재 의미를 지니고서 서로 속에다가 담고서 태교를 하듯 대화를 나눈다. 프르스트의 『잃어버린 시간을 찾아서』에서 각각의 기억의 시간들이 병렬적인 모나드로 존재했다면, 『화두』의 시간들은 중층적으로 쌓이는 '모나드 속의 모나드'를 형성한 것이다. 현재의 나 속에 과거의 나가 들었고, 지금 또 나는 미래의 나를 낳고 있다. 기억이 '나'를 이룬다.

『화두』가 이루어진 것은 기억의 발견 때문에 가능했다. 군사정권의 시대에는 권력의 폭압 속에서 많은 진실이 망각 속에 놓여 있어야 했다. 특히 유신 시대에 한국 국민은 이 세기 첫 새벽 이래 암흑의 세월에서 벗어나려는 온갖 희망을 철저히 조롱당하면서 살아왔다. 그래서

---

26) 앞의 책, 534면.

『화두』의 '나'는 기억할 수 없었기에 거의 20년 동안 소설을 쓰지 못하게 된다. 현실의 어이없음에 맞먹는 표현방식을 찾지 못했던 것이다. 그러다가 시대가 바뀌자 그는 더 대담하고 더 솔직하고, 더 순진한 글쓰기를 실행하게 된다. 바로 기억을 찾아가는 일이다. 정직한 기억만이 그 시대를 구원할 수 있다. 『서유기』에서는 지도원 선생을 분노한 상태에서 떠올렸다면, 『화두』에서는 그마저 용서하고 화해할 수 있게 된다. 기억은 현재 상태의 정체성을 설명하기 위한 것이지만, 때때로 그것을 '실천'의 문제로 나아가게 한다. '나'는 톨스토이의 무덤 앞에서 듣게 된다. "빛이 있을 때 빛 속을 걸어라."27) 이 말에는 단순히 영생을 찾으라, 라는 톨스토이의 말이 생략되어 있는 것이 아니라, 뒤이어 연결되는 "시간이 아직 있을 때 일을 하라"라는 실천적 명제로서 조명희의 충고를 담고 있다. 그리고 그것은 다시 『서유기』에서 이광수가 말한 내용과 같아진다. "나는 『흙』의 속편을 쓰는 것이 옳았소."28) 작가에서 소설은 바로 영생불사의 꿈이고, 바로 그것이 그 자신의 인생이었던 것이다. 그래서 이광수는 독고준에게 "인생이 소설 아닌가. 인생도 쓰고 소설도 살아보게."29)라고 말했던 것이다. 이것이 내가 조명희에게서 들은 내용이고 그를 벗어나 '나' 자신을 찾게 된 연유이다.

『서유기』가 자기 정체성을 찾는 소설이라면 『화두』는 거기서 한 걸음 더 나아가 새로운 실천을 하고 새로운 존재로 거듭나게 하는 소설이다. 현실은 과거와의 연속성 위에 존재하고, 현실의 참모습은 과거

---

27) 앞의 책, 522면.
28) 『서유기』, 위의 책, 172면.
29) 위의 책, 179면.

속에 묻혀 있다. 그래서 과거를 뒤져 현재를 증명하고 미래를 예견하는 것이 『화두』의 역할이다. 『화두』의 화자가 과거의 기억을 뒤져 화두를 풀고 마침내 '득도하는 선승(禪僧)'처럼 20년 가까이 쓰지 못하던 소설을 다시 쓰게 된 것도 그로 인해서이다. 그것은 곧 작가가 보여줄 수 있는 최대한의 '실천의 의미'라 할 수 있다.

5. 글을 맺으며

『화두』에서는 온갖 기억들을 찾기 위해 최선을 다한다. 최초의 기억들로부터 시작해서, W시에서의 기억, 피난시절, 군대시절, 그리고 '화자-작가'가 여러 소설을 쓰던 기억 등이 순서 없이 나타난다. 그리고 현재 생활에서 학생들을 가르치고 이태준 생가를 돌아보고, 여행을 떠나면서 잊혀진 기억들을 떠올린다. 어느 땐 각각적 기호 하나만으로 감자줄기처럼 많은 기억들이 끌어올려진다. 그러나 결코 떠오르지 않는 기억도 있다. 어쨌거나 기억이 기억을 부르고 그리하여 하나의 거대한 그물망을 이루는 구조가 『화두』를 이룬다. 그것은 정체성에 대한 강박관념에서 벗어나 자유롭게 의미들을 생산하고 자기 존재를 확인하게 한다. 기억들이 맘껏 해방감을 누리며 춤춘다. 그리고 그것이 아직까지 씌어지지 않은 '존재'를 열어낸다.

기억은 개미굴 구조와 마뜨료쉬까 인형의 구조를 지니고 있다. 개미굴 구조 속에 조명희와 지도원 선생이 자리 잡고 '나'를 이뤘다면, 이제 내속의 나로 존재하는 기억은 하나의 거대한 답이 된다. 지금은 사

라진 트로이문명이 된다. 그리고 아무리 그것이 망각 속에 사라졌다고
해도 그 타오르는 불길 속에서 그 모습을 보여준다. 그럼으로써 그것
의 전통은 살아남는다.

　　뒤돌아보지 말라,고 옛날 얘기책들은 말한다. 뒤돌아보지 말라는 말
을 어겼기 때문에 불행해진 얘기로 뭇 고장의 신화 전설은 가득 차 있
다. 왜 그런 금기가 그토록 널리 퍼졌을까. (…중략…) '뒤돌아보는 것'
만이 이 암흑에서 그가 의지할 수 있는 힘의 근원이다. 그 뒤돌아봄이
그의 이성의 방식이다. (…중략…) 트로이 성은 트로이 성에만 있지 않
다. 그것은 우리 기억 속에 있다. 우리가 가는 곳이면 어디서나 트로이
성은 다시 지을 수 있다. 그러므로 우리 자신이 트로이 성이다. 내가 트
로이 성이다. 트로이 성은 나다. 내가 진리요 길이다. 진리와 길이 어느
성벽 안이나, 신전 안이나, 광장 위에 있다고만 사람들이 믿게 되는 시
대에 언제나 깨어 있는 사람들이 있어서 진리나 길은 그런 곳에 있지
않고 너희들 <안>에 너희들 <기억>속에 있으며 성벽과 신전과 광장은
오직 그 <기억>의 표현이며 기억의 보강물이며, 망각에 저항하기 위한
보조물은 될망정 <기억> 자체는 아니며, 만일 너희들이 그토록 어리석
고 염치없어서, 지나간 사람들의 피와 땀과 눈물의 기념비에 지나지 않
는 그래서 그대를 자신의 피와 땀과 눈물이 없이는 그 기념비가 말하는
인간의 상태는 유지될 수 없음을 잊어버리고 성벽과 광장과 신전―그저
돌멩이에 지나지 않는 그것들에게 정화수를 떠놓고 돼지를 바치고 춤추
기만 하면 복락이 있으리라고 생각하기 시작한다면, 너희는 다시 짐승
이 되리라, 이런 목소리가 불붙는 트로이 성을 떠난 피난민들에게 얽힌
전설의 뜻인 성 싶다.[30]

---

30) 『화두』 2, 526~531면.

　　기억 속의 '트로이 성'은 완전히 사라진 것이 아니다. 뒤를 돌아보았기 때문에 기억자체가 트로이 성이 되고 '나'는 트로이 성을 재현할 수 있게 된다. 어떤 유물이나 기념비가 없을지라도 트로이 성은 기억 속에 존재하고 그것을 통해 트로이는 되살아난다. 조명희는 직접적으로 혁명의 대열에 참여하기 위해 '트로이 성'을 찾아갔지만 거기에서 아무것도 찾지 못했다. 그래도 그는 몸스 '불타는 트로이 성'의 면모를 보여주었고, 그것을 깨달은 '나'는 소설을 쓰게 된다. '나'는 기억 속에서 조명희를 찾아내 창조적 기억으로 전수하는 것이다. 『화두』는 '불타는 트로이'를 보면서 끝난다. 물론 화자는 자신이 숭배했던 레닌의 죽음을 그렇게 묘사한다. 레닌은 '바보'로 죽었지만, 그가 한 일은 그대로 남아있다. 지금 소련은 없어졌지만, 그가 한 일은 불타는 트로이의 광경처럼 나의 머릿속에 담겨 있다. 그것은 조명희의 경우에도 그렇다. 그렇기 때문에 언젠가 다시 그것이 우리의 삶에 중요한 역할을 할 수 있게 된다. 말하자면 그 기억, 몰락한 사회주의에의 꿈은 나 자신의 꿈이었고, 그것이 있었기에 지금의 내가 있게 되었고, 또한 지금의 풍요로움도 그로부터 기인하게 된 것이다. 이런 자각 속에서 독자인 '나'는 '기억을 돌아보라'는 화두의 의미를 풀게 된다.

출전 : 「기억의 확장과 서사적 진실-최인훈 소설 『서유기』와 『화두』를 중심으로」,
『국어국문학』 제140집, 2005.

최인훈의 『태풍』에 나타난 파시즘의 논리
—근대 초극론과 동아시아적 가족주의를 중심으로

1. 문제제기

식민지 경험은 최인훈 소설에 출몰하는 억압적 기억이자 무의식이
다.[1] 그의 작품의 전경에는 분단 시대의 피난민 지식인으로서의 자의
식이 드러나 있지만, 그 후경에는 식민지와 관련된 실존 인물[2]이나

---

* 송효정 / 서울시립대학교 학사교육원 연구교수

1) 식민지와 직접적으로 관련된 최인훈의 소설은 「열하일기」, 『총독의 소리』, 『태풍』
   등이다. 그러나 『회색인』, 『서유기』 등에도 식민주의와 관련된 의식들이 파편적
   으로 발견된다.
2) 『서유기』에서 이광수의 경우가 그러한데, 이에 관해서는 이후 본문에서 다시 언
   급하기로 한다. 최인훈, 『서유기』, 문학과지성사, 1998, 167~169면 참조.

'소리'[3]가 파편화되어 등장해왔기 때문이다. 그런 점에서 식민지 출신 장교를 등장시켜 식민주의의 문제를 전면에 배치시킨 가상역사소설『태풍』은 최인훈 문학의 무의식을 드러내는 작품이라는 점에서 주목할 만하다.

일반적으로 최인훈의 작품은『광장』이후 분단시대의 지식인이 파악하는 내공간과 외공간의 문제를 형상화하고 있다고 평가되어 왔다.[4] 『광장』이 본격적으로 최인훈 문학의 출발점을 보여주었다면,『태풍』은 최인훈의 소설의 잠정적 귀착점을 가늠하게 해 준다.[5] 이 두 소설은 여러 가지 면에서 비교할 만하다. 이 두 소설은 지식인(대학생, 장교)의 이념적 방황의 노정을 보여주고 있고, 여기에는 구원으로서의 사랑과 여성이 등장하며, 그 여성들은 공통적으로 바다에 비유되고 있다. 또한 이 두 소설은 소위 '5부작' 소설 중에서 비교적 기승전결의 서사구조를 갖추고 있다는 점에서도 짝을 이룬다.

그러나 다른 한편에서 이 두 소설은 대조적 측면도 보여준다. 전자에서 이명준이 남지나해에 투신해 자살했다면, 후자에서 오토메나크는 로파그니스 앞바다에서 태풍으로 인해 직면했던 죽음에서 벗어나 제2의 삶을 산다.[6] 또한 전자에서 은혜와 명준의 사랑이 현실적으로는 불

---

3) 『서유기』와 「총독의 소리」에 빈번히 등장하는 방송들의 경우.
4) 김인환은 최인훈 소설의 특징이 내외공간을 화해할 수 없는 모순의 자리로 본다는 점에 있다고 본다. 또한 그는 특히 외공간을 불화로 몰아가는 원인이 분단 상황과 식민주의에 있음을 지적한다. 김인환, 「모순의 인식과 대응 방식」, 『문예중앙』, 1982 봄, 224~229면.
5) 최인훈은 『광장』, 『회색인』, 『서유기』, 『소설가 구보 씨의 일일』, 『태풍』이 결과적으로 5부작으로 읽혀지기를 바란다고 언급한 바 있다. 최인훈, 「원시인이 되기 위한 문명한 의식」, 『길에 관한 명상』, 청하, 1989, 41면.

가능했지만 바다라는 영원한 공간에서 보장받았다면, 후자에서 오토메나크와 아만다의 사랑은 이루어지지 않는다. 그리고『광장』이 주로 분단시대의 문제에 천착하면서 동시대와 미래에 대한 세계관과 윤리의식을 보여주었다면,『태풍』은 이미 과거인 식민시대에 대한 기억으로 되돌아가서 한국사의 상처를 보여주면서 현대사에 불편하게 간섭하는 과거에 대해 관심을 보인다.

이러한 점에서 우리는『태풍』에서 최인훈이 창작과 성찰을 통해 도달한 '광장'이 무엇인지에 대한 간접적인 해답을 고구해 볼 수도 있을 것이다. 최인훈은『태풍』을 두고 "부활의 논리"를 적용했다고 하면서,『광장』에서 내놓지 못했던 지상(地上)에서의 "창조의 원리"를 제시했다고 언급한 바 있다.7) 그렇다면 이 부활의 원리 창조의 원리는 무엇이며 그것이 과연 성공적이었는가 역시 살펴보아야 할 것이다.

최인훈의『태풍』은 식민지 지식인 장교인 오토메나크의 행적에 대해 보여주고 있다. 이 소설 앞부분에서 피식민지인인 오토메나크가 내지인에 동화되는 모방의 과정을 보여주고 있다는 점에서, 선행 연구들에서는 이를 탈식민주의 이론과 연결 지어 분석해왔다.8) 이러한 선행

---

6) 남지나해는 필리핀과 인도차이나 반도로 둘러싸인 바다로, 소설 속 로파그니스 (싱가폴로 인유됨) 앞바다를 상기시킨다. 최인훈이『광장』에서의 이명준의 죽음을『태풍』에서 오토메나크의 새로운 삶으로 변화시켰다는 지적은 정과리의 논문에서도 발견된다. 여기서 정과리는 덧붙여 두 작품에서 모두 선상반란이 일어난 점, 여성을 바다에 은유한 점을 예로 들어『태풍』이『광장』의 후속편이라고 언급한다. 정과리, 「모르기, 모르려 하기, 모른 체 하기」,『시학과 언어학』1권, 2001, 시학과 언어학회, 112~113면.

7) 최인훈, 위의 책, 41면.

8) 구재진, 「최인훈의『태풍』에 대한 탈식민주의적 연구」,『현대소설연구』24, 2004.

연구자들은 탈식민주의 이론을 바탕으로 최인훈의 『태풍』에 나타난 식민의식에 대한 비판을 비교적 긍정적인 시각에서 검토하고 있다.[9] 여기서 긍정적이라는 것은 주인공인 오토메나크가 보이는 인식의 변화를 '비주체적 식민주체 모방'에서 '민족주의적 혹은 탈식민주의적 각성'으로의 발전적 방향으로 보고 있다는 점에서 긍정적이라는 의미이다.

이 글은 이러한 선행 연구와는 다른 지점에서 문제 제기를 하려고 한다. 첫째, 식민 시대 당시를 배경으로 삼고 있는 이 소설을 '탈식민주의'의 이론으로 분석하는 기존의 논의와는 방향을 달리 할 것이다. 복수(複數)의 문화와 주체성을 강조하는 탈식민주의 이론에는 에드워드 사이드의 오리엔탈리즘의 경우가 보여주듯이, 신비적 '동양'이라는 타자를 통해 문화를 재구성하려는 위험이 내재해 있다. 이러한 관점으로는 또 다른 타자화의 폭력적 담론을 재생산하거나, 이분법적인 단순

조보라미, 「최인훈 소설의 탈식민주의적 고찰」, 『관악어문연구』 25, 2000.
김정화, 「최인훈 소설의 탈식민주의적 연구」, 서울대학교 석사학위논문, 2002.
9) 한편 강진구는 탈식민 이론의 이중성을 지적하며, 태풍에 나오는 오토메나크라는 인물이 지닌 이중성(식민주의 동경과 그 극복)의 복합적인 면모를 파악해간다. 여기서 그는 오토메나크라는 인물이 식민주의와 반식민주의의 경계에 서 있는 인물이라는 점, 그리고 카르노스라는 매개인물을 통해 오토메나크가 탈식민적 자각으로 나간다고 지적한다. 더 나아가 강진구는 『태풍』이 '『광장』에서 이루지 못한 새로운 세계를 만들어내는데 어느 정도 성공'한다고 보고 있다. 강진구, 「반식민(Anti-Colonization)의 이중성을 넘어－최인훈의 『태풍』을 중심으로」, 『탈식민의 텍스트, 저항과 해방의 담론』, 이회, 2004. 이 글의 논지는 오토메나크가 식민주의에 대하여 이중적 면모를 보여준다는 점에는 동의하지만, 소설의 결말이 탈식민적 자각으로 귀결된다거나 '새로운 광장'과 같은 발전적인 전망의 지점으로 나아간다는 점에는 동의하지 않는다.

논리에 귀착될 수 있다. 또한 최인훈의 『태풍』이 보여주는 세계관은 탈식민주의적 세계관이 아니라 여전히 식민주의적 세계관이며, 그 지반에는 파시즘이 놓여있다는 것을 입증해 나갈 것이다. 둘째, 이 글은『태풍』이 보여주는 주제가 과연 식민주의를 비판적으로 반성하는 과정으로 되어 있는가와 오토메나크의 입체적 변모가 과연 긍정적인 방식으로 진행되는가에 대해 의심하겠다. 이를 위해 주인공 오토메나크의 세계관의 형성과 발전 단계를 살펴볼 것이며, 그가 보이는 인식의 변화 과정과 이의 원인 및 결과를 살펴볼 것이다.

2. 근대 초극론과 자동적 친식민주의

최인훈의 소설 『태풍』[10]은 오토메나크가 나파유의 전장인 아이세노딘에서 겪은 전쟁과 관련된 사건을 주된 서사로 다루고 있다. 그는 가상의 국가 나파유의 식민지 애로크 출신 장교이다. 여기서 나파유는 일본, 애로크는 한국, 아이세노딘은 인도네시아로 추정된다.[11] 주인공

---

10) 『태풍』은 『중앙일보』에 1973년 연재된 최인훈의 유일한 신문연재소설이다. 이 글의 인용은 1995년에 간행된 재판(2쇄)에 따른다.
11) 최인훈은 철자 바꾸기(anagram)의 방식으로 고유 명사를 이름을 새롭게 조합한다. 나파유(Napaj)는 일본(Japan), 애로크(Aerok)는 한국(Korea), 아이세노딘(Aisenodin)은 인도네시아(Indonesia), 아키레마(Akirema)는 미국(America), 니브리타(Nibrita)는 영국(Britain)을 인유하고 있다. 그리고 주인공인 오토메나크(Otomenak)는 일본식 이름인 가네모토(Kanemoto, 이는 김본(金本)을 창씨개명한 이름이다)를, 카르노스(Karnos)는 실존 인물인 수카르노(Sukarno)를 인유한다. 이러한 아나그램은 소설 『회색인』에서 우리의 가상 식민지를 나빠유(NAPAJ)라고 언급한 데서 비롯된다. 최인훈, 『회색인』, 문학과지성사, 9면.

인 오토메나크는 식민주의적 제국주의 국가 나파유의 장교로서, 식민지 애로크 출신이다. 그는 자신의 조국을 부정하고 자신의 조국을 식민 지배한 나파유의 정신과 고전에서 자신의 정체성을 찾는다. 그는 나파유의 또 다른 식민지인 아이세노딘에 파견되어, 식민주의의 허상을 발견하고, 피식민지인으로의 삶에 대한 자각을 한다. 그리고 전쟁이 끝난 30년 후 그는 제3국인 아이세노딘에서 같은 부류의 약소국인 조국 애로크를 은밀히 도우며 여생을 살아가게 된다.

인유의 방식을 따른다면, 이 소설은 1940년대 태평양전쟁 당시 동아시아를 배경으로 삼고 있다. 소설은 기본적으로 허구에 바탕을 두고 있으므로, 그 역사적 배경을 기계적으로 소설에 대입하는 것은 위험할 수도 있지만 본 소설이 보여주는 현실과 세계관이 일제 말 대동아전쟁과 밀접한 관련을 갖고 있으므로, 그 당시 진행되던 논의와 관련지어 소설을 분석하는 것도 의미 있는 방법이 될 수 있을 것이다.

태평양 전쟁 전과 전쟁 당시 일본의 논단에서는 '근대의 초극'에 관한 논의가 제국주의 동아시아 정책을 이데올로기적으로 추인하고 있었다. 여기서 문제가 되는 것은 '근대의 초극'과 '일본 국체(國體)'[12]의 관계였다. 일본은 역사적으로 아직 근대를 초극하지 못했으며 이는 천

---

12) 국체(國體)란 메이지유신으로 탄생한 새로운 국가에 정당성을 부여하기 위해 18세기 일본에서 태동한 국학에서 차용한 용어이다. 일본 국학자들은 천황 일가의 존속과 지배를 역사적으로 정당화함으로써 자유주의나 사회주의에 기초한 국가 이론을 부정했다. 이를 둘러싸고 여러 가지 학설이 충돌했으나, 1930년대에 들어서 국가와 전쟁을 정당화하기 위한 전시(戰時) 국가주의의 이데올로기가 강력한 영향력을 행사하게 된다. 히로마쓰 와타루, 김항 역, 『근대초극론』, 민음사, 2003, 46면 역주 참조.

황제를 폐지해야 비로소 가능하다는 일부 학자들의 견해에 맞서, '근대 초극론자'들은 천황제와 전쟁을 합리화하는 방향으로 이데올로기적 조작을 수행하기 시작한다. 이들은 세계사 인식을 보완하고 변용시켜 서구 자본주의 비판을 구체화함으로써 동아시아의 혁명을 꾀했으며, 이러한 논의는 파시즘적 논의로 정향되었다. 일본의 제국주의적 파시즘은 부정의 대상으로 '서구' 특히 영국과 미국을 상정한다는 점에서, 『태풍』의 오토메나크가 부정의 대상으로 아카 레마(미국을 인유)와 니브리타(영국을 인유)를 상정한 점과 연관된다.[13] 오토메나크가 가지고 있는 파시즘의 기원을 해부하기 위해 '근대 초극론'의 논의 과정을 간단하게 살펴보기로 하자.

일단 '근대의 초극'이 언급되게 된 최초의 동기는 서구에서의 근대 초극론에 촉발 받아서이다. 그러나 '초극'되어야 할 근대가 '서구 문명'과 중첩되는 한, 일본의 근대 초극른은 비유럽적이고 동양적인 원리에서 근거를 구할 수밖에 없었다. 이러한 근대 초극론은 일본 낭만파, 『문학계』 그룹, 교토 학파 사이에서 주도적으로 논의되었다. 그 중 철학적 사변을 이끌어와 이론적인 초석을 다진 것은 교토 학파이다. 이들은 마르크시즘의 붕괴 이후 새로운 세계관으로 '세계사의 철학'을 고안했다. 그리고 국가와 세계의 중간항을 이루는 '공영권'의 개념[14]을

---

13) 극동에서의 파시즘 형성의 기본 계기는, 일본의 경우 영미본위의 평화와 국제질서를 백인제국주의로 파악하여 유럽의 주도권에 반발하면서 워싱톤체제에 대한 반감과 증오심을 파쇼화 과정의 기저로 동원하게 되는 과정에서 발생했다. 이향철, 「일본파시즘의 「국가개조」 사상연구」, 『동양사학연구』 제25집, 1987, 118면.
14) 공영권이란 1920년대의 대공황 이후에 금융자본이 식민지 / 피식민지 시장의 배타적인 독점과 수탈을 목적으로 한 블록 경제이다. 이후 파시즘 국가에서는 광

상정했다.

우선 근대 초극론의 초석은 교토 학파에 의해 이루어진다. 이 시기 교토 학파의 고오사카 마사아키는 근대 초극론에 있어서 대표적인 논객이다. 그는 서양에서 철학이 어디까지나 '실재(예를 들어 그리스 시대의 신, 르네상스 시대의 인간)'의 입장, 즉 '유(有)'의 입장을 고집한다면, 동양의 원리는 참으로 '무(無)'여야 한다고 주장했다. 그리고 이러한 동양적 무의 정신이 실제로 발현된 예는 일본의 전통 예술을 통해 찾아볼 수 있다고 했다. 한편 교토대 철학과 교수인 고오야마 이와오는 이러한 근대 초극론과 일본 제국주의 전쟁 이데올로기를 체계적으로 연결 짓는 작업을 수행했다. 그는 1942년 9월에 간행된 『세계사의 철학』 서문에서 다음과 같이 말한다. "오늘날 세계 대전은 결코 근대 내부의 전쟁이 아니라, 근대 세계의 차원을 넘어서 근대와는 다른 시대를 꿈꾸는 전쟁"이며, "오늘날 유럽에서 벌어진 세계 대전은 근대에 종언을 고하는 전쟁이며, 또 그래야만 한다. 이는 우리 일본이 주도하는 태평양 전쟁에서는 지극히 명백한 사실로서, 어떤 의문도 끼어들 여지가 없다."라며 전쟁을 합리화했다.

그는 이어 태평양 전쟁을 합리화하기 위한 '대동아공영권'에 대한 논의를 진행하는데, 그에 의하면 근대 기계문명의 발달은 국가 존립을 위해 필수적인 군사적·경제적 자원을 획득하기 위해 국가로 하여금

포한 군사적·정치적 색채를 띠었다. 나치스의 공영권(생존권, Lebensraum)이 선진 독립국의 종속화를 목적으로 하는 이른바 '유럽의 개조'로 구상되었음에 비해, 일본의 공영권은 동아시아의 식민지/피식민지를 그 대상으로 한 '아시아의 유럽으로부터의 해방'이라는 명목 하에 구상되었다.

자국의 영토를 넘어설 것을 요구하고 있다는 것이다. 이로 인해 공영권이나 광역권으로 불리는 특수한 세계가, 즉 제국과는 의의와 구조를 달리 하는 세계가 요구된다고 주장한다. 그리고 이러한 공영권을 구성하기 위해서는 근대 유럽을 지배한 원리와는 다른 새로운 도덕적 원리가 요청된다고 보았다. 이러한 고오야마의 논의에 의하면 태평양 전쟁이야말로 이러한 공영권을 건설하기 위한 실제적인 실천이 되는 것이다.

이러한 근대 초극론은 절망과 냉소를 포즈로 한 채 서구 문명의 한계를 지각한 국수적인 미의식을 추구하는 일련의 문학인들을 통해서도 표명되었다. 근대 초극론의 또 다른 지파인 '일본 낭만파'는 NALF[15] 해산 이후 전향한 문인들로 구성되었다. 이들은 처음부터 근대의 초극을 주창하지는 않았으나, 마르크시즘에서 사상을 전향한 후 세계관과 가치관의 극심한 전환을 겪으며 자신을 합리화 할 수 있는 새로운 세계관을 모색하고 있었다. 이들은 자조와 냉소 속에서 서양 문명의 종언을 인식하고, 그 대안으로서 서구 근대보다 더 높은 무언가에 대한 갈망하며 '일본적인 미'에 의존하려 했다. 이들은 결국 초월적이고 강력한 권력에의 의지를 미학적으로 합리화하게 된다. 일본 낭만파가 전쟁을 감정적으로 긍정하는 논리를 이끌어냈다면, 교토 학파는 전쟁을 논리적으로 긍정하는 방법을 고안해냈다.

소설 『태풍』의 오토메나크가 수긍하기 되는 논리의 과정 역시, 이렇

---

15) NALF(Nippona Artista Labora Federatio, 일본 프롤레타리아 작가 동맹)은 NAPF(Nippona Artista Proleta Federatio, 일본 프롤레타리아 예술 연맹) 산하의 문학부가 1929년 독립해 설립한 단체이다. 국제 혁명 작가 동맹(MOLF) 가맹 후 NALF로 개칭하였으며, 1934년 해체되었다.

듯 감정적이고도 논리적으로 전쟁을 긍정하며 대동아공영권을 역설하는 일본의 근대 초극론의 논리와 비교할 만하다. 오토메나크는 로파그니스(싱가폴을 인유함)에 있는 나파유 사령부에 근무하는 식민지 애로크 출신 장교이며, 대학에서 나파유의 고전문학을 전공한 지식인이다. 그는 나파유의 고전 속에서 아름다움을 발견하고, 그 정신을 자신의 정신으로 삼기로 결심한다. 이러한 그에게서 자신의 민족에 대한 정체성을 찾아볼 수 없다. 그는 더 큰 아름다움, 더 큰 힘에 자신을 동화시키려는 권력 지향적 인물이기 때문이다.

> 전쟁이 일어나기 전에 나파유 내셔널리즘에 대한 책들을 탐독하였다. 나파유 정신의 뛰어남을 논리적으로가 아니라 시적으로 노래한 글들을, 오토메나크는 깊이 들이마셨다. '정신'만 익히면 그는 나파유 '사람'으로 거듭날 수 있었다. 오토메나크는 거듭났다. 나파유 정신이란 이름의 신화의 힘으로. 거듭난 사람의 눈으로 세상을 보니, 모든 사람이 너무나 비국민으로 보였다.(13면)

> 오토메나크가 이 이념을 받아들이게 된 것은 그러나 다른 길에서였다. 한마디로 그는 이 책을 정치적 이론으로서가 아니라, 아름답고 취하게 만드는 음악으로 받아들였다. 아름다운 문장과 책임 없이 풍부하게 사용된 비유 속에서 오토메나크는, 유토피아의 설계와 영웅적 인생관을 음악에 홀리듯 빨아들였던 것이다. 『신국의 이념』과 현실 사이에 있는 모순을 알아볼 사이도 없이 그는 군인이 되었고, 정치적 모험극의 등장 인물이 되었다.(75면)

위의 인용문은 오토메나크가 나파유의 내셔널리즘을 받아들이게 된 계기와 그 결과에 대해 보여주고 있다. 오토메나크 역시 최인훈의 전작에 등장하는 주인공들처럼 '책'을 통해 세계를 발견한다. 여기서 오토메나크가 읽은 책은 나파유 내셔널리즘에 대한 것들인데, 이들은 나파유 정신을 시적으로 노래한 것들이다. 나파유 정신에 동화된 피식민지인 오토메나크가 밝힌 이러한 시적이고 신화적인 사상은 특히 위에서 밝힌 '일본 낭만파'의 논의와 상통한다.

구체적으로 오토메나크가 심취한 책은 아키다다 키타나트의 『신국의 이념』인데, 이는 나파유 왕당 사상과 유럽의 사회주의 사상을 결합시킨 책이라고 밝히고 있다(74면). 오토메나크는 '먹물이 든 먹물형 인간(37면)'이자, '이데올로기라는 제2의 혈액형(같은 면)'을 가지고 있는 인물이라는 점에서 이전 소설들의 주인공들과 상통한다. 그러나 이전 주인공들이 늘 회의하고 반성하는 인물들이었던 데 반해, 오토메나크는 26세가 될 때까지 식민지 현실에 대해 회의한 적이 없으며, 나파유인보다 더 나파유인 같이 살아가고 있다. 대학에서는 나파유의 고전문학을 전공한 그는 나파유를 그의 '정신의 나라'로 인식하고 있기조차 하다.(27면)

합병 당시 꽤 이름 있던 친나파유주의자 할아버지와, 국책회사의 중역이자 선대보다 좀 더 태연한 친나파우주의자 아버지를 둔 그는 외부의 억압이 없이 자동적으로 친일을 선택한다. 이러한 선택에 내적 갈등은 없었다. 그는 조국인 애로크가 나파유의 식민지가 아니라고, 즉 애로크와 나파유는 통일 상태라고 믿고 있었다.

이러한 자발적 친나파유주의의 수긍은, 오토메나크가 식민주의의 이데올로기적 헤게모니에 논리적으로 장악되었음을 보여준다. 사실 감상적으로 식민주의에 빠져드는 것보다 논리적으로 식민주의에 빠져드는 경우에 식민주의 이데올로기가 지닌 헤게모니적 특성이 보다 잘 드러나기 마련이다. 그는 어떠한 허위의식에 사로잡힌 것도 아니고, 억압에 의해 비자발적인 선택을 한 것도 아니다.[16] 그는 자동적(자발적)으로, 더 우월한 헤게모니를 가진 논리와 권력과 문화에 의해 자발적으로 식민주의를 선택하게 된다. 여기서 주인공의 이름은 시사적인데, 오토메나크(Otomenak)라는 이름은 일본식 이름인 가네모토(Kanemoto)의 철자 바꾸기(anagram)로 이루어진 이름이다. 이러한 명명법은 식민지 출신이면서 주체적 존재로 살지 못하면서 더 큰 타자(나파유)에 적극적으로 동화되려는 인간의 모습을 보여준다.[17]

이러한 오토메나크의 모습은 일제 식민주의 말기에 자발적 친일로 나아간 이광수의 모습과도 연결된다. 최인훈은 『서유기』에서 이광수를 등장시켜, 그의 친일에 대한 논리를 제시한 바 있다.

> 당시에 아시아 사람을 누르고 앉아서 착취를 하고 있었던 것은 바로 서양 사람들이었소. 인도는 영국이 차지하고, 미얀마도 영국이 차지하고, 베트남은 프랑스가 차지하고, 필리핀은 미국이 차지하고, 인도네시아는 홀란드가 차지하고 있었소. ……여기서부터 아시아의 치욕이 시작

---

16) 이는 하정일이 분류한 친일 논의 중 '동의(同議)론적 헤게모니론'과 상통한다. 이는 억압과 강제에 의거한 동의가 아니라, 이데올로기적 논리에 의해 설득된 동의를 통해 친일로 나아가는 경우에 해당한다. 하정일, 「한국 근대문학 연구와 탈식민」, 『민족문학사연구』 23권, 민족문학사학회, 2003, 25~27면.

17) 김현주는 이러한 오토메나크의 이름을 auto+man으로 분석한 후, 여기서 auto라는 접두어의 두 가능성을 상정한다. 그 하나는 자율적 주체(autonomous man)이며 다른 하나는 자동적 주체(automatic man)이다. 이러한 역설적 결합이 오토메나크라는 인물 안에 역설적으로 내재해 있다는 것이다. 김현주 정리, 「새롭게 시작하는 '최인훈학(學)'」, 『문학과 사회』 54권, 문학과지성사, 2001, 738~739면.

됐단 말이오. ……또 조선과 일본은 본국과 식민지 사이가 아니고 합방
하였으니 이론상으로는 대 일본제국은 공동의 나라지 어느 한쪽의 나라
가 아니다 하는 생각이 분명히 있었소. ……또 이에 덧붙여서 내게는
보편 세계에 대한 희망이 있었소. 세계는 장차 하나가 될 것이다, 하나
가 되어 가는 과정에서 비슷한 문화를 가진 나라끼리 먼저 합쳐진다는
것은 좋은 일이라 생각되었소. 민족이란 것은 결국 '나'인데, 이 나를 버
린 세계가 진정한 문화적 세계가 아니겠는가 하는 것이오.[18](필자 강조)

애로크는 나파유의 식민지가 아니라 두 나라는 자유 의사로 통합된
한 나라다, 라는 것이 이 시대의 이데올로기였다.
독립 운동자가 되지 못한 대부분의 어로크 사람들은 그 중에서도 지
식인들은, 자신들의 부끄러운 신세를 보지 않기 위한 이론을 만들어냈
다. 애로크는 나파유의 식민지가 아니라 두 나라는 한 나라이며, 애로크
사람은 빨리 나파유 사람이 되는 것만이 진실로 애로크를 사랑하는 길
이라는 괴상스런 이론이었다. 이 괴상한 이론이 적지 않은 애로크 사람
들은 사로잡았다. 그것은 자기를 잠재우는 이론이었다. 그리고 자기 속
에 들어온 남의 그림자를 따르는 이론이었다.(27면, 필자 강조)

첫 번째 인용문은 『서유기』에 등장하는 이광수의 변론이며, 두 번째
인용문은 『태풍』의 주인공인 오토메나크의 고백이다. 밑줄 친 부분은
『서유기』에 등장하는 이광수의 생각과 오토메나크의 생각이 유사함을
보여준다. 이 지점이 바로 카야마 미츠오[香山光郎]로 창씨개명한 이광
수와 오토메나크의 모습이 중첩되는 지점이다. 또한 우리는 오토메나
크의 발언에 등장하는 '독립운동가가 되지 못한 애로크 지식인'에서

---

18) 최인훈, 『서유기』, 167~169면.

쉽게 이광수를 떠올릴 수 있다. 이 둘은 범아시아주의에 대한 기대, 식민지가 아닌 완전한 내지로의 통일에 대한 신념, 더 큰 보편 질서에 대한 희망 등 자신이 스스로 설득당한 논리에 의해 자발적으로 친식민주의자가 되었다. 즉 폭력적 헤게모니에 의한 비자발적 동조가 아닌 논리적 헤게모니에 의한 자발적 동의를 통해 그것을 적극적으로 받아들여 내면화한 것이다.

그렇기에 오토메나크는 니브리타의 식민지였던 아이세노딘을 같은 아시아권 국가인 나파유가 해방시켜주는 것이라는 신념에 가득 차 있었으며, 자신의 임무에 대한 강한 정의감과 사명감을 지니고 있었다. 그런데 소설이 진행되어 가면서 이러한 신념은 점점 회의에 부딪치게 된다. 앞서 말하자면, 이러한 회의는 오토메나크가 자신의 '민족'적 주체성을 자각함에 의해서가 아니라, 나파유의 패전의 증후를 알게 된 후 차차 식민주의의 폭력성을 목격하면서부터 시작된다. 즉 내적 성찰을 통해 자발적인 자각을 한 것이 아니라, 외부의 충격에 의해 수동적인 자각을 하게 된다는 것이다.

3. 제국주의적 군부파시즘과 외부의 충격에 의한 자각

일본은 만주국을 세우는 등 동아시아 지역에서 식민정책을 수립하면서, 팔굉일우(八宏一宇)의 정신에 입각하여 강력한 신정치체계와 대동아 신질서를 확립한다. 일제 말 파시즘기에 신성화되어 최상의 존재가 된 국가 권력은 민족의 이름으로, 그 외연으로서의 '내선일체'와

'대동아 공영'이라는 이름 아래 일본 제국주의의 번영을 위한 재정비한 국가 권력의 행정적 절차를 통해 총체적으로 사회와 그 구성인자들을 동원하였다.[19]

일제 말 식민주의는 팽창된 파시즘의 분위기 속에서 진행되었다. 파시즘을 일관되게 정의하기란 힘든데, 그 이유는 파시즘으로 분류되는 사례들의 경우 이념과 실천 모두에서 독자성을 찾기 어려울 만큼 복잡성과 차이를 보이기 때문이다. 로저 그리핀(Roger Griffin)은 주요 역사가들의 연구를 중심으로 형성된 일종의 공감대를 수렴하여 새로운 파시즘의 정체성을 확립하려 하였으며, 그 내용은 다음과 같이 정리될 수 있다.[20]

파시즘은 근대적 대중 정치의 한 부류로서 특정한 민족 혹은 종족 공동체의 정치·사회문화에 대한 총체적이고 혁명적인 변화를 그 목적으로 삼는다. 첫째, 파시즘에 내적 응집력을 부여하고 그것에 대한 대중의 온전한 지지를 얻어낼 수 있는 힘은 파시즘이 갖는 신화적 측면에 있다. 둘째, 그 신화의 핵심 내용은 몰락과 위기에 직면한 민족 공동체가 곧 도래할 질서 속에서 새로운 모습으로 부활·재생할 것이라는 민족주의를 담고 있다. 셋째, 파시즘은 이를 위해 대중을 동원하는 일종의 대중주의의 차원을 지니고 있기 때문에, 많은 구성원들의 지지를 받을 수 있다. 이를 요약하자면, 낭만적 신화, 민족주의적 부흥

---

19) 전상숙, 「일제 군부파시즘체제와 '식민지 파시즘'」, 『동방학지』 124권, 연세대학교 국학연구원, 2004, 611면 참조.
20) 이하의 논의는 다음의 논문의 내용을 정리한 것이다. 김용우, 「파시즘이란 무엇인가?—"새로운 합의"의 성과와 한계」, 『서양사론』 제75호, 한국서양사학회, 2002, 120~128면.

의 전망, 대중주의에의 호소가 파시즘의 본질적 속성이 된다.

이러한 파시즘은 소설 『태풍』에 등장하는 나파유의 정책과도 일치하며, 더 나아가 대동아 공영을 외치던 일제 말기의 제국주의 정책과도 유사하다. 이 소설에 등장하는 주인공인 오토메나크가 군인이라는 점은 이러한 점에서 의미심장하다. 파시스트적 인간형은 민족의 방어와 부활을 위해 단호하며 강건하고 폭력과 죽음을 두려워하지 않는 '전사적 인간으로 상정된 남성'이기 때문이다.21) '군대'라는 제국주의적 국가기구에 속해 있으면서, 사상적으로는 나파유의 고전이라는 '신화'를 배경으로 삼고 있는 오토메나크는, 사회적으로나 그 정체성의 지반에 파시즘적 요소를 두루 갖추고 있다.

오토메나크는 포로수용소의 관리 장교이며, 식민지 출신의 자격지심을 늘 '지나칠 만큼의 군인 정신'(10면)으로 방어하면서, 제도 속에서 자신의 자리를 굳게 지키는 확실한 인간이다. 그는 또한 '사관학교 출신보다 더 사관학교 출신다운 식민지 출신 장교'(12면)다. 이는 그가 군대로 상징되는 파시즘적 제도에 과잉 적응되었음을 보여주는데, 이러한 제도적 질서를 그가 열정적으로 내면화한 까닭은 식민지 출신이라는 점이 자격지심으로 작용했기 때문이다.

> 자기가 피를 받은 민족이 광포하지 못했다는 사실에 화가 난 청년은 자기 민족을 미워했다. 그는 부끄러운 피를 스스로 바꾸기로 결심했다. '나파유' 정신을 자기 피로 선택함으로써 그는 이 문제를 해결했다. 그리고 지금 나파유 정신이란 다름아닌 '전쟁 정신'이었다.(13면)

---

21) 김용우, 같은 글, 124면.

위의 인용문을 보면 자신의 민족이 광포하지 못함에 화를 내며, 스스로 '부끄러운 피'를 바꾸기로 결심한 오토메나크가 택한 나파유의 정신이 바로 '전쟁 정신'임을 알 수 있다. 앞서도 말했듯이 그는 이러한 자신의 정체성 선택에 어떠한 내면적 갈등을 보이지 않으며, 단호하고도 과감하게 이를 수행한다. 독립운동에 대해 전혀 모르지는 않았지만, 그가 대학생이 될 무렵에는 독립 운동이 완전히 지하로 숨어들었으며, 그때 파시즘이 온 나파유를 휩쓸기 시작한다. 그는 이러한 시기에 나파유의 파시즘에 주체성 없이 동의하며, 니브리타를 온갖 악의 대명사로 생각하는 그 시대의 이데올토기를 의심 없이 받아들인다.

나파유는 동아시아 공영권을 내세우면서, 서양에 맞서는 동양의 일체론을 주장한다. 그것이 새로운 역사의 조류이며, 귀축 서양 세력을 막을 수 있는 동양 평화를 위한 정책이라는 것이다. 이러한 정책은 나파유의 시적인 고전정신, 황제폐하라는 상징적 존재로 인해 탄력받는다. 따라서 오토메나크는 자기 고향인 애로크가 나파유의 식민지라는 것도 잊은 채, 나파유가 니브리타를 쳐부수고 모든 아시아 사람에게 독립을 가져오게 하기 위해 싸운다는 대의명분에 홀려 있다.

화려한 이상주의, 유럽에 대한 증오, 자신의 가족에 대한 안전—이런 것을 오토메나크는 나파유주의라고 불리는 그 사상 속에서 알아보았다. 오토메나크가 대학에서 전공한 나파유 고전 문학이 이 사상의 운하 역할을 했다. 나파유 해군이 이와히의 아ㅋ레마 해군 기지를 공격했을 때 이 사상의 진실은 증명되었다. 역사의 사 책장이 넘겨지고 해와 별처럼 뚜렷해 보이던 유럽인의 시대는 끝났다—나파유의 유력한 사상가들이 그 정신적·역사적 필연성을 국민 앞에 소리 높이 외쳤고 이름 있는 시

> 인들이 눈물을 흘리면서 승리의 노래를 불렀다. 오토메나크는 그 노래
> 가 자기 목소리인 것처럼 느꼈다.(16면)

위의 인용문에서 살펴볼 수 있듯이, '화려한 이상주의'가 함축하는 신화적 전망, '유럽에 대한 증오나 자신의 가족에 대한 안전'이 함축하는 강력하고도 배타적인 민족주의는 파시즘의 기본 요건이다. 낭만적 전망, 타자에 대한 배타성, 자민족에 대한 신화화는 자연스럽게 대중에게 호소될 수 있는 강점을 지닌다. 이러한 파시즘적 상황 속에서, 반성과 회의 없는 주인공 오토메나크는 강한 타자(나파유 제국주의)의 논리를 자신의 것인 양 내면화시킨다. 약자인 피해자의 측면에서 강자인 가해자의 논리를 내면화하게 되는 것이다.

이러한 상황은 일제 말 군국주의 파시즘에서도 그대로 드러난다. 일본 제국주의는 천황제를 중심으로 한 일본의 국체를 인정하고 이를 신비화하며, 일본과 한국의 동조동근(同祖同根)설을 유포함으로써 신화적 역사에 대한 윤색을 도모하기도 한다. 또한 유럽의 근대를 넘어서는 '동양적 근대의 초극'론을 펼침으로써, 이를 통해 혁명적인 민족의 발전을 이룰 수 있다는 희망을 산포했다. 이러한 전망은 계급적 질서의 동요 없는 혁명과 변혁을 기대하는 대중들에게 강력한 호소로 작용했다.

그런데 소설이 진행되면서 이러한 오토메나크의 강력한 신념에 균열이 생기기 시작한다. 첫 번째 계기는 친나파유주의자 애로크인 마야카가 자신에게 나파유의 전세가 불리하다는 말을 건네면서 시작된다. 전쟁에서 승승장구할 것만 믿고 있던 오토메나크에게 이러한 말은 충격적으로 다가온다. 두 번째 계기는 방의 비밀 공간에서 아이세노딘

독립운동 현황을 조사한 문서를 보게 되는 것이다. 그는 이를 통해 식민주의란 '총과 돈과 아편'(88면)을 통해 이루어지는 간악한 것임을 자각하게 된다. 세 번째 계기는 아니크계 아이세노딘인의 학살을 통해 폭력과 잔인함을 경험하면서, 이를 계기로 자살한 토니크 나파유트의 처지와 자신의 처지를 비교하게 된 것이다.

불패의 나파유에 대한 믿음의 상실, 식민주의의 본질에 대한 자각, 아이세노딘인 학살과 아이세노딘 독립운동가의 자살은 그로 하여금 식민주의가 무엇인지, 피식민지인으로 산다는 것이 무엇인지를 깨닫게 해준다. 그러나 이러한 자각은, 앞서도 언급했듯이, 주체적인 자각에 의한 것이 아니라 외부의 충격에 의한 비자발적 자각이었다. 또한 이러한 자각은 그의 민족 정체성에 대한 자각이 아니라, 그가 동일시했던 제국주의 국가 나파유의 힘에 대한 회의, 나파유의 지배에 대한 불신으로 인해 이루어진 자각이다. 즉 자각의 축은 그의 조국인 '애로크'에 있는 것이 아니라, '나파유'에 있는 것이다.

그동안 갈등 없이 나파유인으로 살아오던 오토메나크는 드디어 애로크의 현실과, 애로크인으로서의 삶의 구체적 경험에 대해 관심을 갖게 된다. 그러나 소설 속에서 이러한 자각이나 반성이 개연성 있게 제시되어 있지는 않다. 소설의 마지막 부분에서 선상반란 후 설상가상으로 태풍을 만나 배가 난파되었을 때 오토메나크가 부하들에게 한 훈화를 살펴보자.

> 귀축(鬼畜) 아키레마와 니브리타는 싸움이 시작된 이래, 조금도 뉘우치는 빛없이 그들이 자랑하는 물량을 믿고 제국의 성전(聖戰)의 수행에

끈질기게 반항하고 있다. 그러나 우리는 반드시 이길 것이다. 우리 나파
유는 일찍이 나라가 비롯한 이후, 적의 침략을 받아본 적이 없는 신국
(神國)이다. 우리에게는 황송하옵게도 신의 직손이신 황제 폐하의 지도
하심이 있고, 폐하의 선조이신 신들의 가호가 있다. 이 믿음 아래 죽음
을 두려워하지 않는 마음, 이것이 나파유 정신이다. 이 나파유 정신이
있는 한, 우리를 당할 자가 없다. 나파유 정신이란, 황제 폐하를 위해서
는 죽음을 티끌같이 아는 마음이다.(324~235면)

　이 강경한 훈화의 맥락 속에서 우리는 이 앞부분에서 오토메나크가
보여주었던 자각이나 식민주의에 대한 반성의 흔적을 찾을 수 없다.
그는 난파되어 조난된 섬에서 적을 만날 경우 장엄하게 죽음을 각오해
야 한다는 점을 강조하며 부하들에게 호소하고 있다. 물론, 이러한 죽
음에 근접한 장엄함이 이후 오토메나크가 바냐킴으로 부활하는데 필
요한 유사(類似) 죽음을 위한 장치이기는 하지만, 이 발언의 이데올로기
적 측면을 간과해선 안 될 듯하다. 위의 발언은 오토메나크가 이전에
했던 회의와는 무관하게, 신념에 가득 찬 채 죽음이 엄습할 경우 황제
폐하를 위해 장렬히 죽을 것을 강력하게 권유하고 있기 때문이다. 그
리고 여전히 '적대'의 대상으로 자신의 민족을 식민화한 나파유가 아
니라, 아키레마(아메리카를 인유함)와 니브리타(영국을 인유함)를 들고 있
다. 그렇다면 이 목소리는 과연 누구의 목소리인가? 식민지인 오토메
나크의 입을 통해 자동적으로 발화되는 군국주의 파시즘의 목소리는
아닌가?

4. 대동아공영권과 새로운 가족주의

오토메나크는 소설의 진행을 통해 자신이 애로크인임을 자각하지만, 소설의 그 어디에서도 애로크의 문화와 역사에 대한 언급이 없다. 또한 주목할 점은 애로크의 언어에 대한 단서가 전혀 등장하지 않는다는 점이다. 소설 속에서 인물들은 어떤 언어로 이야기하고 있을까? 식민주의자의 언어인 나파유의 언어인가, 아니면 남방계 아시아에서도 통용될 수 있는 유럽의 보편어일까? 결국 30년 후 오토메나크가 되찾은 이름은 바냐킴이다. 재구해 볼 수 있는 애로크식 이름인 김본(金本)[22]에서 성만은 어느 정도 되찾은 듯하지만 이름에서는 그다지 민족적 정체성을 강하게 드러내지 않았다. 유추해보건대, 바냐는 만물의 본질을 이해하는 참다운 지혜인 반야(般若)를 연상시키기도 하고, 아만다가 사랑의 순간에 하던 말인 '바냐왕가('언제까지나'라는 의미의 아이세노딘어)'를 연상시키기도 한다. 여하튼 결국 그가 자신이 속한 민족과 언어로 돌아가지 않았다는 점은, 자신의 민족어 깊은 유대감과 정체성을 느끼지 않는다는 혹은 그럴 필요가 없다는 것으로 여겨진다.

권명아는 일본이 대동아공영권을 주장하면서 아시아 일대를 확보해 나가면서, 동화(同化)의 수사학이 전면화 됨을 지적하고는, 이를 가족 국가주의와 연관시켰다.[23] 이는 내선일체, 일어 사용의 강요, 창씨개명 같은 억압적 국가 기구를 통한 정책 수행뿐만 아니라, 운명 공동체, 대

---

22) 각주 6)번 참조.
23) 권명아, 「'대동아 공영'의 이념과 가족 국가주의-총동원 체제 하의 '남방' 인식의 변화를 중심으로」, 『동방학지』 124권, 연세대학교 극학연구원, 2004, 748~782면.

동아 가족과 같은 '담론'의 차원에서도 진행되었다. 대동아의 구상이란, 표면에 놓인 '동화'의 수사학에도 불구하고, 기본적으로 일본과 아시아의 여러 국가들 사이의 배타적인 서열화에 의해 지탱된다. 이는 이른바 일본을 아시아 여러 가족들의 가장(家長)으로 위치지우고, 아시아 각국을 '제국의 아이들'로 서열화하는 <가족 국가주의>적 담론, 즉 이에(家)의 이념24)에서 전형적으로 드러난다.

오랜 식민지인 조선과 신생 식민지인 남방의 국가들 사이에는 새로운 서열관계의 긴장감이 생겨난다. 이러한 남방계 국가들을 바라보는 조선인의 시선은 일본과의 동일시와 분리라는 갈등의 위치 속에서 생산되게 된다. 남방 정복 이후 조선에서 생산된 담론들에서 남방은 미개한 영토, 비문명화된 지역으로 표상된다. 보호받아야 할 어린이로 표상되거나, 특징적인 것은 '처녀'로 표상된다는 점이다. 이러한 담론은 처녀지이자 신생의 영토인 신식민지에 대한 개척자로서의 제국의 시선을 피식민지에서 모방한 것이다.25)

남방계 식민지를 바라보는 이러한 위계화된 시선은 이 소설에서도

---

24) 일본의 이에(家)는 가산과 가업을 운영하는 집단이고, 세대(世代)를 넘어 연속하는 것으로서 세대(世帶)를 유지하기 위해 필요하다면 비혈연자도 포함시킬 수 있는 속성을 지니고 있다. 또한 전근대시기에는 카부(株)라는 지역공동체(村)를 구성하는 권리와 의무의 단위로서 존재했고, 지역공동체는 '이에'의 연합으로 형성됐으며, 그 외에도 본가와 분가의 동족단을 구성하기도 한다. 이러한 사회적 실재로서의 '이에'에 대한 연구는 가족연구 외에도 여러 가지 시사점을 제공해준다.

25) 권명아, 같은 글, 767면. 이러한 점은 1942년 『조광』 3월호에 실린 「정열의 처녀도」라는 시에서도 확인된다. 이 시에서 일본의 '싱가폴' 점령은 영국의 식민지로부터 아시아의 해방이라는 의미로 재현된다. 영국 식민지였던 '늙은 매소부'는 일본의 점령으로 처녀의 이미지로 변화된다. 권명아, 같은 글, 772~774면.

반복된다. 비록 애로크 출신이기는 하지만 오토메나크는 파시즘적 군대에서 파견된 남성 일원이다. 반면 아만다는 현지 처녀로 그려지고 있다. 또한 오토메나크는 엘리트 장교이지만, 아만다는 하녀(물론 나중에는 이것이 위장된 직업임이 드러나지만)이다. 똑같이 식민지인이지만, 오랜 식민지의 남성과 신생 식민지의 여성 사이에는 젠더적 위계 관계가가 형성된다. 나파유와 애로크 사이에 위계가 존재하듯이, 구식민지인 애로크와 신식민지인 아이세노딘 사이에도 분명히 드러나지는 않지만 갈등과 위계가 존재한다. 애로크 출신 장교가 아이세노딘에 정복자로 왔음은 그렇기에 시사적이다. 이러한 방식으로, 식민주의에 대한 반성적 글쓰기로서의 『태풍』은 이렇게 또 다시 스민주의적 파시즘의 논리 안에서 젠더와 계급의 위계 관계를 재생산하고 있다.[26]

그렇다면 이 소설의 결말을 어떻게 해석하야 할까. 소설의 마지막 부분에서 포로들과 카르노스를 싣고 가던 배는 선중 반란을 맞고, 설상가상으로 태풍을 만나 난파되고 만다. 이어 무인도에 표류된 일행은 죽음을 각오하며 끝까지 싸울 것을 결심한다. 그리고 시간은 30년 후

---

26) Kevin Passmore는 파시스트들이 기본적으로 민족의 개념을 남성적인 견지에서 이해한다고 본다. 그에 의하면 파시즘이란 기본적으로 남성적인 이데올로기이며, 이들이 볼 때 여성의 주된 임무는 가사나 재생산(출산, 육아)와 관련된 것이다. 파시스트는 사회가 남성적 가치들에 의해 재가동되어야 한다고 보며, 특히 전쟁 참여자와 같은 용맹한 남성이 이러한 재가동에 동원될 미덕을 갖추고 있다고 본다. 즉 이들이 보기에 남성과 여성이라는 두 성은 '평등하지만 차별적인 것(equal but differnet)'이다. Kevin Passmore, "Fascism: A Very Short Introduction", Oxford: Oxford University Press, 2002, pp.123~133.
케빈 패스모어(Kevin Passmore)의 이러한 '평등하지만 차별적인 것'이라는 논의는 인종과 민족 사이에서도 적용된다. 제국주의 국가—제1식민지—제2식민지 사이의 위계 역시 이러한 논의로 위계화된다고 볼 수 있기 때문이다.

로 건너뛴다.

앞서 인용한 오토메나크가 죽기를 각오하는 부분에서, 그는 나파유가 근세에 서양 문명과 무력에 맞서기 위해 가장 풍족하게 쓴 자원이 이 '죽음'이었으며, 자신은 죽는 순간까지 시대의 굴레에서 벗어나지 못함을 자조한다.(346면) 그리고 자신의 적은 '니브리타'임을 자각한다. 이 지점에서 오토메나크는 여전히 나파유주의의 지반에 서 있다.

> 지금도 오토메나크는 여전히 반(反)니브리타주의자였다. 니브리타를 미워하기 위해서는 나파유주의자일 필요가 있었다. 그러나 저 여자들도 그 미움의 과녁인가? ……오토메나크가 머리에 그리고 살아온 니브리타 제국주의자들의 군상은, 당연하다는 듯이 불알 달린 남자들만으로 그려져 있기 때문에. 그는 여자들 초막 쪽을 쳐다봤다.(346면)

위의 인용문은 증오의 대상인 니브리타의 여자들을 적국의 사람이 아니라, 하나의 개체로 인식하기 시작하는 오토메나크의 심리 변화를 보여준다. 그리고 30년 후, 그는 그 당시 만났던 적군 포로였던 메어리나와 결혼한 것으로 되어 있다. 그런데 이 인용문에서도 역시 민족 간에 젠더적 위계화가 드러난다. 본인은 포로를 지휘하는 적군의 군인이면서, 상대국의 여자를 일개 개인으로 보는 관점은 평등적이지 않다. 무기와 식량을 가진 적군 남자 군인과, 포로로 잡혀 있는 무장 해제된 여성은 대등하지 않기 때문이다.

난파 사건 이후 30년 동안 오토메나크는 바냐킴으로 개명하고 새 삶을 살게 된다. 그는 카르노스의 권유로 죽지 않고, 애로크인이 아니라 아이세노딘인으로 살며 카르노스를 도와 그가 정권을 잡는 것을 은밀히 보좌한다. 또한 배후에서 애로크의 통일을 지원하기도 하여, 애로크의 명예 총영사가 될 것을 권유받는다. 그는 자격이 없다는 이유로 이를 거절한다. 이는 자발적으로 나파유인으로 살아온 자신이 애로크인들에게 자랑스럽지 못하기 때문에 겸양의 디덕을 코인 것으로 해석된다.

이러한 표면적인 결론은 오토메나크가 새르운 사회적 자아로 태어나, 제3세계 약소국들인 조국 애로크와 타국 아이세노딘에 기여하면서 보람 있는 삶을 살아간다는 희망의 메시지를 전달하고 있는 듯이 보인다. 그러나 이를 다른 한편에서 보면 그가 여전히 대동아공영권이라는 이념을 실현하는 삶에 투신한 것으로 콜 수도 있다. 이러한 독해를 뒷받침하기 위해 앞선 부분에서 나왔던 아시아주의에 대한 오토메나크의 생각을 살펴보기로 하자.

> 아시아 공동체에는 두 가지가 있는 셈이다. 하나는 작전참모가 생각하는 아시아 공동체다. 이 공동체에서는 이타오바 황제가 즉위하고, 니브리타와 싸우던 카르노스는 다시 감옥에 가야 한다. 아시아의 해방을 말하면서 애로크는 나파유의 밥이 돼야 한다. 형제인 아니크계 아니세노딘을 집단으로 쏙아 죽인다―이것이 작전참도와 같은 사람들의 아시아주의다. 다른 하나는 아카나트 소령이나 '아이세노딘의 호랑이'의 아시아주의다. 여기서는 아시아주의는 말 그대로 아시아주의다. 이 길을 가면 된다.(227면)

여기서 오토메나크는 두 개의 아시아주의를 상정한다. 하나는 폭력적 군국주의의 형식으로 발현되는 아시아주의이고, 다른 하나는 차이를 인정하며 하나의 공영권을 유지하는 평화적 방식의 아시아주의이다. 전자는 매파의 아시아주의이고 후자는 비둘기파의 아시아주의이다. 그러나 비록 온건한 비둘기파의 아시아주의라 하더라도, 앞서 살펴보았듯이 대동아공영권의 논의가 넓게는 제국주의적 파시즘의 세계관에서 나온 이상 역시 그 기반은 군국주의적이며 파시즘적이라는 혐의를 벗어나기 힘들다. 또한 적대의 대상으로 서양 세력을 상정한 것은 일제의 동아시아주의나 근대의 초극론을 상기시킨다.

이러한 오토메나크의 이념은 바냐킴으로서의 제2의 인생에서 실천된다. 그는 카르노스의 권유를 받아들여 아이세노딘인으로 제2의 인생을 살기로 결심하고, '허무주의자의 용기가 역사에서 어떻게 비허무주의적으로 작용하는가의 경우'(364면)를 확인하며, 아시아주의를 건전하게 실천하며 여생을 헌신한다. 하지만 바냐킴으로 제2의 삶을 살고 있는 오토메나크에게 식민주의적 제국주의 지배의 주체였던 나파유에 대한 반감은 전혀 남아있지 않으며, 여전히 그의 반감은 니브리타로 대변되는 서양의 강대국을 향해 있다.

이후의 세월동안 애로크와 아이세노딘은 강대국들의 패권 속에서 살아남는 약소국의 힘을 보여준다. 이러한 약소국의 동맹 관계는 바냐킴의 가족 관계를 통해 드러난다. 바냐킴은 예전에 니브리타의 여자 포로였던 메어리나와 결혼했으며, 카르노스와 아만다의 딸인 아만다를 양녀로 들여 살고 있다. 비록 오토메나크와 아만다의 사랑은 이루어지지 않았지만, 범아시아주의는 그의 가족을 통해 재생산되고 지속되고 있다. 여기서 서양인인 가족 구성원과 다른 동양인인 가족 구성원이 여성이라는 점은 시사적이다. 가끔 표범의 눈으로 돌변하는 바냐킴이라는 가장과 함께 하는 적국 여성과 미성년은 다시금 나파유가 전개했던 폭력적 식민정치의 반복적 모형을 상기시킬 우려가 있기 때문이다. 국적 개념 없이 아시아적, 더 넓게 세계적 공동체를 지향하는 바냐킴의 삶은 온건한 탈을 쓴 군국주의적 파시스트에 대한 상징으로도 읽힌다.

> 젊은 외교관은 바냐킴 씨의 낯빛이 거의 흉악하게 한 순간 변한 것을 그만 리얼리스트답지도 않게 놓쳐버리고, 애써 지은 웃음만을 보았다. 흉악함과 그 웃음 사이는 너무 짧았기 때문이다. 그러나 아는 사람이 보았다면 그것은 틀림없는 그 얼굴이었다. 30년 전에 오토메나크란 이름을 이 얼굴이 가지고 마야카라는 사람의 그 말을 들었을 때의 표정이었다. 그리고 한때, 매일같이 신문에서 사람들 눈에 익은 만하임의 얼굴과 몹시 흡사했다.(354면)

인용된 부분에서 새로운 사회적 자아로 살아가는 바냐킴의 얼굴에 순간적으로 30년 전의 얼굴과, 게르마니아(독일로 인유됨)의 악랄한 전범 만하임의 얼굴이 겹쳐진다. 군국주의 파시즘에 맹종했던 흉악함은 '애써 지은 웃음'에 은폐되기는 하지만 여전히 그의 무의식 속에 살아있는 것이다. 결국 오토메나크는 이후의 삶의 실천을 통해서도 자신의 죄와 혐의에서 벗어날 수 없다. 왜냐하면, 그는 나파유의 논리의 허상을 자발적으로 '인식'하지 못한 무지의 주체였기 때문이다. 제국주의 파시즘이 역사에 종언을 고한 후에도 여전히 오토메나크는 그 자장 속에서 살아가고 있다. 이는 이미 과거가 된 역사가 여전히 우리 안에 파시즘적으로 작용하고 있다는 교훈을 시사하고 있다.

인간이 살아가는 사회적 자아란 일종의 가면과 같다. 소설의 중반에서 니브리타의 식민주의의 허상을 발견하게 된 시점에 오토메나크가 벽에 걸린 탈이 떨어지는 것을 본 것처럼, 이러한 사회적 자아란 학습을 통해 구성될 수 있는 사회적 가면이자 탈이다. 그리고 오토메나크의 삶은 이러한 가면 바꿔 쓰기의 방식으로 진행된다. 따라서 때때로 가면 속의 얼굴이 드러날 수도 있다. 그렇다면 가면 속의 실제 오토메나크의 얼굴은 어떠한 얼굴일까. 혹 애써 지은 웃음 속에 감춰진 흉악함의 얼굴을 하고 있지는 않을까. 여하튼 소설은 결국 끝까지 오토메나크의 본질을 드러내지 않았다. 역사의 흐름에 따라 가면을 바꿔 써 가면서, 최악을 피해 차선의 삶을 살아가고 있는 인간의 모습을 보여주고 있을 따름이다.

5. 맺음말

지금까지 최인훈의 소설 『태풍』에 등장하는 식민주의에 대한 인식의 문제와, 이와 관련된 일본의 근대 초극론, 군국주의 파시즘, 동아시아 가족주의의 관계에 대해 살펴보았다. 상기 논의를 통해 우리는 최인훈의 문학에서 식민지 경험이 무의식적 트라우마로 작용하고 있다는 것, 그리고 근대 초극론이 결함과 함께 매혹도 지니고 있었다는 점, 마지막으로 일본 제국주의 파시즘의 논리가 오토메나크에게 무의식적으로 작용하고 있다는 점을 살펴보았다.

소설을 분석할 때는 표면에 의식적으로 드러난 화소들과, 그 이면에 무의식적으로 작용하는 화소들을 아울러 살펴보아야 한다. 이 소설에의 표면에는 제국주의적 군국주의에 적극 동참했던 군인 오토메나크가 식민주의의 허상을 '의식적'으로 자각하는 면모가 드러난다. 이러한 면모는 일차적으로 이 소설을 식민주의의 허상을 고발하려는 의도에서 읽힐 수 있게 하는 단서가 된다.

그러나 중요한 것은 이 소설의 이면에 놓인 '무의식적' 면모이다. 의식적 차원에서 오토메나크가 부정한 윤리들은 무의식적 층위에서 오토메나크의 이후의 실천들을 장악한다. 소설의 결말부분에서까지 그는 자신이 매혹 당했던 동아시아주의나 파시즘적 논리에서 자유롭지 못하며, 은연중에 이를 실천하고 있다. 그는 나파유의 '적'이 되는 방식을 택한 것이 아니라, 나파유가 설파한 '동아시아론'을 충실히 따르며 니브리타로 대변되는 서양 세력을 '적'으로 삼아 이후의 삶을 실천적으로 살아간다.

이러한 오토메나크의 삶이 어떠한 '언어'에 의해 작동 되는가 역시 중요한 문제이다. 오토메나크는 결국 자신의 민족과 그 언어로 돌아오지 않았다. 『광장』에서 이명준이 제3국을 선택했던 것처럼, 그 역시 나파유도 애로크도 아닌 제3국인 아이세노딘에서 자신의 사회적 자아를 회복한다. 이러한 '선택'은 그의 자유의지에 의한 것이므로 일견 자발적 선택으로 보인다. 그러나 그러한 '선택'을 강요한 무의식적 억압의 요소를 간과할 순 없다. 그는 나파유인으로 살아온 자신의 전력 때문에 애로크로 돌아갈 순 없었다. 그리고 비이성적 방식으로 식민주의를 전개한 나파유로도 양심상의 이유로 돌아갈 수 없었다. 그가 선택할 수 있는 항은 결국 아이세노딘 인으로서 자신의 삶을 살아가는 것이었다.

물론 소설 속 서술자의 오토메나크의 인식과 작가 최인훈의 인식의 거리를 살펴서 이 소설의 주제에 대해 판단해야 할 것이다. 소설 속 오토메나크에게 긴장감 있는 거리감을 유지하고 있기는 하지만, 전반적으로 작가는 오토메나크의 인식의 변화에 긍정성을 부여하고 있는 것으로 보인다. 삶을 포기하지 않고 '비허무의적'(364면)으로 살아가는 모습을 보여주는 것이 최인훈이 밝힌 '부활의 방식'일지도 모른다. 최인훈은 외부 강대국의 힘을 빌지 않은 자발적 독립을 성취시킨 아이세노딘의 역사를 통해, 비주체적 방식으로 이루어진 한국사와 그 이후의 역사적 오명들을 반성적으로 바라보려 했을 것이며, 그러한 아이세노딘의 모습에서 새로운 '광장'의 의미를 되새겨보려 했을 것이다.

그러나 주인공 오토메나크의 자각을 주체적이고 자발적인 자각으로 진행시키지 못한 점에서 이 소설은 한계를 보인다. 최인훈의 『태풍』은 여전히 가해자의 논리인 동아시아주의, 파시즘의 논리 안에 갇혀 있는 주인공의 모습을 보여줌으로써, 강자의 논리에 설복된 약자의 논리적 결함을 보여주고 있다. 또한 새로운 동아시주의를 가족적 담론 속에서 실천하는 모습 속에서 식민지 군인 출신이었던 남성과, 적군 포로였던 여성, 제2 식민지 출신 여성의 민족적·젠더적 위계관계가 미묘하게 재생산된다. 차별과 적대를 부정하고자 했던 오토메나크의 실천은 미시적 관점에서 또 다른 차별과 긴장감을 형성하게 되는 것이다.

식민지에 대한 올바른 이해는 차라리 식민지 시대를 철저하게 식민주의자로 살아왔던 인물들에게서 찾는 것이 더 현명한 방법이라는 강진구의 말은 의미심장하다.[27] 우리는 결국 철저하게 식민주의자로 살아왔으나, 거기서 벗어나기 위한 대안을 여전히 식민주의의 범주 안에

---

27) 강진구, 앞의 글, 102면.

서 찾아낸 오토메나크의 삶을 통해서 이 소설의 한계를 지적할 수 있다. 그러나 이러한 한계는 민족과 국가, 식민주의와 자주의 문제를 끊임없이 고민해야했던 한국 근대사의 복합적인 맥락 안에서 독해되어야 할 것이다. 파시즘의 피해자가 다시금 무의식적 파시즘의 대리인이 되는 상황, 피학 주체가 가학 주체로 도는 상황, 즉 자신이 부정한 대상이 다시금 자기 자신으로 도착(倒着)되는 이 역설적인 상황은 우리가 근대사 속에서 겪었던 복합적인 자기모순의 상황들이기 때문이다.

출전 : 「최인훈의 『태풍』에 나타난 파시즘의 논리—근대 초극론과 동아시아적 가족주의를 중심으로」, 『비교한국학』 제14집 1호, 2006.

타자의 시선을 통한 현실의 이해
—최인훈의 「총독의 소리」 연구

1. 서론

　최인훈은 다양한 창작 방법을 구사하는 작가로 알려져 왔다. 최인훈은 분단과 관련된 남북한의 사회 현상들을 작품에서 다루고 있지만 다양한 서술 방법의 사용과 관념의 직설적 서술로 인하여 『회색인』, 『서유기』, 『구운몽』 등 몇몇 작품들의 경우 평자들로부터 난해하다는 평가를 받기도 하였다. 이와 같은 난해성과 다양한 형식 실험으로 인하여 최인훈의 작품들을 모더니즘 경향으로 규정하기도 하지만 다양한 형식 실험의 이면에는 현실의 문제에 대한 끊임없는 천착과 예민한 반응이 자리 잡고 있음을 간과해서는 안 된다. 이러한 특징은 「총독의

* 양윤모 / 극동대학교 교양학부 교수

소리」에서도 발견할 수 있다. 「총독의 소리」는 한반도에 남아 또다시 식민 지배를 꿈꾸는 일본의 조선총독부 총독의 일방적인 담화로 이루어져 있기 때문에 인물과 사건의 서술이라는 전통적 소설 기법이 파괴된 채 관념만으로 이루어진 작품이라는 지적이 지배적이다.[1] 「총독의 소리」는 유령방송에서 흘러나오는 조선총독부 지하부 총독의 담화 내용이 주를 이루고 있을 뿐 아니라 이 방송을 듣는 유일한 청취자인 시인은 총독의 담화를 듣기만 할 뿐 그에 대해 어떠한 논평을 하거나 태도의 변화를 보이지 않는다. 화자는 그 실체 및 행동을 전혀 보여주지 않고 단지 목소리로만 자신의 존재를 알릴뿐이다. 또한 청자인 시인의 행동도 드러나지 않는다는 점에서 이 작품은 인물이 배제되어 있으며 행동이나 사건 또한 드러나지 않는다. 그러나 일방적 담화라는 서술 방식이 일반적인 소설의 기법과는 상이한 형태라고 할 수 있지만 '표현보다 진술에 더 큰 매력을 느끼는 경우에는 사용해서 무방한 방법'[2]이라는 또 다른 평가처럼 「총독의 소리」를 이해하기 위해서는 낯선 형식에 대해 거부 반응을 보이기보다 작중 화자의 진술 내용과 그 이면에 내재하는 작가의 의도를 파악해야 할 것이다. 그리고 조선 총독이 패전 후 일본으로 귀국하지 않고 식민 통치에서 벗어난 한국에 남아 지하에서 비밀리에 활동하고 있다는 설정을 주목할 때 작가의 의도를

---

1) 천이두, 「제재와 방법」, 『창작과 비평』, 1980 여름, 209면.
  권영민, 『한국현대문학사』, 민음사, 1993, 200면.
  김현·김윤식, 『한국문학사』, 민음사, 1973, 252면.
  차혜영, 「자율적 주체의 개인주의와 모더니즘적 글쓰기」, 민족문학사연구소 현대문학분과 저, 1960년대 문학연구, 깊은샘, 1998, 111면.
2) 김인환, 「소설가의 소설론」, 『문학과지성』, 1972, 겨울, 851면.

분명히 파악할 수 있을 것이다. 비록 서술 방법이 유령 방송을 통해 들리는 총독의 일방적 담화가 주를 이루고 있지만 중요한 사실은 총독의 입을 빌어 작가가 한국인의 민족성과 당대의 정치 현실 및 국제 정세의 실상에 대하여 발언한다는 점이다 결국 작가는 「총독의 소리」를 통해 현실에 대한 지적 탐구를 보여주고 있는 것이다.[3]

　「총독의 소리」가 작가의 정치적 논평이라고 해도 손색이 없을 정도지만 소설의 형식으로 발표되었음은 분경한 사실이다.[4] 소설이라는 허구적 장치를 통해 조선총독부 지하부의 유령방송으로 총독이 담화 방송을 내보낸다는 설정은 큰 의미를 지니기 때문에 작가가 일본 총독을 부활시킨 이유를 분석할 필요가 있다. 조선총독부 지하부의 총독이라는 가상적 인물을 설정한 이유와 총독의 담화를 통해 작가가 전달하고자하는 의미가 무엇인지를 밝히는 것이 이 글의 목적이다.

---

3) 이남호, 「냉전 상황에 대한 지적 대응」(최인훈, 『웃음소리』, 책세상, 1989), 411면.
　진덕규, 「작가의 상상력과 현실」, 『세대』, 1977. 1, 141면.
4) 만일 이것(「총독의 소리」 : 인용자)이 소설이 아니고 정치 평론이라고 규정하자. 그러면 여기에는 상당한 문제가 생기고 말 것이다. 우선 「총독의 소리」에서 나온 온갖 표현이나 이념적인 구조 자체가 하나의 타당성 있는 논리로 수용될 수 있느냐 하는 점일 것이다. 우리 민족에 대한 가차 없는 비판, 아니 오히려 비난이라고 말해도 좋은 그러한 표현이며, 오늘 우리가 처해진 국제사회적인 여건 자체에 대한 해석 등을 사실로 인정해버린다면, 우리의 존재는 너무나 기막힌 것이 되고 만다. 이러한 사실을 생각할 때 최인훈의 소설은 참말로 기막힌 기교를 보여주고 있다. 그가 하고 싶은 모든 말들을 숨김없이 할 수 있고 또 그렇게 하는데 있어서 아무런 장애를 받음이 없이 다만 소설이라는 이름 속에서 그의 생각을 숨김없이 털어놓고 말았다. 아마 이러한 멋있는 기교는 오직 소설이 가지고 있는 허구성의 논리라는 한 가지 사실 때문인지도 모른다(진덕규, 앞의 글, 141면).

2. 타자의 시선을 통해 드러나는 우리의 현실

「총독의 소리」는 10여 년에 걸쳐 총 4편의 연작 형식으로 발표되었다.5) 「총독의 소리」에서 일본의 조선 총독이 일본 패망 후에도 귀국하지 않고 한반도를 다시 지배할 날을 기다리며 비밀리에 지하 활동하는 까닭은 몇 가지로 요약된다. 총독은 먼저 한반도의 해방이 한국인의 힘에 의해 쟁취한 것이 아니라 미국과 소련에 의해 일본이 패망하였기 때문에 주어진 것이라고 주장한다. 한반도의 해방이 수동적으로 주어진 것이기 때문에 다시 식민 통치를 할 수 있다는 것이 총독의 논리다. 게다가 노예근성과 본질을 무시하는 국민성, 일본의 식민지배에 대한 책임 문제 규명의 실패와 친일파 및 일제 잔재를 청산하지 못하는 정치권의 문제, 의도했건 의도하지 않았건 일본 체제를 답습하는 남북한의 정치 체제, 남북한 각각 미국과 소련으로부터 정치, 경제, 사회적 영향을 받고 있기 때문에 실질적으로 식민지 상태와 다를 바 없다는 점 등과 국제 정세의 본질에 대한 오해 등이 총독을 고무시키는 이유들이다.

총독의 담화에서 주로 드러나는 것은 총독의 한반도 침략 야욕이지만 총독의 논리 속에는 한국인의 국민성에 내재하는 문제점들과 사회 병폐, 남북한의 정치 체제에 대한 비판과 한반도 주변의 국제정세에

---

5) 「총독의 소리」 연작은 1967년 8월부터 1976년 10월까지의 기간에 걸쳐 발표되었다. 발표 지면과 시기는 다음과 같다.
「총독의 소리 1」, 『신동아』, 1967. 8 ; 「총독의 소리 2」, 『월간중앙』, 1968. 4 ; 「총독의 소리 3」, 『창작과비평』, 1968. 12 ; 「총독의 소리 4」, 『한국문학』, 1976. 10.

대한 치밀한 분석이 들어 있다.

「총독의 소리」 각 편을 살펴보면 총독의 담화 내용은 한국의 정치적 사건을 중심으로 국제 정세까지 포괄적으로 다루고 있다. 1편은 한국의 역대 왕조의 매판성으로 인해 국민들의 노예근성이 형성되었고 그 결과 역대 선거가 부정선거로 치러지는 현실을 지적하고 있다. 2편에서는 1·21사태와 푸에블로호 납치 사건을 통해 미국의 한반도에 대한 정책의 실상을 총독의 입장에서 서술하며 남북한의 일본 체제의 답습 양상을 예시하고 있다. 3편은 일본의 국수주의 작가 가와바타 야스나리의 노벨문학상 수상을 계기로 공산주의의 내면에 잠재해 있는 국수주의의 실상과 함께 그 허상을 밝히고 있고, 4편에서는 국제정세가 데탕트로 인해 동서간의 냉전 상황에서 해빙과 화해의 형태로 변화하지만 근본적으로 한반도의 긴장 상황을 해소하지 못할 것이라는 전망과 감정적인 통일 논의의 허와 실에 대해 진단하고 있다.

2. 총독의 등장과 의미

작가는 한국의 주요한 정치적 사건들과 관련하여 우리 정치 현실의 참혹함을 '총독의 소리'라는 반어법으로 논평하고 있다.[6] 총독의 시선을 통한 우리 민족의 현실에 대한 분석은 결국 작가에 의한 현실 분석이라고 할 수 있다. 그렇다면 작가가 우리 민족이 처한 현실을 보여주는 방법으로 왜 유령 방송을 통해 총독을 부활시켰으며 총독의 목소리

---

6) 이남호, 같은 글, 410면.

를 통해 자신의 입장을 전달하는 이유가 무엇인지 밝혀야 할 것이다.

이 글에서는 우리가 처한 현실을 알리기 위한 방법으로 작가가 총독을 부활시킨 이유를 네 가지로 추측해 볼 수 있다. 첫째, 우리 주변의 열강들 중 일본이 우리의 상황을 비교적 상세히 알고 있다는 점이다. 일본은 조선을 식민통치 하는 과정에서 조선의 정치, 사회, 역사, 문화 등에 대하여 광범위하게 조사하여 그들의 통치에 이용하였기 때문에 다른 국가들과 비교해 볼 때 우리의 현실을 자세히 알고 있다고 하겠다. 둘째, 경제적 부의 축적을 통해 실질적으로 한국을 위협할 수 있는 가능성이 충분하다는 점이다. 일본은 패전 후 연합국에 의한 분할 통치 및 분단을 모면하였을 뿐 아니라 한국의 6·25 전쟁을 통해 이익을 취하면서 경제 재건에 성공하였다. 일본은 자본과 기술의 이전을 통해 산업 자본에 침투하고 있을 뿐 아니라 경제력을 바탕으로 재무장한다면 한국을 비롯한 동아시아의 여러 국가들을 위협할 수 있는 가능성이 있다. 셋째, 미국과 소련의 연합군에 의해 패하였지만 미국과 소련의 정치 및 군사적 영향력에서 벗어나 있다는 점이다. 한국이 일본의 식민지에서 해방된 후 미국과 소련에 의해 분단되어 각각 미국과 소련으로 부터 정치, 사회, 경제, 문화, 군사적 영향을 받고 있는 상황과 비교해 볼 때 일본은 여러 면에서 미국과 소련의 통제로부터 자유로운 편이라고 할 수 있다. 미국이나 소련으로부터 정치, 경제, 군사적 영향을 받고 있는 남한이나 북한의 입장만으로는 미국과 소련을 포함하여 한반도를 둘러싼 국제 정세의 본질을 정확히 이해하기 어려울 것이다. 따라서 작가는 미국과 소련에 대해 이해관계가 얽혀 있으면서도 한국의 현실을 제3자의 입장에서 볼 수 있는 시각으로 일본을 선택하였고 일본의 식민지가 되었던 과거를 통해 현실의 상황을 경계하고자 총독을 부활시켰다고 볼 수 있다. 넷째, 한국의 역사에서 가장 치욕적인 사건이 일본의 식민지가 된 사실이었으며 이로 인해 우리 민족을 통치한 총독은 우리 민족의 수치심과 적대감을 유발시킬 수 있는 인물이라는 점이다. 한국인의 입장에서 한국사와 한국인의 민족성, 한국의 정치와 사회의 문제에 대해 비판한다고 할 때 어느 누구도 이 문제에서 자유로울 수 없다는 사실이 작가가 총독을 등장시킨 이유이다. 조선이 국권을 상실하고 일본의 식민통치를 받기 시작한 후 해방되기까지 우리 민족의 저항과 노력이 없었던 것은 아니었지만 일본이 미국과 소련 연합군에 의해 패망함과 동시에 식민지에서 해방되었기 때문에 이 과정에서 우리 민족의 노력은 수포로 돌아갔다. 이로 인해 광복을 위한 우리 민족의 역량을 발휘할 기회는 사라지고 말았다. 따라서 한국인이라면 누구라도 이 사실 앞에서 당당하지 못한 것이 사실이다. 따라서 이 문제에 연원을 둔 한국의 현실 문제에 대해 신랄한 비판을 할 수 있는 사람은 우리의 외부에 있는 인물이어야 할 것이다. 작가는 우리의 외부에서 우리의 상황을 자세하게 파악하고 있는 인물로 조선을 식민 통치한 총독을 설정하였으며 아직도 한반도의 재식민지화를 획책하고 있는 총독이 우리도 알고 있지 못하는 우리의 실상들을 속속들이 파악하고 있다는 상황 설정을 통해 우리가 처한 현실의 문제가 심각함을 제기하고 있다. 일본 총독의 시각을 통해 우리의 현실을 인식하게 만드는 상황 설정은 우리를 노리는 적의 시선을 통해서만 우리 자신의 모습을 바로 볼 수밖에 없는 우리의 현실 인식 능력의 부재를 의미하는 것이다.

　총독이 한국인과 한국의 정치 상황에 대해 행한 분석에서 드러나는 사실은 우리의 현실 문제는 우리의 역사 문제에서 연원하고 있으며 이 문제를 먼저 해결하는 것이 시급할 뿐 아니라 우리 민족 내부의 문제를 해결한다고 해서 모든 문제가 해결되는 것도 아니라는 점이다. 우리 내부의 문제 뿐 아니라 우리 주변을 둘러싼 외부의 문제에 대해서도 슬기롭게 대처해나가야 함을 암시하고 있다. 작가는 한반도의 재식민지화를 획책하는 일본의 야욕, 한반도가 분단되는 과정과 그 이후에도 계속 영향력을 미치고 있는 미국과 소련, 6·25 전쟁 중 북한을 돕기 위해 참전한 중국 등 한반도를 둘러싼 열강들의 이해관계 속에 놓여 있는 우리의 현실을 바르게 이해하고 이 상황을 어떻게 이용하느냐의 문제가 한국인들이 해결해야 할 과제임을 제시한다.

　작가가 우리 자신도 알지 못하는 우리의 비밀과 진실을 오히려 우리의 적이 더 자세히 알고 있다는 상황을 설정한 목적은 단순히 민족적 적대감을 형성하거나 민족의식을 고취하기 위해서가 아니다. 총독을 부활시킨 목적은 현실의 문제를 바르게 인식하지 못하는 우리 민족의 현실을 비판하기 위한 것이다. 또한 총독의 담화를 시인 혼자 청취한다는 설정은 이 문제의 심각성에 대해 일반 국민들이 제대로 인식하지 못하고 있다는 사실을 의미한다. 현실 문제의 본질을 인식하지 못한 채 감정적인 대응만을 보여주는 대다수 국민들의 일반적 현상을 비꼬면서 우리의 현실을 바르게 보라는 경고를 작가는 총독을 부활시켜 유령방송을 통해 암시하고 있다. 또한 총독의 담화를 혼자 듣고 있던 시인이 현실에 대해 어떠한 행동도 보여주지 못한 채 혼자 고민하는 상황의 설정은 진실을 알면서도 행동하지 못하는 지식인의 나약함과 비겁함을 비판하는 것이다.

3. 총독의 현실 인식

총독은 담화를 통해 한국인의 성격, 남북한 정권의 특징과 통일에 대한 전망, 6·25전쟁의 기원에 대한 가설과 디소의 전략, 데탕트의 본질과 국제정세 등에 대하여 제3자이면서도 이해 당사자의 입장에서 분석하고 있다.

1) 한국인의 민족성에 대한 인식과 비판

총독은 한국인의 성격에 대해 실례를 제시하면서 한국인의 민족성에 숨어있는 단점들을 지적하고 비하하면서 한반도를 다시 식민지화하려는 야욕에 정당성을 부여하고 있다. 총독이 지적하는 한국인의 특성은 타율성과 노예근성, 정치적 음치, 자존심 및 지혜와 용기의 결여, 과거사에 대한 망각성, 본질에 대한 색맹 등이다.

총독은 독일이 프랑스를 2년간 점령한 후 물러갈 때 프랑스 국민들로부터 받았던 습격과 비교하여 일본이 패망한 후 한반도에서 철수할 때 한국인들에게 피해를 입지 않고 무사하게 귀국한 까닭은 한국인의 노예근성 때문이라고 지적한다. 총독은 한국인이 노예근성을 지니게 된 내력으로 역대 왕조의 매판성을 예로 들면서 남북한의 정권 또한 예외는 아니라고 주장한다.

남한의 이승만 정권의 친일파 등용과 독재정치와 소련의 지원 하에 성립된 북한의 김일성 정권은 총독의 비판 대상이 된다. 남북한에 수립된 정권이 지닌 매판적 특성에 대해 총독은 역사의 주체는 민족이라며 민족의 중요성을 인식하지 못하는 한국인에 대해 정치적 음치라고 규정한다.

> 역사의 주체는 민족입니다. 역사의 주체가 민족인 것이 옳으냐 그르냐가 아니라 현실적으로 그렇다는 것이 문제의 핵심입니다. (…… : 인용자 주, 이하 동일) 인간은 관념이고 實存이 존재이듯이, 인류는 관념이고 민족이 존재이며, 역사는 관념이고 當代가 존재이며, 관념과 존재가 하나가 되는 날까지 그럴 것이며, 그럴 날은 오지 않을 것입니다. 사정이 이러한 인간의 조건에 대한 감각이 모자란 종족이란 것이 있는 모양이며 그들은 政治的 音痴이며 풍문에 사는 자들이며 현장에 있으면서 없는 자들이며 이목구비가 있으면서 죽은 자들이며 다시 말하면 반도인들입니다.[7]

역사의 주체가 민족임을 자각하지 못하고 공산주의에서 말하는 코스모폴리터니즘을 신봉하는 행위뿐 아니라 외국의 제도를 외형만 비슷하게 받아들이는 경우에 대해서도 총독은 부정적 입장을 취한다. 총독은 남북한이 받아들인 외국의 정치제도는 본질을 무시한 채 외형만 받아들였기 때문에 원형을 왜곡하였다고 보고 이를 '풍문'이라고 말한다. 이는 풍문의 성격을 살펴볼 때 그 의미가 분명해진다. 풍문은 전달 및 유포 과정에서 확대 또는 축소되어 사건의 진상을 왜곡하는 속성을

---

7) 최인훈, 『총독의 소리』(재판), 문학과지성사, 1994, 72~73면. 이하 인용 면수만 밝힘.

지닌다. 작가는 총독을 통해 한국의 근대 정치 체제가 외형만 유사한 흉내 내기라고 인식하고 이를 풍문에 불과할 뿐이라고 진단한다.

총독은 4·19 혁명으로 인해 한국인들의 의식이 각성될까봐 두려워하지만 그 이후에 치러진 선거도 여전히 부정선거의 양상을 보이자 안심하면서 '이 추악한 종족. 자존심도 지혜도 용기도 어느 것 하나 갖추지 못한 이 미물보다 못한 종족'8)이라며 한국인들을 조롱한다. 남한의 제6대 대통령 선거(1967. 5. 3)와 제7대 국회의원 선거(1967. 6. 8)가 끝난 직후 발표된 총독의 담화에서 총독은 선거의 부정이 끊이지 않는 이유는 서구의 민주주의 양식이 정착하지 못하였기 때문이며 그 원인으로 한국인의 노예근성과 과거를 쉽게 망각하는 민족성 때문이라고 지적한다. 한국인이 총독에게 이러한 놀림을 받게 될 원인은 과거의 교훈을 너무 쉽게 망각해버리는 특성 때문이다. 총독은 한국인들이 과거를 쉽게 잊어버리는 특성에 대해 '이들은 까마귀 고기를 주식으로 하지 않는데도 잊어버리기 일쑤이며 인간적 수치심과 분노가 눈꼽 만큼도 없으며 두려워할 것이 아무것도 없는 자들'9)이라고 얕잡아보기도 한다.

결국 총독의 지적을 통해 드러난 한국인의 민족성은 정치적 음치, 노예근성의 소유자, 과거의 교훈을 쉽게 망각하는 특성 등으로 요약된다. 이러한 국민성이 만연할 때 정치권의 반민주적, 반민족적 행태들을 국민들이 견제하기란 쉽지 않다. 작가는 한국에 민주주의가 정착하지 못한 까닭이 정치권뿐 아니라 이를 제대로 감시하고 심판하지 못한 한국 국민들에게도 책임이 있음을 지적하기 위해 총독을 통해 한국인의

8) 「총독의 소리」, 84면.
9) 「총독의 소리」, 85면.

민족성을 비판하고 있는 것이다.

한편 총독은 한국인들이 현상만을 중시하여 본질을 보지 못하여 저지른 실수를 지적한다. 총독은 베트남의 적화 통일로 인해 대두된 통일 논의를 예로 들며 한국인들이 국제정세의 흐름이나 역사적 맥락을 파악하지 못한 채 현상에만 집착하는 특성을 보이자 이를 '본질에 대한 색맹'이라고 힐난한다.

> 그들은 늘 현상에 끌려 본질에 색맹입니다. 눈에 잘 보이는 것이 제일 그럴듯하다는 것입니다. (……) 당장 입에 단 것이 좋고, 혓바닥에 쓴 것은 몸에도 해롭다고 그들은 생각하고 있습니다. (……) 풍속과 이념을 분리하는 길만이, 겉보기에 속지 않는 길만이, 제국처럼 神國 아닌 모든 국가나 집단이 따라야 할 슬기인데도, 이들은 頑强하게 현상에 늘어붙습니다.(160면)[10]

역사적 맥락이 한반도와 다른 인도차이나반도의 공산화 과정에서 교훈을 찾으려는 한국인들에 대해 총독은 한국인들이 본질보다는 현상의 유사성에 현혹되어 있다고 판단한다.

총독이 인식하고 있는 한국인의 특성을 요약하면 자주적이지 못하여 노예근성을 가지고 있고, 원형이 왜곡된 풍문만을 좇는 정치적 음치이며, 본질에 대해 탐구하지 않고 현상만을 추구하며, 과거사의 교훈을 쉽게 망각한다는 점들이라 할 수 있다. 총독이 비판하고 놀리는 한국인의 특성들은 작가의 인식이라 할 수 있으며 작가는 한국인의 부정

---

10) 「총독의 소리」, 160면.

적 특성들을 역설적으로 지적하고 있는 것이다. 총독이 한반도에 대한 야욕을 포기하지 않는 것은 우리를 둘러싼 열강들의 야욕을 대변하는 것이며, 총독이 지적한 한국인의 부정적 특성들은 우리가 심각하게 인식하지 못했던 우리 자신의 문제점들이 오히려 우리를 노리는 외부의 적을 고무시키는 행위가 될 수 있음을 의미하는 것이다. 이러한 외부의 위협에서 벗어나는 길은 우리 스스로 내부의 문제점들을 해결해야 한다는 것이 작가의 심층적 의도라고 할 수 있다. 결국 총독에게는 고무적으로 생각되는 우리의 부정적 특성들을 지양하는 것이 그 해결책이 될 수 있다.

2) 남북한의 체제에 대한 진단

총독은 담화를 통해 남북한의 분단으로 인한 대치 상황을 비롯하여 남북한 양측의 정치 체제를 비판한다. 특히 남북한의 적대적 군사 대치 상황에 대해 총독은 다음과 같이 분석한다.

> 이 엄청난 군사력을 가지고 그들은 대체 무엇을 하고 있는 것입니까. 만주의 고토를 되찾으려는 것입니까. 아니면 일본을 치려는 것입니까. 아닙니다. 그들은 서로가 서로를 움직이지 못하게 하기 위하여 이 엄청난 병력을 가져야 하는 것입니다. 국경경비대 치고는 굉장히 호사스런 숫잡니다. 그 국경이라는 것이 제나라 현복판에 있으니 잘된 일이지요. (……) 종족의 온 힘을 들여서 不毛의 '경비 임무'에 임하고 있는 것 − 이것이 반도의 오늘의 기본 골격입니다. (……) 국방이 국민 생활에서 차지하는 현실적 비중과 심리적 비중이 너무 크면 국민은 보다 나은 삶을 위해 쓸 힘의 나머지가 없어집니다.11)

　남북한의 군사력이 민족의 미래를 위한 건전한 방향으로 사용되지 못하고 단지 상대방의 군대가 움직이지 못하도록 경계와 감시의 목적을 가지고 있음을 총독은 지적한다. 또한 남북의 대립 구도는 전쟁억지력의 확보라는 측면에서 군비 경쟁을 격화시킨 결과 경제 건설에 어려움을 겪었을 뿐 아니라 남북한 국민들의 복지 향상은 부차적인 문제가 되었음을 지적하고 있다. 결국 총독은 남북한의 군사적 대립에 대해 국경경비대에 불과할 뿐 전혀 생산적이지 않다고 평가한다. 한편 총독은 한반도가 분단으로 인해 정치, 경제적 손실을 입은 반면 독일처럼 분단되었어야 할 일본은 분단 및 내전의 피해 없이 국가 재건의 기회를 맞이할 뿐 아니라 남북한의 대치 상태를 이용하여 경제적 이익을 챙길 수 있었음을 시인한다.

　남북한의 대치 상황으로 인해 각 체제의 문제점들이 은폐되고 비판마저 허용되지 않아 한국인들 스스로 자국의 체제에 대한 비판은 금지되었을 뿐 아니라 문제점들에 대한 인식 능력이 거의 없어졌지만 총독은 남북한 체제에 숨어있는 문제점들을 거리낌 없이 드러낸다. 총독은 남한의 경우 자본주의 체제로 인한 욕구의 과잉과 소득의 불균형으로 인한 문제와 일본 대중문화의 유입으로 문화적 정체성이 상실되고 있다고 지적한다. 북한 체제에 대해서는 천황제와 유사한 김일성 우상화 정책과 일본의 군국주의 체제의 답습을 지적하고 베트남의 호치민(胡志明)과 김일성의 비교를 통해 김일성 정권의 정통성 부재를 비판한다.

　북한이 다른 공산국가들과 달리 강력한 신권 정치에 바탕을 둔 세습

---

11) 「총독의 소리」, 90면.

적 왕조 체제를 채택하고 있는 사실에 대해 총독은 일본의 천황제와 군국주의의 답습에 불과하다고 평가한다.

> 그들은 제국 신민답게 천황제 국가적 사회 형태와 권위 신봉적 인간형을 공산주의라는 이름 아래 溫存하고 있음이 분명합니다. 거기에 제국이 전쟁 기간동안 폈던 국가 총동원 체제까지 곁들여 김일성 천황을 우으로 일사 불란한 군국 체제를 지키고 있는 것이 분명합니다. (……) 그는 我皇祖의 건국 신화를 본떠 그가 삼수갑산 주재소를 쳤다는 시절의 諸種神器를 모시는 사당을 곳곳에 세우고 이에 참배시키며 大政翼贊會를 본받은 정당 운영과 文人報國隊 정신을 이어받은 예술 조작과 神風特攻隊의 전술 개념에 선 전쟁 태세를 갖추고 있다 하니 이 아니 충실한 제국의 신민이며 폐하의 赤子입니까. 게다가 입에서 단내나는 절약 운동의 전통까지 지키고 있음이 분명합니다.[12]

총독은 북한의 체제가 일본 군국주의 체제와 천황제를 그대로 복사한 것으로 인식한다. 김일성의 개인사 조작을 통한 우상화와 숭배, 북한 각지에 있는 김일성 동상 및 사당에의 참태에 대해 총독은 일본의 일왕 숭배와 신사 참배와 다를 바 없다고 인식할 뿐이다. 공산당 일당독재, 공산주의적 문예 이론에 의한 예술 지도, 광적인 전쟁 준비 태세와 그로 인한 궁핍과 물자 절약 운동 등 여러 부분에서 일본의 제국주의적 요소를 답습했다는 지적은 북한의 '주체사상'이 주체적이지 않다는 허구성을 반어적으로 시사하고 있는 것이다.

총독은 베트남의 호치민과 김일성을 비교하면서 김일성 정권의 허

---

12) 「총독의 소리」, 94~95면.

구성을 지적한다. 총독은 호치민이 베트남을 식민 지배했던 프랑스와 정규전을 치러 승리한 것과 대조적으로 김일성은 개인사를 조작하였을 뿐 아니라 소련의 지원을 받아 북한 정권을 수립한 점을 비판한다. 총독은 호치민이 식민지배 당국과 전투를 벌인 것과는 달리 본명이 김성주였던 김일성은 전설적인 항일독립투쟁의 영웅이었던 김일성 장군을 사칭하였다는 사실을 상기시키면서 김일성 정권의 정통성 부재를 지적하고 있다.

> (호치민은 : 인용자 주) 하루아침에 나타난 '장군'이나 '위대한 동지'가 아니었던 것입니다. 그리고 무엇보다 중요한 것은 점령자인 프랑스와 정규전의 규모에까지 이른 전투를 했다는 사실입니다. 조선 반도의 어느 반일 세력도 이것을 하지 못했습니다.[13]

> 김일성은 胡志明처럼 식민지 총독부 당국으로부터 실력으로써 현 북조선 지역을 인수한 것이 아닙니다.[14]

총독은 남북한 정권의 정통성은 식민지배 국가인 일본과의 무력투쟁을 통해 정권을 수립했을 때에만 가능하다고 본다. 하지만 남북한 양측 모두 일본을 상대로 독립 전쟁을 치르지 못한 채 미국과 소련이 주도한 연합국의 승리로 해방되었기 때문에 총독은 남북한 정권 모두 정통성이 없다고 인식한다. 총독은 장개석이 일본 패망 후 취한 사건들을 예로 들면서 남북한이 일본과의 전투를 통해 해방을 얻지 못했다

---

13) 「총독의 소리」, 143면.
14) 「총독의 소리」, 149면.

하더라도 정통성을 획득할 수 있는 방법이 있었음을 알려준다.

> '九州'라든지 '四國'이라든지 어느 한 섬을 중국이 분할 점령한다는
> 것은 당연한 일이었을 것입니다. 그러나 蔣은 이 일을 이루지 못했습니
> 다. 이 순간에, 蔣의 정치적 장래는 결정된 것입니다. 패전국의 본토에
> 그 주요 교전국의 하나가 발도 들여놓지 못한다면, 그 정부는 자기들
> 국민에 대해 무슨 위신으로 군림할 것이며, 그들에게 동원되어 죽어간
> 사자들에게 무슨 낯으로 지하에서 상면하겠다는 것입니까? (……) 자기
> 민족이 적에게서 받은 굴욕을 갚기 위해서 국민을 조직할 힘이 없는 정
> 부는, 정부가 아닙니다. 오랜 전란 끝에 그 난의 책임을 적에게 물을 힘
> 이 없는 정부에 대한 불신과, 허공에 명분 없는 망령으로 방황하게 된
> 전사자들의 원한이, 蔣을 본토에서 몰아낸 것입니다.[15]

이는 장개석에게만 해당되는 것이 아니라 우리에게도 동일하게 적
용되는 문제라고 할 수 있다. 총독은 베트남과 중국이 공산화 된 요인
중 정통성을 중요한 원인으로 본다. 호치민과 장개석의 차이는 정통성
의 여부 때문이라고 분석한다. 총독은 이들의 예를 통해 남북한 정권
중 어느 쪽도 식민지 지배 당국에 대하 정통성을 주장할 수 없다고 지
적한다. 작가는 총독을 통해 남북한의 정통성 부재를 비판할 뿐 아니
라 중국과 베트남의 공산화 과정에서 정통성이 큰 무기가 되었음을 지
적하고 정통성 확립의 중요성을 암시하고 있다.

한편 총독은 남한 체제의 문제점에 대해서도 비판적 언술을 가한다.
남한은 자본주의에 바탕한 서구식 민주주의 체제를 채택하고 있지만

---

15) 「총독의 소리」, 157~158면.

장시간에 걸쳐 이룩된 서구의 민주주의 체제를 단시일에 이룩하려는
과정에서 여러 가지 문제들이 발생하였다.

> 경제 성장에, 민주주의 발달에, 소득 균형에, 구매력 증대에, 완전 고
> 용에, 국학 창달에, 문예 부흥에, 종교 개혁에 하고 유럽 근세사에 나오
> 는 반반한 이름은 다 들고 나와서 서둘러댔습니다. (……) 구매욕에 자
> 극될 대로 자극된 국민은 저소득과 실업으로 욕구 불만에 가득 차 있습
> 니다. 외설 문학의 범람과 탐독으로 성욕은 이상 발달했는데 장가는 고
> 사하고 한 달에 한 번 거리의 꽃을 살 돈도 마련할 길 없는 청년과 같
> 습니다.16)

총독은 남한의 정치와 경제체제가 서구 제도의 장점만을 부각시키며
급속히 추진한 결과 발생한 부작용들을 지적한다. 총독의 담화는 남한
의 경제 발전 과정에서 발생한 상대적 빈곤의 문제를 지적하고 있다.
또한 북한과의 대치 상황은 남한이 반공정책을 취하도록 하였고 총
독은 남한의 반공정책에 대해 일본이 제국주의를 표방하던 시기에 채
택한 방공정책의 답습이라고 본다.
남북의 정치 체제가 일본의 제도를 암묵적으로 모방하였거나 어쩔
수 없이 모방한 결과 문화 또한 일본의 문화를 답습하고 모방하게 되
었다. 총독은 남한의 문학과 대중가요가 일본의 것을 모방하고 있을
뿐 아니라 남한의 문화는 이미 일본 문화의 영향 속에 있음을 지적하
고 있다.

---

16) 「총독의 소리」, 97면.

　　문학과 아울러 대중가요에 있어서의 일본풍의 휩쓸음은 눈부신 바 있
습니다. 이 가요들의 가사는 대체로 '해서는 안될 사랑'이 거의 태반으
로 대중의 욕구 불만이 痴情 세계에서의 성욕과 터부의 갈등이라는 자
리로 옮겨져서 카타르시스되고 있습니다. (……) 더욱 중요한 것은 그들
이 일본풍의 선율과 음계에 익숙해짐으로써 가장 근본적인 뜻에서 정서
적으로 내지와의 유대를 계속 지키고 있다는 옅입니다. (……) 삶의 기
쁨과 슬픔을 노래하는 틀이 외국제라는 것은 그들이 자기 삶을 살지 못
하고 있다는 증거입니다. 이와 마찬가지로 그들의 경제적인 선율도 모
두 외국제이며 삶의 모든 자리에서 그들은 남의 노래를 부르고 있습니
다.(98면)[17]

　　총독의 담화에서 문화의 모방이 단순히 모방에 그치는 것이 아니라
문화적 정체성의 상실과 정서의 예속을 초래할 수 있음을 발견할 수
있다. 작가는 총독을 통해 외래문화의 무의식적 모방과 답습이 자국의
문화를 구별할 수 있는 판단 능력을 상실하게 만들고 외국의 문화 침
략을 자각하지 못하고 정서와 가치관이 예속되는 문화적 정체성의 상
실 상태에 이르게 될 수 있음을 경고한다.

3) 총독을 통해 드러나는 일본의 대 한국 정책

　　일본은 이미 조선시대 중기부터 한반도에 대한 침략을 준비하여 왔
다. 임진왜란을 비롯하여 끊임없이 조선의 해안에 침입하였을 뿐 아니
라 조선에 대한 침략 야욕을 포기하지 않고 결국 조선을 합병하여 그
들의 식민지로 만들고 말았다.

17) 「총독의 소리」, 91면.

일본은 한반도를 식민지로 지배하는 동안은 물론 임진왜란 당시부터 한반도의 명산대천의 맥을 끊었을 뿐 아니라 한국인들이 영물로 여기는 호랑이를 남획하는 등 한국인의 민족적 사기를 저하시키는 행위들을 해왔다. 한반도에 대한 침략 야욕 뿐 아니라 남북한의 분단 상황을 이용하여 이익을 얻었기 때문에 일본은 남북통일을 원하지 않고 있음을 총독은 밝히고 있다.

> 제국으로서는 반도의 남과 북을 一視同仁하는 길을 가는 것을 으뜸으로 삼습니다. 남이 승하면 북을 두둔하고 북이 승하면 남을 두둔하여 어느 한쪽이 쑥 솟아서 반도가 통일되는 일이 없게 하는 것이 근본이기 때문입니다.[18]

총독이 한국의 통일을 내심으로 반대하는 이유는 남한과 북한의 분단을 이용하여 이익을 챙길 수 있기 때문이다. 한국이 강력한 통일 국가가 되었을 경우 그들이 반사 이익을 얻기는 더 이상 불가능할 뿐 아니라 한국의 잠재력이 일본을 위협할 수 있다고 믿기 때문이다. 한국의 통일을 방해하기 위해 일본은 남북한의 감정을 자극하여 서로의 적대감을 고조시키면서 이익을 얻는 외교 정책을 취하였다. 총독 또한 한반도가 통일되지 않기를 바라고 있으며 한반도를 다시 식민지화하려는 야욕을 버리지 못하고 있기 때문에 남북한이 대립과 불신 속에서 국력을 소진하기를 바란다. 총독은 남북한의 대립구도를 이용한 등거리외교를 통해 이익을 취하는 것이 일본의 외교 정책의 실상임을 밝히고 있다.

---

18) 「총독의 소리」, 91면.

그 까닭은 누누이 설명했듯이 반도의 남과 툭이 防共과 天皇制를 각
각 계승 발전 시키고 있기 때문에 그 어느 쪽도 쓰다듬어 길러야 하기
때문입니다. 반도를 이데올로기적 극단화의 극한적 대립의 형태로 양극
화하여 대립 갈등케 하여 疲勞困憊케 하고 제국은 자유스러운 입장에서
이쪽저쪽 손보아주면서 실속을 차리는 것만이 반도에 영원한 이해 관계
를 가지는 제국의 움직일 수 없는 정책이기 때문에 이번 일에 대한 본
국 신문들의 태도는 나무랄 데 없는 것이었으며 현지의 총독은 지극히
만족한 뜻을 전하는 바입니다.19)

총독이 한반도에 대한 지배 야욕을 포기하지 않는 이유로 제시하는
남북한 체제 내에 존재하는 일본 체제의 답습은 표면적 이유에 불과할
뿐이다. 실제적 이유는 일본의 이익과 직접적인 관련이 있기 때문인
것이다. 작가는 총독의 한반도에 대한 정책을 통해 한반도가 외부 열
강들의 위협에서 벗어나기 위해서는 일제 잔재의 청산은 물론 정치,
경제, 문화 등 모든 면에서 자주적 체제를 건설하여 유지, 발전시켜 나
가야 함을 역설적으로 보여주고 있다.

4. 총독의 국제 정세에 대한 인식

1) 국수주의를 통한 공산주의의 본질 탐구

일본의 국수주의 소설가인 가와바타 야스나리가 노벨 문학상을 수
상하게 되자 총독은 담화를 발표한다. 총독은 담화에서 일본 체제의

---

19) 「총독의 소리」, 98면.

근본은 국수주의였으며 미국과 소련의 본질 또한 국수주의라고 파악할 뿐 아니라 미국이 소련과 힘을 합쳐 일본을 공격한 것도 국수주의가 세계사의 원동력이라는 본질을 알고 있기 때문이라고 생각한다. 그렇기 때문에 미국은 오늘날 공산주의 국가와 대립하면서도 당시에 소련과 협력한 것이라고 생각한다.

> 귀축 미영이 두려워하는 것은 항상 國粹입니다. 그러므로 그들은 지난번에 적마 러시아까지 포섭하여 우리들 국수 국가의 동맹을 쳐부수기에 광분한 것입니다.
>
> 그들은 공산주의보다 국수주의를 더 두려워한 것입니다. 국수주의야말로 이 세계의 역사의 원동력임을 알고 있기 때문입니다.[20]

총독은 중국과 소련, 소련과 체코 간의 분쟁 등 공산주의 국가 간의 분쟁도 국수주의에서 비롯된 것이며 공산주의의 평등이 국수주의 앞에서 허구에 불과하다는 것을 증명해보이고 있다. 또한 소련이 인접한 공산 국가나 위성 국가들에 자신의 영토를 할양하거나 연방에 편입하여 빈부의 격차를 해소하는 경우가 없었을 뿐 아니라 공산권 국가 간에 국경을 개방하지 않고 거주 이전의 자유를 허용하지 않는 공산주의의 폐쇄적 구조를 지적한다. 결국 총독은 소련에 대해 권력을 내세워 자국의 이익만을 추구한다며 비난할 뿐 아니라 공산주의가 내세우는 평등은 말 뿐이며 공산주의의 본질은 국수주의에 바탕을 둔 권력정치에 불과하다고 조소한다.

---

20) 「총독의 소리」, 109면.

　　그것은 다름아닌 종족의 영원성 때문입니다. 이데올로기는 짧고 종족은 영원하다, 본인은 감히 이렇게 말하는 것입니다. (……) 왜냐하면 종족은 이데올로기보다 영원하기 때문입니다. 공산당이라고 이 벽을 뛰어넘지는 못하기 때문입니다. 그렇기 때문에 그들은 거짓말쟁입니다. 그들의 공산주의 선전은 이 세상에서 가장 좋은 것을 다 늘어놓은 것입니다. 이것이 '말'하는 공산주의입니다. 공산권의 실태는 귀축미영의 그것과 아무 다름없는 권력정칩니다. 이것이 '실재'하는 공산주의입니다.21)

　　총독은 소련이 표방하는 공산주의의 본질이 종족의 이익에 바탕을 둔 국수주의임을 밝히고 공산주의에 내재한 패권주의와 소련의 이중성을 지적한다. 뿐만 아니라 미국에 대해서도 민주주의라는 '말'로 민주주의가 '실재'한다는 지적을 예로 들면서 말만 앞서는 공산주의의 허구성과 다를 바 없다고 비난한다.

　　총독은 미국과 소련 중심의 양대 체제가 패권주의에 기반하고 있으며 그 근원은 국수주의에 기반하고 있음을 폭로하고 있다. 이 또한 미국과 소련에 대한 총독의 분석이 옳고 그름을 떠나 남북한에 영향력을 행사하고 있는 미국과 소련의 실상을 다시 한 번 생각하게 하는 작가의 의도로 보아야 한다. 결국 이러한 분석은 현상의 이면에 숨어있는 본질을 바르게 보아야 한다는 작가의 의도가 숨어있는 것이라 할 수 있다.

---

21)「총독의 소리」, 114~115면.

2) 데탕트의 본질과 남북통일에 대한 진단

한편 데탕트로 불리는 미국과 소련의 화해 무드가 조성되면서 한반도에서의 긴장 완화에 대한 기대와 통일에 대한 논의가 시작되었다. 그러나 총독은 데탕트에 대해 포츠담 체제를 전제로 한 화해였을 뿐 동서 냉전의 근본적인 종식은 아니라고 인식한다.

총독은 한반도의 분단을 독일이나 베트남에 비유하는 것을 반대한다. 독일은 침략국이었기 때문에 군사적 위협에 대한 우려와 응징의 차원에서 분단이 되었고, 베트남은 포츠담선언의 결과로 미소에 의해 분단된 것이 아니라고 지적한다. 특히 베트남의 호치민은 이미 언급하였듯이 식민지 지배국인 프랑스와 치열한 전투 끝에 승리하였기 때문에 남북한과 달리 정통성을 확보하고 있었음도 지적하고 있다.

그러나 대부분의 한국인들은 식민지에서 해방된 후 분단되었다는 유사성 때문에 베트남을 주시하였고 더욱이 베트남의 공산화는 북한의 침공으로 전쟁을 치렀고 군사적 위협에 시달리던 남한에게는 경계와 교훈의 대상이 되었다. 그러나 총독은 한반도의 통일은 오스트리아의 통일 방법을 따라야 한다고 언급하며 이 사실을 인식하지 못하는 한국인들에 대해 '본질에 대한 색맹'이라고 비난하였다. 오스트리아는 한반도처럼 독일에 강제 합방되었고 전후 분할 점령되어 분단된 국가였으나 통일을 이루었기 때문에 한국과 유사한 조건이라는 것이 총독의 견해다.

조선 반도는 舊佛領印度支那가 아니고 구조적으로 舊獨領 오스트리아
인 것입니다. 따라서 반도의 통일은 베트남 방식으로는 불가능하고, 오

스트리아의 건국을 이룬 조건들이 이루어진다면, 반도 또한 통일될 수 있는 것입니다. 그러면 그 조건이란 무엇인가. 오스트리아는 적마와 귀축들의 점령을 통하여, 독일이나 반도에서와 같이 좌우 정치 세력이 각기 보호자의 그늘에서 조직되었습니다. 이 조직 세력을 한 민족 속의 두 개의 권력으로 기능시키지 않고, 한 국가 속의 두개의 정치 당파로 기능시킨다는 조건입니다. 이 조건에 점령자들이 합의하고 현지 당파들이 또한 합의한 것입니다. 일방적 패권의 추구 대신에 합법적인 이해 경쟁을 택한 것입니다.[22]

총독은 한반도가 추구해야 할 통일의 방법으로 구독령(舊獨領) 오스트리아처럼 1민족 2국가 체제에서 1국가 2정치 체제로의 전환을 통한 통일 방법이 되어야 한다고 주장한다. 그러나 한국인들은 이를 외면한 채 베트남의 적화 통일에 관심을 기울이고 타산지석으로 삼고 있는 현상을 총독은 다행스럽게 여기고 있다. 그러면서도 총독은 분단국가의 통일 공식이 '통일=체제의 합리화 / 전쟁×민족력×평화 / 분단'이라면서 '민족의 힘을 합리적으로 쓰면 통일에 가까워지고, 그것을 전쟁에 쓰면 통일은 멀어진다'고 그 방법을 제시하고 있다. 그러면서 한반도 통일을 반대하는 총독은 남북한의 긴장 격화와 정통성 주장이 통일을 저해하는 요소임을 파악하고 있다.

한편 데탕트의 결과로 1972년에 남북이 합의하여 발표한 7·4 성명에 대해 총독은 성명의 의의에 대해서는 긍정적으로 생각하지만 남한이나 북한이 정통성을 주장하는 것이 가장 큰 장애물이 될 것임을 경고한다.

22) 「총독의 소리」, 159면.

　7·4 성명은 반도인들의 자주적 건국을 위한 초석을 놓은 것입니다. 이것은 데탕트에서 얻을 수 있었던 최대의 과실입니다. 여기에는 오스트리아식 해결로 갈 수 있는 모든 포석이 마련돼 있습니다. 이 길로 가는 데서 제일 큰 장애물은, 정통성의 주장입니다. 혁명적 정통성, 민족적 정통성 따위입니다. (……) 그러나 7·4성명의 이념이 현실화되는 것을 막기 위해서는 반도안에 이러한 정통성을 고집하는 세력이 있는 것이 필요합니다. 김일성 일당의 혁명적 주장은 우리에게 크게 도움되는 것임을 알아야 합니다. 물론 그에게는 아무 정통성도 없습니다만, 그가 그렇게 주장하면 할수록 기존 권력의 상대화는 어려워지며, 따라서 반도의 남북이 평화 공존하기는 어려워지고 분단이 경화되게 됩니다.[23]

　총독은 남북통일을 저해하는 제1의 장애물로 상대방에 대한 정통성의 주장을 꼽는다. 총독은 남북한 모두 해방 과정의 정통성 문제로부터 자유로울 수 없기 때문에 서로 겸허해져야 함을 지적하면서 남북한이 정통성이 없음에도 불구하고 서로 정통성을 주장하여 통일이 이루어지지 않을 것임을 예상한다. 작가가 총독을 통해 정통성 문제를 언급하는 것은 통일이 실패했을 때의 책임 소재를 묻기 위한 것이 아니다. 작가가 정통성 문제를 언급하는 까닭은 서로가 상대방에 대한 정통성과 체제의 우월성을 강조하는 명분 싸움을 하면 할수록 분단은 더욱 고착되고 대립은 더욱 격화됨을 경고하기 위해서이다. 또한 작가는 민족의 이익에 바탕을 둔 진정한 통일을 이루는 것이 정통성을 확립하는 길임을 정통성과 관련한 총독의 담화를 통해 암시하고 있다.

　총독은 이 담화의 마지막 부분에서 말한 진정한 의미의 문화민족에 대

---

23) 「총독의 소리」, 161면.

한 언급은 문화민족이라고 자부해온 한국인들에게 시사하는 바가 크다.

> 문화민족이란 것은, 금속 활자를 만들었다거나, 불경을 나무토막에 파가지고 축수했다거나, 항아리를 구워낸다는 말이 아닙니다. 문화민족이란 누가 나의 적이며, 그 적을 몰아내자면 어떤 방책을 어떻게 힘을 모아서 실현시킬 것이냐를 아는 집단 슬기라고나 할까요, 그런 재주를 부릴 줄 아는 민족을 말합니다. 이런 슬기는 사회의 어떤 일각에서 일어나더라도 그것이 공용으로 유통되고 성원 모두의 상식이 되어 권력에 대한 압력으로 작용하여야 합니다.24)

자기 민족의 적도 구별하지 못하는 민족은 아무리 뛰어난 문화유산을 가지고 있어도 문화민족이라고 할 수 없다는 총독의 말은 문화민족의 허상 속에서 살아온 한국인들을 반성하게 만든다. 민족의 당면 문제에 대한 해결 방법을 찾는 과정에서 본질을 보지 못한 채 현상에 이끌리거나 감정에 치우쳐 잘못된 해결책에 전 국민의 여론이 형성되는 현상에 대해 작가는 총독의 비판을 통해 결집되지 못한 각개인의 우수한 지혜보다 비록 보잘것없더라도 결집된 집단적 슬기가 필요함을 역설하고 있다.

5. 작가의 현실 인식과 작품의 의미

「총독의 소리」는 총독의 시선을 통해 우리가 처한 현실의 문제를 알

---

24) 「총독의 소리」, 161~162면.

려준다. 총독은 우리의 민족성과 남북의 정치 체제의 문제점들을 지적할뿐 아니라 미국과 소련의 냉전 체제 및 국제정세의 특징들을 분석하는 한편, 한반도에 대한 재식민지화 야욕을 포기하지 않고 그 기회를 노리고 있다. 최인훈이 총독을 부활시켜 우리 민족의 문제를 다룬 데에는 이유가 있다. 우리의 현재의 모습이 우리의 적에게는 어떠한 모습으로 비쳐질까 하는 문제를 통해 우리의 모습을 바르게 보자는 의도에서 총독을 부활시키고, 총독의 시선을 통해 우리 자신의 치부를 드러내면서 우리 자신의 모습을 비판하고자 한 것이라 할 수 있다. 결국 우리의 모순이 우리의 적에 의해 적나라하게 드러날 때 그 비판의 강도는 더욱 강해질 수밖에 없다.

총독의 지적을 통해 드러난 우리의 국민성은 한마디로 현실을 바르게 이해하는 능력이 부족하다고 할 수 있다. 총독의 지적에 의하면 본질을 이해하지 못한 채 현상에 이끌리고 과거의 교훈을 쉽게 망각한다는 점이다. 이러한 특성과 더불어 일제의 잔재를 청산하지 못했을 뿐 아니라 일본의 체제들을 모방하거나 답습하면서도 그러한 사실을 전혀 자각하지 못하고 있음을 지적한다. 오히려 우리 민족의 적인 총독이 우리 민족의 진실을 정확히 인식하고 있고 우리 자신은 그 진실을 전혀 모르고 있다는 점이 우리의 현실을 더욱 비참하게 만든다. 또한 우리의 적인 일본 총독의 시선으로 한국 근현대사의 모순이 낱낱이 밝혀질 때 숨겨진 진실을 깨닫는다는 기쁨보다 민족적 수치심이 앞서기도 하고 일본의 존재에 대해 두려움을 갖게 되기도 한다.

총독의 담화를 통해 발견할 수 있는 작가의 현실인식 태도는 현재의 문제들은 역사적 정통성이 부재하였기 때문에 비롯되었다는 점이다.

최인훈은 한국의 모든 문제들은 일본 식민지태가 근본적 원인이지만 해방과정에서 우리 민족의 역량이 발휘되지 못하고 수동적으로 해방을 맞이하여 역사적 정통성을 주장할 수 없다는 역사에 대한 원죄의식에서 비롯된다고 인식하고 있다. 작가는 총독의 입을 빌려 우리 스스로 하기 어려운 우리 자신의 모습을 고발하고 경계하는 것이다. 작가는 우리의 현실을 바르게 보고 여러 가지 문제들의 본질을 바르게 이해해야 한다는 메시지를 전달하기 위한 서술 방법으로 타자의 자유로운 시선을 사용했을 뿐 아니라 총독이라는 특정한 인물의 입장에서 서술함으로써 긴장감을 유발시킬 수 있었다.

그러나 한국의 근현대사에 산재한 여러 문제점들에 대한 총독의 비판에 대해 그 누구도 귀기울이지 않는다는 설정은 우리의 현실과 비교해 볼 때 시사하는 바가 많다. 총독의 담화는 오직 시인 한 사람의 귀에만 들릴 뿐이다. 민족적 정체성이 확립되지 못하고 혼란을 겪고 있을 뿐 아니라 그 정체성의 혼란조차도 인식하지 못하는 상황에 대해 작가는 타자의 시선을 통해서라도 혼란을 겪고 있는 자아 정체성을 확립해나가야 한다는 처방을 제시하지만 현실은 전혀 그렇지 않음을 냉정하게 지적하고 있다.

그러나 작가가 우리의 적을 통해 우리가 처한 현실을 비판하는 이유는 우리가 처한 상황의 비참함을 깨닫고 수치스러움을 느낀 채 의기소침하기를 바라는 것이 아니다. 우리의 현실을 깨닫고 본질의 탐구를 통해 과거의 실패를 반복하지 않고 바람직한 미래를 건설하고자 하는 것이 작가의 의도라 할 수 있다. 작가는 우리의 현실에 대한 비판을 넘어 한국인 스스로 해결책을 찾도록 암시한다. 총독이 한국에 민주주의가 실현되는 것을 두려워하고 통일을 방해하기 위해 남북한 체제의 합리화를 막기 위해 정통성에 대한 논쟁을 역이용하는 점 등을 통해 작가는 역설적으로 해결 방법을 제시하고 있는 것이다. 총독의 비판과 대안 제시가 모두 적절하다고 할 수는 없지만 작가는 총독을 통해 자신의 의도를 전달한다. 작가가 궁극적으로 주장하고자 하는 바는 세부적 통일 방법의 타당성 여부를 떠나 근본적 원칙에 대한 수립이라 할 수 있다. 작가는 한국인들이 현실 문제의 현상과 본질을 바르게 이해하고, 진정한 민주주의를 실현하며, 남북 체제가 모두 합리적으로 운영될 때 정통성의 문제는 극복되고 통일이 자연스럽게 실현될 수 있음을 총독이라는 타자의 시선을 통해 간접적으로 주장하고 있는 것이다.

출전 : 「타자의 시선을 통한 현실의 이해-최인훈의 『총독의 소리』 연구」,
『어문논집』 제40권 1호, 1999.

최인훈의 소설에 나타난
'얼굴'의 도상학(圖像學)

─『가면고』를 중심으로

1. 문제제기

최인훈의 『가면고』[1]는 젊은 예술가들의 연애이야기를 전면에 내세운 장편소설이다. 『가면고』는 전쟁을 경험한 주인공이 자신의 정체성을 묻는 반성적인 질문을 통해 '예술가적 자의식'[2]을 강화시킴으로써 주체의 세계인식을 둘러싼 작가적 문제의식을 첨예하게 드러내는 작품이다. 또한 최인훈 소설의 중요한 특성이라고 말할 수 있는 '사랑'과

---

* 양윤의 / 고려대학교 교양교육원 강사

1) 『크리스마스 캐럴 / 가면고』(문학과지성사, 1976)를 대상텍스트로 삼는다. 이 글은 『한국현대문예비평연구』(2007.8)에 실린 논문을 수정한 것임을 밝혀둔다.
2) 황경, 「최인훈 소설에 나타난 예술론 연구」, 고려대학교 박사학위 논문, 2003, 8면.

'구원'의 테마가 정체성 탐색의 과정과 함께 서사화 되는 작가의 인장이 뚜렷한 작품이기도 하다. 그럼에도 불구하고 이 작품은 최인훈의 대표작으로 집중적인 조명을 받아온 작품들에 비해 다각적인 논의가 이루어지지 않아 왔다.

최인훈 소설에서 정체성을 탐색하는 중심인물에 대한 문제는 가장 집중적으로 논의된 대표적인 테마에 속한다. 초기의 연구는 주로 강한 주체인 남성과 대상화된 약한 여성이라는 완고한 대립구도[3]를 강조하는 방향으로 이루어졌다. 그러나 그러한 주체의 성격이 재고되면서 대상과 관계 맺는 불안한 남성 주체라는 측면이 부각되고 있다. 그러한 연구의 성과는 '1960년대'의 문학사적 맥락을 설명하는 중요한 좌표로 확대[4]되고 있다.

선행 연구 흐름의 연장선에서 『가면고』에 대한 논의 역시 여성 인물과의 연애 구도를 매개로 남성 주체의 동일성 확보의 과정[5]이라는 주제적 측면에 대한 것이 주를 이룬다. 이때 주체가 갖는 시선의 일방적인 권위에 대한 문제가 제기될 수 있다. 그것은 최인훈 소설 대부분이 중심인물인 남성의 시선에 제한되어서 서술[6]됨에 따라 남성 인물에 의해 주관화된 상태로 서사가 진행된다는 서술 특성에서 기인한다. 이

---

3) 정호웅, 「광장론―자기 처벌에 이르는 길」, 『시학과 언어』, 2001, 96면.
4) 김영찬, 「1960년대 모더니즘 소설 연구」, 성균관대 박사학위 논문, 2002.
   정영훈, 「최인훈 소설에 나타난 주체성과 글쓰기 상관성 연구」, 서울대 박사학위 논문, 2005.
5) 김병익, 「사랑, 혹은 현대의 구원」, 위의 책 해설 참조.
6) 이인숙, 『최인훈 소설의 담론 특성 연구―서술 층위를 중심으로』, 고려대 박사학위 논문, 1998.

러한 불평등한 시선의 문제는 『가면고』에서도 예외가 아니다. 이때 중심적인 초점자[7]가 시각적인 권위를 압도적으로 확보한다는 특성은 그 자체만으로 문제 삼을 것이 아니라 그러한 시선의 운용이 어떠한 방식으로 서사에 관여하고 어떻게 관계하는지 보다 면밀한 분석을 통해서 해명되어야 할 터이다.[8] 그럼에도 불구하고 개별 작품에 대한 분석이 생략된 채 최인훈 소설의 일반적인 특성으로 환원하는 방식에는 문제가 있다고 본다.

이 논문에서는 최인훈의 소설에서 주체와 타자의 시선이 상호 침투적하고 있다는 점에 주목하면서 그들의 관계망을 살피고 서사의 내적 구성 원리를 파악하고자 한다. 특히 『가면고』를 대상으로 주체와 타자의 시선을 매개하는 도상(圖像)으로서의 '얼굴'이 대한 논의로 한정하기로 한다. 도상으로서의 '얼굴'은 작가의 시각중심적인 서사 운용 방식을 효과적으로 드러낼 뿐 아니라 주체와 타자간의 시선을 매개하는 데

---

7) 여기서 논의의 중심이 되는 것은 중심인물이 아니라 그 인물의 '시선'이다. 제라르 즈네뜨에 따르면(권택영 역, 『서사담론』, 교보문고, 1992) '누가 보는가'의 문제를 담당하는 초점자(focalizer)는 '누가 말하는가'의 문제를 다루는 서술자와 구분된다.

8) 정영훈(「최인훈 소설에 나타난 여성인식」, 『한국근대문학연구』, 2006, 161~162면)은 최인훈 소설에 드러난 여성인물의 재현방식에 대해 다음과 같은 의미 있는 문제제기를 하고 있다. "최인훈 소설에서 여성이 시선의 주인이 되는 경우는 매우 드물다. (…) 시선을 매개로 여성을 대상화하여 소유하고자 하는 남성 주체의 욕망에는 원천이 있다. 그것은 타자의 시선에 포착됨으로써 대상화되는 남성 주체 자신의 경험이다." 그러나 문제제기의 적실성에드 불구하고 최인훈 소설에서 재현되는 여성 표상은 연구자의 시각에 의해서 다시 한 번 고착화되고 있는 것은 아닌가 하는 의문이 든다. 그러한 경향은 남성 주체의 성격과 태도에 대한 다채로운 논의를 끌어낸 기존 연구 성과에 비추어 볼 때 지나치게 도식적이고 단순하다.

유용한 장치라고 판단되기 때문이다.

이 논문은 '얼굴'을 통한 새로운 접근을 통해 인물이 '예술가'적 정체성을 확보하는 과정을 중심으로 주체와 타자의 상호 규정적인 관계를 고찰하는 것을 목적으로 삼는다. 가설이기는 하지만 이 논문의 맥락에서 『가면고』의 '얼굴'은 단순한 소재나 모티프가 아니라 그 자체로 하나의 '발화'이면서 '은유'이고 나아가 서사적 구성 장치이다. 이러한 연구를 통해 작가가 운용하는 일종의 원근법을 파악할 수 있으리라고 본다. 이것은 최인훈 소설의 예술적 존재론을 이해하는 하나의 지침이 될 수 있을 것이다.

2. 얼굴의 출현과 상징의 기원

『가면고』는 어떤 '얼굴'의 갑작스런 출현에서 시작한다.

<u>분명히 처음 보는데 언젠가 한번 본 것만 같은 그런 얼굴이었다.</u> 삶의 언저리에서 가끔 일어나 짜증이 나게 마음을 헝클어놓기 일쑤인 기억의 환각…… (…) 마음의 올은 맹랑한 것이어서, 지금 그는 그녀의 얼굴에 대해 골똘히 마음을 쓰고 있는 것은 아니었다. 한눈에 뜨끔하니 모질고 강한 인상을 받은 얼굴이었으나, 민은 그 얼굴을 망막에서 되새김질하는 대신에 그 영상 때문에 움푹 패어진 마음의 어느 구멍에 느리고 짜증스런 손짓으로 자꾸 흙을 퍼 넣고 있었다. 어느 한 모퉁이에 또 빈자리가 늘어가는 것은 두려운 일이 아닌가.[9]

---

9) 앞의 책, 161면(밑줄—인용자).

『가면고』의 주인공 '독고민'은 텅 빈 전차에서 우연히 '처음' 만난 어떤 여자의 얼굴에서 강렬한 느낌을 받는다. 그는 그 얼굴에서 시선을 떼기 위해 전차 바깥의 풍경으로 눈을 돌리기도 하고 "눈을 감"고 딴 생각에 잠기기도 한다. 그러나 얼굴을 피하면 피할수록 "모질고 강한 인상"에 끌려 그것은 "뜻 없는 노력"이 되고 만다. 그 얼굴은 인물로 하여금 자신의 특정한 사건을 회상하도록 강요하고 있다. 독고민은 그 얼굴의 영상 대신에 그것이 불러들인 과거로 돌아가고 있는 것이다.

이렇게 견인력을 가진 '얼굴'은 그 자체로는 분명한 '의미'를 가진 것이 아니다. 그럼에도 불구하고 주인공으로 하여금 특정한 기억을 떠올리게 한다는 점에서 그것은 일종의 색인(索引)의 역할을 한다고 말할 수 있다. 독고민은 그 얼굴을 매개로 전쟁 당시 함께 지낸 M중위와 그의 애인인 '설야'에 대한 파편적인 기억을 떠올리게 된다. 여기서 독고민이 마주친 낯선 '얼굴'은 분명하게 규정되지 않고, 구체적으로 설명되지 않는 어떤 잔상과 같다는 점에서 '텅 빈' 기호라고 말할 수 있다. 여기서 강조되는 것은 얼굴이 지니는 일종의 즉물성(卽物性)이다. 즉물적 이미지로서 얼굴은 잠시 볼 수 있을 뿐 읽고 이해할 수 없다.

'얼굴'에 대한 그의 미신은 뿌리가 있었다. 어떤 얼굴이냐고 묻는다면 정작 망설일 것이다. 둥글다든지, 갸름하다든지, 하는 그런 형태적 기호를 말하는 것이 아니고, 얼굴이 통째로 풍기는 느낌이랄까. 민의 옛 '백과사전 시대'나 지금 겪고 있는 정신의 상태에서 바라볼 때, 체면없이 매달려보고 싶어지는 얼굴의 본을 그는 가지고 있었다.[10]

---

10) 앞의 책, 174면.

위의 인용문에서 '얼굴'에 대한 독고민의 관심은 어떤 논리적인 이유를 가진 것이 아니다. "그의 미신"이라는 표현처럼 그에게 '얼굴'은 이미 토템화 되어 있다. 독고민이 말하는 "통째로" 어떤 느낌을 풍기는 얼굴이란 "표정과 감정 사이에 한 치의 겉돎도 없는 그런 비치는 얼굴"11)을 말한다. 그러나 그러한 '얼굴의 본'은 '얼굴의 모양'이나 생김새에 근거를 둔 것이 아니고 얼굴을 바라보는 이의 평가에 의해 도출된 것이다. 따라서 얼굴에 대한 독고민의 믿음을 논할 때에는 그가 만나는 얼굴에 중점을 둘 것이 아니라 그의 주관적인 평가, 즉 해석에 방점이 찍혀야 할 것이다.

"얼굴의 본"을 가진다는 것은 얼굴에 대해서 해석해 온 평가가 누적되어 있다거나 얼굴을 평가할 만한 어떤 선입견을 가지고 있다는 것을 의미한다. 그렇다면 그것은 본이 될 만한 얼굴이 먼저 존재하는 것이 아니다. 그것은 오히려 하나의 해석으로서의 "얼굴의 본"이 마련될 때 그 인식의 틀을 통해 비로소 어떤 대상이 얼굴로 읽힌다는 말이다.12) 따라서 독고민이 얼굴을 해석하는 하나의 '본'을 가지게 되는 순간이 역설적이게도 인간의 내면을 드러내는 하나의 징표로서의 얼굴이 탄생하게 되는 순간이라고 할 수 있다.

---

11) 앞의 책, 175면.
12) 가라타니 고진은 「풍경의 발견」(박유하 옮김, 『일본근대문학의 기원』, 민음사, 1997, 17~61면 참조)이라는 글을 통해 풍경의 '기원'을 규명한 바 있다. '풍경'은 처음부터 존재한 것처럼 느껴지지만 그것은 원래 존재한 것이 아니라 근대적 원근법의 필요에 의해 파생된 것이다. 풍경의 발견은 근대적 제도의 출현과 함께 발생한다. 그것은 '민속학'이 탄생하기 위해서 대상으로서의 '민'이 탄생하게 되는 전도로 설명할 수도 있다.

낯선 얼굴과 "얼굴의 본" 사이의 낙차(落差)는 얼굴이 특정한 의미로 해석될 수 있는지의 여부에 그치지 않는다. 즉 출현한 얼굴과 발견된 얼굴은 시점(視點)의 전도를 의미하기 때문이다. 일종의 기호로 출현한 즉물적 '얼굴'은 독고민의 해석으로 환원되지 않는 강력한 척력으로 그의 시선에 저항한다. 오히려 낯선 '얼굴'에게로 자신의 시선을 '빼앗기'게 된다는 점에서 그는 극단적인 수동성을 경험하게 된다. 그에 반해 '얼굴의 본'은 이미 발견자의 시선 내부에 있다. 다시 말해 독고민의 원근법 안에서 태어난 것이다. 이때 '얼굴'은 마주치자마자 동시에 '해석'의 자장 안으로 인유된 것이기 때문이다. 그러한 해석의 장이란 독고민이 관행적으로 받아들인 문화적 믿음이나 자신이 구축한 관념의 연합을 근거로 구성된 것이겠다. 이러한 '얼굴'의 이중성은 인물의 시선으로 완전히 포섭되지 않는 은폐된 얼굴의 차원이 있다는 점을 시사한다.

3. 은유적 구조와 자기 확인의 서사

나의 소원은 <u>브라마의 얼굴</u>을 가지고 싶다는 것이다. 내가 그 그림을 본 것은 한 해 전 나의 스승이 떠나면서 잠깐 보여준 것이 처음이며 마지막이었다.

"이것이 브라마가 사람으로 나타난 모습입니다. 보시오 이 두루 갖추고 굽어보는 얼굴을. 왕자가 일생을 두고 다듬어야 할 <u>얼굴의 본</u>이 바로 이것이오."

스승은 나의 앞에 한 폭의 그림을 펼쳐보였었다. 그것을 들여다본 나는, 숨이 막혔다. 거룩한 아름다움, 그리고 무엇보다도 그 망설임을 넘어선 표정이었다. 모든 일을 따뜻이 끌어안으면서 그 만사에서 훌훌히 떨어진 <u>영원의 얼굴</u>.[13)]

　'다문고'는 독고민의 전생으로 설정된 가바나 왕국의 왕자로 독고민이 만들어낸 환상 속 인물이다. 인용문은 다문고가 '브라마(Brahma)' 즉 성자의 얼굴이 그려진 초상화를 보고 그의 얼굴을 자신의 '얼굴의 본'으로 받아들이는 장면이다. 성자 '브라마'의 얼굴은 특정한 한 개인의 얼굴이 아니라 보편성을 획득한 영원성과 구원성의 상징이다. 다시 말해 다문고가 욕망하는 것은 성자의 얼굴형(외관)이 아니라 그 얼굴이 상징하는 초월적 운명 즉 성자의 '관상'[14)]일 것이기 때문이다.

　다문고가 초월적 경지를 획득하는 구도의 과정은 외관상 고도의 정신적 수련인 것처럼 보이지만 실제로는 매우 원시적이고 폭력적인 중개자(마술사 부다가)의 마력에 기댄 행위에 불과하다. 그것은 타인의 얼굴에서 벗겨낸 가죽을 자신의 얼굴에 뒤집어쓰는 행위의 반복이기 때문이다. 이때 관건은 자신을 버리고 얼굴을 받아들이는 마음가짐에 있다. 여기서 다문고가 보여주는 '탈쓰기'라는 행위는 프레이저가 설명한 '유사성의 원칙에 입각'하여 모방하는 주술[15)]로서의 행위에 가깝다. 말하자면 유사성을 지닌 것들이 같은 효과를 낸다는 원리에 입각해서 얻고자 하는 결과를 모방하는 행위이다. 적의 인형을 만들어 놓고 그것을

---

13) 앞의 책, 192면.
14) 서동욱의 글(『일상의 모험』, 민음사, 2005, 140면 참조)에 따르면 관상의 대상으로서의 '얼굴'은 '공통감각'을 갖는 집단 내에서 어떤 상징성을 갖는 그림문자와 같다.
15) 프레이저, 김상일 역, 『황금의 가지』上, 을유문화사, 1983, 72~73면 참조.

찢거나 부서뜨리면 적도 역시 상처입거나 죽을 것이라고 믿는 부두교인들의 인형주술은 그러한 예 가운데 하나이다.

타인의 얼굴 가죽을 뒤집어쓰는 행위는 그를 통해 "한치 어긋남도 없이 들어맞"는 동일성을 획득할 수 있으리라는 믿음에 근거한 행동이다. 주술은 문화적 믿음 혹은 관념의 연합에 근거한 행동의 실천이다. 다시 말해 다문고의 '탈쓰기'는 타자와의 동일화를 통해 자신의 구원을 실현시켜 주리라고 '믿어지는' 주술적 실천이자 맹목적 반복인 것이다. 이러한 유사성에 근거한 주술 행위는 '은유로서의 행위'에 해당한다고 말할 수 있다.16)

> 그는 당장 자기 재능에 대한 보장을 눈앞에 볼 수 있다면, 단두대라도 사양치 않을 것 같았다. 일생을 두고 한 개 한 개 벽돌을 쌓아 올리는 식이 아니고, 해가 떨어지면 횃불을 켜들고라도 하룻밤 사이에 성을 쌓아버린 다음, 나머지 기나긴 세월을, 완성의 다음에 오는 저 느긋함과 덤비지 않는 의젓한 얼굴을 가지고 살고 싶었다. 마음의 완성 없이 산다는 것은, 화장하지 않고 무대에 서는 것이나 다름없다 싶었다. '마지막 것'을 잡지 못하고는 단잠을 자지 못하겠다는 상태는, 결론광이라고나 할까, 겉으로 보이지 않는, 그것은 고요한 광기였는지 모른다.17)

한편 독고민은 과장된 표현으로 성자의 얼굴을 서툴게 모방하고 살아온 자신의 삶을 자책한다. 그는 자신의 거짓 탈을 벗은 후에야 진정한 자신의 얼굴이 드러날 것이라고 믿는다. 그러나 그가 찾는 '속얼굴'

---

16) 로만 야콥슨, 신문수 편역, 『문학 속의 언어학』, 문학과지성사, 1994, 115면.
17) 앞의 책, 199~200면.

은 인정할 수 없는 현재의 모습이 아니라 느긋함과 의젓함을 겸비하고 "마음의 완성"을 이룬 자의 얼굴이다. 자아성취 혹은 자아 완성은 개인의 내적인 심리적 차원에서 일어나는 성숙화의 과정을 통해서 가능한 것이다.

그러나 그것은 성취욕과 출세욕, 명예욕과 완전히 분리될 수 없다. 독고민에게 주변 사람들의 평가와 외부의 시선은 더욱 강한 올가미가 된다. 그럴수록 그의 삶은 '자아 기만과 그에 대한 반발'이라는 악순환의 형태로 반복된다. 그러니 그가 "단숨에 빛나는 핵심을 쥐고 싶"어 하면 할수록 오히려 불완전한 자신에 대한 절망은 깊어질 수밖에 없다. 독고민은 '고요한 광기'가 얼굴을 드는 밤의 시간에 끝내 잠들지 못한다.

> 어느새 The Psychic Society의 앞문을 열었다. 코밑수염. 민은 두 손바닥을 겹쳐 머리에 대는 시늉을 했다. 지쳤다. 쓰러져 자고 싶다. 주검 옆에서라도. (…) 코밑수염은 일어서서 민의 머리면 벽에 달린 단추를 눌렀다. 그러자, "침상 머리맡에 놓인 키높이 황금 촉대에서 흐르는 불빛이, 흑단 침대에 부딪혀서는 창을 가린 벵갈 모시의 우아한 무늬 속으로 안개마냥 스며든다. 나는 내 팔을 베고 누운 궁녀 아라녀를 물끄러미 내려다보았다." 전번에 민이 말한 이야기가 녹음기를 통하여 흘러나왔다. 민은 조용히 듣고 있다. 몸은 조금도 움직이지 않는다. 녹음이 다했다.[18]

아이러니컬하게도 독고민이 편히 잠들 수 있는 곳은 한낮에 찾은 심

---

18) 앞의 책, 219면.

령학회(The Psychic Society)의 시술용 침대 위에서이다. 심령학회는 죽은 자의 영혼과 교감할 수 있다는 심령주의적 신앙[19]에 기반하고 있지만, '심령현상에 대한 과학적 탐구'라는 학문적 연구를 목적으로 내세우는 단체이다. 독고민은 그곳에서 자신의 전생인 다문고라는 인물을 만났다. 독고민이 최면 상태에서 진술한 이야기가 다문고의 서사를 이루게 된다.

흥미로운 지점은 독고민의 서사에서 다문고의 서사로 옮겨가는 '전이적 연결점'[20]이다. 인용문은 독고민이 지난 번 방문 때 녹취된 자신의 목소리를 듣게 되는 부분이다. 따옴표를 통해 인용된 부분은 서술상 실제로 다문고의 서사의 한 부분으로 기술된 문장이 그대로 옮겨진 것이다. 구어가 아닌 문어로 재생된 과거는 기술(記述)된 기록이라고 말할 수 있다. 이때 현재의 이야기의 시작점이 이전의 단계를 전제한 상태에서 진전된다는 점은 주목을 요한다. 즉 다문고 서사로 진입하기 위해서는 독고민이 자신의 녹취된 내용을 다시 듣고 확인하는 절차를 통과해야 한다는 선후 관계가 중요하다는 사실이다. 그것은 일차적으로 다문고의 서사단락의 계기(繼起)간 이행이 단순한 병치로 이뤄지는 것이 아니라 축적되면서 단계적으로 발전된다는 것을 의미한다. 또한 그것은 과거와 현재 사이의 완전한 동일성의 지평이 마련된 한에서만 과거의 '서사화'가 가능하다는 의미이기도 하다.

---

19) 내용적 측면에서 심령술사의 언어 치료방식은 무속적인 '굿'판에서 보여주는 해·
원(解寃) 과정과 유사하다.
20) 이재선, 『한국단편소설연구』, 일조각, 1975, 129면. '전이적 연결점'은 서로 다른
서술 수준으로 이동할 때의 연결지점에 해당한다.

　위의 독특한 연결지점을 통해서 강조되는 것은 독고민의 서사와 다문고의 서사간의 긴밀한 상호의존성이다. 두 서사는 독고민과 다문고가 '탈쓰기(벗기)'를 통해 자신이 추구하는 이상적인 '얼굴'을 얻으려고 노력하는 유사한 과정을 보여주고 있다. 궁극적으로 두 서사는 이상적 얼굴과 자신의 현재 얼굴이 동일화되기를 바라는 (무)의식적 소망의 실현과정을 보여준다. 이때 다문고의 서사에서 은유적 동일시(주술효과)가 발생할 수 있는 구조를 형성하는 데 독고민의 역할은 핵심적이다. 독고민은 '(어제의) 나는 (오늘의) 나이다'라는 자기－확인을 통해 다문고 서사에서 은유가 발생할 수 있는 구조적 연관성을 입증하는 역할을 수행하기 때문이다.

　동시에 '나는 나이다'라는 자기－지칭적 진술은 다문고 서사의 은유적 구조가 성립되기 이전에는 아무것도 해명해 줄 수 없는 동어반복에 불과하다. 독고민의 자기진술은 다문고 서사가 주술적 행위를 통해 은유로 실현된 후에 수행적(遂行的)으로 그 의미를 획득하기 때문이다. 그것은 예술작품의 창작활동을 통해 방법적인 구원을 성취하는 예술가적 주체의 자의식과 맥락을 같이 한다.

4. 잃어버린 얼굴과 자기 분열의 경로

　'자아완성'이라는 목적론적 서사의 토대가 지성의 축적과 합리적 진보관을 강조하는 근대성의 논리와 상동적이라는 점은 의미심장하다. 독고준이 말하는 '백과사전을 거꾸로 밟고 살아온 시대'란 근대 논리에 대한 맹신과 합리적 근대이성에 대한 무분별한 추종을 발판으로 비판 없이 받아들인 파행적 한국적 근대를 가리키는 우회적인 표현이다. 그것이 삶의 현장에서 체득된 개념이 아니라 날조된 '결론'에 불과하다면 그것은 무의미한 허상에 불과한 것이기 때문이다.

목적론적 논리 위에서 조직되는 허구적 현실은 규칙과 제도, 문법 구조 속에서 명확한 존재증명이 '가능한' 세계이다. 그러나 역설적이게도, 다문고의 서사가 반증하는 것은 그 소망 성취가 독고민이 만들어낸 환상적 허구화의 논리에서'만' 실현될 수 있는 구원에 불과하다는 사실이다. 과거와 현재가 직선적으로 연결된다는 원칙은 '백일몽'적 환상과 다름없다. 그러나 그것이 한낱 허구적 세계라 할지라도 예술적 주체의 존재론적 탐구과정에서 차지하는 위상은 간과할 수 없다.

독고민이 추구하는 예술적 지향점은 그가 구상한 무용극에서 분명하게 드러난다. 독고민이 <신데렐라> 스토리를 패러디해서 각색한 이 무용극은 마녀의 주술로 '탈'을 쓴 왕자가 '신데렐라'의 사랑으로 마술에서 풀려나게 된다는 레퍼토리를 담고 있다. 그러나 독고민에게 돌아온 현실적 성과는 다문고가 성취한 '승리'에 비추어 볼 때 독고민의 현재적 비극성을 부각시키는 값비싼 전리품인 것이다. 그러므로 예술가적 주체가 획득한 '방법적' 구원의 의미는 역설적이다. 그것은 구원이 아니라 환멸이다. 독고민이 다문고의 삶을 통해서 '자신도 기억하지 못하는' 구원의 순간을 맛보았다면, 현실에서 뼈저리게 경험하고 있는 것은 구원의 불가능성이다. 이때 독고민은 자기 동일성의 불가능성을 깨닫게 되는데, 이러한 각성의 순간을 주체화의 계기라고 말할 수 있겠다.

　지금, 짙은 어둠 속에서 보는 그녀는, 얼굴을 가려 볼 수 없고, 다만 사람 크기의 부드러운 그림자의 덩어리였다. <u>지금의 그녀를 의식하는 것은, 시각으로는 불가능한 일이었다.</u> 나는 두 손바닥으로 그녀의 턱을 받쳐서 위로 향하게 했다. <u>얼굴이 있을 데가 알릴락말락 보얀 원을 이루었을 뿐 '그녀의 얼굴'을 볼 수는 없었다.</u> 나는 어둠 속에서 눈을 흡뜨고 얼굴을 찾았으나, 헛수고였다.[21]

다문고가 어둠 속에서 마가녀의 얼굴을 확인하려고 노력하는 장면이다. 마가녀는 다문고의 구원을 실현시켜 줄 희생제물이다. 다문고는 마가녀를 속이고 자신의 자아완성에 그녀를 이용하기로 계획한다. 하지만 그녀의 사랑이 진정한 것인지 확신할 수 없게 되자 오히려 다문고가 그녀에게 완전하게 종속될 수밖에 없는 전도된 상황에 처하게 된다.

　인용문에서 드러나듯이 다문고는 '짙은 어둠' 때문에 '그녀의 얼굴'을 제대로 볼 수 없다. 시각으로 의식하고 분멸할 수 없다는 사실 때문에 그는 조바심과 두려움을 느낀다. 그것은 자신의 눈으로 대상을 규정할 수 없을 때 느끼는 공포이다. 또한 이 부분은 다문고가 마가녀의 '탈'을 쓴 어떤 여자를 마가녀로 잘못 알게 되는 상황을 보여주는 장면이기도 하다. 죽은 줄로 알았던 마가녀가 살아서 나타난다는 결말의 반전을 위해 준비된 서사적 장치이다. 여기서 다문고의 착각이 의미하는 것은 육안으로 확인할 수 없는 진실이 존재한다는 사실이다. 또한 그것은 시각에 기대어 확신해 온 어떤 사실이 실은 허망한 허구에 지나지 않은 것인지도 모른다는 의심과 회의의 계기이다.

---

21) 앞의 책, 253면.

이때 타인과의 만남은 낭만적 관계와는 거리가 멀다. 그것이 서사의 중심에 행복한 결말을 얻은 왕자나 사랑을 회복한 다문고가 아니라 비루한 예술가인 독고민의 '비정한 드라마'가 놓이는 이유이다. 그가 무대에 올린 작품은 '터질 듯 한 갈채'를 받고 성공적으로 막을 내리지만, 바로 그 순간 독고민은 연인 미라에게 버림받는다. 독고민의 각성의 순간이 연인 미라에게 이별선고를 받은 직후라는 점은 중요하다. 그것은 '강한 에고'를 가진 방관자의 삶에서 벗어나 '처음' 타자의 시선을 몸으로 느끼는 일이고 또한 그것은 타자를 살아있는 사람으로 인식하게 되는 사건이기 때문이다.

> <u>자꾸 머리가 어지러워온다.</u> 자기만 '사람'이고 다른 사람은 인형으로 알고 살아오던 사람이, <u>처음으로 또 다른 자기 밖의 '사람'을 발견한 현장에서 느끼는 멀미였다.</u> 사막과 인형들이 저 <u>혼자만의 독백을 노래하며,</u> 포탄에 찢어진 '남의 팔다리'를 가로채면서 살아온 자에게는, 지금 테라스 위에서 <u>맞서오는 '사람'의 모습은</u> 어지러웠다. <u>'사람'이란 이렇게 무서운 것</u>……[22]

인용문은 스스로 자신을 정립하려고 노력하 온 독고민이 불가피하게 타자와 마주치게 되는 한계상황을 장면화 하고 있다. 그것은 자기 중심적인 인물이 경험하는 일종의 임계점(臨界點)으로, 피할 수 없는 타자와 대면하는 순간이다. 독고민은 벼랑 끝에 서 '뒤로 넘어질 듯한' 순간의 '정임'을 처음으로 살아있는 '사람'으로 인식하게 된다. 처음으

---

22) 앞의 책, 250면.

로 실감나게 사람으로서의 타인을 만나는 독고민은 어지러운 멀미와 공포를 느낀다.

흥미로운 사실은 상대를 살아있는 사람으로 인식한 경우 상대의 얼굴에 대한 서술은 보이지 않는다는 점이다. 얼굴에 대한 서술을 생략하고 있는 것이 아니라 오히려 얼굴 자체를 재현할 수 없는 것이다. 지금껏 주관화된 판단과 논평을 일삼던 초점자의 시선에 어떤 유보 지점이 생겼다는 것을 반증하는 것이기도 하다. 그것이 바로 '맞서오는 사람'의 '살아있는 모습'이다. 그 어지러움과 무서움을 유발하는 산 사람의 강력한 실루엣은 어떤 구체화된 언어로 규정할 수 없는 은폐된 방식으로 주체 앞에 맞서오는 피할 수 없는 타자의 얼굴이다.

독고민은 살아있는 사람을 얻은 대신 정임의 얼굴을 잃었다고 말할 수 있다. 이때 정임의 얼굴을 감싸고 있던 거짓 얼굴은 정임의 것이 아니라 독고민의 '얼굴의 본'이 만들어낸 허상일 것이기 때문이다. 타자의 얼굴에 맞서 어떤 얼굴의 본도 준비하지 못했다는 사실은 애당초 독고민의 해묵은 관상술(얼굴의 본)로는 설명할 수 없는 불가해한 지점, 자아로 환원 불가능한 '타자성'23)을 발견한 지점이라고 말할 수 있다.

---

23) 엠마누엘 레비나스의 논의에 따르면, 타자는 극복되어야 할 대상이나 극복될 수 있는 대상이 아니다. 타자는 나와 너의 조화 속에서 용해되거나 소멸하지 않는다. 따라서 레비나스의 '타자의 타자성(altérité de l'autre)'은 동일한 존재자들의 다수성을 가리키는 것이 아니라 존재 자체의 다원성을 가리킨다. 레비나스의 맥락에서 주체와 타자의 관계는 대칭적이거나 대타적일 수 없다. 왜냐하면 '타자의 타자성'은 언제나 '비대칭적'인 위계를 점유하고 있기 때문이다. 그의 '타자성' 개념이 시사하는 바는, 편의적으로 주체와 타자를 설정하는 대립구도가 오히려 타자성의 측면을 간과함으로써 '타자를 타자화'하는 결과를 낳을 수 있다는 경고이다. 레비나스의 타자성에 대한 논의는 『시간과 타자』(강영안 옮김, 문

그리고 그것은 주체화의 어떤 계기가 된다고 말할 수 있다.

5. 결론을 대신하여

'얼굴'은 시각적 표상(表象)이다. 주체와 타자를 둘러싼 시선의 갈등 문제는 최인훈 소설의 핵심적인 테마르 논의되어 왔다. 이 과정에서 작가(서술자)가 갖는 '시각적 우월성'의 문제는 치명적인 한계가 되기도 한다. 이는 역설적으로 시각중심적인 서술이 최인훈 소설의 서술적 특성 가운데 중요한 하나라는 사실을 보여주는 것이기도 하다.

이 논문에서는 도상으로서의 얼굴을 중심으로 『가면고』를 분석하였다. 여기서 '시각적으로' 규정하고 인식하기를 욕망하는 인물을 내세워 시각적 미혹(迷惑)에 대한 반성적 기회를 갖게 한 작가의 의도에 주목할 필요가 있다. 요컨대 『가면고』는 서술의 운용에 있어서 시각적 권위를 우선시하고 있으면서도, 시각의 기만성이 야기할 수 있는 문제들에 대한 비판적인 인식을 드러내고 있다. 그러한 소설의 주제적 이중성은 얼굴의 도상(圖像)이 보여주는 이중성, 즉 즉물성과 상징성이라는 이중적 특성에서 기인한다. 또한 얼굴의 출현과 돌연한 사라짐은 시각적 인식의 부전성(不全性)을 반증하는 것이기도 하다.

또한 『가면고』는 시각중심적인 인식의 방식은 타자성의 '발견'이라는 새로운 인식의 통로를 제공하기도 하지만 동시에 오인을 통한 배제의 바리케이드가 될 수도 있다는 것을 시사한다. 유사성을 근거로 그

예출판사, 2001, 83~93면)를 참조하였다.

효과를 발휘하는 은유로서의 얼굴은 동일화의 논리 속에서 세계를 번역하는 폭력을 행사하기도 한다. 번역된 세계는 <A=B>라는 은유적 구조 속에 고스란히 갇히게 된다. 그러나 은유의 성립은 유사성만으로 가능한 것이 아니다. 은유는 <A=A>식의 동어반복이 아니라 A와 B 사이의 차이의 존재론을 바탕으로[24] 성립하는 것이다. 그러니 최인훈의 소설에서 자동화된 은유를 양산하는 밀폐된 구조는 주술적 믿음이고 엄연한 차이를 은폐하는 지적 기만이고 이데올로기적인 기원의 망각인 것이다.

주지하듯이 '본다'는 문제는 그 시선의 주체가 누구인지를 질문해야 하는 권력의 문제를 전제하고 있다. 그것은 자연스럽게 받아들여 온 전제, 예컨대 '눈에 보이듯이 그린다'고 할 때 그 리얼함의 기준에 대해서 근본적인 질문을 던지는 것에서 출발할 것이다. 최인훈은 시각이 가진 위계 자체를 부정하고 있지는 않다. 단 고정된 하나의 질서를 받아들이는 것, 혹은 인위적인 특정 관념을 절대적인 것으로 받아들이는 것을 비판한다.

> 사랑이란, 죽음의 선뜩한 냉기를 눈치챈 자의 채난(採暖) 작업이랄까.
> (…) 휘몰아치는 바람 속에, 깊은 얼음 구멍 속에, 우리의 불씨를 빠뜨렸을 때, 우리는 얼어 죽는다. 춥다. 현대는 정말 춥다. 혼자서는 불을 못 피운다. 바람을 막으며 손바닥 만한 얼음 위에 불을 피우려면 두 사람이어야 한다. 작업에는 짝패가 필요한 것이다.[25]

---

24) 김상환, 『해체론 시대의 철학』, 문학과지성사, 1996, 246~247면.
25) 앞의 책, 200~201면.

　최인훈은 실패를 무릅쓰고 발언하는 작가이다. 그 발언은 "독백을 노래하는" '수음'하는 나를 버리고 '사랑'이라는 대화에 참여하는 일이다. 그가 보기에 사랑이라는 "채난 작업"은 현대라는 빙하기를 살아가는 인간이 만들어 낸 조악한 발명품에 불과하다. 그러나 그것은 둘 사이의 대화를 끌어낼 수 있는 유일한 계기를 마련하는 작업이라는 점에서 의미가 있다. 둘이 만든 '구멍 속 두 개의 불씨'는 '내밀한 광장'으로 비유되어 온 사랑이라는 은유의 얼굴이라고 말할 수 있을 것이다. 이제 구멍에 든 두 개의 불씨가 어떤 얼굴이 될 수 있다면, 지금까지 실재처럼 받아들여 왔던 '얼굴'의 조형이나 그에 담긴 상징적 의미는 하나의 거대한 착시현상에 불과한 것인지도 모를 일이다. 그것이 최인훈이 발명한 얼굴의 도상학(圖像學)이다

출전 : 「최인훈 소설에 나타난 "얼굴"의 도상학(圖像學)-『가면고』를 중심으로」,
『한국문예비평연구』 제23집, 2007.

분단현실과 주체의 자기정립

-최인훈의 『회색인』

1. 문제의 제기

지금까지도 최인훈의 『광장』이 가진 소문은 작가 자신의 열렬한 애정만큼이나 전혀 퇴색될 조짐을 보이지 않고 있다. 그러나 최인훈의 여타 작품들이 보여주는 혼신을 다한 사유의 폭과 깊이에 비한다면, 『광장』은 대단히 일천해 보이는 것도 사실이다. 잘 알려져 있듯이 『광장』만큼 그의 소설세계 전반에서 사건화의 공력을 기울인 작품은 찾아보기 힘들다. 허나 이명준의 분단현실과 남북체제에 대한 비판적 의의를 제외하고 나면, 『광장』은 실상 많은 결함을 가진 작품이다.[1] 주인공

<hr>

* 유임하 / 한국체육대학교 교양교직과정부 교수
* 이 논문은 『한국문학연구』 24집(동국대 한국문학연구소, 2001)에 수록된 것이나 논리는 유지하되 거칠고 서툰 표현을 전면 수정했음을 밝힌다.

이명준을 둘러싼 여러 이론적 공방에서 자주 거론되는 점이지만 인물이 가진 취약성은 이곳저곳에서 쉽게 발견된다. 북녘의 아버지 집에서 아들에게 보인 일상적 면모가 혁명가의 풍모를 상실한 모습으로 부정되는 것이 단적인 예이다. 아버지를 향한 북한체제 및 이데올로기에 대한 명준의 개념화와 비판들이 대단히 성급하고 예단과 논리적 비약으로 가득 차 있다. 그런 만큼이나 남북현실에 대한 명준의 환멸은 식민 잔재와 국가폭력, 도구화된 이데올로기적 양태에 매우 감정적이다. 또한 여성에 대한 명준의 퇴행적인 몸짓도 비이성적이기는 매 한가지이다. 이러한 성급함은 『광장』의 단순한 결함이라기보다는 분단체제에 대한 비판을 단행하는 청년의 과잉된 감각에서 연유한다고 할 수 있다.

반면, 사건화에 주력하기보다 내면의 사유를 서술한 최인훈 소설의 성과를 꼽자면 『회색인』[2]은 『광장』에 비해 상대적으로 뛰어난 작품이다. 『회색인』에서 제기된 문제의 범위나 사유되는 양과 질, 반성의 대범함은 『광장』에 보이는 과잉된 행동, 논리적 비약, 심한 예단에서 벗어나 있기 때문이다. 『광장』에서 보았던 남북 체제 사이에서 겪는 쓰디쓴 환멸과 포로석방 뒤에 제3국행 선택, 그리고 죽음으로 이어지는 관념적 과잉상태는 적어도 『회색인』에서 발견되지 않는다. 『회색인』의 미덕은 주어진 현실 조건을 사유하며 자기정립을 시도하는 주체의 모습을 보여준다는 데 있다.

---

1) 이러한 측면에서 『광장』을 비판적으로 다룬 논의로는 이동하의 「최인훈의 '광장'에 대한 재고찰」(『현대소설의 정신사적 연구』, 일지사, 1989)과 조남현의 「'광장' 똑바로 보기」(『문학사상』, 1992, 8)를 참조할 수 있다.
2) 최인훈, 『회색인(최인훈 전집 2)』, 문학과지성사, 1977 / 1991 재판, 이하 인용은 이 책의 면수를 따름.

작품의 제목인 '회색인'은 북녘땅 고향에 가족을 남겨둔 채 LST를 타고 월남한 화자가 남한사회와 계약을 맺으면서 현실과의 인식론적 거리를 두고 모색하는 미적 주체의 야심찬 기획을 반영하는 상징어이다.3) 별다른 서사의 전개 없이도, 이 작품은 15장의 장에다 내성(內省)의 치열한 자취를 담아냄으로써 그 담론의 변모까지도 주목해볼 여지를 제공해주기에 족하다. 이 작품에서 발견되는 인물의 내면적 특질은 독서인이라는 주체의 회상, 미적 주체의 모색과 자기구원, 주체의 자기정립으로 이행한다는 데 있다. 뿐만 아니라 주체의 자기반영적인 서술 방식은 이후 발표되는 『구운몽』, 『서유기』, 『총독의 소리』, 『주석의 소리』, 『소설가 구보 씨의 일일』을 거쳐 『화두』에 이르도록 이어지는 원천으로서의 의미를 가지고 있다.

최인훈 소설이 가진 전반적인 특징 가운데 하나는 인문학적 사유를 언어화한다는 것이다. 이러한 서술 문법은 50년대라는 전후 시대정신에서 출발하지만4) 결코 그 시대적 허무주의에 매몰되지 않는다는 점에서 매우 각별한 가치를 갖는다. 그리하여 60년대 초반에 등장한 일군의 비평가들로부터 그가 '가장 60년대적인 작가'라고 호평 받은 것은 이러한 사정과 무관하지 않다. 이러한 평가는 50년대 후반에 등장한 작가임에도 불구하고, 그가 4·19로 촉발된 한국사회의 근대성 인식문제와 관련해서 가장 앞서나간 작가임을 시사해준다. 그의 소설은

---

3) 최인훈 소설 전반을 주체론에 근거하여 논의한 성과로는 김인호, 「최인훈 소설에 나타난 주체성 연구」, 동국대 박사학위 논문, 1999를 참조할 것.
4) 그는 "시대적 혼란에 청년기의 혼란이 중톱된 나의 50년대"(최인훈, 「상아탑」, 『유토피아의 꿈(최인훈 전집 11)』, 문학과지성사, 1980 / 1994 재판, 25면)라고 표현한 바 있다.

현실에서나 정신적으로 폐허가 된 전후사회에 기반을 두고 현실과 예술 사이의 긴장된 관계를 설정해 놓고 있다.[5] 이러한 해석학적 위치설정은 피해자의 의식에서 비극적 현실과 대면하는 단선적인 구도가 아니다. 이 양가적 위치야 말로 그의 소설에서 분단현실로 촉발된 근대의 파행적 전개에 응전하며 비판적 사유를 낳는 원천이기도 하다.

최인훈 소설에서 발견되는 반복적 모티프의 하나는 '피난민 의식'이다. 이 모티프의 중요성에 관해서는 일찍이 김윤식도 간파한 바 있지만,[6] 그의 소설에서는 정주민의 사유 방식과 크게 다른 인식 지평 하나가 등장한다. 최인훈의 인물들은 대부분 남북 사회의 정치적 문화적 경계를 넘나든다. 그들은 월북자 아니면 월남한 실향민으로서, 분단의 비극으로 인해 절망에 빠진 자가 아니라 현실과 거리를 유지하며 남북 체제를 비판적으로 조망하거나 반성하는 자들이라는 공통점을 가지고 있다. 『광장』 역시 그 같은 인물 구성에서 결코 예외가 아니다. 이명준은 남북사회의 불합리한 단면을 넘나들며 남북체제 모두를 비판하는 인물이며, 『회색인』의 '독고준' 역시 월남하여 남한사회에 자신의 거처를 마련하지 못한 채 부유(浮游)하는 삶을 사는 인물이다. 또한 『구운몽』은 꿈속에서 많은 역사적 인물과 대면하고 그들의 시대적 요청에 강박적인 자의식을 다룬 몽환적인 작품이다. 『소설가 구보 씨의 일일』에서도 이런 특징은 지속된다. 작품에서 다루어지는 실향민 작가의 시대현실은 '남북조시대'로 명명되고 자신의 처지는 『신곡』의 작가 단테의 망명적 삶에 비견되고 있다. 이들은 역사와 종교, 사랑과 혁명, 동양과

---

5) 이러한 점에서 『구운몽』의 배경이 1959년이라는 것은 결코 우연이 아니다.
6) 김윤식, 「관념의 한계－최인훈론」, 『한국현대문학사』, 일지사, 1981.

서양 문명사, 개인과 사회, 체제와 민족 등의 범주를 가로지르며 현실의 불가해한 조건들을 명상하거나 관조한다. 이 사유방식 안에는 분단과 전쟁을 낳은 현실 세계 전반에 대한 응전방식과 주체의 자기정립이라는 새로운 인식 지평이 담겨 있다.

그러나 『회색인』에서는 고향과 가족으로부터 해방된 주체로서의 자아의 편모가 발견되고 있다. 주인물 독고준은 불안정한 생계수단에서 오는 일상의 불안을 절감하는 자에 그치지 않고, 북녘 가족의 불행을 외면하고 월남한 죄의식을 가지고 있다. 그는 역사상 가장 돌연하게 주어진 분단이라는 현실조건을 사유하는 주체이다. 그는 아버지의 죽음 뒤 단독자의 위치에서 냉혹한 현실의 조건을 직시하는 한편, 분단과 전쟁을 거쳐 근대화의 경로를 밟는 남한의 사회역사적 조건을 사유의 대상으로 삼는 주체적 개인이다. 그렇기 때문에 이 작품은 『광장』에서 보았던 남북사회에 대한 매운 비판의 근원으로 더욱 진전시킨 모습을 보여준다는 점에서, 그리고 『광장』에서 제기된 분단 현실의 여러 조건을 성찰하는 글쓰기라는 점에서 주목해볼 만하다.

2. 회상 : 책으로 망명한 어린 주체

『회색인』의 주인물이자 서술자인 독고준은 흥남철수 때 고향의 집을 떠나 월남한 인물이다. 그는 앞서 월남한 아버지와 함께 피난지 부산에서 가족에 대한 죄의식 속에서 아버지의 도움을 받아 공부하다가 대학 2학년 때 생계를 책임졌던 아버지를 잃는다. 월남한 땅에서 고아나 다름없는 처지가 된 그는 이제 스스로 사회 성원으로 성장하는, 주체의 자기정립이라는 과제를 안게 된다. 말하자면 이 작품은 가족과 아버지의 보살핌에서 벗어나 한국사회의 중첩된 문제에 대한 인식의 주체를 새롭게 모색하는 '근대의 서사시'7)의 면모를 가지고 있는 셈이다. 이를 근대의 서사시로 규정할 수 있는 것은 분단과 전쟁으로 형성된 과거의 제반가치들과의 급속한 단절 속에 생성된 단독자로서의 표상 때문이며, 단독자 스스로 발견하는 미적 정치적 가치들과, 그 가치를 모색하는 주체의 자기 정립의 경과 때문이다. 휴학한 뒤 입대하여 전방 관측소에서 군복무를 마치고 나서 다시 가난한 대학생의 신분으로 돌아온 독고준이 1959년 한 해 동안 회상과 일상의 사유를 병행하는 것이 조촐하고도 대략적인 작품의 서사구도이다.

그러나 이 구도 안에서 탐색되는 문제들은 어떤 전범도 없고 참조틀 자체가 부재하는, 분단이라는 돌연한 현실 조건이다. 이 조건은 해방과 분단, 전쟁과 피난에 이르는 곡절 많은 삶의 전락이며 역사가 개인에게 가한 재앙이며 불가해한 현실이다. 이 막막한 월남 실향민의 경험으로부터 존재를 지탱시켜줄 가치의 자기발견에 이르는 주체의 도정

---

7) 이 용어는 프랑코 모레티, 조형준 역, 『근대의 서사시』, 새물결, 2001에서 빌려온 것이기 하지만 반드시 모레티의 관점과 일치하지는 않는다. 이 글에서는 최인훈의 소설을 주체의 사유 내용을 기술하는 강한 실험성을 가지고 있으며 이는 서구 문학의 어떤 전통을 추수하지 않는 서술문법의 개성이라는 점에 착안하여 리얼리즘이나 모더니즘 같은 근대소설의 양식에 포함시키는 것이 적절하지 않다고 보는 입장이다. 뒤에서 상세히 언급되겠지만, 『회색인』에서 서술 주체는 상호텍스트성을 기반으로, 한국사회의 산문적 현실의 허위와 변별되는 미적 기획을 단행하는 또 다른 소설의 주인공이자 자기정립을 시도하는 근대적 주체이다. 이러한 점에서 이 글은 그의 소설을 '근대의 서사시'로 표현하고자 한다.

이 『회색인』의 주된 서술내용이며, 그것이 서술의 깊이와 폭을 만들어 내고 있다. 운명처럼 주어진 현실을 두고 주인물인 독고준은 장구한 역사적 맥락을 더듬어가면서, 가족과 사회, 국가와 민족의 영역에 머물지 않고 서구적 근대의 맹목적 추수에 제동을 거는 한편 인식 대상의 중심을 한국사회 현실에 초점을 맞춘다. 작품에서 감행되는 회상과 몽상은 그러니까 자신과 사회 전반에게 가해진 폭력과 상처에 대한 의미 탐구로부터 파행을 겪는 한국사회의 주변부적 근대상에 대한 정의내리기, 동서 문화의 비판적이며 유비(類比)적인 조감을 통해서 주어진 현실을 탐사하는 일련의 탐사행위인 것이다.

한 글8)에서 최인훈은 서구 근대의 역사가 국민국가의 성립과 뗄 수 없는 관계를 환기하면서 주체 없는 근대화가 가능한지를 질문하고 있다. 이와 함께 그는 분단된 두 개의 (국가) 주체가 서로 다른 근대화의 길을 걸어가면서 걸린 분열증을 거론하고 있다. 분단 상태에 관해 언급하면서 그는, 주권을 가진 독립된 주체 없이 근대화가 과연 가능한가라는 문제를 제기한다. 주체의 문제는 근대초기 이래로 주권 없는 개화가 가능한가라는 문제로 바꾸어 물을 수 있는데, 이는 "양자택일의 문제가 아니라"는 점에서 우리 사회의 개화는 "변질된 개화"라는 것이다. 그에게 주체의 문제는 식민지 시대를 거쳐 분단의 상황 아래에서도 인식 주체의 중요한 거점으로 상정된다. 이는 사변적인 차원에서가 아니다. 분단이라는 정신적 상처와 현실적 폭력에 정신의 힘으로 맞서야만 위험을 막을 수 있다9)는 관점에서, 최인훈은 진지하게 근대

---

8) 최인훈, 「역사와 상상력」, 앞의 책, 140~141면.
9) 최인훈, 위의 글, 140면.

적 주체의 문제를 거론하고 있는 셈이다.

이런 맥락에서 최인훈 문학은, 한국사회의 근대 진입 과정에서 그 광포한 이행과정에서 빚어진 분단과 전쟁, 실향과 이산의 비극적 현실에 맞서서, 비극을 넘어서기 위한 성찰을 통해 개인 주체의 자기정립을 문제 삼는다고 할 수 있다. 그의 소설적 모색은 전후문학과의 이질적인 관계에 대입해 보면 잘 확인된다. 그의 소설은 경악과 절규라는 전쟁체험의 통속화된 방식[10]과는 전혀 다른 질감을 가지고 있다. 무엇보다도 그의 소설은 전쟁의 상처를 '수난자의 입장'에서 반복되는 회로를 가진 전후소설의 주류와도 거리를 둔다.

손창섭·장용학·서기원·이문희·오상원·오영수·박경리 같은 전후 작가들의 비인간적인 전후 사회현실에 대한 절망적인 몸짓과 달리, 그의 소설은 성찰하는 내면을 통해 사회 현실을 전면적으로 회의하는 특징을 가지고 있다. 이때 '성찰'이란 무엇보다도 보편사적 관점에서는 쉽게 규정하기 어려운 이념 분립과 체제의 분단, 동족간의 상잔이라는 6·25와 서구적 지식논리를 맹목적으로 추수하는 타율적 판단에 대항하여, '비정규적인 개별현상에 대한 비선험적인 것들의 논리화하는 사유'[11]를 가리킨다. 성찰적 사유는 그의 소설이 분단과 전쟁으로 초래된 비극적 현실에 매몰되지 않게 할 뿐만 아니라 우연으로 여겨지는 현실의 여러 조건들[12]을 탐색하고, 우연처럼 조건 지어진 상황에 응전

---

10) 이에 관한 좀더 상세한 논의는 유임하, 「전후소설과 대중문화의 상호연관」, 동국대 한국문학연구소 편, 『대중문학과 대중문화』, 아세아문화사, 2001을 참조.
11) 뤽 페리, 방미경 역, 『미학적 인간』, 고려원, 1994, 123~128면.
12) 최인훈은 이를 '운명'이라고 표현하고 있다. 유임하, 『분단현실과 서사적 상상력』, 태학사, 1998, 103면.

하는 주체의 대응 자세인 것이다.

『회색인』에서 시대 현실과 응전하는 주체의 면모는 "회색의 의자에 깊숙이 파묻혀서 몽롱한 눈으로 세상을 바라브기만 하자는 몸가짐"(67면)으로 나타난다. 그 몸가짐은 사유 자체가 그대로 실행인 관조자의 그것이다. 그는 1959년 봄부터 겨울까지, 월남자의 가난한 대학생 아들에서 아버지의 죽음과 함께 단독자로서 엄혹한 일상의 현실과 대면하지 않으면 안 되는 난민의 처지에 놓여 있었다. 북녘에서 환멸했고, 남한 사회에서도 환멸할 수밖에 없는 현실에서 '살아남기 위한 / 살아내기 위한' 가치 발견이라는 이중 구도가 가치 부재의 현실에 대한 관조자의 관점을 생성해낸 것이다. 이 구도는 『광장』의 이명준이 남한 현실에 절망하여 월북을 감행한 드라마틱하지만 다소 과장되고 격앙된 어조와는 달리, 남한의 파행적 근대를 진지하게 성찰하는 주체의 진정성을 보여주고자 하는 데 있다.[13]

『회색인』에서 발견되는 주체의 인상적인 첫 번째 모습은 회상으로 드러나는 어린 독서인이다. 독고준의 어린 시절, 그는 북녘의 지도원 교사로부터 소부르주아의 역사관을 가진 죄믁으로 자아비판을 고발당했다. 이것은 국가주의적 이데올로기의 폭력이 가한 상처이다. 항구도시에 연한 작은 마을에서 과수원 집 아들이었던 그는 여름 한낮 우뚝 솟은 굴뚝과 바다를 바라보며 꿈을 키우는 몽상적인 개인이었다. 그러나 해방 직후 토지개혁과 함께, 과수원과 논의 태반이 남의 손에 넘어

---

13) 김인호는 이 작품을 4 · 19의 발발과 그 실패 원긴을 밝히는 소설로 본다. 김인호, 앞의 글, 117면.

가고 만다. 집에는 겨우 부칠 과수원과 몇 마지기의 논만 남은 살림만으로 형님 내외와 두 살배기 조카, 어머니와 누님, 자신을 포함한 여섯 식구의 힘겨운 세상살이가 시작된다. 또한 아버지는 봉건지주라는 죄목을 피해 월남하고 누님의 애인도 뒤따라 월남한다.

해방 직후 일어난 경제적 몰락과 함께, 잠적한 아버지에 대한 비밀을 간직하던 그는, 학교에서 작문교사로부터 소부르주아로 지목되어 이단심문소의 배교자처럼 자아비판을 감수해야 하는 폭력을 경험한다. 이데올로기의 강요와 억압이 가져온 이 최초의 상처는 그를 책 속의 세계로 인도하는 계기가 된다. 이 책 속으로의 침잠은 어린 존재의 정치적 망명에 가까운 선택이었고, 그 외양은 독서인의 모습으로 나타난다. 그러면서 그는 누님과 형님과 함께 대북방송에 귀 기울이면서 남한을 "자유로운 조국, 민주주의의 나라, 유토피아"(22면)로 상정한다.

> 밤이 깊어지면, 이 집에서는 남모르는 의식이 벌어졌다. 그것은 의식이라고 하는 것이 옳았다. 집안에서 제일 치우친 뒷방에는 라디오가 있었다. 일제로, 마이크 앞에 강아지가 앉은 표가 있는 그 다섯 구(球)짜리 라디오가 말하자면 신탁을 알리는 무당이었다. 그들은 깊은 밤에 보내는 남한의 대북방송을 듣는 것이었다. 숨을 죽이고, 가슴을 울렁거리면서, 깊은 감동과 공감을 가지고, 전파를 타고 오는 여자의 아름다운 목소리를 듣는 깊은 밤의 의식, 사랑하는 북한 동포로 시작하는 그 여자의 목소리는, 독고준의 소년시절을 수놓고 있는 아름다운 시들 가운데서도 가장 빛나는 것 가운데 하나였다.
>
> ―『회색인』, 21면

그는 밤늦도록 누님, 형님과 함께 귀 기울이는 대북방송을 통해서 남한사회를 이승만과 서울, 자유와 해방이라는 유토피아의 기표들로 동경하게 된다. 대북방송에서 흘러나오는 아릿한 여자 성우의 목소리는 이를테면 유토피아에 동참하기를 권고하는 매혹적인 신탁이다. 전쟁이 터지기 전부터 어린 화자는 "미 제국주의자들의 비행기보다도 소년단 지도원 선생의 눈초리가 더 무서"(42면)워 생기를 잃었고 점차 책 속으로 빠져든다. 지도원의 심문은 아버지의 월남과 매부의 행방을 캐물을지 모르고 수많은 닦달이 이어지리라는 두려움을 벗어나기 위해서 그는 무력함을 가장하며 책의 세계로 떠난 것이다. 책 속으로의 정치적 망명과 라디오 듣기는 현실세계의 엄혹한 심문을 벗어나 유토피아를 몽상하는 유년의 주체가 할 수 있는 유일한 방책이다. 이 어린 주체는 『강철은 어떻게 단련되었는가』에서 한 소년이 전쟁에서 공산당원이 되기까지의 성장담을 읽어내고, 그것이 『집 없는 아이』의 소비에트판 번안임을 간파한다. 작품에서 묘사된 집과 숲, 강과 도시, 붉은 벽돌집과 학교, 구름과 햇빛, 짜르의 기병들과 노동자들의 지하실, 희랍정교의 중과 수도원 학교, 수많은 작중인물들을 자기의 몽상적 세계의 소유물로 삼는다. 이러한 세계 소유방식은 현실의 허위, 이데올로기의 벽을 넘어서려는 주체의 몸짓이다.

책 속으로의 정치적 망명은 어린 화자에게 머릿속에서 쌓아둔 온갖 재물과 인물 때문에 "외계(外界)에 대한 무관심"(93면)을 낳는다. 현실에서 벌어지는 전쟁의 광풍, 이데올로기적 검열마저도 무관심하게 만든다. 그러면서 그는 대북방송에서 흘러나오는 남한의 동화적인 이미지들을 전하는 목소리에 이끌린다. 목소리의 매혹은 자신이 속한 세계에 대한 적의를 견디어내게 해줄 뿐만 아니라 눈앞에 보이는 우뚝한 굴뚝의 정경을 기쁨의 대상으로 바꾸어놓는다. 그는 "남쪽나라에서 번영하고 있다는 태극기와 이승만 박사의 나라에 대한 그리움 때문에 눈앞에서 벌어지는 파괴를 눈감"(39면)을 수 있었던 것이다. 즉, 어린 의식으로는 전쟁과 폭격의 참상이 "따지고 보면 자기 집, 자기 목숨이 허물어져가는 것이었지만 동시에 그것은 싫고 따분한 동무들이 망해가는 일이기도"(36~37면) 했기 때문에, 전쟁은 자신에게 부과된 배교자 역할과 별반 다를 바 없는 고통의 기표로만 인식되었을 뿐 전쟁의 전모나 내막에 관해서는 알 수 없는 처지였던 것이다. 책 속으로 망명한 어린 주체가 이른 인식(『집 없는 아이』와 『강철은 어떻게 단련되었는가』 사이의 차이 외에는 다른 것이 없다는)은 최초의 미적 경험이었던 셈이다.

전쟁이 가열될수록 라디오를 통해 남쪽사회를 유토피아로 몽상하는 대목은 북한사회에서조차 이미 이방인이 된 어린 주체가 엄혹한 현실을 견디기 위한 상상이자, 자신을 새로운 타자와 관계맺는 미적 관계를 수립한다는 점에서 대단히 시적인 장면이다. 몽상과 삶의 평화가 더 이상 허용되지 않는 현실을, 책 속의 언어가 가진 기표를 소유하는 미적 활동은 회상된 어린 주체가 이데올로기의 탈주술화를 감행하는 주체임을 일러준다. 이 과정에서 무시무시한 내막을 가진 언어의 기표는 모두 허위를 드러내는, 적의의 대상 아니면 자신의 소유물에 지나지 않는다. 이런 국면은 몽상적 개인이 가진 특권이다.

독고준의 회상으로 출현하는 어린 주체는 어린이들이 겪는 삶의 불행과는 무관하게, 그리고 북한이건, 월남하여 자리 잡은 남한의 전후현실이건 간에, 전락한 삶의 조건들과 길항하며 그러한 삶을 부여한 운명적인 조건들을 탐색하는, 주체의 자기정립을 위한 전조에 해당한다.

독고준은 월남한 아버지를 뒤따라 내려온 남한에서, 아버지의 죽음과 함께 자신의 뿌리를 내리기 위해 고학해야 하는 대학생의 고단한 일상적 현실과 마주서게 된다. 그는 책 속의 세계에서 나와 분단을 낳은 삶의 불가해한 계기를 성찰하며 전락한 자신을 구원하고자 한다. 개인에게 가해진 분단과, 전쟁이라는 현실의 파괴와 몰락을 강요하는 운명적인 것들과 맞서는 것이다. 이런 현실과 맞서는 행동이 반성과 자기구원의 방식으로 나타난 것이다.

3. 반성 : 운명을 성찰하는 주체와 자기구원

분단현실은 냉엄한 성인의 세계이다. 『회석인』에서 분단의 현실은 봄의 동화적인 시공간이 파열하고 난 후 찾아온 여름의 시대 풍경이다. 그의 기억은 현재에 부재하므로 도돌아갈 수 없다. 그러나 작품에서는 과거로 회귀할 수밖에 없는 현실에서 오는 어떤 상실감이나 수난자의 의식을 발견하기는 어렵다.

작품의 서술주체는 서구적 근대의 주변부에서 분단과 전쟁을 경험한 개인의 운명적인 현실을 어떤 인식의 틀로도 해명하기 어렵다는 사실을 잘 알고 있다. 이 때문에 그는 자기의 자기발견과 구원을 스스로 모색할 수밖에 없는 존재이다. 이러한 측면에서 분단 현실은 개인에게 돌연하게 찾아든 삶의 전락이며 '운명'이라는 포괄적인 의미망을 가지고 있다. 이때, 운명이란 이성의 명징한 논리와 분석만으로는 해명하기 힘든 현실의 여러 조건, 통제 불가능함, 우연으로 범람하는 불가해한 현실 등이 뒤엉킨 상태를 가리킨다. 운명으로서의 분단은 개인으로서는 가늠하기 어려운 삶의 결락들, 삶을 순식간에 전락하게 만들고, 고향으로부터 벗어나 낯선 곳에서 고단하게 살아가도록 만드는 삶의 어떤 계기이다. 평온한 삶을 방해하고 존재를 무력하게 만드는 이 불가해한 광포한 시대의 흐름, 자신을 피난민으로 만든 현실의 기원을 탐사하는 일은 『회색인』에서 사유의 주된 대상이다. 이것은 세계 문명사 어디에서도 존재하지 않는다는 점에서, 그리고 참조된 전범조차 없다는 점에서 철저히 비선험적이며 논리화되지 않는 구체적인 현실이다. 그렇기 때문에 어떤 도덕적 가치나 규범으로도 설명 불가능하다. "이런 역사가 주어진다는 것은 살아가는 개인 쪽에서 보면 운명이다."[14] 역사적 현실이 개인에게 운명의 불가해함으로 다가오는 것은, 마치 어떤 나그네가 개미집을 밟고 지나갔을 때 그 개미들이 자신들에게 다가온 재난의 의미를 알지 못하는 것과 같다. 그것은 돌연하게 찾아오며 다른 차원에서 가해진 폭력인 셈이다. 이러한 운명의 극복은 최인훈의 표현을 빌려 말한다면 "국민적 규모에서의 모험과 도전을 개인의 차원에서도 받아들여야" 하는 "서사시적 영웅적 과제에 가까"운 것으로서 "소설의 주인공 같은 사람들"인 현대 한국인의 과제이다.[15]

최인훈 문학에서 주어진 운명을 성찰하는 주체에 관한 단서는 『GREY 구락부 전말기』에서 찾을 수 있다. 작품의 등장인물들은 모두 "움직임의 손발을 갖지 못하고, 내다보는 창문만을 가진 인간형"이며 어떤 생활 조건도 없이 "눈에 보이는 온갖 빛깔, 형태를 굶주린 듯 지켜"본다.[16]

---

14) 최인훈, 「성숙과 소속」, 앞의 책, 361면.
15) 최인훈, 앞의 글, 같은 곳.

"창에서 이루어지는 바깥하고의 오가기는 오직 눈에 의해서만 이루어진다. 눈으로 하는 사귐은 떨어져 있고 번거로움이 없다. 그는 화창한 삶의 봄과, 매서운 싸움의 겨울을 바라본다. 그는 즐거움에 몸을 불사르지 않는 한편, 괴로움에 대하여 저주하지도 않는다. (……) 창으로 바라보는 인물은 모두 소설 가운데 주인공처럼 흥미를 돌우며, '안'과 바깥과의 '어울림' 속에 살아 있는 인물이었다. 창은 슬기 있는 사람의 망원경이며, 어리석은 자의 즐거움이 아닐까? 이것이 그레이구락부의 믿음이다."

―『GREY구락부 전말기』, 23~24면

본다는 것은 눈으로만 이루어진 세상과의 교섭이다. 이 교섭은 매서운 시대의 겨울, 괴로움에 대한 저주를 벗어나 '어울림'이라는 미적인 것을 추구하는 즐거움이자 이데올로기이다. 이때 '창'은 주체의 인식 통로이며 '망원경'은 근대의 원근법적 사유를 상징하는 도구이다. 망원경 속의 창밖 풍경은 삶의 온기나 질척거림과는 무관하다. 바라보는 자는 현실을 허구와 연계시킨다. 이것은 바라보는 자의 특권이기도 하다. 현실과 무연한 허구적 끈을 상정함으로써 그는 창의 안팎에서 스스로 발견한 가치들의 유의미한 연쇄 안에 재배치한다. '창'이 매혹적인 것은 이러한 구분, 현실과 허구의 투명한 매개물이기 때문이다. 요컨대 '창'을 통해 바라보는 자는 근대의 마술적인 장치를 전유하고 있는 것이다. 이 점은 어린 존재의 책 속의 망명처럼 외계에 대한 철저한 무관심을 반영하고 있다.

이렇게, 최인훈의 소설은 현실의 열락, 주어진 운명의 괴로움에 침

---

16) 최인훈, 『GREY구락부 전말기』, 「우상의 집(최인훈 전집 8)」, 문학과지성사, 1976, 1993 재판, 23면.

잠하지 않으면서 조망하는 방식으로 현실과 의미 연관을 맺는다. 그러니까 현실의 열락과 괴로움은 '창'을 통해서 소설의 주인공처럼 원근법적으로 재구성하여 허구 안에 재배치되면서 역사적 현실에서 자신의 삶을 시적으로 승화시킨 '미적 주체'를 명상한다.

그 대상은 멀리 제갈공명에서부터 임진왜란에서 싸운 이순신까지, 가까이는 이광수, 조봉암 같은 이들이다. 이들은 기본적으로 당대에 주어진 역사(운명)와 자신의 발견한 가치를 조화시킨다는 공분모를 가지고 있다. 『구운몽』은 이들의 고행과도 같은 삶에서 역사적 하중과 기대치에 부응하는 전력투구의 몸짓에서 미적인 가치를 발견한다. 이것이야말로 앎과 행동의 통일을 지향하는 지식인상을 내면화하는 미적 주체의 글쓰기가 가진 핵심이다.

최인훈의 에세이 『공명』[17]은 미적 주체와 이데올로기를 가장 간명하게 서술하고 있는 글이다. 이 글에서 제갈공명의 삶은 인간의 질서를 지향하는 것이 아니라 천행을 관통하며 지략과 전술을 종횡무진 구사하는 시적인 삶의 경지로 묘사된다. 그의 삶에서 발견하는 미적 가치는 그대로 주체의 미적 성찰을 담은 글쓰기의 전범이 된다. 공명은 이를테면 앎과 삶을 일치시킨 미적 주체의 표상이다. 그는 유비의 간곡한 초빙에 화답하고 전력을 다해 조건 지워진 삶에 진력함으로써 삶 자체가 곧바로 시가 되는 자기구원에 이르고 있는 것으로 제시된다. 공명은 촉나라의 결여된 중원 통일 역량에도 아랑곳하지 않고 '만인지상 일인지하'의 절대 권력을 행사하며 자신에게 주어진 운명을 시적으

---

17) 최인훈, 『문학과 이데올로기(최인훈 전집 12)』, 문학과지성사, 1980, 1994 재판.

로 승화시킨 인물로 기술된다. 반면, 이순신은 권력의 층층시하에서 고뇌하며 임진왜란을 승리로 이끈 무인이지만, 그에게 부여된 열악한 현실 조건은 제갈공명과는 비할 바가 못 된다. 하지만 이순신은 스스로 설정한 명분을 구현시키려는 근대적 주체로 상정된다. 공명만큼 전권을 소유한 자가 아니었으나 문신의 갖은 박해를 헤쳐 나가며 스스로 설정한 가치명분을 위해 힘겨운 노력을 진력했다는 점에서, 그는 시대는 달라도 근대인의 표상이라고 할 만하다는 것이다.

이렇게, 주어진 현실과 대결하는 주체에 대한 사유는 『회색인』의 독고준이 가진 주체의 문제와 상통한다. 그는 난민수용소와 같은 사회현실의 거대한 아이러니에 처해 있다. 남한사회 현실에서 고아가 되어버린 월남민 출신의 고학생으로서 그가, 주체의 자기정립을 시도하는 일은 돈과 권력 아닌 문학 지망생의 존재 의미와도 통한다. 여러 작품과 글에서 산견되는, 주체정립의 전범으로 호출되는 인물들은 모두 독고준이 감행하는 사유대상이자 모색된 내용이며 글쓰기 자체이다.

독고준이 제갈공명이나 이순신과 같은 높고 완벽에 가까운 미적 주체를 성찰하지만, 그러나 그것은 책을 매개로 한 사유의 차원에 그치고 있다. 그가 놓인 현실은 고학생활을 하는 가난한 대학생에 지나지 않는다. 아버지의 죽음과 함께 그는, 이남 땅에서 살아가기 위해 예전의 매부였던 현호성과 모종의 거래를 시도한다. 그는 현호성의 당증을 빌미삼아 그의 집에 기거하면서 '생활의 수단'과 '가족'을 한꺼번에 얻는다. 현호성은 자신의 집에 당증을 가진 독고준을 잡아놓았다는 안도감으로 독고준의 거주를 승인한다.

현호성의 집에 묵게 된 독고준의 삶은 적어도 그와 공범의식을 나누며 돈과 자유를 누리는 기묘한 타협을 통해 안락한 일상을 향유하게 되는 것이다. 그러나 그는 남한사회의 좌표 안에 자신을 소속시킨 안도감 대신 조금의 사랑도 소유하지 않기로 결심한다. 이 결심은 사랑을 거부하는 윤리, 신파조의 삶을 벗기 위함이고 현호성과 공모하여 그의 '가족'에 소속되기 위함이다. 그의 소속은 이를테면 남한의 현실에서 마련하는 삶의 교두보와 같다. 밥과 등록금 걱정에서 벗어난 그는 한없는 자유를 만끽하며 소설 지망생의 꿈을 키운다.

하지만 현호성에 의해 보장된 물적 토대와 안락한 일상이란 현실과의 거리두기를 위한 또 하나의 상상적 조건에 지나지 않는다. 이 조건들은 실상 남한의 사회경제적 토대와 맺는 소설쓰기를 소망하는 생활이 이상적으로 구비된 허구에 가까운 조건에 불과하기 때문이다. 누님을 팔아 돈과 자유, 소속된 가족을 얻는 이 기묘한 거래는 어쨌거나 "생활의 수단과 부단히 반응하고 대결해야 할 '가족'을 한꺼번에 새로 얻은 것이다."(184면) 게다가 그는 "결론을 서두를 필요 없는 공상"(184면)과 글 쓰는 순간만이라도 하나의 남루한 신이 되기 위해서 소설쓰기를 결심한다. 그것은 현호성과도 무관하고 누님과 아버지와도 무관한 "보편과 에고의 황홀한 일치"를 지향하는 예술가의 자기구원을 향한 몸짓이다. 그 몸짓은 소설쓰기와 함께 자신의 신원 찾기와 여성과의 관계 맺기로 나타난다.

우선 독고준은 자신의 신원을 찾아 나선다. 조부의 고향에 내려간 그는 자신의 신원을 증명해줄 문서와 증인을 찾아내는 데 실패하고 만다. 이남 땅에서 신원 찾기가 좌절되면서, 그는 여성과의 관계를 통해서 타자와의 교감을 모색한다.

독고준에게 여성은 세계의 불가해한 사랑이다. 그는 '그해 여름' 일어난, "거꾸로 선 절망과 허무의 악마가 소리 없이 웃으며 목숨을 비웃고 다닌"(36면) 현실 속에 미군기의 폭격 속에 자신을 보호해준 누님 또래의 이름 모를 여성의 기억을 간직하고 있다. 그는 어떤 집 담장 너머 뜰 하나 가득 피어 있는 꽃송이를 따기 위해 담장 너머로 건너가려던 순간 찢어지는 굉음과 함께 돌연하게 찾아든 공습 때, 준의 손을 잡아 방공호로 이끈 이름 모를 여성이다. 깜깜한 호에서 그녀는 한 여름의 열기로 가득찬 방공호 안에서 다시 찾아온 폭격의 순간 준을 강하게 감싸 안는다. 이 뜨거운 살의 압력에 대한 기억은 폭음과 아우성과 살 냄새로 가득 찬, 자신을 구원하며 방공호에서 정신적인 동정을 빼앗은 여자를 얼굴 없는 체취이자 이성(異性)의 원형 하나로 빚어낸다. 이 익명의 사랑이야말로 세계가 그에게 베푼 구원의 한 방식이다. 비록 그의 정신적 동정을 침탈했으나 그 불가해한 타자에 대한 배려와 현실을 이해하는 것은 스스로를 구원하는 관문의 역할을 한다.

맥락은 다르지만 발터 벤야민이 말하고 있듯이, "우리들에게서 선망의 마음을 불러일으킬 수 있는 행복은, 오로지 우리들이 숨 쉬었던 공기 속, 그러니까 우리가 한때 말을 나눌 수 있었던 사람들과 우리들 품에 안길 수도 있었던 여인들과의 관계 속에서 존재"하며, "행복의 이미지 속에는 구원의 이미지가 불가분의 관계를 맺고 함께 꿈틀거리고 있"다.[18] 이렇게, 독고준의 전락한 삶을 구원해줄 이상화된 존재들

---

18) 발터 벤야민, 『역사철학태제 2』, 반성환 편역, 『발터 벤야민의 문예이론』, 민음사, 1983, 344면.

이 늘 어른거린다. 작중 인물들의 대화는 스스로 상정한 행복의 편차들을 드러낸다. 독고준이 기억에서 불러낸 이름 모를 여성은 이를테면 동일한 시대, 동일한 의식의 증인으로 불러들일 관계에 대한 성찰의 거점인 것이다.

독고준 앞에 등장하는 첫 번째 여성은 하숙방 시절 알게 된 김순임이다. 그녀는 종교의 이름으로 절대적인 도덕과 양심을 체현하는 성결한 여성이다. 현호성과 헤어진 뒤 독고준이 김순임을 만난 것은 우연이 아니다. 현호성의 말류적인 삶의 행태 반대편이 있는 그녀는, 꿈결같이 흘러간 여름날 여인에게서 구출된 사건으로 인해 이상화된 타자이기 때문이다.

그러나 김순임은 성적 욕망을 가진 독고준에게는 접근하기 어려운 순수한 신심을 가진 여성 타자이다. 그녀가 되뇌는 기독교의 진리는 구체적인 삶의 맥락을 배제한 채 신으로부터 주어진 타율적인 구원이다. 그녀의 회의 없는 믿음의 맹목성은 그녀가 가진 인식의 순진함을 반영한다. 독고준은 신을 잃어버린 영혼의 소유자이다. 때문에 그는 김순임의 순진함에 이끌려 그녀의 육체만을 욕망할 뿐이다. 그는 확신에 차서 기독교의 종말론을 설파하는 김순임에게 육체적 욕망을 느낀다. 그러나 김순임은 독고준을 거부한다. 그녀의 거부는 종교적 순결에 담긴 순진함이라는 것을 절감하며 독고준은 죄의식에 빠진다. 그의 죄의식은 익명의 여성으로부터 느낀 육체의 훈기와 체취, 생생한 육감의 자취에 담긴 헌신과 이타적 사랑을 거스르며 타인을 희생시켜 자신의 욕망을 채우려는 이기적인 자신의 욕망 때문이다. 독고준이 김순임과 재회하였으나 자신에게 어른거리는 드라큘라를 떠올리는 것은 신을 상실한 영혼을 가진 자기형상의 투사라고 할 수 있다. 김순임의 정결한 육체가 지향하고 있는 순수함과는 별개로, 독고준은 기독교의 진리와는 배치되는 배교자 형상을 떠올린 것이다.

독고준이 두 번째 만난 여성은 이유정이다. 그는 현호성의 집에서 그의 처제인 이유정과 대면한다. 그녀는 유학에서 돌아온 화가로서 서구문화로부터 주변인임을 체험한 인물이다. 그녀는 육감적인 활달함 외에도 독고준이 가진 오만한 반성적 체취를 즐기는 인물이다. 우선 이유정은 순결한 믿음에 기초한 김순임이나, 가족과 현실로부터 자유롭지 못한 김학과는 구별된다. 독고준의 이유정 선택은 그녀와의 내밀한 소통, 상처의 자각과 서구문화에 다한 비판적 성찰에 대한 공감에 기초한다.

독고준이 이름 없는 여인으로부터 김순임을 거쳐 이유정을 선택하기까지의 과정은 이타적 사랑을 긍정하며 관계 맺기를 통한 신원 찾기와 자기구원의 경과를 함께 보여주고 있다. 그가 정신의 순결함을 잃으면서 체감한 타자를 위한 헌신과 사랑은, 추상화로 그치지 않고 기독교와 서구문화로부터 해방된 주체, 타자에 대한 단순한 욕정, 신파조 연애가 아니라 스스로를 구원하기 위한 이해의 확대로 나타나고 있는 것이다. 이때 주체는 불가해한 세계 이해의 한 부분으로서 사랑과 육체를 보여준 이성(異性)에 대해서 관념으로부터 실체를 획득해 나가고 있다. 그러니까 독고준이 선택한 이유정은 종교적 헌신도 신파조 연애도 아닌 문화적 주변인으로서의 처지를 절감한 개인들의 교섭과 관계 맺기를 통한 삶의 구원을 상징한다.

4. 주체의 자기정립 : 나그네의 타향살이

『회색인』 6장은 김학 형제의 담론, 독고준이 매부 현호성과 노동당원 당중을 가지고 거래하는 대목에서부터 시작된다.

김학의 형은 독고준처럼 사유형 인간이다. 그는 해군 장교로서 민족과 국가라는 거대담론에 대해 성찰한다. 그는 망망한 대양에서 고향을 대상화하며 고향에서 대양을 대상화하는 인물이다. 김학의 형을 통해 부각되는 것은 민족이라는 공동체와 국가라는 조직에 대한 심문이다. 독고준이 전락한 삶에서 남한사회와의 계약을 시도하는 방식과는 달리, 그는 고향과 타향의 원근법적 사유, 민족과 국가에 대한 거대담론을 회의하는 다독자로서의 표상을 잘 보여준다. "종족이 개인의 신이요, 의지할 곳이요, 어머니의 품이었던 시대, 다시 말해서 내셔널리즘의 시대는 지나가 버렸어. 물론 서양 사람들을 기준해서 그렇지만"(124면)이라는 발언에서도 잘 드러나고 있지만, 그는 한국사회의 민족주의가 일본에 대한 반항이라는 부정적 뉘앙스만 가지고 있다는 점에서 민족주의의 가치를 부정한다.

김학의 형은 김학에게 일본 요코하마 항에서 일어난 동료 장교의 발포 제의를 하나의 유혹으로 생각한 일을 들려준다. 그러나 김학의 형은 동료의 함포 사격이 일본의 죄 없는 수많은 사람들에게 가하는 폭력일 뿐이며 그 유혹은 광포한 전체주의의 숨결로서, 한국 민족 전체가 그 욕망을 통해 복수하려는 미치광이 짓에 지나지 않는다는 사실을 거론한다(123~124면). "중국적 보편제국에 대해서 회의할 틈도 없이 서양적 보편 제국의 발톱에 걸려버"(125면)린 한국의 파행적 근대에 대한 발언으로 미루어 보면, 김학의 형의 이러한 발언은 독고준의 회상과 사유가 민족과 국가라는 근대종교의 산물임을 비판적으로 인식하는, 근대적 주체의 면모를 구축해 나가는 절차에 속한다고 할 수 있다. 또한 이 발언은 『갇힌 시대』 동인을 주도하는 정치학도 김학이 놓치고 있는 "주체적 정열은 없고 기계적인 해석뿐"(125면)인 정치학에 대한 비판으로도 볼 여지도 충분하다. 김학은 독고준에게 자신이 이끄는 조직에 가입하도록 제의하지만, 독고준은 그 제의를 거부한다. 김학의 형의 발언을 미루어볼 때, 독고준이 김학의 동인에 가담하지 않는 것은 조직이 가진 생리를 잘 알고 있기 때문이고 진보의 거대이념을 믿지 않기 때문이다. 조직이란 그 자동성 때문에 인간을 이념적으로 속박한다. 그런 까닭에 독고준은 "에고에 대한 사랑은 에고에게 바쳐라"(228면) 하며, 김학이 신뢰하는 진보와 혁명의 가치를 단호하게 부정해 버린다.

반면, 김학은 독고준과 자신의 형처럼 주체의 자기정립을 시도하는 인물이 아니다. 그는 "병석에 누워 있는 아버지의 아들이었고, 형편이 기울어진 지방 유지의 차남이었고, 나날이 소란스러워가는 시골 도회의 아들"로서 "순수한 개인의 자리"(130면)가 그에게는 없다. 그가 독고준을 부러워하는 것은 단지 독고준이 가진 단독자의 처지이다. 그는 '책에서 배운 추상적인 논리, 동인들의 공감, 가족을 향한 혈연적 유대라는 세 개의 자리"(130면)에서 헤매는 상태에 있다. 김학의 이러한 상황은 상대적으로 주체의 미분화된 의식 상태를 설명해주며 평균치에 해당하는 전형적인 시대 현실 속의 청년임을 시사한다.

분단의 산문적인 현실에서 전형적인 인물 또 하나가 독고준의 매부 현호성이다. 그는 월남과 함께 남한의 전후 자본주의에 재빨리 적응하고 부패한 정치 현실에 투신하면서 독고준 누님과의 사랑을 버린다. 철저하게 권력과 돈을 지향하는 그는, 독고준의 표현을 빌리면 "여당의 유력한 당원"으로서 "자유당이라는 갱단의 일원"으로서 "지조없고 자기의 주의 주장에도 성실함이 없으며 강한 편에 붙어 보신해온 존재"(153면)에 지나지 않는다. 현호성은 우월한 정치 체제 아래에서 얼마든지 적응 가능한 현실 지향적 인간이다. 현호성이 독고준을 자신의 집에 순순히 받아들이는 것도 독고준을 자신의 감시하에 두고 관리할 수 있다는 나름대로의 의도 때문이다.

현호성은 부도덕하지만 삶의 육체를 가진 남한의 사회경제적 토대를 환유한다. 그는 노동당에 입당한 전력이 치명적인 약점이기는 해도 돈과 권력에 도구화된 인간이기 때문에, 자신의 당원증조차 과거에 거쳤던 특정한 기표 중 하나에 지나지 않는다. 현호성이 독고준을 위협적인 인물로 여기지 않는 것도 자신의 신원에 대한 과거의 징표 하나가 현실세계에 그 어떤 위협을 가할 수 없다는 사실을 잘 알고 있기 때문이다. 그러한 점에서 현호성은 독고준에게 돈과 자유를 제공하는 후원자이다. 그는 남한에서 기묘한 계약관계를 맺고 '살아내려는/살아보려는' 독고준의 욕망을 충족시켜주는 사회경제적 기반에 해당한다.

그러나 독고준은 남한의 "난민수용소" 같은 산문적 현실, 경제적 이권에 신의를 매도해버린 사회에서, 살아갈 방안을 현호성을 매개로 삼아 생계를 해결하는 한편 소설쓰기에 매진한다. 그의 이러한 조건과 의욕은 사실 분단 현실 속 예술가의 위상과도 직결되는 것이다.

　나는 누이의 복수를 대신한 것도 아니며 그의 악을 미워한 것도 아니
다. 나의 지친 몸을, 썩은 영혼을, 기왕이면 위생적인 공간에 놓고 보자
는? 간계였을 뿐 이다. 그래서는 그래서는 어쩌자는? 그 부스럼이 피어
난 토양, 그 허허한 바람의 토양을 들여다보는 일은 아직도 내게는 버
릴 수 없는 보람이었으므로, 조국도 이웃도 다 멸망하는 날까지도, 꼼짝
없이 나의 에고를 속속들이 해부해보는 것에 걸었기 때문에. 아니. 걸렸
기 때문에.

-『회색인』, 220면

　독고준은 당원증을 매개로 현호성의 집에 기거하기로 결정한 것은
아니며 누님의 삶이 못 다한 도박을 받아들여 현호성에게 누이의 복수
를 대신하려 한 것도 아니다. 독고준은 현의 당원증을 빌미삼아 자신
의 삶을 건 도박을 건 것이다. 지친 몸과 썩은 영혼을 위생적인 공간
에 두려는 "간계"는 이를테면 월남한 자의 전락한 삶에 어울리지 않는
치열한 성찰을 감행해야 하는 예술가의 과제이기도 하다. 치열한 글쓰
기와 사유는 곤고한 일상적 삶과는 무관하며 고향과 이웃과 조국과도
해방된 사유 속 빛나는 세계이기 때문이다. 그러나 주체의 해방을 위
해 내건 삶의 도박은 현호성이 제공한 삶의 기반 위에서 출발하고 있
다. 현호성을 매개로 삼아 독고준이 확보한 돈과 가정과 자유는 환멸
조차 시적으로 수행할 수 있는 남한 사회의 구지몽매한 현실에서 스스
로를 차별화시킬 어떤 의식상의 거점에 해당한다. 독고준이 현호성과
당원증을 매개로 한 모종의 거래(그가 입당했던 노동당 당증과 경제적 원조
를 맞바꾸는)는 과거를 빌미삼아 남한사회의 한 귀퉁이에 살아남기 위
해 맺은 계약인 셈이다. 그렇다고 해서 독고준의 계약이 곧장 안락한

일상으로 매몰되는 것은 아닌데, 그것은 인용대목에서처럼 치열한 주체의 자기정립을 위한 진정성 획득이라는 과업에 자신을 걸었기 때문이다. 따라서 현호성과의 계약은 부패한 현실을 조건 삼아 거기에 함몰되지 않고 가족과 사회, 국가와 민족을 넘어 자기를 정립하는 절차인 것이다.

한편, 김학의 형의 말을 따라 독고준이 경주에 있는 현자인 황 선생을 만나 듣는 담론의 절차는, 그가 가진 세 개의 자리(책 속의 추상성, 가족 간의 혈연적 유대, 집단적 분위기)를 극복해 나가는 과정이다. 현자 '황 선생'은 자신의 형에게서 이해하지 못했던, 서구적 근대를 맹목적으로 추수하는 김학 자신의 미망을 각성시켜주는 존재이다. 미망에 빠진 김학을 구출해주는 것이 황 선생의 전언이다. 김학은 역사와 문화, 민족과 종교를 광활하게 조감하는 황 선생을 통해서 자신이 지적 방황이 책의 추상성을 주체적으로 인식하지 않은 결과이며, 혈연적 유대를 넘어선 만인에 대한 불교의 이타적 사랑으로 확장되어야 하며 한다는 사실을 깨닫는다. 8장 전체에 걸쳐 있는 황 선생의 긴 이야기는 김학에게 결국 "인생은 자기가 사는 거야." 라는 점을 깨닫도록 만든다. 김학의 깨달음은 독고준과 김학의 형, 황 선생과 같은 주체적 사유와는 구별된다. 김학의 결의는 바깥으로부터 주어진 깨달음이라는 점에서 타율적이다. 이는 김학이 주체 정립의 출발선상에 있음을 보여준다.

아버지의 죽음과 함께 긴 회상을 거쳐 맞이한 독고준의 단독자로서의 현실이나, 김학을 지식의 추상성 · 가족적 혈연의식 · 동인들의 감상적 유대에서 벗어나도록 이끄는 그의 형과 황선생은 모두 주체의 정립을 서로 다른 관점에서 시도하는 존재라는 특징을 가지고 있다. 독고준의 경우 분단과 실향, 아버지 상실로 인한 피난민의 처지에서, 김학의 형의 경우 고향과 민족을 대상화하는 군인이라는 관점에서, 김학의 경우 병든 아버지와 가족의 희생을 전제로 한 자신의 학업과 사회 진보에 대한 열정에서 방황하는 처지에서, 반성하는 주체의 형상을 보여주고 있다.

이러한 주체의 인식을 보여주는 서술은 『희색인』에 담긴 자기발견에 따른 진정성이기도 하다. 즉, 독고준과 김학, 김학의 형과 황 선생 같은 작중인물들의 목소리에서 공통적으로 발견되는 것은 주체의 자기정립을 위한 고투, 인물 스스로 주체적인 정의(定議)내리기 위한 치열함이다. 이렇게 분화된 인물들의 자의식은 인물 간의 대화에서 볼 수 있듯이, 각 개인들이 가진 서로 다른 사유방식을 교차 대면시키는 한편, 상호인정을 통해 주체를 형성해 나가는 방식을 취한다. 이것이 바로 『회색인』에서 등가적이며 유사성을 가진 존재들이 각각의 존재들로 분화되어 출현하는 이유이다.[19]

『회색인』이 보여주는 근대적 주체의 자기정립은 현실과 거리를 두고 책속의 세계를 편력하는 내면이 가진 치열함과, 그 안에 깃든 진정성 때문에 열리는 인식지평이다. 이 지평은 가족과 사회, 국가와 민족, 남북사회 어디에도 속하지 않는 망명지식인의 입지에서 열린 세계이다. 달리 말해 『회색인』의 작중인물들은 모두 주어진 역사에 대한 자신만의 고유한 분석과 판단을 통해서 자신의 위치를 비판적으로 인식

---

19) 최인훈 소설에서, 이른바 '의식의 흐름'을 담은 『구운몽』이나 목소리로만 된 『총독의 소리』, 『주석의 소리』 등은 그러한 점에서 근대적 주체의 자기정립과정을 해명해줄 특징에 해당한다. 이에 관해서는 김인호, 앞의 글 참조할 것.

하며 극한으로 밀어붙이는 결행을 하는가 아닌가 하는 두 부류로 나뉜다. 독고준처럼 남한 사회에 정상적으로 편입되기를 거부하고 과거 매부였던 현호성과 임시적인 계약 관계를 맺으며 거주민으로 갖는 자유를 반성의 극단까지 밀어붙이는 대자적 인물(여기에는 김학의 형, 황 선생, 이유정도 포함된다)과 회의 없는 순수한 신념을 소유한 미분화된 의식을 가진 즉자적인 인물(김학, 김순임이 여기에 포함된다)이라는 스펙트럼이 나타난다. 독고준을 비롯한 인물의 범주는 그들 나름대로 수행하는 한국 사회의 근대성이 가진 비동시성과 파행적 전개를 조감하는 데 넉넉할 만큼 넓은 사유의 폭과 깊이를 가지고 있다.

특히 독고준의 경우, 경제적 계약과 사회문화적 계약의 분리는 그의 회상에서 드러난 현실과 허구의 분리를 변주하여, 누님의 전 생애를 건 삶의 도박이 봉쇄된 운명적 현실을 대리하는 한편, 자신만의 새로운 가치들을 정초(定礎)하려는 해방된 주체의 몸짓을 보여준다.

> (........) 이향(離鄕). 나그네살이. 그리고 오랜 풍상 끝에 귀향. 객지에서 나그네 죽음을 하는 사람도 마지막 깜빡거리는 임종의 순간에 그의 눈알에는 어머니가 비칠 것이다. 그리고 그 어머니는 고향집 감나무 밑이 아니고 어디에 서 있겠는가. 그러한 고향을 김학은 가지고 있다. 그러나 나는 없다. 아마 오랜 세월을 그곳에 못 갈 것이다. (……) 그의 영혼 속에서 이미 고향은 죽어 있었다. (……) 나의 고향은 나의 속에 있다고 믿게 된 인간. 그리고 그 '속'에서 소리도 없는 바람만 느끼는 인간. 이것은 고향을 잃은 자의 대상(代償) 본능이 시킨 속임수일까. 아니. 그렇지 않다.

─『회색인』, 219~220면

실향민 아닌 이향인, 나그네살이로 스스로의 삶을 규정하는 독고준의 독백은 고향만이 아니라 가족과 사희와 국가와 민족으로부터 멀리 떨어져나온 도시적 인간, 망명지식인의 자기선언에 가깝다. 그는 더 이상 고향의 온기를 보존하지 않으려 하거, 가족의 혈연적 유대나 아버지의 권위를 빌리지 않는다. 그는 소년기에 겪은 배교자의 심문으로도 이데올로기의 허위와 폭력을 충분히 경험한 바 있기 때문이다. 당원증을 매개로 한 남한에서의 계약적 삶은 안주하기를 유보하고, 불모적인 남한 현실과의 정신적 응전을 마다하지 않겠다는 의지의 표명이다. 독고준과 김학의 형, 황 선생이 조망하는 남한의 불모성이란 분단과 전쟁, 서구적 근대에 대한 맹목성이 빚어낸 난민수용소와 같은 허구에 가까운 시대현실을 지칭한다. 결국 『회색인』이 재현하고자 하는 바는 주어진 운명이자 거대한 아이러니로서 사회현실을 조감하는 주체의 치열함이다. 산문적 현실의 불모성과 길항하거 드러내는 내면의 진정성은 운명적으로 주어진 삶의 모든 조건들을 성찰하며 열어놓는 서술에서 잘 발견된다. 또한 이 진정성은 그의 믄학에서 남북사회에 만연한 정치적 이념적 허위에 맞서서 힘겹게 마련하는 미적 개인의 가치발견과 자기구원, 더 나아가 가족의 혈연적 유대, 국가와 민족이라는 차원마저 넘어진 주체 정립의 기획을 여고한다.

5. 미적 주제와 글쓰기의 진정성

지금까지 이 글은 최인훈 소설에서 『광장』에 비해 상대적으로 논의가 다소 소홀한 『회색인』에 주목하여 주체의 면모를 살펴보았다. 이 소설이 전쟁과 실향과 이산을 강요한 분단현실과 응전하는 양상은 성찰하는 내면, 서술주체의 치열한 반성을 통해서 현실의 허위를 극복하고자 하는 미적 기획에서 잘 확인된다. 작품의 미적 기획은 분단과 전쟁이라는 비극만이 아니라 한국사회의 주변부성, 민족주의, 정치, 종교, 예술에 이르는 인식주체의 자기정립으로 이어진다. 『회색인』은 비극을 낳은 정치적 현실, 횡행하는 이념의 폭력, 전후 자본주의와 인식론적 거리를 두고 미적 기획을 실현하려는 글쓰기를 보여주는 작품이다. 이 기획은 현실의 온갖 중압들(가족과 고향, 종교, 자본, 민족주의, 맹목에 가까운 문화의 서구지향성)로부터 스스로를 해방시켜 자기를 구원하여 스스로 발견한 가치로써 현실과 응전하는 주체의 자기정립을 시도하는 일인데, 이는 한국사회의 파행적 근대성과 관련된 미적 주체의 모색을 탐사하려는 최인훈 문학의 선언에 가깝다. 이렇게 『회색인』은 최인훈 문학에서 미적 기획에서 주체적 사유의 거점을 제시한 작품이다. 이 거점은 '책'이라는 텍스트와 '현실'이라는 텍스트 중간쯤에 위치해 있다. 주체의 자기정립에 대한 요청은 역사적 현실의 가파름에 응전하기 위한 정신의 거점 마련이 시급하다는 작가의식에서 비롯된 인식론적 지점이다. 주체는 운명으로 주어진 현실 조건에 대항하며 서구적 근대의 광포한 이행과정에서 마련하는 사유의 변증법을 보여주고자 한다. 주체의 이 같은 특징은 최인훈 문학을 설명해줄 미적 기획의 핵심 사안 대부분을 포괄하고 있다. '나그네살이'로 표현되는 실향민 작가의 문학적 지향은 난민수용소처럼 뒤얽힌 혼탁한 남한 현실에 뿌리내리는 고단한 타향살이에서 감행한 정신적 응전에 가깝다. 주인공 독고준은 불투명하고 낯선 현실로 들여보낸 조건들, 곧 운명을 깊이 성찰할 뿐만 아니라 현실의 난관 속에서 자신의 미적 기획과 예술가의 사회적 위상을 감행하는 사회 계약을 맺는다. 『회색인』에서 글쓰기가 물신화된 사회에서 제공하는 돈과 자유를 토대 삼아 현실에 매몰되지 않는 주체의 정립을 위한 치열한 반성적 결과라는 사실은 그래서 강조되어야 할 명제인 것이다.

『회색인』이 현실 묘사나 사건을 배제하고 마음의 풍경, 기나긴 사색의 호흡을 일관되게 서술하는 것은 어더한 논리의 전범도 사라진 시대현실에서 모색되는 새로운 가치의 발견과 자기 구원이며, 궁극적으로는 주체의 글쓰기가 가진 진정성이다. 작품에서는 기억과 일상 속에 대면하는 인물들과의 관계 안에서 일어나는 자잘한 사건들의 형해들만 배치할 뿐, 서술의 대부분이 대화 형식을 빌린 사유의 항행(航行)만을 보여준다. 사건이나 작중현실을 작품에서 배제한 까닭은 그 반성만도 대단히 힘겹기 때문이다.

독고준을 비롯한 작중인물들은 모두 파행적 근대의 자장 안에서 '나는 누구이며, 나는 무엇을 해야 하는가'를 깊이 되새김질하는 사색인들이다. 이들은 앞서 보았던 『강철은 어떻게 단련되었는가』와 『집없는 아이』같은 성장담처럼 혼돈스러운 시대현실을 가로질러 자기정립에 이르는 또다른 주체를 창조하는 데 관여하고 있는 인물들이다. 다시 말해 이때 주체는 허구의 주체는 스스로를 고향과 가족에게 돌아갈 수 없는 나그네로 규정하며 전통과 습속을 재해석한다. 이들은 스스로 발견하는 가치만을 신봉하며, 민족주의와 전치주의, 기독교와 사회주의를 넘고 규범 및 이데올로기의 신파적인 통속성을 넘어서 삶을 시로 승화시키는 미적 차원을 획득하고자 한다. 이것이야말로 최인훈의 주체가 속악한 현실에서 해방되어 자기구원에 이르는, 다시 말해서 미적 주체로 탄생하는 유일한 행로이다. 독고준을 비롯한 작중인물들은 그들 사이에 놓인 대극적인 편차만큼이나 스스로 발견해야 하는 가치들의 옹립을 위해 제각각의 노력을 경주한다.

　이렇게 보면 『회색인』이 발언하고 있는 '이야기의 허구가 더 진실에 가깝고, 주어진 현실이 허구만 못하다'는 인식은 시대현실에 대한 비판적 거리를 두는 정언명제에 해당한다. 이러한 자각을 바탕으로 이 작품은 회상 속에서 얻어낸 어린 시절의 독서인의 경험을 반추하는 한편, 한국사회의 특수한 조건들을 반성하며 근대적 주체의 자기정립을 도모하고 있다. 따라서 이들 주체가 형이상학적인 문제에 골몰하고 있다고 오독해서는 안 된다. 최인훈이 말하는 주체는 주어진 불가해한 현실 조건을 성찰하는 사유의 중심이다. 그 주체는 고향 상실과 가족과의 단절 속에서 환멸한 이데올로기와 맞서는 한편, 삶을 시로 승화시킨 책 속의 미적 주체들을 명상하며 타자와의 사랑을 구하는 존재이다. 그것은 살아남기 위하여, 또는 살아내기 위하여 타자와 제휴하는 삶의 이끌림, 곧 사랑이며 자기구원의 한 방식이다. 더 나아가 주체는 혼돈한 남한의 전후 현실 속에서 단독자임을 자처하며 스스로 고향과 민족과도 작별하고 있다. 이것이 『회색인』에 담긴, 식민지 시대로부터 해방과 분단과 전쟁, 전후의 낙후한 현실 조건에 대한 정치적 역사적 문화적 탐사의 정체이며, 그 안에서 자기정립에 이르는 주체의 내력이 가진 가치이다. '주체의 자기정립을 위한 글쓰기'는 그 광포한 현실 조건에 대한 가족과 민족, 사회와 국가를 넘어선 탐사와 그 치열한 반성의 진정성 때문에 빛난다.

출전 : 「분단현실과 주체의 자기정립–최인훈의 『회색인』」,
『한국문학연구』 제24집, 2001.

제 4 부
부 록

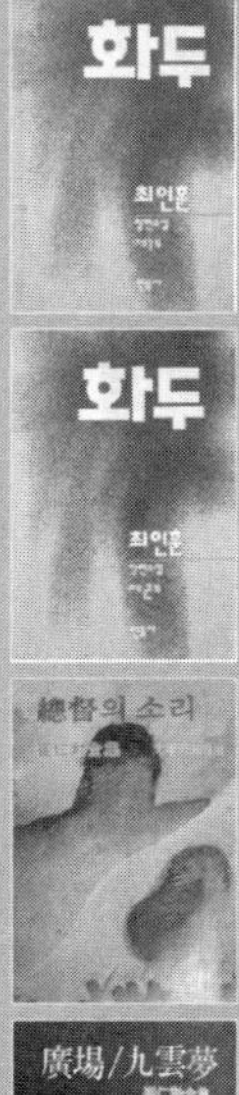

생애 연보*

1936 함북 회령에서 태어남(父 최국성, 母 김경숙의 장남). 그의 소설에 등장
      하는 H가 고향 회령임.

1943(7세) 회령북국민학교 입학.

1947(11세) 함남 원산으로 이사, 원산중학교 2학년 입학. 그의 소설에 등장
      하는 W시가 원산임.

1950(14세) 6·25전쟁 발발, 12월 LST편으로 월남.

1951(15세) 부산 피난민수용소에서 지내다가 돗포고등학교에 입학.

1952(16세) 서울대 법대에 입학. 그해 여름 「두간강」을 쓰면서 한 세계를 만
      들어내는 기쁨을 느낌(「두만강」은 이후 1970년에 발표).

1955(19세) 잡지 『새벽』에 시 「수정」이 추천.

1956(20세) 마지막 한 학기를 남겨두고 서울대 법대를 중퇴.

1957(21세) 군에 입대하여 통역 장교로 근무. 1963년까지 7년간 장교로 근무.

---

* 이 작가 연보는 김종회가 정리한 「최인훈, 문학적 연대기」에 기초하였음(김종회,
  「최인훈, 문학적 연대기」, 『화두』 1, 문이재, 2002).

1959(23세) 「GREY구락부 전말기」(『자유문학』 10월호), 「라울전」(『자유문학』 12월호)이 안수길 선생에 의해 추천.

1960(24세) 「9월의 달리아」, 「우상의 집」, 「가면고」, 「광장」 발표.

1961(25세) 『광장』(정향사) 출간. 「수」 발표.

1962(26세) 「구운몽」, 「열하일기」, 「7월의 아이들」 발표.

1963(27세) 「크리스마스 캐럴 1」, 「금오신화」 발표. 「회색인」 연재.

1964(28세) 「크리스마스 캐럴 2」, 「전사연구」(이후 「전사에서」로 개작) 발표.

1966(30세) 「놀부뎐」, 「웃음소리」, 「크리스마스 캐럴 3」, 「크리스마스 캐럴 4」, 「국도의 끝」, 「크리스마스 캐럴 5」, 「정오」 발표 『서유기』 연재. 「웃음소리」로 제11회 동인문학상 수상.

1967(31세) 「총독의 소리 1」, 「총독의 소리 2」 발표.

1968(32세) 「총독의 소리 3」, 「주석의 소리」, 「공명」 발표.

1969(33세) 「옹고집뎐」, 「온달」, 「열반의 배」, 「소설가 구보 씨의 일일 1」, 발표.

1970(34세) 「소설가 구보 씨의 일일 2」 발표 「하늘의 다리」 연재. 평론집 『문학을 찾아서』(현암사) 출간. 희곡 「어디서 무엇이 되어 만나랴」 발표. 11월 17일 원영희 씨와 결혼.

1971(35세) 『소설가 구보 씨의 일일』을 「갈대의 사계」란 제목으로 연재. 『서유기』(을유문화사) 출간.

1972(36세) 『소설가 구보 씨의 일일』(삼성출판사) 출간.

1973(37세) 「태풍」 연재. 미국 아이오와 대학의 <세계작가 프로그램 IWP> 초청으로 도미. 4년 간 미국에 체류.

1976(40세) 미국에서 귀국. 「옛날 옛적 훠어이 훠이」, 「총독의 소리」 발표. 『최인훈 전집』 간행 시작(문학과지성사). 「옛날 옛적에 훠어이 훠이」(극단 <산하>)가 공연됨.

1977(41세) 「봄이 오면 산에 들에」 발표. 「옛날 옛적에 훠어이 훠이」로 한국 연극영화예술상 희곡상 수상. 서울예술대학 교수 취임.

1978(42세) 「둥둥 낙랑둥」, 「달아 달아 밝은 달아」 발표. 「옛날 옛적에 훠어이 훠이」로 제4회 중앙문화대상 예술부문 장려상 수상.

1979(43세) 미국 브록포트 대학 연극부에서 공연하는 「옛날 옛적에 훠어이 훠이」를 참관하기 위해 도미. 『최인훈 전집』완간. 서울극평가 그룹상 수상.

1980(44세) 『왕자와 탈』(문장사), 『하늘의 다리』(고려원) 출간.

1981(45세) 『느릅나무가 있는 풍경』(민음사) 다리』 출간. 김현과의 대담 「변동하는 시대의 예술가의 탐구」 발표.

1983(47세) 「달과 소년병」 발표.

1987(51세) 뉴욕에서 공연되는 「옛날 옛적에 훠어이 훠이」를 참관하기 위해 도미.

1989(53세) 창작선집 『달과 소년병』(세계사), 산문집 『길에 관한 명상』(청하), 창작선집 『웃음소리』(책세상) 출간.

1990(54세) 예술론 『꿈의 거울』(우신사) 출간.

1992(56세) 단편선집 『남들의 지붕 밑에서』(청아) 출간.

1993(57세) 러시아 여행.

1994(58세) 『화두』(민음사) 출간. 제6회 이산문학상 수상.

1996(60세) 『광장』 100쇄 간행 기념회.

2001(65세) 『광장』 40주년을 기념하는 <최인훈 문학 심포지엄> 개최. 서울예술대학 문예창작과 교수 정년퇴임, 명예교수 취임.

2002(66세) 『화두』(문이재) 출간.

2008(72세) 새로운 장정의 『최인훈 문학 전집』(문학과지성사) 출간 시작.

2011(75세) 제1회 박경리문학상 수상.

2012(76세) 『바다의 편지』(삼인) 출간.

작품 연보

1959 「GREY구락부 전말기」(『자유문학』 10월호), 「라울전」(『자유문학』 12월호) 추천.

1960 「9월의 달리아」, 「우상의 집」, 「가면고」, 「광장」 발표.

1961 「수」 발표.

1962 「구운몽」, 「열하일기」, 「7월의 아이들」 발표.

1963 「크리스마스 캐럴 1」, 「금오신화」, 「회색인」 발표.

1964 「크리스마스 캐럴 2」, 「전사연구」 발표.

1966 「놀부뎐」, 「웃음소리」, 「크리스마스 캐럴 3」, 「크리스마스 캐럴 4」, 「국도의 끝」, 「크리스마스 캐럴 5」, 「정오」 발표. 「서유기」 연재 시작.

1967 「총독의 소리1」, 「총독의 소리2」 발표.

1968 「총독의 소리3」, 「주석의 소리」 발표.

1969 「옹고집뎐」, 「온달」, 「열반의 배」, 「소설가 구보 씨의 일일 1」 발표.

1970 「소설가 구보 씨의 일일 2」. 「하늘의 다리」 발표.

1971 「갈대의 사계」 연재.

1976 「총독의 소리 4」, 희곡 「옛날 옛적 훠어이 훠이」.

1977 희곡 「봄이 오면 산에 들에」 발표.
1978 희곡 「둥둥 낙랑둥」, 「달아 달아 밝은 달아」 발표.
1983 「달과 소년병」 발표.
1994 『화두』 출간.

연구 목록

▍학위논문 ▍

강유정, 「1960년대 소설의 나르시시즘 연구」, 고려대 대학원 박사논문, 2006.

강윤신, 「최인훈 소설의 죽음충동과 플롯의 상관관계연구」, 명지대 대학원 박사논문, 2009.

고인환, 「최인훈 초기소설 연구―『광장』, 『회색인』, 『소설가 구보 씨의 일일』을 중심으로」, 경희대 대학원 석사논문, 1996.

구연수, 「소설 수용 교육 방법 연구 : 최인훈의 『광장』을 중심으로」, 한국외대 교육대학원 석사논문, 2010.

기도연, 「최인훈의 '지식인 소설' 연구 : 지식인의 현실 대응 방식을 중심으로」, 경희대 대학원 석사논문, 2010.

길경숙, 「최인훈 『서유기』 연구」, 한양대 대학원 석사논문, 2000.

김경욱, 「최인훈 소설의 이데올로기비판 담론 연구」, 서울대 대학원 석사논문, 1998.

김기우, 「최인훈 소설 연구―최인훈의 예술론과 창작이론을 중심으로」, 한림대 대학원 박사논문, 2006.

김기주, 「최인훈 소설 연구」, 동국대 대학원 박사논문, 2000.

김동현, 「최인훈 시극의 장르론적 연구」, 부산대 대학원 박사논문, 2011.

김미영, 「최인훈 소설의 환상성 연구」, 한양대 대학원 박사논문, 2003.

김민수, 「1960년대 소설의 미적 근대성 연구-최인훈과 김승옥의 소설을 중심으로」, 중앙대 대학원 박사논문, 1999.

김성열, 「최인훈의 「구운몽」 연구」, 고려대 대학원 석사논문, 1984.

김영찬, 「1960년대 모더니즘 소설 연구」, 성균관대 대학원 박사논문, 2001.

김인호, 「최인훈 『화두』에 대한 해체론적 읽기-쟈끄 데리다의 해체이론을 중심으로」, 동국대 대학원 석사논문, 1995.

김인호, 「최인훈 소설에 나타난 주체성 연구」, 동국대 대학원 박사논문, 2000.

김정관, 「한국 모더니즘 소설의 인식구조 연구-이상, 장용학, 최인훈의 소설을 중심으로」, 중앙대 대학원 박사논문, 1996.

김정화, 「최인훈 소설의 탈식민주의적 연구」, 서울대 대학원 석사논문, 2002.

김종수, 「최인훈 소설의 관념표출방법 연구」, 고려대 대학원 석사논문, 1999.

김주선, 최인훈 장편소설 『태풍』의 구조 연구, 숙명여대 대학원 석사논문, 2012.

김주언, 「한국 비극소설 연구-1960년대 최인훈·서정인·김승옥을 중심으로」, 단국대 대학원 박사논문, 2001.

김지혜, 「최인훈, 김승옥, 이청준 소설의 몸 인식과 서사 구조 연구」, 이화여대 대학원 석사논문, 2010.

김희주, 「최인훈 소설의 다중자아 연구-『가면고』를 중심으로」, 고려대 대학원 석사논문, 2009.

문지현, 「최인훈 소설의 미적 근대성 연구 :『구운몽』,『서유기』를 중심으로」, 단국대 교육대학원 석사논문, 2010.

박상미, 「학습자 중심의 극문학 수용과 창작 교육 : 설화 소재극을 중심으로」, 이화여대 교육대학원 석사논문, 2010.

박소영, 「셰익스피어의 『태풍』과 최인훈의 『태풍』 비교 : 탈식민주의 시각을 중심으로」, 한국외대 대학원 석사논문, 2008.

박소희, 「최인훈 소설의 난민의식 연구」, 명지대 대학원 석사논문, 2011.

박수현, 「김승옥·최인훈 소설에 나타나는 '내적 분열' 양상 연구」, 고려대 대학원 석사논문, 2006.

박정수, 「한국 현대 소설의 환상적 상상력 연구」, 서강대 대학원 석사논문, 2001.

박 진, 「최인훈의 『소설가 구보 씨의 일일』 연구-패러디의 양상을 중심으로」, 고려대 대학원 석사논문, 1995.

박해랑, 「최인훈 『廣場』의 분석적 고찰」, 동국대 대학원 석사논문, 2010.

박현숙, 「최인훈 희곡에 나타난 연극기법 연구 : 서사극적 특성을 중심으로」, 강원대 대학원 석사논문, 2010.

박혜주, 「최인훈 소설의 사실성과 비사실성 연구」, 이화여대 대학원 석사논문, 1984.

서은선, 「최인훈 소설의 서사 구조 연구」, 부산대 대학원 박사논문, 2003.

서은주, 「최인훈 소설 연구-인식 태도와 서술방식의 상관성을 중심으로」, 연세대 대학원 박사논문, 2000.

설혜경, 「1960년대 소설에 나타난 재판의 표상과 법의 수사학 : 최인훈과 이청준을 중심으로」, 한양대 대학원 박사논문, 2011.

성지연, 「최인훈 문학에서의 '개인'에 관한 연구」, 연세대 대학원 박사논문, 2003.

손유경, 「최인훈·이청준 소설에 나타난 텍스트의 자기반영성 연구」, 서울대 대학원 석사논문, 2001.

송명진, 「최인훈 소설의 사실효과와 환상효과 연구」, 서강대 대학원 석사논문, 2001,

송혜영, 「최인훈 소설에 나타난 나르시시즘의 정신구조 연구」, 서울시립대 대학원 석사논문, 2001.

송효정, 「1960년대 소설의 환상성-최인훈, 김승옥, 박상륭 소설을 중심으로」, 고려대 대학원 석사논문, 2003.

안경숙, 「최인훈 문학의 장르비평적 연구」, 중앙대 대학원 석사논문, 1996.

양 인, 「최인훈 소설의 서사형식과 사회적 담론 연구」, 서강대 대학원 석사논문, 1996.

양선영, 「최인훈 단편소설 「웃음소리」·「만가」 연구-서술 양상과 환상성을 중심으로」, 한남대 대학원 석사논문, 2001.

양윤모, 「최인훈 소설의 '정체성 찾기'에 대한 연구」, 고려대 대학원 박사논문, 1999.

양윤의, 「최인훈 소설의 주체 연구」, 고려대학교 대학원 박사논문, 2010.

양현석, 「최인훈의 『서유기』 연구-환상성을 중심으로」, 한양대 대학원 석사논문, 2002.

엄예빈, 「공연을 통해 본 최인훈 희곡의 무대지시문 연구-「옛날 옛적에 훠어이 훠이」의 김정옥 연출과 루트겐홀스트 연출을 중심으로」, 서울과학기술대 석사논문, 2010.

연남경, 「최인훈 소설의 자기 반영적 글쓰기 연구」, 이화여대 대학원 박사논문, 2009.

오송희, 「최인훈 소설연구-『태풍』, 『광장』에 나타난 공간의 원형의식을 중심으로」, 성신여대 대학원 석사논문, 1994.

오승은, 「최인훈 소설의 상호텍스트성 연구-패러디 양상을 중심으로」, 서강대 대학원 석사논문, 1998.

오양진, 「1960년대 한국소설의 비인간화 연구」, 고려대 대학원 박사논문, 2004.

오윤호, 「한국 근대 소설의 식민지 경험과 서사 전략 연구-염상섭과 최인훈을 중심으로」, 서강대 대학원 박사논문, 2003.

유초선, 「최인훈의 반사실주의 소설 연구-『가면고』, 『구운몽』, 『서유기』를 중심으로」, 이화여대 대학원 석사논문, 1998.

이강록, 「최인훈 소설의 정신분석학적 연구」, 계명대 대학원 박사논문, 2012.

이인숙, 「최인훈 소설의 담론 특성 연구-서술 층위를 중심으로」, 고려대 대학원 박사논문, 1999.

이정선, 「최인훈 소설 연구-내용과 형식의 상관관계를 중심으로」, 경희대 대학원 석사논문, 1999.

이주라, 「최인훈 소설의 반복기법 연구」, 고려대 대학원 석사논문, 2003.

이호규, 「1960년대 소설의 주체 생산 연구-이호철, 최인훈, 김승옥을 중심으로」, 연세대 대학원 박사논문, 1999.

임경순, 「1960년대 지식인 소설 연구」, 성균관대 대학원 박사논문, 2001.

장사흠, 「최인훈 소설의 정론과 미적 실천 양상-헤겔 사상의 비판적 수용과 극복 양상을 중심으로」, 서울시립대 대학원 박사논문, 2004.

정대화, 「최인훈『서유기』연구-수용 이론적 방법을 중심으로」, 서울대 국어교육과 대학원 석사논문, 1988.

정덕현, 「한국 현대소설의 자아분열 및 대응양상 연구」, 한남대 일반대학원 석사논문, 2010.

정영훈, 「최인훈 소설에 나타난 주체성과 글쓰기 상관성 연구」, 서울대 대학원 박사논문, 2005.

정원채, 「1960년대 소설에 나타난 모더니티 지향성의 서사화 양상 연구-최인훈, 김승옥, 이청준의 소설을 중심으로」, 한성대 대학원 박사논문, 2008.

정은영, 「최인훈의 「구운몽」 연구-미궁 만들기와 길 찾기의 구성과 관련하여」, 서강대 대학원 석사논문, 1994.

정은주, 「최인훈 「구운몽」, 『서유기』 연구-창작기법과 상상력을 중심으로」, 고려대 대학원 석사논문, 1990.

정지아, 「한국전쟁의 특수성이 한국 전후소설에 미친 영향」, 중앙대 대학원 박사논문, 2011.

정혜영, 「최인훈 소설의 환상성 연구」, 숭실대 대학원 석사논문, 1992.

조보라미, 「최인훈 소설의 환상성 연구」, 서울대 대학원 석사논문, 1999.

주소형, 「최인훈, 이현화, 오태석 희곡의 '연극성' 연구」, 상명대 대학원 박사논문, 2010.

차미령, 「최인훈 소설에 나타난 정치성의 의미 연구」, 서울대 대학원 박사논문, 2010.

차봉준, 「최인훈 패러디 소설 연구」, 숭실대 대학원 석사논문, 2001.

채정상, 「최인훈 소설의 기호학적 분석-단편소설 「웃음소리」, 「열하일기」, 「금오신화」

　　　　　를 중심테마로」, 동국대 대학원 석사논문, 2001.
최애순, 「최인훈 소설에 나타난 연애와 기억에 관한 연구」, 고려대 대학원 박사논문,
　　　　　2005.
최영숙, 「최인훈 소설의 담론 연구 :『가면고』, 『회색인』, 『소설가 구보 씨의 일일』을 중
　　　　　심으로」, 계명대 대학원 석사논문, 1998.
최인훈, 「최인훈의 『서유기』 연구」, 한양대 대학원 석사논문, 2000.
최창수, 「최인훈 소설 연구－욕망의 흐름에 의한 사유운동 양상」, 중앙대 대학원 박사논
　　　　　문, 2003.
최현희, 「최인훈 소설에 나타난 '사랑'의 의미 연구」, 서울대 대학원 석사논문, 2003.
한재연, 「최인훈 희곡 「한스와 그레텔」의 핍진성 연구」, 인하대 대학원 석사논문, 2010.
허영주, 「최인훈 소설의 정신분석학적 연구」, 계명대 대학원 박사논문, 1996.
황　경, 「최인훈 소설에 나타난 예술론 연구」, 고려대 대학원 박사논문, 2003.
황순재, 「한국 관념소설의 재현방식 연구」, 부산대 대학원 박사논문, 1996.

▌평론 및 일반논문 ▌

공종구, 「최인훈의 단편소설」, 『현대소설연구』 34, 2007.
구재진, 「최인훈 소설에 나타난 '기억하기'와 탈식민성」, 『한국현대문화연구』 15, 2004.6.
구재진, 「최인훈의 『광장』 연구」, 『국어국문학』 115, 1995.
구재진, 「최인훈의 『회색인』 연구」, 『한국문화』 27, 서울대 한국문화연구소, 2001.
권보드래, 「중립의 꿈 1945~1968 : 냉전 너머의 아시아, 혹은 최인훈론을 위한 시론」,
　　　　　『상허학보』 34, 2012.
권보드래, 「최인훈의 『회색인』 연구」, 『민족문학사연구』 10, 1997.
권성우, 「최인훈의 에세이에 나타난 문학론 연구」, 『한국문학이론과 비평』 55, 2012.
권성우, 「최인훈 『회색인』에 나타난 현실 인식 연구」, 『어문학』 74, 한국어문학회, 2001.
권순긍, 「「흥부전」의 현대적 수용」, 『판소리연구』 29, 2010.
권영민, 「연작의 기법과 연작 소설의 장르적 가능성」, 『서설과 운명의 언어』, 현대소설
　　　　　사, 1992.
권영민, 「정치적인 문학과 문학의 정치성 :「총독의 소리」를 중심으로」, 『작가세계』,
　　　　　1990 봄호.
권오룡, 「소설가 구보 씨의 생애」, 『동서문학』, 1994 여름호.
권오룡, 「시간이여, 강낭콩 꽃빛으로 흘러라」, 『문학과사회』, 1999 여름호.

권택영, 「최인훈의 작품 세계 : 전쟁에 대한 어질머리를 풀어가는 문학」(대담), 『라쁠륨』, 1996 가을호.

김 현, 「「총독의 소리」와 「강」」, 『현대문학』, 1968.5.

김 현, 「1968년의 작가상황」, 『사상계』, 1968.12.

김 현, 「60년대 문학의 배경과 성과」, 『분석과 해석 / 보이는 심연과 안 보이는 역사전망』, 김현문학전집 7, 문학과지성사, 1993.

김 현, 「구원의 문학과 개인주의」, 『현대한국문학의 이론 / 사회와 윤리』, 김현문학전집 2권, 문학과지성사, 1992.

김 현, 「상황과 극기-최인훈 문학의 구조」, 『광장』 해설, 민음사, 1973.

김 현, 「세대교체의 진정한 의미」, 『세대』, 1969.3.

김 현, 「정신의 치유법-『가면고』」, 『현대한국문학전집』, 신구문화사, 1974.

김 현, 「최인훈, 혹은 소외의 문학」, 『한국문학사』, 민음사, 1996.

김 현, 「최인훈에 대한 네 개의 산문」, 『현대 한국문학의 이론 / 사회와 윤리』, 김현문학전집 2권, 문학과지성사, 1991.

김 현, 「최인훈의 정치학」, 『사회와 윤리』, 일지사, 1974.

김 현, 「허무주의와 그 극복」, 『사상계』, 1968.2.

김 현·김윤식·구중서·임중빈, 「4·19와 한국문학」, 『사상계』, 1970.4.

김갑수, 「최인훈 소설에서의 꿈과 리얼리즘의 관계」, 『국어국문학 논문집』, 동국대, 1993.

김동현, 「최인훈의 「달아 달아 밝은 달아」 연구」, 『우리文學硏究』 32, 2011.

김미영, 「미궁 텍스트로서의 『구운몽』 다시 읽기」, 『현대소설연구』, 2004.9.

김미영, 「현대소설에 나타난 변신 모티프와 환상」, 『문학교육학』 30, 2009.

김병익, 「남북조 시대 작가」의 의식의 자서전」, 『새로운 글쓰기와 문학의 진정성』, 문학과지성사, 1997.

김병익, 「사랑 혹은 현대의 구원」, 『크리스마스 캐럴 / 가면고』 최인훈 전집 6권 해설, 문학과지성사, 1993.

김상봉, 「칸트와 숭고의 개념」, 『칸트연구』, 1997.

김상태, 「익사한 잠수부의 증언」, 『문학사상』, 1984.8.

김성곤, 「리얼리티와 판타지 사이의 환상문학」, 『문학사상』 313, 1998.11.

김성곤, 「미국 포스트모던 소설과 환상문학」, 『상상』, 1996 가을호.

김성렬, 「고전의 변용과 구원의 궤도-최인훈의 『구운몽』」, 『어문논집』 27, 고려대출판부, 1987.

김성렬, 「최인훈 문학 초기 중단편의 원형적 성격과 그 확산의 양상」, 『한민족문화연구』

38, 2011.

김성렬, 「최인훈의 『소설가 구보 씨의 일일』에 나타난 작가의 일상, 의식, 욕망」, 『우리어문연구』 38, 2010.

김수용, 「한 시민적 휴머니스트의 이상과 좌절」, 『독일언어문학』 19집, 2003.3.

김수이, 「우울증에 따른 자살 예방을 위한 한국문학 콘텐츠 구축의 필요성과 방안 : 최인훈 소설 「웃음소리」를 중심으로」, 『한국언어문화』 42, 2010.

김영찬, 「불안한 주체와 근대―1960년대 소설의 미적 주체 구성에 대하여」, 『1960년대 소설의 근대성과 주체』, 상허학회 편, 깊은샘, 2004.

김영찬, 「최인훈 소설의 근대와 자기인식」, 『세계문학비교연구』 27, 2009.

김영찬, 「최인훈 초기 중단편 소설의 현대성」, 『1920년대 문학의 재인식』, 상허학회 편, 깊은샘, 2001.

김영찬, 「한국적 근대와 성찰의 난경(難境) : 최인훈의 『크리스마스 캐럴』 연구」, 『반교어문연구』 29, 2010.

김우창, 「남북조 시대의 예술가의 초상」, 『소설가 구보 씨의 일일』 최인훈 전집 4권 해설, 문학과지성사, 1991.

김욱동, 「한국소설의 환상적 전통―『금오신화』와 『홍길동전』에서 최근의 인기작까지」, 『문학사상』 313, 1998.11.

김윤식, 「관념의 형식과 소설의 형식」, 『최인훈 단편집』 해설, 삼중당, 1976.

김윤식, 「어떤 한국적 요나의 체험」, 『최인훈』, 이태동 편, 서강대출판부, 1999.

김윤식, 「유죄 판결과 결백 증명의 내력」, 『세계의 문학』, 1994 여름호.

김인호, 「'최인훈 연구'의 현황과 향후 과제」, 『작가연구』, 2002 겨울호.

김인호, 「변화된 시대에 대응하는 새로운 담론 : 『화두』론」, 『임꺽정에서 화두까지』, 문학아카데미, 1995.

김인호, 「주체를 찾아가는 긴 여정 : 『서유기』론」, 『현대비평과 이론』 15, 1998 봄·여름호

김인호, 「최인훈 문학의 내면성과 실험성」, 『시학과 언어학』 1, 2001.

김인호, 『해체와 저항의 서사 : 최인훈과 그의 문학』, 문학과지성사, 2004.

김인호, 「기억의 확장과 서사적 진실 : 최인훈 소설 『서유기』와 『화두』를 중심으로」, 『국어국문학』 140, 2005.

김인환, 「모순의 인식과 대응 방식―최인훈론」, 『문예중앙』, 1982 봄.

김인환, 「소설가의 소설론―『소설가 구보 씨의 일일』, 『웃음소리』」, 『문학과지성』, 1972 가을호.

김인환, 「완강한 사실과 정신의 부드러움」, 『유토피아의 꿈』 최인훈 전집 11권 해설, 문학과지성사, 1994.

김종회, 「사유와 문학, 그 광대한 통합―최인훈 문학적 연대기」, 『화두』 부록, 문이재, 2002.

김종회, 「최인훈 문학의 연구 현황」, 『작가세계』, 1990 봄호.

김종회, 「관념의 문학 그 곤고한 지적 편력」, 『작가세계』, 1990 봄호.

김주연, 「관념소설의 역사적 당위―최인훈·이청준·박상륭 등과 관련하여」, 『사랑과 권력』, 문학과지성사, 1995.

김주연, 「말멀미에 이기기 위하여」, 『문학과 이데올로기』 최인훈 전집 12권 해설, 문학과지성사, 1994.

김주연, 「분단 시대의 지식인의 사랑」, 『변동 사회와 작가』, 문학과지성사, 1969.

김주연, 「체제 변화 속의 기억과 문학―최인훈의 장편 『화두』」, 『사랑과 권력』, 문학과지성사, 1995.

김지혜, 「최인훈 소설의 여성인물을 통해 본 사랑의 변증법 연구」, 『현대소설연구』 45, 2011.

김춘식, 「구원의 양식으로서의 소설쓰기」, 『임꺽정에서 화두까지』, 문학아카데미, 1995.

김춘식, 「최인훈 『구운몽』의 패러디와 아이러니」, 『동국어문학』 6, 동국대출판부, 1994.

김치수, 「자아와 현실의 변증법」, 『회색인』 최인훈 전집 2권 해설, 문학과지성사, 1991.

김치수, 「지식인의 망명」, 『한국 현대 문학의 이론』, 민음사, 1972.

김한식, 「한 근대 지식인의 고전 읽기―최인훈 패러디 소설에 관하여」, 『작가연구』 14, 깊은샘, 2002 겨울호.

김 현, 「사랑의 재확인―『광장』의 개작에 관하여」, 『광장/구운몽』 최인훈 전집 1권 해설, 문학과지성사, 1989.

김혜영, 「최인훈과 오에 겐자부로 소설의 8·15 형상화 방식 연구」, 『현대소설연구』 45, 2010.

류보선, 「개인과 사회의 대립적 인식과 그 의미」, 『문학사상』, 1990.5.

류보선, 「사생아, 자유인, 편모슬하―성년에 이르는 세 가지 길」, 『문학동네』, 1999 여름.

류보선, 「새로운 세계의 모색과 운명의 힘」, 『문학정신』, 1992.11.

류보선, 「책읽기를 통한 현실 읽기의 풍요로움」, 『문학사상』, 1994.6.

민승기, 「초월을 향한 몸짓」, 라캉과정신분석학회, 1999.12.

박 진, 「판소리의 현대적 패러디 : 최인훈의 소설과 희곡을 중심으로」, 『어문논집』 36, 고려대출판부, 1997.

박덕규, 「구원 없는 세대의 구원」, 『웃음소리』 해설, 책세상, 1989.

박미령, 「추리소설에서의 수수께끼와 민담적 요소 연구」, 『슬라브학보』, 2008.8.

박미령, 「타자담론의 서사전략―전통추리소설의 모방과 변주」, 『노어노문학』, 2007.12.

박정수, 「최인훈 소설의 환상성 :『구운몽』을 중심으로」, 『서강어문』 15, 1999.

박혜경, 「고전문학의 현대적 수용양상」, 『최인훈』 이태동 편, 서강대출판부, 1999.

배경열, 「서구에 의한 사회문화적 혼란과 작가의식 고찰 : 최인훈 소설론」, 『어문논집』 41, 2009.

배경열, 「최인훈『서유기』에 나타난 탈식민주의 고찰」, 『인문과학연구』 11, 2009.

배경열, 「최인훈의『구운몽』에 나타난 자아의 정체성 혼란과 주체복원 욕망」, 『배달말』 44, 2009.

배경렬, 「최인훈의『화두』연구」, 『한국사상과 문화』 50, 2009.

배지연, 「최인훈 소설『태풍』연구 : 셰익스피어『태풍(The Tempest)』과의 비교연구를 중심으로」, 『현대문학이론연구』 48, 2012.

배지연, 「최인훈『크리스마스 캐럴』연작 연구 : 찰스 디킨스『크리스마스 캐럴』과의 비교 연구를 중심으로」, 『한국언어문학』 75, 2010.

백주현, 「최인훈의 「가면고」에 나타난 프랑스 실존주의의 영향」, 『비교문학』 49, 2009.

백현미, 「최인훈 희곡 「둥둥 낙랑둥」의 감성 연구」, 『국어국문학』 157, 2011.

비르깃수잔네가이펠, 「냉전의 최전선에서의 글쓰기 : 최인훈의『광장』과 우베 욘존의『야콥』을 둘러싼 추측들에서의 개인과 분단국가」, 『사이』 11, 2011.

서경호, 「지괴의 소설적 가능성에 대한 검토」, 『중국학보』 30, 1990.7.

서연호, 「둥둥 낙랑둥」 해설, 『한국의 현대 희곡』 III, 열음사, 1998.

서연호, 「봄이 오면 산에 들에」 해설, 『한국의 현대 희곡』 II, 열음사, 1998.

서영채, 「최인훈 소설의 세대론적 특성과 소설사적 위상 : 죄의식과 주체화」, 『한국현대문학연구』 37, 2012.

서은선, 「최인훈 소설『서유기』의 해체 기법 연구」, 『한국문학논총』 19, 1996.

서은주, 「환멸에 대한 관념적 글쓰기」, 『1960년대 문학 연구』, 깊은샘, 1998.

서은주, 「환상, 새로운 질서 세우기의 욕망」, 『작가연구』 14, 깊은샘, 2002 겨울호.

설혜경, 「최인훈 소설에 나타난 법과 위반의 욕망」, 『현대소설연구』 45, 2010.

송재영, 「꿈의 연구 : 최인훈의 초현실주의 소설」, 『작가세계』, 1990 봄호.

송재영, 「분단 시대의 문학적 방법」, 『서유기』 최인훈 전집 3권 해설, 문학과지성사, 1994.

송하섭, 「썰의 상징성에 관한 연구 : 최인훈의 작품을 중심으로」, 『배제실전 논문집』 2, 1981.

신경득, 「회색인의 망명」, 『한국 전후소설 연구』, 일지사, 1998.

신동욱, 「식민지 시대의 개인의 운명」, 『태풍』 최인훈 전집 5권 해설, 문학과지성사, 1998.

양윤모, 「서구 문화의 수용과 혼란에 대한 연구 : 최인훈의『크리스마스 캐럴』연구」, 『우리어문 연구』 14, 2000.

양윤모, 「지식인 작가와 현실에 대한 냉철한 분석」, 『작가연구』 14, 깊은샘, 2002 겨울호.

양윤모, 「타자의 시선을 통한 현실의 이해」, 『어문논집』 40, 고려대출판부, 1999.

양윤의, 「최인훈 소설에 나타난 소통 구조 연구」, 『한국문예비평연구』 28, 2009.

양윤의, 「최인훈 소설의 정치적 상상력」, 『국제어문』 50, 2010.

양윤의, 「최인훈의 예술론에 드러난 비극적 인식 연구」, 『한국문학이론과비평』, 2008.10.

양윤의, 「『가면고』에 나타난 얼굴의 도상학(圖像學)」, 『한국문예비평연구』, 2007.

양진오, 「소설가 소설의 한국적 모델의 완성과 계승」, 『작가연구』 14, 깊은샘, 2002 겨울호.

연남경, 「기억의 문학적 재생」, 『한중인문학연구』 28, 2009.

연남경, 「신화의 현재적 의미 : 최인훈, 이청준을 중심으로」, 『현대문학이론연구』 44,
    2011.

연남경, 「우주적 공간 '바다'를 향하는 최인훈의 소설 쓰기」, 『한국문학이론과 비평』
    44, 2009.

연남경, 「최인훈 소설의 장르 확장과 역사의식」, 『현대소설연구』 42, 2009.

염무웅, 「관념의 모험」, 『한국 문학의 반성』, 민음사, 1976.

오생근, 「믿음의 세계와 창의 문학」, 『우상의 집』, 최인훈 전집 8권 해설, 문학과지성사,
    1993.

오생근, 「『화두』와 기억의 소설적 형식」, 『현대비평과 이론』, 1994 가을·겨울호.

오윤선, 「다매체 시대의 국어교육의 목표와 방향 : 교과서 제재로서의 「옛날 옛적에 휘
    어이 휘이」 일고찰」, 『청람어문교육』 42, 2010.

우찬제, 「현실의 유형인·인식의 세계인, 그 가역 반응」, 『세계의 문학』, 1994 여름호.

유종호, 「소설과 정치」, 『동시대의 시와 진실』, 민음사, 1995.

유종호, 「소설의 정치적 함축 : 『광장』과 『회색인』의 경우」, 『최인훈』 이태동 편, 서강대
    출판부, 1999.

유종호·김승옥·최인호·최인훈, 「문학과 세대적 체험론」(좌담), 『문예중앙』, 1997 겨
    울호.

유철상, 「『소설가 구보 씨의 일일』 계열 소설의 창작 동기에 대하여」, 『우리말 글』 56, 2012.

윤지관, 「빌둥의 상상력 : 한국 교양소설의 계보」, 『문학동네』, 2000 여름.

윤충의, 「소설다운 소설쓰기와 읽기」, 『현대문학』, 1994.6.

이광호, 「최인훈 소설에 나타난 시선 주체의 문제 : 소설 『광장』을 중심으로」, 『상허학보』
    35, 2012.

이광호, 「몽유의 형식과 의식의 고고학」, 『환멸의 시학』, 민음사, 1995.

이남호, 「냉전 상황에 대한 지적 반응—최인훈의 소설」, 『웃음소리』 해설, 책세상, 1989.

이남호, 「최인훈의 『화두』」, 『느린보다 더 느린 빠름』, 하늘연못, 1997.

이동하, 「관념과 삶 : 『회색인』」, 『집 없는 시대의 문학』, 정음사, 1985.

이동하, 「최인훈 『광장』에 대한 재고찰」, 『한국문학』, 1986.1.

이동하, 「통행금지 시대의 문학 : 최인훈 『크리스마스 캐럴』 연작」, 『소설과 사상』 12, 1995.

이보영, 「최인훈론」, 『문화비평』, 1973 봄호.

이상갑, 「식민국과 식민지의 이분법을 넘어서 : 『태풍』론」, 『작가연구』 14, 깊은샘, 2002 겨울호.

이상갑, 「『가면고』를 통해서 본 『광장』의 주제의식」, 『한국문학 이론과 비평』, 2003.3.

이상우, 「전통으로서의 비극과 경험으로서의 비극 : 최인훈 희곡의 비극성에 관한 고찰」, 『어문논집』 32, 고려대출판부, 1993.

이선영, 「지식인의 의식 구조 : 『서유기』」, 『세계의 문학』, 1977 겨울호.

이수형, 「최인훈 초기소설에서의 결정론적 세계와 자유」, 『한국근대문학연구』, 2006.

이인숙, 「소설 속에 나타난 미궁 이미지 연구―미쉘 뷔토르의 『시간의 사용』과 최인훈의 『구운몽』을 중심으로」, 『국제어문』 18, 1997.

이인숙, 「최인훈의 『서유기』, 그 패러디와 구조의 의미」, 『미원 우인섭 선생 회갑 기념 논문집』, 집문당, 1986.

이재선, 「변신의 논리」, 『문학 주제학이란 무엇인가』, 민음사, 1996.

이종섭, 「장편소설의 교과서 수용 방안 연구 : 최인훈의 『광장』」, 『중등교육연구』 57, 2009.

이창기, 「화두는 내 정신과 삶이 빚어낸 자발적 구조입니다」, 『동서문학』, 1994 가을호.

이창동, 「최인훈의 최근의 생각들」(대담), 『작가세계』, 1990 봄호.

이철범, 「'광장'과 '밀실'의 변증법 : 최인훈의 『광장』」, 『문학사상』 317, 1999.

이철범, 「'사랑과 시간' 그리고 고향」, 『최인훈』 이태동 편, 서강대출판부, 1999.

이철범, 「관념 세계의 설정과 그 한계」, 『사상계』, 1968.12.

이혜령, 「감옥 혹은 부재의 시간들―식민지 조선에서 사회주의자를 재현한다는 것, 그 가능성의 조건」, 『대동문화연구』, 성균관대학교 대동문화연구원, 2008.

임헌영, 「증언과 예언 : 『태풍』」, 『문학과지성』, 1979 봄호.

장석주, 「환상의 제국」, 『상상』, 1996 가을호.

장수익, 「한국 관념소설의 계보」, 『1960년대 문학 연구』, 예하, 1993.

장수익, 「회의적 주체와 타자에 대한 사랑 : 최인훈 초기 소설에 대하여」, 『작가연구』 14, 2002 겨울호.

정과리, 「꿈 이야기―한국적 모더니티의 한 심연」, 『현대문학』, 2000.5.

정과리, 「모르기, 모르려 하기, 모른 체하기」, 『시학과 언어학』 1, 시학과 언어학회, 2001.

정과리, 「자아와 세계의 대립적 인식」, 『문학과 지성』, 1980 여름호.

정과리, 「지식인의 사회적 자리」, 『존재의 변증법』 2, 1980 여름호.

정규웅, 「문단, 1960년대」, 『문예중앙』, 1982 봄.

정명환, 「전쟁과 한국 작가」, 『한국 작가와 지성』 문학과지성사, 1978.

정명환, 「현실·언어·문학」(대담), 『문학』 창간호, 1966.5.

정미지, 「『화두』의 자전적 글쓰기와 '책―자아'의 존재 방식」, 『한국문학이론과 비평』 55, 2012.

정영훈, 「최인훈 문학에서의 기억의 의미」, 『현대문학이론연구』 48, 2012.

정영훈, 「내공간의 이론과 『서유기』 해석」, 『우리어문연구』 40, 2011.

정영훈, 「최인훈 소설에 나타난 여성 인식」, 『한국근대문학연구』, 2006.

정영훈, 「최인훈 소설에서의 반복의 의미」, 『현대소설연구』, 2008.

정영훈, 「최인훈 소설의 욕망 구조」, 『한국학보』 30, 2004.

정영훈, 「최인훈 『서유기』의 담론적 특성 연구」, 『한국현대문학연구』, 2005.2.

정영훈, 「『광장』과 사르트르 철학의 관련성」, 『현국문예비평연구』, 2006.

정재림, 「최인훈 소설에 나타난 기독교 비판의 의미 : 『회색인』을 중심으로」, 『문학과 종교』 15, 2010.

정현종, 「개인과 상황의 항로 : 『서유기』」, 『세계의 문학』, 1977 겨울호.

정호웅, 「광장론―자기 처벌에 이르는 길」, 『시학과 언어학』 1, 시학과 언어학회, 2001.

정희모, 「1960년대 소설의 서사적 새로움과 두 경향」, 『1960년대 문학연구』, 민족문학사연구소 현대문학분과, 깊은샘, 1998.

조남현, 「『광장』, 똑바로 다시 보기」, 『문학사상』, 1992.8.

조남현, 「자아 완성 혹은 구원에의 몸짓」, 『달과 소년병』, 세계사, 1989.

조남현, 「최인훈의 『광장』」, 『한국 현대소설의 해부』, 문예출판사, 1993.

조보라미, 「'한국적인 심성의 근원'을 찾아서」, 『한국현대문학연구』 30, 2010.

조순형, 「최인훈 소설 『태풍』의 탈식민주의적 고찰」, 『어문연구』 64, 2010.

조시정, 「최인훈 소설에 나타난 '러시아―소련 경험' : 『화두』를 중심으로」, 『한국어와 문화』 10, 2011.

조연현, 「해방후 : 윤리적 기초의 變貌」, 『여원』, 1957.7.

차봉준, 「최인훈 '춘향뎐'의 패러디 담론과 역사 인식」, 『한국문학논총』 56, 2010.

차봉준, 「한국 현대소설에 형상화된 신의 공의와 섭리」, 『문학과 종교』 14, 2009.

차혜영, 「자율적 주체의 개인주의와 모더니즘적 글쓰기」, 『1960년대 문학연구』, 민족문학사연구소 현대문학분과, 깊은샘, 1998.

채호석, 「최인훈론 :『광장』의 창작 방법에 대한 비판적 검토」,『한국 현대작가 연구』, 민음사, 1989.

천이두, 「나와 남들과의 관계 :『구운몽』」,『현대한국문학전집』, 신구문화사, 1974.

천이두, 「밀실과 광장」,『문학과 지성』, 1976 겨울호.

천이두, 「제재와 방법」,『문학과 시대』, 문학과지성사, 1982.

천이두, 「추억과 현실의 환상」,『하늘의 다리 / 두만강』최인훈 전집 7권, 문학과지성사, 1994.

최동호, 「1950년대의 시적 흐름과 정신사적 의의」, 28인 공동집필,『한국현대문학사』, 현대문학사, 1989.

최두례, 「최인훈 희곡「한스와 그레텔」의 동화 수용과 형상화 양상」,『한국극예술연구』 33, 2011.

최두례, 「최인훈 희곡「둥둥 낙랑둥」의 알레고리적 읽기」,『새국어교육』 87, 2011.

최성실, 「수수께끼 풀기와 그 욕망의 중층구조−김유정 단편소설의 구조분석을 위한 시론」,『서강어문』 10권, 1994.

최애순, 「최인훈 소설의 반복 구조 연구」,『현대소설연구』 26호, 2005.

최용철, 「결정론과 자유의 문제」,『철학연구』 제11집, 1986.

최혜실, 「환상성의 여러 유형과 한국 고전소설」,『한국현대소설의 이론』, 국학자료원, 1994.

하정일, 「탈식민 서사와 식민적 무의식 :『화두』론」,『작가연구』 14, 2002 겨울호.

한 기, 「광장과 밀실 사이 또는 예술가의 초상」(대담),『문학정신』, 1992.12.

한 기, 「최인훈론−분단 시대의 소설적 모험」,『문학사상』, 1989.4.

한 기, 「『광장』의 원형성, 대화적 역사성, 그리고 현재성」,『작가세계』, 1980 봄호.

한귀은, 「희곡과 연극의 시청각적 약호 교육 : 최인훈「옛날 옛적에 훠어이 훠이」를 중심으로」,『배달말』 45, 2009.

한승옥, 「신화의 진액을 퍼올리는 고독한 예술가의 초상」(대담),『동서문학』, 1989.8.

홍사중, 「탈출과 좌절 :『광장』」,『현대한국문학전집』, 신구문화사, 1974.

황 경, 「한국 예술가소설의 맥락 : 예술과 현실의 길항 관계를 중심으로」,『우리어문연구』 39, 2011.

황병하, 「환상 문학과 한국 문학」,『세계의 문학』 84, 1997 여름호.

황순재, 「최인훈 소설의 환상기법 양상과 표현적 효과−60년대 소설에서」,『문학과 비평』, 1989 겨울호.

(* 연구목록은 양윤의 박사논문「최인훈 소설의 주체 연구」(고려대 대학원, 2010)를 참고하여 작성한 것임.)

필 자(가나다순)

강헌국　고려대학교 국어국문학과 교수
구재진　세명대학교 한국어문학과 교수
김남석　부경대학교 국어국문학과 부교수
김미영　한양대학교 국어교육과 부교수
김영찬　계명대학교 한국어문학과 조교수
김인호　동국대학교 국어교육과 겸임교수
김한식　상명대학교 한국어문학과 교수
송효정　서울시립대학교 학사교육원 연구교수
양윤모　극동대학교 교양학부 교수
양윤의　고려대학교 교양교육원 강사
연남경　이화여자대학교 국어국문학과 조교수
유임하　한국체육대학교 교양교직과정부 교수
정영훈　경상대학교 국어국문학과 교수, 문학평론가
정재림　고려대학교 한국어문교육연구소 연구교수, 문학평론가
최애순　고려대학교 한국어문교육연구소 연구교수

편자

정재림

고려대학교 국어교육과 및 동대학원 국어국문학과 졸업.
2004년 조선일보 신춘문예(평론) 등단, 2010년 서울기독교영화제 영화비평 우수상
수상. 고려대학교, 한국항공대학교 강사.
현재 고려대학교 한국어문교육연구소 연구교수르 재직 중.
저서로『기억의 고고학』,『문학의 공명』, 공저로『기억의 여신 므네모시네, 영화관
에 들어서다』,『미디어와 문학』, 편저로『임옥인 소설 선집』이 있음.

글누림 작가총서

최인훈

초판 발행 2013년 3월 25일
엮은이 정재림
펴낸이 최종숙
책임편집 임애정 | **편집** 이태곤 권분옥 이소희 박선주
디자인 안혜진 이홍주
마케팅 이상만 박태훈 안현진
관리 이덕성
펴낸곳 글누림출판사
등록 제303-2005-000038호(등록일 2005년 10월 5일)
주소 서울 서초구 반포4동 577-25 문창빌딩 2층(우137-807)
전화 02-3409-2055 | **FAX** 02-3409-2059 | **이메일** nurim3888@hanmail.net
홈페이지 http://www.geulnurim.co.kr
ISBN 978-89-6327-224-5 93810
　　　 978-89-6327-084-5(세트)
정가 24,000원

* 잘못된 책은 교환해 드립니다.